개정
증보

한국 근대소설사

지은이

김영민 金榮敏, Kim, Young-min

연세대학교 국어국문학과 명예교수이다. 연세대학교 국어국문학과와 동 대학원을 졸업하고 전북대학교 국어국문학과 조교수, 하버드대학교 옌칭연구소 방문교수, 일본 릿쿄대학교 교환 연구교수를 지냈다. 한국백상출판문화상 저작상, 연세대학교학술상, 난정학술상을 수상하였다. 연세대학교의 언더우드 특훈교수와 한국연구재단의 우수학자(국가석학)에 선정되었다.

저서로는 『한국문학비평논쟁사』(한길사, 1992), 『한국 근대소설사』(솔, 1997), 『한국 근대문학비평사』(소명출판, 1999), 『한국 현대문학비평사』(소명출판, 2000), 『한국 근대소설의 형성과정』(소명출판, 2005), 『한국의 근대신문과 근대소설』1(소명출판, 2006), 『한국의 근대신문과 근대소설』2(소명출판, 2008), 『한국의 근대신문과 근대소설』3(소명출판, 2014), 『문학제도 및 민족어의 형성과 한국 근대문학(1890~1945)』(소명출판, 2012), 『1910년대 일본 유학생 잡지 연구』(소명출판, 2019), 『韓國近代小說史(1890~1945)』(도쿄대 출판부, 2020), *The History of Modern Korean Fiction : The Topography of Literary Systems and Form(1890~1945)*(U.S.A. Lexington Books, 2020) 등이 있다.

개정증보
한국 근대소설사

초판인쇄 2024년 3월 10일 **초판발행** 2024년 3월 20일

지은이 김영민 **펴낸이** 박성모 **펴낸곳** 소명출판 **출판등록** 제1998-000017호

주소 서울시 서초구 사임당로14길 15 서광빌딩 2층

전화 02-585-7840 **팩스** 02-585-7848

전자우편 somyungbooks@daum.net **홈페이지** www.somyong.co.kr

값 39,000원 ⓒ 김영민, 2024

ISBN 979-11-5905-866-0 93810

개정증보

김영민 지음

The History of Modern Korean Narrative Style

한국 근대소설사

이 책은 한국 근대소설의 발생과 전개 과정을 정리하고 그 특질에 대해 연구한 것이다. 이 책에서 다루는 시기는 1890년대 이후부터 1910년대 말까지이다.

이 책의 기본을 이루는 생각은 문학사 및 문화사를 이끌어 가는 것은 작가가 아니라 매체라는 사실이다. 근대소설 양식의 변화를 이끄는 가장 큰 요인 역시 근대 매체이다. 매체는 작가의 취향보다는 독자의 취향을 고려한다. 그런 점에서 독자 또한 문학사와 문화사의 변화를 이끄는 핵심 동력 가운데 하나가 된다. 독자의 역할의 중요성은 근대소설 양식의 변화뿐만 아니라 근대 문체의 변화 과정을 통해서도 여실히 확인된다. 이 책이 작가론을 중심으로 문학사를 구성하지 않고 매체와 양식론을 중심으로 문학사를 구성한 이유 또한 이와 관계가 깊다.

이 책의 초판이 나온 것은 오래전인 1997년이다. 한국 근대소설사를 바라보는 내 시각은 이 책의 초판을 간행한 그때나 지금이나 크게 다르지 않다. 그러나 그사이 새로운 자료들이 많이 발굴되었고, 근대문학에 대한 학계의 연구 성과도 적지 않게 이루어졌다. 그렇게 세월이 흐르면서 수정하고 보완할 부분이 생겼다.

이번 증보 개정 작업에서 가장 중점을 둔 것은 한국 근대소설사의 출발과 전개 과정에 대해 가능하면 쉽게 그리고 명료하게 서술하는 일이었다. 문학사에 관한 다른 배경지식이 없더라도 이 책을 통해 한국 근대소설사의 흐름을 이해할 수 있게 된다면 소기의 성과를 달성하게 되는 셈이다.

이 책에서 활용한 자료들은 원래의 뜻을 상하지 않는 범위 안에서 현대어 표기법으로 바꾸어 인용하였다. 한자는 가능한 한 사용을 줄였고, 일부는 괄호 속에 넣어 처리하였다. 다만, 문체 변화를 보이기 위한 경우 등 특별한 목적이 있는 경우에만 원문 그대로 인용하였다.

연구의 길에서 감사한 일들이 많았다. 크고 작은 일 하나하나가 감사하고 소중하다는 사실을 시간이 지나면서 다시 깨닫게 된다. 가족은 물론이고 일터였던 연세대학교의 동료 교수와 제자들, 그리고 회강학사에 큰 인사를 전한다. 소명출판의 존재 역시 연구에 큰 힘이 되었다.

2024년 봄
김영민

차례

1

제 1 장
근 대 문 학 사 의
시 기 구 분 과
그 특 징

1. 근대문학사의 시기 구분

한국 근대문학사의 출발은 언제부터이며 그 근거는 어디에 있을까? 이 물음과 관련된 몇 가지 견해를 살펴보면 다음과 같다.

첫째, 1894년의 갑오경장을 한국 근대문학의 출발점으로 보는 주장이 있다. 이를 처음 제시한 문학사 연구자는 『조선문학사』[1]를 쓴 안자산이다. 『조선문학사』에서 안자산은 우리 문학사를 상고문학, 중고문학, 근고문학, 근세문학, 최근문학으로 구분한다. 여기서 최근문학은 자신이 살고 있는 당시대의 문학을 지칭하며, 실질적으로 근대문학을 의미한다. 『조선문학사』에서 최근문학이 시작되는 시기는 1894년의 갑오경장 이후이다. 안자산은 갑오경장이 우리나라의 새로운 문화를 개척했고 그에 힘입어 새로운 문학이 나왔다고 생각한다.

안자산은 갑오경장 이후 특별히 주목해야 할 문학사적 현상으로 유길준의 저술 『서유견문』[1895]의 발간을 꼽는다. 『서유견문』이 문학적으로 큰 가치가 있는 것은 아니지만, 거기에 사용된 국한문혼용의 문체와 서양의 문명에 대한 소개가 적지 않은 의미를 지닌다는 것이다. 안자산은 근대문학의 주요 형식적 특질을 문체에서, 그리고 내용적 특질을 서구문명의 소개에서 찾고 있다. 아울러 그는 갑오경장 이후가 신구문예의 대립 시기임을 강조하고, 갑오경장 이전의 소설을 구소설로 이후의 소설을 신소설로 지칭한다. 갑오경장 이후를 새로운 문학의 출발점으로 보았던 것이다. 안자산은 구소설의 예로는 「춘향전」·「심청전」 등을 그리고 신소설의 예로는 이해조와 이인직의 작품 및 조중환과 이상협의 번역소설을 꼽는다. 이

---

1   안자산, 『조선문학사』, 한일서점, 1922. 이는 최초의 국문학사 저술이다.

인직의 소설에서 더 나은 단계로 나아간 것이 이광수의 『무정』과 「개척
자」 등의 작품이다.

갑오경장을 한국문학사의 중요한 전환점으로 보는 또 다른 문학사가
들로는 김태준과 임화를 들 수 있다. 김태준은 『조선소설사』[2]와 『(증보) 조
선소설사』[3]를 통해, 갑오경장 이후의 신소설을 거쳐 탄생한 이광수의 작
품 『무정』이 신소설과 근대소설의 경계를 이루는 작품이라는 견해를 드
러냈다.

조선의 소설은 원래 이야기책에서 출발했다. 그러한 내용과 형식이 양반사
회의 퇴물이었다. 갑오개화를 중심으로 양반 대신에 이 땅도 시민의 사회가 되
었다. 시민은 이양異樣의 문학을 요구하였다. 그러므로 외래의 소설을 수입하여
'이야기책'을 개혁해서 현대적 의의의 소설을 쓰게 된 것인데 중간에 과정적으
로 '신소설' 시대를 지났다. 신소설은 이야기책 전통에서 나오고 춘원 이후의
현소설은 신소설에서 구피를 버리고 나온 것이다. 과연 춘원 때엔 언문일치의
소설다운 소설을 썼다. 작품 『무정』은 신소설과 근대소설현대소설이라 해주자의 경계
를 이뤘다. 춘원의 이상주의·인도주의적 작품을 위시하여 자연주의 양식의 수
입과 함께 김동인·염상섭·현진건·나도향 제작가 이 땅의 문단의 노장을 일시
에 산출하였다.[4]

조선조 양반 사회의 퇴물이던 전래의 이야기책은 갑오경장을 계기로
그 성격이 바뀌게 된다. 외래소설의 수입은 낡은 이야기책을 개혁하는 전

---

2   김태준, 『조선소설사』, 청진서관, 1933.
3   김태준, 『(증보) 조선소설사』, 학예사, 1939.
4   위의 책, 268~269쪽.

기가 되고 현대적 의미의 소설을 탄생시키는 계기가 된다. 전래의 이야기책과 춘원 이후의 현소설 사이에 놓여 있는 것이 신소설이다. 신소설은 이야기책의 전통에서 나온 것이고, 춘원 이후의 현소설은 신소설의 낡은 껍질을 버리고 나온 것이다. 김태준이 춘원 이광수의 작품 『무정』 등 현소설에 대해 내리는 평가는 '언문일치의 소설다운 소설'이다. 이를 통해 우리 소설은 근대소설^{현대소설}의 길로 들어서게 된다.

김태준은 갑오경장을 경계로 조선의 역사가 둘로 나뉘게 되었다고 주장한다. 갑오경장 이후부터 신흥하는 시민이 사회의 중추를 이루게 되고, 소설과 연극은 물론 모든 문화 형태가 낡은 것을 버리고 새것을 요구하게 되었다는 것이다. 갑오경장 이후를 조선의 신문예운동 내지 문화운동의 출발로 보는 것은 이 때문이다.

여기서 문예운동이라고 한 것은 문예 자체의 발달을 도모하는 부분도 포함하거니와 가장 넓은 의미로 가장 일반적으로 말하고저 하는 것이니 대체로 문예나 혹은 문학적 형식으로 하는 문화운동 적게 말하면 문명운동·계몽운동·교화운동을 총칭할 것이나 나는 명제에 의하여 최후에는 소설에 초점을 두고서 말하고자 한다. 그리고 이에 신문학 혹은 신소설이라고 하는 것은 문학적 표현 방법이 재래의 그것과는 형식과 내용에 현저히 판이하다.[5]

갑오경장 이후 조선의 변화는 문명운동·계몽운동·교화운동으로 설명할 수 있으며, 이 시기부터 문학은 내용과 형식의 큰 변화를 겪는다는 것이 김태준의 판단이다.

---

5   위의 책, 234쪽.

임화는 김태준의 근대문학사 연구 틀을 이어받아 이를 더욱 구체화시킨다. 임화는 1930년대 말에 연재 발표한 「개설 신문학사」에서 새로운 시대의 문학 즉 신문학을 육당과 춘원 이후의 문학이라고 정리한다. 그는 특별히 1918년에 나온 이광수의 「현상소설고선여언」을 언급하면서 언문일치의 문장, 예술성, 현실성, 신사상의 맹아 등을 신문학의 특질로 지목한다.

신문학이란 개념은 그러므로 일체의 구문학과 대립하는 새 시대의 문학을 형용하는 말일 뿐더러 형식과 내용상에 질적으로 다르고 새로운 문학을 의미하는 하나의 개념이 될 수 있다. (…중략…) 그러므로 신문학사라는 것은 조선 근대문학사라 일컬어도 무관한 것이요, 또한 장래 쓰여질 일반 조선문학전사 가운데 근대문학을 취급하는 일 항으로 삽입되어도 무관한 것이나, 특히 재래 우리가 관용해 오던 신문학이란 용어를 빌어 근대문학사란 명칭에 대신함은 약간의 이유가 있다.[6]

임화는 신문학 즉 근대문학이란 단순히 근대에 쓰인 문학이 아니라 근대적 정신과 근대적 형식을 갖춘 새로운 문학이라고 설명한다. 이는 구체적으로 '시민정신을 내용으로 하고 자유로운 산문을 형식으로 한 문학, 그리고 현재 서구문학에서 보는 바와 같은 유형적으로 분백된 장르 가운데 정착된 문학'이다.

그런데 임화는 육당과 춘원의 역할뿐만 아니라, 신문학 발생에 있어 갑오경장의 의미 또한 매우 중요한 것으로 평가한다. 갑오경장 이후부터 우리나라에는 서구문화의 유입이 시작되었고, 신문학의 발생 역시 여기서

---

6   임화, 「개설 신문학사」, 『조선일보』, 1939.9.7~8.

시작되었기 때문이다. 그는 이 시기 근대문학이 싹트게 된 중요한 요인
들로 개화사상의 발현, 신교육의 발흥과 유학생의 해외 파견, 저널리즘의
발생과 성장, 성서번역과 언문운동 등을 제시한다. 임화는 특별히 갑오경
장에서 육당과 춘원에 이르는 시기의 문학을 과도기 문학이라고 지칭한
다. "내가 신문학사에서 쓰는 과도기라는 말은 육당의 신시와 춘원의 새
소설이 나오기 이전, 그리고 한문과 구시대^{이조적인}의 언문문학이 지배권을
상실한 중간의 시대를 지정하는 좁은 의미에 한정된다"[7]는 것이다. 우리
의 신문학사는 재래의 형식을 빌어 새 사상을 표현하는 절충적인 곳에서
출발했다. 신문학의 선구가 되는 이러한 과도기 문학의 특징은 한마디로
계몽적이다. 과도기 문학의 예로는 첫째 정치소설과 번역문학, 둘째 새로
생긴 창가, 셋째 신소설을 들 수 있다. 임화는 신문학사와 연관된 일련의
글들을 연재하면서 특히 신소설에 대해 깊은 관심을 표명했다. 그는 신소
설 작가 가운데서 이인직에 대해 주목했는데 사상과 제재, 언어와 문장,
정밀한 묘사 등을 이인직 소설의 특징으로 꼽았다.[8]

　김태준과 임화의 문학사 연구에서는 모두 한국 근대문학이 갑오경장
을 기점으로 한 과도기를 거쳐 1910년대 이후 육당과 춘원에 이르러 본
격적인 궤도에 들어선 것으로 정리하고 있다. 김태준과 임화의 이러한 연
구 틀은 1940년대 말에 발표된 백철의 『조선신문학사조사』[9]와 1950년
대 발간된 조연현의 『한국현대문학사』[10]로 계속 이어진다.

　둘째, 18세기 영·정조시대를 한국 근대문학의 출발점으로 보는 주장

7　위의 글, 1939.12.5.
8　임화, 「조선 신문학사론 서설」, 『조선중앙일보』, 1935.10.16.
9　백철, 『조선신문학사조사』, 수선사, 1948.
10　조연현, 『한국현대문학사』, 현대문학사, 1956.

이 있다. 이러한 주장은 김일근의 「민족문학사적 시대 구분 시론」에서 본격화된다. 김일근은 한국의 근대를 갑오경장에서 출발시키고, 중국의 근대를 아편전쟁 이후에 두며, 일본의 근대를 명치유신에 두는 것은 순전히 구라파 중심주의에 지나지 않는 것이라고 비판한다. 이런 기준들의 설정은 이른바 서구문화의 이식을 곧 근대로 생각하는 잘못된 판단의 결과라는 것이다. 그리하여 김일근은 한국문학사의 근대는 영·정조시대 이후라고 단언한다. 그는 문학사적 시대 구분과 정치사적 시대 구분은 달라져야 한다는 점을 강조한다. 그리고 한국 근대문학사의 시기 구분은 한국적 근대성을 중심으로 이루어져야 한다는 점을 강조한다. 그 결과 영·정조시대 문학을 한국 근대문학의 기점으로 잡게 되었던 것이다.

> 이렇게 해서 서구문학 중심과 정치사 의존에 구애됨이 없이 우리의 근대문학의 기점을 영·정조에 두어서 자주적인 민족문학사조의 전통을 살리게 되는 것이다. 광해군대의 「홍길동전」과 숙종대의 「구운몽」, 「사씨남정기」가 또 당시의 평시조가 의연히 귀족문학과 고대문예에 충실하였으나 영·정조에 들어와서 연암의 소설, 「춘향전」, 사설시조 등의 혁신성이 한국적 근대성의 발생을 웅변하고 있는 것이다.[11]

이 지적에서 볼 수 있듯이 김일근은 서구문학 중심주의와 정치사 중심주의에서 탈피해 한국문학의 근대 기점을 설정할 것을 주장한다. 김일근은 영·정조시대부터 갑오경장까지를 근대 전기로, 그리고 갑오경장부터 3·1운동까지를 근대 후기로 설정한다. 3·1운동 이후는 현대문학이라 지

---

11 김일근, 「민족문학사적 시대 구분 시론」, 『자유문학』, 1957. 7, 155쪽.

칭한다. 문학사 연구에서 서구중심주의의 탈피를 부르짖으며 영·정조시
대 문학을 한국 근대문학사의 기점으로 제시한 것은 주목할 만한 일이다.
하지만 기점 제시를 위한 한국적 근대성의 본질이 무엇인가에 대한 설명
이 빠져 있다는 것은 이 주장이 지닌 한계라 할 수 있다.

서구중심주의에 대한 배격은 정병욱의 논의를 거쳐 김윤식과 김현의
『한국문학사』에 이르러 구체적인 문학사 저술의 성과로 드러난다. 정병
욱은 1970년대 초반 무렵부터, 18세기 근대문학사론을 주장한 주요 논
자 가운데 한 사람이다. 그가 18세기 근대문학설을 주장하는 가장 큰 이
유는 18세기 이전 문학과 이후 문학의 차이가, 갑오경장 이전 문학과 이
후 문학 사이의 차이보다 크다는 생각 때문이다. 그는 18세기 이전 우리
전통예술이 추구했던 미의식이 숭고미, 비장미, 우아미 등이라면 18세기
이후 신흥예술이 추구했던 것은 희극미라고 정리한다. 현실성을 중시하
고 사실성을 존중하는 것도 이 시기 문학의 중요한 특색이 된다.[12]

김윤식과 김현은 『한국문학사』에서 서구화를 근대화로 보려는 미망에
서 벗어나, 자체 내의 구조적 모순과 갈등을 이해하고 그것을 극복하려는
정신을 근대의식이라고 볼 것을 주장한다. 이 부분 논의를 직접 인용하면
다음과 같다.

문학에 한해서만 말한다면, 근대문학의 기점은 자체 내의 모순을 언어로 표
현하겠다는 언어의식의 대두에서 찾지 않으면 안 된다. 그 언어의식은 구라파
적 장르만을 문학이라고 이해하는 편협한 생각에서 벗어나게 만든다. 언어의
식은 즉 장르의 개방성을 곧 유발한다. 현대시, 현대소설, 희곡, 평론 등의 현대

12　정병욱, 「이조후기 시가의 변천 과정고」, 『창작과비평』, 1974년 봄, 138~163쪽 참조.

문학의 장르만이 문학인 것은 아니다. 한국 내에서 생활하고 사고하면서, 그가 살고 있는 곳의 모순을 언어로 표시한 모든 유의 글이 한국문학의 내용을 이룬다. 일기, 서간, 담론, 기행문 등을 한국문학 속으로 흡수하지 않으면, 한국문학의 맥락은 찾아질 수 없다. 그것은 광범위한 자료의 개발을 요구한다. 그러나 그 개발을 통해 한국문학이 얻을 수 있는 것은 동적 측면이다. 그것만이 이식 문화론, 정적 역사주의를 극복할 수 있게 해 준다. 그런 의미에서 우리는 이조 사회의 구조적 모순을 문자로 표현하고 그것을 극복하려 한 체계적인 노력이 싹을 보인 영·정조시대를 근대문학의 시작으로 잡으려 한다.[13]

김윤식과 김현의 이러한 주장은 갑오경장설에 비해 한국 근대문학의 기점을 한 세기 이상 앞당기는 것이다. 이는 그동안 주요 문학사 연구자들이 대부분 갑오경장설을 주장한 사실에 비해 상대적으로 새로운 주장이었다는 점에서 한동안 학계의 주목을 받았다.

셋째, 1900년대 중반 이후를 한국 근대문학의 출발점으로 보는 주장이 있다. 최원식은 18세기 근대문학 기점설을 부질없는 시도라고 비판하고 그러한 시도를 그만둘 것을 제안한다.

내재적 발전론이 근대문학 연구에 드리운 큰 파문은 정병욱 교수가 처음 제기하고 김윤식·김현 교수에 의해 대중화된 18세기 기점설이다. 임화를 이식론자로 비판하면서 이 학설이 제출된 이래, 그 변형과 절충이 약간은 애국적 열정 속에 다기하게 변주되었다. 필자는 우선, 근대문학의 기점을 자꾸 끌어올리려는 이 부질없는 시도들을 그만두기를 제안한다.[14]

13   김윤식·김현, 『한국문학사』, 민음사, 1973, 20쪽.
14   최원식, 「한국문학의 근대성을 다시 생각한다」, 『민족문학과 근대성』, 문학과지성사,

최원식이 18세기 기점론을 비판하는 가장 큰 이유는 이 시기 문학 작품이 근대문학 작품으로 보기에는 기준에 미달한다고 생각하기 때문이다. 그는 기존의 근대문학사 기점론들에 대한 대안으로 애국계몽기[1905~1910]설을 제안한다.

사실 갑오경장의 획기성을 일정하게 평가한다 하더라도 1894년에서 1905년까지의 문학사에서 그에 걸맞은 문학적 업적을 찾는 것은 어려운 일이다. 그렇다면 나라가 반식민지로 전락한 1905년에서 1910년 사이를 개화기 문학으로 명명할 수 있을까? 이 용어는 당시의 민족모순을 은폐하려는 일종의 근대화 담론이라는 성격을 면치 못할 것이다. 그 대신 필자는 '애국계몽기 문학'을 독자적이고 대안적인 단위로 설정할 것을 제안하였다.[15]

최원식이 1910년을 문학사 시기 구분의 한 지점으로 잡은 것은, 1910년의 한일병합을 고비로 문학사가 날카로운 단층을 형성한다는 이유 때문이다. 다시 말해 앞 시기 문학의 발랄한 정치성이 이때를 고비로 급속히 사라져버렸다는 것이다. 반면 그가 갑오경장기인 1894년에서 1905년 사이의 문학사를 인정하지 않는 것은 이 시기 문학사에서 그에 걸맞은 문학적 업적을 찾아내기 어렵기 때문이라는 것이다.

최원식이 영·정조시기 문학 작품이 근대문학 작품으로서는 기준에 미달한다고 보고, 영·정조 기점설을 비판한 것은 타당하다. 비판의 근거가 합당한 것이다. 하지만, 최원식의 논의 가운데, 1894년에서 1905년 사이 문학사에서도 그에 걸맞는 문학적 업적을 찾기가 어렵다는 지적은 지금

1995, 43쪽.

15   최원식, 「민족문학의 근대적 전환」, 『민족문학사강좌』 下, 창작과비평사, 1995, 33~34쪽.

은 수긍하기 어렵다. 이 시기에는 이미 단형 서사문학 작품들의 출현을 비롯한 다양한 근대문학의 양식 실험이 이루어지고 있었기 때문이다.

더구나 1905년에서 1910년 사이를 애국계몽기라는 용어로 정리하기 위해서는 신소설만을 이 시기 문학사의 핵심에 놓을 것이 아니라, 역사·전기소설이나 토론체의 비실명소설들도 함께 문학사의 핵심에 놓고 다룰 필요가 있다. 역사·전기소설이나 토론체 비실명소설의 뿌리는 모두 1890년대 후반에서 1900년대 중반에 이르는 서사적 논설 등 단형 서사문학 작품에 있다. 따라서, 애국계몽기라는 용어를 살리기 위해서라도 이 시기 문학의 뿌리가 되는 1890년대 이후의 업적에 주목할 필요가 있는 것이다.[16]

넷째, 19세기 후반을 근대문학의 출발점으로 보는 주장이 있다. 임형택에 따르면 한국문학사에서 근대가 성립한 것은 1900년을 전후한 시기이다. 즉 19세기라는 전환기를 거쳐 1900년을 전후한 시점에서 근대가 출발하게 되는 것이다. 이와 관련된 논의를 인용하면 다음과 같다.

한국의 19세기는 근대적 전환이 일어나기 직전에 해당하는 시기다. 때문에 이 시기는 문학사의 인식상에서도 각별한 의미를 갖는 것으로 볼 수 있다.

근대라면 시대 구분의 한 단계로 떠올리기 쉬운데 나는 지금 '인간의 시간'을 하나의 이론 틀로 재단하는 인식 논리로부터 벗어나고 싶다. 오늘 우리들의 일상적인 삶의 양식이 성립한 이후를 근대로 잡고 있다. 그렇다면 대략 1900

---

16 참고로, 최원식은 한국 계몽주의문학을 맹아기(1894~1905), 애국계몽기(1905~1910), 1910년대(1910~1919)의 세 단계로 나누는 의견을 추가로 제시한 바 있다. 이는 1894년에서 1905년까지의 시기를 재검토하면서 산문 분야에서는 유길준, 시가 분야에서는 독립신문 소재 노래들에 주목했기 때문이다. 최원식, 「1910년대 친일문학과 근대성」, 『민족문학사연구』 제14호, 1999, 172~262쪽 참조.

년을 전후한 시점을 근대가 성립하는 계기로 간주할 수 있는 듯하다. 지금 우리들 자신이 영위하고 향유하는 제도와 문화 전반이 언제 시작되었는가를 따져 올라가면 바로 이 시점에 닿기 때문이다. 첫머리에 쓴 '근대적 전환'이란 이를 지칭하는 개념이다.[17]

임형택은 19세기에 일어난 문학적 현상으로 '야담-한문단편', '규방소설-국문장편', '판소리-판소리소설'들 사이의 변화 과정의 의미를 중요하게 생각한다. 근대문학사의 기점 논의에서 가장 중요한 것은 근대의식과 이를 반영한 문학 작품의 존재 유무이다. 그런 점에서 19세기 후반을 한국 근대문학사의 기점으로 보는 주장은 설득력이 있다.[18]

2. 한국 근대문학사의 특징

한국 근대문학사의 출발 시기는 19세기 후반이며, 조금 더 특정해 말한다면 1890년대 무렵이라고 단정할 수 있다. 이는 다음과 같은 몇 가지 현상에 주목한 결과이다.

첫째, 이 시기 이후 한문의 사용이 급격히 줄어들고 국한문혼용을 거쳐 한글의 사용이 보편화되기 시작한다. 둘째, 신문 등 근대 이후 탄생한 새로운 매체를 활용해 문학 작품을 발표하고 새로운 방식으로 이들 작품을

---

17 임형택, 「19세기 문학사가 제기한 문제점들」, 『국어국문학』 제149호, 2008, 5쪽.
18 이러한 주장은 갑오경장을 근대문학사의 기점으로 보는 이론들과 상통하는 면이 없지 않다. 다만, 갑오경장설은 문학 작품의 출현보다는 사회·정치적 사건을 문학사의 출발점으로 설정한다는 점에서 이와는 근본적으로 차이가 있다.

유통시키게 된다. 셋째, 전문적인 지식인 작가 집단이 탄생한다. 넷째, 현실에 대한 관심으로 작품의 주제가 변화한다. 이는 근대 한국의 사회적·정치적 상황과도 밀접한 연관성을 지니고 있다.

국한문혼용체는 근대 이후 보편화된 문체이다. 따라서 국한문혼용체는 근대를 상징하는 문체이기도 하다. 문체를 기준으로 한국문학사를 정리한다면, 한문에서 출발해 국한문혼용체를 거쳐 한글 작품으로 가는 과정이 근대문학사의 전개 과정이라 할 수 있다. 1890년대 이후는 국한문과 한글이 서로 경쟁하는 시대로 진입하게 된다. 소설은 문자로 기록되어 유통되는 예술 양식이다. 문자 해독 인구의 증가는 곧 잠재적 독자의 증가를 의미한다. 이 시기 이후부터 지식인들이 한자 사용을 현저하게 줄이고 한글 사용을 적극 시도하는 일이 일어난다. 지식인의 한글 사용은 자연스럽게 대중의 문자 해독력을 높이는 결과를 가져왔고, 독서의 보편화를 위한 중요한 토대가 될 수 있었다. 결국 한국에서는 작가 중심의 문체 즉 한문과 국한문체에서 독자 중심의 문체 즉 한글체로 이동하는 글쓰기가 시작되면서 근대소설사가 전개되어 나갔다고 할 수 있다.

19세기 말은 신문이라는 새로운 매체가 등장하여 대중 속에 자리를 잡은 시기이다. 매체의 변화는 문체 등 표현 방식을 바꾸고 예술 양식에 영향을 미칠 뿐만 아니라 그 내용에까지 영향을 미친다. 이는 과거뿐만 아니라 오늘날에도 확인되는 현상이다. 근대적 매체를 통한 대량 인쇄와 신속한 유통 방식은 근대문학 작품 창작의 중요한 사회문화적 배경이 된다. 근대 초기의 신문들은 어떠한 문체로 기사를 인쇄할 것인가를 놓고 많은 고민을 했다. 이 시기에는 신분 성별, 그리고 교육 정도 등에 따라 문체 사용 계층이 다양하게 분리되어 있었다. 따라서 신문의 문체 선택은 곧 독자 집단에 대한 선택을 의미했다.

1890년대는 근대신문을 매개로 삼은 전문적 작가 집단이 출현한 시기이다. 이들은 근대적 사상을 담은 새로운 양식의 작품을 창작해 근대 매체를 통해 발표했고, 이를 근대적 방식으로 유통시켰다. 이들 작가 집단이 글을 쓰는 목적은 예술성의 구현에 있지 않았다. 그들은 상품화를 목적으로 삼지도 않았다. 근대 초기에 이들이 소설을 쓰는 가장 큰 목적은 대중 계몽에 있었다. 한국문학사에서 본격적인 계몽문학이 시작된 것이 바로 이 시기였다. '지식인 작가가 한글로 쓴 계몽문학'은 한국 근대문학의 특성을 가장 명료하게 설명할 수 있는 표현이다. 한국의 근대문학사의 핵심은 바로 전문적 지식인 작가들이 대중의 언어인 한글을 사용하기 시작했다는 점에 있다. 소수의 선각자 지식인들이 한글로 작품을 창작하기 시작하면서부터 한국 근대문학사는 시작된다. 아울러 한글소설에 거부감을 보이던 지식 계층이 거리낌 없이 한글소설을 읽게 되면서 한국 근대문학사는 완성 단계에 들어서게 된다. 이 시기 전문적 작가의 대부분은 언론인이었다.

근대문학 작품은 근대 이전부터 강조되어 오던 보편적 윤리에 대한 관심보다는 시사문제에 대해 상대적으로 높은 관심을 보인다. 시사성의 강화는 신문이라는 대중 매체를 통해 작품이 발표되었기에 가능했다. 이 시기에 발표되는 상당수 작품들의 주제는 사회적·정치적 성향을 띠고 있다. 특히 근대 초기에는 문명개화와 관습의 개량, 그리고 민족 주권의 수호 문제 등이 관심사로 떠오르게 된다. 근대 초기 신문을 통해 발표된 상당수 작품의 주제는 계몽이기도 했고 민족이기도 했으며 때로는 계몽과 민족이 어우러진 것이기도 했다. 한국의 근대소설은 현실을 적극적으로 반영하지만, 표현 방식에서는 직설적이기보다는 상징적 우회적인 경우가 많다. 이는 제국주의적 식민지 침탈과 검열이라는 억압 속에서 성장한 한국 근대문학이 생존을 위해 선택한 지혜로운 길 가운데 하나였다.

새로운 문학 양식의 출현은 언제나 그 시대의 문화 및 사회적 환경과 직접적인 연관성을 지닌다. 한국 역사에서 근대 초기는 모든 것이 유동적으로 움직이며 변화하던 시기였다. 사회 제도와 문화 환경뿐만 아니라 정치적 역학 관계 또한 수시로 변화하던 시기였던 것이다. 한국의 근대소설은 내용뿐만 아니라 길이와 구성 등 형식적 측면에서도 이러한 환경을 적극 반영하며 성장해 나갔다. 시대적 정황에 맞게 변화하며 성장해 나갔던 것이다.

제 2 장

근 대 적   서 사

양 식 의   출 발

'서사적 논설'

1. '서사적 논설'의 발생과 전개

한국 근대문학사 최초의 서사문학 양식은 서사적 논설이다. 서사적 논설은 이야기와 논설이 결합된 문학 양식이다. 서사적 논설은 주로 근대신문의 논설란에 실려 있고, 글의 일부 또는 전부를 서사로 채우고 있다.[1]

1890년대 이후 근대계몽기[2]에 발간된 신문들은 교훈적 우화 등 단형의 이야기[3]를 논설란에 수록했다. 이러한 교훈적 우화의 예로는 1897년 5월 27일『그리스도신문』논설란에 수록된 「코끼리와 원숭이의 이야기」 등을 들 수 있다. 「코끼리와 원숭이의 이야기」의 내용은 다음과 같다.

서로 친한 코끼리와 원숭이가 있었는데, 어느 날 각각 자기 자랑을 시작하였다. 코끼리는 자신의 몸이 큰 것과 힘이 센 것을 자랑하였다. 원숭이는 자신이 날쌘 것과 세상 사람들에게 즐거움을 주는 것을 자랑하였다. 둘은 우열을 가리기 위해 부엉새에게 가서 판결을 내려달라 하였다. 부엉새는 둘에게 흐르는 강을 건너 큰 나무 열매를 따오면 판결을 내려주겠다고 답하였다. 둘이 강가에

1 　서사적 논설과 관련된 주요 연구 자료로는 다음의 책들이 있다. 정선태,『개화기 신문 논설의 서사 수용 양상』, 소명출판, 1999; 김윤규,『개화기 단형 서사문학의 이해』, 국학자료원, 2000; 김영민 외편,『근대계몽기 단형 서사문학 자료전집』상·하권, 소명출판, 2003.

2 　1890년대 이후 대략 1910년대 무렵까지를 한국문학사에서는 개화기, 근대전환기, 계몽기, 애국계몽기, 근대계몽기 등 다양한 용어로 부른다.

3 　이러한 작품들은 '단편 서사물', '단형 서사체', '단형소설' 등 다양한 이름으로 부른다. 이 시기 단형의 이야기 문학 자료들은 글의 양식을 직접 밝힌 경우도 있고 그렇지 않은 경우도 있다. 예를 들어 글의 양식을 '논설'이라고 밝히기도 하고 '소설'이라고도 밝힌다. 하지만, 이들이 밝힌 양식의 의미가 지금 우리가 사용하는 양식의 의미와 동일한 것은 아니다. 근대 초기 단편서사물과 관련된 논의는 김영민, 「근대계몽기 단형 서사문학 자료 연구」, 『근대계몽기 단형 서사문학 자료전집』상권, 547~586쪽 및 한기형, 「신소설 형성의 양식적 기반」,『한국 근대소설사의 시각』, 소명출판, 1999, 11~50쪽 참조.

이르렀을 때, 원숭이는 강을 건널 수 없었으므로 코끼리의 등에 업혀 강을 건 넜다. 이어서 큰 나무 아래 도착했을 때는 원숭이가 나무 위에 올라가 열매를 땄다. 둘이 열매를 구해 돌아오자 부엉이는 '코끼리는 능히 하수를 건너고 원숭이는 능히 열매를 땄으니, 그 일을 궁구하면 각기 한 가지 재능이 있으니 더 자랑할 것이 없다'는 말로 판결을 대신했다.

이 우화는 누구나 하나씩 가지고 있는 재능의 소중함을 일깨워 준다. 이 글에는 재능의 양과 범주가 다르기는 하나 그것들은 모두 제각각 쓰임이 있다는 사실과, 만물은 모두 고유한 개성을 지닌 귀한 존재라는 인식이 깔려 있다.[4]

이러한 우화는 순수 창작이라기보다는 이미 존재하는 이야기를 다듬어 만든 것일 가능성이 크다. 여기서 주목할 것은 근대계몽기 신문의 편집자들이 사상 전달의 방편으로 이러한 허구적 서사 양식을 적극 활용했다는 점이다. 이러한 교훈적 우화는 한말의 절박한 사회 상황을 반영하는 현실성을 띤 우화로 전이된다.

서사적 논설의 활성화는 『독립신문』과 『제국신문』, 『매일신문』 및 『대한매일신보』를 통해 이루어진다. 『독립신문』은 「일전에 어떠한 대한 신사 하나이-」[1898.1.8][5]를 수록한 이후 약 30편에 이르는 서사적 논설을 수

---

4   이 글의 집필자가 선교사였다는 사실을 염두에 두었을 때 이는 성서적 사고와도 연관된다. 이 신문 사고에는 "원목사는 저술하고 빈의원은 사무를 보느니라"는 글귀가 들어 있다. 여기서 원목사란 언더우드(H. G. UnderWood)를 가리키고 빈의원이란 당시 『그리스도신문』의 발행 및 영업 관계 실무를 맡았던 빈톤(C. C. Vinton)을 가리킨다.

5   서사적 논설 중 원문에는 제목이 붙어 있지 않으나 이 책에서 작품 구별을 위해 제목을 붙인 경우는 「일전에 어떠한 대한 신사 하나이-」와 같이 마지막 어절에-표시를 첨가했다. 제목 및 본문의 인용 표기 역시 이 책에서는 현대어로 바꾸었다. 발표 당시의 원문 표기 확인은 다음 자료 참조. 김영민 외편, 『근대계몽기 단형 서사문학 자료전집』 상·하권,

록한다. 『제국신문』은 「이전 파사국에-」^{1898.9.30}를 수록한 이후 약 70편에 이르는 서사적 논설을 수록한다. 『매일신문』은 「동도 산협 중에-」^{1898.4.20}를 수록한 이후 약 30여 편에 이르는 서사적 논설을 수록한다. 『대한매일 신보』는 「벼슬 구하는 자여」^{1907.12.12}를 수록한 이후 약 30여 편의 글을 수록한다. 이들 신문에 실린 이야기들은 앞의 『그리스도신문』의 우화에 비해 현실성과 창작성이 두드러진다.

『독립신문』 1898년 2월 5일 자 제1면에 실린 논설 한 편을 요약하면 다음과 같다.

옛적에 기생이라 하는 사람이 자기 집 동쪽에 있는 한 방죽에 고기가 많이 있는 것을 보았다. 그는 방죽의 물 흐름을 맑게 하고 수초를 잘 가꾸어 고기가 살기 좋게 하였다. 그는 좋은 고기를 보면 그 방죽에 사다 넣고 돌보았으므로, 이웃 사람들이 감히 고기를 쉽게 넘보지 못하였다. 세월이 흘러 기생이 죽은 후 그 후손이 가업을 탕진한 뒤 타처로 떠나고, 여러 사람이 바뀌어 들어오면서 방죽에 관심을 가지지 않게 되었다. 그러자 각처에서 어옹이 나타나 좋은 미끼로 고기들을 잡아갔다. 그런고로 고기들이 항상 옛 주인의 덕을 생각하였다. 하루는 방죽가에 백로가 배회하며 근심스러운 표정을 지었다. 그러자 고기들이 이상하게 여겨, 백로 선생아 무슨 일로 근심하는 빛이 있느냐 하고 물었다. 백로가 답하기를, 내가 오늘 저 산을 넘어오다가 낚시꾼 두셋을 보았는데 그들이 회와 억구풀을 풀어 고기를 모두 기절시키고 그물을 던져 잡아가려 하는 사실을 알았는 바, 나는 본래 자비심이 많아 이를 슬퍼하노라 하였다. 고기들이 그 말을 듣고 애를 태우다가 마침내 백로를 청하여 애걸하며 살아날 묘계를 가르쳐달라

소명출판, 2003.

하였다. 백로는 고기들에게 산 넘어 큰 연못으로 옮겨 그들을 보호해 주기로 약속하고 고기들을 나르기 시작했다. 그러나 백로는 고기를 작은 샘 구멍에도 집어넣고 바위 위에도 널어놓아 자기의 식량으로 만들었다. 고기가 태반이나 죽은 이후에, 게 한 마리가 백로에게 부탁해 자리를 옮겨가던 중 바위에 널린 고기를 보게 되었다. 게는 사실을 깨닫고 용맹을 써서 백로의 목을 굳게 쥐었다. 게에게 목을 잡힌 백로는 다시 방죽으로 돌아왔다. 사실을 안 고기들은 분함을 이기지 못하고 죽기로 힘을 써 백로를 물어 죽였다. 그 뒤 고기들은 한 고기를 교사로 정하여 어린 고기들을 가르쳐 다시는 어옹과 백로의 해를 받지 않았다.

이 글이 주는 가장 큰 교훈은 보호를 빙자한 이웃의 침략에 대한 경계이다. 악한 이웃의 꼬임에 넘어가지 않으려면 문견을 넓혀야 한다. 고기들이 백로의 꼬임에 넘어가는 이유는 그들이 방죽에서만 자란 우물 안 개구리 격이라 문견이 없었기 때문이다. "방죽 가운데 생장한 고기들이 어찌 타처에 유람하여 문견이 있으리요"라는 구절이 이를 보여준다. 이 글은 서사의 마무리 부분에 글쓴이의 주장을 추가로 담고 있다. 여기에서 글쓴이는 자신의 의도를 다음과 같이 직접 드러낸다.

고기도 애족지심을 발하여 분개함을 못 이기여 목숨을 돌아보지 아니하고 원수를 갚고 동족을 무마하여 안보함을 누리었다 하는데 하물며 사람이 이런 때를 당하여 밥이나 먹고 옷이나 입고 지체 자랑이나 하고 밤낮없이 시기 싸움이나 하여 동포 형제끼리 서로 잡아먹으려 하니 어찌 부끄럽지 아니하리요 때가 되었으니 꿈들을 깨시오 저기 백로 왔소 이 방죽에는 게도 없나 하도 답답하기로 두어 자 기록하여 보내니 기재하여 세상에 혹시 분개 있는 사람이 있는지 알고자 하노라[6]

글쓴이는 지금의 상황이 바로 백로가 온 상황임을 이야기하며, 사람들에게 꿈을 깰 것을 강조한다. 이런 때를 당하여 밥이나 먹고 옷이나 입고 자태 자랑이나 하고 밤낮없이 시기와 싸움이나 하여 동포 형제끼리 서로 잡아먹으려 하니 어찌 부끄럽지 않느냐는 것이다. 이러한 마무리 부분은, 이 우화가 우리 민족에게 닥치고 있는 현실의 문제를 다루고 있는 이야기임을 확인시켜 준다.

이 글은 그 짜임새나 내용으로 미루어 볼 때 전형적인 서사를 활용한 논설에 해당한다.

이 논설은 서두에 "어떤 유지각한 친구의 글을 좌에 기재하노라"는 편집자 주[註]가 달려 있다. 서사적 논설은 대체로 편집자 주 또는 해설을 포함한다. 편집자 주나 해설이 붙는 방식은 다양하다. 첫째, 서사문의 앞에만 붙는 경우가 있다. 둘째, 서사문의 앞과 뒤에 붙는 경우가 있다. 셋째, 서사문의 뒤에만 붙는 경우가 있다. 서사문의 앞에 붙는 글은 대체로 이야기를 전해들은 경위 등을 밝히는 편집자 주가 많다. 구체적인 예는 다음과 같다.

어떤 유지각한 친구의 글을 좌에 기재하노라『독립신문』, 1898.2.5

어젯밤에 본사 탐보원이 서촌 한 친구의 집에 갔더니 마침 유지각한 四五인이 앉아서 공동회 일절로 수작이 난만한 것을 듣고 그 중요한 것을 뽑아서 좌에 기재하노라『독립신문』, 1898.12.28

서울 행세군과 시골 구사하는 사람의 문답한 것을 좌에 기재하노라『독립신문』, 1899.1.23

6　　『독립신문』, 1898.2.5.

북촌 사는 사람 하나이 완고당 한 분을 만나 문답한 말이 가히 들음직하기로 좌에 기재하노라『매일신문』, 1898.9.20

봄바람이 객창을 부니 나그네 꿈이 자주 놀라는지라 외로운 등잔을 짝지어 고서를 보다가 우연히 감동하는 바가 있어 기재하노라『매일신문』, 1899.3.20

어떤 유지한 친구가 자위 김포 과객 무명씨라 하고 본사에 투서하였기로 좌에 기재하노라『제국신문』, 1900.6.11

이러한 편집자 주는 이야기의 시작을 알리는 형식적 역할을 담당하는 경우가 대부분이다. 반면, 서사문의 뒤에 붙는 글은 대체로 중심 서사문의 창작의도에 대한 구체적 해설이 되는 경우가 많다. 구체적인 예는 다음과 같다.

이 이야기가 매우 재미있기에 기재하니 우리 신문 보는 이는 그 대한 사람의 처지를 당해서 어떻게 작정할는지를 요량들 하여 보시오『독립신문』, 1898.1.8

염량이 없는 고기도 애족지심을 발하여 분개함을 못 이기여 목숨을 돌아보지 아니하고 원수를 갚고 동족을 무마하여 안보함을 누리었다 하는데 하물며 사람이 이런 때를 당하여 밥이나 먹고 옷이나 입고 지체 자랑이나 하고 밤낮없이 시기 싸움이나 하여 동포 형제끼리 서로 잡아먹으려 하니 어찌 부끄럽지 아니하리요 때가 되었으니 꿈들을 깨시오 저기 백로 왔소 이 방축에는 게도 없나 하도 답답하기로 두어 자 기록하여 보내니 기재하여 세상에 혹시 분개 있는 사람이 있는지 알고자 하노라『독립신문』, 1898.2.5

간신이 재물을 탐하고 나라는 돌아보지 아니함이 고금에 이 같으니 어찌 슬프지 아니하리오『제국신문』, 1900.3.30

일로 좇아 보건대 그 농부가 은을 탐내지 아님으로 천지신명이 도우사 그 죽는 아들을 구원케 하셨으니 보응이 분명 눈앞에 있는 것을 가히 알지라 우리 신문을 보시는 첨군자들은 좋은 일 하시기를 바라오 『제국신문』, 1901.2.6

서사문의 뒤에 붙는 마무리 해설은 서두의 편집자 주에 비해 그 분량이 두 배 혹은 세 배 이상 길다. 이 해설은 내용을 마무리하고 집필자의 의도를 집약해 전달하는 역할을 했기 때문이다. 따라서 마무리 해설은 독자들을 향한 계몽적 의도를 직설적으로 드러내는 경우가 대부분이다.[7]

1890년대 후반 『매일신문』[8] 논설란에 실린 글의 상당수는 서사적 논설의 형식을 취하고 있다. 『매일신문』 1898년 4월 20일 자 논설은 서사적 요소를 적극 담아낸 대표적 자료 가운데 하나이다. 내용을 요약하면 다음과 같다.

---

7   『독립신문』 소재 서사적 논설의 편집자 주와 관련해서는 다음의 논의 참조.
    "『독립신문』의 서사적 논설은 편집자의 일방적인 발화로 이루어져 있는 대부분의 논설과는 달리 서사문학적 특성을 가진 글이다. 또한 일반적인 논설과는 달리 하나의 구체적인 사건을 통해 작가의 의도를 전달하고자 했다. 사실을 기반으로 하는 신문 매체의 논설란에서 서사문학적 글쓰기가 쓰일 수 있었던 배경에는 무엇보다 서술자의 역할이 컸다. 서사적 논설의 서술자는 서사적 이야기의 작가이기 이전에 신문 매체의 특성을 갖는 편집자의 성격을 지니고 있었다. 따라서 서술자는 중립적이고, 객관적인 태도로 사실만을 이야기하고자 했고, '전언'의 방식은 서사적 논설의 허구적인 요소까지도 논설란 안에 포섭하는 중요한 형식적 장치가 되었다." 배정상, 「『독립신문』의 '독자투고'와 서사적 논설」, 『근대 미디어와 한국문학의 경계』, 소명출판, 2021, 43쪽.
8   『매일신문』은 배재학당 학생회인 협성회가 발간하던 주간신문인 『협성회회보』를 발전시킨 한글 전용 신문이다. 『협성회회보』는 1898년 1월 1일 창간되었으며, 『매일신문』은 1898년 4월 9일부터 발행되었다. 『매일신문』은 우리나라 최초의 일간신문이라는 점에 의미가 깊다. 『매일신문』이 일간으로 발행된 이후 『독립신문』 등도 이에 자극받아 격일간에서 일간으로 전환되었다. 외국인 지원이나 감독 하에 발간되던 다른 신문과 달리 한국인들의 손에 의해 창간되었다는 점도 주목할 만하다. 이 신문의 논조는 열강세력으로부터 자주와 정치적인 개혁, 국민의 각성을 부르짖는 내용으로 가득 차 있다. 제작에 참여했던 사람은 양홍묵, 이승만, 유영석 등 협성회의 주요 간부들이다. 정진석, 「해제」, 『협성회회보·매일신문』, 한국신문연구소, 1977, 4쪽 참조.

동도 산협 중에 큰 마을이 있고 그 가운데 우물이 있었다. 모든 동네 사람들은 그 물을 마시며 살았다. 서울 사는 서생이라는 사람이 산천을 유람하다가 그곳에 이르러 한 집을 찾아 들어가 유숙하기를 청했다. 그러나 주인이 나와 서생을 욕하며 때리려 하기에 급히 몸을 피해 다른 사람에게 그 사정을 일렀다. 다른 사람 역시 그를 때리려 하자 그는 산중에 몸을 숨겼다. 그가 몰래 동네를 살펴보니 사오 세 유아들은 성품을 온전히 간직하고 있으나, 장성한 사람들은 모두 광기를 발하여 서로 때리고 욕하며 강한 자가 약한 자를 죽이기도 하였다. 서생이 지리를 살펴본 후, 여러 사람이 미친 것은 우물 때문인 것을 알게 되었다. 그는 금으로 사람들 다섯을 꾀어 명산을 찾아가 좋은 물을 먹이며 수개월을 머물렀다. 그러자 그 사람들이 맑은 정신이 들었다. 맑은 정신이 든 사람들이 서생에게 백배치하하고 서생을 이별한 후 동네에 나아가 사연을 설명하고 우물을 급히 없애고 다른 우물을 파 마시자고 제안했다. 그러나 모든 광인이 크게 노하여, 저들이 어떤 미친놈을 따라 미친 물을 먹고 장위가 바뀌어서 조상 적부터 몇천 년 내려오며 먹는 우물을 고치자 하니 저놈은 조상을 욕하는 원수라 하여 죽이려 하였다. 다섯 사람이 여러 광인을 당하지 못하여 그들도 거짓 미친 체하며 지내게 되었다. 하지만 그들은 다시 그 우물을 먹을 수 없었으므로 밤이면 다른 물을 먹으며, 그 우물을 없애기 위해 애를 썼다. 여러 광인들이 그 기미를 알고 다른 물을 먹는다고 시비가 무상하였다. 그러자 다섯 사람은 자신들이 병의 뿌리를 깨달은 바에 차라리 성한 대로 죽을지언정 그 물을 다시 마실 수는 없다 하여 행장을 차리고 서생의 종적을 찾아 길을 떠났다.

이 논설의 필자는 이야기를 끝맺으며 '그 하회는 어찌 되었는지 일시 이야기로 들은 것이니 하도 이상하기로 기재하노라'고 말한다. 자신이 들은 이야기가 하도 신기해 여기에 옮겨 적는다는 것이다. 이 이야기는 현실과 관계없는 신기한 이야기가 아니라 한말의 현실과 매우 깊이 연관된 이야기이다. 통상적으로 우화가 그러하듯이 이 이야기 역시 여러 가지 상징과 은유적 요소를 지니고 있다. 미치광이들이 사는 마을이 동도 산협 중에 있었다는 사실과 그들을 깨우치려는 이가 서울서 온 서생이라는 사실부터가 상징적으로 대응된다. '산협'과 '서울'이 대조를 이룬다면 '동도'와 '서생' 역시 대조를 이룬다. 서울 사는 서생이 동쪽 산속 마을로 와서 받은 대우는 매우 거친 것이었다. 서생은 마을 사람들이 미친 것을 알고 그들을 구제하려 하지만, 마을 사람들은 서생을 미치광이라 생각한다. 서생이 구제했던 다섯 사람, 서생과 새로운 물을 마시며 새로운 세상을 경험한 다섯 사람 역시 마을로 돌아와 미치광이 취급을 받는다. 그들이 경험한 새 세상은 이른바 개화된 세상이다. 그들이 없애려는 오래된 우물은 낡은 관습을 상징한다. 하지만 우물을 없애려는 시도는 곧 조상을 욕되게 하는 일이며 마을 사람을 죽이는 일로 받아들여진다. 그들은 밤마다 새로운 물을 갈아 마시며 오래된 관습의 우물을 없애려 하지만 뜻대로 되지 않는다. 결국 그들은 마을에 머물지 못하고 서생을 찾아 길을 떠나게 된다.

이 우화에는 개화의 의지가 전혀 받아들여지지 않는 세상에 대한 답답함과 원망이 담겨 있다. 이 우화를 지어낸 글쓴이의 입장은 명백하다. 그는 개화를 거부하는 세상을 미친 세상이라 생각한다. 하지만 차마 그러한 표현을 직설적으로 쓸 수는 없었다. 그런 상황 속에서 취할 수 있는 효과적 방식 가운데 하나가 논설에 우화를 활용하는 것이었다. 글쓴이는 관습을 거부하고 새로운 문물을 받아들이는 것이 미친 세상에 대한 치유법이라 생각했다. 그는 관습의 우물물을 마시는 일을 거부하고 새로운 물을 마시는 일을 제안하는 것으로 그 주장을 대신했다. 이 글은 논설의 전부를 서사로 채우고 있다. 이러한 서사적 논설은 당시대적 문화 양식으로서의 특성을 복합적으로 드러낸다.

근대계몽기의 논설이 글쓴이의 논지를 드러내기 위한 서사적 방편으로 꼭 우화만을 활용했던 것은 아니다. 『매일신문』1898년 7월 29일 자 논설은 현실적이며 일상적인 삶의 한 단면을 변용시킨 일화로 이루어져 있다. 이 일화 곳곳에는 당시대적인 상징성이 숨어 있다. 글의 내용은 다음과 같다.

신진학이라 하는 사람은 본래 미천한 사람이었으나 천품이 총명하고 부지런하며 학문에 뜻이 있었다. 그는 높은 선생이 있다고 하면 천리를 멀다 않고 찾아가 배웠으며 좋은 책을 구해 읽었다. 또 손재주가 있어 무엇이든 정교하게 만들었고 두 팔에 천근지력이 있었으며 가산이 많아 고대광실에 금의와 육식으로 세월을 보냈다. 그에게 친구가 하나 있는데 이름이 구완식이라 했다. 그는 본래 명문거족인데 차차 침체하여 지금은 가세가 빈한하고 노복도 모두 달아났다. 그는 의젓하고 점잖으며 예법을 숭상하고 고집이 대단하여 이처럼 곤궁하여도 조금도 변통할 줄을 몰랐다. 장마가 끝난 뒤 하루는 신 씨가 구 씨의 집을 찾아가니 대문짝은 썩어 자빠지고 울타리는 삭아서 무너졌으며, 부엌에서는 개구리가 해산을 하고 방안에서는 하늘이 보였다. 그런데도 구 씨는 건넛방 아랫목에 초방석을 깔고 관 쓰고 창옷 입고 앉아 예기를 낭독하였다. 신 씨가 그를 보고, 지금 이 처지에 예기만 읽지 말고 세상에 나서서 널리 다니고 배우면 그대 품성에 얼마 아니 되어 사업도 능히 할 것이라 하였다. 구 씨가 그 말을 듣고 정색하여 답하기를 양반 자식이 아무리 죽게 되었기로 장사가 웬 말이냐 하며 화를 낸 후 다시 큰 소리로 책을 읽기 시작했다. 신 씨는 기가 막혀 아무 말도 안 하고 일어서 돌아와 다시는 구 씨를 찾지 않았다. 이후 그는 항상 사람들에게 썩은 나무는 사귈 수가 없다고 말하였다.

이 논설은 당시대에 있을 수 있는 이야기를 하나의 삽화처럼 그려내고 있다. 글쓴이는 이야기에서 두 인물의 이름을 신진학과 구완식으로 설정하여 신구의 대립적인 삶의 모습을 대조적으로 드러낸다. 인물에 대한 이러한 명명법은 논설적 명명법이라기보다 소설적 명명법이다. 이 글에서는 신진학을 신 씨로, 구완식을 구 씨로 반복해 호칭한다. 신구의 대립을 더욱 명료하게 서술하려는 의도로 읽을 수 있다. 글의 마무리에서 구 씨의 모습은 썩은 나무에 비유된다. 썩은 나무와는 사귈 수 없다는 신 씨의 말은 구시대적 삶과 결별을 선언하는 글쓴이의 의도를 반영하고 있다.

서사적 논설에서 이야기를 전개시켜 나가는 방식은 다양하다. 이는 크게 보면 다음의 세 가지 유형으로 나눌 수 있다.

첫째, 서술체 방식. 등장인물들과 관련된 일화를 중심으로 이야기를 끌어가는 방식이다. 여기서는 글쓴이가 전지적 혹은 관찰자적 서술자 및 해설자의 역할을 담당한다. 이는 『매일신문』에서 가장 흔하게 발견된다. 『매일신문』 최초의 서사적 논설인 「동도 산협 중에–」[1898.4.20]를 비롯해, 「이전에 한 노인이–」[1898.7.21], 「양주 땅에 한 사람이–」[1898.7.27], 「동촌 락산 밑에–」[1898.8.31] 등 대부분의 논설이 이러한 형식을 취하고 있다.

둘째, 문답체 방식. 두 사람 사이의 대화가 서사의 중심을 이룬다는 점에서 대화체로 부를 수도 있다. 대부분 등장인물들의 대화 속에서 교훈이 직설적으로 드러난다. 『독립신문』 최초의 서사적 논설인 1898년 1월 8일 자 논설은 문답체로 되어 있다. 이 글에서는 '대한 신사' 한 사람과 '외국 정치가'가 만나 한국의 정세에 대한 의견을 교환하고, 외국 정치가가 대한 사람에게 현실에 대한 충고를 전달한다. '그 외국 정치가가 말하되' 혹은 '대한 사람 말이' 등의 구절로 화자가 바뀌는 것을 표시한다. 『독립신문』은 이 글 이외에도 여러 곳에서 문답체 방식을 채용하고 있다. 『독립신문』이 가장 주력한 서사적 논설의 방식이 문답체라고 해도 좋을 만큼 여기에는 문답체가 많다. 『대한매일신보』 1908년 9월 18일 자 논설 「한국의 장래」는 집필자 자신을 주인공으로 하면서, 주인공이 자신을 찾아온 손님을 맞아 문답하는 방식으로 되어 있다. 여기에서는 '객이 가라대-'와 '내가 가라대-'를 반복해 가면서 두 사람 사이의 대화를 진행한다.

셋째, 토론체 방식. 이는 셋 이상의 등장인물이 대화나 토론을 이끌어 가는 방식이다. 대화체와 마찬가지로 등장인물들의 대화 속에서 작가의 집필 의도가 직설적으로 드러나게 된다. 『제국신문』 1898년 12월 22일 자 논설 「향일에 어떠한 선비-」는 대표적인 토론체 서사적 논설이다. 이 작품에서는 여러 명의 선비가 모여 시국에 관한 자신의 견해를 제시하며 토론한다. 『독립신문』 1898년 11월 23일 자 논설 「병정의리」 역시 여러 명의 병정들이 모여 자신들의 견해를 내세우며 정부 대신들을 비판한다는 점에서 토론체 방식의 작품이다.

2. '서사적 논설'의 확산 서사적 기사

서사를 활용하여 주장을 전달하는 글이 꼭 논설란에서만 발견되는 것은 아니다. 꾸며낸 서사 속에 발행인이나 편집자의 주장과 견해를 집어넣는 예는 잡보란이나 내보란 등에서도 확인된다. 『협성회회보』 1898년 3월 26일 자 내보란에는, 죽었다 다시 살아난 최여몽이라는 사람에 대한 기사가 실려 있다. 기사의 줄거리를 요약하면 다음과 같다.

남촌 사는 최여몽이라는 사람이 죽었다가 다시 살아났다. 그는 죽어 황천으로 갔다 다시 나오는 길에 피골이 상접한 노인 수십 명을 만났다. 그 노인들의 이름은 이율곡, 송우암 등등이었다. 그 노인들이 말하기를 '우리 자손들이 몇백 년을 내려오며 우리들의 이름만 팔아 놀고먹는 고로 우리가 근심하여 이렇게 피골만 남았으니 네가 나가거든 우리의 자손들을 보는 대로 우리를 더 걱정시키지 말아 달라' 했다. 그가 깨어 일어나니 이미 죽은 지 삼 일이 지난 후였다.

이 기사는 그 내용으로 미루어 볼 때 실제 사실을 취재한 것이라기보다는 꾸며낸 이야기임이 분명하다. 사건이나 사실을 보도하는 내보란에 이러한 창작물을 수록한 배경은 무엇일까? 그것도 죽은 사람이 조상 몇을 만나고 돌아왔다는 일면 황당무계한 이야기를 실은 이유는 무엇일까? 그 이유는 조상들의 근심 어린 조언을 현세대 독자들에게 전하는 데 있다. 조상들의 이야기의 핵심은 '우리를 더 걱정시키지 말고 이 남은 형상이나 부지하게 해 달라'는 것이다.

근대계몽기 신문의 편집자들이 보기에 조선의 현실은 조상을 크게 근심시키는 현실이다. 조상의 근심을 현 세대 독자들에게 전하는 방식은 꿈을 활용하거나, 이 기사에서처럼 죽음 후의 세계를 다녀오는 비현실적 이야기 틀을 활용하는 방식이 될 수밖에 없다. 이 기사의 주인공의 이름은 최여몽이다. 그의 이름 속 '몽' 자는 꿈의 이미지를 지니고 있다. 이 신문의 편집자들은 과거와 현재를 뛰어넘기 위한 방편으로 이러한 창작 서사를 활용한 것이다.

서사를 활용하는 기사는 논설의 경우와 마찬가지로 대화체 형식으로도 나타난다. 대화체 기사는 1890년대 신문 기사의 특수한 유형 가운데 하나이다. 1898년 7월 1일 자 『매일신문』 잡보란에는 다음과 같은 대화체 기사가 실려 있다. 전문을 인용하면 다음과 같다.

아주 찰 수구당에서 늙은 점잖은 노인 한 분과 개화에 새로 맛들인 젊은 친구 하나와 만나서 수작하는 말이라.

(그새 기운 어떠시오)

(어 나는 잘 있네마는 어린놈이 역질을 아니하였는데 요새 동네 마마가 들었다니 어찌하면 좋을는지 속이 답답허에)

(아 그렇게 염려될 것이 무엇이오니까 남이라고 다 역질시킬라구요)

(하 나는 역질이라면 기가 나네 어린 것을 다섯째 역질에 잃어버리고 이것 하나 남았네)

(저런 참혹한 일이 어디 있소 그 새로난 우두법이 제일 좋습디다그려 왜 우두 아니 시키시오)

(허허 우두가 좋기는 하다데마는 나는 그것은 아니 하겠네)

(왜요 마마에 죽을 어린아이를 우두 넣어서 살려도 싫어요 왜 아니 하신단 말이오 나는 그런 소리 들으면 화가 납니다)

(허 제명이 마마에 죽을 터이면 우두를 넣어서 살리기로서니 얼마 산다던가 다 제명에 달렸으니 우리나라 사람은 타국 사람과 달라서 죽더라도 마마를 시켜야 하느니)

(무엇이오 하 답답한지고 당신 말씀 같이 생사가 명에 달렸으면 병들어도 의원이나 약은 다 쓸데없겠지요)

(어 그러나 아니 쓸 수 있나)

(왜 써요 다 명에 있거든 병을 약 써서 고치기로 며칠 살겠소)

(그는 그렇지마는 그래도 조상 적부터 내려오는 약이야 아니 쓸 수 있나)

(옳지 알아듣겠소 당신 조상이 징역하였으면 당신도 징역하고 당신 아들 손자 다 청바지 저고리 입힐 터이지요.)[9]

아주 지독한 수구당守舊黨인 늙은 노인과 개화에 새로 맛을 들인 젊은 친구 사이의 이 대화는 두 세대 간의 의식의 차이를 매우 선명하게 보여준다. 대화 속에서 노인은 역질로 아이 다섯을 잃고도 새로운 치료법인 우두를 거부한다. 죽고 사는 일이 모두 제명에 달렸다는 것이 노인의 주장이다. 노인의 생각에 대해 젊은이는 반론을 제기한다. 조상이 징역을 가는 등 옳게 살지 못했으면 자손도 옳게 살지 않는 것이 도리냐고 반문하는 것이다. 글쓴이는 물론 개화파 젊은이의 입장을 지지하는 인물이다. 여기서 젊은이의 반론에 대응하는 노인의 결론은 더 이상 제시되어 있지 않다. 노인과 젊은이, 수구당의 구세대와 개화파인 새로운 세대 사이의 차이를 보여주는 것 자체만으로도 글쓴이의 의도를 충분히 드러낼 수 있기 때문이다. 이러한 대화체 기사 역시 서사적 논설과 마찬가지로 교훈적 성격을 강하게 지니고 있다.

서사적 기사는 그것이 실린 지면 등에서는 서사적 논설과 구별된다. 하지만, 서사적 기사 역시 사실 전달보다는 글쓴이의 의도 전달이라는 논설적 기능에 더 치중한 글이다. 이런 점에서 보면 서사적 기사 역시 서사적 논설과 성격이 유사하다.

1898년 3월 30일 자 『대한그리스도인회보』에 실린 「부자문답」 역시 대화체 내지 문답체 서사의 한 예가 된다. 이 기사의 도입부는 '서국에 한

---

9   『매일신문』, 1898.7.1. 대화문의 괄호 표기는 원문대로임.

농부가 있어 하나님의 도를 독실히 믿더니 하루는-'이다. 서양의 한 농부 이야기임을 전제로 기사가 시작되는 것이다. 이 글은 짐승과 인간의 차이를 이야기하고 천지만물을 지은 창조주에 대한 공경심을 드러낸다. 교훈적 일화인 「부자문답」은 기사에 제목이 달려 있다는 점에서 주목을 끈다.

3. '서사적 논설'의 변모

서사적 논설이나 기사에 제목이 달려 있는 경우는 『매일신문』이나 『독립신문』 등에서도 발견된다. 『매일신문』 1898년 9월 23일 자에 실린 「호토상탄 여우와 토끼가 서로 생키다」는 서사적 논설에 소설적인 제목을 붙임으로써, 서사적 논설의 새로운 모습을 보여준다. 이 글은 『매일신문』 제1면에 실려 있다. 이 글은 내용상 우화적 성격이 강하고 형식상 제목이 달려 있는 등 논설이나 기사에서 분리되어 나가는 독립된 서사 양식으로서의 모습을 갖추고 있다. 이 글의 내용을 요약하면 다음과 같다.

무릇 호랑이라 하는 짐승은 백 가지나 되는 짐승의 어른이 되었으니 그 이유는 지혜와 힘이 백 가지 짐승에 지남이라. 여우의 간사함으로도 마침내 호랑이의 밥을 면치 못하고 토끼의 사오남으로도 호랑이의 밥을 면치 못하니 이로 보면 호랑이의 지혜와 힘이 과연 뛰어나다.

남산에 한 늙은 여우가 있어 세상 풍파도 많이 겪었으나 호랑이를 이길 계책이 없었다. 여우가 하루는 근처의 토끼 굴을 찾아가 한 늙은 토끼를 보고 말하기를, 호랑이가 먹을 것이 없어 곧 우리 동네로 내려올 것이니 내 집은 장차 망하게 되었거니와 그대의 집도 망하리라 하였다. 여우는 토끼에게 두 집이 힘을 합쳐 싸우면 호랑이를 이길 수 있을 것이라 하며 함께 싸울 것을 제안하였다. 이 말을 들은 토끼가 여러 토끼를 불러 의견을 물으니 그중 한 토끼가 나와 말하되, 작년에 아무 형이 저 여우에게 죽었고 아무 아이가 저 여우에게 죽었으니 여우 역시 우리의 원수라, 우리가 호랑이에게 의지하여 저 여우를 소멸하는 것이 좋다 하였다. 그 말을 들은 천상의 신선 토끼가 훈수하기를, 너희가 저 여우와 협력하여 호랑이를 잡은 후에 다시 여우를 방어하기는 쉬운 일이나 여우를 소멸하고 보면 호랑이를 방어하기는 어려울 것이라 하였다.

이 글은, 열강의 침탈이 계속되는 한말의 정치적 혼란기에 우리가 나아갈 방향에 대한 결정이 쉽지 않음을 나타낸다. 「호토상탄 여우와 토끼가 서로 생키다」는 여타 서사적 논설들에 비하면 논설자의 주장이 거의 밖으로 드러나 있지 않다. 이는 상대적으로 서사의 측면이 강조된 글이라 할 수 있다.

『독립신문』 1899년 7월 7일 자 제1면에 실린 「일장춘몽」 역시 서사적 논설의 새로운 단계를 보여준다. 「일장춘몽」은 「호토상탄 여우와 토끼가 서로 생키다」보다 현실을 직접적으로 반영하면서 소설적 짜임새라는 측면에서도 더욱 변화된 면모를 보인다. 글의 내용을 요약하면 다음과 같다.

향일에 어떤 선비 하나가 본사에 찾아와 자기 꿈속의 일을 이야기하거늘, 그 이야기를 여기에 기재한다. 그 선비가 말하기를 내가 평생에 구라파 문명을 보기를 원했는데 초당에 누웠다가 잠이 들어 몽혼이 천만리를 다니게 되었다. 법국 파리에 이르러 몇십 년 전 덕국 명사 비스마르크의 계책으로 프랑스가 패전하던 말을 듣고, 영국에 이르러 법국 왕 나폴레옹이 구라파 천지에 횡행하다가 영국 바다에서 수군 제독 넬슨에게 패전하던 곳을 구경하고 런던에 이르렀다.

런던을 유람하다가 한 곳에 이르니 큰 돌로 샘물을 덮어 놓고 먹지 못하게 하였다. 그 까닭을 물으니 이 물이 탐천이니 착한 사람도 이 물을 먹으면 도적이 되는 고로 물을 마시지 못하도록 덮어 놓았다 하였다. 또 다른 곳에 이르는 이번에는 아천이라는 샘이 있는데, 그 물을 먹으면 모두 벙어리가 된다 하였다. 이 물을 마시면 아무리 정직한 관인이라도 바른말로 송사를 하지 못하며, 아무리 극진히 간하던 관원이라도 충직한 말이 사라지게 되니 그 물을 먹지 못하게 덮어 놓았다. 또 한 곳에 이르니 풍혈이라는 구멍이 있는데, 이 구멍에서 간혹 바람이 맹렬하게 나오면 들에 풀이 자라지 못하고 쓰러지는 폐단이 있어 정부에서 구멍을 막아 들의 풀을 보호한다 하였다. 내가 말하되 탐천과 아천은 사람에게 해로운 것이므로 막을 필요가 있으나 풍천은 애써 막을 필요가 있는가 하였다. 그곳 사람이 말하되, 군자는 정부의 관인이요 소인은 들에 있는 백성이라. 군자의 좋은 바람이 때를 따라 잘 불면 소인의 풀이 잘 자라려니와 만일 혹독한 바람이 불면 풀을 압제하여 쓰러지게 하느니라. 내가 그 사람의 말을 듣고 크게 기뻐하여 옳다 하는 소리에 스스로 놀라 깨달으니 일장춘몽이라 하더라.

이 글의 지은이는 꿈속에서 보고 들은 일을 통해 자신이 하고 싶은 말을 독자에게 전한다. 독일과 프랑스전쟁에서 있었던 비스마르크의 역할에 관한 이야기나 나폴레옹을 물리치던 넬슨의 이야기도 나라를 방어하는 인물들에 관한 글쓴이의 의도를 보여준다. 샘물과 풍혈에 관한 이야기도 서양의 경우를 들어 우리 현실을 빗댄 것들이다. 이런 비유들은 모두 탐욕을 멀리하고 바른말을 하며 백성을 위하는 정부와 관인에 대한 글쓴이의 희망을 담고 있다. 이 글은 서사적 논설의 성격을 지니고 있지만, 도입부의 편집자 주만 없다면 독립된 서사물이라고 보아도 크게 무리가 없다. 도입과 결말 등도 비교적 잘 짜여 있다. 이 글은 서사 전개의 틀로 꿈을 활용하는 일종의 액자소설의 구조를 갖추고 있다.

　서사적 논설이 소설사의 새로운 단계로 넘어가는 과정에서 보이는 또다른 특색은 길이가 길어진다는 것이다. 이렇게 길어지는 서사적 논설은 경우에 따라서는 연재 발표되기도 한다. 즉 연재 논설이 나타나는 것이다. 『매일신문』1898년 12월 13일 자에 발표된 논설은 '상목자'라는 사람에 관한 이야기인데 일반적인 논설의 세 배 정도 분량으로 이루어져 있다. 또한 1899년 1월 26일과 27일 자에 발표된 논설은 연재 발표되었다는 점이 주목할 만하다. 이 연재 논설의 내용은 다음과 같다.

　옛날 서양 어느 나라에 재상이 있었는데 마음은 밝고 착했으나 첩을 좋아하여 객과 노복이 가까이 갈 기회가 없었으므로 세상일에 대해 들어볼 기회가 별로 없었다. 어느 겨울 하루는 재상이 늦게 일어나 많은 빈객을 맞으며 오늘 날씨가 훈훈한가 하고 물었다. 사람들이 천기가 온화하여 양춘 같다 대답하니 재상이 크게 기뻐하였다. 그때 한 사람이 밖에 나가 굵은 고드름 하나를 종이에 싸가지고 들어와 재상에게 내밀며 옥순 하나를 얻어 바친다 하였다. 재상이 받아 펴니 얼음이 들어 있음을 알고 깜짝 놀라 유리창에 가리운 백사장을 밀어 밖을 보았다. 나뭇가지에는 고드름이 맺히고 사람들은 추워 허리를 펴지 못하는지라 재상이 크게 깨닫고 감동하여 빈객을 대하여 눈물을 머금고 말하였다. 내가 요만 부귀를 가지고도 사장 한 겹을 격하여 밖의 천기가 저렇듯 추운 것을 몰랐으니, 구중에 계신 임금께서야 아무리 밝고 어지신들 신하가 아뢰지 아니하면 민간질고를 어찌 통촉하시리오 하였다. 재상은 화원을 불러 민간질고를 여러 화폭에 자세히 그리라 하였다. 화폭으로 십 첩 병풍을 꾸민 재상은 그 병풍을 왕에게 가져가 진상하였다. 왕이 그림을 보고 이 그림이 어찌 된 이치인가 묻자 재상이 낱낱이 설명하였다. 왕이 말하되 내가 구중에 있어서 바깥 사정을 듣지 못한 고로 백성들이 다 호의호식하고 안락 태평한 줄로 짐작하였 더니 오늘에야 비로소 내 백성의 이러한 어려움을 알았도다 하였다. 왕이 지방 관리를 특별 택차하여 보내고 그 병풍을 편전에 치고 수시로 백성을 생각하며 나라를 다스렸다. 그럼으로 수년 안에 그 나라가 서양에서 제일 부강한 나라가 되었다.

우리나라 재상문정에 다니는 손님이 고드름 드리는 이가 한 집에 한 분씩만 되고 정부 대신이 합력하여 민간질고를 그린 병풍 한 좌를 만들어 진헌할 양이 면 곧 대한이 동양의 부강한 나라가 되어 전일에 빈약하던 수치를 가히 한 번 에 씻을 줄 아노라.

이 논설은 마무리 부분에서 글쓴이의 희망을 드러낸다. 재상의 집을 드 나드는 사람들이 바른 말을 하며, 재상들이 임금에게 바른말을 전하면 그 것이 곧 대한이 부강해지는 길이라는 것이 글쓴이의 생각이다. 글쓴이는 이러한 생각을 대중에게 전달하기 위한 수단으로 논설을 연재 집필하였 던 것이다. 이러한 연재형 논설은 『매일신문』 1899년 2월 21일에서 25 일 자까지 총 5회에 걸쳐 발표된 「어떠한 사람 하나히-」 등 여러 사례를 들 수 있다.

4. '서사적 논설'의 특질과 문학사적 의의

한말 개화사상의 큰 흐름을 민족주의와 근대화라고 정리할 때[10] 서사적 논설은 바로 이러한 개화사상의 큰 줄기를 그대로 반영하는 문학 양식이다. 서사적 논설의 주된 내용은 민족의 자주 독립 및 문명개화를 통한 근대화의 문제로 집약된다. 지금까지 살펴본 내용을 바탕으로 서사적 논설의 특색을 요약 정리하면 다음과 같다.

첫째, 서사적 논설에서는 서사가 시작되기 전이나 후에 편집자 주 혹은 편집자적 해설이 붙고 글쓴이의 교훈적 견해가 직접 노출된다.

둘째, 서사적 논설은 주로 논설란에 실려 있지만 잡보란에 수록된 경우도 있다. 잡보란에 실린 글은 외형상 사건 기사의 모습을 취하고 있으나 실제로는 서사적 논설에 포함시킬 수 있는 글들이 적지 않다.

셋째, 서사적 논설은 대부분 지은이가 밝혀져 있지 않다. 서사적 논설은 신문사 편집진이 집필하는 형식으로 발표되거나 독자가 투고한 이야기 혹은 항간에 떠도는 이야기를 채집, 수록한 것처럼 되어 있다. 이 글들은 대부분 각 신문사 편집진의 직접 창작이거나 뜻을 같이하는 주변 인물들의 창작물로 볼 수 있다.[11]

넷째, 서사적 논설의 소재는 우화적 성격이 강하고 비현실적인 경우가 많다. 하지만, 이들은 비현실적 소재를 통해 현실성 높은 이야기를 전달한다. 비현실성을 이용한 현실 비판이야말로 이 시기 서사적 논설이 지닌 핵심 기능 가운데 하나이다.

다섯째, 서사적 논설의 문장은 대체로 언문일치가 이루어지지 않는 문

---

10   유재천, 「개화사상의 사회학적 의미」, 『신문학과 시대의식』, 새문사, 1981, 105쪽 참조.

어체이다. 서사적 논설이 산문체 한글 문장으로 이루어졌다는 점에서는 일면 근대적 면모를 보인다. 하지만, 그것이 아직 언문일치를 이루지 못했다는 점에서는 전근대적이다. 그런 점에서 서사적 논설의 문장은 일면의 근대성과 전근대성을 함께 지니는 전환기적 문장이라 할 수 있다. 서사적 논설의 문체는 이 양식의 발표 매체였던 근대신문의 문체와 연관성이 깊다.

여섯째, 서사적 논설에는 꿈을 이용하여 사건을 액자 속에 집어넣는 기법이 적지 않게 사용되었다. 이는 전통적인 서사문학에서 흔히 사용해온 이야기 창조 기법 가운데 하나를 서사적 논설이 수용하는 모습을 보여준다.

일곱째, 서사적 논설이나 기사에 들어가는 서사적 부분은 서술문에 의존하는 경우가 대부분이다. 하지만, 일부 논설이나 기사에서는 대화체나 토론체 혹은 문답체 문장을 활용하기도 한다.

여덟째, 서사적 논설은 초기에는 제목이 없는 경우가 대부분이었으나 점차 제목이 붙기 시작한다.

아홉째, 초기에 나오는 서사적 논설들은 길이가 매우 짧다. 하지만 일부 서사적 논설은 점차 길이가 길어지면서 연재 형식으로 발표되기도 한다.

서사적 논설은 외부에서 유입되거나 뿌리 없이 갑자기 생겨난 것이 아니다. 이는 우리문학사의 전통을 면면히 이어오는 조선 후기 서사문학 양식의 시대적 변용물이라고 할 수 있다. 근대계몽기 신문에서 발견할 수

---

11 단, 모든 서사적 논설이 무기명으로만 발표되었던 것은 아니다. 『대한매일신보』에 발표된 「몽중사」와 「한국의 장래」 등은 집필자의 서명이 있다. 1908년 3월 8일에 발표된 「몽중사」는 지은이가 '죽사생'이며, 1908년 9월 18일 발표된 「한국의 장래」는 지은이가 '산운자'이다.

있는 서사적 논설에는 특히 조선 후기 야담이나 한문단편의 연장선상에서 파악할 수 있는 요소들이 많다. 서사적 논설은 조선 후기 사회상의 변화를 담아내던 야담이나, 서사를 통해 교훈을 전달하는 한문단편의 정신과 표현법을 취하고 있다. 전통적인 서사적 글쓰기 방식을 바탕으로 새로운 세계의 정신과 새로운 표현법을 새로운 매체에 맞게 변형시킨 것이 서사적 논설이다. 새로운 세계의 정신이란 곧 문명개화시대의 정신이며 새로운 표현법이란 신문이라는 근대적 매체에 맞춘 표현법이다. 이 표현법은 한글의 사용과 언문일치의 지향 등 다양한 요소를 포함한다.

　서사적 논설의 시작과 마무리에서 발견할 수 있는 편집자 주 형식의 문장들은 조선 후기 야담에서도 흔히 발견할 수 있는 문장 형식이다. 한 예로 『계서야담』에 수록된 최생이라는 선비의 일화를 들 수 있다. 선비의 일화를 마무리하는 야담 필자의 견해 표출은 서사적 논설의 편집자 주와 별로 다를 것이 없다. 『삽교별집』에 수록된 충주 가흥의 황희숙이라는 사람의 이야기도 좋은 예가 된다. 이 이야기는 한 인물이 끝까지 신의를 지켜 갑부가 되는 과정을 소개하고 있다. 이야기가 끝난 뒤에는 다음과 같은 글이 첨부되어 있다. 이러한 언급은 일종의 편집자적 해설에 해당한다.

　내 일찍이 선고께서 '사람이 신의가 없으면 그의 행실은 논할 것도 없고, 재물도 또한 지키지 못한다'고 이르심을 들었다. 이제 황희숙의 일로 말하건대 빈손으로 치부를 하여 마침내 향리의 갑부가 되었으니, 이는 오로지 신의가 있던 때문인가 한다. 황희숙이 만났던 노인도 사람을 보는 눈이 있었다고 하겠다.[12]

12　이우성·임형택 편역, 『이조한문단편집』, 일조각, 1976, 3~11쪽 참조. 이들은 원래 한문으로 기록된 작품들이다. 이 책의 해설에서는 최생의 일화는 '농업 경영이 변동되고 상업 자본이 크게 활약하던 이조 후기의 역사적인 실상'을 그린 의미 있는 작품으로, 황희

근대계몽기 서사적 논설의 필자들이 전통적인 한학 교육을 받은 사람들이었고, 조선 후기 야담은 한문학의 주요 양식이었다. 서사적 논설은 야담을 비롯한 조선 후기의 한문 단형 서사문학 작품들과 직접적인 영향 관계를 맺고 있는 근대적 문학 양식이다.[13]

서사적 논설은 한국 근대소설의 발생기적 모습을 보여주는 문학 양식이다. 소설사적 맥락에서 본다면, 서사적 논설은 전래적 서사 양식인 야담이나 한문 단편 등이 근대문명의 산물인 신문의 논설과 결합하면서 생긴 양식이다.[14] 논설이 서사를 활용한다는 것은 글쓴이의 개인적 주장이

숙의 일화는 '당시 우리나라 중부 지방의 사회경제적 양상을 리얼하게 표현한' 작품으로 정리하고 있다.

13 조선 후기에 들어와 집중적으로 출현한 문학 갈래인 야담은 조선시대의 소설과 상호 직접적인 영향을 주고받았으며 전(傳) 양식과도 얽물려 영향을 주었다. 조선 후기 야담과 소설 및 전 양식과의 관계에 대한 상세한 논의는 정명기, 『한국야담문학 연구』, 보고사, 1996, 447~482쪽 참조. 한편, 이재선은 한국의 근대적 단편소설과 당대(唐代)에서 비롯된 전기(傳奇) 양식 사이의 상관관계에 대해 다음과 같이 언급한 바 있다.
"우리의 단편소설의 내재적 또는 전사적 배경은 한문 단형 서사체 가운데서도 일련의 전기란 점은 분명하다. 이 점에서 한국소설사의 정리 작업에 있어서 소설로서의 심미적 인식력이 훨씬 빈약한 국문소설만을 주요 대상으로 삼는 태도는 지양되어져야 할 것이라고 생각한다. 확실히 전기에서 비롯되어진 전통적인 한문단편소설은 민화적인 기록성을 극복한 심미적 예술형태로서 집약적이고 압축적인 인식 태도를 지니고 있다." 구체적으로는 김시습의 「금오신화」 등 한문단편과 근대소설 사이에 연결 관계가 있다는 것이 그의 추론이다. 이는 비록 조선 후기 문학 양식과 근대계몽기 문학 양식을 직접 연결 짓는 논의는 아니지만, 한문 단형 서사체와 근대 단편 사이의 연계성에 대한 언급이라는 점에서 주목을 끈다. 이재선, 「전사적 배경으로서의 단형 서사문학과 그 분류」, 『한국 단편소설 연구』, 일조각, 1975, 53쪽 참조.

14 조선시대 후기 실학의 대가였던 연암 박지원의 한문단편 등도 서사적 논설과 연결의 고리가 있다. 연암의 문장 가운데 상당수는 그 구성법이 서사적 논설과 유사하다. 한문 문장 구성 방식의 유형 가운데 하나는 하고 싶은 이야기를 접어두고 다른 이야기를 먼저 한다는 것이다. 이때 먼저 하는 이야기는 삽화의 형식으로 나타나고, 접어두었던 이야기는 직접 서술의 형식으로 나타나는 경우가 많다. 이는 문장 구성에서 빈(賓)과 주(主)를 활용하는 구성법이다. 이 경우 삽화는 빈이 되고 직접 서술은 주가 된다. 서사적 논설 역시 이러한 빈과 주를 활용하는 글쓰기 방식의 산물이다. 서사적 논설에서 서사

나 의도를 드러내되, 그것이 숨어 있는 방식으로 드러나기를 원했기 때문이다. 하지만 이때 숨어 있는 방식은 은폐가 아니라 은유에 가깝다. 논설이 서사를 활용하는 것은 은유와 함께 대중적 흥미를 끄는 방식이기도 했다.

서사적 논설은 철저하게 당시대적 현실에 토대를 두고 출발한 서사 양식이다.[15] 서사적 논설은 국권이 위협받는 어려운 시기에 나온 문학 양식으로, 한말의 정치적 문화적 상황을 반영한다. 서사적 논설은 외형상 독립된 서사문학 양식으로서보다는 논설을 표방하는 방식으로 존재한다. 서사적 논설은 이후 「향객담화」 등 새로운 비실명소설의 단계로 진전된다. 비실명소설은 형식상 소설이라는 장르를 표방하고 있지만, 내부적으로는 아직 논설의 세계를 벗어나지 않은 상태이다. 이러한 비실명소설의 단계를 이 책에서는 논설적 서사의 단계라 부른다.

는 빈이 되고 논설이 주가 된다. 서사는 논설을 포함할 때 좋은 글이 되고, 논설은 서사를 통해 글쓴이의 의도를 더욱 효과적으로 드러낼 수 있다. 한문 문장의 빼어난 전범으로 꼽히는 연암 문장의 경우도 서사와 논설의 결합으로 설명할 수 있는 측면이 적지 않다. 연암의 글쓰기와 연관된 자세한 논의는 이현식, 「연암 박지원 문장의 연구」, 연세대 대학원, 1993 참조.

15　서사적 논설의 특징과 존재 의미에 대해서는 다음의 논의 참조. "전통적 서사 양식들을 다양하게 수용하여 현실을 반영·비판하고 있으며 동시에 대부분이 이념적인 싱격을 강하게 띠고 있다." "특별히 '소설란'이 설정되지 않은 상황에서, 다시 말해 근대적 제도로서의 문학이 그 독립적 영역을 확보하지 못한 미분화의 상태에서 서사문학은 논설란을 빌어 명맥을 이어 가면서 그 가능성을 실험했다고 할 수 있을 것이다." 정선태, 『개화기 신문 논설의 서사 수용 양상』, 191쪽.

제 3 장
근 대 적
서 사 　 양 식 의
소 설 사 적 　 전 환
'논설적 서사'

1. '논설적 서사'와 무서명소설

　논설적 서사란 표방하는 형식은 독립된 서사이지만 내용은 직설적인 주장으로 이루어진 문학 양식이다. 1905년 『대한매일신보』에 연재 발표된 우시생의 「향객담화」는 근대계몽기 논설적 서사의 본격적 출발을 보여주는 사례이다. 이 작품은 잡보란에 실린 글로 지은이가 표시된 기명 창작물이라는 점에서 주목할 만하다.

　「향객담화」나 「소경과 앉은뱅이 문답」 등과 같은 문학 양식의 위상을 논의하기 위해서는 먼저 '무서명無署名소설'이라는 용어에 대해 생각해 볼 필요가 있다. 무서명소설은 조연현의 「신소설형성 과정고」를 통해 소설사 연구에 뿌리를 내린 용어이다. 조연현의 「신소설형성 과정고」는 근대계몽기 소설의 역사적 흐름을 정리한 논문으로 한국문학사 연구의 중요한 업적 가운데 하나이다. 이 글에서 조연현은 1906년 이인직의 신소설 「혈의루」가 등장하기 전에 무서명소설의 단계가 있었음을 지적한다. 조연현이 제시한 무서명소설의 특색은 다음과 같다.

　첫째, 국내외의 전설 및 고금의 구담, 우화, 야담 등 각종 각양의 것이 포괄되어 있다. 둘째, 문장이 반율문적인 설화체이다. 셋째, 수사나 표현적 기교는 거의 무시된 줄거리 진행 중심이다. 넷째, 주제의 성질이 권선징악적이거나 그렇지 않으면 인격 수련에 관한 것이다. 다섯째, 창작이 아니고 전래의 또는 외래의 이야기를 적당히 요약한 것이다. 이 때문에 이때의 소설에는 작자의 서명이 없다. 여섯째, 새로운 근대적 감각이나 사상이 조금도 뚜렷하게 나타나 있지 않다. 서양 사회의 우화나 민담 같은 것이 들어 있는 것이 제재의 신국면이라고 볼 수는 있으나 이것 역시 전래적인 것을 그대로 답습했을 뿐 국내 제재의 그것과 마찬가지로 새로운 해석은 가해져 있지 않다. 일곱째, 고대소설의 본격적인 착상이나 구성에 비할 때 너무나 단편적인 안이하고 빈약한 착상과 구성으로 되어 있다. 여덟째, 분량이 팔백 자 내외의 것으로부터 주로 이만 자 내지 삼만 자 내외로 되어 있다.

조연현은 아울러 이 시기 소설들이 서명 없이 발표된 이유를 다음과 같이 설명한다.

첫째, 이는 당시에 서명 없이 발표된 각종 논문적인 문장과 마찬가지로 소설이 일반 기사와 구별되어 있지 않았기 때문이다. 둘째, 소설도 일반 기사와 마찬가지로 신문사의 기자들이 주로 집필한 때문이다. 셋째, 이들이 집필자의 창작이 아니라 전래된 또는 외래의 기존한 이야기이기 때문이다.[1]

조연현의 이러한 연구는 근대소설의 역사적 흐름을 밝히려는 시도라는 점에서 매우 중요한 의미를 갖는다. 그러나, 현 시점에서 보면 몇몇 항목들은 수정되어야만 한다. 「혈의루」 연재 직전인 1905년 전후에는 이미 적지 않은 창작물이 발표되었다. 그럼에도 불구하고 이 시기 작품들을 대부분 전래물 혹은 외래물로 규정한 것이 우선 그러하다. 이 시기에 발표된 상당수 작품들의 주제가 현실성이 뛰어남에도 불구하고, 주된 작품의 주제를 권선징악과 인격 수련 등으로 정리한 것도 마찬가지이다. 더불어, 이 시기의 문학사적 특색을 드러내기 위해 무서명소설의 단계를 설정했다는 점에도 재고의 여지가 있다. 이 시기에 발표되는 작품들에는 무서명소설뿐만 아니라 서명소설이 함께 존재하고 있었기 때문이다.[2] 무서명소

---

1   조연현, 「신소설형성 과정고」, 『현대문학』, 1966. 4, 170~182쪽 참조.
2   조연현은 「신소설형성 과정고」에서 「혈의루」의 등장과 함께 우리 소설사는 무서명 기사적 문장에서 서명의 소설 작품으로 변화했다고 본다.

설이란 말 그대로 서명이 되어 있지 않은 소설을 말한다. 하지만, 이 시기 나온 작품들에는 지은이의 이름이 기록된 것과 그렇지 않은 것이 함께 섞여 있다. 즉 서명과 무서명소설이 공존했던 것이다. 단, 작품에 명기된 작가의 이름들은 대부분 실명이 아닌 비실명이었던 것으로 판단된다.

우시생의 「향객담화」와 같은 논설적 서사류의 문학 작품을 초창기 근대소설사의 주요 전환점으로 삼으려 할 때에, 이 작품에 소설이라는 양식 표시가 되어 있지 않다는 사실을 문제 삼을 수도 있다. 하지만 근대계몽기 신문에 수록된 문학 작품의 가치를 주목할 때에 표기된 양식명은 전혀 중요하지 않다. 오히려 이 시기 문학 연구에서 양식명에 대한 집착은 작품의 가치에 대한 접근을 방해하는 요소가 될 수도 있다. 「향객담화」와 함께 『대한매일신보』에 실려 있으면서, 이 시기 문학의 주요 특질을 보여 준다고 평가받는 「소경과 앉은뱅이 문답」 역시 양식 표시가 없다. 「향객담화」나 「소경과 앉은뱅이 문답」은 모두 잡보란에 실려 있다. 참고로 같은 신문에 실린 「거부오해」의 경우는 연재 첫 회에는 '소설'이라는 양식 표기가 되어 있었지만 이후 사라진다. 별다른 양식 표시 없이 잡보란에 연재가 이어지는 것이다. 그런 점에서 이 시기 발표된 논설적 서사류의 작품에 소설이라는 양식 표기 여부는 작품의 양식적 특질과 가치를 확정 짓는 일과 별반 관계가 없다.[3]

근대 초기 신문의 경우 편집자에게 소설과 잡보 및 논설에 대한 뚜렷

---

3 1900년대 근대계몽기 당시 '소설(小說)'이라는 용어는 꼭 이야기 문학이라는 의미로 만 사용된 것이 아니었다. 이 시기에는 일종의 설명문에도 소설이라는 양식 표기를 했다. 한 예로 『대한자강회월보』에는 '소설'이라는 양식 표기가 된 난이 있다. 이 난에는 소설 「허생전」 등이 실리기도 했지만 완전한 설명문 형태의 글이 실리기도 했다. 1907년 5월에 발행된 이 잡지의 소설란에는 한기준이라는 필자의 「외교담」이라는 글이 실려 있는데, 이 글의 성격은 그 제목으로 보나 내용으로 보나 외교에 대한 일종의 설명문 내지 가벼운 논설문이라고 할 수 있다.

한 양식 구분의 기준은 존재하지 않았다. 『대한매일신보』의 경우를 보면 잡보와 소설과 기서寄書의 차이가 명확하지 않았을 뿐만 아니라 기서와 논설의 차이도 분명하지 않았다. 이는 곧 잡보와 기서 그리고 소설과 논설이 분화되지 않은 근대계몽기 서사문학 자료의 특질을 확인시켜 주는 구체적 사례가 된다. 그런 점에서 근대계몽기 서사문학을 연구하면서 소설이라는 양식이 표기된 작품들에만 관심을 보이는 것이 얼마나 잘못된 일인가를 다시 한번 알 수 있게 된다.[4]

2. '논설적 서사'의 분석

1) 「향객담화」

1905년 10월 29일부터 11월 7일까지 『대한매일신보』에 발표된 「향객담화」는 '우시생'으로 필자가 밝혀져 있는 작품이다. 이 작품은 작가가 어느 곳을 지나다가 여러 사람의 향객이 모여 담화하는 말을 듣는 데서부터 시작된다.

이 작품의 도입부는 액자소설 방식의 서사를 열기 위한 작가적 목소리의 개입으로부터 시작된다. 작가적 목소리와 편집자적 목소리는 서로 다른 성격을 갖는다. 편집자가 목소리를 내는 경우 그는 서사의 내용과 자신의 목소리를 의도적으로 구별하려 한다. 또한 서사적 논설에서 볼 수 있듯이, 서사적 사건이 일어나는 시간과 편집자가 목소리를 내는 시간에는 분명한 차이가 있다. 편집자가 다루는 사건은 과거에 일어난 사건이

---

4   이와 관련된 자세한 논의는 김영민, 『한국 근대소설의 형성 과정』, 소명출판, 2019, 199 ~209쪽 참조.

다. 그는 이미 일어난 사건에 대한 이야기를 누군가로부터 전해 들었고, 지금 그 사건을 여기에 편집 기록한다는 주석을 단다. 사건이 일어난 시간과 편집자가 이야기를 풀어가는 시간 사이에는 분명한 차이가 있는 것이다. 그러나 논설적 서사에서는 사건이 일어나는 시간이 바로 작가가 사건에 개입하는 시간이다. 서사적 논설 단계에서는 이야기 편집자와 그 이야기의 원 작가가 분명히 구별된다. 하지만, 논설적 서사에서는 이야기의 편집자와 작가가 구별되지 않는다. 이야기를 소설의 형식으로 전달하기 때문이다.

「향객담화」에서 작가가 길을 가다가 여러 향객의 이야기를 듣는 시간과, 그것을 독자에게 전하는 시간은 동일하다. 이 작품은 여러 사람들의 시국에 대한 토론 장면을 다루고 있는데, 등장인물들이 벌인 토론을 요약하면 대략 다음과 같다.

한 사람이 말하기를, 지금 세계는 휘황찬란하여 우리들의 고루한 소견으로는 알 수 없다. 태서각국 사람들은 만리타국 나와서도 문명국의 기상을 드러내며 학문으로 업을 삼고 신의로 근본 삼아 애국지심을 드러내거늘, 우리 정부 관리들은 학문이 무엇인지 신의가 무엇인지 애국이 무엇인지 알지 못하고 이욕을 챙기는 일에만 관심이 있다. 관직을 돈으로 샀으니 부임 후에는 무죄한 평민을 괴롭힌다. 또 한 사람이 말하되, 정부를 조직하여 시정 개선 못한 것은 정부 대신의 책임이요, 사회를 창립하여 일심단체 못한 것은 인민의 책임이다. 정부 대신 믿지 말고 사람마다 힘을 써서 대한제국을 굳게 하는 것도 인민의 책임이다. 또 한 사람이 말하되, 남의 나라 사람들은 자기 돈을 들여 문명국을 유람하며 지식을 배워 오거늘 우리나라 관인들은 여비를 주어가며 외국 제도를 시찰하라 파송하여도 아무 생각 없이 갔다 온다. 그런 것들은 어찌 일찍 죽지도 아니하는가. 또 한 사람이 말하기를, 여보시오 지각없는 말들 마시오. 그 사람들이 죽게 되면 필시 염라국으로 갈 터인데, 염라국 사람들이 우리나라 모양 되려고 그 사람들을 잡아가겠소. 염라국 정부 사람들을 우리 정부 사람의 식견으로 아지 마시오. 그러자, 그러면 그 사람들은 장생불사하겠네 참 기가 막힌 일이로다 하며 일장 담화가 모두 시국이 잘못되어감을 한탄하더라.

이러한 작품의 토대를 이루는 것은 현실비판의식이며, 그 비판의 핵심을 이루는 것은 관리와 정부에 대한 불신이다. 이 작품에서는 관리와 정부에 대한 불신을 효과적으로 드러내기 위해 다양한 대조의 수법을 사용한다. 작품의 서두에서부터 외국 정부와 외국 관리를 칭송하며, 그 반대의 경우로 우리 정부와 관리를 탓하는 것이 그 시작이다. 작품의 전개 과정에서도 '구미 각국 넓은 세계에서 입헌정치 공화정치를 숭상하는 문명국은 백성이 크다 하되, 압제정치를 하는 우리나라에서는 백성을 무시하고 마음대로 정치를 행한다'고 비판한다. 상호 대조를 통한 현실 비판이라는 구도는 작품의 끝까지 지속된다. 작품의 마무리 부분에 이르면 작가는 풍자적 어조까지 동원한다. 염라국에서 우리 관인들을 잡아가면 우리나라는 행복해질 것이지만 염라국이 불행해질 것이니, 어찌 염라국 사람들이 그런 일을 행하겠느냐고 묻는 것이다. 이 물음에서는 풍자와 자조自嘲가 동시에 이루어진다. 대상에 대한 풍자적 공격이 작가와 독자 모두에게 시대적 아픔으로 되돌아오는 것이다.

2) 「소경과 앉은뱅이 문답」

이 시기 발표된 논설적 서사의 또 다른 예로 「소경과 앉은뱅이 문답」을 들 수 있다. 이 작품은 1905년 11월 17일부터 12월 13일까지 『대한매일신보』 잡보란에 연재 발표되었으며 지은이가 밝혀져 있지 않다. 이 작품은 작가나 편집자의 모습이 전혀 밖으로 드러나지 않는 삼인칭의 서술 시점을 택하고 있다.

「소경과 앉은뱅이 문답」은 소경이 망건 가게 앞을 지나다가 앉은뱅이를 만나 세상 사는 이야기를 하는 장면에서부터 시작된다. 이 작품에서는 과거가 살기 좋았던 시절로, 현재는 점차 살기가 더욱 어려워져 가는 시대로 설정된다. 이들의 세상에 대한 첫 번째 비판은 매관매직에 관한 것이다. 지방 관리를 돈 주고 사서 하게 되니, 그들이 지방에 내려가 선정을 베푸는 것이 아니라 악정을 하게 됨이 당연하다. 지방 관리의 악정은 정부 대신들이 돈을 받고 그 자리를 팔았기 때문에 생긴 것이니 정부 대신들의 책임 역시 지방 관리 못지않게 크다는 것이 비판의 요지이다.

두 번째 비판의 대상이 되는 것은 겉 다르고 속 다른 개화의 실상이다. '지금 판세를 가만히 보면 개화니 문명이니 한다고 머리는 잘들 깎았나 보네만 속에는 전판 완고의 구습이 가득하여 겉으로는 어찌 개명 진취의 뜻이 있는 듯하나 실상은 잠을 깨지 못하여 길에 다니는 자들이 말짱 코를 골고 다니니 비유컨대 고목나무 겉은 성하나 속은 좀이 먹어 들어가는 모양이라'고 앉은뱅이는 개화의 허상을 비판한다. 그런데 '개화'와 '문명'은 그 사실 자체가 점보는 일 등 구습에 기대어 살아가는 소경과 앉은뱅이의 생업을 위협하는 일이다. 따라서 독자는 일단 '개화'와 '문명'에 대한 이들의 비판이 과연 정당한 것인가 하는 의구심을 갖게 된다. 개화와 문명의 부정적 측면을 빌미 삼아, 개화와 문명 자체를 부정하려는 의도가 이들의 대화 속에 숨어 있는 것이 아닌가 하는 의구심을 품게 되는 것이다. 그러나 이러한 의구심은 곧 두 인물이 서로 상대방의 생업에 대해 직설적으로 비판하고, 서로가 자신들의 생업이 현실에서 유해무익한 것임을 확인하는 과정을 통해 사라지게 된다. 오히려 이 글의 지은이는 두 사람의 직업을 모두 구시대적인 유형으로 설정하고, 그들의 입을 통해 진정한 개화를 이루어야 한다고 주장함으로써, 개화가 설사 어떤 개인에게는 당장 손해를 입히는 일일지라도 우리 민족이 꼭 이루어야 할 과제임을 보여준다. 이는 작품의 후반부에서 '지금 이렇게 밝은 세상에 다른 나라 사람들은 눈을 크게 뜨고 세계 형편 보아가며 내 나라 내 인종에 유익하고 좋은 업적 제가끔 하려는데, 슬프다 우리나라 사람들은 눈을 감고 잠을 자니 무엇을 아니 잃으며 무엇을 아니 빼앗길까. 무슨 일 한다는 것 보게 되면 나라는 망하든지 도무지 불계하고 저 한 몸의 비기지욕만 생각하여 사사이 낭패하니'라는 말로, 개화의 현실 속에서 사사로운 이익에만 집착하다가 나라의 큰일을 그르치는 모습을 경계하는 것과도 맥락이 일치한다.

세 번째 비판은 우리 백성에게는 횡포를 부리면서 외국인에게는 아첨하고 매국적 행동을 일삼는 관리들에 대한 것이다. 다음과 같은 대화는 그러한 사실을 잘 보여준다.

화당금옥의 금의옥식은 만민의 고혈이요 거마복중의 영광 위엄은 나라의 난신이라. 자주권리 반점 없이 외국인을 의뢰하여 전국 이익 주워 가며 황실이권 빼앗다 외국으로 돌려보내어 강토는 점점 줄어가고 황권은 날로 미약하여 만민은 도탄이요 도적은 봉기하니 국세의 위급함은 조석이 난보로다. 그 까닭 설명하면 지금 소위 각부 대신 매국하는 수단으로 만든 것이라. 무죄한 전국 인민 곡절 없이 남의 노예 될 터이니 그 죄를 의논하면 한국에는 역신이요 외국에는 충신이라.

이런 매국적 행동에 대한 비판은, 우리나라 외교권을 일본에 넘겨주고 그들의 통감부를 우리나라에 설치하는 이른바 '한일신조약'에 대한 비판으로 이어진다. 이 비판은 곧 "그러한즉 세계열강과 대등국이 못 되고 남의 나라 속국이나 다름없어, 내 일을 내가 못하고 남의 손 빌어 하니 무엇이 자주국이며 무엇이 독립국이라 하리오. 자주독립 헛말일세"라는 현실에 대한 개탄으로 나타난다. 이러한 현실에 대한 비판과 개탄이 1905년 체결된 을사조약을 두고 한 것임은 두말할 나위가 없다. 을사조약에 대한 비판과 분개는 이 작품 후반부의 주요 논점이 된다.

이 작품의 마무리 부분에는 우리 신문이 처한 현실에 대한 안타까움이 들어 있다. 신문을 만들어 놓아도 사람들이 보지 않으면 휴지나 다름이 없다. 신문을 애써 만들어도 그것을 외면하고 읽지 않는 독자들에 대한 안타까움의 토로는, 곧 작가 자신이 독자들에게 느끼는 안타까움이기도 하다. 이 글의 지은이가 신문이 처한 현실에 대해 느끼는 안타까움은 『황성신문』의 폐간에 대한 언급에서도 나타난다. 지은이는, 신문은 곧 사람의 눈과 같은 것인 즉, 『황성신문』의 폐간은 사람의 눈을 멀게 하는 것이라 생각한다.

서사적 논설의 작가가 그러했던 것처럼, 논설적 서사의 작가 역시 신문의 편집과 제작에 관련된 인물들이었던 것으로 보인다. 그런데 논설적 서사에서는 작가가 목소리를 드러낼 때에 외형상 작가의 입을 통해서가 아니라 등장인물의 입을 통해 드러낸다. 이는 앞 시기의 서사적 논설과 크게 구별되는 요소 가운데 하나이다.

이 작품이 지닌 창조적 서사문학으로서의 우수성은 마무리 부분에서 매우 선명하게 드러난다. 이 작품의 마무리에서는, 현실을 바로 보지도 못하고 또 거기에 적절히 대응하지도 못하는 사람들이 모두 소경과 앉은뱅이로 비유된다. 서사 양식을 끌어가는 형식적 요소로서의 주요 등장 인물인 소경과 앉은뱅이가, 서사 내용의 핵심을 이루는 상징적 이미지로 자리바꿈되는 것이다. 다음은 작품의 마무리 부분 일부를 직접 인용한 것이다.

여보게 그 말 말게 나는 두 눈이 다 없어도 오십여 년을 살아 있네마는 신문을 허여 놓은들 잘들 보아주어야 하지 보는 사람 없고 보면 휴지나 일반이오 두 눈이 밝은 놈도 학문이 없고 보면 나와 같은 소경이오 사지백해가 멀쩡허다 허나 자유 활동 못 하고 보면 자네와 같은 병신이라 전국 인민 평론허면 등신은 아직 살아 세상에 있다 허나 마음은 벌써 죽어 황천에 갔다 할지니 가히 말하는 귀신이라 할 만하고 소위 완고라 수구라 하는 분네들은 문명 세계의 말하게 되면 언필칭 예전에는 그런 것 저런 것 다 없어도 국태민안하였다 하야 좋은 말 듣지도 않고 좋은 것 보려도 아니하니 귀와 눈이 있다 한들 무엇이 유조한가 귀머거리 소경이라 할 만하고 소위 학자니 산림이니 하는 분네들은 공자왈 맹자왈 허며 시문을 굳이 닫고 산고곡심 유벽처에 초당을 지어놓고 두 무릎을 꿇어앉아 자칭 왈 도학군자라 사문제자라 하야 별로 백 리 밖을 나가보지 못하고 무정세월을 허송하니 가위 썩은 선비라 할 만하야 앉은뱅이나 다름이 무엇인가[5]

두 눈이 밝다 하여도 신문을 통해 현실을 직시하지 못하거나 학문이 없으면 소경이요, 사지가 멀쩡하여도 자유롭게 활동하지 못하면 앉은뱅이나 다름없다. '한일신조약'으로 우리 백성들의 자유로운 활동을 억제하

5　「소경과 앉은뱅이 문답」, 『대한매일신보』, 1905.12.13.

고,『황성신문』등 신문을 정간시킴으로써 우리 백성들의 눈을 막은 일은 곧 우리 백성을 소경과 앉은뱅이로 만드는 일이다. 여기에 이르면 '소경'과 '앉은뱅이'가 지니는 의미의 상징성은, 한두 개인의 문제가 아니라 우리 민족 전체가 당하는 현실적 억압의 상징으로까지 확대된다.

아울러 이 작품에서는 교육의 중요성에 대한 강조 또한 이루어진다. '사람은 교육하기에 있나니, 교육을 잘못하면 불량배도 되고 교육을 잘하면 현인군자가 될지라. 그 교육의 관계가 어떻다 하겠는가'라는 대사가 이를 구체적으로 보여준다. 또한 나라와 백성에게 유익한 일을 찾으며 '무슨 회사 같은 것 하나 조직하여 내 나라 물건으로 외국 돈 빼앗아 오며 상업을 발달하여 돈을 많이 벌었으면 나라에 원납하여 국용을 보태가며, 학교를 설치하여 인민을 교육하며 전문을 장만하여 부모를 봉양하며 가옥을 넓게 지어 처자를 양육하면 장부의 행사가 쾌활치 못할쏜가'라는 대화도 같은 맥락에서 이해할 수 있다. 어려운 시대에 대한 해결의 길을 제시하며 '나라를 사랑하고 백성을 무휼하여 인재를 배양하여 교육을 발달하며 농상공업 권면하여 재원을 융통하며 내정을 밝게 하여 관리를 택용하며 외교를 믿게 하여 인방을 친목하면 개명 진취 절로 되어 국부민강할 터이니'라고 주장하는 것도 이 작품이 내포한 애국계몽과 부국강병의 사상을 잘 드러내는 부분이다.

서사적 논설에서 서사를 활용하는 목적은 서사 자체에 있는 것이 아니라, 현실과 연관된 글쓴이의 주장과 견해를 효과적으로 드러내기 위한 것이다. 논설적 서사 역시 서사를 끌어가는 목적은 글쓴이의 주장과 견해를 효과적으로 드러내려는 데 있다. 「소경과 앉은뱅이 문답」은 200자 원고지로 따져 대략 60매 정도 길이의 작품이다. 이는 지금의 단편소설 정도에 해당하는 분량이라고 하겠다. 이 정도 분량의 작품을 작가는 21회에 걸쳐 연재 발표하였다. 작가는 이 작품의 연재를 시작하면서, 작품의 구조에 대해서는 완결된 생각을 지니고 있지 않았음이 분명하다. 작품의 내용에 대해서도 대략적인 구상은 지니고 있었지만 구체적인 내용을 확정한 것은 아니었다. 작가는 이 작품을 미리 써 놓고 연재를 시작한 것이 아니라, 그때그때 작품을 써 가면서 연재를 계속했다. 이 작품이 극적인 구조를 지니지 않고 평면적 진행을 하고 있는 것은 바로 그러한 집필 방식에 따른 결과이기도 하다. 작가가 그러한 집필 방식을 선택한 것은, 이 작품에서 가장 중요한 것이 서사의 완성이 아니라 현실에 대한 논평이었기 때문이다.

이 작품이 완성된 글을 분재한 것이 아니라 그때그때 써나간 글을 수록한 것이라는 사실은 다음과 같은 점을 통해 증명할 수 있다. 「소경과 앉은뱅이 문답」에서는 을사조약의 성립과 통감부의 설치가 지니는 의미를 비교적 상세하게 해설한다. 을사조약의 핵심은 외교권의 박탈에 있으며, 외교권의 박탈은 곧 자주독립의 포기를 의미한다. 이러한 사실은 두 인물의 대화 속에서 매우 상세하게 거론된다. 을사조약은 1905년 11월 17일 체결되었다. 11월 17일은 바로 이 작품이 연재를 시작한 날이기도 하다. 「소경과 앉은뱅이 문답」의 작가가 작품을 구상하고 연재를 시작하던 때는 아직 이 조약이 체결되기 이전이었다. 따라서 원래 작가의 구상 속에는 정부 관리들의 매국적 행동에 대한 비판은 들어 있었을지라도, 그 구체적 결과 가운데 하나인 한일신조약 체결에 대한 비판은 들어 있지 않았을 것이다. 한일신조약에 대한 비판은 그가 하루하루 작품을 써나가면서 첨가한 것이다. 논설적 서사는 당시 독자들에게는 시사 해설의 기능을 함께 지니고 있는 문학 양식이었다.

작품의 후반부에 나오는 『황성신문』의 역할에 대한 회고와 그 폐간에 대한 안타까움의 표시 역시 마찬가지이다. 11월 17일 한일신조약이 체결된 후, 장지연은 11월 20일 『황성신문』을 통해 을사조약의 부당성에 저항하는 「시일야방성대곡是日也放聲大哭」을 발표한다. 『황성신문』이 폐간을 당한 것은 이 일 때문이므로 『황성신문』의 폐간 역시 「소경과 앉은뱅이 문답」의 연재 중간에 발생한 사건이다. 따라서 「소경과 앉은뱅이 문답」에서 그간의 『황성신문』의 역할을 칭송하고 그 폐간을 안타까워하는 것은 지나간 옛이야기가 아니라 바로 오늘날 일어나는 사건에 대한 시사 해설적 의미를 지닌다.

그런 점에서 본다면 논설적 서사는 서사적 논설에 비해 외형상 서사를 더 중시한 양식이면서도, 실제 내용에서는 현실에 대해 더욱 직설적이고 즉각적인 대응 방식을 취한 문학 양식이었다. 이는 서사적 논설이 우화 등을 통해 현실의 문제점을 우회적으로 지적하는 양식이었던 것에 반해, 논설적 서사는 작품 속 등장인물의 입을 빌어 현실의 문제에 직접 개입할 수 있었기 때문이다.

「시일야방성대곡」으로 인해 『황성신문』이 폐간당하는 상황에서, 을사조약의 허구성을 과감하게 공격하고 외교권 박탈을 곧 나라를 빼앗는 일로 단정 지으며, 이웃 신문의 폐간에 대한 조사弔辭를 띄우는 일은 한 사람의 소설 작가가 할 수 있는 성격의 일이 아니었다. 당시의 정치적 분위기 속에서 소설에 그러한 직설적 내용을 담는다는 것은 곧 그 소설이 실리는 신문 역시 폐간의 위험을 감수해야만 하는 것이었기 때문이다. 이런 점에서 이 시기 나오는 논설적 서사의 지은이는 신문사 외부의 인물이 아니라 신문의 발행에 깊이 관여하고 있는 인물임을 추정할 수 있다. 논설적 서사는 한 개인에 의해 쓰여졌을 수도 있지만, 글로 옮겨지기 이전 단계에서는 신문의 발행과 편집에 관계하던 논설진들의 충분한 의견

교환 과정을 거쳤을 것이다. 논설적 서사가 비실명으로 발표된 이유는 그
것이 한 개인의 창작물이라기보다는 이렇게 공동의 준비 단계를 거친 복
합적 성격의 창작물로서의 의미를 중요시했기 때문이라고도 볼 수 있다.
논설적 서사가 비실명으로 발표된 또 다른 이유는, 그것이 현실에 대해
매우 비판적이었기 때문이다. 아울러, 논설적 서사는 상업성을 지닌 서사
양식이 아니었기 때문에 군이 필자 개인의 이름을 밝힐 필요를 느끼지
않았을 수도 있다. 필자 개인의 명성이 대중들에게 별반 중요한 것이 아
니었기 때문이다.

3) 「향로 방문 의생이라」

「향로 방문 의생이라」는 1905년 12월 21일부터 1906년 2월 2일까지
26회에 걸쳐 『대한매일신보』에 연재 발표된 작품이다. 작품의 개요는 다
음과 같다.

시골 노인 하나가 시국이 소요함을 듣고 구경삼아 서울에 올라왔다. 약국에
들어가 의생을 만난 그는 서울 온 사연을 묻는 의생에게 자신의 과거를 털어놓
는다. 노인은 시골의 부자였다. 전답이 삼천 석이요 우마가 천여 필이요 돈이
수백만 금이며 문하 식객이 백여 명이었다. 그러나 자신에게 다가오는 모든 주
변 사람들은 진심으로 자기를 대하는 것이 아니라 모두 자신의 재산에 탐을 내
는 인물들이었다. 그는 주변 사람들의 말에 따라 무당 불러 굿도 하고 소경에
게 점을 치며 사주 푸는 사람을 불러 평생 길흉을 묻고, 소를 잡아 고사를 지내
는 일에 많은 재산을 소비했다. 그러다가 노인은 우상에게 복과 명을 비는 일
이 복을 비는 일이 아니라 재앙을 비는 일이며 이치에 맞지 않는 것임을 깨닫
는다. 자신의 과거를 부질없는 짓으로 돌린 노인은, 의생과 더불어 세상 돌아가

는 일을 논의하기 시작한다. 세상은 온갖 한탄스러운 일로 가득 차 있다. 나라를 팔아먹는 관리, 그 관리를 칭송하는 단체 등 세상의 모든 일이 탄식을 자아낸다. 세상에 대해 개탄하던 두 사람은 술에 취하여 단가를 부른 후 헤어진다.

이 작품은 구성 방식이나 작품의 내용 그리고 주제 등이 「소경과 앉은뱅이 문답」과 거의 유사하다. 두 작품은 창작의 수법이나 내용으로 미루어 볼 때, 동일한 작가에 의해 창작되었을 가능성이 크다. 이 작품의 주된 구조는 시골 노인과 약국 주인과의 시국담을 나열식으로 보여주는 것이다. 이는 「소경과 앉은뱅이 문답」과 동일한 구조이다. 두 작품에서는 모두 가게 주인이 지나던 길손에게 말을 걸어 시국에 대한 토론을 이어 간다. 작품의 중간에서는 등장인물들의 개인적 삶의 구태의연함에 대한 자기비판이 이루어진다. 이러한 자기비판은 곧 정부 관리를 비롯한 나라 안 모든 백성의 개화하지 못한 측면에 대한 비판으로 이어진다. 이는 다시 관리들의 매국적 행동과 한일신조약으로 인한 외교권 박탈과 통감부 설치에 대한 공격으로 이어지는데, 세부만 다를 뿐 비판의 큰 줄기는 두 작품이 별 차이가 없다. 「소경과 앉은뱅이 문답」의 마지막 장면은 길을 떠나는 소경이 노래를 부르는 것이다. 마지막에 소경이 부르는 노래 가사를 수록함으로써 작품의 형식적 마무리를 하고 있는 것이다. 노래 가사의 수록은 논설적 서사가 시가적 요소까지 활용하면서 독자 대중에게 가까이 다가간 문학 양식임을 보여준다는 점에서도 의미가 있다. 「향로 방문 의생이라」에서는 후반부의 상당 부분을 노래가 차지한다. 일종의 개화 가사가 실려 있는 것이다.[6] 또한 이 작품의 마지막 장면은 노인과 의생이 반

---

6   이 작품의 후반에 해당하는 1월 11일 이후부터는 가사가 작품 내용의 대부분을 차지한다. 또한 이 날짜 이후 작품에서는 띄어쓰기가 발견되는데, 이는 가사를 수록하면서 일

취하여 취흥을 못 이기게 되고, 서로 단가를 불러 화답하는 내용으로 되어 있다.

「향로 방문 의생이라」에서 핵심을 이루는 주제는 일본과 우리나라 사이에 맺은 불평등 조약에 대한 비판 및 비분강개이다. 등장인물들의 대화에서 첫 번째 지탄의 대상으로 등장하는 것은 매국적 관리와 을사조약의 체결로 인한 외무부의 폐지 및 통감부의 설치이다. 노인이 외무부의 폐지와 통감부의 설치가 어느 날에 이루어질까 궁금해하자, 의생은 그 날짜는 바로 알 수 없으나 필시 불원간에 되고 말 일이라 단정한다. 매국적 관리에 대한 노인의 불만은 일진회에 대한 비판으로 이어진다. 그는 '일진회의 목적을 대강 들으니 첫째는 독립 기초를 공고히 하고 둘째는 황실을 존중하며 인민의 생명과 재산을 보호하는 데 있다 하더라. 이제 한일신조약에 따라 외교권을 남에게 보내고, 한편으로는 원로 대신이 잡혀간다, 한편으로는 대관이 자결을 한다 하는 판에 수수방관하고 있으니 도대체 어찌 된 일인가. 게다가 도리어 선언서인지 무언지를 내어 신조약을 창도한 모양이니 그것이 어찌 독립기초를 공고히 하는 일인가' 하고 묻는다. 아울러 '이제 신조약에 따라 외교권을 내어 주고 이른바 보호 감독 받고 보면 국권이 감삭하고 황위가 미약하여질 터인데 무엇으로 황실 존중을 한단 말인가'라고 개탄한다.

노인의 대화 가운데 나오는 대관의 자결은 을사조약의 부당성에 항거하다가 할복한 민영환의 자결을 의미한다. 일진회의 선언서는 을사조약에 대한 지지 선언을 의미한다. 이런 점들을 미루어 본다면, 이 작품 역시 「소경과 앉은뱅이 문답」처럼 당시대적 사건에 대한 시사 해설적 성격

정한 운율에 따라 맞춰 읽을 수 있도록 배려한 것이다.

이 강하다. 이 작품에서는 을사조약이라고 하는 불평등 조약이 지닌 문제를 계속 다룬다. 그런 점에서 볼 때에, 이 작품은 「소경과 앉은뱅이 문답」에서 제기된 불평등 조약이 지닌 문제점 성토의 속편으로서의 성격 또한 지녔다고 볼 수 있다.

「향로 방문 의생이라」에서 볼 수 있는 어지러운 정국을 구해내는 처방 역시 「소경과 앉은뱅이 문답」에서 제시된 것과 크게 다르지 않다. '농공상업을 권면하여 민생을 무휼하며 학교를 확장하여 교육을 발달하며 경용을 절검하여 국재를 정려하며 범백사위를 모두 열심히 하게 되면 국태민안 하오리니 그 안이 묘방이오'라는 대사 속에는 애국계몽에 대한 작가의 신념이 그대로 담겨 있다.

4) 「거부오해」

「거부오해」 역시 애국 계몽의식을 바탕으로 한 논설적 서사이다. 「거부오해」는 1906년 2월 20일부터 3월 7일까지 11회에 걸쳐 『대한매일신보』에 연재 발표되었다. 「거부오해」에서는 한 무식한 인력거꾼의 오해를 풀어가는 과정을 통해 현실의 침통한 모습을 드러낸다. 모처에 여러 사람이 모여 서로 들은 이야기를 교환하는 장면에서부터 작품은 시작된다. 작품의 개요는 다음과 같다.

한 인력거꾼이 정부 조직을 정부 조짚으로 잘못 알아듣고 정부가 조짚은 가져다 무엇에 쓰려 하는가 묻는다. 이 말을 들은 사람들이 박장대소하며, 정부 조짚이 아니라 정부 조직이며, 정부 조직이란 정부를 짜는 일이라 가르쳐준다. 그 말을 들은 인력거꾼은, 이번에는 정부를 짜는 일을 물건을 쥐어짜는 일 따위로 해석한다. 그는 일진회원이 각부 대신 집으로 돌아다니며 공갈을 막심하게 한다는 소식을 들었는데 그것이 바로 정부를 짜는 일이었음을 알았다고 대꾸한다. 다시 박장대소한 일동은 '정부를 짜는 일은 각 대신을 바꾸어 학문과 재능이 없는 자는 면직시키고 지식이 있어 능히 국사를 도울 만한 자로 각 부 대신을 맡겨 위로 황상폐하에 성총을 기울이며 아래로 여러 관리를 통솔하여 정치와 법률을 받게 하며 지방 관리를 택차하여 도탄에 든 생령을 무휼하며 구제하여 나라의 근본을 굳게 하는 일'이라고 설명한다. 인력거꾼은 시정 개선을 시장 상인들이 몰려다니는 일 정도로 해석하고, 일본서 통감이 온다는 말을 일본에서 서책 통감을 한 권 가져오는 일로 오해한다. 일본서 이미 건너온 통감이 서책이 아니라 무한의 권리를 지닌 인물이라는 사실을 안 인력거꾼은 듣기를 마치고 '지금 자세히 알고 보니 비록 우준한 마음이라도 가슴이 무너지는 듯 피를 토할 듯하여 일단 병근이 될 듯하니 도리어 아니 하였을 때만 같지 못하다'고 탄식한다.

이 작품의 마무리 부분은 인력거를 끌고 사라지는 주인공의 자탄가로 이루어져 있다. 이는 노래를 통한 결말이라는 점에서 「소경과 앉은뱅이 문답」 및 「향로 방문 의생이라」와 동일하다. 또한 이 작품은 「향객담화」나 「소경과 앉은뱅이 문답」 및 「향로 방문 의생이라」처럼 대화체의 논설적 서사라는 점에서도 공통성이 있다. 이 작품이 다루고 있는 핵심적 소재와 주제 역시 앞에서 다룬 작품들처럼, 할 일을 제대로 하지 못하는 무능하고 타락한 관리들에 대한 비판 및 한일신조약의 부당성에 대한 항의와 자탄이라고 할 수 있다. 그러한 주제를 드러내기 위하여 일진회 회원들의 행동의 부당성을 비판하고 통감부의 설치를 탄식하는 내용 역시 「향로 방문 의생이라」와 연결된다. 「소경과 앉은뱅이 문답」에서는 막 체결된 을사조약을 국권침탈의 시작이자 자주독립의 포기라 비판한다. 「향로 방문 의생이라」에서는 외교권을 잃었으니 통감부의 설치가 목전에 닥친 일임을 경계하다가, 「거부오해」에 이르면 일본으로부터 통감이 건너 왔으며 그렇게 건너온 통감의 이름이 이등박문이며 그가 가진 권리가 무한 굉장한 것임을 알고 탄식한다. 세 작품의 줄거리가 서로 연관성을 지니고 있는 것이다. 이렇게 본다면 이 세 편의 작품은 화자의 외형적 모습만 다를 뿐이지 짜임새나 내용이 적지 않은 유사성을 지니고 있다. 이들 작품은 특정한 작가 혹은 동일한 작가군作家群에 의한 연작連作의 성격을 지니고 있는 것이다.

5) 「시사문답」

「시사문답」은 1906년 3월 8일부터 4월 12일까지 한 달여에 걸쳐 『대한매일신보』에 연재된 작품이다. 이 작품 역시 두 인물이 만나 대화를 나누다가 세상에 대해 탄식하고 헤어진다는 점에서 앞의 작품들과 구조상으로 큰 차이가 없다. 어느 화창한 날에 시골 선비 호문생과 서울 선비 선해생이 만나 시국에 대한 대화를 나누다가 저녁 무렵 헤어진다. 작품의 마무리에서 등장인물이 시 구절을 읊조리며 퇴장한다는 점도 앞의 작품들과 유사하다. 단, 「소경과 앉은뱅이 문답」, 「향로 방문 의생이라」, 「거부오해」 등이 한일신조약과 연관된 정치적 현안을 집중적으로 다룬 것에 반해 이 작품에서는 개화의 허상과 관련된 경제 문제가 주된 관심사이다.

「시사문답」에서 첫 번째 비판의 대상이 되는 것은 실속 없는 개화의 모습이다. 두 사람은 지나가는 기차를 보고 개화에 대한 논의를 시작한다. 기차가 생겨 편리해진 것은 사실이나, 우리나라 사람들이 차삯으로 내는 돈이 외국 사람 주머니에 들어가니 탄식할 일이라는 것이 서울 선비 선해생의 견해이다. 지금은 만국이 서로 통상하는 시절인데, 우리는 그 통상을 통해 부국강민을 이루지 못하고 남의 좋은 일만 시키게 된다는 것이다. 호문생이 다시 "철로는 그러하거니와 시계자명종 전보줄 전화줄 전기등 같은 것은 대단히 유용한 것일가 하노라" 말하자 선해생은 "유용하기로 말하면 어느 것이 유용하지 않음이 아니나 한갓 탄식할 바는 내 토지 물력을 들여 내가 하지 못하고 남의 수중으로 돌려보내는 일이 원통하도다"고 대답한다. 그는 다시, 세계는 지금 학문과 재물로 싸우는 시대인 즉 학문과 재물이 없으면 무엇으로 나라를 보전한다 하겠는가라고 반문한다. 학문과 재물의 문제는 이 작품의 곳곳에서 드러나고 있는 애국계몽 부국강민 사상으로 연결되는 중요한 고리들이다.

다음으로 비판의 대상이 되는 것은 시정개선과 인재택용의 문제이다. 두 선비는 정부의 인재택용 현실을 비판하면서, 현 정부가 옳은 인재를 택용하는 것이 아니라 탐학민재에 유명한 자 아니면 북촌사랑으로 돌아다니며 아첨 잘하는 자를 택용한다고 비판한다. 잘못된 시정개선의 문제는 「거부오해」에서 다루어진 소재이기도 하다.

이어서 비판의 대상이 되는 것은 훈장의 남용이다. 두 화자는 우리나라 사람들이 물건 만드는 재주가 없다 하나 훈장 만드는 재주 하나는 남보다 뛰어나다고 비판한다. 훈장을 잘 만들어 직품 따라 차고 있지만, 그 실적을 살펴보면 아깝기 그지없는 것이 지금의 훈장이라는 것이다. 이들은 각처에 봉기하는 화적당 하나도 잡지 못한 것이 무슨 공이 있다 하며, 나라를 결딴낸 자들이 무슨 공훈이 있다고 각부 대신들이 훈장을 받느냐고 비판한다. 공연히 국재를 허비하여 훈장을 제조하며 그 일을 관할하기 위하여 표훈원을 설치하고 관리를 마련하니 이 또한 국가 재정을 어렵게 하는 요인이 된다는 것이다.

국가 재정의 고갈에 대한 염려는 곧 차관 도입 시도에 대한 비판으로 이어진다. 이들은 현재 정부에서 추진 중인 차관의 도입을 극구 반대하며 차관하는 날이 곧 나라 팔아먹는 날이라고 염려한다. 현재의 상황으로는 모든 재물이 날마다 외국으로 흘러 들어가니, 비록 백천만 원을 차관하여 온들 그 돈을 얼마 부지하지 못할 것이고 공연히 빚만 늘어 그것을 갚기 위해 몇십 년의 고생을 하게 되리라는 것이다.

이들은 화적당이나 의병의 발생 역시 모두 정부에 책임이 있다고 지적한다. 화적당도 이천만 중에 든 백성이요 의병도 이천만 중에 든 백성인데, 백성들이 생명과 재산을 보존치 못하고 사방으로 유리함은 정부에서 정부 노릇을 잘못했기 때문이라는 것이다. 당초 정부에서 지방 관리를 택차할 때 돈을 받지 않아 박탈민재하지 않았으면 백성이 각기 자신의 재산을 보존하고 잘살 수 있었을 것이나, 돈을 주고 관직을 산 이들이 지방에 내려와 양민을 몰아내 도적을 만든 것이다. 또한 의병으로 말할지라도 정부에서 일을 잘하여 국권을 손상치 아니하고 독립을 유지했으면 의병인들 있었겠느냐는 것이 이들의 질책인 것이다.

이 작품에서도 우리나라의 미래는 교육에 달려 있다고 생각한다. 우리나라 사람들이 우마처럼 취급을 당하는 것은 첫째는 교육이 없고 학문이 없어 무엇을 어떻게 하면 좋을지 방향을 정하지 못하고 결단하지 못하기 때문이다. 둘째는 자유 권리가 무엇인지 모르고 보니 내가 알고도 능히 행하지 못하는 일이 있고 압제 세력 때문에 할 수 없이 부득이 행하는 일도 있게 된다. 따라서 우리나라 사람도 교육만 잘하고 보면 어찌 다른 나라 사람만 못해질 리가 있겠는가라고 이들은 반문한다. 국권과 민권의 회복이 모두 교육에 달려 있다고 주장하는 것이다.

「시사문답」은 배경 설정에서 다른 작품들과 차이가 난다. 「시사문답」에서는 처음과 끝에 나오는 시공간적 배경이 사건의 시작과 종결에 직접 연결되어 있다. 이 작품에서 시골 선비와 서울 선비가 서로 만나게 되는 것은 화창한 날씨 때문이다. "근일 춘기 화창하매"로 시작되는 문구는 바로 이러한 만남이라는 사건을 위해 설정한 배경의 하나이다. 그들은 화창한 날씨에 높은 곳에 올라 장안대도상에 왕래하는 사람들을 내려다보며 세상 돌아가는 일을 이야기하기 시작한다. 그러나 이야기는 점차 우울하고 어두운 방향으로 전개되고 화창했던 날도 점차 어두워 간다. 화창한 날씨가 두 사람의 만남을 주선했듯이 이제 저무는 해는 두 사람이 헤어져야 할 개연성을 마련한다. 만남과 헤어짐을 주변의 환경과 시간적 흐름이라는 시공간적 배경과 함께 다루었다는 점에서, 이 작품의 지은이는 논설적 요소 못지않게 서사적 요소에 대해서도 배려를 하고 있다.

이 작품의 마무리 역시 다른 작품들처럼 노래로 이루어져 있다. 하지만 그것은 시국을 노래하는 가사가 아니라 석양을 읊조리는 구양용의 시 구절이다. 이러한 시 구절을 통한 마무리는 논설적 측면은 배제되고 서사적 결말을 위한 형식적 측면이 강조된 것이다. 그런 점에서 「시사문답」은 다른 논설적 서사들에 비해 서사의 측면이 상대적으로 강화된 작품이기도 하다.

3. '논설적 서사'의 특질과 문학사적 의의

논설적 서사는 서사적 논설과 함께 우리 근대문학사의 독특한 개성을 드러내는 문학 양식이다. 이들 양식에는 모두 글쓴이의 주장이나 현실 비판적 견해가 담긴다는 공통점이 있다. 서사적 논설이나 논설적 서사의 목적은 서사의 완성 그 자체에 있는 것이 아니다. 이들의 목적은 서사 자체보다는 논설을 통한 계몽에 있다. 서사적 논설이나 논설적 서사는 현실을 직설적으로 비판하는 데에 따르는 부담을 피해가는 방식이기도 하고 혹은 직설적 비판보다 효과적으로 현실에 대응하는 방식이기도 하다. 서사를 이용한 우회적 계몽은 직설적 논설 못지않게 계몽에 효과적이었다.

서사적 논설이 형식상 논설을 표방했으면서 내용상 서사적 요소를 많이 지녔다면, 형식상 독립된 서사를 표방하는 논설적 서사는 역으로 아직 논설의 요소를 많이 지니고 있다. 소설사의 측면에서 본다면 근대적 서사 양식은 서사적 논설에서 출발했고 서사적 논설은 논설적 서사로 변화되어 갔다. 형식상 독립된 서사적 요소가 중요해진다고 하는 점과, 내용상 그 서사가 당시대적 성격을 깊이 있게 반영한다는 점은 문학사에서 분명히 의미가 있는 변화이다.

여러 편의 논설적 서사는 동일 작가 혹은 동일 집단에 의해 창작된 경우가 적지 않을 것으로 판단된다. 이는 논설적 서사가 일회적으로 발표된 우연의 산물이 아니라, 시대적 요청에 따라 전문가들이 만들어낸 의도적 산물임을 말해준다. 그들은 일정한 양식의 작품 창작에 대해서는 나름대로 전문성을 띠고 있었지만 작품을 상품화시키는 단계로는 아직 나아가지 않은 작가들이었다. 그런 점에서 논설적 서사의 작가들은 비상업적 작가였다고 말할 수 있다.

논설적 서사의 작가는 서사적 논설의 작가와 동일하거나 유사한 성향의 인물이었다. 이들은 한말의 애국지사로 민족지의 발간에 깊이 관계하던 논객들이었다. 서사적 논설의 작가들은 원래 서구식 교육을 받은 인물이 아니라 전통적인 한학 교육을 받은 인물들이었다. 그들은 전통적인 교육의 바탕 위에 새로운 세계를 받아들였다. 한글에 대한 애착은 그들의 진취적 자세를 말해주며, 한글을 통해 그들이 담고자 한 세계의 모습은 그들이 지향하는 미래를 보여준다. 서사적 논설을 이어받은 논설적 서사는 한국 근대소설의 초석을 이루는 문학 양식이다. 한국 근대 서사문학 양식은 외래적 유입을 통해 그 씨앗이 뿌려지지 않았다. 그것은 우리 고유의 전통적 교육을 받았던 애국지사들이 과거로부터 내려오던 문학 양식을 시대의 변화에 맞게 적절히 변용하며 만들어낸 문학 양식들이다. 그들이 만들어낸 새로운 양식의 발전사가 곧 한국 근대소설 발전사가 되는 것이다.

한국 근대문학사가 시작되는 시기는 지식인들이 설 자리를 선택하기가 매우 어려웠던 시기였다. 이 시기에는 다양한 생각을 반영하는 다양한 주장들이 존재했다. 이 시기에 글을 쓰는 사람들은 서로 다른 입장에서 서로 다른 주장들을 내놓을 수밖에 없었다. 이러한 주장들은 이해가 엇갈리기 마련이었는데, 특히 정치적 이해가 엇갈리는 경우도 적지 않았다. 정치적 이해가 엇갈리는 경우는 검열이나 탄압의 대상이 되기도 했다. 이때 작가의 주장에 대한 상대방의 저항감을 완화시킬 수 있는 방편의 하나가 서사적 주인공을 통해 자신의 목소리를 대신하게 하는 것이었다. 그렇게 해서 탄생한 서사 양식이 서사적 논설과 논설적 서사였다.

서사적 논설은 전통적 이야기 문학의 양식인 야담이나 한문 단편 등과 근대적 문화 양식인 신문의 논설이 결합하여 생긴 문학 양식이다. 논설적 서사 역시 신문이라는 근대적 매체가 만들어낸 새로운 문학 양식이다. 논설적 서사는 현실성을 중시하는 근대적 문학 양식이다. 거기에는 작가들의 현실인식을 토대로 한 창작의도가 선명하게 드러나 있다. 신문은 근대 문화의 산물이고 논설은 현실에 근거한 계몽성이 강한 글이다. 흥미 위주의 전통적 서사 양식과 당시대적 근대성 및 현실성을 띤 문화 양식의 만남은 서사적 논설로 귀결되었다. 이러한 서사적 논설에서 외형상 서사가 강조된 문학 양식이 논설적 서사이다.

　논설적 서사에는 집단 창작의 분위기가 남아 있다. 이들 작품은 최종 집필은 한 개인이 했을지라도 그 이전에 집단적 의견 교환의 단계가 있었을 것으로 생각된다. 시간이 흐르면 논설적 서사는 점차 논설보다 서사가 중요해지는 단계로 접어들게 된다. 논설의 기능은 약화되고 서사의 기능이 강화되는 것이다. 그리하여 창작의 관심사가 논설에서 서사로 옮겨가고, 창작의 주체가 집단에서 개인으로 변화하는 과정을 겪게 된다. 이러한 변화 과정은 한국 근대소설 발전사의 중요한 한 줄기를 형성한다.

제 4 - 1 장
근 대 적
소 설   양 식 의
새 로 운   유 형

'역사 · 전기 소설'

1. '역사·전기소설'의 개념

역사·전기소설이란 역사적 사실과 위인의 전기를 소재로 삼아 쓴 작품들을 지칭하는 용어이다. 근대계몽기 역사·전기소설에는 창작물과 번역 및 번안물이 공존한다. 역사·전기소설은 외형상 소설을 표방하면서도 내적으로는 글쓴이의 주장과 계몽의 의지를 매우 강하게 담고 있다. 이 점에서 근대계몽기의 역사·전기소설은 논설적 서사와 성격이 유사하다. 단, 역사·전기소설은 논설적 서사에 비해 상대적으로 길이가 매우 길다. 상당수 역사·전기소설은 신문 연재물 혹은 단행본의 형태로 존재하며 대개의 경우 작가의 실명이 밝혀져 있다. 근대 초기 역사·전기소설은 전기 문학, 전류문학, 위인전기 등 몇 가지 다른 용어로도 불리고 있다. 이들 용어의 의미가 완전히 동일한 것은 아니지만 대체로 유사한 작품들을 염두에 두고 사용되고 있다. 다만, 역사·전기소설이 여타 용어들에 비해 상대적으로 더 넓은 의미를 지닌 용어라 할 수 있다.

전광용은 「한국소설발달사」에서, 근대 초기에 역사서와 전기가 유행한 것은 한국뿐만 아니라 중국이나 일본의 경우도 거의 마찬가지였다고 정리한다.[1] 근대계몽기에는 순수문학 작품보다 계몽적인 서적의 출현이 절실하게 요구되었고, 독자의 관심도 예술성의 음미보다는 지식욕에 더 경도되어 있었다. 이런 이유로 인해 이 시기에는 번역 편찬된 역사서나 전기물이 상당수 출현하게 되었다는 것이다.

이재선은 1975년에 『애국부인전』·『을지문덕』·「서사건국지」를 함께 묶은 자료집을 간행하며, 그 해설에서 '역사적 전기적 문학'이라는 용어

---

1 전광용, 「한국소설발달사」, 『한국문화사대계』 제5권, 고려대민족문화연구소, 1967, 1207~1208쪽 참조.

를 사용한다. 이재선은 다음과 같은 말로 이 시기에 등장한 전기 문학의 중요성을 지적하고, 그것이 신소설과 어떻게 다른가 하는 점을 설명한다.

> 1900년대의 산문문학은 대체로 허구적인 문학fiktionales Erzählen과 실록적인 역사문학historisches Erzählen으로 구분되어 고찰되고 있다. 전자는 시간이나 공간을 떠나 있는 허구적인 인물을 내세우고 그다음 사건을 제시하고 있지만, 후자는 과거에 실제로 존재했던 인물에 대해서 회상하고 그것을 근거로 치밀한 현실의식을 어떤 정치적인 '이데올로기' 및 작가의 역사의식으로 변형시켜 서술하는 경우가 많다.
>
> 전자는 이른바 신소설이라고 불리어지는 것이 대부분이다. 이들은 상업주의적이며 시장 지향적일 수 있다. 그러나 후자는 보편적이고 현실적인 주제를 구체적인 인물과 그의 사건으로서 전형화하는 동시에 그것을 현실적인 것으로 객관화하려고 시도한다. 전자가 추상적인 현실개조로 의지를 박제화한다고 한다면 후자는 구제라는 현실적인 의지를 구체화하고 있다고 설명될 수도 있을 것이다. 이 점에서 후자의 전기 문학은 중요하다.[2]

1900년대의 허구적인 문학을 대표하는 것이 신소설이라면 전기 문학은 실록적인 역사문학을 대표한다. 신소설은 상업적이며 시장 지향적이지만 전기 문학은 현실 구제의 의지를 작품화한다. 역사적·전기적 문학은 근대적 역사소설의 앞 단계로도 평가될 수 있다는 것이 이재선의 견해이다.[3]

---

2 이재선, 『애국부인전·을지문덕·서사건국지』, 한국일보사, 1975, 176쪽.
3 이재선은 뒤이은 저술에서 "개화기의 영웅 전기적 서사체에 대해서는 그것을 전기로 고정해 보려는 태도와 일종의 역사소설의 원초적인 형태로 보려는 태도가 있다"고 정

역사・전기소설이라는 용어의 사용이 보편화되기 시작한 것은 1970년대 말 『역사・전기소설』이라는 표제어를 직접 사용한 자료집이 출간되면서부터이다.[4] 이 자료집의 해설에서 이선영은 역사・전기소설의 성격에 대해 다음과 같이 정리한다.

개화기의 역사・전기소설들은 표현 형식보다 주제에 치중하고 있다. 그것은 정치적 사회적 계몽이 우선 급하였기 때문에 소설다운 형식을 갖출 겨를이 없었던 것이다. (…중략…) 이와 같은 시대 상황에 대응한 문학적인 양식으로서의 역사・전기소설들은 특히 구국 영웅의 활약을 많이 다루고 있다. 을지문덕이나 강감찬과 같은 역사상의 명장을 비롯하여 마찌니瑪志尼, 카부르加富爾, 가리발디加里波的, 비스마르크比斯麥, 빌헬름텔維霖惕露, 잔느 다르크若安貞德, 워싱턴華盛頓, 나폴레온拿破崙, 피터彼得 등 서구 여러 나라의 구국 인물들을 통해서 정치적인 이념을 강하게 반영하고 있다. 즉 이런 작품들은 한결 같이 외세의 침략에 직면하여 나라와 겨레를 지켜야 한다는 이념에서 나온 것이다.[5]

리한다. 이재선 외, 『개화기문학론』, 형설출판사, 1981, 132쪽.

4   김윤식 외편, 『역사・전기소설』, 아세아문화사, 1979. 이 책에 수록된 작품들의 목록은 다음과 같다.
제1권 : 「천로역정」, 「중일략사」, 「파란말년전사」 / 제2권 : 「태서신사」, 「아국략사」 / 제3권 : 「중동전기」, 「미국독립사」 / 제4권 : 「법국혁신전사」, 「애굽근세사」, 「법란서신사」, 「오위인소역사」 / 제5권 : 「월남망국사」(현채 역), 「월남망국사」(이상익 역), 「월남망국사」(주시경 역), 「비율빈전사」, 「이태리건국삼걸전」 / 제6권 : 「의대리독립사」, 「서사건국지」, 「비사맥전」, 『애국부인전』, 「라란부인전」, 「애국정신」 / 제7권 : 「을지문덕」, 「까쮀일트전」, 「후례두익대왕칠년전사」, 「세계식민사」 / 제8권 : 「중국혼」, 「영법로사제국가리미아전사」, 「강감찬전」, 「피득대제」 / 제9권 : 「몽견제갈량」, 「나파륜전사」, 「나파륜사」 / 제10권 : 「보법전기」, 「나빈손표류기」, 「부란극립전」, 「십오소호걸」.
5   이선영, 「한국 개화기 역사・전기소설의 성격」, 『역사・전기소설』 제1권, 9~14쪽.

여기서는 역사·전기소설의 특징을 정치적 이념이 강한 소설이라고 본다. 이들은 외세의 침략에 저항하며 나라와 겨레를 지키려는 이념을 바탕으로 출현한 작품들이라는 것이다.

김교봉·설성경의 『근대전환기 소설 연구』에서는 역사·전기소설의 문학사적 맥락에 대한 정리가 이루어진다. 『근대전환기 소설 연구』에서는 근대 초기 소설의 갈래를 경험 중심형 소설과 허구 중심형 소설로 나눈다. 역사·전기소설은 이 가운데 경험 중심형을 대표하는 소설이 된다. 이 책에서는 역사·전기소설과 전통적 서사 장르인 전(傳)류 문학 사이의 관계가 잘 드러나 있다.

이러한 전의 구성 양식은 세 부분으로 나눌 수 있는데 우선 입전 인물의 가계 및 출생 주변이 기술되고, 그 다음은 생애 중 두드러진 행적 및 처세 상황이 기술되고, 끝으로 평결이 이루어지는 것이 그것이다. 역사·전기소설의 대부분이 이의 기술 방식을 그대로이거나 확장적으로 따르고 있다. (…중략…)

그러므로 전의 변체는 한 인물의 일대기를 기술함에 있어서 역사적인 사실에 바탕을 두면서도 후세인을 감화시키고 징계함에 있어서 진실을 보다 절실하고 핍진하게 느끼도록 윤색하기도 한다. 이러한 윤색에는 단편적인 사실들을 단순히 나열하는 것을 벗어나 보다 유기적이고 역동적으로 조직하여 강도 있는 주제의식을 표출하는 것도 포함된다. 전에서 문학성이 강하게 나타나면서 전적 소설로 발전하는 것은 이 사실에 기초한다. 근대전환기에 번역되거나 창작된 역사·전기소설은 바로 이것을 답습한다. 역사·전기소설 대부분이 서구의 것을 번역한 중국본이나 일본본을 이중역한 것이라면 그때까지 한 인물의 행적을 기술하는 데는 이 양식이 널리 보편적으로 사용되었음을 알게 한다.

역사·전기소설은 이같은 전 양식적 서술구조를 따르면서도 또한 회나 장으로 나누어져, 각 회나 장에서 전개될 내용이 미리 소제목으로 요약되어 제시되는 회장체 소설의 서술방법을 택하고 있다. 거기다가 대개는 서문이 있고, 때로 발문까지 갖춘 작품도 상당수 있다.[6]

역사·전기소설은 전류문학과 회장체 소설의 영향을 많이 받은 문학 양식이다. 전에서 문학성이 강조되면서 전적傳的 소설로 발전하게 되는데 이는 역사·전기소설의 발생과 깊은 관계가 있다는 것이다.

강영주의 「한국 근대 역사소설 연구」에서는 근대계몽기 전기류 문학의 생성 과정에 대해 주목한다. 이 글에서는 근대 초기 전기류 문학이 조선조 군담소설계 문학을 계승했다는 논지를 펼치고 있다.

뿐만 아니라 대부분 국한문혼용체로 씌어졌던 개화기 전기류 중에서 『애국부인전』은 예외적으로 국문체로 씌어져 있으며, 총 10회의 장회소설 형식을 취하고 있어 전대의 국문소설의 전통에 의거한 작품임을 짐작케 한다. 그중에서도 특히 임·병 양란을 배경으로 한 이른바 군담소설들과의 영향관계를 가정해볼 수 있다.

조선시대 소설의 유형을 논함에 있어 전쟁담이 그 핵심적 요소를 이루는 소설을 가리켜 군담소설이라 한다면, 또한 그 하위 범주로서 허구적 군담소설과 역사적 군담소설을 구분해 볼 수 있을 것이다. 전자는 「유충렬전」 등에서 볼 수 있듯이 가공적인 중국 역사를 배경으로 하여 주인공이 영웅적인 활약 끝에 입신양명과 부귀영화를 달성한다는 상투적인 내용으로서 귀족적 보수주의의 가치관을 드러내고 있다. 이에 비해 후자는 「임진록」, 「임경업전」, 「박씨전」 같

---

6   김교봉·설성경, 『근대전환기 소설 연구』, 국학자료원, 1991, 84~85쪽.

은 작품에서 볼 수 있듯이 우리 민족이 실제로 겪었던 임·병 양란을 그 배경으로 하여, 이민족의 침략을 물리치고 국위를 떨친다는 내용으로 되어 있다. 여기에는 귀족 출신의 주인공뿐만 아니라 민간영웅들의 활약상도 함께 그려져 있으며, 더욱이 전자의 허구적 군담소설에서는 찾아보기 힘든 주체성과 민족의식이 표출되어 있다.[7]

이 시기의 역사문학을 대표하는 신채호·박은식·장지연 등의 전기 문학은 근대적인 민족의식의 면모를 보여주기는 하나, 아직도 관념적이고 영웅중심적인 역사관을 탈피하지 못하였다. 이러한 사상적 한계로 말미암아 민족적 영웅의 일대기를 중심으로 한 그들의 전기 문학은 봉건시대의 군담소설이나 전 양식의 변용에 머무르고 말았다. 그러므로 애국계몽기의 전기 문학은 전대의 문학 양식을 발전적으로 계승하여 후대의 근대적인 역사소설의 출현을 가능케 한 과도적인 문학으로서의 위치를 지니는 것이라 하겠다.[8]

이 글에서는 근대계몽기 전기류 문학이 봉건시대의 군담소설이나 전의 양식을 변용한 것이며, 근대 역사소설의 출현을 가능하게 한 과도기적 문학이라 규정한다.

김찬기의 『한국 근대소설의 형성과 전傳』에서는 근대계몽기의 전류문학을 사실지향적 전과 허구지향적 전으로 유형화시켜 이들의 변이 양상과 미적 특질을 규명한다.

본고에서는 전傳을 '중세주의와 (근대적) 세계주의'라는 대극의 이데올로기

---

7   강영주, 「한국 근대 역사소설 연구」, 서울대 대학원, 1986, 17쪽.
8   위의 글, 37~38쪽.

사이에서 어떻게 하면 신소설과 대타적 위상 관계를 이루면서 자신의 이데올로기적 좌표를 정체시킬 수 있는가, 하는 문제적 쟁점과 맞닥뜨리게 되면서 근대계몽기라는 역사적 시공성 안으로 수렴되어 온 문예적 양식으로 규정하였다. 전은 어떤 식으로든 자신의 존재적 질량을 '계몽 담론'의 시공성 안에서 확보하려 하고 있었다. 이러한 근대계몽기 전의 기본 논지는 '기실紀實'과 '허구기록'을 모두 아우르며 '탈중세주의를 통한 (근대적) 세계주의에로의 지향'이라는 개념으로 집약될 수 있는 바, 이와 같은 맥락에 근거해 본다면 적어도 근대계몽기의 전은 당대의 '오늘 우리'의 이데올로기를 대변하는 서사 양식이었다.[9]

근대계몽기의 전 양식은 중세주의를 벗어나 근대적 세계주의의 이데올로기를 지향하는 문학 양식이다. 이는 신소설과 구별되는 문학 양식이면서 사실과 허구를 아우르는 문학 양식이기도 하다. 전류문학에서는 사실과 허구가 어울려 현실의 이데올로기를 대변한다.

송명진은『역사·전기소설의 수사학』에서 역사·전기소설을 주로 민족이라는 개념과 연관 지어 설명한다.

이러한 '민족' 기획에 의해 새롭게 탄생하게 된 서사 장르가 바로 역사·전기소설이다. 애국계몽기 '민족' 개념은 동일한 조상, 동일한 지역, 동일한 역사, 동일한 종교, 동일한 언어를 사용하는 일군의 집단을 지칭하는 용어였다.「민족과 국민의 구별」,『대한매일신보』국문판, 1908.7.30 여기서 역사는 시대적 필요성에 의해 재구성되는 개념이며 특히, 애국계몽기 근대적 국민 기획의 일환으로 국민의 정체성을 형성할 기제로 기능한다. '민족'이라는 상상력은 역사를 만들고, 그 역사에 의

---

9   김찬기,『한국 근대소설의 형성과 전(傳)』, 소명출판, 2004, 221~222쪽.

해 '민족'은 실체로서 존재하게 되는 것이다.[10]

역사·전기소설은 '민족' 기획에 의해 새롭게 탄생한 서사 장르이다. 역사·전기소설에서는 민족 개념의 실체적 구현을 위해 역사적 인물들을 근대적 영웅으로 호출한다. 역사·전기소설의 이념적 특성을 고려하면 이는 곧 민족주의 서사라 불러도 무방하다는 것이다.[11]

2. '역사·전기소설'의 형성 과정

1) 근대계몽기의 인물기사

(1) 『독립신문』의 인물기사

역사·전기소설이라는 문학 양식의 형성 과정에는 무엇보다 근대신문의 역할이 중요했다. 역사·전기소설의 주요 작가 명단에는 신채호·박은식·장지연 등 근대 민족지의 주요 필진이 여럿 들어 있다. 역사·전기소설의 출발은 근대신문이 동서양의 역사상 출중했던 인물을 소재로 쓴 글인 인물기사에서 찾을 수 있다. 인물기사란 특정 인물에 대한 전기물의 성격을 띤 기사이다. 이는 한 회 발표로 마무리되는 경우도 있고 연재물로 이어지는 경우도 있다. 인물기사는 근대계몽기 신문에 주로 실렸지만 잡지에도 일부 수록되었다. 인물기사는 순한글로 된 경우가 많았지만 순한문 및 국한문으로 작성되기도 했다. 역사상 중요한 인물에 대한 언급은

---

10 송명진, 『역사·전기소설의 수사학』, 서강대 출판부, 2013, 56쪽.
11 위의 책, 71쪽 참조.

「일장춘몽」과 같은 독립신문의 서사적 논설에서도 확인할 수 있다.[12] 「일장춘몽」에는 '비사막^{비스마르크}', '라파륜^{나폴레옹}', '내리손^{넬슨}' 등의 이름이 등장한다. 이렇게 서사적 논설에 간혹 등장하던 용맹스러운 인물들의 이름과 행위는 곧 독립된 인물기사로 옮겨가 그 자리를 확고히 하게 된다.

1899년 8월 11일 『독립신문』 제1면에 실린 글[13] 「모기장군의 사적」은 초기 인물기사의 구체적 사례이다. 글의 전문을 인용하면 다음과 같다.

　　모기장군은 근본 보국 사람으로 서력 일천팔백 년에 났는데 집이 가난하여 매양 의식을 걱정하더니 어렸을 때에 본국이 나파륜 제일의 난리를 당하매 자기 부친을 따라 덴막국에 들어가 피란하여 몇 해 동안을 있으되 족히 경영할 일이 없는 고로 드디어 본국으로 돌아와 나이 이십이 세에 영문에 들어가 회도^{繪圖}의 일을 맡아 하니 이 까닭으로 차차 발신이 되어 나이 삼십이 세에 이르러서는 벼슬하여 군무아문 방판으로 있다가 삼십오 세에 유람차로 토이기국에 가서 사년을 있는데 토이기가 애굽의 반함을 노하여 군사를 일으켜 싸움할 새 모기장군을 청하여 군사 형세를 보라 하거늘 장군이 토이기 영문에 들어가 두루 구경하고 하는 말이 군사가 새로 모임에 형세가 서로 대적지 못하리라 하고 인하여 돌아온 후에 과연 토이기 군사가 싸우다가 크게 패하였더니 다행히 타국의 구원을 얻어 애굽생을 평정하였으나 장군의 병법에 단련함을 누가 탄복치 아니리요 나이 사십이 세에 비로소 영국 여인에게 장가들었으며 장군이 근본 재주가 총민하여 능히 일곱 나라 방언을 아나 그러나 평거에 말하고 웃기를 가볍게 아

12　「일장춘몽」은 1899년 7월 7일 『독립신문』에 게재되었다. 이 글에 대해서는 앞의 서사적 논설에서 언급한 바 있다.

13　원래 이 지면은 논설이 실리는 자리였으나 이 무렵 『독립신문』 1면에는 한동안 논설이 실리지 않았다. 이 지면의 위치는 서사적 논설 「일장춘몽」이 수록되었던 것과 동일하다.

니하고 사십오 세에 보국 왕명을 받들고 이태리와 법국과 아라사와 영국에 다녔으며 오십구 세에 본국으로 돌아와서 전국 군무를 총관하였는데 그때에 왕태제 위랑제일이 님군이 되었으니 이때는 서력 일천팔백육십일 년이라. 그때에 보국이 오히려 빈약하여 전국 인구가 이천칠백만 명에 지나지 못하며 이웃 나라가 자주 침노하는 중에 법국이 우심한지라. 위랑왕이 보국을 크게 흥기코저 하여 모기 씨로 하여금 군병을 조련할 새 장군이 군사를 정제하는 법이 세 가지가 있으니 첫째는 군사가 날램이요 둘째는 군사 모이기를 신속히 함이요 셋째는 병기를 정예케 함이라. 허다한 사업들은 다 기록할 수 없거니와 서력 일천팔백칠십 년에 법국으로 더불어 싸워 큰 공을 이루어 장군의 성명이 세계에 진동함에 아라사 황제가 듣고 장하게 여겨 장군에게 일등 훈장을 보냈으며 그때에 일이만과 각 적은 나라들이 다 와서 복종하고 나라 이름을 고쳐 덕국이라 하고 불과 구 년 동안에 구라파에 제일 부강한 나라가 되어 누가 감히 능멸치 못하니 밝은 님군과 어진 신하가 정치를 공평하게 한 효험이 없는 것은 아니로되 땅을 노략하고 나라를 아오른 공은 다 모기장군의 사업이라. 장군이 비록 싸움 잘하기로 이름이 있으나 본성이 근본 덕을 좋아하여 사람을 사랑하고 평일에 싸움한 일은 강한 이웃이 침노하는 고로 부득이하여 병장기를 쓴 것이요 참 즐기는 바는 아니로다. 슬프다 장군이 일천팔백구십일 년 사월에 이 세상을 이별하니 연세가 구십일이라. 덕국 황제가 듣고 대단히 애통하여 그 여문에 전보로 조서하여 가로되 장군이 세상을 버리니 우리 군사가 다 함몰할 것 같다 하고 장사할 때에 황후와 태자를 데리고 친히 거동하여 조상하고 본국 대소 관원들과 각국 공령사들이 다 와서 호상하는데 상여 지나가는 곳마다 병정이 나열하고 백성들은 다 저자 문을 닫고 거리에 우는 소리가 서로 들리며 구미 각국에서 장군의 공업을 찬송치 아니하는 이가 없었으니 장군은 가히 당세에 일인이라 칭할 만하도다. 동서양에 다른 유명한 이가 없는 것은 아니로되 장군의 사업과 명예가 가

히 세계 사람으로 하여금 흠앙할 만한 고로 그 사적을 대강 기재하노라.[14]

「모기장군의 사적」은 모기장군의 사적을 알리는 내용과 그 사적에 대한 지은이의 평가라는 두 가지 내용으로 이루어져 있다. 이 글을 쓴 작가의 의도는 모기장군의 사적 자체를 알리는 일보다는 그에 대한 평가에 있다. 모기장군에 대한 주된 평가는 그가 병법에 능통해 군사 다루는 일에 익숙했다는 것과, 독일과 프랑스가 싸울 때에 자신의 조국 독일을 위해 큰 공을 세운 인물이라는 점과 연관된다. 여기에 이 글의 집필 동기가 있다. 모기장군은 원래 싸움을 좋아하기보다는 덕망이 높은 인물이었다. 하지만 그는 이웃의 침략을 당하여 부득이 병장기를 들게 된다. 이러한 서술 역시 주목할 만하다. 덕망도 중요하지만 주변의 침략에 대응할 병법을 익히는 일 역시 중요하다는 것이 한말 역사의 흐름 속에서 깨달은 진리 가운데 하나였기 때문이다. 그런 점에서 본다면 이러한 인물기사 역시 교훈적 논설의 성격을 지니고 있는 글이라 할 수 있다. 인물의 일생을 요약 제시하고, 그 인물의 삶을 통해 우리가 본받을 일이 무엇인가를 간접적으로 설파하고 있는 것이 인물기사였던 것이다. 그런 점에서 본다면 인물기사는 논설의 한 변형이라고도 할 수 있다.[15]

(2) 『그리스도신문』의 인물기사

『그리스도신문』 역시 역사 · 전기소설의 발생에 적지 않은 영향을 미쳤다. 『그리스도신문』이 역사 · 전기소설의 발생에 영향을 미치게 된 것은

---

14 「모기장군의 사적」, 『독립신문』, 1899.8.11.
15 참고로, 『독립신문』의 논설을 가려 뽑은 기존 자료집에도 이러한 인물기사들은 논설로 분류되어 있다. 『독립신문논설집』, 송재문화재단, 1976 참조.

이 신문이 특히 인물의 행적에 많은 관심을 보였기 때문이다.『그리스도신문』은 성서에 나오는 인물의 행적에 대한 소개나 기독교 선교의 역사 속에서 높이 추앙받는 목회자에 대한 자료 등을 다양하게 수록했다.『그리스도신문』은 1901년 4월 25일 '그리스도신문 특별 판각'이라는 설명 아래 두 사람의 중국인 리홍장과 장지동의 사진을 게재한다. 백색 모조지로 특별 제작한 신문의 한 면 전체가 두 사람의 사진으로만 채워진 것이다.[16] 이는 당시 세인의 관심을 끌기에 충분한 것이었다. 이 신문의 제1면은 「리홍장과 장지동 사적」이라는 기사로 시작된다. 기사의 내용은 다음과 같다.

리홍장 씨는 본래 한인인데 젊어서부터 재학이 유여함으로 이십 세 전에 수재로 뽑혀 북경에 와서 벼슬하다가 홍수전의 난리를 당하매 영국 청병대장 고단 씨와 심히 상득하여 좌우 주선함으로 그 난리를 평정한 후에 성명이 점점 높아 삼십 년 래에 항상 개명 상에 주의하며 북양대신 겸 총리아문 대신으로 있어서 해육군을 많이 확장하였고 또 갑오전쟁에 구화 전권을 맡아 마관에서 이등박문 씨와 담판하여 평화조약을 정하고 또 아라사 황제께서 관례 때에 특파 대사로 참예하고 돌아올 길에 구미 각국을 유람하였고 또 작년 단비의 난을 인하여 연합대가 북경에 들어간 후에 리 씨가 구화 전권을 맡았는데 장차 무슨 좋은 결과가 있을지 미리 알 수 없으나 그 지낸 사기를 대강 보면 청국 개혁당 중에 일개 인물이라고 칭할 만하도다.

장지동 씨도 또한 한인인데 그 성질이 온유하고 학문이 넉넉한 고로 청국 정부에 명망이 높은 재상이라. 전일 법국이 안남을 점령하매 장 씨가 반대하여

16 두 사람의 사진과 함께 행적을 소개한 이 날짜 신문은 '이 호는 별보이니 그림도 있느니라'는 구절을 1면 상단에 싣고 있다.

개정할 의논을 제출하였고 그 후에 리홍장 씨와 동심하여 개혁할 목적이 있는 고로 무술년 변정에 참여하여 실학당과 자강학당과 철정국을 설립하며 또 청국 과거 보이는 장정을 다시 교정하였고 현금에는 량강 총독으로 있는데 개명에 주의한 지 십오 년에 국민에게 유익한 일을 많이 하였으니 장 씨의 성명이 리홍장 씨와 비등할 만하니라.[17]

이 기사에 나타난 리홍장과 장지동의 공통점은 나라가 어지러운 때에 나라를 바로 세우는 역할을 하였고, 외세와의 관계 속에서 주권을 지키는 데 일조를 하였으며, 특별히 개화에 힘써 백성에게 유익한 일을 많이 했다는 데에 있다. 이러한 역할은 당시 우리 민족이 처한 상황에서도 절실히 필요한 것이었다는 점에서 신문 편집자의 의도를 읽을 수 있다. 이날 이후 세계 여러 나라의 위인에 대한 전기적 기사가 계속 실리게 된다는 점으로 미루어 볼 때 이 기사는 의도적으로 기획된 것이었다고 할 수 있다. 즉 신문 편집진이 앞으로 주력할 기획기사로 인물기사를 계획하고 그에 대한 독자의 관심을 끌기 위한 의도 속에 신문을 특별 편집해 발행했다는 해석이 가능한 것이다.

동시대에 실존하는 인물에 대해 다루었던 이러한 인물기사는 역사상 존재했던 과거 인물에 대한 기사로 이어진다. 동시대의 실존 인물에 대한 기사는 사실에 근거한 기사라는 점에서 신문의 기능과 역할에 쉽게 부합되는 기사라고 할 수 있다. 그러나 역사상 인물에 대한 기사는 일면 과장되거나 미화된다는 점에서 사실에 근거한 사건 기사와는 구별된다.

1901년 4월 이후 『그리스도신문』이 게재한 인물기사는 「알푸레드 님

---

17 「리홍장과 장지동 사적」, 『그리스도신문』, 1901.4.25.

군」, 「라파륜 사적」, 『을지문덕』, 「원천석」, 「길재」 등이다. 기사 속 인물들은 모두 민족을 위해 용감히 싸우거나 나라가 망한 후에도 굳은 절개를 지켜 변심하지 않는다. 이들은 나라와 민족을 위해 굳은 의지를 꺾지 않았던 인물들이라는 공통점을 지니고 있다.

『그리스도신문』이 인물기사를 기획한 데에는 크게 두 가지 목적이 있었던 것으로 보인다. 첫 번째 목적은 어려운 때를 당하여 나라를 지키려는 의지를 굳건히 해야 한다는 사명감을 일깨우려는 데 있다. 이러한 의도는 「알푸레드 님군」이나 『을지문덕』 등에서 확인할 수 있다. 1901년 5월 16일 『그리스도신문』에 실린 「알푸레드 님군」의 내용을 보면 다음과 같다.

옛적에 영국에 한 유명한 님군이 있으니 이름은 알푸레드라. 그가 백성을 위하여 잘 다스리는 까닭에 세상 사람들이 크고 지혜 있는 님군이라 하더라. 그때에 늘 전쟁이 있어 다른 나라와 싸움할 때니 영국에는 알푸레드와 같이 전장에 나아가서 잘 싸우고 군사를 잘 영솔할 사람이 없더라. 이때를 타서 덴마크에서 와서 침범하는데 군사도 많고 또한 강하여 전장마다 싸움을 잘하는데 그대로 얼마 동안을 갈 것 같으면 온 세상을 통일할 듯하더라. 영국에서 한 번 큰 전장을 열고 싸울 새 영국 군병이 패하여 사람마다 자기만 살려고 도망하여 달아나고 알푸레드도 급히 달아나서 한 수풀 속으로 들어가니 날은 저물고 다리도 아프고 또한 배도 고픈지라 나무 베는 한 사람의 집을 찾아가서 그 집 마누라에게 먹을 것도 청하고 잘 데도 청하니 그 여인이 그때에 마침 사탕떡을 화덕에 굽는 때라 님군인 줄은 모르고 다만 거지로 생각하고 말하기를 그대가 여기서 이 떡을 잘 보아 타지 않게 하면 내가 소젖 짜러 갔다가 와서 먹을 것을 예비하겠다 하는지라. 알푸레드가 대답하고 떡을 보는데 마음에 떡 볼 생각은

없고 다만 어찌하면 군사를 다시 모아 덴마크 군사를 본국 지경에서 내어 쫓을
까 하여 배고픈 것도 잊어버리고 사탕떡이 타는 줄도 모르고 자기가 어디 있는
줄도 깨닫지 못하고 그 이튿날 싸울 계교를 생각하더니 그 여인이 젖을 짜가지
고 와서 본 즉 떡이 다 타서 쓸데없게 된지라 (…중략…) 여인이 무엇 먹을 것
을 좀 주었는지 아니 주었는지 알 수 없고 거기서 잤는지 알 수 없으나 얼마 오
래지 아니하여 알푸레드가 다시 군사를 모아 덴마크 군사를 쳐서 이겼더라.[18]

「알푸레드 님군」은 외국 군사에게 침략을 당하여 일시 피신한 알푸레
드 임금이 와신상담 벼른 끝에 자신의 나라를 지켜낸다는 내용을 다루고
있다. 이야기의 주인공 알푸레드 임금은 배고픔마저 잊고 오로지 나라를
위한 싸움에서 이기기 위해 온갖 지혜를 짜낸다. 이 글에서는 주인공의
항전에 대한 열정을 떡을 태우는 일화를 통해 표현함으로써 인물의 행동
이 지닌 의미를 소설적으로 형상화하고 있다.

「알푸레드 님군」이나 「라파륜 사적」이 외국 사람들의 굳은 의지와 용
맹성을 소재로 삼은 글이라면, 『을지문덕』은 우리나라 역사 속에서 용맹
을 떨치며 민족을 수호했던 인물을 부각시킨 글이다. 1901년 8월 22일
『그리스도신문』에 발표된 『을지문덕』은 동국 명장전의 기록을 전하는 형
식으로 되어 있다. 이 글은 "동국 명장전에 가로되 을지문덕은 평양 석다
산 사람이라. 마음이 깊고 담대하고 슬기가 있고 겸하여 속문을 잘하는
사람이니 고구려 영양왕 때에 대신이 되었더라"는 서두로 시작된다. 이어
지는 글의 내용은 다음과 같다.

수양제는 고구려가 자신에게 거만할 뿐만 아니라, 고구려 군사가 자주

---

18 「알푸레드 님군」, 『그리스도신문』, 1901.5.16.

자신의 변방에 출현하는 일을 빌미로 백만 대군을 몰아 고구려를 침범한다. 수양제는 우문술과 우중문을 각각 좌우익위 대장군으로 삼아 고구려 성을 함락시키려 한다. 고구려 왕이 을지문덕을 보내자 을지문덕은 거짓 항복하고 적진의 허실을 탐지한다. 우중문이 을지문덕이 오면 잡으리라 하였으나 류사룡이 만류하였으므로 을지문덕을 돌아가도록 내버려 두었다. 그러나 생각을 바꾼 우중문은 다시 사람을 보내 을지문덕에게 할 말이 있으니 돌아오라 전한다. 이때 을지문덕은 뒤를 돌아보지 않고 압록강을 건너간다. 우중문과 우문술은 을지문덕을 따라가 잡아 공을 세우기로 한다. 그들은 여러 장수와 더불어 물을 건너 을지문덕을 따른다. 을지문덕은 수나라 군사의 굶주리고 피곤한 빛을 보고 일부러 더욱 피곤하게 하기 위하여 매번 싸움을 하다 달아나 버린다. 을지문덕이 다시 우문술에게 사람을 보내어 거짓 항복한다 하고, 만일 군사를 돌리면 받들어 섬기겠다는 뜻을 전한다. 우문술이 군사들과 함께 행군하여 돌아가기 시작하자 을지문덕은 사방으로 군사를 내어 치게 된다. 결국 수나라 군사들은 패전하여 도망치게 된다. 이후 고구려 사람들이 을지문덕을 높여 그가 죽은 후에 사당을 세우고 제사 지내게 된다.

　『그리스도신문』이 기획한 인물기사의 두 번째 목적은 등장인물들의 굳은 의지를 빌어 기독교에 대한 독자들의 굳은 믿음을 호소하려는 데 있었다.『그리스도신문』의 이러한 의도는 고려 말의 충신이었던 길재의 삶을 그린「길재」의 마지막 해설 부분에 특히 잘 나타나 있다. 이 기사는 1901년 9월 5일 자 신문에 수록되어 있다. 1901년 8월 29일 자에 실린「원천석」의 경우도 주인공 원천석이 고려 말의 신하였고, 조선 개국 후 태종의 부름을 받았으나 벼슬에 나가지 않았다는 점 등에서 길재와 유사한 측면이 많다.「길재」에는 고려말의 신하였던 길재가 조선 태종의 부름을 받았으나 벼슬에 나가지 않는 이유와 그 벼슬을 거절하는 과정이 상세히 그려져 있다. 그가 벼슬을 거절하며 임금에게 상소한 내용에는 "신이 근본 한미한 사람으로 전조에 거과하여 벼슬이 문하주서에 이르렀습니다. 신은 들으니 계집은 두 지아비를 섬기지 아니하고 신하는 두 님군을 섬기지 아니하옵나니, 청컨대 고향에서 살며 신하가 두 성을 섬기지 아니하는 뜻을 이루어 노모를 봉양하여 남은 해를 순종하겠습니다"라는 구절이 들어 있다. 이러한 상소 내용이 길재의 굳은 의지를 드러낸다면, 기사의 마지막 해설 부분은 편집자의 기획 의도를 드러내는 부분이다. 이 기사의 마지막 부분은 다음과 같다.

선생은 우리 대한의 현인이라. 때도 지금과 같지 아니하고 지위도 같지 아니하나, 그러나 우리 예수를 믿는 자가 이것을 보고 취할 것이 있으니 한 님군에게만 복종하는 절의를 가히 탄복하리로다. 우리는 이 마음을 본받아 예수를 섬기사이다.

이러한 구절로 미루어 볼 때 결국 길재와 같은 절개와 충심으로 예수를 섬기자는 것이 글쓴이의 또 다른 의도였음을 알 수 있다.

2) 역사 · 전기물의 번역

1895년 무렵 이후 우리나라에서는 『만국략사』·『중일략사』·『아국략사』·『월남망국사』·『서사건국지』 등 다양한 역사서와 전기물에 대한 번역이 이루어졌다.[19] 이러한 역사서와 전기물의 번역은 역사·전기소설의 발생에도 영향을 미쳤다. 특히 근대 초기 전기물의 주요 번역자는 창작 역사·전기소설의 주요 작가와도 일치한다. 이들 전기물의 번역자는 곧 한말 서사적 논설의 필자이기도 했고 인물기사의 작가이기도 했다. 이러한 사실들로 미루어 볼 때 서사적 논설과 인물기사 그리고 역사서와 전기물의 번역이 곧 근대계몽기 역사·전기소설의 창작으로 이어졌다는 점은 명백하다.

박은식은 가장 많은 역사·전기류 문학을 창작하고 번역한 인물이다. 그는 「서사건국지」를 한문현토체로 번역한 바 있다.[20] 「서사건국지」의 서문은 역사·전기류 문학 창작에 임하는 작가의 자세가 무엇이었나를 보여주는 요긴한 자료이다. 서문의 내용을 풀어 정리하면 다음과 같다.

---

19 특히 전기물의 번역은 1900년대에 집중되었다. 이 시기 발간된 번역전기물 단행본은 『애국부인전』(광학서포, 1907), 『비사맥전』(보성관, 1907), 『라란부인전』(박문서관, 1908), 『이태리건국삼걸전』(광학서포, 1908), 『오위인소역사』(중앙서관, 1908), 『성피득대제전』(광학서포, 1908), 『보로사국 후례두익대왕 칠년전사』(광학서포, 1908), 『갈소사전』(광학서포, 중앙서관, 1908), 『화성돈전』(회동서관, 1908), 『나파륜전』(박문서관, 1908), 『이태리건국삼걸전』(박문서관, 1908), 『나파륜전사』(의진사, 1908), 『까쮀일드전』(현공렴, 1908) 등이다. 이와 관련한 자세한 서지 정리는 김성연, 『영웅에서 위인으로-번역 위인전기 전집의 기원』, 소명출판, 2013, 66~67쪽 참조. 근대 초기 서구 영웅전의 번역은 한국, 중국, 일본 등 동아시아 각국에서 성행했다. "나아가, 서구영웅전은 '정신적 가치'를 창조하는 맥락에서도 자주 동원되었다. 영웅은 추종이 아닌 활용 대상이었으며, 이는 그들의 이야기가 범람할 수 있었던 진정한 이유다. 그들은 당대를 관류하던 대부분의 계몽적 가치와 직결되어 있는 '권위를 담지하는 도구'였다. 특히나 물질적 기반이 취약했던 한국의 지식인들은 나라의 위망(危亡) 앞에서 백성들의 정신적 각성을 무던히도 강조했다. 바다를 건너온 영웅들은 그 속에서 끊임없이 소환되고 있었다." 손성준, 『중역한 영웅』, 소명출판, 2023, 85쪽. 이 책의 제1장 「동아시아 근대전환기와 서구영웅전」에는 한국, 중국, 일본의 근대 초기 서구 영웅전의 번역 소개 양상이 상세히 소개 정리되어 있다.

20 「서사건국지」(1907)는 쉴러(Friedrich von Schiller)의 희곡 〈빌헬름텔〉을 중국의 관공(貫公)이라는 호를 쓰는 정철(鄭哲)이 소설체로 의역한 것을 박은식이 번역한 것이다. 이 작품의 작가는 정철관(鄭哲貫)으로 알려져 있기도 한데 이는 잘못된 것이다. 상세한 서지 및 중국 판본과의 내용 비교는 서여명, 「중국을 매개로 한 애국계몽서사 연구-1905~1910년의 번역 작품을 중심으로」, 인하대 대학원, 2010, 85~105쪽 참조.

소설이라는 것은 사람을 감동시키기가 쉽고 사람에게 깊이 파고들 수가 있어서 풍속 계급을 교화하는 데 큰 영향을 미친다. 그런 까닭에 서양 철학자는 그 나라에 어떤 종류의 소설이 성행하는가를 알면 그 나라의 인심 풍속과 정치 사상을 볼 수 있다고 했다. 그런 까닭에 영국·프랑스·독일·미국 등에서는 좋은 소설을 통해 일반백성을 교육하고 그들에게 경종을 울린다. 일본도 유신시절에 일반 학자들이 소설에 힘을 쏟아 국민성을 배양하고 백성의 지혜를 열고 이끌었다. 우리나라에는 전해 오는 좋은 소설의 표본이 없고, 백성들 사이에 성행하는 작품들은 모두 황당무계하고 음탕하여 본받을 바가 없으며 인심을 흐뜨리고 풍속을 무너뜨려 세상을 교육하는 일에 해가 된다. 그런데 학사대부는 이런 일에는 관심이 없고 성리 토론의 논쟁 따위만을 일삼으며 실생활에 대해서는 배척을 한다.

오늘날 국력이 약해지고 국권이 몰락하여 마침내 남의 노예가 된 원인은 우리국민의 애국사상이 얕은 까닭이다. 이렇게 백성이 애국사상이 얕은 것은 모두 학사대부의 죄이다. 내가 소설 저작의 뜻이 있으나 틈이 없고 또 기능이 미치지 못해 개탄하던 중, 중국학자의 정치소설인 「서사건국지」를 얻어 크게 기뻐하였다. 나는 모든 바쁜 일과 병을 무릅쓰고, 국한문을 섞어 이를 번역하여 세상에 퍼뜨려 우리 동포가 생활하는 중에 읽도록 제공한다. 우리 국민은 구래 소설은 모두 묶어 다락 속에 넣어두고, 대신 이들 전기가 세상에 성행하면 지혜롭게 나가는 데에 확실히 보탬이 있을 것이다.

여기서 박은식은 자신의 문학관을 밝힐 뿐만 아니라, 자신이 왜 역사·전기류 문학을 창작하고 번역하게 되었는가 하는 집필동기를 밝힌다. 이 서문에서 드러나는 박은식의 문학관은 문학이 사회의 풍속을 교화한다는 철저한 효용론적 문학관이다. 그는 이러한 문학의 사회적 효용성이 미국과 일본의 경우를 통해 구체적으로 실증된 바 있다고 주장한다. 그러나 우리나라에는 학사대부들이 소설을 소홀히 대해 좋은 소설을 창작하지 않았고 따라서 황당무계하고 음탕한 작품들만이 성황을 이루게 된다. 이에 박은식은 자신이 소설을 창작해야겠다고 생각했고, 「서사건국지」를 번역한다. 그는 이 작품이 구소설을 모두 물리치고 백성들 사이에서 유행하게 되기를 기대한다. 이 소설의 유행이 곧 애국정신의 고취와 국권의 회복으로 이어질 것을 믿었기 때문이다.

이런 점에서 본다면 역사서와 전기물의 번역은 그것이 외래적인 문화의 유입임에도 불구하고 철저히 민족적인 동기에서 이루어진 것임을 알 수 있다. 특히 이 시기에 이루어진 전기물의 번역은 민족적 전통을 지키기 위해 시야를 세계로 확산시키던 진취적 사고의 산물이었던 것이다.[21]

3. '역사·전기소설'의 특질과 면모

역사·전기소설이 문학사 연구에서 중요한 학술적 용어로 자리를 잡았음에도 불구하고 그것이 어떠한 작품들을 포함하는가에 대해서는 명확

---

21 서구 영웅서사물의 번역이 지니는 의미에 대해서는 다음의 정리 참조.
"서구적 근대가 모든 방면에서 동아시아 사회를 진동시켰던 19세기 말에서 20세기 초는, '번역의 시대'이자 '영웅의 시대'였다. 새로운 시대에 적응하기 위해 대량의 번역이 행해졌고, 개개인은 정치적 혼돈 속에서 국가를 위해 '영웅'과 같이 살아갈 것을 요구받았다. '서구 지식'에 대한 '번역'과 '영웅'을 통한 '계몽'이 만나, 당대의 각종 지면에서 쏟아져 나온 텍스트가 바로 서구 영웅들의 서사였다." 아울러, "근대 동아시아의 여러 지식인들은 '서구에 대해' 말하고자 했던 것이 아니라 '서구를 통해' 말하고자 했다." 손성준, 「영웅서사의 동아시아 수용과 중역의 원본성 ─ 서구 텍스트의 한국적 재맥락화를 중심으로」, 성균관대 대학원, 2012, 371쪽 및 378쪽.

히 정리가 되어 있지 않다. 역사·전기소설의 구체적 범주가 명료하지 않은 것이다. 이 분야를 대표하는 자료집이라 할 수 있는『역사·전기소설』아세아문화사, 1979 역시 예외가 아니다. 이 자료집은 역사·전기소설의 문학사적 위상 정립에 크게 기여했지만 역사·전기소설과 이 시기에 간행된 일반 역사서를 구별 분류하지 않고 함께 수록했다는 문제점 또한 지니고 있다. 역사·전기소설에 대한 명확한 이해를 위해서는 먼저 근대 초기의 역사서와 역사·전기소설을 구별해야 한다.[22] 예를 들면 1898년 학부편집국이 번역 간행한『중일략사합편』과『아국략사』, 1899년 현채가 번역한『중동전기』와『미국독립사』, 어용선이 번역한『파란말년전사』, 장지연이 번역한『애급근세사』등 번역 역사물은 역사·전기소설과 구별되어야 한다.

인물기사와 역사·전기소설 사이의 구분도 필요하다. 장지연의 「민충정공영환전」『대한자강회월보』8, 1907.2.25이나 박은식의 「을지문덕전」『서우』2, 1907.1.1, 「양만춘전」『서우』3, 1907.2.1,[23] 「김유신전」『서우』4~8, 1907.3.1~7.1 등의 작품은 역사·전기소설의 이전 단계인 인물기사로 보는 것이 옳다. 이들 작품은 길이가 매우 짧을 뿐만 아니라 역사적 사실 전달에 치중하고 있다는 점에서 서사물이라기보다는 기사적 성격이 짙다. 박은식의 경우는 1907년에서 1909년에 걸쳐『서우』와『서북학회월보』를 통해 '인물고'라는 지면

22　민족문학사연구소 편역의『근대계몽기의 학술·문예사상』(소명출판, 2000)에서는 소설과 역사서에 대한 명시적 구별을 시도했다. 예를 들면, 소설 편에 들어 있는 자료는 「라란부인전」, 「서사건국지」, 「강감찬전」, 『을지문덕』, 「이순신전」, 「금수회의록」, 「몽견제갈량」, 「이태리소년」, 「최도통전」, 「천개소문전」, 「몽배금태조」 등이다. 역사 편에 들어 있는 자료는 「미국독립사」, 「중동전기」, 「법국혁신전사」, 「청국무술정변기」, 「동사집략」, 「애급근세사」, 「동국사략」, 「월남망국사」 등이다.

23　「을지문덕전」과 「양만춘전」에는 작가가 명기되어 있지 않으나, 그 뒤에 계속 발표되는 작품과 견주어 볼 때 이들 작품의 작가 역시 박은식으로 볼 수 있다.

분류 아래 20여 편의 작품을 발표하고 있는데, 이들 역시 인물기사로 분류해야 할 것이다.[24] 인물기사와 역사·전기소설은 그 길이에서부터 차이가 난다. 인물기사는 대부분 한두 회 분의 짧은 길이로 이루어진다. 이에 반해 역사·전기소설은 여러 회에 걸쳐 연재 발표되거나 단행본으로 출간되었다.

『대한매일신보』에 발표된 「의태리국아마치전」은 인물기사에서 역사·전기소설로 넘어가는 과정을 보여주는 작품이다. 이 작품은 1905년 12월 14일부터 21일까지 7회에 걸쳐 연재 발표되었다는 점에서 대부분의 단형 인물기사와는 구별된다. 아울러 이 작품은 주인공 아마치의 삶의 장정을 서사화시켜 보여준다는 점에서 기사보다는 독립된 서사물의 형태에 가깝다. 이 작품에는 역사·전기소설의 주요한 특질이라고 할 수 있는 민족성에 대한 자각도 매우 강하게 나타나 있다. 「의태리국아마치전」은 을사조약에 대한 흥분과 울분이 고조에 달해 있던 시기에 발표되었다. 「의태리국아마치전」의 내용을 요약하면 다음과 같다.

서양의 이태리국에 아마치라는 사람이 있었는데 그는 빈곤한 집의 아들이었다. 그는 어려서부터 뜻이 높고 기운이 활발하여 병법과 검술을 좋아하였을 뿐만 아니라 학식이 높았다. 장차 백성의 자유를 위하여 타국의 간섭을 막고 이태리를 통일하여 정치를 개명하는 것이 그의 꿈이었다. 선능화 땅의 군사를 도와 그 일을 도모하다 실패한 아마치는 불란서로 피신한다. 그 뒤 남아메리카

---

24 「온달전」, 「강감찬」, 「김부식」, 「이순신」, 「정봉수전」, 「박대덕전」, 「한우신전」, 「최효일전」, 「김시습선생전」 등의 작품이 모두 여기에 속한다. 이들 인물기사나 인물고는 앞에서 살펴본 『독립신문』이나 『그리스도신문』 등의 인물기사와 차이가 있다. 앞의 신문들의 인물기사가 무기명 기사였던 것에 반해 이들 기사의 대부분은 기명 기사이다.

등지를 돌며 그곳의 난리를 평정하고 돌아오니 고국 이태리가 오스트리아의 침략을 당하고 있었다. 그가 분개하여 오스트리아 군사를 쳤으나 이기지 못하고 항복하였다. 이듬해 백성이 군사를 일으키자 아마치는 그들과 함께 다시 오스트리아 군사를 쳐 승리를 거두었다. 그러나 불류국 사람들이 불란서 군사와 함께 다시 이태리를 치자 아마치는 피난길에 오를 수밖에 없었다. 피난길에 침식을 피한 지 수삼 일이 지나자 고통을 못 이긴 아마치의 부인은 자결을 하고 만다. 다시 남미주를 전전하던 그는 서력 일천팔백오십육 년에 불란서와 오스트리아가 개전을 하게 되자 이태리로 돌아온다. 고국에 돌아온 아마치는 선능화 지방 군사의 도원수가 되어 이태리를 통일하고 국세를 정돈한다. 이태리 왕이 그 공을 가상히 여겨 대장군의 자리를 주었으나 그는 받지 않는다. 그는 서력 일천팔백칠십 년에 보국과 불국이 개전하여 불국이 패전하자 군사를 모집하여 불국을 구완하려 한다. 불국과 보국이 화해한 후에 불국 왕이 그에게 높은 벼슬을 주고자 하나 역시 사양한다. 아마치는 여러 번 적에게 잡히고 괴로움을 당했으나 그 뜻을 꺾지 않은 사람이며, 이태리 전국을 통일하여 땅에 떨어진 나라의 위엄을 회복하고 구라파 열강국과 더불어 병존케 한 사람이다. 그가 매양 군사를 일으킬 때에, 성공하면 공을 왕께 돌리고 성공치 못하면 그 죄가 자신의 것이라 하였다. 그의 일언일행이 모두 구주 세계의 자유와 관계가 되니 그가 어찌 만고의 희한한 호걸이 아니겠는가.

「의태리국아마치전」을 통하여 작가는 어려움 속에서도 굴하지 않는 이태리 독립 영웅 아마치가 가는 길을 그려낸다. 작품 속에서 아마치가 당하는 어려움은 국내외를 통하여 반복되었고, 역으로 그가 미친 힘은 이태리 통일을 위해서뿐만 아니라 구주의 평화를 위해서도 사용되었다. 그가 목숨을 걸고 전쟁에 나간 것은 지위나 보상을 위해서가 아니라 백성의 자유를 얻기 위해서였다. 이러한 사실들의 강조는 아마치가 행한 일들의 가치를 더욱 높이는 역할을 하게 된다.

장지연의 『애국부인전』은 1907년 광학서포에서 발행한 작품으로 역사·전기소설로서는 드물게 순한글로 간행되었다.[25] 『애국부인전』에 대해서는 그동안 순수 창작물이라는 견해와 번역이라는 견해가 함께 제기되었으나 지금은 번역물로 확인된 상태이다.[26] 『애국부인전』은 번역물이기는 하나 강감찬, 을지문덕, 양만춘 등 우리나라 장수들의 일화를 포함하여 우리 민족이 처한 상황에 맞게 서술된 부분이 적지 않게 포함되어 있다.[27]

이 작품은 영국과 대적하다 목숨을 잃은 프랑스의 구국 영웅 잔 다르

---

25 『애국부인전』이 순한글로 간행된 이유는 이 책이 여성교육을 위한 교재의 하나로 기획되었기 때문이다. 이와 관련해서는 다음의 논의 참조.
  "『애국부인전』은 순한글로 쓰인 창작에 가까운 번안소설로서 당대의 개신 유학자들을 중심으로 벌어진 애국계몽운동의 일환으로 출간되었다. 장지연은 출판 사업을 통한 대중교육, 그중에서도 여성 교육에 대한 관심이 많았다. 그는 교육의 기회가 적은 여성들을 대상으로 『녀자독본』을 집필하고 『가정잡지』의 발행에 도움을 주었는데, 『애국부인전』 역시 이러한 여성 교육의 교과서의 일환으로 기획되었다. 이러한 특성은 이 시기 새롭게 부각되고 그 나름의 위치를 확보해 가는 '소설'의 한 모습을 보여주고 있다는 점에서 의미가 있다." 배정상, 「애국계몽운동과 소설 출판의 한 양상」, 『근대 미디어와 한국문학의 경계』, 소명출판, 2021, 111쪽.
26 『애국부인전』은 열성애국인이라는 필명을 쓴 중국 작가 풍자유(馮自由)가 편역한 위인소설 「여자구국미담」을 저본으로 삼고 있다. 이와 관련된 자세한 논의는 서여명, 앞의 글, 115~122쪽 참조.
27 국한문체 번역 작품과 한글체 번역 작품의 차이에 대해 서여명은 다음과 같은 주목할 만한 지적을 하고 있다.
  "번역대조의 결과로 보았을 때, 국한문 번역이 원문에 충실했던 반면, 순한글 번역은 많은 취사선택과 수정보완, 그리고 재편집·재창작까지 가미했다. 이는 역자의 번역 태도나 예상 독자의 설정과도 연관된 것이지만 언어의 차이가 단순히 형식의 차이가 아니라 내용의 차이도 자아낸다는 사실을 보여주는 대목이기도 하다." 서여명, 위의 글, 153~154쪽.

크의 일대기를 그리고 있다. 주인공인 애국부인 약안^{잔 다르크}은 프랑스 아리안성 지방 한 농가에서 태어났다. 그녀는 나라가 위기를 당했을 때 여자의 몸으로 대원수가 되어 군사를 이끌고 무공을 세운다. 그러나 그녀는 영국군의 계략에 속아 잡히게 되고 결국 화형에 처해지게 된다. 약안의 이야기를 전하는 장지연의 숨은 의도는 다음과 같은 작품의 마무리 부분에 잘 나타나 있다.

그런즉 약안의 총명 영민함은 실로 천고에 드문 영웅이라 당시에 법국의 온 나라가 다 영국의 군병에게 압제한 바 되어 도성을 빼앗기고 임군이 도망하고 정부와 각 지방 관리들이 기운을 상하고 마음이 재가 되어 애국성이 무엇인지 충의가 무엇인지 모르고 다만 구명도생으로 상책을 삼아 부끄러운 욕을 무릅쓰고 남의 노예와 우마되기를 감심하여 나라가 점점 멸망하였으니 다시 약이 없다 하는 이 시절에 약안이 홀로 애국성을 분발하여 몸으로 희생을 삼고 나라 구할 책임을 스스로 담당하여 한 번 고동에 온 나라 상하가 일제히 불 같이 일어나 백성의 기운을 다시 떨치고 다 망한 나라를 다시 회복하여 비록 자기 몸은 적국에 잡힌 바 되었으나 일로부터 인심이 일층이나 더욱 분발 격동하여 마침내 강한 영국을 물리치고 나라를 중흥하여 민권을 크게 발분하고 지금 지구상 제 일등에 가는 강국이 되었으니 그 공이 다 약안의 공이라 오륙백 년을 전래하면서 법국 사람이 남녀 없이 약안의 거룩한 공업을 기념하며 흠앙하는 것이 어찌 그렇지 아니하리요 슬프다 우리나라도 약안 같은 영웅호걸과 애국충의의 여자가 혹 있는가²⁸

---

28   장지연, 『애국부인전』, 광학서포, 1907, 38~39쪽.

우리나라에도 약안과 같은 영웅호걸과 애국충의의 여자가 얼마나 있는가를 외치는 장지연의 목소리에서 우리는 역사·전기소설의 탄생에 대한 시대적 필연성을 확인하게 된다. 장지연의 이 목소리는 바로 박은식이 『서사건국지』를 번역하며 그 서문에서 밝힌 애국정신의 고취와 국권회복의 갈망을 담은 목소리와 만난다.

신채호는 「이순신전」『대한매일신보』, 1908.5.2~8.18과 『을지문덕』광학서포, 1908.5 및 「최도통전」『대한매일신보』, 1909.12.5~1910.5.27 등의 역사·전기소설을 발표하였다. 이들은 모두 국한문혼용체로 저술되었다. 「이순신전」과 『을지문덕』은 이후 패서생과 김윤창에 의해 순한글본 「리슌신전」『대한매일신보』, 1908.6.11~10.24과 『을지문덕』광학서포, 1908.7으로 번역 발표된다.[29]

조선시대 군담계 소설에는 이순신의 전기적 이야기가 존재한다.[30] 근대계몽기 인물기사의 단계에서도 이순신의 전기적 이야기가 존재한다. 1907년 4월 현채가 쓴 「이순신전」과, 1908년 1월 박은식이 쓴 인물고 「이순신」이 그러한 예가 된다. 신채호의 「이순신전」은 이러한 소설사적 맥락 속에서 탄생된 작품이다. 신채호의 국한문혼용본에 이어 곧바로 패서생의 한글본 「이순신전」이 나왔다는 사실은 우리 소설사에서 역사·전기소설이 놓인 자리가 어디인가 하는 점을 잘 보여준다. 이는 바로 군담계 고전소설의 전통이 근대계몽기 인물기사나 인물고로 이어졌고 그것이 곧 국한문혼용의 역사·전기소설로 이어졌으며 이어서 새로운 문체를

---

29 패서생이 번역한 한글본 「리슌신전」이 신채호의 「이순신전」의 연재 발표도 끝나기 전에 『대한매일신보』에 거의 동시에 실렸고, 김윤창이 번역한 『을지문덕』 역시 신채호가 『을지문덕』을 출간한 같은 출판사에서 한 달여의 차이를 두고 출간되었다. 두 작품의 정확한 발간일은 1908년 5월 30일과 7월 5일이다. 이러한 사실은 이 두 작품이 기획 단계부터 한글본 발표를 염두에 두고 있었음을 말해준다.

30 임철호, 『임진록 연구』, 정음사, 1986, 26~30쪽 참조.

지향하는 한글본 역사·전기소설로 변화해가는 단계를 보여주는 것이다.

박은식의 또 다른 인물고 「을지문덕전」에 이어 신채호의 국한문혼용 소설 『을지문덕』이 나왔고, 그 뒤에 김윤창의 한글본 『을지문덕』이 나왔다는 사실 역시 같은 맥락에서 이해할 수 있다.

역사·전기소설의 성격을 이해하기 위해 신채호가 저술하고 패서생이 번역한 「이순신전」의 차례를 살펴보면 다음과 같다.

「이순신전」의 서론에서 작가는 인물의 전기를 기록하는 이유를 설명한다. 이어서 이순신의 전기를 상세히 기록한 후 결론에 이르러 이순신의 용맹스러운 삶의 의미를 되짚어본다. 신채호의 「이순신전」이나 『을지문덕』은 모두 과거에 활동했던 역사적 인물들의 행적을 소개하고 그들의 용맹성을 그린 글들이다. 하지만, 작가의 의도는 과거를 알리기보다는 현재를 걱정하고 미래를 대비하는 데 있다. 신채호가 「이순신전」이나 『을지문덕』을 쓴 이유는, 박은식이 『서사건국지』를 번역하고 장지연이 『애국부인전』을 쓴 이유와 같다. 「이순신전」은 "이에 이순신전을 지어 고통에 빠진 우리 국민에게 전포하노니, 무릇 우리 선남선녀는 이것을 모범할지어다. 하나님께서 이십 세기 태평양에 둘째 이순신을 기다리느니라"는 말로 마무리된다. 신채호는 이러한 결말을 통해 포기하지 않는 저항과 기다림의 자세를 보여준다. 이는 곧 근대계몽기 역사·전기소설의 창작 의도가 무엇이었나를 확인시켜주는 부분이기도 하다.[31]

31　이와 관련해서는 다음의 견해 참조.
　　"근대계몽기 신채호에게 민족 영웅을 소재로 한 '전'은 민족의식을 고취하는 소설(정치소설) 개량의 최적화된 실천이었고, 민족사의 부재를 채워 줄 대체역사였다." 윤영실, 「근대계몽기 '역사적 서사(역사 / 소설)이 사실, 허구, 진리」, 『한국현대문학연구』 제34호, 2011, 98쪽.

4. '역사·전기소설'의 문학사적 의의

역사·전기소설은 전통적 서사 양식 가운데 하나인 전(傳)과 군담계 소설에 뿌리를 두고 있으며 근대계몽기 역사서와 전기물의 번역에 영향을 받아 형성된 문학 양식이다. 전(傳)류 문학과 군담계 소설 바탕에는 전래적 야담이나 설화가 존재한다. 역사·전기소설은 근대문학 양식의 하나로 정착되기 이전에 근대계몽기 신문의 인물기사 및 인물고의 단계를 거쳤다. 이를 도식화하면 다음과 같다.

전래적 야담 / 설화 → 전(傳)류 문학과 군담계 소설 → 인물기사와 인물고
→ 역사·전기소설^{국한문 역사·전기소설 → 한글 역사·전기소설}

국한문본 역사·전기소설이 먼저 나오고 이어 한글본 역사·전기소설이 나오는 과정은 창작물이나 번역물 모두에 해당한다.[32] 역사·전기소설은 외형상 소설을 표방하고 나온 서사 양식이지만 실제 내용은 서사보다는 논설을 위주로 하는 문학 양식이었다. 그런 점에서 이는 논설적 서사와 서로 통하는 문학 양식이기도 하다. 역사·전기소설 작가의 마음속에는 애국과 계몽의 의식을 드러내려는 의도가 강하게 살아 있었다. 근대계

---

32 "『월남망국사』,『서사건국지』,『이태리건국삼걸전』,『을지문덕』,『이순신전』등 국한문체와 순국문체 판본이 둘 다 발표된 경우 대개는 국한문체가 나온 다음 순국문체가 뒤따르는 순서였다. 이채우에 의해 국한문과 순국문으로 동시에 역간된『애국정신』(국한문)과『애국정신담』(순국문) 같은 예외적인 경우를 제외하면 국한문체 / 순국문체 판본의 번역자는 일치하지 않는 사례가 더 많다." 손성준,『중역한 영웅』, 111쪽. 예를 들면『서사건국지』국한문본(대한매일신보사, 1907.7)은 박은식이 번역하였고, 국문본(박문서관, 1907.11)은 김병현이 번역하였다.『이태리건국삼걸전』국한문본(광학서포, 1907.10)은 신채호가 번역하였고, 국문본(박문서관, 1908.6)은 주시경이 번역하였다.

몽기를 대표하는 어휘는 '민족'과 '계몽'이라 할 수 있다. 역사·전기소설은 이 시기 계몽문학의 핵심을 이루는 서사 양식이었다.

역사·전기소설은 조선조의 전류문학과 군담소설을 이어받고 있으면서도 그것과 구별되는 근대소설로서의 속성을 지닌다. 전류문학과 군담소설이 '영웅'을 이야기하기 위해 인물을 등장시킨 것과 달리, 역사·전기소설은 '민족'을 이야기하기 위해 인물을 등장시킨다. 전류문학과 군담소설에서는 영웅적 인물의 문학적 형상화 자체가 중요하지만 역사·전기소설에서는 영웅적 인물의 등장은 '민족'을 이야기하기 위한 방편에 지나지 않는다. 역사·전기소설에서 영웅의 등장은 민족적 가치를 앞세운 계몽의 수단이기도 하다.

역사·전기소설은 1910년 한일병합과 함께 갑자기 사라지게 된다. 민족과 국권의 수호를 기치로 내세웠던 역사·전기소설은 국권 지키기에 실패함으로써 급격히 소멸되고 마는 것이다. 한일병합 이후 역사·전기소설은 신문이나 잡지에 발표되지 못하는 것은 물론, 이미 발간된 단행본들조차 판매금지 처분을 받아 회수를 당한다.[33] 창작 역사·전기소설 출현의 토대 가운데 하나였던 번역 전기물의 출간도 1910년 한일병합을 기점으로 급격히 줄어들게 되고 그 성격 또한 크게 변화한다.[34]

---

33 송명진은 역사·전기소설의 쇠퇴의 원인을 다음과 같이 정리한다.
"역사·전기소설의 쇠퇴는 가장 지배적 원인이었던 일제의 탄압 이외에도 소설 내적인 전반적 경향과도 밀접한 관련이 있음을 부인할 수 없다. 역사·전기소설은 근대적 민족 국가 건설이라는 상상력을 피력했던 문학 담론이었다. 상상력이 현실에서 좌절될 때, 역사·전기소설의 담론으로서의 역할이 종결됨은 당연하다. 그러나 무엇보다 중요한 것은 근대적 민족국가 건설이라는 지배적 목표의식 속에 간과되었던 또 다른 근대적 가치의 상실이 역사·전기소설의 쇠퇴와 직접적인 관련성을 가진다." 송명진, 앞의 책, 67~68쪽.

34 김성연은 번역 전기물의 향방에 대해 다음과 같이 정리한다.
"번역 위인전기는 역사적 변수에 따라 그 성격이 변모했다. 국권 박탈의 불안감이 고조

한국 근대문학사에서 역사·전기소설은 신채호의 소설 「꿈하늘」[1916]이
나 「용과 용의 대격전」[1928]과 같은 논설 중심의 창작물로 그 명맥을 이어
가게 된다.

된 1900년대에 집중적으로 발간되기 시작한 구국의 영웅전들은 1910년 한일병합을
거치면서 총독부에 의해 출판이 금지되었다. 따라서 1910년 이후 그 규모가 축소되어
발간된 전기들은 정치적, 혁명적 국가 영웅이 아닌 경제계나 문화계의 입지성공적 위
인을 주로 다루었으며, 정치적 인물을 다룰 경우에는 그의 도덕성과 수양 노력에 초점
을 맞췄다. 그리고 이들은 공동체에 헌신한 인물로만 조명되지 않고 그들의 개인적 욕
망과 사회적 역할을 잘 결합시켜 쟁취한 인물로 그려졌다. (…중략…) 이렇게 위인상이
'구국의 영웅'에서 '노력형 위인'으로 바뀌면서 단행본의 양식명도 '史'나 '소설'에서 '수
양서'나 '위인전기'로 차츰 변경되어 갔다." 김성연, 앞의 책, 312쪽.

제 4 - 2 장
'역 사 · 전 기 소 설'의
새　　단 계
신채호의 소설들

1. 신채호의 생애

신채호는 1880년 12월 8일 충남 대덕군 산내면 어남리에서 아버지 신광식과 어머니 밀양 박씨 사이에서 둘째 아들로 태어났다. 신광식은 가난한 선비였으므로, 신채호의 어린 시절은 매우 궁핍했다. 아호는 단재丹齋이다.[1]

신채호는 1886년 아버지가 별세하자 이듬해 그의 본향인 청원군 낭성면 귀래리로 이사해 할아버지에게서 한문을 배웠다. 1895년 16세 되던 해에 향리에서 풍양 조씨와 결혼했다. 1897년 구한말의 재상이자 학자였던 신기선의 목천 집에 드나들며 많은 신구서적을 접하던 그는 결국 신기선의 추천으로 서울로 올라간다. 1898년 상경하여 성균관에 입교하고 독립협회에 가담하여 민권운동을 전개하던 중 12월 5일 잠시 투옥되는 사건을 겪기도 한다. 그는 성균관 관장 이종원의 총애를 받았으며 변영만과 함께 실력을 인정받았다.[2] 1901년 이후 애국계몽운동에 참여했으며, 1904년에는 신규식 등과 함께 향리에 산동학당을 설립했다. 1905년 정7품의 벼슬인 성균관 박사의 자리를 받았으나 이를 곧 사퇴하

---

1   그밖에 일편단생, 단생 등의 아호도 썼다. 필명으로는 무애생, 천희당, 한놈, 금협산인, 열혈생, 검심, 적심, 연시몽인, 단아 등을 사용했다. 유맹원, 박철, 옥조숭, 왕국금, 윤인원 등의 가명도 사용했다.

2   신채호와 변영만은 줄곧 가까운 친구로 지냈다. 변영만의 아우인 변영로는 신채호의 당시 모습에 대해 다음과 같이 술회한다.
    "신채호는 풍채가 큰 편이 아니었고, 학 같이 말라보였다. 가세가 빈한한 탓으로 의관은 늘 추레했지만 두 눈의 안채는 형형하여 사람을 쏘는 것 같았다. 매사에 타협과 양보보다는 일관된 비타협의 정신을 지니고 있었고, 냉철한 지성의 소유자라기보다는 오히려 불붙는 감정 투성이의 인물처럼 보였다. 조그마한 불미도 용납하지 않는 그의 감정과 기백은 놀라운 것이었다. 그는 한문 문장뿐만 아니라 영어 역시 능통했다." 변영로, 「신채호론」, 『수주 변영로 전집』, 한국문화사, 1989, 247~253쪽 참조.

고 장지연의 초청으로 『황성신문』 논설위원에 위촉된다. 1906년 『황성신문』이 폐간되자 『대한매일신보』의 주필로 자리를 옮긴다. 1907년 이동녕, 이회영, 양기탁 등이 주도하는 신민회에 관계하고 그 취지문을 기초하며 국채보상운동에도 적극 참여하였다. 1908년에는 가정교육과 여성계몽을 위한 순한글 잡지인 『가정잡지』를 주재한다. 이 무렵 계속해서 계몽 논설을 집필 발표했다. 1910년 4월 8일 한일병합이 임박할 무렵 안창호 등과 함께 중국으로 망명한다. 이후 블라디보스톡으로 거처를 옮겨 그곳에서 윤세복, 이동휘, 이갑 등과 함께 『광복회』를 조직하고 부회장직을 맡는다. 1913년에는 신규식의 초청으로 상해에 도착해 박은식, 문일평, 조소앙 등 망명 지사들과 『동제사』를 발족시킨 후, 박달학원을 설립하여 청년교육에 힘쓴다. 1915년 이후에는 북경에 머물며 동지 규합과 저술활동에 주력한다. 1917년에 잠시 귀국했다가 다시 중국으로 돌아간 후 1918년 12월 무오독립선언에 39인 민족대표 가운데 한 사람으로 서명하고 1919년 4월 상해 임시정부 수립에 참여하여 의정원의원이 된다. 그해 7월에는 의정원 전원위원회 위원장이 된다. 1921년에는 김창숙, 이극로 등과 함께 이승만의 위임통치청원을 규탄하는 이승만성토문을 발표한다. 1923년에는 「조선혁명선언」을 집필 발표하고, 1925년에 이르면 무정부주의 운동에 대해 점차 많은 관심을 갖게 된다. 1927년에는 『신간회』의 발기인으로 참여하고 중국 남경의 무정부주의 동방연맹발족대회에 참가한다. 1928년 무정부주의 동방연맹의 주동적 역할을 맡아 암약하던 중 5월 8일 체포되어 대련에 호송된다. 1930년 5월 9일 대련 법정에서 10년 형을 선고받고 여순 감옥으로 이감되어 복역하던 중 1936년 2월 21일 뇌일혈로 사망한다.[3]

신채호의 주요 문필활동 연보를 정리해 보면 대략 다음과 같다.

먼저 주요 소설들의 발표 연보이다. 1907년 양계초가 지은 『이태리건국 삼걸전』을 역술한다. 이 책의 발행소는 광학서포이고 교열자가 장지연으로 되어 있으며 서문 역시 장지연이 썼다. 1908년 5월 2일에서 8월 18일까지 『대한매일신보』를 통해 역사·전기소설 「이순신전」을 발표하고, 1908년 5월에는 광학서포에서 『을지문덕』을 발간한다. 1909년 12월 5일부터 1910년 5월 27일까지는 「최도통전−동국거걸」을 『대한매일신보』에 발표한다. 1916년에는 중국에서 소설 「꿈하늘」을 집필한 것으로 알려져 있고, 1928년 초에는 『용과 용의 대격전』을 집필한다. 이 밖에 『개정판 단재 신채호전집』[4] 하권 및 별집에 수록된 소설로는 「고락유수」, 「류화전」, 「백제노승의 미인담」, 「일목대왕의 철퇴」, 「박상의」, 「이괄」, 「구미호와 오제−조선고대신화」, 「철마 코를 내리치다−조선고대신화」, 「일이승」 등이 있다. 이 가운데 「고락유수」만이 출전이 밝혀져 있고[5] 나머지

---

3   전기적 사실 정리에는 다음과 같은 자료를 참고하였다.
     단재 신채호선생 기념사업회 편, 『단재 신채호전집』, 형설출판사, 1977; 단재 신채호선생 기념사업회 편, 『단재 신채호와 민족사관』, 형설출판사, 1980; 임중빈, 『단재 신채호−그 생애와 정신』, 명지사, 1987; 김병민, 『신채호 문학 연구』, 도서출판 아침, 1989.
     참고로, 정홍교·박종원 공저인 『북한문예 연구자료 1−조선문학개관』(도서출판 인동, 1988)에는 신채호가 1909년 연해주로 망명했다가 1915년경에 중국으로 간 것으로 기록되어 있다. 이 책은 그의 사망 시기 역시 1936년 3월 25일로 적고 있다.
4   『단재 신채호전집』은 다음과 같이 간행되었다.
     먼저 1972년 상·하 두 권으로 나누어 형설출판사에서 간행했다. 이 전집에는 주로 「조선상고사」, 「조선사 연구초」 등 역사관계 저술들이 수록되었고 논설 및 문예가 일부 실려 있다. 이어서 1975년 형설출판사에서 보유 편 한 권이 속간되었다. 여기에는 논설과 소설 및 신채호의 공판기록, 신채호에 관한 추도문 등이 보완 수록되었다. 다음 1977년 7월에는 형설출판사에서 『개정판 단재 신채호전집』을 상·중·하 세 권으로 나누어 간행하고 같은 해 12월에 별집을 간행하였다. 2007~2008년에는 독립기념관 한국독립운동사 연구소에서 『단재 신채호전집』을 총 10권(전집 9권, 총 목차 1권)으로 간행하였다. 전집 출간과 관련된 기타 사항은 김주현, 「신채호 유고의 형성과 전집의 발간」, 『신채호 문학 연구초』, 소명출판, 2012, 695~719쪽 참조.
5   『시천교월보』, 1913.3.

작품들의 경우는 출전이 밝혀져 있지 않으며 그 집필 시기 역시 정확히 알지 못한다.

신채호는 20여 편의 시와 시조 및 한시를 남겼다. 이 작품들 역시『전집』의 하권 및 별권에 수록되어 있으나 그 집필 시기는 정확히 밝혀져 있지 않다. 다음으로는 그의 문학관을 드러내는 평론 및 수필이 있다. 신채호는『대한매일신보』에「국한문의 경중」1908.3.17~19,「근금 국문소설 저자의 주의」1908.7.8,「문법을 의통일」1908.11.7,「국문연구회 위원 제씨에게 권고함」1908.11.14,「천희당시화」1909.11.9~12.4,「소설가의 추세」1909.12.2 등을 발표한다. 망명 생활 중에는『동아일보』를 통해「문제없는 논문」1924.10.13,「낭객의 신년만필」1926.1.2 등을 발표한다. 이 밖에『전집』에 수록된「문예계 청년에게 참고를 구함」은 그 출전이 확실하지 않으나 대략 1917년 전후에 쓴 글로 추정된다.

그밖에「조선사 연구초」『동아일보』, 1924.10.13~1925.3.16,「조선 상고사」『조선일보』, 1931.10.15~12.30 등 많은 역사 관계 저술을 남겼다. 이 저술들은『단재 신채호 전집』에 모두 수록되어 있다. 전집 간행 이후 발견된 미발표 유고로는 수필「단아잡감록」과「조선의 지사」등이 있다.[6]

단재 신채호의 문학세계를 연구하면서 부딪힐 수밖에 없는 가장 커다란 벽은 바로 그의 작품 판본에 관한 문제이다. 특히 그의 소설 가운데 대표작이라 할 수 있는「꿈하늘」이나「용과 용의 대격전」의 경우 이 문제는 매우 심각하다. 김병민의 저술에 따르면,『개정판 단재 신채호전집』에 수록된 그의 문학 작품들은 원본과는 차이가 있다.『전집』에 수록된 작품들

---

6   「신채호 미발표 유고」,『한길문학』, 1991년 겨울호, 154~169쪽 참조. 기타 유고 자료와 관련해서는 김병민,「신채호의 문학창작 유고에 대한 자료적 고찰」,『한길문학』, 1991년 여름호, 43~60쪽 참조.

이 원본과 차이가 나는 이유는 『전집』에 수록된 작품의 편집이 다음과 같은 과정을 거쳐 이루어졌기 때문이다.

신채호는 1928년 체포될 당시 상당히 많은 분량의 원고를 소장하고 있었다. 이 원고는 그가 체포된 후 천진에 있는 어떤 사람에게 보관되었다가, 1945년 해방 이후 북한에 전달된 것으로 추정된다. 그 후 이 유고는 1962년경 평양의 국립중앙도서관에서 발견되었고 주용걸, 안함광 등에 의해 정리되기 시작했다. 이후의 과정은 다음과 같다.

신채호의 유고가 발견된 이후 1966년 1월 국립중앙도서관 민족고전부에서는 문학 유고들만을 선택하여 윤색, 삭제, 재편집을 거쳐 『용과 용의 대격전』이란 책명으로 세상에 내놓았다. 이는 신채호 연구에서 획기적 의의가 부여된다고 말해야 할 것이다. 1960년대 중기 신채호에 대한 연구는 평양학자들의 큰 관심을 모았었다. 그 뒤 『용과 용의 대격전』이란 책이 평양에 왔던 일본인 학자에 의하여 서울에 전해졌으며 서울의 단재 신채호선생기념사업회에서는 선후로 1975년과 1977년에 『용과 용의 대격전』이란 책에 실린 유고들을 『단재 신채호전집』의 하권 별집에 수록하였다. 전집에 실린 글들은 그 내용상에서 『용과 용의 대격전』의 것과 다름없다. 만약 다른 점이 있다고 한다면 『용과 용의 대격전』의 글들이 순국문이었던 것을 국한문혼용체로 바꾸어놓은 것뿐이다.[7]

여기서 주목해야 할 부분은 다음의 두 가지이다. 첫째, 신채호의 유고가 원본 그대로가 아니라 '윤색, 삭제, 재편집'을 거쳐 『용과 용의 대격전』이라는 제목의 책으로 출간되었다는 점. 둘째, 『단재 신채호전집』에 수록

---

7 김병민, 위의 글, 46쪽.

된 작품들이 『용과 용의 대격전』을 기초 판본으로 삼았는데, 내용은 그대로 옮겼으나 문장은 순국문체를 다시 국한문혼용체로 바꾸었다는 점이다. 이런 두 가지 점은 작품 원본에 가해진 결코 적지 않은 상처이다. 이런 두 가지 재편집 과정을 거치면서 신채호의 작품은 치명적인 상처를 입었으리라고 추측된다.[8]

2. 연구사 개관

신채호의 문학세계에 대한 관심은 1970년대 이후에 구체화되기 시작했다. 근대계몽기의 여타 작가에 대한 관심이 1950년대에 이루어지기 시작한 것과 비교하면 상당한 시간적 거리를 두고 연구가 시작된 셈이다.

신채호의 문학세계에 대한 최초의 구체적인 연구는 김윤식에 의해 이루어졌다. 김윤식은 「신채호 소설 및 문학사상의 문제점」이라는 글을 통해 신채호의 문학관을 정리하고, 그의 대표작인 「용과 용의 대격전」 및 「꿈하늘」에 관한 연구를 시도한다. 신채호의 문체에 대한 관심 또한 환기시킨다. 그러나, 이 연구에서 신채호의 작품 자체에 관한 언급은 비교적 간결한 편이다. 아울러 단재 신채호의 소설을 우리문학사에 곧바로 수용하기는 어렵다는 입장을 시사한다.[9]

한무희의 「신채호와 임공의 문학과 사상」은 신채호의 문학세계에 대

8　신채호 문학 연구를 위한 정전의 정비 문제에 대해서는 김주현, 「단재 신채호의 문학과 정전의 문제」, 『신채호 문학 연구초』, 720~744쪽 참조.

9　김윤식, 「신채호소설 및 문학사상의 문제점」, 『서울대 교양과정부 논문집』 제5집, 1973, 49~68쪽 참조.

한 비교문학적 연구이다. 이 글에서는 신채호의 사상과 문학을 중국의 사상가이며 문학가였던 양계초의 경우와 대비시키며, 양계초의 영향이 신채호에게 어떤 방식으로 나타났는가를 논의한다. 한무희는 양계초의 『이태리 건국 삼걸전』을 신채호가 번역하였다는 점을 들어 두 사람 사이의 영향 관계를 설정한다. 아울러, 신채호가 양계초의 『음빙실문집』을 통하여 서구 사상을 수용하고 강렬한 애국정신과 민족사관 및 민족문학을 토착화시킬 수 있었다고 주장한다.[10] 한무희의 이 연구는 신채호의 사상과 문학에 대한 최초의 깊이 있는 비교문학적 연구로서 의미가 있다.

이선영의 「민족사관과 민족문학」은 신채호의 소설 「꿈하늘」에 대한 최초의 본격적 작품론이다. 이는 신채호의 작품을 본격적인 소설들로 인정하고 1910년대 우리 문학사에 편입시켜야 한다는 주장을 한 최초의 글이기도 하다. 이 글에서는 신채호의 소설 「꿈하늘」이 탈고 이후 바로 발표되지 않았다는 이유만으로 그 시대의 문학사에서 배제된다는 것은 편협하고 균형을 잃은 처사라고 지적한다. 「꿈하늘」이 문학사에 편입되어야 하는 것은 이 작품이 식민지 상황에서 올바른 민족문학의 이념을 지니고 있을 뿐만 아니라 문학의 표현구조에 있어서도 주목할 점이 있기 때문이다.[11]

신채호의 문학세계에 대한 연구는 1980년 그의 탄생 100주년을 기념하는 논문집 「단재 신채호와 민족사관」의 제3부에 실린 이선영, 김윤식,

---

10 한무희, 「신채호와 임공의 문학과 사상」, 『우리문학 연구』, 예그린출판사, 1977, 5~29쪽 참조. 이 글에서는 신채호가 양계초로부터 역사를 통해 애국심을 고취한 점, 여성교육을 주장한 점, 민족주의로써 제국주의에 저항한 점, 남녀평등을 주장한 점, 신문체를 사용한 점, 우승열패 및 적자생존의 진화론을 전개한 점, 신소설로 정치개혁과 사회개혁을 주장한 점, 민족사관을 확립한 점, 전기 및 정치소설을 창작한 점, 노예 및 사대사상을 배격한 점, 주체의식을 제창한 점 등 다방면에서 영향을 받았다고 정리한다.

11 이선영, 「민족사관과 민족문학」, 『세계의 문학』, 1976년 겨울호, 179~186쪽 참조.

송재소, 임중빈의 글을 통해 한 단계 더 나아간다. 여기서 김윤식은 「신채호의 문학관에 대하여」라는 글을 통해 신채호의 문학관이 김동인 및 정지용류의 문학예술의 독자성에 바탕을 둔 문학관과는 반대 방향에 위치한 문학관임을 밝히고, 그의 문학관이 주자학적 세계관에 가깝다고 정리한다.[12] 이선영은 「신채호의 사상과 문학」에서 신채호의 사상과 문학이 어떻게 변모되고 있는가를 밝히면서 여러 가지가 변하는 가운데서도 강한 민족주의 사상과 문학의 사회적 기능을 중시하는 문학관만은 끝까지 변하지 않았음을 강조한다.[13] 송재소는 「민족과 민중」에서 「꿈하늘」과 「용과 용의 대격전」에 나타난 신채호 사상의 변모 과정에 대해 고찰한다. 민족주의자로서의 신채호가 아나키스트로 변하는 과정, 역사의 주체를 민족으로 보다가 그 주체를 민중으로 보게 되는 과정 등에 대한 논의가 이어진다.[14] 임중빈은 「신채호문학의 영웅상과 민중상」을 통해 신채호의 인생관과 문학관을 정리하고 역사와 문학의 상관관계에 대해 논의한다.[15]

이후 한국 근대 비평사를 정리하는 과정 속에서 신동욱은 신채호의 문학관을 민족운동에 입각한 문학관으로,[16] 이선영은 신채호의 문학론을 실학적 효용론의 맥락에 드는 것으로 분류한다.[17] 신채호의 문학론은 1920년대를 대표하는 효용론적 주장의 하나임이 분명하다.[18]

---

12   김윤식, 「신채호의 문학관에 대하여」, 『단재 신채호와 민족사관』, 형설출판사, 1980, 523
     ~549쪽 참조.
13   이선영, 「신채호의 사상과 문학」, 위의 책, 551~579쪽 참조.
14   송재소, 「민족과 민중」, 위의 책, 581~600쪽 참조.
15   임중빈, 「신채호문학의 영웅상과 민중상」, 위의 책, 601~657쪽 참조.
16   신동욱, 『한국현대비평사』, 한국일보사, 1975, 25~29쪽 참조.
17   이선영, 「구한말·1910년대 한국문학비평 연구」, 『한국 근대문학 비평사 연구』, 도서출판 세계, 1989, 47~52·76~79쪽 참조.
18   김영민, 「1920년대 한국문학 비평 연구」, 『한국 근대문학 비평사 연구』, 193~201쪽 참조.

김병민의 『신채호 문학 연구』는 신채호의 생애와 문학관 및 소설세계, 시세계, 수필세계, 창작 개성 등 전반적인 범주를 다룬 저술이다.[19] 연변 대학 교원인 김병민은 북한에 유학하면서 신채호의 유고를 직접 확인하고 연구에 착수한 것으로 알려져 있다. 따라서 이 연구가 지닌 가장 큰 장점은 원본의 확정 문제와 연관된 시비거리를 줄일 수 있다는 데에 있다.

김주현의 『신채호 문학 연구초』는 최근에 나온 가장 주목할 만한 신채호 문학 연구서이다.[20] 이 책에서 특히 주목할 만한 것은 그동안 논란의 대상이 되어 온 자료들에 대한 저자 확정 논의이다. 예를 들면 「『황성신문』 논설과 단재 신채호」에서는 신채호의 『황성신문』 관련 활동을 정리하고 「단연보국채」[1907.2.25], 「신문조례에 대한 감념」[1907.7.12], 「언론시대」[1907.8.6~7], 「보종책」[1907.9.18] 등을 신채호가 쓴 글로 확정한다. 「『권업신문』 논설 저자와 그 의미」, 「『신대한』 논설 저자와 그 의미」, 「『독립신문』[상해판] 논설 저자와 그 의미」, 「『천고』 논설 저자와 그 의미」 등 일련의 연구들에서도 신채호가 집필한 논설들에 대한 발굴과 저자 확정 논의가 지속적으로 이루어진다. 「「천희당시화」의 저자 확정 문제」에서는 '글의 문체나 사상, 그리고 신문의 지면이나 편집자 등'을 고려하여 「천희당시화」가 신채호의 글임을 논증한다. 『신채호 문학 연구초』는 신채호의 문학 및 문화 활동과 관련하여 그 위상과 의미를 구체적 자료를 통해 실증해 낸 신뢰할 만한 결과물이다.

---

19 김병민, 『신채호 문학 연구』, 도서출판 아침, 1989.
20 김주현, 『신채호 문학 연구초』, 소명출판, 2012.

3. 신채호의 문학관

1908년 『대한매일신보』에 기고한 일련의 평론들에서 신채호는 한글 사용의 중요성에 대해 언급한다. 「국한문의 경중」에서 그는 세간의 한문 중시 및 한글 경시 풍조에 대해 개탄한다. '혹자는 국문을 한문의 부속품 정도에 불과하다 주장하고, 혹자는 한문을 주主로 삼고 국문을 노奴를 삼으며, 국문으로 신臣을 삼고 한문으로 군君을 삼아 국문을 폐지하고 한문만 숭상하려는 의사를 보인다'는 것이다. 신채호는 이러한 풍조를 비판하면서 국문을 한문보다 경시하는 자는 결코 한인이라 할 수 없음을 단언한다.[21] 「문법을 의통일」에서도 한문만으로는 국민의 지식을 깨우치는 일이 어렵다는 것을 강조하면서 국문 사용의 필요성을 역설한다. 그러나, 오랜 기간 동안 한문을 써왔던 까닭에 지금 당장은 순국문의 사용이 어렵고, 신문 잡지 등이 국한문 교용을 취할 수밖에 없는 것이 현실임을 인정한다. 이러한 국한문 교용의 시기에는 거기에 상응하는 문법의 통일이 필요하다는 것이 이 글의 주장이다.[22] 「국문연구회 위원 제씨에게 권고함」에서는 한글 연구와 그 보급에 대한 신채호의 기대가 잘 나타나 있다. 여기에서는 국문연구회의 탄생을 기뻐하면서 다른 한편으로 연구회가 일 년여가 지나도록 성과가 없는 것을 염려하고 연구회가 사전 편찬 작업 등 실질적인 일을 해줄 것을 독려한다.[23]

---

21 신채호, 「국한문의 경중」, 『신채호전집』 별집, 형설출판사, 1977, 73~77쪽 참조.

22 신채호, 「문법을 의통일」, 『신채호전집』 하권, 형설출판사, 1977, 95~96쪽 참조.

23 신채호, 「국문연구회 위원 제씨에게 권고함」, 『신채호전집』 별집, 79~80쪽. 단, 신채호는 평론을 대부분 한자어가 많이 섞인 국한문혼용체로 집필했다. 이로 인해 그의 언어관에 대한 궁금증이 생기는 것도 사실이다. 그가 한글의 사용을 강조하면서 국한문으로 글을 쓴 이유는 수록 매체 및 독자와 관련이 크다. 신채호는 주로 지식인 독자를 상대로 발행한 매체에서 지식인을 대상으로 글을 썼다. 따라서 그는 국한문체를 주로 사

신채호의 문학관을 본격적으로 드러내는 글은 1908년 7월에 발표한 「근금 국문소설 저자의 주의」이다. 여기서 신채호는 소설의 효용성과 그 사회적 기능을 중요하게 생각한다. 소설을 통하여 여러 가지 생각과 사실들이 사람들 사이를 옮겨 다닐 수 있기에 '소설은 국민의 혼'이 될 수 있다. 그런데 한국에 전래하는 소설은 그 태반이 음담과 괴화들이다. 따라서 새로운 소설을 지어내어 이를 일소하는 일이 필요하다. 그러나 근래 나오는 소설들을 보면 구소설과 비교하여 하나도 나아진 것이 없다. 이에 신소설 저자들에게 주의를 촉구하려 한다는 것이 이 글의 논지이다.[24]

「소설가의 추세」에서도 당시에 나도는 회음소설에 대한 비판이 계속된다. 아울러, 소설의 기능과 역할에 대해 다음과 같이 정의한다.

소설은 국민의 나침반이라. (⋯중략⋯) 소설이 국민을 강한 데로 도導하면 국민이 강하며, 소설이 국민을 약한 데로 도導하면 국민이 약하며, 정正한 데로 도導하면 정正하며 사邪한 데로 도導하면 사邪하나니, 소설가된 자 — 마땅히 자신自愼할 바어늘, 근일 소설가들은 회음으로 주지를 삼으니 이 사회가 장차 어찌되리오.[25]

신채호는 소설이 사회의 대세를 결정하고 국민의 갈 길을 인도하는 나침반이라 생각한다. 그만큼 소설의 사회적 효용성을 중요시하는 것이다.

용할 수밖에 없었다. 신채호는 가정부인들을 대상으로 한 『가정잡지』를 편집 발행하면서는 한글로 기고했다. 그는 한글 또한 능숙하게 구사할 수 있었다. 『가정잡지』의 한글 기고와 관련한 상세한 논의는 김주현, 「신채호와 『가정잡지』의 문필활동」, 『현대소설연구』 제58호, 2015, 163~193쪽 참조.

24 신채호, 「근금 국문소설 저자의 주의」, 『신채호전집』 하권, 형설출판사, 1977, 17~18쪽 참조.
25 신채호, 「소설가의 추세」, 『신채호전집』 별집, 형설출판사, 1977, 81쪽.

이러한 생각들은 「천희당시화」에서도 반복된다. 시란 국민 언어의 정화이다. 강무強武한 국민은 그 시부터 강무하며, 문약文弱한 국민은 그 시부터 문약하다. 따라서 시를 개량하는 것이 곧 나라를 강하게 하는 것이다. 시인의 붓이 지니는 효용은 변사의 혀와 협사의 검과 정객의 수완에 비길만한 것이 된다.[26]

1910년대 중반 이후 쓴 글인 「문예계 청년에게 참고를 구함」에서는 문학의 존재 가치에 대한 회의가 보이기 시작한다. 신채호는 조선 청년계에서 사회운동에 대한 흥미가 냉담해지는 이유가 바로 문예운동 때문이라고 생각한다. 여기에는 문예파, 그 가운데서도 연애문예파의 영향이 적지 않다는 것이다.[27] 연애문예파란 곧 현실도피의 문예파이다. 예술의 존재 가치는 인류의 행복을 증진시키는 데 있다. 따라서 인류의 멸망을 부추기는 연애문예파는 존재할 이유가 없는 것이다.

1920년대에 들어서면서부터 신채호는 조선의 문화계에 대한 날카로운 공격을 시작한다. 1923년 집필한 「조선혁명선언」에 나타난 당시의 문화계와 문예운동에 대한 비판은 다음과 같다.

일본 강도 정치하에서 문화운동을 부르는 자 — 누구이냐?

문화는 산업과 문물의 발달한 총적을 가리키는 명사니, 경제약탈의 제도하에서 생존권이 박탈된 민족은 그 종족의 보전도 의문이거든, 하물며 문화 발전의 가능이 있으랴? (…중략…) 검열·압수 모든 압박 중에 기개 신문·잡지를 가지고 '문화운동'의 목탁으로 자명하며, 강도의 비위에 거스르지 아니할 만한

---

26   신채호, 「천희당시화」, 위의 책, 55~72쪽 참조.
27   신채호, 「문예계 청년에게 참고를 구함」, 『신채호전집』 하권, 형설출판사, 1977, 19~24쪽 참조.

언론이나 주창하여 이것을 문화 발전의 과정으로 본다 하면, 그 문화 발전이 도리어 조선의 불행인가 하노라.[28]

생존권마저 위협받는 시기에 문화운동을 통해 그 나라의 문화를 발전시킨다는 것은 언어도단이 아닐 수 없다. 일제의 검열과 압수의 대상에서 벗어난 글들을 갖고 문화운동을 편다고 하니, 그러한 글들을 통한 문화 발전의 과정이야말로 오히려 조선의 운명을 불행하게 만들어가는 타협의 과정이 아닐 수 없다. 따라서 문화운동을 부르짖는 자는 결국 모두가 우리의 적이 된다는 것이다. 신채호가 보기에는 조선 내에서 조선인을 위해 할 수 있는 일은 기존의 그릇된 체제와 질서 속의 현상들을 모두 파괴하고 그 위에 새로운 질서를 형성하는 일이 되어야만 했다. 그는 기존의 종교, 윤리, 문학, 미술, 풍속, 습관들이 강자를 옹호하던 문화사상이며 강자의 오락을 공급하던 도구들이며 일반 민중을 노예화하던 마취제라고 생각한다. 그리하여 민중문화를 제창하기 위해서는 노예적 문화사상을 파괴해야만 한다는 것이다.

1925년 『동아일보』에 기고한 「낭객의 신년만필」에서 신채호는 신청년의 현실도피적 성향과 연관 지어 당시의 문학풍토에 대해 비판한다. 과거에 기성세대가 범했던 수많은 어리석은 일들도 비난을 받아 마땅하지만, 그에 못지않게 비난받아야 할 것이 현실의 고통을 피해 신시·신소설 속에 피난하여 일생을 마치려는 신청년들의 심리이다. 신채호는 조선사회의 문예운동이 현저한 양적 증가와는 달리 오히려 여타 사회운동의 기운을 쇠퇴시키는 역할을 한다고 비판한다. 신채호는 이러한 논의의 귀결로,

---

28   신채호, 「조선혁명선언」, 위의 책, 38쪽.

3·1운동 이후 신시와 신소설의 성행이 바로 다른 사회운동을 소멸시키는 직접적인 원인이 된다고 지적한다.[29]

그런데 여기서 주목해 볼 것은 신채호가 비록 당시의 문학 작품들에 대해서는 신랄하게 비판하고 있지만 문학의 존재 가치 자체를 부인하지는 않는다는 사실이다. 신채호의 문화계에 대한 비판은 문학의 사회적 효용성을 올바로 활용하지 못하는 현실을 공격하는 양상으로 이루어진다. 신채호는 원론적인 측면에서는 문학의 효용성에 대해 믿고 있었지만 현실 문단의 작품에 대해서는 철저히 실망했다. 문단 현실에 실망한 그가 선택할 수 있었던 길 가운데 하나는 자신이 직접 작품을 쓰는 일이었다. 이미 「이순신전」·「을지문덕」·「최도통전」 등 역사·전기소설을 창작 집필했던 경험이 있는 그가 현실에 저항하는 작품 쓰기를 이어갔다는 사실은 일면 개연성이 있는 일이기도 했다.

4. 「꿈하늘」

1) 서지

「꿈하늘」은 1972년 12월 『문학사상』지를 통해 발표되면서 신채호의 문학세계에 대해 새로운 관심을 불러일으키는 역할을 했다. 그런데 이 작품이 원래 언제 어디에서 쓰인 것인가에 대해서는 여러 가지 견해가 있다. 『문학사상』은 이를 1915년 작품으로 해설한다.[30] 그러나, 이 작품을

---

29 신채호, 「낭객의 신년만필」, 위의 책, 32~33쪽 참조.
30 김영호, 「발굴자의 증언」, 『문학사상』, 1972.12, 300쪽 참조. 『문학사상』은 「꿈하늘」이 한용운, 신백우, 박황, 최범술 선생 등이 신채호 선생 유고집을 만들기 위해 준비했던 원

재수록한 『개정판 단재 신채호전집』에는 「꿈하늘」이 1916년 3월에 집필한 것으로 역사적인 독립운동의 길을 환상적으로 극화한 작품으로 신채호 자신을 모델로 한 자전적 소설[31]로 정리하고 있다. 이 작품의 창작 시기를 1916년으로 보는 것은 「꿈하늘」의 서두에 나오는 '단군 4249년 3월 18일 한놈 씀'이라는 기록에 의거한 것으로 판단된다. 그런데, 김병민의 『신채호 문학 연구』에서는 이 작품이 1910년 3월 북경에서 정착생활을 방금 시작한 시기에 창작한 작품이라고 소개한다.[32] 학계에 소개된 북한문학사에도 1910년 제작설과 1916년 제작설이 함께 등장한다.[33] 그러나 여러 정황상 이 작품은 서두에 기록된 바대로 1916년 3월에 쓰인 것으로 보아야 할 것이다.

고뭉치 속에서 나온 것이라고 해설한다. 이 해설은 『신채호전집』 하권에 수록된 「초판 해제」(489~490쪽)에도 그대로 반복된다. 그러나, 김병민은 「신채호의 문학창작 유고에 대한 자료적 고찰」(46쪽)에서 이러한 김영호의 해설은 신빙성이 극히 적다고 말한다. 왜냐하면 『신채호전집』의 원고가 내용상 윤색, 삭제, 재편집을 거친 『용과 용의 대격전』의 유고와 일치하기 때문이다. 『문학사상』과 『신채호전집』에 수록된 작품의 해설자는 모두 김영호이다. 작품의 발굴 경위에 대한 해설은 두 책이 일치하지만, 각 판본의 내용에는 약간의 차이가 있다. 『신채호전집』에는 있는 작가의 '서'가 『문학사상』본에는 없으며 『문학사상』본은 『신채호전집』본에 비해 일부 탈락된 부분이 있다. 『문학사상』본은 『신채호전집』에 비해 한자를 거의 사용하지 않았다. 한편 『신채호전집』에 수록된 판본은 1994년 김병민이 연변대학출판사에서 출간한 『신채호문학유고선집』의 판본과도 차이가 있다. 『신채호문학유고선집』에 수록된 「꿈하늘」은 전집 수록 판본에 비해 200자 원고지 70매 가량이 더 길다. 두 판본의 차이에 대한 상세한 논의는 김주현, 「「꿈하늘」의 새로운 읽기」, 『한국근대사연구』 제79집, 2016, 297~324쪽 참조. 「꿈하늘」은 원래 1960년대 북한에서 발견되어 『문학신문』에 1964년 10월 20일부터 11월 3일까지 5차례에 걸쳐 소개되었으며 이후 단행본 『용과 용의 대격전』(1966)에 수록되었다. 김주현, 「단재 문학 유고의 의미」, 『계몽과 혁명』, 소명출판, 2015, 372쪽 참조.

31 「연보」, 『신채호전집』 하권, 형설출판사, 1977, 500쪽 참조.
32 김병민, 앞의 책, 96쪽 참조.
33 정홍교·박종원, 『조선문학개관』(도서출판 인동, 1988)의 346쪽에는 「꿈하늘」이 1916년 작품이라고 표기되어 있다. 박종원 외, 『조선문학사』(열사람, 1988)의 163쪽에는 이 소설이 1910년 작품이라고 씌어 있다.

2) '서序'에 나타난 창작관

「꿈하늘」에는 '서序'라는 부분이 있다. 여기에는 작가 신채호가 독자에게 하는 말 세 가지와 작가 자신에게 하는 말 두 가지가 기록되어 있다. 이중 독자에게 하는 말 세 가지를 통해 밖으로 드러난 작가의 창작관을 정리해 보기로 한다.

첫째, 작가 한놈은 원래 꿈이 많은 놈이라 많은 꿈을 꾼다. 그런데 이 글은 꿈을 꾸고 나서 지은 줄 알지 말고, 곧 꿈에 지은 글로 알아 달라.

여기에서 신채호가 강조하는 것은 이 글이 바로 꿈에서 지은 글이라는 점이다. 꿈을 꾸고 지은 것은 꿈을 깬 이후, 그러니까 현실 세계에서 지은 작품이 된다. 하지만 꿈에서 지은 것은 문자 그대로 현실이 아닌 꿈속에서 지은 것이다. 현실에서는 소망의 실현이 방해를 받는다. 하지만, 꿈에 쓴 작품은 현실의 어려움에서 자유롭다. 작가는 하고 싶은 이야기를 제약 없이 얼마든지 해나갈 수 있다. 신채호는 이 작품을 쓰면서 그것이 현실적으로 얼마나 실현 가능한 것인지 생각하지 않았다. 신채호는 꿈속에서 늘상 자신이 온전한 님나라의 백성이 되곤 했다. 꿈속에서는 소망이 성취되는 데 전혀 어려움이 없었던 것이다. 아울러 꿈을 강조하는 신채호의 이 말 속에는 문학이 상상력의 소산물임을 받아들이는 측면 역시 강하게 존재한다.

둘째, 글을 짓는 사람들은 흔히 배포가 있어서 대의를 잡고 글을 쓴다. 그러나 이 글은 배포 없이 오직 붓끝을 따라 쓴 것이다. 따라서, 이 글의 앞뒤가 맞지 않는다거나, 위아래 문체가 맞지 않는다는 말은 말아 달라.

이러한 언급은 「꿈하늘」이 구성 방식에서 매우 자유롭다는 것을 보여 준다. 「꿈하늘」은 기존의 소설 구성법에서 벗어나 있는 작품이다. 신채호에게 중요한 것은 「꿈하늘」이 예술 작품으로서 얼마나 완성도가 있는가

하는 점이 아니었다. 그보다는 붓끝을 따라가며 자신이 하고 싶은 이야기를 전하는 데 창작의 주안점이 있었다. 문장 역시 기존 소설의 문장을 따를 생각이 없었다. 일관된 문학적 수식으로부터 자유로운 문장을 구사하고 싶었던 것이다.

셋째, 이 작품 속에는 사실에 가깝지 않은 시적, 신화적 요소들이 많이 있다. 그러나, 그 가운데 인용하는 역사상의 일은 모두 『고기古記』, 『삼국유사』, 『고려사』 등 역사서를 참조하며 쓴 것이니 이들을 섞지 말고 갈라서 보아 달라.

신채호는 「꿈하늘」이 상상에 의존하며 쓴 작품임에도 불구하고 그 속에는 상당 부분 역사적 사실이 포함되어 있음을 강조한다. 그러니까 이 작품은 역사적 사실을 활용하여 현실적 소망을 담아낸 이야기라는 의미가 된다. 신채호는 사실과 비사실의 혼재성에 대한 고백을 통해 「꿈하늘」이 현실에 바탕을 둔 상상의 소산물임을 설명하고 있는 것이다.

3) 이야기 전개의 틀과 주제

「꿈하늘」은 1부터 6까지 모두 6개의 단락으로 이루어져 있다. 단락 1의 요지는 싸움의 필요성을 역설하는 데 있다. 하늘 한복판에서 나타난 천관은 "인간에게는 싸움뿐이니라. 싸움에 이기면 살고 지면 죽나니 신의 명령이 이러하다"[34]고 외친다. 주인공 한놈을 만난 을지문덕은 영계는 육계의 투영이며 육계에서 승리한 자가 영계에서도 항상 승리자가 되는 법이라고 말한다. 을지문덕의 말을 따라 하늘의 붉은 구름 역시 "육계나 영계나 모두 승리자의 판이니 천당이란 것은 오직 주먹 큰 자가 차지하는

---

34   「꿈하늘」, 『신채호전집』 하권, 형설출판사, 1977, 176쪽.

집이요, 주먹이 약하면 지옥으로 쫓기어 가느니라"[35]고 하는 글씨를 보여준다. 싸움의 필요성을 강조하면서 또한 싸움에 이겨야만 하는 당위성을 역설하고 있는 것이다.

단락 2에서는 진정한 싸움이란 어떤 것인가를 설명한다. '싸우거든 내가 남하고 싸워야 싸움이지, 내가 나하고 싸우면 이는 자살이요 싸움이 아니라'는 말이 대답의 핵심이다. 이는 신채호가 강조했던 "역사는 아我와 비아非我의 투쟁"[36]이라는 명제와도 연관된다.

단락 3에서는 구체적인 싸움터가 제시된다. 한놈에게 싸움에 관해 이론적으로 설명하던 을지문덕이 싸움터를 향해 달려가는 것이다.

단락 4에서는 한놈이 싸움터를 지나 님의 나라로 가는 과정이 그려진다. 님神과 도깨비魔의 싸움이 일어 을지문덕이 떠나간 길을 한놈 역시 따라간다. 한놈은 여섯 친구와 함께 싸움터로 향한다. 님의 나라로 가는 과정은 쉽지 않다. 그중 한 명은 편안함을 구하다 낙오된다. 다른 한 명은 황금의 유혹에 빠져 낙오된다. 둘은 서로 공을 세우려 샘을 내고 시기하다가 죽는다. 나머지 둘은 적병의 기운에 눌려 싸움에 대한 자신감을 잃고 도피한다. 홀로 나가던 한놈은 님의 소리를 듣고 그에게서 칼을 얻어 임진왜란 때의 왜장 풍신수길을 향해 돌진한다. 그러나 칼을 내리치려는 순간 그만 미인으로 변한 풍신수길의 술수에 빠져 칼을 치지 못하고 지옥으로 떨어진다.

단락 5에서는 나라의 일이 위급함을 알리고 인간이 짓는 죄 가운데 가장 큰 죄가 나라에 대한 죄임을 강조한다. 한놈은 순옥사자 강감찬으로부

---

35 위의 글, 183쪽.
36 신채호는 1922년에 저술하고, 1931년 10월 15일부터 『조선일보』에 발표한 「조선상고사」에서 이러한 표현을 썼다.

터 답을 들으며 나라를 구하지 못하는 죄가 얼마나 큰 것인가에 관해 깨닫는다.

단락 6에서는 님나라 하늘의 변고와 그 변고를 극복하기 위한 노력이 강조된다. 우여곡절을 겪으며 님나라에 도착한 한놈은 님나라 하늘이 흐려지고 먼지가 가득한 변고를 발견한다. 님나라에서는 선인들이 변고를 없애기 위해 모두 비를 들고 하늘을 쓸고 있었다. 한놈 역시 열심히 하늘을 쓰는데 '이제라도 인간에서 지난일의 잘못을 뉘우치고 같이 비를 쓸어주면 이 하늘과 이 해와 이 달이 제대로 되기 어렵지 않으리라'는 소리를 듣게 된다.

「꿈하늘」의 이야기 전개는 이렇게 여섯 단락으로 이루어져 있다. 그런데 이 여섯 단락의 배치는 그리 극적이 아니다. 굳이 구성이라는 용어를 여기에 사용한다면, 「꿈하늘」의 구성은 극적 구성이라기보다는 추론적 구성에 가깝다. 소설적 흥미를 중시한 구성이라기보다는 논리 전개를 위주로 한 구성이라고 보아야 한다. 이러한 여섯 단락의 이야기 전개 틀은 다시 다음의 셋으로 요약된다. 첫째, 인간의 역사는 싸움의 역사이니 싸움에 이기면 살고 지면 죽는다. 둘째, 싸움 가운데 가장 중요한 싸움은 나라를 위한 싸움이다. 셋째, 이제 나라의 변고 극복을 위한 싸움에 모두가 나서야 하며 그 변고는 머지않아 극복될 것이다.

「꿈하늘」은 일제로부터의 독립을 위한 싸움이 오늘날의 현실에서 가장 중요한 싸움이 될 것이며, 싸움에 이기는 자만이 독립을 쟁취할 수 있고, 싸움의 승리는 각자의 노력에 달려 있다는 사실을 강조한 작품이다.

「꿈하늘」은 역사적 사실들을 바탕에 깔고 있고, 한놈이라는 특출한 인물을 주인공으로 내세우고 있다는 점 등에서 군담계 영웅소설이나 한말의 역사·전기소설과 맥락을 같이한다.

신채호가 한일병합 이후인 1910년대에도 역사·전기소설의 문학적 전통을 이으며 「꿈하늘」과 같은 작품을 쓸 수 있었던 이유 중 하나는 그가 국내에 있지 않았기 때문이다. 그는 1910년대 이후 통속화되는 신소설 문단의 영향을 완전히 멀리한 채 역사·전기소설의 창작 체험을 바탕으로 「꿈하늘」과 같은 작품을 계속 쓸 수 있었던 것이다.

5. 「용과 용의 대격전」

1) 서지

「용과 용의 대격전」은 1928년 신채호가 북경에 머무는 동안 쓴 작품이다. 창작 시기는 마무리 부분의 '일구이팔─九二八 자북경기自北京寄 연시몽인燕市夢人'이라는 구절을 통해 확인할 수 있다. 따라서 이 작품의 창작 시기에 대한 의문은 없다. 단지 『신채호전집』에 수록된 판본이 원전에서 얼마나 가필된 것인가 하는 문제만이 남아 있을 뿐이다. 현재 읽을 수 있는 「용과 용의 대격전」 판본은 『신채호전집』 수록본 외에도 김병민의 『신채호 문학 연구』에 부록으로 수록된 판본 등 몇 가지가 더 있다. 그러나, 이들 판본 사이에 특별히 주목할 만한 차이는 없다.

2) 이야기 전개의 틀과 주제

「용과 용의 대격전」에는 미리와 드래곤이라고 하는 두 마리의 용이 등장한다. 미리는 상제의 신하로 지상 백성들의 반역을 막고 민중을 탄압하는 역할을 한다. 반면 드래곤은 반역과 혁명을 상징하며 상제에 저항한다. 미리와 드래곤의 싸움에서 결국 승리하는 것은 드래곤이다. 이 작품은 다음과 같이 10개의 단락으로 이루어져 있다.

단락 1의 제목은 '미리님의 나리심'이다. 여기에서는 하늘에 있는 상제의 신하인 미리[龍]의 등장과 그의 횡포가 그려진다. 미리의 입에서 나온 재산가, 대지주, 순사 등이 돌아다니면서 빈민들을 잡아먹는다.

단락 2의 제목은 '천궁의 태평연, 반역에 대한 걱정'이다. 여기에서는 상제를 중심으로 한 천궁의 향연과, 지상의 백성들의 반역을 막을 방도를 논의하는 모습이 그려진다. 지상의 모든 인민들은 배가 고파 죽는데, 천궁의 연회에서는 배가 터져 죽을 지경이다.

단락 3의 제목은 '미리님이 안출한 민중진압책'이다. 여기서는 지상의 민중들을 계속 잡아먹을 방안이 강구된다. 속이기 쉬운 것은 식민지의 민중이다. 식민지 민중만 다 잡아먹어도 몇십 년 동안은 아무 걱정이 없으리라는 것이 미리의 생각이다.

단락 4의 제목은 '부활할 수 없도록 참사한 야소'이다. 여기서는 상제의 외아들 예수의 참사가 그려진다. 예수가 드래곤의 선동을 받은 민중에 의해 참사를 당했다는 것이다.

단락 5의 제목은 '미리와 드래곤의 동생이성同生異性'이다. 여기서는 원래 쌍둥이 용이었던 미리와 드래곤의 탄생과 성장 과정이 설명된다. 미리는 조선, 인도, 중국 등에서 성장하여 동양의 용이 되었고 상제의 충신으로 복종을 천직으로 알게 된다. 드래곤은 서양의 용이 되어 늘 반역자와 혁명가들과 교유하였고 종교나 도덕의 굴레를 받지 않았다.

단락 6의 제목은 '지국의 건설과 천국의 공황'이다. 여기서는 민중과 지배계급의 싸움이 시작되고 그 결과 민중이 승리를 거둔다. 민중들은 전 지구를 총칭하여 지국地國이라 부른 후, 천국과의 단절을 선언한다.

단락 7의 제목은 '미리의 출전과 상제의 우려'이다. 여기서는 상제의 사자로 뽑힌 미리가 지국 민중과 협상을 위해 지국으로 내려간다.

단락 8의 제목은 '천궁의 대란, 상제의 비거飛去'이다. 천국에 불이 나고, 상제는 불을 피해 달아나다 광풍에 휩싸여 어디론가 날려간다.

단락 9의 제목은 '천사의 행걸과 도사의 신점'이다. 상제를 찾아다니던 천사는 가는 곳마다 구박받는다. 그러던 중 천사는 도사를 만나 점을 친다. 도사는 상제가 드래곤의 난에 도망하여 쥐구멍으로 들어갔으니 쥐구멍으로 가서 상제를 찾으라 전한다.

마지막 단락 10의 제목은 ✕✕로만 적혀 있다. 여기서는 드래곤과의 싸움에서 패배한 미리의 모습이 그려진다. 미리는 상제가 민중들의 미신의 조작에 의해 존재했던 것이라 말한다. 이제 민중의 미신이 깨진 이상 상제는 존재할 수 없다는 것이다. 그는 억만 민중들은 이제 고양이가 되고, 과거 모든 세력자는 쥐가 되었으니 상제를 찾으려거든 쥐구멍으로 가라 한다. 천사가 상제를 찾아 떠나는데 쥐를 박멸하기 위해 떠나는 민중들과 마주친다. 천사는 민중들에게 간청하고, 사방에는 '왔다 왔다, 드래곤이 왔다. 인제는 쥐의 내일이다' 하는 소리만 가득 찬다.

「용과 용의 대격전」에는 기존의 식민지적 질서를 부정하고, 힘에 의한 전복과 새로운 질서 수립을 꿈꾸는 모습이 그려져 있다.[37] 신채호는 구시대의 기만적 식민지 질서를 깨뜨리는 길은 오직 힘으로만 가능하다고 생각한다. 드래곤에 의해 각성된 민중은 제국, 천국, 자본가 등 모든 지배세력을 무력화시킨다. 민중이 힘을 얻자 상제는 민중을 박살할 생각을 버리

---

37 「용과 용의 대격전」은 신채호의 아나키즘 사상을 반영하는 대표적 작품으로도 논의되고 있다. 이 소설의 의미 구조가 아나키즘의 핵심적 사상인 '부정(否定)'의 정신에 있다는 것이다. 그러한 부정의 정신을 상징하는 것이 '드래곤'이다. 이지훈, 「신채호의 아나키즘과 「용과 용의 대격전」 고찰」, 『한국현대문학연구』 제8집, 2000, 143~157쪽 참조.

게 된다. 자각한 민중은 이제 미리의 꾀에도 넘어가지 않는다. 따라서 자치나 참정권을 준다고 속이는 일 역시 불가능해진다. 상제는 이제 위력을 잃고 도망할 수밖에 없다.

「꿈하늘」이나 「용과 용의 대격전」은 모두가 작가의 상상력을 활용한 작품들이다. 이 둘은 현실적 소재를 환상적 틀에 넣어 다루고 있다는 점에서도 공통된다. 「꿈하늘」에 비해서 「용과 용의 대격전」에 등장하는 소재들은 더욱 구체적이며 현실적이다. 곳곳에서 그려지는 압제자들의 식민지 백성에 대한 정책과 수탈의 표현은 매우 사실성이 짙다. 신채호는 현실에 대한 비판과 폭로를 더러는 직설적으로 또 더러는 우화적 요소들 속에 감싸 전달한다. 「용과 용의 대격전」은 「꿈하늘」에 비해 이야기 전개 방식에서는 우화적 요소가 강화되고, 그 구체적 내용에서는 현실 비판적 요소가 강화된 작품이다. 소설이 현실을 담아내야 하고, 그것이 사회운동을 촉발시켜야 한다는 신채호의 문학관이 「용과 용의 대격전」에 이르러 더욱 분명한 형상을 띠고 나타나는 것이다.

6. 신채호 소설의 의미

신채호는 문학의 사회적 효용성에 대한 믿음과 기대를 지니고 문필활동을 지속했다. 문학의 효용성에 대한 기대는 그의 평론과 논설 속에서 일관되게 나타난다. 하지만 그가 현실의 문학 작품을 대하며 느낀 생각은 기대와는 적지 않은 차이가 있었다. 문학이 현실을 개조하고 사회운동을 촉진시키는 역할을 하는 것이 아니라, 그 반대의 길을 가고 있다고 신채호는 판단했다. 그는 당시의 문단을 "망국제를 지낸 연애문단"[58]이라고 표현한다. 이때 그가 선택할 수 있는 가장 적극적인 대응 방식은 스스로 작품을 쓰는 일이었다. 하지만, 신채호가 소설을 구상하고 문자화시키는 방식은 기존의 그것과는 차이가 있었다. 신채호는 자신의 주장과 견해를 가장 효과적으로 전달할 수 있는 방식을 찾고자 했고, 그 결과물로 나타난 것이 「꿈하늘」이나 「용과 용의 대격전」이었다. 이는 그가 관여했던 역사·전기소설의 창작 체험을 바탕으로 한 것이었다.

신채호는 이들 작품을 통해 선명한 주제의식을 드러냈다. 그는 조선을 지배하고 있는 식민체제를 극복하고 새로운 사회질서를 구축할 것을 소망했고, 현재의 질서를 민중들에 대한 기만을 통해 유지되는 거짓된 질서라고 표현했다. 이러한 거짓된 질서의 파괴는 오로지 자각된 민중의 힘을 통해서만 가능하다는 것이 신채호의 생각이었다.

서사적 논설과 논설적 서사의 작가들이 허구적 요소를 활용했던 것은 자신의 주장을 효과적으로 드러내기 위한 방편이었을 뿐, 허구적 요소의 구현 자체가 목적은 아니었다. 따라서 서사적 논설과 논설적 서사 그리고 역사·전기소설로 연결되는 문학사의 전통 속에서 글을 쓰고 있는 신채호가 자신의 작품들 속에서 주제의식을 직설적으로 드러내는 것은 어쩌면 당연한 결과이기도 했다. 이는 신채호가 소설을 쓴 이유가 문학 자체에 대한 관심보다는 사회운동의 촉발에 있었다는 사실과도 관계가 깊다.

---

38   신채호, 「용과 용의 대격전」, 『신채호전집』 별집, 형설출판사, 1977, 280쪽.

5

제 5 장
근 대 소 설 의
정 착
'신소설'

1. '신소설'의 개념과 특질

1) '신소설' 개념의 정착 과정

(1) '신소설'에 대한 잘못된 이해

오늘날 신소설은 근대계몽기에 발표된 특정한 문학 작품들을 지칭하는 문학사적 의미를 지닌 용어이다. 그러나 근대계몽기 당시에 신소설은 그러한 문학사적 의미를 지닌 용어가 아니었다. 그것은 단지 '새로운 소설'이라는 의미를 지니고 있었을 뿐이다. 새롭다는 의미의 신新이라는 관형사에, 소설小說이라는 보통명사가 접합되어 이루어진 평범한 용어가 신소설이었다. 새로운 문화가 신문화이고 새로운 학문이 신학문이듯 새로운 소설이 신소설이었던 것이다. 신소설이라는 용어가 특정한 문학 양식을 지칭하는 고유명사가 된 것은 그보다 훨씬 뒤의 일이다.[1]

신소설 연구의 가장 큰 오류는, 이 용어가 처음부터 특별한 의미를 지닌 문학사적 용어였다는 생각을 갖고 근대계몽기 소설들에 접근하는 것이다. 그러한 연구는 신소설이라는 문학 양식의 기원을 밝히기 위해 신소설이라는 용어가 '언제부터 사용되었는가?'라는 질문을 중시한다. 즉 최초의 신소설이 어떤 작품인가를 밝히기 위해 신소설이라는 용어가 언제 어떤 작품에서부터 사용되었는가를 추적하는 것이다. 하지만 이는 올바른 방향의 접근이라 할 수 없다. 근대계몽기 당시에는 신소설이라는 용어

---

1   근대계몽기에 간행된 자료들에는 새롭다는 의미의 관형사 '신'이 접두어로 사용된 용어가 적지 않다. 예를 들면, 당시 『대한매일신보』에는 "한 달 신문 구독료가 신화(新貨)로 30전"이라는 광고가 여러 번 나온다. 아울러 신문사 대리인에게 납부할 경우에도 그것을 '신화'로 납부해 줄 것을 당부한다. 『대한매일신보』, 1905년 12월 9일 자 외 여러 곳 참조. 이때의 신화는 그 당시 함께 쓰이던 기존의 화폐인 이른바 구화에 대한 상대적 의미에서의 새로운 화폐를 일컫는 것이다. 지금 우리는 아무도 신화를 한말 근대계몽기에 주조한 새로운 화폐라는 의미로 한정해 쓰지 않는다.

가 특정한 문학 양식을 지칭하는 용어로 쓰이지 않았기 때문이다.

이인직의 「혈의루」에만 신소설이라는 표기가 나오는 것이 아니다. 흔히 근대 장편소설의 효시라 일컫는 이광수의 『무정』이 수록된 『매일신보』 역시 당시에는 이 작품을 계속 신소설로 광고하고 있다. 심지어 소설의 앞표지에는 신소설이라 명기하고 뒷면 판권란에는 고전소설이라 표시를 하는 경우도 드물지 않다. 1922년 발행된 『리봉빈전』의 경우 표지에는 『신소설 리봉빈전』이라 되어 있지만 뒷면 판권란에는 고대소설이라 표기되어 있다. 이 작품은 그 내용을 볼 때 고대소설임을 쉽게 알 수 있다. 또 『봉선루』 같은 작품은 뒷면 판권란에 신구소설新舊小說이라 명기되어 있다. 이 작품도 내용은 고대소설이다. 이런 경우 신소설의 의미는 특정한 문학 양식을 지칭하는 것이 아니라 단순히 판본의 새로움을 의미하는 것이었다. 『무정』에 표기된 신소설은 '새로 쓴 소설'을 의미하고, 『리봉빈전』이나 『봉선루』에 표기된 신소설은 '새로 인쇄한 소설' 등을 의미한다. 일정 기간 동안 신소설은 특정한 시기의 특정한 문학 양식을 지칭하는 어휘가 아니라 상대적 새로움을 나타내는 수식적 어휘에 불과했다.

따라서 신소설이라는 용어가 '언제 처음 사용 되었는가'라는 질문은 아무런 의미가 없다. 그보다는 이 용어가 '언제부터 오늘날과 같은 문학사적 의미를 지닌 고유명사로 정착이 되었는가'를 구명해야 한다. 그렇게 해야만 신소설이라는 용어가 지닌 의미에 바르게 접근할 수 있으며 이를 바탕으로 신소설의 문학사적 위치와 의미를 탐구할 수 있게 된다.

(2) '신소설' 개념의 정착 과정

1922년 간행된 안자산의 『조선문학사』[2]는 우리나라 최초의 국문학사이다. 안자산은 『조선문학사』의 「최근문학」이라는 장에서 근대계몽기 문학을 언급한다. 1894년의 갑오경장에서 1910년대 말에 이르는 시기의 문학이 '최근문학'에 해당한다. 안자산은 이 시기에 대두한 새로운 학문과 교육 및 신사상의 유입과 새로운 소설의 발흥을 당시의 정치상황과 연관 지어 설명한다. 안자산은 신문학의 출현을 조명하면서 신소설이라는 용어를 사용한다. 하지만 안자산은 이 용어를 문학사적 의미를 지닌 용어로 쓰지는 않는다. 『조선문학사』에서 신소설은 고유명사가 아닌 보통명사였다. 안자산은 신소설을 첫째, 그 시대에 새롭게 등장한 '새로운 소설'이라는 의미로 사용하였고 둘째, 조선시대의 소설들 즉 '구소설'과 구별되는 상대적 의미를 지닌 용어로 사용하였다.[3]

1920년대 말에 발표된 김동인의 「조선근대소설고」에서도 신소설은 문학사적 용어로 뿌리내리지 못한다.[4] 김동인은 이 글의 서두를 이인직의 작품 「귀의성」으로부터 시작한다. 하지만 김동인은 이 작품을 신소설이라 칭하지 않는다. 그는 「귀의성」을 '근대소설'이라 칭하며 "조선 근대소설의 원조의 영관은 이인직의 「귀의성」에 돌아갈밖에는 없다"[5]는 말을 남긴다. 김동인의 글에서 신소설이라는 용어가 사용되지 않는 것은 아니

---

2   안자산, 『조선문학사』, 한일서점, 1922.

3   『조선문학사』의 마지막 장인 「제6장 – 최근문학」 속에는 「신학과 신소설」이라는 부분이 있다. 안자산은 여기서 1900년대의 새로운 학문과 새로운 소설 및 새로운 신문과 새로운 학회의 대두에 대해 논의한다. 그는 이 절의 제목에서 '신소설'이라는 용어를 사용했던 것과는 달리 본문에서는 단 한번도 이 용어를 사용하지 않는다. 본문에서는 오로지 '새로운 소설'들에 대한 소개가 이어질 뿐이다. 안자산이 이해조와 이인직의 소설에 '신소설'이라는 용어를 사용한 것은 그 다음 절인 「신구 대립의 문예」에서이다. 여기서 그는 '구소설'과 그에 대응하는 소설들인 '신소설'의 대두에 대해 설명하면서, 동시에 이광수의 「무정」과 「개척자」를 신문예의 빼어난 작품으로 평가한다. 「무정」과 「개척자」를 신문예를 대표하는 새로운 소설들로 보고 있는 것이다.

4   1929년 7월 28일에서 8월 16일까지 『조선일보』에 발표된 김동인의 「조선근대소설고」는 한국 근대소설에 대한 최초의 역사적 접근물로 평가된다.

5   김동인, 「조선근대소설고」, 『김동인전집』 제16권, 조선일보사, 1988, 14쪽.

다. 「조선근대소설고」에 사용된 신소설이라는 용어는 전 시기와는 여러 가지 점에서 구별되는 '매우 새로운 소설'이라는 의미를 지닌다. 여기서 신소설은 주로 1919년 이후의 소설을 가리킨다.

1919년 2월은 김동인 자신이 주관했던 동인지 『창조』가 창간된 때이고, 자신의 첫 소설 「약한 자의 슬픔」이 발표된 때이다. 김동인은 신소설이라는 용어를 근대소설사의 한 전환점이 되는 시기의 소설이라는 의미로 사용한다. 신소설의 출발은 『창조』의 창간과 거기에 수록된 자신의 소설들에서 비롯된다. 그는, 우리가 지금 이해하고 있는 신소설과는 전혀 다른 방식으로 신소설이라는 용어를 사용하고 있는 것이다.

1933년 초판이 간행된 김태준의 『조선소설사』[6]는 우리나라 최초의 독립된 소설사 저술이다. 『조선소설사』에서는 「문예운동 후 사십 년간의 소설관」에서 신문예운동을 비교적 상세히 다룬다. 그는 갑오경장 이후부터 1920년대에 이르는 시기까지를 계몽운동시대[1894~1910], 신문예 발아기 [1911~1919], 계급문학 여명기[1920~1922] 등으로 구분한다. 이는 문학사 자체의 발전 과정에 따른 것이라기보다는 정치적 변화에 따른 구분이다.

신소설이라는 용어가 다소나마 문학사적 의미를 지니기 시작한 것은 김태준의 『조선소설사』에서부터이다. 김태준의 『조선소설사』에서는 신소설이라는 용어가 빈번히 사용된다. 그는 일단 이 용어를 안자산의 경우처럼 구소설과 구별되는 새로운 소설이라는 상대적 개념으로 주로 사용한다. 그런데 주목할 만한 사실은 김태준이 '구소설→신소설→소설'이라는 문학사적 흐름을 생각하고 있었다는 점이다. 그는 구소설 이후 새로 나온 소설이 신소설이며, 1919년 3·1운동 이후 나온 원숙한 소설

---

6   김태준, 『조선소설사』, 청진서관, 1933.

이 '소설'이라는 설명을 덧붙인다. 김태준은 신소설이라는 용어를 구소설 이후부터 1919년 이전까지의 소설로만 한정되는 의미로 사용하고 있는 것이다.

신소설이나 구소설이 모두 '소설' 속에 포함되는 용어라는 점에서 '구소설 / 신소설 / 소설'이라는 분류를 명확한 문학사적 분류라고는 보기 어려운 면도 있다. 하지만 그는 1910년대 말까지의 신소설이 자신이 『조선소설사』를 집필하던 1920년대 이후에 발행되는[7] 당시대의 '소설' 양식과는 차이가 있다고 느꼈던 것이 분명하다. 1919년 3·1운동 이후 출현한 김동인이나 현진건 그리고 염상섭 등 새로운 작가의 '소설'이 그 전 시기의 신소설과는 구별되는 문학 양식이라는 생각을 했던 것이다.

김태준은 『조선소설사』 초판 발간 이후 6년이 지난 1939년 『증보 조선소설사』를 발간한다. 이 책의 「신문예운동 40년간 소설관」에서 김태준은 한 단계 더 발전된 생각을 드러낸다. 신소설과 '현대소설' 사이의 관계를 설정하고, 최초로 신소설의 문학사적 의미를 정리 제시하는 것이다.

이 신소설은 사회가 많은 고대적 유제遺制를 포함한 채 근대적 구성을 일러 이것이 이 나라의 사회의 특성을 이룬 만큼 이도 시민의 단순한 오락과 소견에서 시민들의 부르짖는 신문화의 계몽적 정신이 팽배한 이상주의였고, 이는 구소설 즉 이야기책에서, 춘원·동인·상섭 제씨가 쓰기 시작한 현대적 의의의 소설에 이르기까지의 교량을 이루어 이른바 과도기적 혼혈이라. 이야기책에서 대번에 현대소설이 나온 것이 아니라 이러한 과정을 밟아서 현대소설은 발달하여 온 것이다.

---

7   『조선소설사』의 서문을 보면 이 책의 원고 집필은 출판년도보다 몇 년 앞선 1929년경 이루어졌다.

춘원 이후의 여러 작가의 수법이 전혀 구라파적 수입에서가 아니라 이러한 전대前代의 전통을 토대로 하고 즉 이야기책의 장구한 발전과 유명무명의 신소설 작가의 은은한 그러면서도 막대한 노력의 성과 위에 입각함으로써 현대의 문학적 세계의 건설이 성공된 것이다.[8]

김태준은 『(증보) 조선소설사』에서 신소설을 명백히 문학사적 의미를 지닌 용어로 사용한다. 신소설이란 구소설이야기책 이후부터 이광수·김동인 등의 '현대소설'이 시작되기 전까지의 소설을 가리킨다. 여기서 '구소설→신소설→현대소설'이라는 문학사적 구도가 완성되는 것이다.

김태준은 신소설이 구소설과 현대소설의 교량적 역할을 한 과도기의 소설이라는 점을 지적하고, 춘원 이후의 소설이 우리 이야기 문학의 전통의 흐름 속에서 신소설의 성취를 바탕으로 이루어진 것이라는 점을 강조한다. 현대소설사를 전통과의 연속이라는 측면에서 파악하려는 의도를 드러내는 것이다. 『(증보) 조선소설사』의 결론에서도 이러한 의도는 다시 확인된다.

조선의 소설은 원래 이야기책에서 출발했다. 그러한 내용과 형식이 양반사회의 퇴물이었다. 갑오개화를 중심으로 양반 대신에 이 땅도 시민의 사회가 되었다. 시민은 이양異樣의 문학을 요구하였다. 그러므로 외래의 소설을 수입하여 '이야기책'을 개혁해서 현대적 의의의 소설을 쓰게 된 것인데 중간에 과정적으로 신소설시대를 지났다. 신소설은 이야기책의 전통에서 나오고 춘원 이후의 현소설은 신소설에서 구피舊皮를 버리고 나온 것이다.[9]

8   김태준, 『(증보) 조선소설사』, 학예사, 1939, 247~248쪽.
9   위의 책, 267쪽.

이 글에서는 고전적 이야기책의 전통에서 신소설이 나왔고 그것이 외래소설의 수입 등을 거치며 구피를 벗은 것이 현대소설의 모습이라고 정리한다. 이러한 김태준의 견해는 현대소설의 서구문화 이입이라는 측면을 일부 인정하면서도, 그것이 결국은 우리 고전적 이야기 문학의 전통과 신소설에 맥락이 닿아 있다는 생각을 드러내는 것이다.[10]

김태준의 이러한 소설사 연구를 발판으로 삼아 신소설이란 용어를 더욱 분명한 문학사적 개념으로 확립시키고, 그것을 특정한 문학 양식을 지칭하는 용어로 정착시킨 이론가가 임화이다. 임화는 1940년 초반 『조선일보』에 연재한 「신문학사」에서 신소설이라는 용어를 특정한 시기의 특정한 문학 양식을 지칭하는 고유명사로만 사용한다. 그는 새롭게 창조된 신소설 양식의 창조자가 바로 이인직이라 말한다.

이인직은 단지 가장 우수한 신소설 작가일 뿐만 아니라 실로 신소설이란 양

10　『조선소설사』 증보판의 서문을 쓴 임화의 진술에 의하면, 저자 김태준은 원래 이 책의 증보판 원고에 상당한 가필을 했다. 그러나 당시의 출판 사정상 발행자 임화는 그 가필들을 제작에 반영하지 못했다. "아마 그 보유와 개정한 것을 모두어 구성을 새로이 한다면 어디에 내놓아도 부끄럽지 아니할 책이 될 것을 그대로 판을 고치니 저자에게 여간 미안하지 않았다"라는 진술이 이를 말해준다. 신소설 관련 부분에서도 초판 본문의 내용이 그대로 반복되다가 결론에서만 일부 내용이 수정 보충된다. 증보판 결론의 내용으로 미루어 생각한다면 본문의 신소설 관련 기술에도 적지 않은 보완이 있었을 것으로 판단된다. 하지만, 그는 당시의 출판 여건상 그 생각들을 자신의 책에 모두 반영시키지 못했다. 따라서 『조선소설사』 증보판 신소설 부분은 초판의 내용을 수정하지 못한 채, 뒤에 변화된 생각만을 덧붙이는 방식을 취하고 있다. 따라서 책의 앞뒤에서 용어의 의미나 문맥 등이 통일되지 않은 부분이 있다. 신소설과 현대소설 발생의 요인에 대해서도 초판에서 언급했던 외래적 영향의 부분을 그냥 남겨둔 채, 증보판에서는 전통적 문학 유산과의 연결성을 강조한다. 이 역시 출판 사정 때문에 생각의 변화를 제대로 반영하지 못했기 때문일 것이다. 김태준은 증보판을 쓸 무렵에는 현대소설의 발생 과정에 대해서도 외래적 영향보다는 전통과의 연결에 더 많은 관심을 지니고 있었던 것으로 보인다.

식을 창조한 사람이다. 이인직의 손으로 비로소 신소설이란 것이 조선문학사 위에 등장한 것이다. 그의 소설의 영향을 받아 다른 사람들도 신소설이란 것을 쓰게 되고 독자도 역시 그를 통하여 신소설이란 것을 알게 되었다. (…중략…) 그러면 신소설이란 대체 무엇인가 하면 먼저 그것은 현대소설혹은 우리가 부르는 그냥 소설과의 사이를 점유하고 있는 문학사적 과도기의 소설이다.[11]

임화는 신소설의 창시자를 이인직으로, 아울러 현대소설의 건설자를 이광수로 단정하면서, 신소설을 고대소설과 현대소설 사이에 놓이는 문학사적 과도기의 소설이라고 평가한다. 그는 '과도기'라는 용어가 개성이 결여된 시대를 가리키는 용어이기는 하지만 창조적 의미 역시 지니고 있음을 주장한다. 이 용어는 전환기의 의미도 포함하고 있다는 것이다. 임화는 과도기라는 용어가 육당의 신시와 춘원의 새 소설이 나오기 이전, 한문과 이조라는 구시대의 언문 문학이 지배권을 상실한 중간의 시대를 지정하는 좁은 의미에 한정된 것임을 밝힌다. 이 시기는 구문학이 전래의 신용과 위엄을 상실한 대신 신문학은 새로운 위엄을 채 갖추지 못한 일종의 반구반신半舊半新의 문학기이다. 이러한 시기를 일본 문학사에서는 '개화기의 문학'이라 하고, 중국 문학사에서는 '문학혁명의 시대'라고 부른다는 것이다. 임화는 자신이 이 두 가지 용어를 모두 배제하고 과도기라는 용어를 사용한 것이 객관적으로 이 시기를 보려는 의도 때문이라고 설명한다. 개화기라 함은 구시대를 몽매기로 보고 그것이 문명개화되는 데에 중대한 역할을 한 서구 외래문화를 중히 평가하는 것이다. 반면, 문학혁명기라 함은 신문학의 탄생과 구문학의 몰락에 외래적 서구문화의

---

11 임화, 임규찬·한진일 편, 『신문학사』, 한길사, 1993, 156~158쪽.

역할을 지나치게 무시하는 주관적 입장의 표현이다. 과도기라는 말은 의미 내용이 명백하지 못한 흠이 있으나, 그 대신 한층 포괄적이고 객관적인 점이 장점이라는 것이 임화의 주장이다.

이러한 사실을 바탕으로 할 때, 우리 문학사 속에서 신소설이라는 용어는 하나의 외형 속에 전혀 다른 두 가지 의미를 지닌 어휘였음을 알 수 있다. 하나는 근대계몽기 당시부터 사용되던 것으로 '새로운 소설'이라는 의미이다. 1930년대 말까지 간행되는 문학 작품에 붙어 있는 신소설이라는 용어는 대체로 이러한 의미를 지닌다. 다른 하나는 이 용어를 김태준과 임화를 거치면서 개념이 정립된 문학사적 용어로 이해하고 사용하는 것이다. 이 경우에는 신소설은 특정한 시기의 소설에서 발견되는 양식상의 특질을 위주로 정리된 개념이다. 이때 신소설은 보통명사가 아니라 고유명사이다. 1940년대 이후 문학사 연구에서 사용되는 신소설이라는 용어는 일단 고유명사 즉 양식 개념으로 이해하는 것이 옳다.

한국과 일본 그리고 중국 등에는 신소설이라는 용어가 모두 존재한다. 일본이나 중국은 신소설을 전 시대에 비해 새롭다는 상대적 의미로 혹은 잡지의 제목 등으로 사용했다. 이에 반해 우리는 이를 특정한 문학사적 의미를 지닌 양식 용어로 주로 사용한다. 우리 문학사에 신소설이라는 용어가 고유한 양식 개념으로 정착된 데에는 바로 위와 같은 문학사가들의 정리 과정이 있었기 때문이다.

이러한 논의 과정을 통해 우리가 얻을 수 있는 한 가지 중요한 소득은 신소설이라는 용어가 일본과 중국을 통해 수입된 용어가 아니라 우리 문학사 연구 과정 속에서 고안 정착된 고유한 용어라는 점이다. 지금까지 우리 학계에서는 신소설이라는 용어가 일본에서 왔을 것이라는 점에 대해 막연히 공감했고 더불어 중국에서 왔을 것이라는 견해 또한 제시된 바도 있다.[12] 그러나, 한국 문학사의 전개 과정에서 발견되는 신소설이라는 용어가 일본 및 중국의 그것과는 전혀 다른 의미를 지닌 용어라는 점에서 이러한 기존의 논의와 주장은 수정될 수밖에 없다.

2) '신소설'의 의미와 특질

신소설은 문학사가들의 연구 과정을 통해 만들어지고 정착된 용어이지 기존의 논의처럼 작가의 창안도 혹은 출판사나 신문사의 창안도 아니다.[13] 오늘날 우리는 신소설이라는 용어를 특정한 문학 양식을 지칭하는 고유명사로만 사용한다. 그렇다면 고유명사로서의 신소설이 지닌 의미는 무엇인가?

---

12 "그리하여 우리 신소설의 명칭은 성립 과정에 있어 어느 일방적인 영향에 의했다기보다는 만청(晚淸)의 「신소설」과 일본의 「신소설」이란 이중적인 자극에서 비로소 촉발할 수 있었던 것인 듯하다. 왜냐하면 일본만의 영향이라면 어쨌든 잡지명이나마 「신소설」이란 명칭이 우리의 경우보다 17년이나 앞서 있으면서도 거기서 우리보다 영향을 더 두드러지게 받고 있는 청말의 「신소설」이 발간된 뒤에야 가능했기 때문이다. 그러면서도 필자는 하나의 결정적인 단안을 내리기를 주저하면서 영향의 경로를 다음과 같이 도식화하고자 할 뿐이다. 즉 발단은 일본에 있고, 만청에 있어서의 양계초의 신소설이 우리 신소설 명칭 성립의 매개이며, 이를 통해 비로소 성립의 기반이 마련되었다는 것이다." 이재선, 『한국 개화기소설 연구』, 일조각, 1972, 33쪽.

13 전광용은 우리 문학사에서 신소설이라는 용어가 처음 등장한 것은 1907년 3월에 간행된 단행본 『혈의 루』를 통해서이며, 신소설이라는 용어는 작가 이인직에 의해 창안되었다고 주장한다. 전광용, 「한국소설발달사」, 『한국문화사대계』 제5권, 고려대민족문화연구소, 1967, 1166~1167쪽 참조. 하동호는 "신소설이라는 낱말은 작가들이 사용하기 비롯한 것이 아니라, 책사의 광고문에서 명명된 것이다. 곧 광무 11년(1907) 4월 3일부 『만세보』 광고에 처음으로 다음과 같은 광고문이 실렸다"라고 정리한다. 그는 당시의 광고문을 인용하고 여기에서부터 신소설이라는 용어가 문학사상 통상적인 호칭이 되었다고 주장한다. 하동호, 「신소설 연구초」, 『세대』, 1966.9, 384쪽 참조. 이재선은 1906년 2월 1일 『대한매일신보』에 게재된 광고 문안에서 '신소설'이라는 용어를 찾아낸 후, "신소설이란 명칭은 작가도 출판사도 아니요, 신문사측에 의한 명명이라고 할 수 있는 것이며, 다만 이를 보편화시킨 것이 출판사 측일 것이다"라고 주장한다. 이재선, 위의 책, 12~13쪽 참조.

한국 근대문학사에서 신소설은 이인직 이후의 소설을 지칭한다. 근대문학사 연구자들은 이인직 이후의 소설들에서 발견되는 특색에 대해 주목하고 그러한 특색이 발견되는 유형의 소설들에 신소설이라는 명칭을 붙였다. 그렇다면 과거의 문학사가들은 이인직류의 소설들에서 어떠한 특색을 확인했는가? 이 질문은 바로 신소설의 특색이 무엇인가 하는 점으로 이어진다.

안자산은 『조선문학사』에서 이인직 소설의 특색을 다음 두 가지로 설명한다. 첫째, 종래의 권징주의 소설 즉 선한 것을 권장하고 악한 것을 징벌하는 식의 일률적 구조를 벗어나 사람의 감정을 중시한 것. 둘째, 인물의 성격과 심리상태의 묘사가 극히 정묘한 것. 이는 종래의 소설에서 볼 수 없던 것으로 신문학의 시초가 되는 요인이다. 새로운 소설은 문학을 희롱의 도구로 삼지 않고 진지한 인생 문제와 접촉한다. 새로운 소설의 작가들은 전날의 희작자와는 달리 공상계에 뜻을 두지 않고 현실과 직접 교섭한다.[14]

김동인은 이인직의 작품 「귀의성」을 근대소설의 효시로 칭한다. 「귀의성」에 관한 김동인의 서술 가운데 근대소설적 특색과 연관된 부분을 인용하면 다음과 같다.

당시의 많은 작가들이 모두 작중 주인공을 재자가인으로 하고 사건을 선인 피해에 두고 결말로 악인 필망을 도모할 때에 이 작가뿐은 「귀의성」으로서 학대받는 한 가련한 여성의 일대를 우리에게 보여주었다. (…중략…) 아 냉정한 붓끝이여! 천 번의 '아아' 백 번의 '오호라' 열 번의 '참혹할 손'이 없이는 재래

---

14 안자산, 앞의 책, 125쪽 참조.

의 작가로서는 도저히 쓰지 못할 장면을 이 작가는 한 마디의 감탄사조차 없이 가려 버렸다. 자기를 총애하던 국왕의 임종을 스케치북을 들고 그리던 다빈치인들 예서 더하였을까.

재래의 작가는 인성을 선과 악 두 가지로 구별하려 할 때에 이 작가는 사람의 성격이 각각 다른 것을 의식하였다. (…중략…) 교묘한 대화 묘사다. 당시 다른 작가 가운데서 능히 이렇듯 짧은 대화의 한 마디로써 성격을 이만치 나타낼 사람이 있을까. 이 구절은 김승지의 전 인격과 전 성격을 나타내는 동시에 마누라의 성격에 대한 암시까지 포함되었다. (…중략…) 이와 같은 간단한 묘법으로 심리와 성격을 그려나간 작자의 수완은 삼탄할 가치가 있다. 당시의 모든 작가들이 하열^{下劣}한 열정을 토할 동안에 이 작가뿐은 사실이라 하는 데 뿌리를 두고 참 사람의 일면을 우리에게 보여주었다. 다른 작가들은 이상적 허수아비를 그리려 할 때에 이 작가는 현실적 사람의 일면을 그리려 하였다. (…중략…) 더구나 「귀의성」에서 우리는 자연 배경의 활용을 보았다.[15]

김동인이 이인직의 소설에서 발견한 새로움은 다음과 같은 것들이었다. 첫째, 당시의 작가들이 일반적으로 재자가인을 주인공으로 설정한 것에 반해 이인직은 학대받는 가련한 여성을 주인공으로 선택하였다. 둘째, 사건을 선인 피해에 두고 그 결말을 악인 필망에 두는 상투성에서 벗어났다. 셋째, 감탄사 없는 사건의 묘사가 이루어진다. 넷째, 인물을 선인과 악인으로 구분하던 것에서 벗어나 다양한 성격의 인물을 설정 제시한다. 다섯째, 교묘한 대화와 묘사가 이루어진다. 여섯째, 심리 묘사를 통한 인물의 성격 제시가 이루어진다. 이는 인물이 이상적 허수아비로 그려지는

---

15   김동인, 앞의 글, 14~18쪽.

것을 방지하고 현실적인 사람으로 나타나도록 하는 요소가 되며 근대소설의 현실성을 부각시키는 매우 중요한 요소가 된다.

김태준은 『조선소설사』에서 신소설운동의 선구자로 이인직을 들면서 그의 작품 「치악산」이 갖는 새로운 특색들을 다음의 네 가지로 정리한다. 김태준이 신소설이라는 용어에 문학사적 의미를 부여한 최초의 연구자라는 점에서 이는 주목해 볼 필요가 있다.

첫째, 갑오경장 당시의 조선사회를 여실히 보여준다. 이는 고대인의 실화나 신비적 전설이 아니다. 둘째, 그의 붓은 어디까지나 사실적이다. 셋째, 그의 붓끝에는 뜨거운 열정과 엄숙한 비판이 있어서 지나는 잔해 속에서 새로운 세상을 보았다. 이것이 그의 사회관이요 인생관이다. 넷째, 소설이라면 신화나 전설 정도로 알던 당시의 독자와 작가 속에서 이러한 수법을 보인 것은 청천벽력이라고 할 만큼 진정한 의미의 소설과 어문일치語文一致의 신문체를 보여주었다.[16]

이러한 이유를 들어 김태준은 이인직을 조선문학운동사의 첫 사람으로 추앙한다. 그의 작품에 결점이 없는 것은 아니지만, 그의 시대에 비추어 본다면 위대한 작품이 아닐 수 없다는 것이다. 덧붙여 그는 구소설에 비교되는 신소설의 특색을 "설화의 취미를 좀 더 풍부하게 하며 언문일치의 문체로서 어떤 한 개 사건을 취급하여 그 사건의 추이를 따라 순간순간의 행동과 대화까지 그대로 쓰는 것"[17]으로 집약해 정리한다. 이 밖

---

16 참고로 이에 대해서는 다음과 같은 부연 설명이 이어진다.
  "지금 같으면 문제도 안 되시만 한문두와 언한혼용두가 상하를 지배하던 때요 국문을 언문·내서·언역이라고 하여 배척하고 천시하던 때임에도 불구하고 그는 엄연히 모든 인습을 벗어나서 어문일치의 새로운 문체를 지었으니 그 내용과 형식이 무릇 조선 소설의 시조가 될 것이다."
17 김태준, 앞의 책, 245쪽.

에도 당시의 기문奇聞과 신문의 삼 면 기사에 지나지 못할 사소한 일까지 일일이 소설로 쓰는 일, 그리고 소설의 제목을 구소설처럼 무슨 전傳과 같은 전기식으로 다는 것이 아니라 「연광정」, 「화월야」, 「애인의 무덤」 같이 이른바 '신기한 명칭'을 사용한 것도 신소설의 주요 특색의 하나로 정리한다.

임화는 김태준의 글을 참조하면서 신소설의 특색을 다음과 같이 정리한다. 첫째, 문장의 언문일치. 둘째, 소재와 제재의 현대성혹은 신시대성. 셋째, 인물과 사건의 실재성혹은 사실성 등. 이러한 요소들은 현대소설도 가지고 있는 특징이나 신소설에서는 현대소설만큼 완성되어 있지 않고 겨우 발아하기 시작한 데 불과하다는 것이 임화의 견해이다.

「신문학사」에 나타난 신소설에 대한 임화의 견해는 대략 다음과 같은 내용으로 요약된다.

구소설 문장의 운문성과 소재와 제재의 비현대성, 그리고 인물과 사건의 비실재성으로부터 결별하기 시작한 것이 신소설이다. 신소설 속에는 아직 구소설 형식의 잔재가 남아 있다. 하지만 그런 가운데서도 새로운 형식적 특징이 압도적으로 우세했기에 신소설은 새로운 시대의 소설 양식으로 자리를 잡을 수 있었다. 문장은 4·4조의 운문을 떠난 것은 물론 영·정조 이래 한말에 이르기까지 많은 소설에 사용되던 한문직역체의 서술 문체로부터도 해방되어 언문일치에 근접하고 있다. 그러나 '이러라', '하더라', '하였도다' 식의 어미를 1910년대 말에 이르도록 써온 것은 '과도기' 문학으로서의 신소설의 특색을 드러낸 것이다. 소재와 제재의 현대성은 인물과 사건의 실재성이라는 것과 밀접하게 관련되어 있다. 이 점은 문장보다도 더 일목요연하게 신소설과 구소설을 구별하는 특징이 된다. 구소설은 소재와 제재, 바꾸어 말하면 배경·무대·인물·사건 등이 모두 과거의 것이다. 그러나 신소설은 취급되는 배경이나 인물 등이 모두 개화 이후의 것이고 또 흔히 있을 수 있는 사건을 다룬 이야기책이다. 구소설이 전기나 설화나 야담 혹은 염사艶事의 단순한 서술인 반면, 신소설은 비록 초보적이었지만 대상을 묘사하는 데서부터 시작한다. 그리하여 문장을 고치고 인물을 고치고 구조를 개혁한 문학 양식이 신소설인 것이다.[18]

아울러 임화는 신소설이 새로운 배경과 새로운 인물군을 가졌음에도 불구하고 천편일률로 선인·악인의 유형을 대치하는 구소설의 구조를 답습하고 있다고 비판한다. 신소설에 남아 있는 가장 큰 구소설적 요소를 인물의 선인·악인식 분류와 이를 활용한 권선징악에 있다고 본 것이다. 그 결과 신소설은 그 자신의 가장 대표적 특징이며 새로운 가치로 평가받는 사실성마저 약화시키게 된다는 것이다. 하지만 임화의 이러한 비판이 리얼리즘 정신의 구현으로서의 신소설의 문학사적 가치를 근본적으로 부인하는 것은 아니다. 다음과 같은 언급은 신소설에 일정한 한계가 있음에도 불구하고 그의 문학사적 가치가 리얼리즘의 구현에 있음을 강조한 것으로 주목할 만하다.

그러나 이러한 정도의 사실성이나마 구소설에 비하여 창조적인 가치요, 신소설 가운데 보옥처럼 귀히 들어와 그 뒤의 현대소설로 하여금 일층 자기의 길을 개척하기에 용이케 한 무기가 된 것이다.

그러한 소득으로는 먼저 우리는 신소설들이 우수하면 할수록 그때 세상의 시대상의 반영을 들 수 있다. 청일전쟁이라든가, 러일전쟁이라든가, 동학난이라든가 하는 대사건을 위시로 오리汚吏로 충만한 정부의 부패와 세정世情의 변

---

18 임화, 임규찬·한진일 편, 앞의 책, 160~163쪽 참조.

천, 풍속의 추이에 이르기까지 구소설에서는 볼 수 없는 것이 묘출되었다. 그러한 외적인 것보다 더 중요한 것은 전반적인 구사회의 부패상의 폭로와 봉건적 가족제도의 혼란과 부패의 정치한 묘사다.

여기서 점차로 일반화해 가는 반상班常의 평등, 평민의 성장이 그려도 지고 혹은 자녀들의 성장이 표현도 되고 미신도 폭로되고 하여 개화를 계몽하는 데 가장 확실한 예술적 사업이 수행되고 있다. 이러한 리얼리즘은 개화의 주관적인 주장보다 훨씬 강하게 그 사상의 필연성을 인식시킨다. 이것은 또한 신소설이 갖고 있는 불멸의 가치다.[19]

여기서 임화는 신소설의 문학사적 가치가 현실의 객관적 사실적 묘사 부분에 있음을 강조한다. 현실에 대한 리얼리즘적 묘사는 신소설 작가의 주관적인 개화 주장보다 개화와 계몽을 위한 더욱 효과적인 수단이 된다는 것이다.

지금까지의 논의를 바탕으로 할 때 근대 초기의 문학사가들이 지적한 신소설의 특질은 다음과 같다.

첫째, 구소설의 인물 유형에 비해 다양한 개성을 가진 인물들이 등장한다. 구소설에서는 재자가인류 내지 영웅적 특성을 지닌 주인공이 주류를 이룬다면 신소설은 평범한 여인을 주인공으로 내세우는 등 다양한 변화를 보인다. 이는 인물의 실재성이라는 측면으로도 이어진다.

둘째, 구소설의 주제가 권선징악적이었던 것에 반해 신소설의 경우는 인간의 다양한 정서를 드러낸다.

셋째, 신소설은 언문일치의 새로운 문체를 보여준다. 구소설의 문장과

---

19   위의 책, 165쪽.

대비할 때 운문성을 탈피한 것은 물론 한문직역체의 서술문에서도 탈피하였고, 대화 문장과 묘사 문장의 활용이 두드러진다. 대화 문장의 경우는 작중 인물에게 현실적 생동감을 부여하는 기능을 수행한다. 묘사 문장은 배경 등 외형적 사실에 대한 객관적 묘사뿐만 아니라 인물의 성격 묘사 및 심리 묘사에 이르기까지 다양한 기능을 담당한다. 특히 인물의 내면적 심리 묘사는 구소설과 대비하여 신소설이 지니는 중요한 특색이 된다.

넷째, 신소설은 소재를 갑오경장 당시의 사회에서 구하였고 당시대적 실상을 여실히 보여준다. 신소설 소재의 당시대성은 신화나 전설적 소재와 연관된 구소설과 큰 거리가 있다. 이러한 소재의 당시대성은 사건의 실재성이라는 측면과도 깊은 연관을 지닌다.

다섯째, 신소설의 사실성은 적지 않은 한계에도 불구하고 구소설과 신소설을 구별 짓는 매우 중요한 특색이 된다. 문학을 희롱의 도구로 생각하지 않고 진지한 인생 문제 접촉을 위한 매개물로 사용한 것 역시 구소설과 구별되는 특색이 된다.

여섯째, 제목이 구소설처럼 틀에 박힌 것이 아니라 다양한 방식으로 나타난다. 특히 고전소설의 '–전傳'류의 제목 짓기 방식을 벗어난 것을 그 중요한 사례로 제시할 수 있다.

2. '신소설' 연구의 진행 과정

1948년 간행된 백철의 『조선신문학사조사』[20]는 해방 이후 발간된 첫 번째 한국 근현대문학사이다. 이 문학사에서 백철은 첫 장章을 「개화사조와 신소설문학」으로 시작한다. 여기서 백철은 신소설의 특징을 과도기 문학으로 설정한다. 이는 김태준과 임화의 문학사 기술의 틀을 수용한 것이다. 백철은 신소설의 과도기적 특성에 대해서 다음과 같이 정리한다.

우선 고대소설적 요소를 다음과 같이 답습한다. 첫째, 권선징악의 주제를 신소설이 그대로 계승하고 있다. 둘째, 신소설에 나오는 인물들은 선악의 배치가 틀에 박은 듯이 고정되어 있다. 셋째, 결말에서 반드시 악인은 패하고 선인은 승리하는 해피엔드의 유형을 답습하고 있다. 반면에 신소설에는 다음과 같은 신문학적 요소가 있다. 첫째, 작중인물이나 사건이 현대적이다. 둘째, 언문일치의 표현을 쓰고 있고 문장이 산문적이다. 셋째, 근대소설의 진수의 하나인 문학의 허구성을 신소설 작가들이 이해하고 있다.

이러한 특색을 지닌 신소설이 개화를 선전 계몽하는 수단으로 사용되었다는 것이 백철의 견해이다. 그는 신소설의 주제를 구체적으로 개화와 자주독립, 신교육사상의 선전, 신도덕관과 인습의 비판, 미신타파와 현실 폭로의 네 가지로 구체화시켜 논의한다. 이러한 주제들은 곧 개화에 대한 선전과 계몽이라는 신소설의 목적과 기능에도 부합되는 것들이다. 백철의 근대계몽기 문학사 서술은 일정한 성과에도 불구하고 작품과 작가에 관한 실증적 오류가 없지 않다. 친일적 성격이 강한 이인직의 「은세계」

---

20   백철, 『조선신문학사조사』, 수선사, 1948.

등의 작품을 자주독립의 장에 넣어 다룬 것도 문제로 지적할 수 있다.

근대계몽기 자료에 대한 실증적 연구는 김하명과 전광용에 이르러 새로운 단계로 접어든다. 김하명은 근대계몽기 문학 연구에서 일차적으로 서지 연구가 중요하다는 사실을 일깨워준다. 전광용은 1950년대 중반부터 잡지 『사상계』를 통해 「설중매」, 「치악산」, 「은세계」, 「혈의루」, 「자유종」, 「추월색」 등 주요 신소설 작품에 대한 연구를 지속적으로 발표하였다. 전광용의 이 연구는 이후 학계의 신소설 연구에 지대한 영향을 미치게 된다. 전광용의 이 연구는 본격적 신소설 작품 연구의 길을 연 것으로 평가할 수 있다. 전광용은 신소설의 출발과 그 문학사적 범주에 대해 다음과 같이 정리한다.

> 신소설의 문학사적인 연기는 이인직의 초기 작품이 발표된 1900년대 초엽부터이며 좀 더 폭을 넓힌다면 1894년의 갑오개혁부터 1917년 『무정』이 매일신보에 연재되기 이전까지의 수십 년 내지 이십 년 내외로 잡아야 할 것이다.
>
> 왜냐하면 갑오경장 이전에 발표된 고대소설 즉 근세문학의 주류를 이루고 이조 봉건사회의 생활을 반영한 소위 구소설은, 근대사조의 영향을 받고 적으나마 그 발판에서 출발하여 개화기를 반영한 신소설과는 그 형식 및 내용에 있어서 독자적인 특색과 차이를 가지기 때문에 여기에 필연적으로 한 계선이 그어져야 할 것이며, 『무정』 또한 현대소설의 효시로서 개화 초기를 벗어난 새로운 시대의식을 반영하였을 뿐만 아니라 작품이 지니고 있는 형식 및 내용의 특징이 신소설과는 자연 구별이 되기 때문에 여상^{如上}한 귀결에 도달하게 되는 것이다.[21]

21　전광용, 「이인직 연구」, 『서울대학교논문집』 제6집, 1957, 159쪽.

이 글에 따르면 이인직의 초기 작품부터 이광수의 『무정』 창작 이전까지의 시기가 신소설의 창작 발표 시기가 된다. 이는 크게 보면 김태준이 설정한 신소설의 시기 구분과 거의 일치한다.

전광용의 연구들은 뒤에 단행본 『신소설 연구』[22]로 묶여 나왔다. 그의 『신소설 연구』에는 이인직, 이해조, 최찬식, 안국선 등 주요 신소설 작가 및 작품에 대한 연구가 포괄되어 있다. 신소설 연구의 집대성이 이루어진 셈이다. 전광용은 이 책에서 신소설의 문학사적 의의를 "문학의 표현 매체인 문장에 있어서, 일상용어에 의한 언문일치의 구어체를 시도하고, 근대소설의 중요한 요소의 하나인 소설의 허구성에 관심을 기울이고, 아울러 이야기를 들려주는 재미 위주의 고대소설적인 오락성 이외에, 삶이나 예술에 대한 어떤 목적의식을 가지고 작품을 창작하여, 그 속에 근대화의 정지작업이 될 자유와 평등과 인간의 존엄성에 대한 이념을 담고, 그것이 자주독립·신교육·자유결혼·계급타파 등의 구체적인 주제의식으로 작품 속에 구현되게 하였다는 것은 이 땅의 소설사에 있어서 하나의 차원을 달리한 획기적인 진전이라고 하지 않을 수 없다"[23]고 지적한다.

송민호의 연구에서는 개별 작품론보다는 신소설을 포함한 전반적인 근대계몽기 문학 양식의 근대문학적 성격에 대한 관심이 두드러진다. 그의 이러한 관심사는 『한국 개화기 소설의 사적 연구』[24]로 묶여 출간되었다. 송민호는 이 연구에서 근대계몽기 문학의 배경, 근대계몽기 소설의 양상, 근대계몽기 소설의 전환 과정, 신소설의 대두 및 근대계몽기 소설의 특질 문제를 집중적으로 거론한다. 이 저술에서는 특히 근대계몽기 소

---

22   전광용, 『신소설 연구』, 새문사, 1986.
23   위의 책, 40쪽.
24   송민호, 『한국 개화기소설의 사적 연구』, 일지사, 1975.

설사 초기의 작품들이라고 할 수 있는 단형소설에 대한 집중적 연구가 이루어졌다.

송민호는 연구의 결론에서 한말 근대계몽기 문학의 발생을 우리 문학사의 한 전환점으로 파악하고, 근대계몽기 소설의 특질을 파괴·생성의 원리, 자아각성의 도정, 시야의 근대적 전개, 향토성 탈피, 문학의 대중화, 정치의식의 부각, 평민계급적 사회관 등으로 파악한다.[25]

이재선은『한말의 신문소설』[26]과『한국 개화기 소설 연구』[27]를 통해 한말 근대계몽기 소설 양식에 대해 깊이 있게 접근했다. 이재선의 연구들은 서지 확인의 면밀함과 비교문학 등 다양한 연구 방법론의 도입을 통해 우리 학계의 근대계몽기 소설 연구의 수준을 한 단계 높여 놓은 것으로 평가할 수 있다.『한국 개화기 소설 연구』에서는 신소설 발생의 요인과 그 명칭 성립 과정, 근대계몽기 신문소설 연구, 신소설의 표제론·구조론·언어와 수사·인간상 및 신소설의 외래적 요소 등에 대해 논의한다.

조동일의『신소설의 문학사적 성격』[28]에서는 신소설의 출현이 전통의 단절 및 서구문학의 모방이나 이식이 아님을 논증한다. 논증 과정에서는 신소설과 고전소설 사이의 관계 규명을 위해 구조 비교를 통한 연구를 시도한다. 연구의 결과 조동일은 전대소설과 신소설은 삽화의 일치, 유형의 일치, 인간형의 일치라는 공통성이 있다는 점을 지적한다. 신소설의 주요 작품들은 행복-고난-행복이라는 유형 구조를 지니고 있다. 행복으로 시작하여 고난을 거친 후 다시 행복으로 끝나는 공통된 구조를 지니

---

25 위의 책, 219~229쪽 참조.
26 이재선,『한말의 신문소설』, 한국일보사, 1975.
27 이재선,『한국 개화기소설 연구』, 일조각, 1972.
28 조동일,『신소설의 문학사적 성격』, 한국문화연구소, 1973.

고 있는 것이다. 이는 신소설이 전대소설 중에서 귀족적 영웅소설의 연속이라는 증거가 된다. 유형의 일치는 곧 인간형의 일치와 연결된다. 귀족적 영웅소설과 신소설의 주요 등장인물의 유형은 대부분 일치한다는 것이다. 신소설의 표면적 주제와 이면적裏面的 주제에 대한 논의 역시 이 연구의 중요한 부분이다. 신소설의 주제는 표면적 주제와 이면적 주제 두 가지로 이해될 수 있다. 표면적 주제만 들어본다면 신소설은 전대소설과 단절되어 있거나 전대소설부터 비약적으로 발전한 것처럼 생각된다. 그러나 이면적 주제에서는 신소설이 전대소설 특히 귀족적 영웅소설의 충실한 연속임이 드러난다. 판소리계 소설에서는 표면적 주제는 보수적이고 이면적 주제가 진보적이나, 신소설에서는 표면적 주제는 진보적이고 이면적 주제가 보수적이라는 것이다.

김교봉·설성경의 『근대전환기 소설 연구』[29]는 조동일의 『신소설의 문학사적 성격』과 연구 방법론이 서로 대조가 된다. 연구의 결론 또한 그러하다. 『근대전환기 소설 연구』에서는 근대전환기 소설 형성의 배경에 대해 영웅 군담계 소설뿐만 아니라 국문 단편소설, 판소리극 계통의 소설, 필사본 여항소설, 초기의 신문·잡지소설, 초기의 역사·전기소설 등 다양한 방면에서 접근한다. 이 책에서는 근대전환기 소설의 갈래를 경험 중심형과 허구 중심형으로 나누고, 경험 중심형에는 역사전기체 소설을 그리고 허구 중심형에는 특수서사체와 일반서사체 소설을 놓는다. 여기서 전통소설을 온전히 극복한 근대전환기 소설의 중요한 큰 갈래는 일반서사체 소설이다. 일반서사체 소설은 전통소설의 구조를 계승하면서도 새롭게 근대 지향적 전환을 이룬 구조를 지닌다. 이 책의 저자들은 일반서사

---

29 김교봉·설성경, 『근대전환기 소설 연구』, 국학자료원, 1991.

체 소설에서 행복 결말체 소설뿐만 아니라 불행 결말체 소설에 대해서도 주목하는데, 이 가운데 특히 불행 결말체 소설을 앞 시기 소설에 비해 크게 발전적 면모가 드러나는 근대전환기 소설로 판단한다. 이 점은 신소설의 중요한 특색을 행복한 결말로 정리하는 조동일의 연구와 정면으로 대조된다. 조동일의 연구가 신소설의 주제를 전대소설에 비해 퇴보한 것으로 정리한 것에 반해 김교봉·설성경은 그 반대의 견해를 제시한다. 근대전환기 소설의 주제가 판소리계 소설에 비해 퇴보한 것이 아니라 오히려 진보적으로 더욱 발전된 것임을 주장한다. 그리하여『근대전환기 소설 연구』에서는 근대전환기 소설이 다양한 전통소설들의 특징적 요소들을 화합하여 이를 전승하면서도 극복한 새로운 소설이라고 보는 것이다.

최원식의『한국 근대소설사론』은 신소설의 가장 중요한 작가를 이해조로 보고, 그의 생애와 사상 및 문학사적 위치를 검증한 책이다. 이 책에서 최원식은 갑오경장에서 3·1운동까지의 문학을 '개화기 문학'이라고 지칭하던 관습에 대해 반론을 제기한다. 그는 우선 1910년대 문학과 그 이전의 문학을 구별할 것을 주장한 후, 1905년에서 1910년에 이르는 문학을 애국계몽기 문학이라 부를 것을 제안한다. 나라가 반식민지가 되어 멸망을 눈앞에 둔 절박한 위기의 시대를 개화기라고 부르는 것이 타당하지 않다는 것이다. 아울러 이 시기는 농촌을 중심으로 한 의병전쟁과 도시를 중심으로 한 애국계몽이 주류를 이루었던 국권회복운동의 고조기였다는 것이 그가 이 시기를 애국계몽기로 규정하는 주된 이유이다.[30] 그런데 이 시기를 문학사에서 애국계몽기로 규정하기 위해서는 몇 가지 선행되어야 할 일이 있다. 즉 이 시기를 대표하는 문학이 애국계몽적 문학

---

30 최원식,『한국 근대소설사론』, 창작과비평사, 1986, 3·235~238쪽 참조.

이었음을 증명해 보여야만 하는 것이다. 그렇지 않을 때는 단순히 한국 근대사의 시기 구분을 그대로 문학사로 옮겨오는 것 이상의 의미를 지니기 어렵다.

권영민은 『서사양식과 담론의 근대성』에서 "한국문학에서 근대적인 것의 출발을 문제 삼을 경우 가장 먼저 내세울 수 있는 것이 바로 신소설"[31]이라 주장한다. 신소설은 국문체를 통해 일상생활 속에서 살아 있는 언어를 그대로 묘사해 낸 최초의 문학 양식이다. 신소설처럼 일상의 공간에서 이루어지는 모든 언술을 풍부하게 담론화하고 있는 문학 양식은 그이전에는 존재한 적이 없다. 이 같은 일상의 구현이 바로 신소설의 서사담론이 추구하는 가장 의미 있는 새로운 가치라는 것이다.

3. '신소설' 발생의 여러 요인

1) 개화사상의 영향

모든 문학 양식은 내용이나 표현 형식에서 그 시대의 문화적 유산을 반영한다. 근대계몽기에 발생하고 성장한 문학 양식들도 예외가 아니다. 근대계몽기는 여러 가지 면에서 전환의 시대였다. 근대계몽기의 개화사상만큼 단시간 내에 그리고 강력하게 그 시대의 문학 양식에 영향을 미친 경우도 드물다.

개화란 무엇이며 개화사상이란 무엇인가? 1895년 간행된 『서유견문』에서 저자 유길준은 개화의 정의와 단계에 대해 비교적 상세히 거론한다.

---

31 권영민, 『서사양식과 담론의 근대성』, 서울대 출판부, 1999, 208쪽.

『서유견문』은 서양의 문물을 우리나라에 소개한 최초의 저술로 한말의 중요한 개화 지침서로 꼽힌다. 유길준은 「개화의 등급」에서 '개화란 인간 세상의 천만 가지 사물이 지극히 선하고도 아름다운 경지에 이르는 것을 말한다'고 정리한다.

고금을 통틀어 세계 어느 나라를 돌아보든지 간에 개화가 지극한 경지에 이른 나라는 없었다. 그러나 대강 그 등급을 구별해 보면 세 가지로 나눌 수 있으니 개화하는 나라, 반쯤 개화한 나라, 아직 개화하지 않은 나라이다. 개화한 자는 천만 가지 사물을 연구하고 경영하여, 날마다 새롭고 또 새로워지기를 기약한다. 개화하는 일을 주장하고 힘써 행하는 자는 개화의 주인이고, 개화하는 자를 부러워하여 배우기를 즐거워하고 가지기를 좋아하는 자는 개화의 손님이며, 개화하는 자를 두려워하고 미워하면서도 마지못하여 따르는 자는 개화의 노예이다. 또한 개화하는 일은 남의 장기를 취하는 것에만 있는 것이 아니라, 자신의 훌륭하고도 아름다운 것을 보전하는 데도 있다. 개화의 시행이 지나친 자는 아무런 분별도 없이 외국의 것이라면 모두 다 좋다고 생각하고, 자기 나라의 것이면 무엇이든지 좋지 않다고 생각한다. 심지어는 외국 모습을 칭찬하는 나머지 자기 나라를 업신여기는 폐단까지도 있다. 이들을 개화당이라고 하지만, 이들은 개화당이 아니라 사실은 개화의 죄인이다. 완고한 성품으로 사물을 분별하지 못하여 외국 사람과 물건 및 문자 등을 멀리하고 자기 자신만을 천하제일이라 여기는 자도 있다. 이들을 수구당이라 하는데 그들은 개화의 원수이다. 그런데 개화하는 데 있어서 피해는 지나친 자가 모자라는 자보다 더 심하다. 그러므로 반드시 중용을 지켜 지나친 자를 조절하고 모자라는 자를 권면하여, 남의 장기를 취하고 자신의 훌륭한 것을 지켜서, 처지와 시세에 순응한 뒤에 나라를 보전하여 개화의 커다란 공을 거둬야 한다.[32]

근대계몽기 당시에 몇몇 논자들이 개화의 개념에 대해 간단히 언급하기는 했지만, 그 개념에 관해 엄밀한 규정을 시도한 것은 유길준의 이 글이 최초이다. 유길준의 『서유견문』에 나타난 개화의 의미는 '차원이 높은 단계의 문명화에 도달'하는 것이다. 차원이 높은 단계의 문명화는 선진 외국 문화를 받아들여 외래의 것과는 다른 새로운 문화를 창조함을 의미한다.[33] 유길준은 개화를 크나큰 시대의 미덕으로 강조하고 그 필요성을 적극적으로 주장한다. 하지만 그는 외세 의존적 개화를 비판하고 지나친 개화를 경계함으로써 주체가 강조되는 개화관을 보여준다. 유길준의 이러한 개화관은 『독립신문』 등 근대계몽기 민족지의 논설에서 표현되는 개화관에도 적극 반영된다.

특히 독립협회를 중심으로 한 대중적 개화 운동기에 형성된 사회사상은 근대계몽기 문학 작품의 내용에 적지 않은 영향을 미쳤다. 독립협회의 사회사상은 자주독립사상과 자유민권사상 그리고 자강개혁사상 등으로 이루어진다.

독립협회는 열강의 침략의 위협 아래서 위기를 극복하는 길은 어느 나라에도 의존하지 않고 자주독립 기초를 확고히 세우며 자주 국권을 굳게 지키는 길이라고 생각했다. 자주독립을 견지하기 위해서는 자기의 전통을 계승하고 세계 각국의 문화를 흡수하여 언어와 역사와 문화를 보다 창조적으로 발전시켜야 한다. 독립협회는 인간이 태어날 때부터 평등하다고 믿는 국민평등권론을 전개하였다. 국민평등권론은 신분제도 폐지를 주장한 반상평등론班常平等論과 남녀차별 폐지를 목적으로 한 남녀평등론으로 구성된다. 자강정책의 기초로서 행정제도와 재정제도의 전면적인

32　유길준, 허경진 역, 『서유견문』, 한양출판, 1995, 325~333쪽 참조.
33　이광린, 「개화사상연구」, 『한국개화사 연구』, 일조각, 1969, 21쪽 참조.

근대적 개혁 역시 중요하다. 이때 자강을 위하여 가장 중요한 사업이 신교육을 일으키는 것이다. 신교육을 통하여 민중이 계몽되고 신지식을 습득하는 것이 자강을 실현하는 지름길이 된다. 우리나라의 전통적 사회관습 중에서 나라의 자강과 진보에 도움을 줄 수 있는 합리적 관습은 이를 더욱 보존 발전시켜야 하고, 자강과 진보를 저해하는 관습은 이를 발전적으로 개혁해야 한다. 사회적 관습 개혁에 관한 독립협회의 주장은 다음과 같다.

첫째, 조혼폐지를 주장하였다. 둘째, 결혼의 자유화를 주장하고 연애 자유결혼을 찬양했다. 셋째, 과부재가 금지의 폐지를 주장하였다. 넷째, 축첩제도의 폐지를 주장하였다. 다섯째, 기생제도 등 여권을 침해하는 관습의 폐지를 주장하였다. 여섯째, 어린이들을 경시하는 낡은 관습을 비판하였다. 일곱째, 혈연 및 친족 의존 관습의 비합리성을 지적하고 친족주의적 관습의 개혁을 주장했다. 여덟째, 종래의 모든 비과학적 위생제도를 비판하고 국민 보건을 위한 새로운 조치와 제도의 수립을 주장했다. 아홉째, 과학적 합리적 사고의 보급을 주장하고 일체의 미신들의 폐지를 주장했다. 열째, 풍수설에 대해 비판하였다. 이러한 낡은 사회관습의 개혁은 개인의 사회생활을 비과학적 비합리적 속박으로부터 벗어나게 하여 생활을 합리화하고 자주부강한 개인과 국가를 만드는 한 과정이 된다.[34] 근대 계몽기를 지배한 개화사상은 우리의 전통적 규범체계를 근대화하고 산업과 경제의 근대화를 실현하려는 계몽적 사상인 동시에 실천적 이념이었다. 개화사상은 그것을 주장한 인물과 유파에 따라 내용에 조금씩 차이가 있고 실천 방법 역시 다양하지만 큰 흐름은 결국 민족주의와 근대화로 요약될 수 있다.[35]

---

34   신용하, 「독립협회의 사회사상」, 『독립협회연구』, 일조각, 1976, 134~249쪽 참조.
35   유재천, 「개화사상의 사회학적 의미」, 『신문학과 시대의식』, 새문사, 1981, 105쪽 참조.

근대계몽기에 출현한 다양한 문학 양식들은 이러한 근대화와 민족주의의 양 측면을 여러 가지 방식으로 반영한다. 서사적 논설이나 논설적서사 및 역사·전기소설들은 민족주의의 측면을 적극적으로 반영한 문학양식의 사례이다. 이에 반해 신소설은 민족주의보다는 근대화의 측면을반영하는 경우가 많았다.

2) 근대적 인쇄술과 전기의 보급

고전소설이 집단적 음송을 통한 구전적 요소를 지니고 있던 점에 비해신소설은 상대적으로 개인에 의해 창작되고 개인적으로 읽히는 문학 양식이다. 근대적 인쇄술의 도입은 신소설 텍스트 양산을 위한 필수 조건의 하나였다. 전기의 사용은 인쇄의 속도를 빠르게 함으로써 텍스트의 양산에 기여했다.

우리나라에 근대식 인쇄 기계와 인쇄술이 도입된 것은 1883년의 일이다. 서양식 근대 인쇄술의 도입은 김옥균·박영효·홍영식 등 개화파 인사들의 적극적인 요청의 결과였다. 1883년 새로운 문물의 수입에 따르는 새 서적들을 간행하기 위하여 정부에서는 박문국을 신설하고 인쇄에 필요한 시설들을 일본으로부터 수입하였다. 당시 박문국의 인쇄시설은 수동식 활판기였고 이를 활용해 가장 먼저 찍은 것이『한성순보』였다. 1884년 갑신정변 때 박문국이 파괴되고『한성순보』의 발행은 중단되었다. 이후 박문국은 1886년『한성주보』를 다시 창간 발행하게 된다. 또한 정부는 1896년 우표 및 엽서 등을 인쇄하기 위하여 관영인쇄소를 설치하였다. 1900년 3월에는 농상공부에 정식으로 인쇄국을 설치하여 중앙관서의 한 국으로 발족시켰다. 이 인쇄국은 뒤에 화폐제조를 담당하는 전환국에 소속되었다가 1904년 탁지부에 설치된 인쇄국으로 넘어간다. 1909년 6월에는 인쇄 공장과 제지 공장 등이 신축되고 인쇄 기계, 제지 기계, 발전 설비 등이 부설된다. 당시 탁지부 인쇄국은 활판인쇄 시설과 석판인쇄 시설 외에도 활자 주조 시설, 인쇄 잉크 제조 시설 등을 갖추고 있었고 전기 도금판과 사진 제판술까지 도입 사용하였다. 탁지부 인쇄국은 활자 개혁을 단행하여 표준 규격의 새로운 활자를 민간 인쇄업계에 보급시키는 한편 『활판술』이라는 책자를 발행하여 활판인쇄술의 보급에도 크게 기여하였다.

이 시기에는 정부에 소속된 인쇄소 외에도 민간 참여 인쇄업체가 출현했다. 1884년에는 광인사인쇄공소가 근대식 인쇄기계와 연활자를 사용해 출판 활동을 시작했다.[36] 이곳은 본래 목활자 인쇄를 하던 곳으로 자가 인쇄시설을 보유하고 있었고 최초로 한글 연활자를 갖추고 다양한 책자를 발간하였다. 1900년대에 들어서면서는 어느 정도 규모를 갖춘 민간 인쇄업체들이 계속 등장한다. 광문사와 박문사가 설립된 이래 1905년에는 보성사가 발족되었고 1908년에는 최남선의 신문관과 보인사 등이 새로 설립되었다. 보인사는 활판 시설 외에 석판기와 사진 제판부 및 제책부까지 갖추고 있었다. 문아당은 한말의 대표적 석판인쇄소이다. 이 밖에 일한인쇄, 우문관, 보문관, 휘문관 등이 있었다.[37]

이 무렵 늘어나기 시작한 근대적 인쇄소는 이후 신문의 발간 보급뿐만 아니라 근대계몽기 소설 특히 단행본 신소설의 보급에 적지 않은 영향을

---

36 광인사가 민영 인쇄소인가 관영 인쇄소인가 하는 문제에 대해서는 논란의 여지가 남아 있다. 광인사와 정부 사이의 협력 관계를 고려하면 이는 관영과 민영의 성격이 혼합된 인쇄소였던 것으로 보인다. 근대 초기 인쇄소의 설립과 출판 활동에 대한 상세한 논의는 김영민, 『문학제도 및 민족어의 형성과 한국 근대문학』, 소명출판, 2012, 73~90쪽 참조.

37 서울시인쇄공업협동조합, 『서울인쇄조합사』, 금영문화사, 1992, 182~185쪽 및 대한인쇄문화협회, 『인협사십년사』, 고려서적, 1988, 98~103쪽 참조.

미쳤다. 이들 인쇄소들이 신소설을 비롯한 근대계몽기 소설들의 출판과 신문 잡지의 창간에 중요한 역할을 담당했던 것이다.

한말에는 일본인의 인쇄업 진출도 눈에 띄게 현저하였다. 일본인 인쇄 업체들은 근대적 시설을 갖추고 있으면서 비교적 규모도 컸다. 그들은 주로 개항지인 부산, 원산, 인천, 목포 등과 서울, 평양, 마산, 진주 등 10여 개 전국 주요 도시에 고루 퍼져 있었다. 1906년에 설립된 일한도서인쇄 회사는 1907년 이름을 일한인쇄주식회사로 바꾸고 1919년 다시 조선인 쇄주식회사로 바꾼다. 이는 한말에서 일제 강점기를 거치면서 주요한 인 쇄소로 자리 잡게 된다.

『대한매일신보』에 실린 일한도서인쇄회사의 광고문에서 이들은 수효 가 많은 인쇄물이나 정묘한 인쇄물도 제작할 수 있음을 밝힌다. 아울러, 자신들의 서적 인쇄 출판이 한국의 문화적 면모를 새롭게 하고 한일 양 국의 문화 발전에도 도움이 되는 일임을 거론한다.[38] 이 광고는 말미에 서 적, 잡지, 주권, 졸업증, 포상장 등 모든 종류의 인쇄물을 수요에 맞추어 공급할 것임을 부기하고 있다. 일한도서인쇄회사는 초기 신소설의 대표 적 작품 가운데 하나인 이인직의 「혈의루」를 인쇄하는 등 근대소설사에

---

38 "본사는 문명 개발하는 선구의 기관인 고로 자에 서적인쇄를 개시하였습니다. 석시(昔 時)에는 활자의 발명과 인쇄술의 진보가 어떻게 당시 문명에 영향되었는지 감견하옵 건대 한국목하지국운(韓國目下之國運)에 징(徵)하여 본사 사업은 자못 시(時)에 적당 한 시설이라 생각하옵니다. 가량(可量) 기차 기선의 발명은 교통상에 극심한 격변을 현출하여, 전세계의 형세 일변케 함과 같이 지식 교환과 학술보급과 의사 교통하는 기 관이라 생각할 만한 서적인쇄출판이 타일한국(他日韓國) 면목을 일신케 할 줄로 본사 동인이 굴지대지(屈指待之)하는 바요 또 가장 본사보다 먼저 차업을 개시한 자도 많 이 있사오나 기 인쇄가 정묘한 것과 수효가 과다한 것은 다 일본에 주문을 하는 것을 보 면 도저히 목하급수(目下急需)에 불능함은 추차가지(推此可知)옵기 본사는 자에 소견 이 있어 정묘한 기계와 연숙한 직공을 택하여 차업을 경영하옵나니……."『대한매일신 보』, 1906.1.19.

적지 않은 영향을 미치게 된다.

한편 이 시기에는 선교단체 인쇄소의 역할도 중요했다. 천주교의 성서
聖書활판소, 개신교의 배제학당 인쇄소, 안식교의 시조사 인쇄소, 천도교
의 보성사 인쇄소 등은 모두 활판인쇄 보급에 크게 기여하였다. 미국인
선교사 아펜젤러Henry. G. Appenzeller가 설립한 배제학당의 인쇄소는 선교 책
자 등을 발행하다가 뒤에 『천로역정』등의 종교소설을 발행하게 된다. 특
히 배제학당 인쇄소에서는 1896년 4월 7일 창간된 서재필의『독립신문』
을 간행하였고 1898년에는『매일신문』을 간행하였다.[39]

한말을 지나 일제 강점기로 접어들면서부터는 인쇄물에 대한 당국의
검열과 탄압이 점차 심해지게 된다. 일제의 통치가 정착되면서 연보, 관
보, 교과서뿐만 아니라 일반 인쇄물이나 단행본 등 대부분의 인쇄물은 일
본인 경영하의 인쇄소로 몰리게 된다. 이로 인해 한인 경영 인쇄소들의
경제적 수난이 시작된다. 한인 경영 인쇄소들은 족보 등의 특수 인쇄물을
맡을 수 있을 뿐이었다. 이러한 상황 속에서 한인 인쇄소들이 찾아낸 출
구 가운데 하나가 소설류를 인쇄하는 것이었다. 한인 인쇄소들이 일본인
들의 시기와 탄압으로 인한 고난을 겪는 가운데서도 개화사상의 유입은
출판계를 자극하여 인쇄소를 계속 성장하게 한다. 1920년 전후 출판물이
격증했고, 이에 따라 영리를 목적으로 하는 민간 인쇄 기업체가 융성하게
된다. 3·1운동을 전후한 당시 인쇄업체는 전국적으로 600여 개에 달했
으며 그 가운데 서울에만 120여 개의 인쇄소가 성업을 이루었다.[40]

신소설의 성행과 인쇄문화의 발전은 서로 도움을 주고받는 관계로 정

---

39   서울특별시인쇄공업협동조합, 『서울인쇄조합사』, 185~187쪽 참조.
40   한국인쇄대감편찬위원회 편, 『한국인쇄대감』, 대한인쇄공업협동조합 연합회 출판부,
      1969, 129~130쪽 참조.

착 유지되어 나갔다. 신소설을 비롯한 근대계몽기 문학 작품의 간행이 인쇄소의 설립과 함께 본격화되기도 했지만, 신소설의 간행은 인쇄소의 명맥 유지를 위한 활로이기도 했다.

우리나라의 전등 설비는 개항과 함께 정부가 주관한 개화 사업의 일환으로 진행되었다. 특히 고종은 전기에 남다른 관심을 지녀 전등 설비에 많은 비용을 쓴 것으로 알려져 있다. 우리나라에 전기가 들어온 것은 1887년이다. 이후 1898년 한성전기회사가 설립되면서 본격적인 전력 사업이 시작되었다. 한성전기회사는 1899년에 전차 개통식을 가졌으며 그 이듬해 4월 종로에 가로등을 점화함으로써 민간에 전기를 공급하기 시작했다. 1901년 한성전기회사는 지금의 덕수궁인 경운궁의 전기 공급에 이어 진고개의 일본인 상가에도 상업용 전기 공급을 시작한다.[41]

1900년대 초반부터 상업용 전기가 공급되었다고는 하지만 실제 보급률은 매우 낮은 것이었다. 1900년대의 전등 공급 추이가 이를 말해준다.[42] 1900년대 말인 1909년 6월 현재 전기의 수용 상황은 수용호 수 493호에 전등 수는 8,093등에 불과했다. 따라서 이 시기 전기회사의 설립과 전기의 보급이 독서 행위에 직접적인 영향을 주었다고는 보기 어렵다. 하지만 1910년대 이후로는 각 지역별로 설립된 전기회사들에 의해 전기 보급률이 비교적 빠르게 상승된다. 『한국전기 100년사』에 따르면 1920년 3월 말 현재 전국 325만 5천여 가구 중 전기 수용가구 수는 6만 5천여 호로 전기 보급률은 약 2%정도가 된다. 1933년의 경우 전국 가구 전기 수용률은 약 4% 정도였는데 경인지구의 전기 수용률은 54.7%였고 부산 25.4%, 대구 21.7%, 대전 18.9%, 군산 13.3% 등이었다. 통계 자료들

---

41 『한국전기 100년사』 상권, 한국전력공사, 1989.
42 위의 책, 157쪽.

을 바탕으로 할 때 국내에서 전기의 사용과 보급은 1910년대까지는 주로 인쇄술의 발전에 기여했으며 직접적인 독서 행위를 돕는 수단은 되지 못했던 것으로 보인다.

3) 근대신문의 발간

근대신문은 근대계몽기의 새로운 문학 양식 출현을 위한 가장 중요한 제도적 장치였다. 근대신문의 발간 없이는 근대문학 양식의 출현은 불가능한 것이었다. 근대신문은 서사적 논설과 역사·전기소설뿐만 아니라 신소설 등의 출현을 가능하게 했다.

근대신문의 발간은 원래 개화를 위한 수단으로 계획되었다. 김옥균·박영효 등의 개화파들은 청년들의 교육을 장려하고 신문의 발행을 주요 활동 목표로 삼았다. 수신사의 한 사람으로 일본에 다녀온 박영효는 귀국 후 한성판윤이 되어 신문 창간에 착수한다. 이는 후임 판윤인 김만식 등에게로 이어져 결실을 보게 되는데 창간을 위한 방침은 다음과 같은 것들이었다.

첫째, 신문은 순보로 하되 매월 10일 간격으로 월 3회 발행한다.
둘째, 관보를 제일로 하고 내외의 시사를 아울러 싣는다.
셋째, 인지를 개발하여 식산을 장려하고 기타 풍치상 필요한 논설을 싣는다.
넷째, 각 관아 고등관 및 중앙·지방 각 읍에 의무 구독을 명한다.
다섯째, 편집사무의 인원은 모두 관원으로 하고 내외사정에 통하는 문학의
　　　　교양을 가진 자를 채용한다.
여섯째, 당분간은 한문만으로 한다.

이러한 방침을 기초로 하여 1883년 음력 10월 1일 우리나라 최초의 근대적 신문인 『한성순보』가 창간된다.[43] 『한성순보』는 그 뒤 수구파의 반발과 갑신정변 등을 겪으면서 정간되지만 이후 『한성주보』로 제호를 바꾸어 재창간된다.

근대 민간신문의 출현은 1896년 서재필이 발행한 『독립신문』에서 그 기원을 찾을 수 있다. 4월 7일 창간호를 낸 『독립신문』은 순국문으로 주 3회 발행하였다. 『독립신문』은 1898년 7월 1일부터 일간으로 변화한다. 이 신문은 창간 논설에서 '편벽되지 않고 무슨 당파에도 상관이 없으며 상하귀천을 고르게 대접하며, 조선 사람을 위하여 일하고, 정부에서 하는 일을 백성에게 알리고 백성이 하는 일을 정부에 알리기 위하여' 애쓸 것임을 천명한다. 또한 순한글 띄어쓰기 기사체를 수록하면서 '언문으로 쓰는 것은 남녀 상하 귀천이 모두 보게 함이요, 귀절을 띄어 쓰는 것은 알아보기 쉽도록 하게 함'이라는 입장을 표명한다.

『독립신문』은 민주사상을 보급하고 자주독립의 정신을 함양하는 시대의 개혁적 선구적 역할을 담당했다. 『독립신문』이 내세운 사명의 하나는 민주정신에 입각한 국민계몽이었다.[44] 『독립신문』은 한국 신문사에 매우 큰 공적을 남긴 것으로 평가받는다. 그 가운데 근대계몽기 문학의 성립과 직접적으로 연관된 문체 관련 언급을 인용하면 다음과 같다.

43　『한성순보』이전 조선시대에는 소식지의 일종인 『조보(朝報)』가 존재했다. 『조보』는 조정에서 발행하는 『조보』와 그것을 본따 민간에서 발행하는 『조보』가 있었다. 민간에서 발행하는 소식지는 조정을 비롯한 각계각층에 독자를 두고 있었으며, 이 소식지를 날마다 인쇄 발행하여 그 구독료로 생계를 유지하는 사람들이 있었다. 최준, 『한국신문사』, 일조각, 1960, 1~3쪽 참조.

44　이해창, 『한국신문사 연구』, 성문각, 1971, 24~27쪽 참조.

첫째, 순국문을 채용하였다는 점이다. 수천 년 동안 써 내려오던 한문을 제쳐놓고 순국문만으로 일체의 기사를 썼다는 것은 일대 영단인 동시에 자아를 찾고 또 이를 확립한 역사적인 전환을 이끌어낸 것이다. 그리고 글귀를 띄어써서 문체의 새 스타일을 만들어냈다.

둘째, 언문일치를 꾀한 것이다. 종래까지는 한자만의 한문체만을 널리 사용하여 왔으나, 『독립신문』이 나타남으로써 비로소 우리말과 글이 하나가 된 언문일치의 문장을 창조해 냈다. 이것은 우리나라 국문학사상 획기적인 일이었다. 그 후 『경성신문』・『매일신문』・『제국신문』 등이 이를 따랐다. 그러므로 언문일치의 선구자의 명예는 『독립신문』 등 이상 여러 신문에 종사한 사람들이 차지하여야 될 것이다.[45]

독립신문의 출현은 언론에 대한 일반의 관심을 높이는 데 크게 기여했다. 그리하여 1898년 이후에는 『협성협회보』를 비롯하여 『경향신문』・『매일신문』・『제국신문』・『황성신문』 등 여러 가지 신문들이 속속 간행된다.

이 가운데 1904년 7월 창간되어 한일병합 직전인 1910년 8월까지 발간된 『대한매일신보』를 주목할 필요가 있다.[46] 『대한매일신보』는 국한문판과 영문판으로 분리 발행되었다. 이후 1907년 5월에는 한글판 신문을 따로 발간한다. 따라서 이때부터는 한글판, 국한문판, 영문판이라는 세 종류의 신문이 각각 발행된 것이다. 세 가지 신문의 총 발행부수는 대략 1만 부를 넘어선다.[47] 특히 한글판 『대한매일신보』의 발행은 그 주요 독자

---

45 최준, 앞의 책, 60쪽.

46 『대한매일신보』에 관한 상세한 서지는 김영민, 『한국의 근대신문과 근대소설 ─ 대한매일신보』, 소명출판, 2006 참조.

47 『대한매일신보』 등 당시 신문이 여론에 미치는 영향이 지대하였으므로 일본은 이에 대항하기 위해 일본인들로 하여금 국내에서 신문을 발간하게 했다. 1895년에 창간되어

였던 여성들의 개화와 자주의식 고취에 공헌하였고 우리말의 보급과 발전에도 적지 않은 공헌을 했다. 문학사의 측면에서 볼 때도 우국가사의 가장 많은 수가 『대한매일신보』에 수록된 점을 지적할 수 있다. 「향객담화」·「소경과 앉은뱅이 문답」 등 여러 편의 단형 서사문학 작품들이 여기에 실려 있고, 「수군제일위인 이순신」 등 주요 역사·전기소설도 『대한매일신보』를 통해 발표된다. 한국 근대소설사의 전개 과정에서 『대한매일신보』는 이렇듯 중요한 역할을 수행하게 된다.

4) 한글운동의 확산

한글의 사용은 전근대문학과 근대문학을 구분 짓는 중요한 시금석 가운데 하나이다. 야담과 서사적 논설의 가장 큰 차이는 전자는 한문으로 후자는 대부분 한글로 쓰였다는 점이다. 신소설의 출현과 확산의 배경에도 한글문화의 확산이 중요하다.

순한문신문이었던 『한성순보』의 뒤를 이어 1886년 간행된 『한성주보』의 한글 기사 게재는 근대계몽기 한글운동사에서 주목할 만한 사건이다. 『한성주보』는 순한문과 국한문 그리고 순한글 기사를 모두 다루었다. 한글 기사와 국한문혼용 기사의 게재는 당시로서는 획기적인 시도였다. 『한성주보』의 한글 및 국한문 섞어 쓰기는 이후 여러 신문과 문서의 문체 선택에 영향을 미치게 된다. 『한성주보』의 새로운 문체로 인해 일반 독자도 이 신문을 많이 읽게 되었고 이는 일반 대중이 정치 세계로 편입되는 효과를 가져왔다. 국한문혼용은 개화파 인물들의 의도를 반영한 것이기도 했다. 그들은 민족고유 문자의 보급이 일반 대중을 계몽하는 가장 적

다양한 소설 작품을 수록하게 되는 『한성신보』 등이 그러한 예이다.

절한 이기利器가 된다는 생각을 지니고 있었다. 한글의 사용은 양반과 중인뿐만 아니라 일반 대중 특히 서민층이 언론에 다가갈 수 있는 중요한 계기가 되었다.[48] 다만, 『한성주보』의 한글체 및 국한문체 기사 게재는 발간 초기에 주로 집중되었고 시간이 지나면서 이 신문은 『한성순보』와 같은 순한문신문으로 회귀하게 된다. 하지만 그럼에도 불구하고 『한성주보』의 한글 기사는 이를 통해 당시대의 지식인들이 최초로 공적 영역에서 한글을 접할 수 있었다는 점에서 의미가 크다.[49]

한글의 사용은 근대식 학교의 설립과도 연관된다. 1886년 정부는 근대식 교육기관인 육영공원을 설립한다. 육영공원은 같은 해 설립된 배재학당 및 이화학당과 더불어 우리나라의 대표적인 초창기 서구식 교육기관이다. 육영공원에 교사로 부임한 헐버트Homer. B. Hulbert는 세계의 역사와 지리에 관한 책을 순한글로 집필하여 『사민필지』라는 이름으로 출간한다. 헐버트의 『사민필지』는 1890년 전후에 한글로 초판이 발간된 후 1895년의 한역본을 비롯하여 1906년에 국한문혼용본이 간행되고 그 이후 다시 한글본이 출간되는 등 다양한 형태로 간행된다.[50] 이 책의 출간은 한글문화 형성에 적지 않은 영향을 미쳤다. 『사민필지』의 서문에서는 조

---

48   최준, 앞의 책, 13~28쪽 참조.

49   『한성주보』의 한글체 기사 게재 및 의미와 관련된 상세한 논의는 김영민, 「『한성주보』 소재 한글체 기사의 특질 연구-그 의미와 한계」, 『대동문화연구』 제107집, 2019, 241~267쪽 참조.

50   이광린, 『한국개화사 연구』, 109쪽 및 이응호, 『개화기의 한글운동사』, 성청사, 1975, 60쪽 참조. 이광린은 『사민필지』의 서문에 '조선 육영공원 교사 헐벗'이라고 되어 있는 점을 근거로 이 책의 초판 출간년도를 헐버트가 육영공원 교사를 그만두기 이전인 1891년 이전이라고 기술한다. 이응호는 1889년에 초판이 나온 듯하고 1891년에 재판이 나왔을 것이라고 추정한다. 최근의 연구에서는 『사민필지』의 내용 분석의 결과 초판의 편찬 시기는 1890년이며 간행 연도는 1891년임을 제시한 바 있다(고석주·김형태 역, 『국문본 역주 사민필지』, 소명출판, 2020, 8~15쪽 참조).

선의 언문이 선비와 백성과 남녀가 널리 보고 알기 쉬운 글자라는 사실
이 강조된다. 한글이 중국 글자보다 크게 요긴한 글자임을 주장하면서 사
람들이 그 요긴함을 모르고 업신여김을 애석하게 여기고 있는 것이다.

> 또 생각건대 중국 글자로는 모든 사람이 빨리 알며 널리 볼 수가 없고 조선
> 언문은 본국 글일 뿐더러 선비와 백성과 남녀가 널리 보고 알기 쉬우니 슬프다
> 조선 언문이 중국 글자에 비하여 크게 요긴하건마는 사람들이 긴한 줄로 알지
> 아니하고 도로혀 업수이 여기니 어찌 아깝지 아니리오[51]

헐버트의 이러한 주장은 당시 우리말과 우리글에 대한 자각을 불러일
으키는 데 공헌하였고, 간접적으로는 『독립신문』의 순한글판 발간 등에
도 영향을 미치게 된다.[52]

1894년 갑오경장 이후 고종이 내린 칙령 제1호에는 '법률과 칙령은 모
두 국문을 본으로 삼고 한문 번역을 덧붙이거나 국한문을 혼용한다'는
내용이 포함되어 있다. 당시의 실제 문자 생활에서 이러한 칙령의 내용이
제대로 지켜지지는 않았지만, 갑오경장 이후 조정의 한글에 대한 관심을
확인할 수 있다는 점에서는 의미가 있다.[53] 갑오경장을 통해 한글은 외견
상 '언문'에서 '국문'으로 그 지위가 수직 상승하게 된다.[54]

---

51   고석주·김형태 역, 『사민필지』 제1판 서문, 위의 책, 20쪽.
52   이응호, 앞의 책, 62쪽 참조.
53   칙령 1호의 '국문' 규정이 실질적인 효과를 얻지 못한 가장 큰 이유는 당시 조선 정부에
      는 이를 위해 준비된 것이 아무것도 없었기 때문이다. 하지만, 이후 정부의 공식문서에
      는 '국문'의 모습이 간혹 발견되기도 한다. 이에 관한 상세한 논의는 고영진, 「근대 한국
      어 연구의 성과와 과제 — '근대국어'의 기점 문제와 관련하여」, 『한일 근대어문학 연구
      의 쟁점』, 소명출판, 2013, 214~216쪽 참조.
54   위의 책, 212쪽 참조.

1895년 발행된 유길준의『서유견문』은 당시 최고의 지식층 독자를 대상으로 국한문혼용을 시도한 저술이라는 점에서 주목할 만하다.

우리 글자[我文]와 한자를 섞어 쓰고, 문장의 체제는 꾸미지 않았다. 속어를 쓰기에 힘써, 그 뜻을 전달하기를 위주로 하였다. (…중략…) 우리나라의 글자는 우리 선왕[세종]께서 창조하신 글자요, 한자는 중국과 함께 쓰는 글자이니, 나는 오히려 우리 글자만을 순수하게 쓰지 못한 것을 불만스럽게 생각한다. 외국 사람들과 국교를 이미 맺었으니, 온 나라 사람들 ─ 상하·귀천·부인·어린이를 가릴 것 없이 저들의 형편을 알지 못해서는 안 될 것이다. 그러니 서투르고도 껄끄러운 한자로 얼크러진 글을 지어서 실정을 전하는 데 어긋남이 있기보다는, 유창한 글과 친근한 말을 통하여 사실 그대로의 상황을 힘써 나타내는 것이 올바르다고 생각한다.[55]

개화 교본의 성격을 지닌 저술『서유견문』에서 새로운 언어관에 기초한 새로운 문자를 사용한 것은 그 자체로 근대의식의 발현이라 할 수 있다. 이는 저자 유길준의 한 시기 앞선 선구적 지식인으로서의 면모를 보여주는 것이다. 새로운 언어의 사용에 대해 주장한다는 것은 새로운 세계관을 드러내는 일이기도 하다. 새로운 세계관을 지닌 유길준이 개화사상의 유입을 주장하게 된 것은 당연한 귀결이 아닐 수 없다.[56]

근대계몽기에는 한글 사용을 촉진시키는 여러 가지 다양한 형태의 사

---

55 유길준, 허경진 역, 앞의 책, 19~20쪽.
56 참고로, 유길준은 근대적 이중문어체계에 대한 인식이 분명했던 것으로 보인다. 그는 논설류나 사상을 풀어낸 글은 국한문으로 쓰고 일반 대중을 대상으로 하는 쉬운 글은 국문으로 써야 한다는 생각을 갖고 있었다. 최경봉 외,『한국어, 그 파란의 역사와 생명력』, 창비, 2020, 46쪽.

건과 운동이 일어나게 된다. 갑오경장기에는 벼슬아치의 등용 고시에도 한글을 출제하는 규정이 법제화된다. 1897년 이봉운이『국문정리』를 발행하여 국어에 대한 각성을 촉구한 일이나, 1907년 정부가 국문연구소를 설립하게 된 일 등이 이러한 예에 해당한다.[57] 국문연구소는 1905년 지석영이 제안한 국문 개혁안인『신정국문』을 검토할 목적으로 설치되었다. 초창기 국어문법에 대한 구상을 지녔던 주시경 등의 역할도 주목할 만하다. 1907년 지석영이 조직한 '국문연구회'에서 활동하던 주시경은 1908년 '국어연구학회'를 조직해 본격적인 국어연구를 준비한다.[58] 주시경의 활동은 뒤에 조선어학회와 한글학회로 이어지게 된다.[59]

4. 서사 중심 '신소설'

신소설은 크게 두 가지 계열로 나눌 수 있다. 하나는 서사 중심 신소설이고 다른 하나는 논설 중심 신소설이다. 서사 중심 신소설이란 논설적 서사에서 서사 부분이 확대된 문학 양식으로 이야기 줄거리의 전개에 초점이 맞추어져 있다. 논설 중심 신소설이란 논설적 서사에서 논설 부분을 계속 이어 가는 문학 양식으로 글쓴이의 생각과 주장을 펼치는 일에 초점이 맞추어져 있다.

이 둘 가운데 근대소설사에서 주류를 이루게 되는 것은 서사 중심 신소설이다. 소설이라는 장르가 지니는 가장 중요한 속성이 서사성이라는

57　이응호, 앞의 책, 72~88쪽 참조.
58　최경봉,『근대 국어학의 논리와 계보』, 일조각, 2016, 92~95쪽 참조.
59　김병문,『언어적 근대의 기획』, 소명출판, 2013, 99쪽 참조.

점을 생각한다면, 한국 근대소설사에서 서사 중심 신소설이 주류를 이루게 되는 것은 당연한 현상이다.

하지만 서사 중심 신소설에서 아무리 서사적 요소가 중요해진다 하더라도 신소설은 계몽성을 매우 중요한 특질로 삼는 근대적 문학 양식이다. 따라서 서사 중심 신소설에도 계몽을 목적으로 하는 논설적 요소가 적지 않게 포함되어 있다.

서사 중심 신소설은 이인직의 「혈의루」에서부터 시작된다. 「혈의루」 이외에도 「귀의성」·「은세계」·「모란봉」 등 이인직의 작품들은 모두 서사 중심 신소설로서의 특색을 잘 보여준다.

1) 「혈의루」와 「모란봉」

(1) 이인직의 생애

이인직의 생애와 관련해 『대한제국관원이력서』에는 다음과 같은 사실이 기록되어 있다.

이인직은 본관이 한산이며 개국 471년[1862] 7월 27일 출생하였다. 그는 광무 4년[1900] 2월 일본에 유학하였고, 같은 해 9월 동경 정치학교에 입학하였으며, 그로부터 3년 뒤인 1903년 7월 16일 졸업하였다. 광무 8년[1904] 2월 22일 일로전쟁 때에 일본 육군성 한어통역에 임명되어 제1군 사령부에 배속되었으나 같은 해 5월 해고되었다. 광무 10년[1906] 2월 『국민신보』 주필을 지냈고, 같은 해 6월에는 『만세보』의 주필로 자리를 옮겼다. 광무 11년[1907] 7월에는 『대한신문』 사장에 취임하였고, 9월 19일에 선릉 참봉에 임명되었으나 그로부터 6일 뒤인 9월 25일에 의원면직되었다.[60]

---

60 국사편찬위원회 편, 『대한제국관원이력서』, 탐구당, 1972, 68쪽 참조. 이 이력서의 작성날짜는 1907년 11월 21일이다.

이와 같은 공식적인 기록 외에 그의 생애를 알 수 있는 자료로는 당시에 발행된 신문 등이 있다. 특히 그가 작고한 직후 발행된 신문들은 이인직의 생애를 종합적으로 정리해 보여준다. 당시 발표된 기사 두 편을 인용해 보면 다음과 같다.

이인직 씨 별세

조선의 첫 소설가

경학원 사성 리인직 씨는 신경통으로 십일월 이십일일부터 총독부 의원에 입원하여 치료 중이던 바 마침내 이십오일 밤 십일 시에 영면하였는데 행년이 오십오 세이더라

동 씨의 간단한 이력

명치 삼십삼년 이월 구한국정부의 관비 유학생으로 동경에 파견되어 동경정치학교에 입학하고 삼십육년 칠월에 졸업하자 일로전쟁을 당하여 육군성 한어통역에 임명되고 제일군사령부에 부속되어 종군하였더라 그 후 삼십구년에는 국민신보의 주필이 되어 만세신보의 주필을 거쳐 대한신문 사장이 되었다가 선릉 참봉 중추원 부찬의를 지내었고 동 사십년 칠월에는 경학원 사성에 취직하여 이래 동 원에 진력하였더라 (…중략…)

동 씨의 장의는 금 이십팔일 오후 두 시에 원남동 자택에서 출관하여 오후 세 시 반에 마포 화장장에서 천리교식으로 장식을 거행할 터이라더라[61]

이인직의 장의

천리교식의 장의

---

61 『매일신보』, 1916.11.18.

경학원 사성 이인직 씨의 장의는 본월 이십팔일에 고양군 용강면 아현화장
장에서 거행하였는데 장의의 제반 의식은 동 씨의 평일 신앙하던바 천리교식
으로 행하였는데 당일 참회한 인원은 경학원 부제학 박제빈 남 이하 경학원 직
원 일동과 천리교 신도 다수와 이완용 백 조중응 자 유성준 제씨와 총독부의
다수한 관리가 호종하였으며 씨의 평일 공로를 위로하기 위하여 당국에서는
상여금이라는 명목으로 사백오십 원의 금액을 하부하였고 대제학 자작 김윤
식 씨는 부제학 자작 이용직 씨를 대리로 명하여 일반 직원을 대동하고 제전을
행하였더라.[62]

이인직의 생전에 발행된 신문들에서도 그의 거취에 대한 기사를 발견
할 수 있다. 이러한 기사들은 대체로 조선의 연극 개량에 관심을 두고 활
동하던 이인직의 모습이나 혹은 그의 도일과 관련된 기사들이다. 그는 원
각사 극장 개설과 공연을 위해 경시청에 허가를 신청하는 일을 담당하
였고,[63] 1908년 7월 26일에는 원각사의 개관 공연을 갖고 이어서 신연
극 〈은세계〉의 공연을 위한 준비에 들어갔다.[64] 그는 1908년 8월 3일 연
극 시찰차 일본으로 건너갔고,[65] 이듬해인 1909년 일시 귀국했다가 7월
에 다시 출국하는 등[66] 분주한 움직임을 보인다. 1909년 12월 5일에는 당
시 내각의 총리였던 이완용의 지시에 따라 원각사에서 국민대연설회를
개최하였고 연설회 당시 연사로 나서 '국민의 심득'이라는 제하의 연설을
하였다.[67] 이후 이완용의 밀사가 되어 도일할 것이라는 세간의 추측을 불

---

62 『매일신보』, 1916.12.2.
63 『대한매일신보』, 1908.7.10・21 참조.
64 『대한매일신보』, 1908.7.26 및 『황성신문』 1908.7.28 참조.
65 『대한매일신보』, 1908.8.5 참조.
66 『대한매일신보』, 1909.5.14・7.28 참조.

러일으키기도 하였으나[68] 당시의 도일 활동에 대해서는 확인된 것이 없다. 그는 1910년 한일병합이 이루어지기 직전 이완용의 개인 비서로 활동하면서 총독부 외사국장이었던 고마쓰 미도리^{小松綠}와 접촉하며 두 나라의 병합을 논의했다고 알려져 있다.[69]

그의 공식 활동 기록의 첫 장은 관원이력서에 나와 있는바, 1900년 2월 일본에 유학하여 같은 해 9월 동경정치학교에 입학했다는 사실이다. 위에 인용한 『매일신보』의 기사는 이때의 유학이 구한국정부의 관비 유학생 파견에 의한 것이었다고 적고 있다. 그러나, 최근 밝혀진 바에 따르면 이인직이 유학을 시작한 것은 1900년부터가 아니다. 그가 일본에 건너간 때가 정확히 언제인지는 알 수 없지만, 그 시기가 1900년 이전인 것만은 분명하다. 현재로서는, 이인직이 최초로 도일한 시기가 1896년 2월 고종의 아관파천으로 인해 친일 개화파 내각이 붕괴된 직후이며, 그때 법부 형사 국장이었던 조중응과 함께 망명길에 올랐다는 주장[70]이 가장 설득력이 있어 보인다. 이인직은 망명 이후 1898년부터 1899년 사이에 조중응과 함께 동경정치학교에서 고마쓰 미도리의 강의를 청강했다. 망명객 유학생 생활을 시작한 것이다. 그러던 중 이인직의 신분은 관비 유학생으로 바뀌게 된다. 『황성신문』 1900년 3월 13일 자 잡보란에는 이인

67　『대한매일신보』, 1909.12.5 및 『황성신문』, 1909.12.7 참조.

68　『대한매일신보』, 1909.12.7 참조.

69　협상에 대한 구체적 내용은 전광용, 「이인직 연구」, 『신소설 연구』, 새문사, 1986, 61~65쪽 참조.

70　고재석, 「이인직의 죽음, 그 보이지 않는 유산」, 『한국어문학연구』 제42집, 2004, 221~252쪽 및 함태영, 앞의 글, 225~226쪽 참조. 고재석은 한일병합 당시 일본 통감부의 막후 책임자였던 고마쓰 미도리와의 관계를 근거로 이러한 주장을 편 바 있다. 함태영은 이인직이 가까운 친우였던 조중응과 함께 일본으로 망명했으며, 1895년에 일어난 을미사변에도 관여했던 것으로 추측한다. 조중응이 일본측으로부터 '을미망명자'로 분류되어 있기 때문이다.

직이 사비로 유학을 하던 중 관비 유학생으로 신분이 바뀌었다는 사실이
실려 있다. 이인직은 동경정치학교 2학년생이던 1901년 11월 25일부터
미야코신문사都新聞社에 견습생으로 들어갔다.[71] 이때 그는 『미야코신문』에
「입사설」[1901.11.29], 「몽중방어」[1901.12.18], 「한국잡관」[1902.3.1·2·9·27] 등의 글과
「과부의 꿈」[1902.1.28~29] 등의 작품을 발표했다. 1903년 7월 동경정치학교
를 졸업한 이후에는 위 이력서에 나와 있는 바대로 한어통역관, 『국민신
보』 주필, 『만세보』 주필, 『대한신문』 사장 등을 지내게 된다. 그가 국내에
서 발표한 첫 작품은 『국민신보』에 연재한 「백로주강상촌」이라고 알려져
있지만 신문이 전하지 않아 확인은 불가능하다.[72]

(2) 연구사 개관

「혈의루」에 대한 초창기 연구업적으로는 김하명, 송민호, 전광용의 연
구를 들 수 있다.[73] 이 가운데 김하명의 연구는 「혈의루」의 발표 연대에
관한 조사 확정이라는 측면에서 의의가 있다. 송민호는 그의 연구에서,
「혈의루」를 신소설 최초의 작품으로 또 과도기 소설 양식으로 평가하면
서, 이것이 갑오경장 이후의 형식적 근대화에서 정신적 근대화로 이끌어
가는 선각자의 지도이념을 표현한 것이라는 매우 긍정적 평가를 내렸다.

---

71 이인직이 미야코신문사에 견습생으로 입사한 것은 한국공사관의 추천에 의한 것이었
    다. 한국공사관이 관비 유학생이었던 이인직의 신문사 사무 견습을 요청했던 것이다.
    다지리 히로유키(田尻浩幸), 『이인직 연구』, 국학자료원, 2006, 60~63쪽 참조.
72 이인직은 러일전쟁 종군 이후 1905년 초 일본으로 건너가 일본인 여성과 함께 살면서,
    동경에서 한성루라는 음식점을 경영한 것으로 알려져 있다. 한성루는 장소를 옮겨 한
    산루로 재개업했다. 이인직이 1906년 2월 『국민신보』 주필이 되어 귀국하면서 한산루
    역시 폐업한 것으로 추정된다. 위의 책, 214~220쪽 참조.
73 김하명, 「신소설과 「혈의루」와 이인직」, 『문학』 제22호, 1950; 송민호, 「신소설 「혈의루」
    소고」, 『국어국문학』 제14호, 1955; 전광용, 「혈의누」, 『사상계』 제32호, 1956.3.

전광용의 연구에서는 판본 및 구성의 문제, 주제, 인물 등에 관한 논의가 광범위하게 이루어지고 있다. 이재선은 작품 「혈의루」에 대한 비교문학적 연구를 시도하였다. 그는 이인직의 「혈의루」가 일본에서 출간된 여러 종의 「血の淚」라는 작품들의 표제 표절이기는 하나, 내용은 그 어느 작품의 번안도 아님을 확인했다. 그러나 이재선은 이 작품에 일본소설의 영향이 없는 것은 아니라는 견해를 보이면서, 그 영향의 예로 교육사상과 유학생의 등장, 신결혼관의 문제, 정치소설의 변종, 표현형식의 수용 등을 지적했다.[74]

송민호는 「혈의루」가 갖는 신소설로서의 특질을 다음과 같이 지적했다.[75] 첫째, 언문일치가 이루어지고 있다는 점. 둘째, 구성상 서술적 역전이 시도되었다는 점. 셋째, 개화기적 사상의 제요인이 나타나 있다는 점. 전광용 역시 "「혈의루」의 출현으로서, 비로소 이 땅의 소설은 형식 및 내용면에 있어서, 고대소설의 구각에서 탈피하여 서구적인 근대소설의 제일보를 내어딛을 수 있는 문학사적인 새로운 계기를 마련할 수 있었다"[76]라는 말로 이 작품의 가치를 재확인한다.

한편, 「모란봉」에 대한 기존 연구는 별반 나와 있지 않다. 이 작품의 경우에도 초기의 주요 연구 성과는 전광용에 의해 이룩되었다. 그는 "애정문제 하나만을 이끌고 나간 「모란봉」은 상편 「혈의루」에 있어서의 강력한 자주의식의 각성, 신문학 섭취에 따르는 정치 개혁 등 개화사조의 적극적인 의식을 거의 망각하였을 뿐더러 모처럼 다루어진 애정문제도 간교의 매개를 삽입한 구소설조의 유형을 벗어나지 못하였기 때문에 거의

---

74   이재선, 『한국 개화기소설 연구』, 일조각, 1972, 108~142쪽 참조.
75   송민호, 앞의 책, 201~206쪽 참조.
76   전광용, 「이인직의 생애와 문학」, 『신문학과 시대의식』, 새문사, 1981, 20~21쪽.

새로운 진전을 보이지 못하고 말았다"[77]는 말로 이 작품의 한계를 지적하였다.

「혈의루」와 「모란봉」의 시대적 성격을 검토했던 이주형은 "「모란봉」은 「혈의루」에서 거론되었던 개화의 문제를 제거하고 삼각의 남녀관계를 둘러싼 음모를 다룸으로써 현실적 문제에 대한 논의를 원치 않는 일제당국자의 요구에 부응하는 한편 향락적인 방향으로 독자를 인도함으로써 현실인식을 둔화시키고 있는 작품이다"[78]라는 부정적 평가를 내린 바 있다.

최원식은 「혈의루」가 청일전쟁 후의 착잡한 정치적 상황 속에서 옥련의 가족을 이산시킴으로써 평민상층의 의식 변화를 추적한 작품이라고 정리한다. 「혈의루」는 이산가족이 고난 끝에 다시 결합하는 이야기와 버림받은 주인공이 파란을 극복하고 뛰어난 인재로 성장하는 이야기로 이루어진다. 이는 통속적 구소설의 틀을 교묘하게 재생산한 것인데, 이것이 바로 작품의 대중적 성공을 보장하는 요체가 된다는 것이다.[79]

다지리 히로유키는 「혈의루」를 사회진화론과의 상관관계 속에서 살펴보고 있으며,[80] 최종순은 담론의 특성을 중심으로 이인직의 작품들을 정리한다.[81] 김석봉은 대중성에 중점을 두고 연구를 진행했고,[82] 강현조는 텍스트의 변화 양상을 체계적으로 고찰한 바 있다.[83]

---

77   전광용, 「모란봉」, 『사상계』 제33호, 1956. 4, 249쪽 및 전광용, 『신소설 연구』, 새문사, 1986, 122쪽.
78   이주형, 「「혈의루」·「모란봉」의 시대적 성격 검토」, 『국어국문학논총』, 이숭녕선생 고희 논총간행위원회, 1977, 576쪽.
79   최원식, 「애국계몽기의 친일문학-「혈의루」 소고」, 『한국 근대소설사론』, 창작사, 1986, 286~305쪽 참조.
80   다지리 히로유키, 「이인직 연구」, 고려대 대학원, 2000.
81   최종순, 「이인직 소설 연구」, 인하대 대학원, 2003.
82   김석봉, 「신소설의 대중적 성격 연구」, 서울대 대학원, 2003.
83   강현조, 「이인직 소설 연구-텍스트 및 작품 세계의 변화 양상을 중심으로」, 연세대 대

(3) 작품 분석

① 서지

「혈의루」는 1906년 7월 22일부터 1906년 10월 10일까지 총 53회에 걸쳐 『만세보』에 연재되었다. 이 작품은 일부 개작 과정을 거쳐 광무 11년[1907] 3월 2일 인쇄된 후, 3월 17일 단행본으로 처음 간행되었다. 출판사는 광학서포이다. 그러나 이 초판본은 현재 전해지지 않는다. 지금 확인할 수 있는 가장 오래된 단행본은 광학서포 발행 재판으로, 융희 2년[1908] 3월 20일 인쇄, 27일 발행된 판본이다. 『만세보』 연재본 「혈의루」가 부속국문체로 인쇄된 것에 반해 광학서포 발행 단행본은 순한글로 인쇄되었다.[84]

광학서포본 『혈의루』는 1911년 6월 2일 일제경무부에 의해 발행불허가 처분을 받게 된다.[85] 이후 1912년 11월 10일 동양서원에서 이 작품의 제목을 『牧丹峰목단봉』[86]으로 바꾸고, 내용의 일부를 개작하여 다시 출간한다. 동양서원 발행 『목단봉』은 오랜 기간 동안 행방이 알려지지 않았으나, 최근에 그 존재가 확인되었다.[87] 동양서원 발행 『목단봉』은 1940년 2

학원, 2010.

84　『만세보』 연재본이 부속국문체로 발표되었다는 점 때문에 이 작품의 원본이 국한문이었으며 단행본 출간 시 순한글로 바뀐 것이라는 주장이 학계에서 통용되기도 했다. 그러나, 이는 잘못된 것이다. 이인직은 원래부터 「혈의루」를 순한글로 창작한 후, 『만세보』 연재 과정에서 한글에 한자를 병기해 부속국문체로 인쇄했을 뿐이다. 이에 관한 상세한 논증은 김영민, 앞의 글, 67~110쪽 참조.

85　다지리 히로유키, 앞의 책, 192~193쪽 참조.

86　'牧丹峰'은 『만세보』 연재본 「혈의루」에 여러 차례 등장하는 지명이다. 연재본 「혈의루」에서는 이 지명을 '목단봉'과 '모란봉'이라는 두 종류 부속 국문으로 혼용해 읽었다. 그런데 이 지명의 한글 표기가 동양서원본 『牧丹峰』의 경우는 표지에 '목단봉'으로, 『매일신보』 연재본 「牧丹峰」에는 '모란봉'으로 되어 있다. 이 책에서도 한자 읽기는 원전에 따라 각각 다르게 표기한다.

87　함태영, 「「혈의루」 제2차 개작 연구─새 자료 동양서원본 『목단봉』을 중심으로」, 『대동

월 잡지 『문장』에 「혈의루」로 다시 게재되어 소개된다.

『문장』 게재본에는 이 작품에 대한 해설기사가 실려 있지 않으나, 편집 후기에 다음과 같은 간단한 언급이 있다.

이인직은 고대소설과 현대소설의 다리를 이어논 이다. 귀중한 존재로서 그의 저작 중, 절판된 명작인 「혈의루」를 전재한다. 앞으로도 고전물 전재를 계속할 작정이다.[88]

『문장』지에 수록된 고전물들은 원전을 중시한 가운데 수록되었으며, 특별히 개작자나 편집자가 있는 경우에는 그 이름이 따로 밝혀져 있다. 『문장』본 「혈의루」에는 개작 등의 표기가 없다.[89]

문화연구』 제57호, 2007, 203~232쪽 참조. 함태영은 『만세보』 연재본과 광학서포 발행 단행본 사이의 차이에 대해 언급하면서, 기존의 연구자들이 지적하지 않았던 '작품 내 시간적 오류'에 대한 수정을 중요하게 다루었다. 『만세보』 연재본에서는 최 씨 부인이 죽기로 결심하고 대동강가로 향하던 날이 '8월 보름'(9회)으로 되어 있지만, 광학서포본에서는 한 달 늦춰진 '9월 보름'으로 되어 있다. 이는 실제의 역사적 사실에 부합하는 수정으로 적지 않은 의미가 있다. 함태영은 광학서포본 『혈의루』가 동양서원본 『목단봉』으로 바뀌는 사이에 일어난 가장 큰 변화를 '정치적 측면에 대한 고려'로 정리한다. 독립국으로서의 대한제국이라는 내용 또는 이를 암시하는 내용이 전부 변경되거나 삭제되었다는 것이다. 이로 인해 정치적 문제 등 현실적인 문제는 사라지고, 풍속 개량의 측면과 옥련의 고난과 같은 것을 통해 독자의 눈물샘을 자극하는 통속적 측면이 강화되었다는 것이 함태영의 해석이다. 함태영은 『목단봉』에 내용적 측면의 개작뿐만 아니라 형식적 측면의 개작 역시 적지 않게 이루어졌다는 점에도 주목했다. 『목단봉』의 문장은 원작에 비해 간결해졌으며, 문학적이고 감각적인 표현이 많아졌고, 비유를 활용한 극적 효과의 상승을 도모한 측면이 많아졌다는 것이다. 참고로, 김재용은 『혈의루』의 개작에 일어난 변화를 '치환과 삭제'의 두 방식으로 나누어 정리한 바 있다. 김재용, 「『혈의 누』와 『모란봉』의 거리 – 이인직의 개작의식과 정치적 입장의 상관성」, 『한국문학의 근대와 근대 극복』, 소명출판, 2010, 129~151쪽 참조

88 『문장』, 1940. 2, 258쪽.

89 「혈의루」의 개작 양상과 각 판본 사이의 차이점에 대한 상세한 정리는 조아라, 「이인직

「혈의루」는 두 개의 하편이 존재한다. 하나는 1907년 5월 17일부터 6월 1일까지 11회에 걸쳐 『제국신문』에 연재된 「혈의루」 하편이다. 다른 하나는 1913년 2월 5일부터 6월 3일까지 65회에 걸쳐 『매일신보』에 연재된 「모란봉」이다. 이 두 개의 하편은 모두 도중에 연재가 중단되었다. 『제국신문』 연재본 「혈의루」 하편은 서지 확정 과정에서 여러 논란이 존재했다. 하지만, 이 작품 역시 이인직의 창작물임이 분명하다.[90] 「모란봉」은 1913년 2월 5일부터 6월 3일까지 『매일신보』[2194~2292호]에 연재되던 도중 65회를 마지막으로 중단되었다. 이 작품이 「혈의루」의 하편이라는 사실은 다음의 연재 예고문과 작가의 연재 서언에 기록되어 있다.

이 다음에는 모란봉이라 하는 신소설을 게재하압는데 이 소설은 조선의 소설가로 유명한 리인직 씨가 교묘한 의장을 다하여 혈루의 하편으로 만든 것인데 곧 옥련의 17세 이후 사적을 저술한 것이요 또한 상편되는 혈루와 독립되는 성질이 있으니 그 진진 취미는 매일 아침에 본보를 고대치 아니치 못하리라.[91]

차 소설은 낭년에 강호 애독자의 환영을 득하던 옥련의 사적인대 금에 기전편을 정정하고 차 혈루라 하는 제목이 비관에 근함을 혐피하야 모란봉이라

의 혈의루 판본 비교 연구」, 연세대 대학원, 2013, 15~82쪽 참조. 『만세보』 연재본과 광학서포본 사이에는 12군데 정도의 차이가 있다. 연재본에서 단행본으로 바뀌면서는 표기상 차이가 가장 크게 나타난다. 광학서포본과 동양서원본은 34군데 정도에서 차이가 난다. 여기서는 서사의 흐름 자체가 변한 것을 주목할 필요가 있다. 이는 작가 이인직의 의도의 반영으로 보인다. 동양서원본과 『문장』본은 56군데 정도에서 차이가 난다. 그러나 여기서 보이는 차이는 주로 새로운 문장부호 사용 및 오탈자 혹은 오기 등과 연관된 것으로 서사구조의 변화와는 별 관계가 없다.

90 이와 관련해서는 뒤의 보론에서 상세히 다루게 될 것이다.
91 『매일신보』, 1913.2.4.

개제하고 하편을 저술하야 옥련의 말로를 알□□ 하시던 제씨의 일람을 공하 압난대 차 모란봉이 비록 상하편이나 □□□ 공히 독립한 성질이 유하야 상편 은 옥련의 7세부터 세간 풍상을 □□던 사실로 조직하였는데 기 하편이 무하 야도 무방하여 하편은 □□□ 17세 이후 사적을 술한 것인데 기 상편이 무하 더래도 또한 무방한 □□자에 기 하편을 게재하오니 혹 상편을 열람코자 하시 난 인씨난 경성 □□□물교 동양서원에 청구하시압.[92]

『만세보』□재본 「혈의루」는 '아래권은 그 여학생이 고국에 돌아온 후 를 기다리□라는 □로 마무리된 바 있다. 「모란봉」의 내용은 여주인공 옥련의 귀□ 후 모습을 그리고 있다. 이러한 내용의 연관성은 두 작품의 연결 관계를 □확인시□□다. 「모란봉」은 「혈의루」와는 달리 연재 이후 단 행본으로는 출□되지 □았다.

② 구성

신소설과 고대소설 사□의 □□한 차이와 변화는 우선 구성의 측면에 있다. 고대소설이 시간적 순□□□ 사건을 전개시켜 간 것과 달리 신 소설은 시간적 순서에 따른 사건□□ 방식을 어느 정도 탈피했다. 이 를 이재선은 '신소설의 서술적 역전'이□ □용어로 설명한다.[93] 시간적 서 술의 역전은 「혈의루」에서부터 명백하게 나타난다. 시간적 서술의 역전 구조는 작품의 흥미를 배가시키는 기능을 한다. 작품의 서두에 나오는 김 관일 처의 피난 모습은 그 대표적 예가 된다. 이 밖에도 등장인물들의 행 적이 각각 다른 배경을 택해 서술되면서 각자의 행위 시간 사이의 역전

---

92 『매일신보』, 1913. 2. 5.
93 이재선, 『한국 개화기소설 연구』, 일조각, 1972, 256~259쪽.

구조가 매우 자연스럽게 나타나고 있다.

시간적 서술의 역전이 나타나는 것은 「모란봉」의 경우도 마찬가지다. 그런데 전체적으로 볼 때에는 「모란봉」의 짜임은 인과관계를 중시하는 플롯보다 단순한 스토리 전개의 성격이 강하다. 「혈의루」는 작품의 길이는 짧지만, 그 구성법은 다양한 사건을 조합하는 복합구성의 기법에 근접해 있었다. 반면 「모란봉」은 작품의 길이는 길지만, 단일한 사건을 중심으로 서술해가는 단순구성적 요소가 주를 이룬다. 「혈의루」의 경우에는 각 인물들의 행동의 장소가 분산되어 있고 그들이 겪는 사건이 별개의 의미를 지닌다. 그러나 「모란봉」의 경우에는 주요 등장인물들이 동일한 장소에 모여 동일한 사건에 관계하게 된다. 서술의 지향점도 옥련에 대한 서일순의 일방적 구애라는 측면에만 집중되어 있다. 이는 독자에게 지루한 느낌을 불러일으킨다. 그 결과 「모란봉」은 마침내 '작가의 사정'이라는 이유를 들어 연재를 중단하게 된다.

「혈의루」와 「모란봉」은 모두가 미완의 작품이다. 「혈의루」의 경우는 작가가 약간의 분량만을 덧붙여 결말을 만들 수도 있었다. 김관일과 옥련의 귀국, 그리고 가족의 재회로 결말을 낼 수도 있었던 것이다. 이 경우 이별에서 만남으로 가는 전형적인 고대소설적 이합형의 해피엔딩 소설이 되고 만다. 이인직은 최소한 그런 상투적이고도 평범한 결말은 원하지 않았던 것으로 보인다.

「혈의루」 연재 중단의 납득할 만한 이유는 어디에서도 발견할 수가 없다. 당시 「혈의루」가 인기 절정의 연재물이었다는 점, 「혈의루」의 연재 중단에 이어 곧바로 「귀의성」의 연재가[94] 시작되었다는 점들을 생각해 볼

---

94 「혈의루」의 최종 연재일은 1906년 10월 10일이고, 「귀의성」의 연재 시작일은 1906년 10월 14일이다.

때, 그 중단의 이유는 작가의 구성 능력의 한계에서 찾을 수밖에 없다. 특히 「모란봉」은 연재 기간에 비해 전개된 내용이 매우 빈약하다.

③ 주제

신소설의 주제 연구는 특별히 많은 논자들의 관심의 대상이 되어 왔다. 다음은 「혈의루」의 주제 분석의 예이다.

> 이 작품은 청일전쟁 때 격전이 휘몰고 간 뒤의 피비린내 나는 모란봉의 참상을 시발점으로 하여, 그 후 10년간의 시간의 경과 속에서 한국, 일본 및 미국을 무대로, 여주인공 옥련의 기구한 운명의 전변에 얽힌 개화기의 시대상을 그린 것으로서, 자주독립, 신교육, 신결혼관 등이 그 주제로 다루어져 있다.[95]

> 「혈의루」의 주제는 청일전쟁의 틈바구니에서 절실하게 느껴지는 자주의식의 각성, 신학문의 섭취에 따르는 정치개혁 및 자유결혼, 조혼폐지, 재가허용을 내포한 신결혼관 등이 그 중추적인 것으로 이루어지고 있다.[96]

> 「혈의루」의 주요 주제는 근대적 국가관에 입각한 자주독립의식의 각성, 정치·사회제도 개혁을 목적으로 한 신학문의 섭취, 그리고 남녀평등사상 고취 등이다. 이 밖에도 미약하기는 하나 자유결혼, 조혼폐지, 재가허용을 내포한 신결혼관이 드러나 있다.[97]

---

95 전광용, 「이인직의 생애와 문학」, 『신문학과 시대의식』, 새문사, 1981, Ⅱ-20쪽.
96 전광용, 『신소설 연구』, 새문사, 1986, 91쪽.
97 송민호, 앞의 책, 204~205쪽.

위의 견해들을 종합 정리해 보면 「혈의루」의 주제는 결국 자주독립의
식의 고취, 사회와 정치의 개혁, 신학문의 섭취와 교육의 필요성 역설, 남
녀평등 사상의 고취, 자유결혼, 조혼폐지, 재가허용 등이 된다. 전광용은
다음과 같은 말로 「혈의루」에 나타난 자주의식에 대해 부연 설명한다.

> 일반민중의 청일 양국 병정의 폭행에 대한 적개심은 날로 고조되었고 자주
> 적인 역량의 부족을 가일층 통감하게 만들었다. 이러한 민심의 동향은 「혈의
> 루」 속에서 지문의 서술 및 김관일이라는 인간을 통하여 뚜렷이 나타나고 있
> 다. (…중략…) 김관일은 이러한 전란에 휩싸인 민중의 고난을 단순히 청병의
> 말단적인 폭행에 말미암은 것으로 보지 않고 이 같은 역경을 겪지 않을 수 없는
> 근본적인 원인과 그의 원대한 타개책에 상도想到하여 통절히 개탄하고 있다.[98]

물론 「혈의루」에 민족적 각성을 지적한 부분이 전혀 없는 것은 아니
다. 이러한 주장의 근거가 되는 예문으로는 흔히 다음의 것들이 인용되
고 있다.

> (가) 평안도 백성은 염라대왕이 둘이라. 하나는 평양 선화당에 앉았는 감사
> 이라. 황천에 있는 염라대왕은 나이 많고 병들어서 세상이 귀치않게 된
> 사람을 잡아가거니와, 평양 선화당에 있는 감사는 몸 성하고 재물 있는
> 사람은 낱낱이 잡아가니, 인간 염라대왕으로 집집에 터주까지 겸한 겸
> 관이 되었는지, 고사를 잘 지내면 탈이 없고 못 지내면 온 집안에 동토
> 가 나서 다 죽을 지경이라.[99]

---

98   전광용, 『신소설 연구』, 새문사, 91~93쪽.
99   이인직, 「혈의루」, 『한국신소설전집』 제1권, 을유문화사, 1968, 18쪽.

(나) 최 씨 나는 술이나 먹겠다. 부담에 달았던 술 한 병 떼어오고 찬합만 끌러놓아라. 혼자 이 방에 앉아 술이나 먹다가 밤새거든 새벽길 떠나서 도로 부산으로 가자. 난리가 무엇인가 하였더니 당하여 보니 인간에 지독한 일은 난리로구나. 내 혈육은 딸 하나 외손녀 하나뿐이려니 와서 보니 이 모양이로구나. 막동아, 너 같은 무식한 놈더러 쓸데없는 말 같지마는 이후에는 자손 보존하고 싶은 생각이 있거든 나라를 위하여라. 우리나라가 강하였더면 이 난리가 아니 났을 것이다. 세상 고생 다 시키고 길러낸 내 딸자식 나 젊고 무병하건마는 난리에 죽었구나. 역질 홍역 다 시키고 잔주접 다 떨어놓은 외손녀도 난리 중에 죽었구나.

막동 나라는 양반님네가 다 망하여 놓셨지요. 상놈들은 양반이 죽이면 죽었고, 때리면 맞았고, 재물이 있으면 양반에게 빼앗겼고, 계집이 어여쁘면 양반에게 빼앗겼으니, 소인 같은 상놈들은 제 재물 제 계집 제 목숨 하나를 위할 수가 없이 양반에게 매었으니, 나라 위할 힘이 있습니까.[100]

그러나 위의 예문 (가)와 (나)를, 자주의식의 각성이라거나 혹은 탐관오리에 대한 비판으로만 해석하는 견해는 수정될 여지가 있다. (가)와 (나)는 그 부분만을 떼어 놓고 읽으면 기존의 견해로 해석될 수도 있다. 그러나 이 대목들의 진정한 의미는 구절 자체에만 있는 것이 아니다. 이 예문들을 다음의 글들과 연관 지어 해석하면 그 내면적 의미는 많이 달라진다.

---

100 위의 책, 24쪽.

(다) 하늘이 지으신 일이런가, 사람이 지은 일이런가. 아마도 사람의 일은 사
　　람이 짓는 것이다. 우리나라 사람이 제 몸만 위하고 제 욕심만 채우려
　　하고, 남은 죽든지 살든지, 나라가 망하든지 흥하든지 제 벼슬만 잘하여
　　제 살만 찌우면 제일로 아는 사람들이다.[101]

(라) 난리가 나도 양반의 탓이올시다. 일청전쟁도 민영춘이란 양반이 청인
　　을 불러왔답니다. 나리께서 난리 때문에 따님아씨도 돌아가시고 손녀
　　아기도 죽었으니 그 원통한 귀신들이 민영춘이라는 양반을 잡아갈 것
　　이올시다.[102]

　예문 (다)는 (가)의 바로 앞에, (라)는 (나)의 바로 뒤에 나오는 부분이
다. 예문 (가), (나), (다), (라)를 하나의 맥락으로 이어놓고 보면 진술의
의미는 달라진다. 이들 문장이 합쳐진 전체적 진술의 의미는 자주의식의
각성이나 탐관오리에 대한 징벌에 있는 것이 아니다. 이들 진술의 의미와
목적은 다음의 두 가지로 요약할 수 있다. 첫째, 우리나라가 전쟁터로 변
하고 만 것은 우리 민족 스스로가 갖고 있는 결함 때문이며 그 책임도 우
리 스스로에게 있다. 따라서 남을 탓하기에 앞서 먼저 자괴심을 가져야
한다. 둘째, 우리나라에서 벌어지고 있는 전쟁의 일차적 요인이 우리에게
있다면, 그 2차적 요인은 청나라에 있다. 즉 청일전쟁은 민영춘이라는 양
반이 청인을 불러왔기 때문에 발생한 것이다. 문제는, 이 작품의 어느 곳
을 살펴보아도 전쟁과 관련된 일본의 책임에 대한 언급은 전혀 발견되지
않는다는 점이다. 책임은 오직 우리자신과 청나라에만 있는 것이고 반면

101　위의 책, 17~18쪽.
102　위의 책, 24쪽.

일본은 철저한 시혜자로만 비쳐질 뿐이다.

이 작품의 주제가 자주의식의 각성보다는 반청친일의 측면에 기울어 있다는 지적은 이미 이루어진 바 있다. 그러한 논의에서는, 작품 서두에서 옥련의 모친을 일본군사가 구하는 것, 옥련이 총에 맞은 후 일본인 적십자 간호수의 도움으로 살아나게 되는 장면 등이 거론된다. 이러한 장면 외에도 이 작품이 갖는 친일적 측면 즉 일본을 호의적인 이웃으로 느끼게 하고 그에 대한 경계심을 풀게 하는 서술들이 도처에 삽입되어 있다.

그러하던 옥련이가 부모를 잃고 만리타국으로 혼자 가니, 배 안에 들어 있는 사람들은 소일조로 옥련의 곁에 모여들어서 말 묻는 사람도 있고, 조선말을 하지 못하는 사람들은 행중에서 과자를 내어주니[103]

이 장면은 옥련이 일본으로 가는 도중 배 안의 모습을 그린 것으로, 조선말을 하지 못하는 사람들 즉 일본인들의 친절한 모습을 부각시키고 있다. 다음의 서술은 일본 군사들이 남의 집에 드나드는 것이 합법적임을 설명한 구절이다.

평시절 같으면 이웃사람도 오락가락하고 방물장수, 떡장수도 들락날락할 터인데, 그때는 평양성중에 살던 사람들이 이번 불 소리에 다 달아나고 있는 것은 일본 군사뿐이라, 그 군사들이 까마귀 떼 다니듯 하며 이 집 저 집 함부로 들어간다.

본래 전시국제공법에, 전장에서 피란가고 사람 없는 집은 집도 점령하고 물

---

103 위의 책, 28쪽.

건도 점령하는 법이라. 그런고로 군사들이 빈 집을 보면 일삼아 들어간다.[104]

이 글은 일본인들이 조선 사람들의 집에 함부로 들어가는 것이 결코 그들의 무례함에서 비롯된 것이 아니며, 전시국제공법에 의해 집도 점령하고 물건도 점령하는 합법적인 행동임을 대신 해명하고 있다.

이렇게 본다면 「혈의루」의 주제를 자주독립이나 민족의 각성으로 판단하는 것은 작품의 전체적 흐름을 이해하기보다는 지엽적인 대화 등을 지나치게 확대 해석한 결과라 할 수 있다. 이 작품의 또 다른 주제인 남녀평등의 사상과 자유결혼, 조혼폐지 등의 경우도 마찬가지이다. 자유결혼이나 조혼폐지 재가허용 등의 주제 역시 등장인물의 대사 속에서 어느 정도 드러나 있는 것은 사실이다. 이에 대하여는 일단 다음의 연구 결과를 수용할 수 있다.

「혈의루」에 나타나는 새로운 결혼관의 특색은 과부의 재가를 불허하는 악습을 고치고 조혼은 폐지하고 인간의 의사를 존중하는 자유결혼의 실천을 강조하는 점이다. 특히 재가문제에 대하여는 일본의 경우를 들어서 암유하고 있다.[105]

그러나 이 경우도 개화사상과 연관된 주제를 드러내기 위하여 지나치게 우리의 습속이나 가치관 등을 비하시켜 표현한다는 문제가 있다. 다음의 경우가 그러한 예이다.

---

104 위의 책, 19쪽.
105 전광용, 『신소설 연구』, 새문사, 97쪽.

옥련의 총명재질은 조선 역사에는 그러한 여자가 있다고 전한 일은 없으니, 조선 여편네는 안방구석에 가두고 아무것도 가르치지 아니하였은즉, 옥련이 같은 총명이 있더라도 세상에서 몰랐든지, 이렇든지 저렇든지 옥련이는 조선 여편네에게는 비할 곳이 없더라.[106]

김관일의 부인이 자살을 시도하는 이유나 생을 이어 가게 되는 이유 등은 모두 남편의 생사와 연관되어 있다. 이 또한 결국은 철저한 여필종 부의 사상을 반영하는 것이라 해석할 수 있다.

「모란봉」의 경우는 특별히 드러난 주제가 없다. 이는 「모란봉」이 단지 옥련에 대한 서일순의 구애 과정만을 지속적으로 그리고 있기 때문이다.

④ 문체

「혈의루」와 「모란봉」은 문체의 변화와 문장기법의 발전이라는 측면에서 특히 눈길을 끈다. 「혈의루」는 이따금 구어체 문장을 사용하며 언문일치 지향의 태도를 보여준다. 그뿐만 아니라, 「모란봉」과 「혈의루」 사이의 진전 관계를 찾고자 할 때 거의 유일하게 지적할 수 있는 것 역시 문체와 문장기교의 측면이라 할 수 있다.

「만세보」에 연재한 최초의 「혈의루」와 이후 개작된 「혈의루」 사이에도 변화가 있다. 신소설의 형성과정을 고찰하고 있는 조연현의 논의의 초점은 대부분 여기에 맞추어져 있다.

전자의 허황한 대화와 서술이 훨씬 밀도를 가해 재조직되어 있다. 전자가 비

---

106 이인직, 앞의 책, 30~31쪽.

구성적인 단순한 진행적 서술에 해당되는 표현방식이라면 후자는 이보다는 훨씬 구성화된 표상적인 표현방식이다. 이러한 표현상의 개작은 전후문장의 변화와 함께 이 이후의 신소설을 일정한 형태로 정착시키는 기초가 되었다. 그것은 신소설의 모든 문장은 「혈의루」의 개작에서 보여진 것과 같은 구어체 국문전용으로 정립되어 뒤에 최남선 이광수 등이 주장한 언문일치 문장의 선구가 되었고, 「혈의루」의 개작에 보여진 표현적 구성적인 개작은 모든 신소설이 지닌 근대소설적 묘사형식과 구성방식으로 정립되었다.[107]

조연현의 주장은 결국 신소설의 모든 문장은 「혈의루」의 개작에서 보이는 것과 같은 구어체 국문전용을 지향하게 되며 그것이 곧 최남선, 이광수의 언문일치 문장의 선구가 된다는 것이다.

「혈의루」의 문체의 변화와 발전의 상당 부분은 묘사와 비유의 새로움으로도 나타난다. 예를 들어보면 다음과 같다.

밤이 되매 비로소 정신이 나기 시작하는데 꿈 깨고 잠 깨이듯 별안간에 정신이 난 것이 아니라 모란봉에 안개 걷듯 차차 정신이 난다.

부인이 죽기로 결심하고 대동강 물에 빠져 죽을 차로 밤 되기를 기다려 강가로 향하여가니, 그때는 구월 보름이라 하늘은 씻은 듯하고 달은 초롱 같다. 은가루를 뿌린 듯한 백사장에 인적은 끊어지고 백구는 잠들었다.

화약 연기는 구름에 비 묻어나듯이 평양의 총소리가 의주로 올라가더니 백

---

107 조연현, 「〈신소설〉 형성 과정고」, 『현대문학』, 1966.4, 181쪽.

마산에 철환 비가 오고 압록강에는 송장으로 다리를 놓는다.

서생이 물끄러미 보고 서로 아무 말이 없는데, 정거장 호각 소리에 기차 화통에서 흑운 같은 연기를 훅훅 내뿜으면서 기차가 달아난다.

옥련의 키로 둘을 포개 세워도 치어다볼 듯한 키 큰 부인이 얼굴에는 새그물 같은 것을 쓰고 무밑둥 같이 깨끗한 어린아이를 앞세우고 지나가다가 옥련의 말하는 소리 듣고 무엇이라 대답하는지, 서생과 옥련의 귀에는 바바… 하는 소리 같고 말하는 소리 같지는 아니한지라.

우자 쓴 벙거지 쓰고 감장 홀태바지 저고리 입고 주머니 메고 문밖에 와서 안중문을 기웃기웃하며 편지 받아 들여가오 편지 받아 들여가오 두세 번 소리 하는 것은 우편군사라. 장팔의 어미가 까마귀에게 열이 잔뜩 났던 차에 어떠한 사람인지 자세히 듣지도 아니하고 질부둥거리 깨어지는 목소리로 우편군사에게 까닭 없는 화풀이를 한다.

「모란봉」의 경우는 이러한 측면이 더욱 두드러진다. 「모란봉」은 문장의 산문성이 「혈의루」의 그것보다 더 분명하게 드러난다. 신소설 문장의 산문성은 고대소설 문장의 율문성 탈피라는 측면에서 중요하다. 「모란봉」에서는 비유와 묘사 등 문장기교의 측면에서도 두드러진 변화를 보여준다. 먼저 비유를 사용한 문장의 예를 들면 다음과 같다.

장 씨가 홀연히 평양기생 농선이를 첩으로 들어앉히더니, 농선의 소리는 꾀꼬리 소리 같이 들리고 부인의 소리는 염병막 까마귀 소리 같이 들리기 시작하는데, 농선이와 정이 깊어갈수록 부인과 적벽강산 같이 싸울 뿐이라.

농선이가 이름을 신선 선자로 지었으나, 마음은 아귀귀신 같이 모진 계집이라.

회는 오후 세 시가 될락말락하였는데, 여기저기 들여온 요릿상 위에는 술안주를 닭의 발로 헤쳐놓은 듯이 흩어졌고, 삼백여 명 회원의 얼굴은 모란봉 단풍이 비취었는데, 회는 파방판에 늘어지게 노는 판이라.

서 씨의 손끝에서 황금이 펄펄 뛰어나오는 서슬에 최여정의 지혜주머니가 톡톡 떨쳐 나오고 하늘밥도둑의 욕심덩어리가 풀릴 대로 풀렸더라.

그 말이 마치고 한참 동안이 되도록 세 사람이 입을 봉한 듯이 방안이 적적한데, 서일순의 눈은 얼음에 자빠진 쇠눈깔 같이 창밖의 모란봉을 바라보고 앉았는데…

「혈의루」에 사용된 비유가 대부분 단순 직유였음에 반해 「모란봉」에 사용된 비유는 직유, 은유, 대조, 반어 등으로 다양하다. 다음으로는 묘사 문장의 예를 들어 보기로 한다.

드뭇드뭇한 나무 틈에 허연 돌난간이 보이는데 그 돌난간 아래 돌 연못이 있고, 돌 연못 가운데 사자형 섬이 있고, 사자 등 위에 금부어 거꾸로 서서 수정 가루 같은 물을 뿜어 올려서 서늘한 기운을 드리었는데, 공원의 구경군은 못가에 몰려서서 돌난간에 의지하고 노는 고기를 내려다본다.

물고기 한 마리가 물 위에 뜬 마른 나뭇잎을 물려 하다가 사람을 보고 놀란 것 같이 꼬리를 탁 치고 거꾸로 서서 내려가는데, 거울 같은 수면이 진탕하여 옥련의 그림자가 천태만상으로 변하는지라. 옥련이가 애석한 마음이 있는 것 같이 주저주저하다가 돌쳐서서 휴게소로 내려가는데, 물 아래에 활동사진 같이 황홀하던 옥련의 그림자가 간 곳 없고 상오 열두 시에 태양광선 아래 이목구비가 있는지 없는지 모르게 된 난장이 같은 그림자가 옥련의 뒤를 따라간다.

달밝고 서리찬 가을밤에 귀뚜라미 소리 그윽한데, 때때로 부는 바람, 떨어지는 나뭇잎을 끌어다가 적적한 나그네 창을 툭툭 치는데, 잠 못 들어 번열증 나서 혼자 앉아 담배만 먹다가 혓바늘이 돋아서 담배도 못 먹고 마음을 붙이려고 「서상기」를 보다가 화증이 나서 책을 집어던지고 모으로 툭 쓰러지더니, 오 분 동안이 못 되어 다시 벌떡 일어나서 체경을 앞에다 놓고 들여다본다.

이러한 묘사 문장들은 「모란봉」의 변화 발전된 모습을 드러내준다. 특히 상세한 묘사를 통한 심리투영은 이 작품이 부분적으로나마 거둘 수 있었던 문학적 성과로 간주할 수 있다.

2) 「귀의성」

(1) 연구사 개관

이인직의 「귀의성」에 대한 지금까지의 평가는 대체로 긍정적이어서 1929년 김동인이 "「귀의성」만으로도 이 작가를 조선 근대소설 작가의 조祖라고 서슴지 않고 명언할 수 있다"[108]라고 극찬한 이래 다음과 같은 연구 결과를 낳았다.

조윤제는 "귀의성의 출현은 한국소설의 한 큰 혁명이었고 소설계에 큰 충격을 주었다",[109] "고대소설이 대충 그 스토리에 주력하였는 데 대해 여기서는 그 사건의 발전에 극히 세심한 주의를 하여 그 심리의 진행과 사건의 진전을 묘사하였다"[110]라고 언급한 바 있다. 그는 이 작품에서부터 본격적으로 신소설의 형식이 확립되었다고 보았다. 전광용도 "사건 진행의 빠른 템포와 내용의 비극성과 아울러 묘사에 주력한 문장의 사실성"[111] 및 "인물의 성격이나 사건 묘사에 짜임새를 갖게 한 작품"[112]이라는 점 등을 지적한다. 그는 이 작품이 질적인 면에서 소설로서의 제 조건을 갖춘 첫 작품이라고 평가하였다.

송민호는 「귀의성」의 가치를 주제에 집중시켜 조명했다. 그는 「귀의성」의 직접적인 제재는 축첩으로 빚어지는 처첩간의 갈등으로 이는 「사씨남정기」와 같은 구소설의 전통적 계승으로 파악할 수도 있지만, 근본적인 주제 면에서는 구소설과 상당한 차이가 있다고 보았다. 그리하여 "「귀의성」은 당시 전형적인 양반계급인 김승지 일가가 그들 스스로 자초한 비극적 결말에 이르는 일련의 사건진전을 통하여 부패한 사회상을 고발함과 동시에, 강동지 일가로 대표되는 상인常人 계급의 저항을 통하여 평민의식을 고취하고 있는 것이 주제를 이룬다"[113]고 정리한다.

조연현은 이 작품의 서두 부분의 묘사의 우수성과 인물 설정의 우수성을 들어 「귀의성」이 당시의 작품들 가운데 발군의 광채를 보여주고 있음은 물론 "그대로 「귀의성」이 신소설의 문학적인 수준을 대표하고 있

108 김동인, 「조선근대소설고」, 『김동인전집』, 삼중당, 1976, 148쪽.
109 조윤제, 『한국학개설』, 동국문화사, 1955, 163쪽.
110 조윤제, 『한국문학사』, 탐구당, 1977, 414쪽.
111 전광용, 「귀의성」, 『사상계』, 1956, 1, 64쪽.
112 전광용, 「이인직론」, 『월간문학』, 1969, 7, 231쪽.
113 송민호, 앞의 책, 212쪽.

다"[114]고 언급한다.

이재선도 「귀의성」은 가족을 구성하는 기본인 결혼의 정상적이지 못한 사실과 형태가 가족 구성원간의 불화와 가족의 종국적인 파탄을 가져온다는 사실을 보여줌에 있어서 신소설로서는 보기 드물게 성공하고 있는 작품의 하나"[115]라는 평가를 내린 바 있다.

양문규는 이인직 소설의 근대성을 논의하면서 지문과 대화의 분리 표기 방식에 주목한다. 특히 「귀의성」에는 지문과 대화의 분리 표기 방식인 의사희곡적 형식이 많이 사용되었는데, 이러한 방식이 생생한 대화 언어를 구현시키고, 신소설이 근대소설로 나아가는 하나의 계기를 이루게 되었다는 것이다.[116]

권보드래는 「귀의성」이 「혈의루」에 비해 철저하게 전근대적 글쓰기를 복제하고 있다고 주장한다. 권보드래는 작품 속에 서술된 몇몇 장면을 근거로 들어 「귀의성」의 서사가 펼쳐지는 시간대를 대략 1904년 초에서 1905년 중반까지라고 추정한다. 「귀의성」이 연재의 시점과 별반 거리가 없는 '동시대를 그린 작품'이라는 것이다. 그러나, 「귀의성」은 마지막 부분에서 시앗새 설화를 들려줌으로써 갑자기 과거의 세계로 회귀하게 된다. 「귀의성」에서 보여지는 신문명의 면면은 삽화의 수준을 벗어나지 못하는 경우가 대부분이다. 「귀의성」의 주요 서사는 균열을 봉합하는 방식에서 '전근대'라 불릴 수 있는 방식을 취한다. 「귀의성」이 근대의 '미달' 내지 '결여'로 특징지워지는 것은 이 때문이기도 하다.[117]

---

114 조연현, 『한국현대문학사개설』, 정음사, 1977, 57쪽.

115 이재선, 「귀의성과 가족의 문제」, 『신문학과 시대의식』, 새문사, 1981, 16쪽.

116 양문규, 『한국 근대소설사 연구』, 국학자료원, 1994, 34~36쪽 참조.

117 권보드래, 「신소설의 근대와 전근대-「귀의성」을 중심으로」, 『한국문화』 제28집, 2001, 85~105쪽 참조.

「귀의성」에 관한 기존의 평가들에는 근대소설의 선구작과 고소설의 답습작이라는 상반된 해석이 공존한다. 「귀의성」에 대해 이렇게 상반된 평가가 나오는 것은 이 작품이 그만큼 양면성을 지닌 작품이라는 사실을 말해준다.

(2) 작품 분석

① 서지

「귀의성」은 1906년 10월 14일부터 1907년 5월 31일까지 총 139회에 걸쳐 『만세보』에 연재되었다. 그런데, 『만세보』에 연재된 「귀의성」에는 결말이 없다. 「귀의성」의 결말 부분은 추후 발행된 단행본에만 들어 있다. 이로 인해 「귀의성」은 『만세보』에서 연재가 중단된 작품으로 정리가 된다. 그러나, 「귀의성」을 연재 중단 작품으로 단정하기에는 석연치 않은 점이 있다. 작가가 연재를 중단하기 위해서는 그에 상응하는 이유가 있어야 하고 그에 따른 해명도 있기 마련이다. 예를 들면, 「혈의루」에는 하편을 기다리라는 말과 함께 '상편종上編終'이라는 표시가 있다. 그러나 「귀의성」 마지막 회가 수록된 1907년 5월 31일 자 『만세보』에는 아무런 해명이 없다. 『만세보』 연재본은 단행본과 비교해 볼 때, 200자 원고지로 계산해서 10여 장이 모자란다. 5월 31일 자 이후 『만세보』에서는 「귀의성」이 보이지 않는다. 그러나 이때 염두에 두어야 할 사실은, 현재 우리나라에 발굴 소장되어 있는 『만세보』가 완벽한 것이 아니라는 점이다. 1907년 5월 31일 자제270호 이후 가까운 날짜에 없어진 것이 두 호6월 6일 자 제275호, 6월 13일 자 제281호나 있다. 이들 신문이 발견될 경우 거기에 「귀의성」 마지막 회가 들어 있을 가능성이 없지 않다.[118]

물론, 이인직이 「귀의성」의 연재를 1907년 5월 31일 갑자기 중단했을 가능성도 배제하기는 어렵다. 그렇게 생각할 수 있는 이유는, 1907년 5월 말부터 6월 초에 이르는 사이에 이인직이 이른바 '유고 상태'였기 때문이다.[119] 그 결과 이인직은 소설뿐만 아니라 『만세보』에 집필해 오던 논설도 일시 중단해야 했다. 이인직은 곧 『만세보』의 필자로 복귀해 논설을 다시 집필했다. 하지만, 「귀의성」의 집필은 재개하지 않고 그대로 중단했을 수도 있다. 그가 만일 「귀의성」의 연재를 중단한 것이라면 이 작품의 결말 부분은 단행본을 출간하면서 보완한 셈이 된다.

연재본의 서지뿐만 아니라, 단행본 『귀의성』의 서지에 대해서도 그동안 여러 가지 의문들이 제기된 바 있다. 하지만 단행본 『귀의성』의 서지에 대해서는 과거에 제기되었던 의문들이 지금은 대부분 해소가 된 상태이다.

임화는 단행본 『귀의성』의 서지에 대해 다음과 같이 언급한 바 있다.

『귀의성』 상권 초판이 명치 45년에 나왔음은 먼저도 말한 바와 같거니와 경성 남부 동현에 있던 박문서관이란 서점에서 융희 2년 4월에 발행한 서적목록에 당시 조선 독서계를 풍미하던 『월남망국사』, 『서사건국지』, 『금수회의록』, 『애국부인전』 등과 더불어 이인직의 소설로 『귀의성』과 『혈의루』가 기재되어 있다. 광고만 났다가 책은 명치 45년에 나왔는지 혹은 융희 2년에 나왔던 책이 있는지는 알 수 없는 일이다.[120]

---

118 당시에는 소설이 연재될 때 며칠씩 건너 뛰어 다음 회가 발표되는 경우가 빈번했다. 「귀의성」의 경우, 제60회분과 61회분의 게재 일자 사이에는 10일간의 간격이 있다. 98회분과 99회분의 게재 일자 사이에도 일주일 정도의 간격이 있다. 「귀의성」의 상세한 연재일지는 강현조의 「이인직 소설 연구─텍스트 및 작품 세계의 변화 양상을 중심으로」에 표로 정리가 되어 있다.
119 이에 관한 상세한 논의는 제5장의 보론 「혈의루」 하편의 위상과 의미 참조.
120 임화문학예술전집 편찬위원회 편, 『문학사』, 소명출판, 2009, 205쪽.

이에 대해 전광용은 '임화가 명치시대 이후의 초판본은 보지 못한 듯하니 현재까지 발견된 것으로는 융희 2년[1908] 7월 간행의 중앙서관 초판본이 가장 오래된 것'이며 '하권의 가장 오랜 초판 연대는 융희 2년의 중앙서관이나, 이 연대를 앞서는 상권의 초판은 아직 나타나지 않는다'고 언급했다.[121]

백순재는 이인직의 전체 작품 목록을 제시하면서 「귀의성」의 서지에 대해서 다음과 같이 정리한다.

> 「귀의성」, 1906년 10월 10일부 『만세보』 제92호부터 1907년 5월 3일 자 제270호 15장葦 134회까지 연재되었다가 중단되었다. 1907년 10월 3일 자 「김상만 책사」광학서포에서 상권 초판이 발간되었고, 1908년 7월 25일 자 「중앙서관」 명의로 하권이 발간됨으로써 이 작품은 완결을 이루었다.[122]

단행본의 초판은 1907년 10월 광학서포에서 상권이, 다음 해 7월 중앙서관에서 하권이 발행됨으로써 완결되었다는 것이다. 그런가 하면 김하명은 다음과 같이 단행본 『귀의성』이 신문 연재 도중 먼저 출간되었다는 주장을 하기도 했다.

> 이것은 국초의 세쨋번의 작품「단편」, 「혈의루」다음의으로 역시 씨가 총무로서 편집을 총할하던 『만세보』에 연재된 것인데, 광무십년[1906] 시월십사일부 제구십이호에서부터 시작하여 다음 해 오월삼십일일부 제270호에서 십오장 백삼십사회로 중단되었다. 그러나 신문에 연재 중에 이미 단행본으로서 출판되었던 것

121   전광용, 「귀의성」, 앞의 책, 60쪽 및 「이인직론」, 『월간문학』, 1969. 7, 225쪽 참조.
122   백순재, 「이인직의 「강상선(江上船)」 새 발견」, 『한국문학』, 1977. 4, 192쪽.

이니, 『만세보』제268호^{광무십일년 오월이십구일}부터 여러 번 「신소설 귀의성」의 발매 광고가 난 것으로서 알 수 있다.[123]

단행본의 출간이 신문 연재 도중 이루어진 것이라는 주장에는 『만세보』에 수록된 광고가 근거로 사용되었다. 그러나, 신문 연재 도중 단행본을 먼저 출간했다는 김하명의 주장은 오류이다. 최근에 중앙서관 발행 『귀의성』상권이 발견됨으로써 이 문제는 완전히 일단락을 지을 수 있게 되었다. 중앙서관 발행 『귀의성』상권은 그 발행일이 1907년 5월 25일로 되어 있다. 중앙서관의 『귀의성』은 1908년 7월 25일 하권이 발행됨으로써 완간된다. 『귀의성』상권은 연재가 끝난 부분만을 출판한 것이고, 하권 역시 연재가 완료된 이후 출간된 것이라는 점에서 이 작품이 지극히 상식적인 절차에 따라 출판된 것임을 알 수 있다.

② 구성
㉮ 시간적 서술의 역전구조
단행본 『귀의성』상편은 20장으로 분장되어 있으며 하편은 분장되어 있지 않다. 그런데 이 하편을 상편과 같은 기준으로 장면의 전환에 따라 나눌 경우, 22장면으로 분리할 수 있다. 다음은 『귀의성』의 내용을 장면별로 요약한 것이다.

상편
제1장 : 서울 김승지의 첩인 강길순이 악몽을 꾸고 눈물을 흘림.

---

123 김하명, 「신소설과 「혈의루」와 이인직」, 『문학』, 1950.5, 191쪽.

제2장 : 길순의 처지 설명, 강동지가 길순을 데리고 서울로 떠남.

제3장 : 강동지가 딸을 첩으로 주던 상황 설명.

제4장 : 서울 도착 후 김승지의 부인에게 천대받고 쫓겨남.

제5장 : 침모 집의 상황 묘사.

제6장 : 길순의 자살 미수사건.

제7장 : 길순이가 병원에 입원한 사실을 박참봉이 김승지에게 알림.

제8장 : 강동지가 춘천으로 내려감.

제9장 : 길순이가 아기를 낳은 후 다시 자살을 시도하다 우연히 침모를 만남.

제10장 : (결장)

제11장 : 김승지 부인의 앙탈.

제12장 : 점순이와 김승지 부인이 춘천집^{길순}과 침모를 죽일 계략을 세움.

제13장 : 점순이가 춘천집을 찾아감.

제14장 : 김승지 부인과 점순이가 계략을 재확인함.

제15장 : 춘천집이 아픈 사이 김승지와 침모가 정을 통함.

제16장 : 점순이가 춘천집의 아들을 김승지 부인에게 데려와 보임.

제17장 : 점순이가 자신의 계략으로 침모를 꼬이고 침모는 갈등함.

제18장 : 침모가 계략에서 빠져나옴.

제19장 : 침모가 춘천집과 이별함. 최춘보 등장.

제20장 : 최춘보라는 인물의 정체 드러남. 계략의 실천을 내년 봄으로 잡음.

하편

장면 1 : 춘천집이 최춘보에게 속아 그를 따라 나섬.

장면 2 : 점순이는 춘천집이 달아났다고 소문을 냄.

장면 3 : 최춘보가 춘천집과 그 아들을 죽여 골짜기에 버림.

장면 4 : 길순어미가 흉몽을 꾸고 딸을 보러 강동지와 서울로 올라옴.

장면 5 : 길순의 보모는 서울에 와서 길순이가 달아났다는 말을 듣게 됨.

장면 6 : 길순의 부모가 점순이와 최서방의 말을 엿듣고 그들을 의심함.

장면 7 : 점순이와 최춘보가 술이 취해 쓰러짐.

장면 8 : 길순의 부모가 박참봉에게로 달려감.

장면 9 : 김승지가 봉은사로 가던 중 우연히 춘천집 모자의 시체를 발견함.

장면 10 : 김승지의 연락을 받고 강동지 내외가 봉은사로 달려감.

장면 11 : 길순어미가 길을 잃고 우연히 길순의 시체 있는 골짜기로 떨어졌으나 강동지가 봉은사 중들과 함께 찾아냄.

장면 12 : 강동지가 중들과 함께 오게 된 이유가 드러남.

장면 13 : 점순이와 최춘보가 달아남.

장면 14 : 달아나던 중 주막에서 돈을 잃어버리고 서울에 편지함.

장면 15 : 김승지의 부인이 편지 받고 다시 돈 부침.

장면 16 : 점순이가 점차 김승지의 부인을 원망하기 시작함.

장면 17 : 점순이가 장님 판수에게 점을 침.

장면 18 : 강동지가 최춘보를 죽임.

장면 19 : 강동지가 점순이를 죽임.

장면 20 : 강동지가 김승지 부인을 크게 꾸짖고 죽임.

장면 21 : 강동지가 침모도 죽이려 했으나 사실을 깨닫고 돌아감.

장면 22 : 강동지 내외는 멀리 해삼위로 떠나고 침모는 김승지와 결혼하기로 함.

이러한 장면 분석을 통해 알 수 있는 사실은 이 작품의 사건 전개가 시간적 순서에 구애를 받지 않는 시간적 서술의 역전 구조 속에서 이루어지고 있다는 점이다. 제2장과 제3장에서는 길순이 김승지의 첩이 되던 상황을 설명하는데, 이는 제1장에서 길순이가 자신의 신세를 한탄하며 눈물을 흘리는 일보다 먼저 일어난 것이다. 또 제19장과 제20장에서 드러난 인물인 최춘보의 등장과 계략에 대한 가담은 최소한 제18장 이전으로 거슬러 올라가 생겼던 일이다.

특히 제1장의 서두 부분은 형식적인 도입부를 과감히 삭제하고, 사건을 직접 앞에 제시함으로써 읽는 이의 관심과 흥미를 불러일으킨다. 「귀의성」은 주인공의 삶과 죽음을 소재로 다루고 있는 작품이다. 그런데 여기서는 주인공의 출생과 성장 과정 등의 형식적 단계를 과감히 생략하고 직접 사건과 연관되는 부분에서 소설을 시작한다. 이를 통해 긴밀한 구성과 빠른 템포의 사건 진행이라는 이중의 효과를 얻을 수 있었던 것이다.

㉯ 우연의 남발

이 작품의 구성에는 여러 가지 전근대적인 요소가 아직 남아 있다. 그중 가장 두드러지는 것이 우연의 남발이다. 이 작품 속에서 우연적 요소가 등장하는 중요 부분들을 살펴보면 다음과 같다.

상편 제9장에서는 길순이가 아기를 낳은 후 자신의 신세를 한탄하다 철로에 엎드려 자살하려 한다. 그런데 지나가던 인력거꾼이 길순이에게 걸려 넘어지면서 인력거 속에 타고 있던 사람이 떨어진다. 그때 인력거 속에 타고 있던 인물이 우연히도 김승지집 침모였다. 하편 장면 9에서는 죽은 춘천집 모자의 시체가 봉은사로 가던 김승지에 의해서 우연히 발견된다. 하편 장면 11에서는 삯꾼을 따라가던 강동지 내외가 삯꾼을 놓치고 길을 잃고 헤매던 중 우연히 강동지 마누라가 길순이 죽은 골짜기로 떨어져 그 모자의 시체를 발견하게 된다.

이 밖에도 상편 제6장에서는 자살을 기도하던 길순이 우연히 순포막의 순검에게 발견되어 목숨을 건지게 된다. 하편 장면 14에서는 점순이가 우연히 몫돈이 든 짐만 도난을 당해 돈을 잃어버리는 바람에 도망이 쉽지 않아진다. 하편 장면 16 이하에서는 점순이 숨어 있는 곳을 우연히 강동지가 발견하고 접근하게 된다. 이러한 장면들에서는 모두 우연에 기대어 이야기를 전개해 나가고 있다. 신문학 초창기의 작가들이 사건 서술에서 우연에 자주 의존했던 것은 이것이 사건을 풀어나가는 매우 손쉬운 방법이었기 때문이다.

ⓒ 필연성이 결여된 작품 귀결

신소설 이전의 고대소설들은 상투적인 해피엔딩으로 끝을 마무리하는 경우가 많다. 이에 반해 「귀의성」은 결말에서 그러한 상투성을 벗어났다는 긍정적인 평가를 받고 있다. 다음은 그러한 평가의 예이다.

특히 재래의 고대소설이 고진감래의 인생관이나 권선징악적인 윤리관을 내세우기 위하여, 작품의 결말을 해피 엔딩으로 끌고 간 데 비하여, 「귀의성」에서는 작자가 끝까지 객관적인 위치에서 냉정하게 사건을 다루어 참상에 빠져가는 인물을 가는 대로 내버려 두고, 하등의 설교도 가하지 않은 것이 주목할 점이다. 거기에다 치밀한 구성과 사건 전개의 빠른 템포 및 내용이 주는 비극성은 독자를 끝까지 박력 있게 이끌며, 강한 충격 속에 공명을 일으키게 하였다.[124]

---

124 전광용, 『신소설 연구』, 새문사, 28쪽.

이러한 지적은 나름 타당하다. 그러나 문제는 이 작품의 결말에 내적 필연성이 결여되어 있다는 데 있다. 작품의 결말은 그동안의 서술을 형식 상으로나 내용상으로 안정되게 마무리 짓는 것이어야 한다. 안정된 마무리를 위해서는 그 결말이 중간에 이루어졌던 인물들의 행위의 당연한 결과로 혹은 개연성 있는 결과로 나타나야 한다. 그러나 「귀의성」은 결말에 불필요한 내용이 삽입됨으로써 작품 구조의 안정성을 해치게 된다. 이 작품의 마지막 장면 22에서는 남은 인물들을 처리하는 방법으로 외견상 합리적인 듯이 보이는 홀아비^{김승지}와 과부^{침모}의 결합을 시도한다. 그러나 이 둘의 결합은 작품의 균형 잡힌 서술 구조에 전혀 도움이 되지 않는다. 더구나 이 두 사람은 작품의 주제와 연관 지어 생각할 때 서로 결합되어서는 안 될 인물들이다. 두 사람의 결합은 단순한 과부와 홀아비의 결합이라는 의미를 넘어선다. 이들의 결합은 본처와 첫 시앗이 죽게 되자 둘째 시앗이 본처가 되는 해석을 가능하게 한다. 결국 두 사람의 결합이라는 결말은 이 작품의 주제를 이해할 수 없게 만들어 버리는 것이다.

㉣ 새로운 줄거리 예시 방법

고대소설에서 작품의 줄거리를 미리 예시하는 방법으로는 제목을 통한 예시, 인물의 유형을 통한 예시, 작가의 직접적 견해 피력을 통한 예시, 꿈을 통한 예시 등이 있다. 거기에 이재선은 장절章節의 배열을 통한 예시의 방법[125]을 추가하여 신소설에는 모두 5가지의 예시 방법이 사용되고 있음을 지적한다. 「귀의성」에서는 고대소설의 전통적인 줄거리 예시 방법이 모두 사용되고 있고, 특히 꿈을 통한 예시가 많다.

---

125 이재선,『한국 개화기소설 연구』, 일조각, 1972, 255쪽.

상편 제1장에서 길순이 악몽을 꾸고 눈물을 흘린다. 제2장에서 꿈의 내용이 서술되는데, 길순이 낳은 아기를 큰마누라가 잡아먹는다는 내용이다. 이것은 곧 앞으로 있을 길순과 그 아들의 운명을 예시한다. 하편 장면 4에서 강동지 마누라가 흉몽을 꾼다. 꿈속에서 김승지 마누라가 길순을 죽여 고추장 항아리에 넣는다. 이 경우는 이미 일어났던 사건을 꿈을 통해 알게 되는 것이다. 하편 장면 9에서 김승지가 봉은사로 가기 이전에 집에서 꿈을 꾼다. 꿈속에서 자기 마누라가 춘천집 모자를 방망이로 때려 죽인다. 이 경우 이미 일어났던 사건을 상징적으로 제시하는 것이기는 하나 이후 곧바로 김승지가 춘천집 모자의 시체를 발견하게 된다는 점에서 줄거리 예시적 기능도 갖는다. 하편 장면 19에서 점순이가 죽기 전날 밤에 꿈을 꾼다. 꿈에서 장님 판수가 지팡이를 들고 자신을 죽이려고 하자 쫓겨 다니느라 애를 쓴다. 이 경우는 꿈이 인물의 불안한 심리상태를 표출하는 소위 심리묘사적 기능을 갖는 동시에 앞으로 있을 줄거리 예시적 기능을 함께 갖는다.

「귀의성」에는 이와 같은 전래적 예시 방법 외에도 상징적 삽화를 통한 예시가 쓰이기 시작한다. 이 작품에는 다음의 두 가지 상징적 삽화가 나오는데, 이러한 삽화는 작품의 주된 사건이 어떻게 전개되어 나갈 것인가를 비교적 정확히 예시하는 사건 예시적 기능을 갖고 있다.

〈삽화 1〉 김승지 집에서 암탉이 울기 시작하자 모두가 흉조라고 생각하고 우는 암탉을 찾아 죽이기로 함. 늙은 암탉과 새로 들여온 암탉을 유심히 살펴보니 우는 암탉은 늙은 암탉이었음. 그러나 김승지 부인의 명에 의하여 늙은 암탉은 그냥 두고 새로 들여온 암탉을 까닭 없이 죽임.

〈삽화 2〉 춘천집이 아들을 업고 마당에 나와 그날따라 많이 내리는 꽃비
를 구경함. 구경하던 중 점순이가 춘천집에게 아직 떨어지지 않
을 꽃도 몹쓸 바람을 만나더니 떨어진다고 이야기함.

〈삽화 1〉에서 우는 암탉은 김승지 부인을 빗대어 말한 것이고, 새로 들
여온 암탉은 춘천집을 비유한 것이다. 이 삽화는 춘천집이 까닭 없는 죽
음을 당하리라는 사실을 예시한다. 〈삽화 2〉에서는 떨어지지 않을 꽃이
몹쓸 바람을 만나니 일찍 떨어진다고 하는 서술을 통해 춘천집이 모해를
당해 죽을 것임을 암시한다.

③ 인물
㉮ 인물에 투영된 작가의식
「귀의성」의 인물들은 수동적 인물과 능동적 인물로 나눌 수 있다. 이
경우 전자에 속하는 인물이 춘천집, 강동지 처, 김승지, 침모 등이고, 후자
에 속하는 인물이 강동지, 김승지 부인, 점순이, 최춘보 등이다. 이 작품의
표면적인 주인공은 춘천집과 김승지이지만 실제 작품의 흐름을 좌우한
것은 능동적 인물이었던 김승지 부인, 점순이 그리고 강동지이다.
이 작품에서 능동적 인물들이 설정한 목표는 모두 신분상승, 경제적
욕구충족 등의 근대적인 것이었다. 그러나 그들이 그러한 근대적 목표를
이루기 위해 취한 수단은 모두가 전근대적이며 부도덕한 행위였다. 강동
지는 그 자신의 재산 증식과 신분상승이라는 근대적 욕구의 성취를 위
하여 기득권을 가진 세력에 맞선 것이 아니라 오히려 기존의 세도가 양
반인 김승지에게 자신의 딸을 첩으로 보내는 전근대적인 방법을 취한다.
점순이와 최춘보는 재산증식과 노비속량이라는 목표를 위해 주인에게

철저히 충성하며 살인행위를 주도 실천한다. 김승지 부인은 첩을 없애고 남편의 애정을 독차지하려는 목표를 위해 살인을 교사한다. 결국 표면적으로 이들이 지향하는 것은 근대적인 목표였으나, 소설 전체를 통하여 그들이 실제로 보여주게 되는 것은 그들의 전근대적인 행위였다.<표 1> 참조 과정의 합리성을 무시한 결과의 지향은 바로 이 작품의 작중 인물들이 갖는 의식의 파행성이자 작가 이인직의 개화의식의 한계성이라고도 할 수 있다.

<표 1> 인물의 목표와 그들이 택한 수단의 비교

인물	목표	수단
강동지	재산, 신분 상승의 욕구	딸을 양반의 첩으로 보냄
점순	돈, 노비속량의 갈망	살인 행위를 주도함
최춘보	돈, 노비속량, 애정	살인 행위를 실행함
김승지 부인	일부일처(남편의 애정)	살인 행위를 교사함

㉯ 성격의 불일치

이 작품 속에는 성격이 처음부터 끝까지 일치되는 인물과 그렇지 못한 인물들이 있어 흥미롭다. 먼저 일관된 성격을 지닌 주요 인물로는 김승지, 김승지 부인, 춘천집 이렇게 세 사람을 들 수 있다.

춘천집은 얌전하고 순한 성품으로 그의 행실이 사족부녀가 따르지 못할 사람으로 되어 있으며, 인정 많고 눈물 많은 인물로 묘사되어 있다. 김승지 부인은 그와 반대로 외모부터 못나고 거칠기 짝이 없으며 성품 역시 포악하기 짝이 없다. 김승지는 한마디로 우유부단하기 이를 데 없는 인물이다. 그는 춘천집을 보면 춘천집이 불쌍하고 부인을 보면 부인이 불쌍하다는 생각을 갖는다. 그는 언제나 눈앞에 두고 보아 좋은 것에 마음이 끌리는 인물이다. 우유부단함 자체가 김승지의 일관된 성격인 것이다. 이러한 김승지의 성격으로 인해, 김승지를 사이에 두고 김승지 부인과 춘천집의 대립이라는 삼각관계가 형성된다.

이인직은 이렇게 틀에 박힌 인물들 외에 개성 있는 인물을 만드는 일도 시도하였다. 그러한 인물이 점순이, 침모, 강동지 등이다. 그러나 이들 개성적 인물의 경우는 모두가 성격에 일관성이 없다는 결함이 있다. 강동지는 이 작품의 전반부에서는 돈에 눈이 먼 탐욕스러운 인물로 그려진다. 그는 이른바 속물의 대표적 유형이다. 자신의 딸을 거리낌 없이 양반에게 첩으로 바쳐버린 것도 자신의 야욕을 채우기 위해서이다. 길순이 죽게 된 원인도 그의 무분별한 재물욕 때문이었다. 그러나 강동지는 길순이 죽은 후부터 매우 사려 깊고 합리적으로 행동하는 인물로 변모한다. 딸의 원수를 갚기 위해 양반에 대한 생각이 충성에서 증오로 바뀐다는 사실과, 천방지축 날뛰던 인물이 갑자기 냉철하고 합리적인 인물로 변한다는 사실은 분명히 다른 것이다. 강동지는 춘천집이 죽은 이후 냉정하고 합리적인 사리판단에 의한 복수를 실행해 나간다. 전반부에 등장한 강동지와 후반부에 나오는 강동지는 전혀 다른 인물처럼 보인다. 점순이의 경우도 마찬가지이다. 상편 제13장까지의 점순이는 남편 작은돌에게 순종하는 소극적 인물로 그려진다. 그러나 이후에는 남편을 내쫓고 흉계를 꾸미는 일에 적극 가담하는 인물로 성격이 변화한다. 침모 역시 마찬가지다. 특히 그는 제5장에서 법률 밝은 개화 세상을 이야기하며, 합리적이고 긍정적인 인물로 그려진다. 그러나 제17장에서는 고생만 면할 수 있다면 아무 일이라도 다 하기를 원하는 등 갈피를 잡을 수 없이 행동한다.

근대소설에서 흔히 말하는 이른바 입체적 인물의 성격 변화는 작품의 내적 흐름이 그 인물의 성격을 자연스럽게 바꿔줄 때만이 가능한 것이다. 침모, 점순이, 강동지 등의 성격변화는 소설 내적 필연성에 의한 것이라고 보기 어렵다. 결국 「귀의성」에서는 고대소설적 전형성을 띤 인물을 그리는 일은 무리 없이 처리되었으나 상대적으로 개성화된 인물의 형상화에는 별반 성과를 거두지 못했던 것이다. 이러한 인물 성격의 불일치 원인은, 전반부에서는 작가의 설명을 통해 등장인물들의 성격이 드러나다가 후반부에서는 인물들의 행위를 통해 성격이 드러나는데 이들 내용이 일치하지 않기 때문이다.

④ 주제

「귀의성」의 주제는 '우리나라의 전통적인 가족제도의 모순을 비판하고 관리의 부패상을 드러내어 사회의 전근대적인 면들을 비판하고 있다는 점' 등으로 요약된다. "귀의성의 주제를 한마디로 말하면 본처와 시앗의 질투 갈등이 빚어낸 가정비극이라 하겠다",[126] "인습의 비판과 새 도덕",[127] "처첩간의 갈등을 위주로 하여 전통적인 처첩제도의 모순을 비판하고 있는 것이다",[128] "처첩간의 갈등을 드러내고 관리의 부패상을 지적하였다"[129]라는 언급들이 여기에 해당한다. 이 작품에 나타난 근대적 요소를 과대평가하여 김승지와 침모의 결합의 의미를 결혼은 사랑의 결합이어야 한다는 의미로 해석[130]하기도 했다. 그러나 이러한 해석은 이 작품을 지나치게 긍정적으로 평가하려는 데서 나온 결과이다.

이 작품의 주제는 크게 두 가지 방향에서 이야기할 수 있다.

첫째, 작가가 나타내려고 의도했으나 의도한 만큼은 성취되지 못한 주제가 있다. 개화사상에 기초한 남녀평등 의식을 바탕으로 축첩제도를 부

---

126   전광용, 「귀의성」, 앞의 책, 64쪽.
127   백철, 『신문학사조사』, 신구문화사, 1968, 63~65쪽 참조.
128   이재선, 「귀의성과 가족의 문제」, 『신문학과 시대의식』, 새문사, 1981, 9쪽.
129   송민호, 앞의 책, 207쪽.
130   조윤제, 앞의 책, 419쪽.

인하고 일부일처제를 주장하는 등의 새로운 가족 관계를 확립하고자 하는 주제가 그것이다. 이러한 주제는 등장인물의 대사를 통하여 이따금씩 나타나기는 했으나, 그러한 사실을 주장한 인물들의 실제적 삶의 모습을 통하여는 성취되지 못했다. 때문에 그것은 독자의 의식세계에 깊이 파고들 만한 호소력과 설득력을 지닐 수 없었다. 처첩간의 갈등의 결과를 보더라도 처와 첩은 모두 죽임을 당하나 그 갈등의 중심축이었던 남편 김승지는 아무런 피해도 입지 않는다. 남녀평등적 주제에 대한 이인직의 의식의 한계성은 작은돌이라는 인물을 통해서도 나타난다. 작은돌은 입으로는 아내 점순에게 개화사상을 이야기한다.

하나님이 사람 내실 때에, 사람은, 다, 마찬가지지, 남녀가, 다를 것이 무엇 있단 말이냐 네가 행실이 그르면 내가 너를 버리고 내가 두 계집을 두거든 네가 나를 버리는 일이 옳은 일이다. (…중략…) 요새 개화세상인 줄 몰랐느냐[131]

하지만 실제 그의 행동은 이러한 말과는 차이가 있다.

여보 여보 순돌 아버지

작은돌 보기 싫다, 여우 같이, 요것이, 다, 무엇이야

점순 남더러 공연히 욕만 하네

작은돌 욕이, 주먹보다, 낫지 아니한가

점순 걸핏하면 주먹만 내세네, 아무 죄도 없는 사람을, 설마 처죽일라고

작은돌 설마가, 다, 무엇이야 너도 마님 같이 강짜만 하여 보아라, 한 주먹

131 이인직, 「귀의성」, 『한국신소설전집』 1, 을유문화사, 1968, 179쪽

에 처죽일 터이다[132]

작은돌은 아내를 폭력으로 위압한다. 다음에 인용하는 부분도 작가 이인직의 의식의 파행성을 잘 보여준다.

남의 편지 뜯어보는 권리, 없는 줄 아는 사람은 조선에는 남자에도 많지는 못할지라, 더구나 부인이 무슨 경계를 아는 사람이 몇이나 되리오.[133]

여기서는 작가가 해설자가 되어 직접 목소리를 드러내는데, 조선 여성에 대한 멸시적 태도가 노골적으로 드러난다.

둘째, 작가가 부수적으로 의도하였고, 의도한 만큼은 성취된 주제가 있다. 신지식의 피력과 신문물의 소개 및 그에 대한 독자의 관심유도가 이에 해당된다.

「귀의성」에서는 신지식과 신문물에 대한 언급이 작품의 구성과 직접 관계없이 작품의 곳곳에 독립된 문장으로 삽입되어 있다. 그 예를 들어보면 다음과 같다.

일로전쟁의 강화 담판을 붙이던 미국 대통령이나 왔으면 김승지의 내외 싸움을 중지할는지…

도리뭉친 서양 손수건을 손에 쥐고…
아세아 큰 육지에 쑥 내민 반도국이 동편으로 머리를 들고 부상을 바라보

132 위의 책, 178쪽.
133 위의 책.

고…

　가령 사람이 벅석벅석하는 일국정부에서는 손가락 하나를 꼼짝하여도 그 소문이 전봇줄을 타고 삽시간에 천하 각국으로 건너가고…

　기다리는 것이 있으면 세월이 더딘 듯하나 무심중에 지내면 꿈결같은 것은 세월이라. 철환보다 빨리 가는 속력으로 도루라미 돌아가듯 빙빙 도는 지구는 백여도 자전하는 동안에…

　오고 가는 공기가 마주쳐서 빙빙 도는 회오리바람이…

　봄날이 길다 하나 일없는 여편네의 받고 차는 잔말이란 것은 한없는 것이라. 말하는 동안에 지구가 참 돌아가는지 태양이 달아나는지 길마제 위에 석양이…

　밤 열두 시 전차 지나가는 소리 같이 웅장하고…

　솔 잎을 스치며 지나가는 바람소리는 귀신이 우는 듯하고, 매기탄기에 발동되는 인광은 무식한 사람의 눈에 도깨비불이라 하는 것이라.

　이러한 언급은 이인직이 주필로 있으면서 「귀의성」을 연재했던 지면인 『만세보』의 발행목적과도 직결되는 것이다. 『만세보』는 그 발행목적이 '아한 인민의 지식을 계발'하고 '야매한 견문에서 벗어나 문명으로 진하는 것'에 있었으며, 그를 위해서는 궁극적으로 개화당이 집권하여 국정을 개혁하는 것이 필요하다고 보았다. 따라서 『만세보』에 연재되는 이인직의 신소설들 속에는 이러한 구절들이 의도적으로 삽입되었던 것이다.

⑤ 문체

김동인이 「조선근대소설고」에서 「귀의성」을 극찬하게 된 가장 큰 요인은 바로 이 작품의 묘사의 근대성에 있다. 김동인 이후 여러 논자들이 문체와 묘사의 사실성을 이 작품의 근대소설적 면모를 보이는 특징으로 지적하고 있다.

「귀의성」의 문체에 나타난 근대소설적 면모를 구체적으로 정리하면 다음과 같다.

첫째, 이 작품에는 고대소설류의 상투적 묘사를 벗어나 작가의 개성적 특징을 드러내는 독특한 묘사가 많이 나온다. 그 예는 다음과 같다.

창 밖에 오동나무 가지에서 새벽 까치가 두세 마디 짖는데, 그 까치의 소리가 길순의 베개 위에 똑똑 떨어진다.

안방 지게문이 펄쩍 열리면서 칠팔월 외꽃 부러지듯 꼬부라진 할미가 문고리를 붙들고 언문의 기역자 같이 서서 파뿌리 같이 하얗게 센 대강이로 체머리를 설설 흔들며 누가 무엇을 집으로 들여 온 듯이 소리를 지른다.

그때는 달그림자가 지구를 안고 깊이 들어간 후이라 강동지 집 안방이 굴 속 같이 어두웠는데, 강동지는 그렇게 어둔 방에서 담뱃대를 찾으려고 방안을 더듬다가 담뱃대는 아니 집히고 마누라의 몸뚱이에 손이 닿더라.

월남을 풀어 넣은 듯한 바닷물은 하늘에 닿은 듯하더니 기울어져 가는 저녁

볕이 물 위에 황금을 뿌려놓은 듯이 바닷물에 다시 금빛이 번쩍거리는데, 그 빛이 부산 초량 들어가는 어귀 산모퉁이에 거진 다 쓰러져 가는 외딴집 흙벽에 들이비쳤더라.

둘째, 외면적 사실 묘사뿐만 아니라 각 인물의 심리묘사까지도 병행하여 이루어지고 있다. 그 예는 다음과 같다.

길순의 꿈 생각은 잊어서 하는 것이 아니라 무섭고 끔찍하여 앞 일 조심되는 그 생각을 하고 있고, 강동지의 거짓말할 생각은 차일피일하고 딸을 아니 데리고 가자는 일이 아니라 이번에는 무슨 귀정이 날 일을 생각한다.

못된 의사라도 의사는 방통이 같은 사람이라, 아무 소리도 없이 고개를 끄덕끄덕하며 빙긋 빙긋 웃는다.

무슨 경륜을 하였는지, 아비의 얼굴에는 기쁜 빛이요, 어미의 눈에는 눈물방울이요, 딸의 가슴에는 근심 덩어리라. 세 식구가 서로 보며 한참 동안을 아무 소리가 없더니……

침모의 얼굴 한 번 쳐다보고 김승지의 얼굴 한 번 쳐다보는 부인의 눈이 갔다 왔다 한다.

침모는 그 눈치를 알고 부인을 미워하던 마음에 부인이 애를 쓰는 모양이 재미가 있어서 의심이 더욱 나도록 말을 할 듯하며 말을 아니 하고 앞으로 살짝 다가앉는다.

부인의 가슴에는 더욱 두방망이질을 한다. 김승지는 침모가 자기 턱 밑으로 얌체없이 다가오는 것을 보니, 침모 간 뒤에는 그 부인에게 무슨 곤경을 당할는지 민망한 마음에 배기지 못하여 왼편으로 기대고 있던 안석을 바른편으로 옮겨 놓고 기대니, 탕건이 부인의 어깨에 달락말락하더라.

셋째, 사물에 대한 묘사를 매개로 장면을 전환하는 기법을 사용한다. 이는 구성과도 연관된 이 작품의 뛰어난 장점의 하나가 된다. 그 예는 다음과 같다.

춘천집 모자의 송장이 사태밥에서 내리굴러 들어가며, 적적한 산 가운데 은 같은 달빛뿐인데 그 밤 그 달빛은 인간에 제일 처량한 빛이더라.
광주 정선릉으로 들어가는 어귀의 사태가 길길이 난 구렁텅이에 귀신도 모르는 송장들이 처박혔는데 꽃 같이 젊은 여편네와 옥동자 같은 어린아이라.
그 여편네는 춘천집이요, 그 어린아이는 춘천집의 아들 거북이라, 끔찍하고 악착은 그 죽음을 인간에서는 아무도 본 사람이 없으나 구만리 장천 한복판에 높이 뜬 밝은 달은 참혹한 송장을 비치었는데, 그 달의 광선光線이 한편으로 춘천 삼학산 아래 솔개 동네 강동지 집 안방 서창에 눈이 부시도록 들이 비추었더라. 그 방안에서 강동지 코고는 소리가……

정선릉 산중에서 간밤에 오던 비는 비 끝에 바람 일어 구만리 장천에 겹겹이 싸인 구름을 비로 쓸어버린 듯이 불어 흩치더니, 그 바람이 다시 밖 남산으로 소리 없이 지나가서 삼각산 밑으로 들이치는데, 삼청동 김승지 집 안방 미닫이 살이 부러지도록 들이친다.

첫 번째 예문에서는 정선릉 골짜기에 있는 춘천집의 시체 위에 내리비추는 달빛이 그의 고향인 춘천 삼학산 솔개 동네 강동지 집에도 내리비추는 정경 묘사를 통해 사건의 무대를 정선릉 골짜기에서 자연스럽게 춘천

강동지 집으로 옮겨간다. 두 번째 예문에서도 바람이 정선릉 밖에서부터 불어와 남산을 스쳐 지나 삼각산 밑으로 들이치는 장면 묘사를 통해 이야기의 배경을 정선릉에서 자연스럽게 삼청동 김승지 집으로 옮겨간다.

그러나 「귀의성」의 문장이 근대소설적 면모를 많이 갖추고 있다고 하더라도 아직은 고대소설적 잔재를 완전히 탈피한 것이 아니었다. 따라서 이 작품에는 다음과 같은 부정적 측면이 남아 있다.

첫째로, 중요한 사건의 진행 과정이 그에 대한 구체적 묘사가 아닌 설명으로 대치되는 경우가 있다. 점순이가 자신의 계략에 침모를 끌어들일 때 그 꾀이던 방법과 그에 따른 침모의 심리 변화의 추이를 보여주지 못한 채 '이리 꾀고 저리 꾀고 어떻게 꾀었던지 침모의 마음이 솔깃하게 들어간다'라는 식으로 얼버무린 경우를 그 예로 들 수 있다.

둘째로는 속담 또는 고사인용의 고대소설적 수법을 들 수 있다. 그 예는 다음과 같다.

김승지가 청천에 구름 지나가듯이 이삼차 다녀갔으나……

지혜 많은 제갈공명을 얻고 물을 얻은 고기 같이 좋아하던 한소렬도 있었으나……

침모의 치마 앞에 소상반죽에 가을비 떨어지듯 눈물이 떨어지는데……

점순의 말이라면 팥으로 메주를 만든다 하여도 곧이듣게 되었더라……

증자 같은 성인 아들을 둔 증자 어머니도 그 아들이 살인하였다 하는 말을 곧이듣고 베를 짜던 북을 던지고 나간 일도 있었거든……

　호랑나비 한 마리는 장주의 몽혼인지 허허연 날아들어 김승지 앞으로 오락
가락한다.

　중의 복색은 어디 두었다가 입고 나섰던지 손빈이가 마릉에 복병하고 방연
이를 기다리듯……

「귀의성」의 문체는 사실적 묘사와 개성적 문장의 등장이라는 측면에
서 그 가치가 인정된다. 그러나 속담의 잦은 인용이나 상투적인 중국 고
사의 인용 등은 아직 극복되지 못한 채 남아 있는 고대소설적 잔재라 할
수 있다.

3) 「은세계」
(1) 연구사 개관
「은세계」에 대한 단편적인 언급은 일제하에서부터 이루어졌다. 류광열
은 1936년 발표한 「국초 이인직 씨의 작품」이라는 글에서, 이 작품을 "봉
건주의 붕괴 과정에 있는 모든 혼란과 불안을 힘써 표현한 것"[134]으로 정
리한다.

「은세계」 연구가 분명한 틀을 갖춘 형태로 나타난 것은 1950년대 중반
전광용을 통해서이다. 그는 이 글에서 다음과 같은 말로 신소설 「은세계」
의 중요성을 지적했다.

신연극과 밀접한 관계를 가지고 있는 신소설 「은세계」는 갑오경장 후의 시대성을 반영하여, 가장 혁신적이요 현실적인 주제를 취급한 작품으로, 한말 양반 관료의 독재와 부패성을 척결하고, 이에 대한 강인한 반항과 투쟁을 실천하는 동시에, 신학문의 토대 위에 근대적인 정치개혁의 실현을 절규한 일종 정치소설 계열에 속하는 소설이다.[135]

이 글은 「은세계」와 신연극의 관련성을 논의하고 있을 뿐만 아니라, 「은세계」를 일종의 정치소설로 규정하고 더불어 객관소설이라는 명칭을 부여하고 있다. 반면 성현경은 「은세계」를 이인직의 작가의식과 연관 지어 해명하면서, 이 작품이 이인직의 매국노로서의 면모와 의식을 가장 노골적으로 드러낸 소설이며 가장 가치가 떨어지는 소설이라고 비판한다.[136]

이재선은 「은세계」를 최병도의 죽음과 그 이후 아들딸인 옥남과 옥순의 성장 과정을 다룬 작품으로 보고 2대에 걸치는 가족사적 소설로 규정한다.

이 작품은 역사적 전환을 전후하여 한 가족의 운명 즉 2대의 가족사적 성격을 지닌 작품이다. 먼저 1대의 경우, 재산이 넉넉한 최병도가에 대한 강원 감사와 그 영문 장차들의 수탈 및 불법 감금과 고문에 의한 몰락 과정이 그려지고 있다.

말하자면 관권과 법의 남용으로 인해 무고하게 최병도가 맞아 죽게 되고 그

---

134 류광열, 「국초 이인직 씨의 작품」, 『삼천리』, 1936.4, 103쪽.

135 전광용, 「은세계」, 『사상계』, 1956.2, 277쪽.

136 성현경, 「이인직 소설의 재평가 1 - 「은세계」의 경우」, 『동양문화』 제16집, 영남대 동양문화연구소, 1975, 17쪽 참조.

아내는 정신 착란증에 빠지게 되는 이야기로서 관료의 범죄적 전개 아래 개인과 민중이 얼마나 무방비하고 보호받지 못하고 있는가를 제시하고 있다.[137]

최원식은 「은세계」와 「최병두타령」과의 연관성을 논의하며 「은세계」의 구성을 전반부와 후반부로 분리하고 그에 따른 주제 역시 분리시켜 논의한다.[138]

이두현과 유민영은 연극 대본으로서의 「은세계」의 가치에 대해 접근한 바 있다. 이두현은 "우리나라 신연극의 창시자는 이인직이요 그 첫 레퍼터리는 「은세계」였음이 틀림없을 것 같다"[139]고 정리한다. 「은세계」를 한국 신연극의 효시가 되는 작품으로 평가한 것이다.

유민영은 다음과 같은 이유를 들어 이를 첫 창작 창극이라고 단언한다.

은세계를 창극으로 보는 첫째 이유는 은세계 공연이 이동백, 송만갑, 김창환, 김창룡 등 근세 5명창을 중심으로 한 순전히 창부들의 힘에 의해 무대에 올려졌다는 사실이다. (…중략…) 둘째로 은세계가 창극이었다는 것은 명창 이동백의 회고록이 이를 뒷받침한다. (…중략…) 셋째 시대적 상황으로 보아 신파극이나 정통연극을 할 수 없었다. 그때까지만 하더라도 연극인은 광대로서 사회적으로 매우 천시당했기 때문에 선구자가 나와서 대담하게 신극을 수입할 만큼 사회가 무르익지 않았다. (…중략…) 넷째 은세계가 신극신파극 혹은 근대극이 아니고 원각사에서 신극을 하지 않았다는 사실은 원각사의 신연극운동과

---

137   이재선, 『한국현대소설사』, 홍성사, 1980, 164쪽.
138   최원식, 「〈은세계〉연구」, 『창작과비평』, 1978년 여름호, 271~297쪽 참조.
139   이두현, 『한국신극사 연구』, 서울대 출판부, 1975, 29쪽. 이 책의 초판은 1966년 간행되었다.

전혀 연결이 안 됐다는 것이다. (…중략…) 이상에서 검토해본 바와 같이 은세계는 신연극이나 근대적인 전통적 신극이 아니고 원각사 창부들이 새롭게 시도한 창극이라 하겠다.[140]

신소설 「은세계」의 형성 과정에 관한 논의는 이 작품의 구조를 이해하는 데 필요하므로, 그와 관련된 연구사들은 뒤에서 추가로 언급하기로 한다.

(2) 작품 분석

① 서지

「은세계」는 융희 2년 즉 1908년 10월 10일 인쇄된 후 11월 20일 초판본이 발행된 작품이다. 당시 발행소는 동문사였고 인쇄한 곳은 일한인쇄주식회사였다. 이 작품은 표지에 '신소설 상권'이라는 표시가 되어 있다. 따라서 이 작품의 하권이 따로 있는 것이 아닐까 하는 추측을 불러일으키기도 한다. 그러나, 하권은 출간되지 않았을 가능성이 높다. 그 이유는 두 가지로 생각해 볼 수 있다. 하나는 이 작품이 표지에는 상권이라는 표시가 되어 있으나 그 끝에는 상편종上編終이 아니라 '은세계종銀世界終'이라고 표시가 된 점을 들 수 있다.[141] 이는 여기까지의 내용이 이 작품의 전부라는 이야기가 되는 셈이다. 두 번째 이유로는 작품의 내용을 분석해 볼

---

140 유민영, 「연극 (판소리) 개량시대」, 『연극평론』, 1972년 봄호, 36~38쪽.

141 상·하 양권으로 나누어 발행한 「귀의성」의 경우는 상권의 끝에는 아무 표시가 없어 이 작품의 계속됨을 의미하고, 작품이 완결되는 하권의 끝에 "종"이라는 표시가 있어 작품이 끝남을 알리고 있다. 『치악산』 상권의 경우도 작품이 끝났다는 표시가 없으므로 그 내용이 계속 이어짐을 알 수 있다. 이 작품은 현재 발견되는 판본상으로는 상권은 이인직의 작품으로 미완성의 상태이고, 하권은 김교제에 의해 쓰여진 것으로 확인되고 있다. 이 작품은 하권의 말미에 '치악산 하권 종'이라는 표시가 되어 있다.

때 작가가 이미 하고 싶은 이야기는 다 한 상태이며 따라서 작품의 주제
도 충분히 드러난 상태라는 사실을 지적할 수 있다. 그러므로 작가 이인
직의 입장에서 더 이상 하권을 집필할 필요를 느끼지 않았을 것이다.

이 작품의 서지를 다루면서 빼놓을 수 없는 사실은 작품의 표지 제자
가 한자 '新신, 演연, 劇극'의 집자로 이루어져 있다는 것이다. 즉 '新'이라
고 하는 작은 글자 58개를 모아 '銀'이라고 하는 큰 글자 하나를 만들었
고, '演'이라고 하는 작은 글자 43개를 모아 '世'라고 하는 큰 글자를 만
들었으며, '劇'이라고 하는 작은 글자 45개를 모아 '界'라고 하는 큰 글자
를 만들었다. 「은세계」의 표지가 이러한 '新, 演, 劇'이라는 글자들로 도안
되었다고 하는 사실은 작가가 이 작품을 쓸 때 분명히 신연극을 염두에
두고 있었다는 사실을 말해준다.[142] 참고로 연극 〈은세계〉의 공연 일자는
1908년 11월 15일부터 11월 29일 이후까지이나 정확한 공연 완료일은
알 수 없다.[143]

---

142 대본이 신연극을 염두에 두고 쓴 것일지라도 실제 공연에서는 배우들에 의해 그것이
     구극의 형태로 공연되었을 가능성을 완전히 배제할 수는 없다. 이로 인해 연극 〈은세
     계〉가 구극인가 신극인가 하는 논란이 존재한다. 이러한 문제가 생겨나는 중요한 원인
     가운데 하나로는 연극 〈은세계〉의 공연을 위한 연습기간 중, 작가 이인직이 국내에 있
     지 않고 일본을 방문 중이었다는 사실이 지적된다. 유민영과 최원식의 연구에서는, 이
     인직이 1908년 8월 조선을 떠나 일본에 머물다가 1909년 5월 귀국한 사실(『대한매일
     신보』, 1908.8.5·1909.5.14 참조)을 중시하여 「은세계」가 구극 형태로 공연되었음을
     주장한다. 최원식, 앞의 글, 276쪽 참조.
143 공연 시작일이 11월 15일이라는 것은 『대한매일신보』 11월 13일 자 광고 내용을 보면
     알 수 있다. 공연 완료일에 대한 기사는 현재 발견할 수 없다. 이 공연이 최소한 11월
     29일까지는 공연되었다는 사실은 『황성신문』 12월 1일 자 기사 가운데 은세계 공연도
     중 '제작야에' 관객의 소란이 있었다는 기사를 통해 확인된다. 아마도 이 연극은 12월
     초순경까지 공연된 것으로 보인다.

② 구성

이 작품의 줄거리를 요약하면 다음과 같다.

강릉 땅 경금 마을에 억척으로 벌어서 부자가 된 최병도라는 인물이 있었다. 어느 눈이 많이 내리는 날 밤에 강원감영에서 나온 장차가 최병도를 잡으러 그의 집으로 들이닥친다. 밤새 최병도를 묶어놓고 문초하던 장차들이 다음날 그를 감영으로 데려가려 한다. 그때 이웃 사는 양반 김정수가 마을 사람들을 동원하여 민요^{民擾}를 일으켜 장차들을 해하려 하나 최병도의 만류로 그만둔다. 김정수는 최병도에게 엽전 천 냥 표를 받아 도망하고 최병도는 강원감영이 있는 원주로 잡혀간다.

원주로 잡혀온 최병도는 부모불효 형제불목이라는 근거 없는 죄를 뒤집어쓰고 온갖 문초를 당한다. 최병도를 문초하는 강원감사는 탐관오리의 전형적 인물이었다. 그의 속셈은 최병도에게서 없는 죄를 자백받고 그에 상응하는 재물을 뇌물로 받아 가로채려는 것이었다. 그러나 최병도는 뇌물을 주고 타협하기를 끝까지 거부한다. 문초를 당하던 최병도는 이듬해 여름 초죽음이 되어 풀려났으나 고향으로 가는 도중 대관령 고갯마루턱에서 객사한다.

최병도 부인은 유복자인 옥남이를 낳은 후 정신이상이 된다. 일곱 살이 된 옥남이는 열네 살된 누이 옥순이와 그의 후견인 역할을 하는 김정수와 함께 미국 유학 길에 오른다. 미국에서 다섯 해를 지나는 동안 학비를 다 쓴 김정수는 돈을 가지러 귀국하나 자신의 아들이 최병도 집안의 재물을 탕진한 것을 알고 술로 세월을 보내다 급사한다. 옥순이 옥남이 남매는 김정수가 죽었다는 소식을 듣고 자신들도 자살을 결심한다. 자살 직전 순경에게 구출된 그들은 예수교 신자인 씨엑기 아니쓰의 도움으로 학업을 계속하던 중 1907년 '한국대개혁'이라는 신문기사를 보고 귀국길에 오른다. 귀국 후 어머니는 남매를 만난 기쁨에 다시 정신이 돌아오고, 세 사람은 아버지 최병도를 위해 절에 불공을 드리러 간다. 불공을 드리던 중 갑자기 나타난 의병들에게 남매가 잡혀간다.

최원식은 이러한 줄거리를 가진 작품 「은세계」를 크게 두 부분으로 나누어 분석한다. 그는 이 작품의 분석에서 1894년 직전의 조선의 모습과 1894년 이후의 조선의 모습이라는 사회사적인 틀을 적용한다.

이인직의 소설 「은세계」[1908]는 최병도를 중심으로 전개되는 전반부와 옥남이를 중심으로 전개되는 후반부의 복합구조로 이루어져 있다. 후반부는 영웅소설을 바탕한 신소설의 일반적 유형에 속하지만, 전반부는 영웅소설의 구조와 무관하다. 전반부는 후반부를 위한 소극적 배경이 아니라 그 자체로서 강한 독립성을 유지하고 있으며 이 소설의 더 가치 있는 부분이다. 부농 최병도, 잔반 김정수, 그리고 무엇보다도 생생하게 형상화된 농민들에 의해 전개되는, 봉건 지배층과의 집단적 갈등을 다루는 이 작품의 전반부는 판소리계 소설의 구조를 바탕으로 한다.[144]

그는 이러한 소설 「은세계」가 〈최병두타령〉과 일정한 관련을 맺고 있으며, 더 구체적으로는 소설 「은세계」의 전반부는 〈최병두타령〉을 기반으로 이인직에 의해 개작된 것이고, 「은세계」의 후반부는 이인직에 의해 창작 첨가된 것이라는 가설을 제시한다.

박황은 『창극사 연구』와 『판소리 이백 년사』에서 〈최병두타령〉을 광대 강용환이 창극화했다고 기술하고 있으며[145] 최원식 역시 그 가능성을 인

---

144 최원식, 앞의 글, 285~286쪽.
145 "이렇듯 창극 춘향전과 심청전은 서울 장안의 명물로 등장하여 일반 대중의 절찬을 받

정한다.[146] 그뿐만 아니라 최원식은 이 작품의 형성과정을 '최병도 이야기 — 연극 〈은세계〉 즉 〈최병두타령〉 — 소설 「은세계」'라는 틀로 이해하면서, 이것은 설화에서 판소리로 다시 그것이 소설로 정착했던 판소리계 소설의 발전 경로와 일치한다는 견해를 내세운다.[147] 유민영 역시 이러한 주장에 동의하여 "이 작품은 실화 최병도 이야기를 명창 강용환이 판소리화했고 다시 이인직 이름을 빌어 창극으로 무대에 올린 것이었다"[148]라고 정리한다.

이 작품은 당시 실제로 있었던 사건을 근거로 창작된 것으로 추정된다. 당시의 사회적 정황으로 미루어 볼 때, 탐관오리와 관련 있는 「은세계」의 소재가 될 만한 사건은 얼마든지 실재했을 것이다. 거기에, 떠도는 소문과 떠도는 노래들이 덧붙여지면서 작품은 점차 완성되어 갔다. 이는 작품에 등장하는 여러 편의 삽입가요들을 보아 알 수 있다.

「은세계」를 공간적 배경을 중심으로 살펴보면 다음과 같이 세 단락으로 구분된다. 단락 1과 단락 3의 배경은 강릉을 비롯한 기타 장소들이고, 단락 2의 공간적 배경은 원주이다.

> 단락 1   강원 감영의 장차들이 최병도를 잡으러 강릉으로 오고, 김정수가
>   민요를 일으키려다 그만두며, 최병도가 결국 잡혀가게 되는 부분
>   까지이다.

   왔는데, 강용환은 또 탐관오리를 응징하는 원각사 시절의 새로운 판소리 「최병두 타령」을 창극화하였다." 박황, 『판소리 이백년사』, 도서출판 사연, 1987, 142쪽. 이외에도 박황, 『창극사 연구』, 백록출판사, 1976 참조.
146 최원식, 앞의 글, 278쪽 참조.
147 위의 글, 279쪽 참조.
148 유민영, 「개화기의 연극공간」, 『개화기문학의 재인식』, 지학사, 1987, 153쪽.

단락 2   강원 감영으로 잡혀간 최병도가 정감사에게 갖은 문초를 당하며
         고생하다 결국은 죽게 되고, 대관령에서 그의 장사를 지내게 되는
         부분까지이다.
단락 3   최병도의 아들딸인 옥남·옥순이의 미국 유학과, 김정수의 죽음,
         이어서 옥남과 옥순의 귀국 등의 내용을 다루는 마지막 장면까지
         이다.

「은세계」에서는 이 중 단락 2에서만 삽입가요가 등장한다. 원주를 무
대로 한 단락 2는 노래로 시작해서 노래로 끝난다. 단락 2의 시작과 끝을
인용하면 각각 다음과 같다.

　원주 감영에 동요가 생겼는데, 그 동요가 너무 괴악한 고로, 아이들이 그 노
래를 할 때마다 나 많은 사람들이 꾸짖어서 그런 노래를 못하게 하나 철모르는
아이들이 종종 그 노래를 한다.
　내려왔네, 내려왔네, 불가사리가 내려왔네
　무엇하러 내려왔나, 쇠 잡아먹으러 내려왔네
　그런 노래하는 아이들은 무슨 의미인지 모르고 하는 노래이나, 듣는 사람들
은 불가사리라 하는 것이 감사를 지목한 말이라 한다.
　그것은 무슨 곡절인고? 거짓말일지라도 옛날에 불가사리라 하는 물건 하나
이 생겨나더니 어디든지 뛰어다니며 쇠란 쇠는 다 잡아먹은 일이 있었다 하는
데 (…중략…)
　그 하는 일은 무슨 일인고? 긁어서 바치는 일이다. 긁기는 무엇을 긁으며 바
치기는 어디로 바치는고? 강원일도에 먹고 사는 재물을 뺏어다가 서울 있는
상전들에게 바치는 일이라.[149]

깊은 산 높은 봉에 사람의 자취 없는 곳으로 속절없이 가는 것도 그 처자된 사람은 무정하다 할는지, 야속하다 할는지, 섧고 기막힌 생각뿐일 터인데, 그 산중에 들어가서 더 깊이 들어가는 곳은 땅속이라. 최병도 신체가 땅속으로 쑥 들어가며 달고 소리가 나는데,

어어려라 달고

처자 권속 다 버리고 혼자 가는 저 신세 이제 가면 언제 오리 한정 없는

길이로다 어어여라 달고 (…중략…)

철천한 한을 품고 유언이 남았거든 죽지사 전하듯이 꿈에난 전해주게 어어

여라 달고[150]

단락 2에서는 삽입가요가 발견된다는 사실 이외에도 문장이 이야기 서술체가 아니라 스스로 묻고 스스로 대답하는 형태로 바뀌고 있음을 알수 있다. 이 밖에 단락 2에서는 최병도의 대화 등에서 상투적인 한자 숙어가 빈번하게 사용된다. 이 역시 단락 2가 구전되는 이야기일 가능성을 높여주는 요소이다. 이를 근거로 삼으면 「은세계」의 단락 2는 기존의 〈최병두타령〉을 바탕으로 이인직이 개작한 것이고, 단락 1과 단락 3은 순수한 이인직의 창작으로 추정할 수 있다.[151] 단락 1과 단락 3에서는 단락 2와는 달리 이인직 특유의 섬세한 정경 묘사가 많이 등장한다. 송민호의 경우도 이 작품의 서두를 예를 들면서, "이 소설은 완전한 구어체 문학으로서 어느 개화기 소설보다 언문일치가 두드러져 있다는 점"[152]을

---

149   이인직, 「은세계」, 『한국신소설전집』 1, 을유문화사, 1968, 421~422쪽.
150   위의 글, 441쪽.
151   당시 강원 감영이 원주에 있었으므로, 〈최병두타령〉 등 탐관오리를 비판하는 노래가 원주에 있었을 가능성이 높다.
152   송민호, 앞의 책, 214쪽.

강조하고 있다. 이 작품 특유의 묘사력을 살피기 위해 도입 문단을 예로 인용한다.

겨울 추위 저녁 기운에 푸른 하늘이 새로이 취색하듯이 더욱 푸르렀는데, 해가 뚝 떨어지며 북새풍이 슬슬 불더니 먼산 뒤에서 검은 구름 한 장이 올라온다. 구름 뒤에 구름이 일어나고, 구름 옆에 구름이 치받쳐 올라오더니, 삽시간에 그 구름이 하늘을 뒤덮어서 푸른 하늘은 볼 수 없고 시커먼 구름 천지라. 해끗해끗한 눈발이 공중으로 회회 돌아 내려오는데, 떨어지는 배꽃 같고 날아오는 버들가지 같이 힘없이 떨어지며 간 속이 없이 스러진다. 잘던 눈발이 굵어지고 드물던 눈발이 아주 떨어지기 시작하며 공중에 가득 차게 내려오는 것이 눈뿐이요 땅에 쌓이는 것이 하얀 눈뿐이라. 쉴 새 없이 내리는데, 굵은 채 구멍으로 하얀 떡가루 쳐서 내려오듯 솔솔 내리더니 하늘 밑에 땅덩어리는 하얀 흰 무리 떡덩어리 같이 되었더라.[153]

단락 1에서 중요하게 부각되는 인물이 최병도가 아니라 김정수라는 점도 주목해 볼 필요가 있다. 이 부분은 김정수로 인해 야기되는 민요民擾가 없었다면 최병도가 잡혀가는 이야기로 간단히 처리될 수 있는 것이었다. 단락 1의 내용 서술이 길어진 것은 김정수의 등장을 위한 것이었다. 단락 1에서 김정수의 등장은 이 작품의 주제가 집약되어 있는 단락 3을 위해서 필요한 것이었다. 다음은 단락 3의 시작 부분이다.

그 달고질 소리가 마치매 둥그런 뫼가 이루어졌더라. 그 뫼는 산봉우리 위에

---

153 이인직, 「은세계」, 앞의 책, 409쪽.

섰는데, 형상은 전기선 위에 새가 올라앉은 것 같이 되었더라.[154]

여기에서는 산봉우리 위에 생겨난 무덤의 형상이 마치 전깃줄 위에 새가 올라앉은 것 같다고 비유적으로 묘사한다. 단락 3의 시작부터 옥순과 옥남 남매가 의병에게 잡혀가는 마지막 장면까지는 서술 내용으로 보나 문장상의 특색으로 보나 이인직에 의해 새롭게 창작된 것이 분명하다.

③ 주제

「은세계」의 주제에 대한 기존의 견해를 정리해 보면 다음과 같다. 전광용은 이 작품의 주제에 대해 아래와 같이 언급했다.

> 「은세계」의 주제는 봉건지배층의 정치적인 부패에 따르는 백성에 대한 가렴주구, 이에 견디다 못하여 항거하는 민중의 반항의식, 고루한 봉건체제를 혁신하기 위하여 신학문의 기반 위에 새로운 정치개혁을 기도하려는 개화사상 등을 들 수 있겠으나, 이러한 의식은 모두 김옥균을 영수로 하는 개화당에 연관성을 가지고 있고 그것이 종국에 가서는 고종의 양위를 정치의 가장 중대한 혁신인 것처럼 귀결 짓는 방향으로 이끌어갔다.[155]

송민호 역시 위와 비슷한 견해를 드러낸다. 그는 이 작품이 이인직의 작품 가운데 가장 주제의식이 강하게 드러난 작품임을 이야기하면서, 그 구체적인 항목으로는 다음의 사실들을 지적한다.

---

154 위의 글, 441쪽.
155 전광용, 『신소설 연구』, 새문사, 164쪽.

근대적 개화사상 면에서 앞에 서술한 현실 고발, 민중 항거와 더불어 신학문 고취를 들 수 있다. 이 점은 주인공의 자녀인 옥순 옥남이 외국 유학을 하게 된 다든지, 또 이들 남매가 부패한 행정을 바로잡는 일이나, 비명에 죽은 것이나 다름없는 아버지에 대한 원한을 푸는 길은 새로운 교육을 보급시켜, 근대적 정체를 수립하는 길뿐이라는 신교육에 의한 근대적 각성에 있다고 생각했던 것에서 잘 드러나 있다.[156]

성현경은 「은세계」의 주제를 "찬합병론으로서 그 이상 혹은 그 이하 어느 것도 될 수 없다"[157]고 말한다.

최원식의 「은세계 연구」에서는 작품의 주제와 가치를 전반부와 후반부로 나누어 정리한다.

이 소설의 전반부는 판소리계 소설의 현실인식을 발전시켜 새로운 단계의 리얼리즘으로 성취했다. 이 작품은 최병도라는 중도적 주인공을 내세워 봉건 지배층의 탈락한 세계와 역동적 집단으로 성장한 농민층의 세계를 포괄적으로 드러냄으로써 1894년 농민전쟁 직전의 갈등하는 조선사회를 생생하게 형상화했다. 이렇게 하여 이 소설은 조선 후기 평민문학의 가장 높은 수준에 도달했던 것이다.[158]

전반부에서 봉건 지배층이라는 공동의 적대자 앞에서 통합되었던 최병도와 농민의 관계는 후반부에 와서 전면적으로 붕괴되고 옥남이와 의병이 날카롭

---

156 송민호, 앞의 책, 214~215쪽.
157 성현경, 앞의 글, 17쪽.
158 최원식, 앞의 글, 294쪽.

게 대립함으로써 진보의 주체로서의 평민상층의 역사적 의의는 소멸한다. (…
중략…) 옥남이의 연설은 1908년 의병전쟁에 동원된 민중역량을 둔화시키려
는 이인직의 친일적 의도를 명백히 드러내고 있다. 그러나 이 장면은 작가의
의도를 배반하고 오히려 옥남이를 희화시키고 있다. (…중략…) 그리하여 이
작품은 봉건주의와 일제에 투쟁한 주체가 민중적 토대임을 무엇보다 생생하
게 보여준다.[159]

기존의 논의들을 중심으로 살펴볼 때 「은세계」의 주제는 탐관오리에
대한 비판, 민중항거, 혹은 신교육의 필요성 강조, 신학문의 고취를 통한
정치개혁, 혹은 합병론에 대한 찬성 등이라 할 수 있다. 이러한 주제들은
실제로 작품의 곳곳에서 확인된다. 그러나 문제는 이러한 주제들이 작품
전체를 관통하는 핵심적 주제가 아니라는 데에 있다.

먼저 이 작품에 나타난 신교육과 신학문의 고취에 관한 문제를 살펴보
기로 한다. 이 작품에서는 탐관오리에 의해 억울하게 죽은 최병도의 원을
푸는 길이 신학문을 통한 정치개혁으로 이어지는 것인 양 호도하고 있다.

이 나라를 붙들고 이 백성을 살리려 하면 정치를 개혁하는 데 있는 것이니,
우리는 아무쪼록 공부를 많이 하고 지식을 넓혀서 아무 때든지 개혁당이 되어
서 나라의 사업을 하는 것이 부모에게 효성하는 것이요.[160]

「은세계」에서 옥순과 옥남이 기다리던 정치개혁의 구체적인 내용은
고종이 일본의 강요에 의해 순종에게 왕위를 물려주는 치욕적인 사건을

---

159 위의 글, 295~296쪽.
160 이인직, 「은세계」, 앞의 책, 458쪽.

의미한다. 이 사건은 고종이 1907년 6월 헤이그에서 열린 만국평화회의에 을사늑약이 무효임을 세계열강에 호소할 목적으로 밀사를 파견한 데에서 비롯된 것이다. 이 사건을 계기로 일본은 고종을 퇴위시키는 한편, 제3차 한일협약을 체결하여 군대를 해산하고 차관이하 각 요직은 물론 권력의 말단까지 장악하게 된다.[161] 그런데 옥순 남매에게는 이야말로 기다리던 사건이요, 그로 인해 더 이상 미국에 머무를 필요를 느끼지 않고 귀국을 결심하게 된다. 옥남이가 귀국을 결심하며 옥순에게 하는 말 가운데 "만일 삼십 년 전에 개혁이 되었으면 삼십 년 동안에 또한 중등 강국은 되었을지라. 남으로 일본과 동맹국이 되고 북으로 아라사 세력이 뻗어오는 것을 틀어막고 서로 청국의 내버리는 유리를 취하여 장차 대륙에 전진의 길을 열어서 불과 기년에 또한 일등 강국을 기약하였을 것이요"[162]라고 하는 부분은 그가 바라는 정치개혁의 성격이 무엇인가를 그대로 드러낸다.[163] 이러한 외세의존적인 정치개혁에 대한 기대는 그들이 귀국한 후에 의병을 만나 자신들의 의사를 전달하는 과정에서 더욱 분명하게 드러난다. 신교육을 받고 신학문을 익히고 돌아온 옥남이는 의병들의 행동에 대해 다음과 같이 질타한다.

여러분 동포가 의리를 잘못잡고 생각이 그릇 들어서 요순 같은 황제 폐하 칙령을 거스르고 흉기를 가지고 산야로 출몰하여 인민의 재산을 강탈하다가

---

161 한국역사연구회 편, 『한국사강의』, 한울아카데미, 1989, 261쪽 참조.
162 이인직, 「은세계」, 앞의 책, 462쪽.
163 이러한 내용은 이인직의 작품 「혈의루」에서 미국 유학생 구완서에 대한 내용 중 "구 씨의 목적은 공부를 힘써 하여 귀국한 뒤에 우리나라를 독일국 같이 연방도를 삼되, 일본과 만주를 한데 합하여 문명한 강국을 만들고자 하는 비사맥 같은 마음이요…"(이인직, 「혈의루」, 『한국신소설전집』 제1권, 을유문화사, 1968, 50쪽)라는 대목과 상통한다.

수비대 일병 사오십 명만 만나면 수십 명 의병이 더 당치 못하고 패하여 달아

나거나, 그렇지 아니하면 사망 무수하니 동포의 하는 일은 국민의 생명만 없애

고 국가 행정상에 해만 끼치는 일이라, 무엇을 취하여 이런 일을 하시오?[164]

　　신교육 혹은 신학문을 통한 강한 나라의 구현에 대한 주장은 이 작품

에서 사회개혁의 방향을 호도하는 수단으로 활용된다. 일제의 압력에 의

해 강제로 퇴위당한 고종에 이은 순종의 등극을 요순시절로 비유하고 있

으며, 그에 항거해 일어난 의병을 무뢰지배로 표현하는 것이야말로 이러

한 방향 호도의 구체적 예가 된다.

　　다음으로는 이 작품에 나타난 민중항거의 문제를 생각해 보기로 한다.

이 민중항거는 신소설에서는 흔히 볼 수 없는 내용이며, 따라서 그 특수

성으로 인해 일부 연구에서 주목의 대상이 되기도 했다. 그러나 이 역시

「은세계」의 주요 주제로 부각되기 어렵다. 「은세계」 초반부에서 김정수

가 등장한 것은 후반부 최병도의 죽음 이후를 대비한 것이었다. 그런데

이렇게 등장한 김정수가 일으키게 되는 민요民擾는 흥미 중심의 우발적

사건에 지니지 않는다. 당시 실제 민중의 항쟁에는 봉건지배 체제의 구

조적 모순의 심화라고 하는 분명한 이유가 선행했다.[165] 그러나 「은세계」

에 나타난 민요는 그 동기나 과정에 개연성이 약하다. 여기에 나타난 민

요의 동기는 두 가지로 볼 수 있다. 간접적인 동기는 원주 감영 장차들에

164　이인직, 「은세계」, 앞의 책, 466쪽.

165　실제 역사에서 한말에 빈발하던 농민항쟁은 작품 「은세계」에 나타나는 것처럼 그렇게
　　우발적인 것이 아니었다. 당시의 농민항쟁은 여러 가지 형태가 있었으며, 「은세계」에
　　나타나는 집단적 봉기는 이러한 항쟁의 가장 발전된 형태였다. 이러한 항쟁은 농민들
　　스스로가 각성되면서 봉건사회를 해체시켜 가는 과정에서 발생한 것이었으며, 봉건사
　　회 모순의 담지자인 농민층이 그 모순을 해결하면서 스스로를 변혁주체 세력으로 확립
　　해 나가는 과정의 산물이었다. 한국역사연구회 편, 앞의 책, 194~195쪽 참조.

게 최병도가 잡혀가게 되었다는 사실이다. 직접적인 동기는 양반 김정수가 사령에게 욕을 보았다고 하는 사실이다. 애초에 김정수는 민요를 일으키려는 의도를 품고 있는 인물이 아니었다. 그러나 영문 사령에게 망신을 당한 그는 최병도집 하인 천쇠를 불러 사람들을 모아오라 명하고, 천쇠는 '어젯밤에 장차들에게 얻어맞던 원수를 갚는다 싶은 마음에 신이 나서 달려가' 사람들을 모아온다. 김정수는 몰락한 양반으로서 패호한 사람이며 난봉이라 서술되어 있다. 그런 김정수의 감정 섞인 말 한마디에 백성들이 목숨을 걸고 행동을 하게 된다는 것은 사리에 맞지 않는 작품의 전개이다.

다음으로는 탐관오리에 대한 비판이라는 문제를 살펴보자. 탐관오리에 대한 비판은 작품 전체를 통해 제기되고 있으며, 따라서 그것이 이 작품의 궁극적 주제가 된다는 주장이 적지 않다. 탐관오리에 대한 비판을 보이는 부분들을 살펴보면 다음과 같다.

그때 강원 감사의 성은 정 씨인데, 강원 감사로 내려오던 날부터 강원일도 백성의 재물을 긁어들이느라고 눈이 벌개서 날뛰는 판에 영문 장차들이 각 읍의 밥술이나 먹는 백성을 잡으러 다니느라고 이십육 군 방방곡곡에 늘어섰는데, 그런 출사 한번만 나가면 우선 장차들이 수나는 자리라. (…중략…) 가령 남의 묘를 파러 다니는 도적놈은 겁이 많지마는 영문 장차들은 겁 없는 불한당이라. 더구나 그때 강원 감영 장차들은 불한당 괴수 같은 감사를 만나서 장교와 차사들은 좋은 세월을 만나 신이 나는 판이라.[166]

---

166 이인직, 「은세계」, 앞의 책, 412쪽.

응, 우리나라에서는 녹피에 가로왈자 같이 법을 써서 죽이고 싶은 사람이 있으면 없는 죄를 만들어 뒤집어 씌우고, 살리고 싶은 사람이 있으면 있는 죄도 벗겨주는 세상이라. 이러한 세상에 재물을 가진 백성이 있으면, 그 백성 다스리는 관원이 그 재물을 뺏어먹으려고 없는 죄를 만들어서 남을 망해놓고 재물을 뺏어먹는 세상이니 그런 줄이나 알고 지내오.[167]

그 하는 일이 무슨 일인고? 긁어서 바치는 일이라. 긁기는 무엇을 긁으며 바치기는 어디로 바치는고? 강원일도에 먹고 사는 재물을 뺏어다가 서울 있는 상전들에게 바치는 일이라.[168]

감사도 눈이 벌겋고 조방助幇 군이도 눈이 벌개 날뛰는데, 강원도 백성들은 세간이 뿌리가 쑥쑥 빠질 지경이라. 강원 감영 선화당 마당에는 형장 소리가 끊어지지 아니하고 선화당 위에는 풍류 소리가 끊어질 때가 없다.[169]

대체 그 감사가 백성의 돈 뺏어먹는 일에는 썩 솜씨 있는 사람이라. 별옥이 몇 간이나 되는 옥인지 부민富民을 잡아오면 한 간에 사람 하나씩 따로따로 가두고 뒤로 사람을 보내서 으르고 달래고 꾀이고 별 농락을 다하여 돈을 우려낼 대로 우려내는 터이라.[170]

「은세계」에서 이러한 탐관오리에 대한 비판이 이 작품을 쓴 작가 이인

---

167 위의 글, 419쪽.
168 위의 글, 421~422쪽.
169 위의 글, 422~423쪽.
170 위의 글, 425쪽.

직의 궁극적 목표라고 보는 것은 잘못된 해석이다. 「은세계」에서는 탐관오리에 대한 비판이 작가의 의도에 따라 '필연적인 망국론'으로 이어지게 된다. 이 작품에는 나라가 망한다는 이야기 혹은 망하기를 기대하는 이야기가 무려 여섯 군데 이상에서 나온다. 다음이 그 예문들이다.

이런 놈의 세상은 얼른 망하기나 했으면… 우리 같은 만만한 백성만 죽지 말고 원이나 감사나 하여 내려오는 서울 양반까지 다 죽는 꼴 좀 보게.[171]

응? 뺏으면 뺏기고, 죽이면 죽고, 당하는 대로 앉아 당하지. 말이 났으니 말이지, 백성이 이렇게 살 수 없이 된 나라가 아니 망할 수 있나, 응?[172]

요새 세상에 돈만 많이 쓰면 쉽게 놓여나오는 줄은 알지마는 나라를 망하려고 기를 버럭버럭 쓰는 놈의 턱밑에 돈표를 써서 들이밀고 살려달라, 놓아달라, 그따위 청을 하고 싶은 마음은 없는걸. 죽이거나 살리거나 제 할 대로 하라지.[173]

글 잘하는 양반이 말을 하여도 남과 다른데, 최서방님이 나를 보고 순사도를 욕을 하는데, 나라 망할 놈이라고 이를 북북 갈고 피를 퍽퍽 토하면서, 우리나라 백성들이 불쌍하다고 말을 하니, 그 매를 그렇게 맞고 그 고생을 그리하면서 내 몸 생각은 조금도 없고 나라 망할 근심인데, 여어허 어여라 상사디이야.[174]

---

171 위의 글, 415~416쪽.
172 위의 글, 418쪽.
173 위의 글, 420쪽.

순사도께서 이 백성들을 수족 같이 알으시고, 동생 같이 여기시고, 어린 자식 같이 사랑하시면 이 백성들이 무궁한 행복을 누리고, 이 나라가 태산과 반석 같이 편안할 터이오나, 만일 그렇지 아니하여 백성이 도탄에 들을 지경이면, 천하의 백성 잘 다스리는 문명한 나라에서 인종을 구한다는 옳은 소리를 창시하여 그 나라를 뺏는 법이니, 지금 세계에 백성 잘못 다스리던 나라는 망하지 아니한 나라가 없습니다. 애급이라는 나라도 망하였고, 파란이라는 나라도 망하였고, 인도라는 나라도 망하였으니, 우리나라도 백성에게 포악한 정사를 행할 지경이면 나라가 망하는 것은 순사도는 못 보시더라도 순사도 자제는 볼 터이올시다.[175]

지금 우리나라 형편이 어떠하냐 할진대, 말 한마디로 그 형편을 자세히 말하기 어려운지라. 가령 한 사람의 집으로 비유할진대, 세간은 다 판이 나고 자식들은 다 난봉이라. 누가 보든지 그 집은 꼭 망하게만 된 집이라.[176]

필연적 망국론은 이 작품에서 정치대개혁으로 포장된 고종의 양위사건으로 이어진다. 결국 이 작품 전체를 꿰뚫는 작가의 의도는 탐관오리로 인한 필연적인 망국의 길과 그 도정에서 나타나게 되는 고종의 양위사건에 대한 합리화, 즉 일본 세력의 개입에 대한 합리화라는 틀로 이해될 수 있다. 인용한 예문 가운데 "백성이 도탄에 들을 지경이면, 천하의 백성 잘 다스리는 문명한 나라에서 인종을 구한다는 옳은 소리를 창시하여 그 나라를 뺏는 법"이라고 하는 서술에서는 제국주의 국가의 침략적 행위를

---

174 위의 글, 428쪽.
175 위의 글, 433~434쪽.
176 위의 글, 463쪽.

문명한 나라의 인도적 행위로 미화한다.

　조선이 주권을 상실한 주요 원인, 아울러 일본 세력 개입의 필연적 원인이 조선의 탐관오리에 있음을 보여주려는 것이 이 작품 전체에 흐르는 작가의 주제의식이다. 그것은 이 작품의 끝부분에서 옥남이가 의병에게 일장 연설을 하는 가운데 우리나라가 국권을 잃은 근본 원인이 무엇인지를 먼저 살피라고 하는 대목을 통해서도 확인된다.

　　또 동포의 마음에 국권을 잃은 것을 분하게 여긴다 하니, 진실로 분한 마음이 있을진대 먼저 국권을 잃은 근본을 살펴보고 장차 국권이 회복될 일을 하는 것이 옳은 일이라. 우리나라 수십 년래 학정을 생각하면 이 백성의 생명이 이만치 남은 것이 뜻밖이요, 이 나라가 멸망의 화를 면한 것이 그런 다행한 일이 있고. 우리나라 수십 년래 학정은 여러분이 다 같이 당한 일이니, 모르실 리가 없으나 나는 내 집에서 당하던 일을 말씀하리라.[177]

　「은세계」는 조선의 국권 상실과 일제의 식민통치를 정당화하기 위해 쓰인 작품이다. 결국, 조선은 탐관오리 등으로 인해 스스로 멸망해갈 수밖에 없었고, 그러한 불행한 운명에 처해 있는 조선의 정치개혁을 도와 이만큼이라도 살아갈 수 있도록 해준 일본 제국주의의 개입에 대해 감사하는 마음을 갖도록 유도하는 것이 「은세계」의 일관된 주제인 것이다.

　이인직의 모든 신소설들은 기본적으로 그의 '개화'와 '친일'의 의지를 담기 위한 그릇이었다. 신소설 가운데서도 특히 한일병합 이전의 신소설들은 서사 중심 신소설이건 논설 중심 신소설이건 모두 논설적 요소를

177　위의 글, 467쪽.

적지 않게 담고 있다. 서사 중심 신소설 역시 논설 중심 신소설과 마찬가지로 작가의 논설적 의도와 허구적 서사가 결합된 모습으로 나타난다는 점에는 차이가 없다. 다만 어느 쪽에 더 큰 비중이 있는가에 따라 이 둘을 구별하게 된다.

서사 중심 신소설이 거둔 소설사의 성과는 무엇보다 구성과 문체의 측면에서 두드러진다. 이는 이인직의 작품 「혈의루」와 「모란봉」, 그리고 「귀의성」 및 「은세계」를 정리 분석하면서 분명히 확인할 수 있는 사항들이었다. 구성의 측면에서는 실제 일어난 사건의 순서와 관계없이 그 사건들을 소설 내에 재배치하는 방식을 도입했다. 이러한 새로운 구성의 방식은 서사 중심 신소설이 지향하는 목표 가운데 하나였던 대중적 흥미를 높이는 일에 효과적이었다. 이를 통해 상투적 도입부를 삭제하는 등 필요한 내용들을 적절한 자리에 배치함으로써 작품의 내적 긴밀감을 높일 수 있었던 때문이다.

신소설의 문체는 언문일치를 지향하는 구어체로 변해갔을 뿐만 아니라 설명문을 벗어나 묘사문을 지향하는 쪽으로 나아갔다. 특히 묘사문들은 사건이나 사물에 대한 외면 묘사뿐만 아니라 인물의 심리 묘사까지도 병행함으로써 새로운 근대소설의 세계를 여는 일에 기여했다. 신소설이 보여주었던 이러한 인물의 내면 심리에 대한 관심은 뒤에서 다룰 1910년대 단편소설의 성과로 이어지게 된다.

5. 논설 중심 '신소설'

논설 중심 신소설은 내용과 형식에서 논설적 서사와 유사한 측면이 많다. 서사 중심 신소설은 논설과 계몽의 의지가 개화와 친일로 이어지는 경우가 대부분이다. 하지만 논설 중심 신소설은 논설과 계몽의 의지가 주체성을 강조하는 측면으로 이어지는 경우가 주를 이룬다. 서사 중심 신소설이 비자주적 개화 지향의 논설을 담아내던 신소설이라면 논설 중심 신소설은 자주적 개화 지향의 논설을 담아내던 신소설이다.

안국선의 「금수회의록」은 논설 중심 신소설의 주목할 만한 사례 가운데 하나이다. 「금수회의록」 이외에도 김필수의 「경세종」이나 이해조의 「자유종」 등이 논설 중심 신소설에 속한다. 논설 중심 신소설은 서사 중심 신소설에 비해 작품 수도 많지 않으며 명맥이 오래 가지도 못했다. 그 가장 큰 이유는 정치적인 데에 있었다. 한일병합을 전후해서 논설 중심 신소설은 치안을 어지럽히는 작품으로 분류되었고 이들은 곧 금서 처분을 받게 된다. 이 장에서 살펴보려고 하는 「금수회의록」, 「경세종」, 「자유종」은 모두 한일병합 이전에 발표된 작품들이다.

1) 「금수회의록」

(1) 안국선의 생애

안국선의 생애를 재구성하기 위한 자료에는 여러 가지가 있다. 그 가운데 하나는, 안국선의 장남으로 1930년대 이후 소설가 겸 문학이론가로 활동했던 안회남의 글 「선고유사」이다.[178] 이 밖의 중요 자료로는 구한말

---

178 안회남, 「선고유사」, 『박문』, 1940.6, 2~4쪽.

유학생 관련 자료 및 관보, 그가 출생, 성장, 거주했던 지역의 제적부, 기타 주변 인물의 술회 등을 들 수 있다. 기존의 연구 가운데 안국선의 생애에 대한 재구성을 시도한 글 중 우선 참고할 만한 것은 윤명구의 연구이다.

윤명구의 연구에서 밝혀진 사실은 이러하다. 안국선은 1878년 안직수의 장남으로 경기도 안성군 고삼면에서 출생하여 1894년 16세에 도일하였다. 정치학을 배우고 귀국하여 모종의 정치적 사건에 관련되어 참형을 선고받았다가 진도에 유배되었다. 그곳에서 이숙당과 결혼하였으며, 방면된 후 청도군수의 관직에 있다가 6개월 만에 물러났다. 그후 실업계에 투신하였다. 1916년 4월 서울에서 다시 안성군 고삼면으로 이주하여 살았다. 금광, 미두, 주권 등에 손을 댔으나 실패하고, 1920년 12월 외아들 안필승의 교육을 위하여 다시 서울 다옥정으로 이주했다. 그러나 아들의 중학 졸업도 보지 못하고 1926년 7월 8일 오후 3시 병사했다. 이러한 생애 중, 그가 청도군수라는 관직을 지낸 것이 한일병합 전인지 후인지는 불분명하며, 그의 유학 연도 역시 1895년 제1회 관비 유학생 182명 파견 때가 아닐까 한다.[179]

이러한 연구 위에 권영민은 다음과 같은 사실을 추가하였다.

안국선은 1895년 17세에 친일정객 안경수의 주선으로 관비 유학생에 선발되어 도일하였다. 귀국 후 안국선은 이미 해산된 독립협회 간부였던 이승만, 이상재 등과 관계를 맺고 있다가 이들과 함께 정치 사건에 관련되어 투옥되었고, 감옥 속에서 배재학당의 선교사 아펜젤러와 벙커 등의 권유로 기독교로 개종한다. 이후 진도로 유배되었다가, 1904년경 서울로 올라오고, 1908년 탁지부의 관리가 되어 점차 요직을 맡게 된다. 한일병

---

179 윤명구, 「안국선 연구」, 서울대 대학원, 1973, 13~14쪽 참조.

합 후인 1911년 2월 경상북도 청도군수가 되면서 탁지부의 관직을 떠나게 되는데, 1913년 7월 사임할 때까지 약 2년 반 동안 그곳에 근무한다.[180]

이는 윤명구의 연구가 남긴 몇 가지 의문점들을 해명하고 있다는 점에서 주목할 만하다. 우선 유학 연대와 청도군수를 지낸 시기에 대한 확인이 그러하다. 청도군수를 지낸 것이 한일병합 이전인가 혹은 이후였나 하는 것은 안국선의 생애 연구에서 중요하다.

이러한 기존의 연구를 토대로 몇 가지 사실을 보완해 안국선의 생애를 다시 정리하면 다음과 같다.

경기도 안성군 고삼면 사무소에 보관되어 있는 그의 제적부에는 다음과 같은 내용이 기록되어 있다. 안국선은 1878년 12월 5일 아버지 안직수와 어머니 오씨 사이의 장남으로 태어났다.[181] 그의 본적지는 경기도 용인군 고삼면 봉산리 260번지였으나 지적 변경에 의하여 안성군 고삼면 월향리 171번지로 기록된다. 그는 1911년 4월 14일 전 호주 안경수의 양자로 입적함과 동시에 호주 상속을 받았다.[182] 안국선의 어릴 적 이름은 주선이었고 20대 중반까지는 명선이라는 이름을 쓰다가 이후 1900년대 중반부터 국선이라는 이름을 사용했다.[183]

안국선은 그의 후견인이었던 안경수의 도움으로 일본에 유학했다. 유학 당시 그는 안명선이라는 이름을 사용했다. 그는 1895년 관비 유학생으로 선발되어, 당시 유학생 대부분이 게이오의숙慶應義塾을 거쳐 다른 학교로 갔던 것처럼[184] 그해 8월 게이오의숙 보통과에 입학하였고 1896년

---

180 권영민, 「안국선의 생애와 작품세계」, 『관악어문연구』 제2집, 1977, 125~127쪽 참조.
181 단, 그의 족보에는 음력 1879년 12월 5일생으로 기록되어 있다. 최기영, 『한국근대 계몽사상 연구』, 일조각, 2003, 141쪽 참조.
182 경기도 안성군 고삼면 발행 안국선의 제적등본 참조.
183 최기영, 앞의 책, 142쪽 참조.

7월 졸업하였다. 이어서 8월에 와세다 대학 전신인 동경전문학교 방어정치과邦語政治科에 진학하였고, 1899년 7월 졸업하였다. 귀국 후 1899년 12월 박영효와 관련된 역모사건에 연루되어 체포되었으며 1904년 초까지 감옥에 수감되었다. 안국선은 감옥에 미결수로 있는 동안 기독교로 개종하였다. 이후 종신 유형을 선고받고 전라남도 진도로 유배되었다가, 1907년 3월 유배에서 풀려났다.[185] 안국선은 유배지에서 부인 이씨를 만나 결혼하였다.[186]

그후 서울로 돌아온 안국선은 『정치원론』중앙서관, 1907, 『연설법방』일한인쇄주식회사, 1907 등의 저서와 『외교통의』 상·하보성관, 1907, 『행정법』 상·하보성관, 1908등의 번역서를 출간한다. 잡지와 신문에 발표한 글들은 정치 경제 사회에 대한 그의 관심을 표명한 것이 대부분이다.[187]

1908년 안국선은 대한협회 평의원으로 재임하였고 기호흥학회에도 관계했던 것으로 보인다. 1908년 7월 20일 안국선은 대한협회 평의원을 사임하고[188] 탁지부 서기관의 자리에 오른다.[189] 기존의 연구는 이때를 안국선이 최초로 관직에 발을 들여놓는 때로, 그리하여 그의 힘 있는 논설

---

184 김영모, 『한말 지배층 연구』, 한국문화연구소, 1972, 166쪽 참조.

185 최기영, 앞의 책, 144~147쪽 참조.

186 안회남, 「선고유사」, 『박문』, 1940.6, 2쪽 참조.

187 구체적 자료 목록은 다음과 같다.
    「응용경제」(『야뢰』, 1907.2), 「민원론」(『야뢰』, 1907.3), 「국채와 경제」(『야뢰』, 1907.4) 「풍년불여흉년론」(『야뢰』, 1907.5), 「조합의 필요」(『야뢰』, 1907.6), 「정당론」(『대한협회회보』, 1908.6), 「회사의 종류」(『대한협회회보』, 1908.7), 「민법과 상법」(『대한협회회보』, 1908.7), 「정치가」(『대한협회회보』, 1908.8), 「고대의 정치학과 근세의 정치학」(『대한협회회보』, 1908.9), 「정부의 성질」(『대한협회회보』, 1908.10), 「정치학 연구의 필요」(『기호흥학회월보』, 1908.9), 「고대의 정치학」(『기호흥학회월보』, 1908.11). 밝혀진 자료들 외에도 안회남의 「선고유사」에는 「발섭기(跋涉記)」 상·하 두 권과 「묘염라전」이라는 창작 원고 및 코난 도일의 탐정소설 번역본 등이 있다고 적혀 있으나 현재 전하지 않는다.

이 사라지는 계기로 보고 있다. 그러나 이는 안국선의 복직일 뿐 첫 관직이 아니다.[190] 안국선이 처음으로 관리의 길에 들어선 시기는 1907년 11월 30일이었다.[191] 그는 이때 제실재산정리국帝室財産整理局 사무관에 임명됨으로써 최초로 관리의 길에 들어선다. 그는 무슨 이유에서인지는 알 수 없으나 관리가 된 지 1개월 만인 1907년 12월 30일 그 직책에서 의원면직된다. 「금수회의록」을 쓰고 그 책이 발매금지 처분을 받게 된 이후 보성관의 번역원을 지내던 안국선은 다시 관리가 되어 탁지부에 들어간 후 1910년 한일병합 무렵까지 근무한다. 1911년 3월 2일 안국선은 경상북도 청도군수로 임명된다. 안국선은 거기에서 1913년 6월 28일까지 군수를 지낸다.

군수를 그만둔 후 안국선은 서울로 올라와 대동전문학교 등지에서 정치와 경제를 강의하였다. 1915년에는 단편소설집 『공진회』를 발행하면서 발행소를 자신의 집으로 표기하였고, 주소는 경성부 서대문으로 되어 있다. 1916년 고향으로 내려간 그는 개간, 금광, 미두, 주권 등에 손을 댔으나 모두 실패한다.[192] 1920년 다시 서울로 올라온 그는 주소지를 다옥정에 두고 생활한다. 1920년 이후 안국선은 관직은 맡지 않았으나 계속해서 경제문제 전문가로서 여러 집회에서 강연하며 조선 경제에 대한 분석과 전망에 관한 글을 신문에 기고한다. 『동아일보』에 수록된 기고문 「세계경제와 조선」[193]의 원고에 표기된 '조선경제회 강연회에서'라는 부

---

188 『대한협회회보』, 1908.8, 58쪽 참조.
189 『구한국관보』, 1908.7.23 참조.
190 안국선의 서기관 발령을 알리는 1908년 7월 23일 자 『구한국관보』에는 안국선의 이름 앞에 전사무관이라는 직위가 표시되어 있다.
191 『구한국관보』, 1907.12.2 참조.
192 안회남, 앞의 글, 2~3쪽 참조.
193 『동아일보』, 1920.6.15~18.

기는 당시 그의 활동 상황의 일면을 알려준다. 「화부회華府會의 효과」[194]는 신년도 경제를 전망하는 신문사의 기획 기사의 하나이다.[195]

안국선의 생애는 양면성을 띠고 있으며 몇 가지 사실들에서 극적인 반전을 보여준다.[196] 친일정객 안경수의 주선에 의한 일본 유학, 귀국 후 해산된 독립협회 간부들과 연관된 모종의 정치사건에 의한 투옥과 유배, 그리고 다시 탁지부 관리를 거쳐 한일병합 후 군수로서의 역할수행 등 극도의 변화를 겪었던 그의 삶의 진정한 변수가 무엇이었는지를 단정해 말할 수는 없다. 그러나, 분명한 것은 생애의 양면성이 그의 작품 속에도 그대로 반영되고 있다는 사실이다.

(2) 연구사 개관

안국선의 작품에 대한 연구는 비교적 늦게 시작되었다. 그것은 이 작가의 대표작인 「금수회의록」이 일제하에서 금서에 해당하는 등 우선 판본을 접하는 일 자체가 수월하지 않았기 때문이다.[197] 따라서 일제식민지하

---

194 『동아일보』, 1922.1.1.
195 안국선은 1920년 무렵 해동은행에서 서무과장 및 서무부장 등으로 근무했으나 1922년경에는 이를 사임하고 은거 생활을 한 것으로 보인다. 최기영, 앞의 책, 157~159쪽 참조.
196 안국선의 생애의 양면성과 변모의 모습을 파악하는 데는 그의 후견인이었던 구한말의 정객 안경수의 변화무쌍한 생애를 개관하는 것도 참고가 된다. 안경수는 구한말 일본 공사에 의해 조종되던 군국기무처의 의원직을 수행하던 친일파 관리의 한 사람이었으며, 탁지부대신을 지내기도 했다. 아울러 그는 1896년 2월 고종이 러시아 공사관으로 거처를 옮기게 되는 아관파천 시에는 친러파가 되어 사건의 주요 임무를 수행했다. 그는 1896년 7월 2일 독립협회 회장으로 선임되었고, 같은 해 11월 발간된 「독립협회보」를 통해서는 자주독립과 애국사상을 강조하는 글을 기고하기도 했다(원유한·윤병석 편, 『한국사대계』 제7권, 삼진사, 1973, 84·112·145·200쪽 참조). 안경수가 구한말의 관리로서 친일파, 친러파로서의 역할을 수행하면서 또한 독립협회에 관여했다는 사실은 안국선의 삶의 유형과 일면 흡사한 데가 있다.

에 간행된 연구서들에서는 이 작품에 관한 언급이 없다.

해방 후 한국문학사 연구의 초창기 업적들인 백철의 『신문학사조사』
나 조연현의 『한국현대문학사』에서도 이 작품은 다루어지지 않는다. 다
만 백철은, 이병기와 함께 저술한 『국문학전사』에서 이 작품이 신소설 가
운데 특이한 우화소설임을 간략히 서술한 바 있다.[198]

「금수회의록」이 문학사에서 상세히 언급되기 시작한 것은 김윤식·김
현의 『한국문학사』에 이르러서이다. 『한국문학사』에서는 「금수회의록」
의 특징을 다음 세 가지로 요약한다. 첫째, 이 작품은 『연설법방』의 속편
혹은 그의 통속적 적용이라 할 수 있다. 둘째, 이 작품은 이솝식 우화의
방법이 사회비판을 위장할 수 있다는 가능성을 보여준다. 셋째, 이 작품
은 '나'라는 일인칭 관찰자의 시점 도입과 연설 진행 방법의 합리성을 지
적 흥미의 차원으로 끌어올리고 있다.[199]

윤명구의 「안국선 연구」는 안국선의 생애와 작품에 관한 최초의 종합
적 연구이다. 이 연구는 '작가의식 및 작품에 나타난 사회의식을 중심으
로'라는 부제가 달려 있으며, 주로 근대계몽기의 역사적 사회적 특수성과
연관된 안국선의 정치의식의 문제를 중요하게 다루고 있다.[200] 권영민의
「안국선의 생애와 작품 세계」는 윤명구가 이루어 놓은 성과를 토대로 안
국선의 생애에 관해 상세히 서술한다.[201] 인권환의 「금수회의록의 재래적
원천에 대하여」는 「금수회의록」을 동물 우화소설의 계보 속에서 파악한
다.[202] 조신권의 「개화기 소설과 기독교」는 안국선의 사상을 기독교적 이

---

197 임화, 「개설 조선신문학사 2」, 『인문평론』, 1941.1, 100쪽 참조.

198 백철·이병기, 『국문학전사』, 신구문화사, 1961, 244쪽.

199 김윤식·김현, 『한국문학사』, 민음사, 1973, 104쪽.

200 윤명구, 앞의 글.

201 권영민, 「안국선의 생애와 작품세계」, 『관악어문연구』 제2집, 1977.

상주의라고 보고 「금수회의록」에 반영된 신관, 인간관, 윤리관 등에 대해 언급한다.[203]

백철의 『국문학전사』에서는 안국선의 「금수회의록」을 동물 세계에서 취재한 우화소설로 보고 있으며,[204] 전광용 역시 같은 용어로 설명한다.[205] 이재선은 『한국현대소설사』에서 「금수회의록」을 당시의 일반적 신소설과는 구별되는 '우의Allegory에 의하여 이루어진 소설 형식'으로 논의한다. 이 부분을 인용하면 다음과 같다.

앞의 신소설로써 개화기 소설이 전적으로 대표될 수는 없다. 이와 전혀 태도를 달리하고 있는 소설의 양식이 있기 때문이다. 그것은 서로 다른 우의Allego-ry에 의하여 이루어진 일종의 소설 형식이 존재했다는 점이다. 구체적으로 말하면 안국선의 「금수회의록」과 장지연의 「애국부인전」[1907]이 그것이다. 전자는 동물을 매개로 한 동물 우의소설이며, 후자는 역사적 우의법을 채택한 역사 전기 소설이다. 이 두 개의 전기 소설은 당대의 자보적自保的인 방어 의식을 대표한다.[206]

조동일은 「금수회의록」을 교술문학이라 정리한다. 「자유종」이나 「금수회의록」에서의 토론은 사건을 창조하거나 전개시키지 않고 진행되는 것이어서 소설에서의 대화와는 근본적으로 차이가 있다. 교술문학은 전달

---

202 인권환, 「금수회의록의 재래적 원천에 대하여」, 『어문논집』 제20호, 1977, 631~644쪽.

203 조신권, 「개화기소설과 기독교」, 『한국문학과 기독교』, 연세대 출판부, 1983.

204 백철·이병기, 앞의 책, 245쪽.

205 전광용, 「한국소설발달사」, 『한국문화사대계』 제5권, 고려대 민족문화연구소, 1967, 1202~1204쪽.

206 이재선, 『한국현대소설사』, 홍성사, 1979, 175쪽.

과 주장을 본질로 삼기에 새로운 사상을 직접적으로 자유롭게 역설할 수 있다. 그러나 소설에서는 전달과 주장이 인간 행위의 구조로 나타나야 하기 때문에 인간 행위의 구조를 개선하지 않고는 소설의 새로운 주제는 이루어지기 어렵다는 것이 조동일의 주장이다.[207] 이 밖에 송민호는 「금수회의록」을 우화 형식의 풍자소설이라 정리했고[208] 윤명구는 우화소설과 정치소설의 두 측면을 지니고 있다고 보았으며[209] 김윤식·김현은 정치소설이라 단언한다.[210]

「금수회의록」의 창작 과정에 대해서는 그동안 다양한 의견이 제시된 바 있다. 이 작품이 일본의 정치소설인 「인류공격금수국회」[1885]를 번안한 것이라는 주장과 전래 우화를 바탕으로 안국선이 창작한 작품이라는 주장 등이 그것이다.[211] 최근 서재길은 이 작품이 「금수회의인류공격」의 번안이라는 사실을 새롭게 확인하였다.[212]

「금수회의록」은 「인류공격」에 등장하는 마흔 네 종류의 동물 중에서 여덟 종류만을 선택하여 번안하였고, 「인류공격」의 맨 앞부분에 등장하는 네 가지

207 조동일, 『신소설의 문학사적 성격』, 한국문화연구소, 1973, 79쪽.
208 송민호, 『한국 개화기소설의 사적 연구』, 일지사, 1975, 215쪽.
209 윤명구, 앞의 글, 29쪽.
210 김윤식·김현, 앞의 책, 103쪽.
211 세리카와 데쓰요(芹川哲世), 「한일 개화기 정치소설의 비교연구」, 서울대 대학원, 1975. 이에 대한 직접 반론으로 다음의 논문이 있다. 인권환, 「금수회의록의 재래적 원천에 대하여」, 『어문논집』 제20호, 1977, 631~644쪽. 서정자, 「「금수회의록」의 번안설에 대하여」, 『국어교육』 제44호, 1983, 149~162쪽.
212 서재길, 「「금수회의록」의 번안에 관한 연구」, 『국어국문학』 제157호, 2011, 217~244쪽. 이 연구에 따르면 「금수회의인류공격」은 1904년 6월 긴코도서적(金港堂書籍)에서 초판이 간행되었다. 작가의 본명은 사토 구라타로(佐藤藏太郎)이고 필명은 쓰루야 가이시(鶴谷外史)이다.

동물들은 모두 선정된 반면 그 이후의 동물들은 작가가 임의로 선별했음을 확인할 수 있다. 번안설에 대한 기존의 반론에서는 몇 가지 모티프가 유사하지만 등장하는 동물이 일치하지 않는다는 것이 일관된 논거로서 제시되었지만, 「금수회의록」에 등장하는 모든 동물들이 「인류공격」에 나타난다는 점만으로도 두 작품의 영향관계를 확인할 수 있다. 물론 「인류공격」에 비할 때 「금수회의록」에 나타나는 동물들은 모다 동양적 전통 및 우의알레고리와 관련되는 동물이라는 기존 논의는 새겨둘 필요가 있을 것이다.[213]

여기서 맨 앞부분에 등장하는 네 가지 동물이란 까마귀, 개구리, 벌, 게이다. 서재길은 이 작품이 만들어지는 과정에 대해 다음과 같이 구체적으로 정리한다.

결론적으로 「금수회의록」은 1907년경 번역자로서 활발하게 활동하던 안국선이 「금수회의인류공격」이라는 소설을 번역하면서 그 기본적인 서사적 골격과 표현 기법을 그대로 수용하는 한편으로, 자신이 일찍이 유배 중일 때 써두었던 세태 비판의 논설적인 글과 연설문의 내용을 부분적으로 삽입함으로써 만들어진 텍스트라 할 수 있다. 일본어 저본으로부터의 번역, 번안 과정 및 순한글 작품으로의 교열이라는 중층적인 과정을 거쳐서 일본어에서 국한문혼용, 순한글로 바뀌면서 생성된 혼종적 텍스트인 셈이다.[214]

한편, 서재길은 안국선이 이 작품을 단순한 번역이나 번안이 아닌 자신

213 위의 글, 224쪽.
214 서재길, 「경찰 기록으로 본 「금수회의록」 텍스트의 생산 과정」, 『민족문학사연구』 제65호, 2017, 387~388쪽.

의 '저술'이라고 간주했을 가능성에 대해서도 언급한다. 대략 2분의 1에서 3분의 2 정도에 해당되는 분량은 저본에 없는 내용을 스스로 추가한 것이기 때문이다.[215]

(3) 작품 분석

「금수회의록」은 융희 2년 즉 1908년 2월에 초판이 발행되었으며, 발행처는 황성서적업조합이다. 이 책은 발행 후 3개월 만인 1908년 5월 재판이 발행됨으로써 당시 독자들에게 상당히 관심 있게 받아들여졌음을 알 수 있다. 안회남의 「선고유사」에는 이 책이 약 4만 부가량 판매되었다는 기사가 『매일신보』에 실린 적이 있다고 했으나, 이 사실을 확인하기는 어렵다.[216]

「금수회의록」은 독자들에게 받았던 호응과는 달리, 당시 치안 담당자들로부터는 곧 금서 처분을 받게 된다. 「금수회의록」의 정확한 금서 처분 일자는 1909년 5월 5일이다.[217] 이 날짜에 함께 금서 처분을 받은 책 가

---

215 서재길, 위의 글, 381쪽 참조. 서재길은 「금수회의록」의 교열자로 기록된 리장진이 국한문 상태의 초고를 순한글로 바꾸었을 가능성에 대해서도 언급하고 있다. 같은 글, 383쪽 참조. 참고로, 프랑스(1842)와 영국(1877)에서 출판된 『그랑빌 우화(동물들의 공생활과 사생활(*Public and private life of animals*))』가 「금수회의록」의 구성적 연원으로 존재했을 가능성을 언급한 연구도 있다. 김성철, 「「금수회의록」의 소설 구성적 연원에 대한 시론」, 『한국학연구』 제65집, 2018, 125~143쪽 참조.

216 안회남, 앞의 글, 2쪽.

217 「금수회의록」은 "다수 금수의 입을 빌어 일본의 정책과 한국 대신의 행동을 비난 공격하였다"는 이유로 출판법에 저촉되었다. 구체적으로는 여우와 개구리가 등장하는 '호가호위'와 '정와어해'가 문제되었을 것으로 추정된다. 서재길, 앞의 글, 376~377쪽 참조. 한편, 송민호는 안국선에 대한 경시청의 조사를 검열과 통제 체제를 확립하고자 하는 경찰권력의 정치적 행위로 해석한다. 안국선은 1908년 7월 17일 경시청에 체포되어 처음 조사를 받았다. 경시청은 안국선의 가택을 수색하고 서포 등에서 작품을 수거해 갔다. 이 시기는 신문지법과 보안법은 제정된 상태였으나 출판법은 아직 제정되

운데는 김대희의 애국계몽적 저술 『20세기 조선론』이 포함되어 있다. 그런데 이 『20세기 조선론』의 부록에 「안국선 씨 대한금일선후책」이라는 글이 실려 있다.

「금수회의록」이 창작된 1908년은 안국선이 정치·사회 문제와 연관된 여러 가지 논설을 쓰면서 왕성한 문필활동을 하던 시기이다. 「금수회의록」에는 이 시기 안국선의 사상이 깊이 있게 반영되어 있다. 「금수회의록」은 작가의 세계관 및 인간관을 철저하게 대조와 역설적 표현으로 기술해 낸 작품이다. 이러한 대조와 역설의 표현을 자연스럽게 해내기 위한 장치가 동물우화의 양식이었던 것이다.

「금수회의록」의 '서언'에 나타난 세계관과 인간관은 다음의 세 가지로 요약된다. 첫째, 우주는 변함이 없고 의연히 한결같으나, 사람의 일은 고금古今이 달라 변화가 무쌍하다. 둘째, 인간 세상은 착한 사람과 악한 사람이 거꾸로 되어 있고 충신과 역적이 뒤바뀐 세상이며 이러한 세상 속에서의 인간의 삶은 더럽고, 어둡고, 어리석고, 악독하다. 셋째, 그리하여 현재 인간의 사는 모습은 금수만도 못한 것이라 할 수 있다. 따라서 인간은 금수에게 비난받아 마땅한 지경에 이르러 있다.

「금수회의록」의 '개회 취지' 이하 '제일석'에서 '제팔석'까지의 내용은 바로 이러한 세 가지 사항을 극화시킨 것이다. 경우에 따라서는 첫째 항목은 생략되고 둘째와 셋째 항목만으로 이루어지는 경우도 있으나, 대개는 이러한 삼단계의 틀을 그대로 유지하고 있다.

그러면 이러한 세 가지 항목이 어떻게 극화되고 있는지 차례로 살펴보기로 하자. 먼저 '개회 취지'를 보기로 한다.

않은 때였다. 이와 관련된 상세한 논의는 송민호, 「대한제국시대 출판법의 제정과 출판검열의 법—문자적 기원」, 『한국현대문학연구』 제43호, 2014, 5~40쪽 참조.

본래 하나님께서 세상을 창조하시었고, 만물은 다 각각 천지 본래의 이치를 좇아서 하나님의 뜻대로 본분을 지키며 살아야 하는 것이거늘, 지금 세상 사람의 하는 일은 하나님의 영광을 더럽게 하며 은혜를 배반하고 있다.^{항목1} 세상 사람들은 이제 외국사람에게 아첨하여 벼슬만 하려 하고, 제 나라가 다 망하든지 제 동포가 다 죽든지 무관심한 역적 놈도 있으며, 임군을 속이고 백성을 해롭게 하여 나랏일을 결딴내는 소인 놈도 있으며, 부모는 자식을 사랑하지 아니하고 자식은 부모를 섬기지 않는 등 그 행실을 이루 다 말하기 어렵다.^{항목2} 이제 인류는 하나임이 내린 특권과 성품을 모두 잃었으니, 금수 초목과 사람을 비교해 보면 사람이 도리어 낮고 천하며 금수 초목이 도리어 귀하고 높은 위치와 지위에 있다 하겠다.^{항목3}

이하 '제일석'에서 '제팔석'까지는 '개회 취지'에서 제시된 인간의 타락상이 하나하나 구체적으로 제시 비판된다. '제일석'에서 '제팔석'까지는 구체적인 동물들이 등장하여 인간의 행실을 비판하게 되는데, 비판의 효과를 높이기 위해 등장한 동물들의 행실을 상대적으로 미화하는 부분이 삽입된다. 따라서 '제일석'에서 '제팔석'까지의 내용은 위의 세 항목의 극화에다 각 동물에 대한 미화로 이루어진다.

'제일석'은 효가 주제이다. 여기서는 인간의 불효가 집중적으로 다루어진다.

옛날 성현들은 효가 곧 덕의 근본이며 모든 행실의 근원이라 하여 효를 중시하였다. 그러나 지금 사람들은 하나님의 법인 효를 지키지 아니한다.^{항목1} 그들은 주색잡기에 침혹하여 부모의 뜻을 어기며, 형제간에 재물로 다투어 부모의 마음을 상하게 하며, 제 한 몸만 생각한다. 사람들이 일백 행실의 근본 되는 효를 알지 못하니 다른 것은 더 말할 것이 무엇이겠는가.[항목2] 사람들이 어찌 까마귀 족속만 하리오. 까마귀가 사람에게 업신여김받을 까닭이 없음을 살피시오.[항목3]

'제이석'은 인간의 간사함과 요망 교활함이 주제이다. 여기에서는 항목 1에 해당하는 옛사람과 지금 사람의 변화에 대한 언급 과정은 생략된 채 바로 현실에 대한 비판으로 들어간다.

지금 세상 사람들은 하나님의 위엄을 빌어야 할 터인데, 외국의 세력을 빌어 의뢰하여 몸을 보전하고 벼슬을 얻어 하며 타국 사람을 부동하여 제 나라를 망하게 하고 제 동포를 압박한다.[항목2] 천지간에 더럽고 요망하고 간사한 것은 사람이다. 이후로는 사람을 여우라 하고 여우를 사람이라 하는 것이 옳을 것이다.[항목3]

'제삼석'은 사람들의 좁은 소견에 대한 공격이 주제이다.

그들은 외국 형편도 모르고 천하대세도 살피지 못하고 공연히 떠들며 아는 체하고, 나라는 다 망하여 가건마는 썩은 생각으로 갑갑한 말만 한다.[항목2] 무슨 동물이든 자식이 아비 닮는 것은 하나님의 정하신 뜻이라. 개구리는 자식이 아비 닮고 손자가 할아비를 닮되 형용도 똑같고 성품도 같아서 추호도 틀리지 않거늘, 사람의 자식은 제 아비 닮는 것이 별로 없다.[항목1] 사람이 하나님의 이치를 알지 못하고 악한 일만 많이 하니 그대로 둘 수 없고, 차후로는 사람이라는 명칭을 주지 않는 것이 옳을 것이다.[항목3]

'제사석'은 입에는 꿀이 있으나 배에는 칼을 품고 있는 인간들의 이중성에 대한 비판이 주제이다.

하나님이 사람을 그 아들로 창조하였으나, 세상이 오래되어 갈수록 사람은 하나님과 더욱 멀어지고 있다. 오늘날 와서는 거죽은 사람 그대로 있으나 실상은 마귀처럼 변하여 가고 있다.항목1 사람은 서로 싸우고 서로 죽이고 서로 잡아먹어서 약한 자의 고기는 강한 자의 밥이 되고 큰 것은 작은 것을 압제하여 남의 권리를 빼앗고, 남의 나라를 위협하여 망하게 하니 그 흉측하고 악독함을 무엇이라 이르겠는가.항목2 벌이 사람에게 시비 들을 것은 조금도 없다.항목3

'제오석'은 지금 세상에는 옳은 창자를 갖고 사는 사람이 하나도 없으며, 옳은 마음먹은 이보다는 그 반대의 경우가 많음을 비판하는 것이 주제이다.

지금 세상 사람 중에 옳은 창자 가진 사람이 몇 명이나 되겠는가. 욕을 보아도 성낼 줄도 모르고 좋은 일을 보아도 기뻐할 줄 모르며, 남의 압제를 받아 살수 없는 지경에 이르러도 깨닫고 분노할 줄 모르며, 압박을 당하여도 자유를 찾을 생각이 도무지 없으니 이것이 창자 있는 사람이라 할 수 있는가.항목2 지금 사람들은 창자가 다 썩어서 머지않아 창자 있는 사람은 한 개도 없이 다 무장공자가 될 것이니, 이 다음에는 사람더러 무장공자라 불러야 옳을 것이다.항목3

'제육석'은 간사한 소인의 성품과 태도에 대한 비판이 주제이다.

지금 도덕은 땅에 떨어지고 효박한 풍기를 보면 온 세계가 다 조조 같은 소인이라. 웃음 속에 칼이 있고 말 속에 총이 있어 친구라고 사귀다가 저 잘되면 차버리고, 동지라고 상종타가 남 죽이고 저 잘되기, 빈천지교 저버리고 조강지처 내쫓으며 유지지사 고발하여 감옥에 몰아넣고 저 잘되기 희망하니 그것도 사람인가.[항목2] 사람들아 파리를 미워하지 말고 하나님이 미워하시는 너희들 해치는 마귀를 쫓으라.[항목3]

'제칠석'은 까다로운 정사가 호랑이보다 더 무섭다 하여 사람에게 혹독한 것이 바로 사람임을 비판하는 것이 주제이다.

사람들은 학문을 배워서 유익한 일에 쓰는 것이 별로 없다. 각색 병기를 발명하여 대포 총 화약 칼 등의 물건을 만들어 재물을 무한히 내버리고 사람을 무수히 죽여서, 나라를 만들 때의 만반 경륜은 다 남을 해하려는 마음뿐이다.[항목2] 속담에 이르기를 호랑이 죽음은 껍질에 있고 사람의 죽음은 이름에 있다 하나, 지금 세상 사람에 명예 있는 사람이 얼마나 있는가. 옛적 사람은 호랑이의 가죽을 쓰고 도적질을 하였으나, 지금 사람들은 껍질은 사람의 껍질을 쓰고 마음은 호랑이의 마음을 가져 더욱 험악하고 더욱 흉포한지라.[항목1] 이같이 험악하고 흉포한 것들에게 제일 귀하고 신령하다는 권리를 줄 까닭이 무엇인가. 사람으로 못된 일 하는 자의 종자를 없애는 것이 좋은 줄로 생각한다.[항목3]

'제팔석'은 인간의 음란성에 대한 공격과 일부일처제를 옹호함이 그 주제이다.

지금 세상 사람들은 괴악하고 음란하고 박정하여 길가의 한 가지 버들을 꺾기 위하여 백년해로하려던 사람을 쉽게 잊어버린다. 사람들은 계집이나 사나이나 인정도 없고 의리도 없고 다만 음란한 생각뿐이다.항목2 세상에 제일 더럽고 괴악한 것은 사람이다.항목3218

「금수회의록」은 인간의 비도덕성 내지 비윤리성, 표리부동성, 이기심 등으로부터 유래하는 모든 악행을 고발한다. 그런데 이 작품에는 인간의 보편적 부도덕성 외에도 일본 제국주의의 침략에 대한 우회적 공격으로 해석될 수 있는 언급들이 있다. 「금수회의록」을 정치소설로 보고자 하는 연구물들은 대체로 이러한 측면을 중시한다. 관련된 부분을 인용해 보면 다음과 같다.

서로 죽이고, 서로 잡아먹고서, 약한 자의 고기는 강한 자의 밥이 되고, 큰것은 작은 것을 압제하여 남의 권리를 늑탈하여 남의 재산을 속여 빼앗으며, 남의 토지를 앗아가며, 남의 나라를 위협하여 망케 하니, 그 흉측하고 악독함을 무엇이라 이르겠소?219

지금 어떤 나라 정부를 보면 깨끗한 창자라고는 아마 몇 개가 없으리다. 신

---

218 제팔석의 내용은 안국선이 1907년 1월 『가정잡지』 제7호에 투고한 글 「부인을 낮게 봄이 불가한 일」과 유사한 면이 적지 않다. 이 글의 일부를 인용하면 다음과 같다.
"첫째는 첩 두는 폐단이니 당초에 하늘과 땅이 마련되고 만물이 생긴 중에 사람은 제일 신령한 영혼을 타서 한 사나이와 한 여인이 생겨서 배필이 되었으니 세상 사람이 다 한 남편과 한 여인이 부부됨이 천지에 합당하니 여인이 두 남편을 두는 것도 옳지 않고 사나이가 두 계집 두는 것이 옳지 아니하거늘 우리나라는 여인을 낮게 하는 까닭으로 여인이 남편을 두셋을 두면 큰 변으로 알고 남편이 죽어 과부가 되어도 개가도 못 가게 하되 사나이는 장가든 후에 의례히 첩 두기를 시작하여 칠팔 명씩 첩을 두는 사람이 흔히 있고 지금 세상에는 첩을 두지 아니한 사람은 몇 명이 없어 첩을 아니 두는 사람은 사나이가 아니라 하여 못생긴 사람으로 돌리니"(6~7쪽.)
219 안국선, 「금수회의록」, 『한국신소설전집』 제8권, 24쪽.

문에 그렇게 나무라고, 사회에서 그렇게 시비하고, 백성이 그렇게 원망하고, 외국 사람이 그렇게 욕을 하여도 모르는 체하니, 이것이 창자 있는 사람들이오? 그 정부에 옳은 마음먹고 벼슬하는 사람 누가 있소? 한 사람이라도 있거든 있다고 하시오. 만판 경륜이 임군 속일 생각, 백성 잡아먹을 생각, 나라 팔아먹을 생각밖에 아무 생각 없소.[220]

사슴을 가리켜 말이라, 하여 임금을 속인 것은 비단 조고 한 사람뿐 아니라, 지금 망하여가는 나라 조정을 보면 온 정부가 다 조고 같은 간신이오, 천자를 끼고 제후에게 호령함이 또한 조조 한 사람뿐 아니라, 지금은 도덕은 떨어지고 효박한 풍기를 보면 온 세계가 다 조조 같은 소인이라.[221]

「금수회의록」의 특기할 만한 사항으로는 작품 속에 나타난 기독교적 요소를 지적할 수 있다. 이 작품에는 기독교적인 요소가 많이 들어 있는 바, 이는 기독교도로 개종한 저자 안국선의 종교관을 반영한 것이기도 하다.[222] 그중 한 부분만을 인용해 보면 다음과 같다.

대저 우리들이 거주하여 사는 이 세상은 당초부터 있던 것이 아니라, 지극히 거룩하시고 지극히 전능하신 하나님께서 조화로 만든 것이라. 세계 만물을 창조하신 조화주를 곧 하나님이라 하나니, 일만 이치의 주인 되시는 하나님께서

---

220 위의 글, 25쪽.
221 위의 글, 27쪽.
222 이와 관련해서는 다음의 언급을 참고할 수 있다.
　"안국선이 한말에 주장한 문명개화론적인 실력양성론이 다른 실력양성론과 크게 다른 것은 교화를 위한 방법으로 교육과 종교를 강조하였고, 특히 기독교 신봉을 강조하였다는 점이다." 최기영, 앞의 책, 189쪽.

세계를 만드시고 또 만물을 만들어 각색 물건이 세상에 생기게 하셨으니, 이같이 만드신 목적은 그 영광을 나타내어 모든 생물로 하여금 인자한 은덕을 베풀어 영원한 행복을 받게 하려 함이라.[223]

「금수회의록」은 작품 구조에서도 기독교사상과 연관되는 측면이 있다. '서언'에서는 인류사회의 타락을 깨닫게 하고, 전체적 전개 과정에서는 인류의 타락의 정도가 어느 정도인가를 소상히 열거하여 꾸짖으며, '폐회'에서는 구원의 가능성을 열어 보인다. 이는 '회개와 구원'이라는 종교 의례적인 구조와도 연관된다. 그런 점에서, "예수 씨의 말씀을 들으니 하나님이 아직도 사람을 사랑하신다 하니, 사람들이 악한 일을 많이 하였을지라도 회개하면 구원 얻는 길이 있다 하였으니, 이 세상에 있는 여러 형제자매는 깊이깊이 생각하시오"[224]라는 결말은, 그 내용적인 면에서나 작품을 마무리하는 구조적인 면에서 모두 중요한 역할을 하고 있다.

2) 「경세종」

김필수의 「경세종」은 1908년 10월 광학서포에서 발행한 작품이다. 「경세종」은 논설 중심 계열의 계몽적 신소설이면서 기독교적 가르침을 바탕에 깔고 있는 작품이다. 이 소설은 모두 6장으로 이루어져 있으며 각 장의 제목은 다음과 같다.

제1장　유산개遊山客들이 서로 만남.
제2장　금수 곤충들이 친목회를 열음.

223　안국선, 앞의 글, 14쪽.
224　위의 글, 32쪽.

제3장   양^羊 회장의 취지와 설명.

제4장   연회석의 차서.

제5장   폐회.

제6장   촬영.

각 장의 내용은 다음과 같다.

제1장에서는 산중에서 사람들이 서로 만난다.

산천이 수려하고 의관이 찬란한 마을에서 자라난 사람이 하나 있는데, 그는
마음이 교만하고 성품이 패려한 인물이었다. 호화롭게 살고 있었던 그는 어느
날 춘흥을 이기지 못해 의관을 잘 차려입고 뒷동산에 올라 시조를 한 수 읊는
다. 그때 산속을 지나던 풍수장이들이 그를 발견하고, 풍수를 들어 이익을 볼
생각으로 그에게 수작을 걸기 시작한다.

제2장에서는 금수와 곤충들이 친목회를 시작한다.

풍편에 무슨 소리가 들리므로, 사람들이 이야기를 그치고 그쪽을 살펴보니
산속으로 금수와 곤충들이 꾸역꾸역 모여든다. 금수와 곤충들이 서로 친목하
기 위하여 원유회를 연 것이다.

제3장에서는 원유회의 취지에 대해 설명한다.

온순한 태도의 양 회장이 일어나 오늘날까지 몇만 년 동안 여러 회원들이
서로 원수처럼 불목하고 지낸 것은 자신들의 본성 때문이 아니었음을 토로한
다. 자신들이 그렇게 괴로운 세월을 보낸 것은 인종의 시조인 아담이 하나님의
죄를 거스르고 선악과를 따먹은 데에 원인이 있다는 것이다. 여기서는 이른바

기독교의 원죄 사상을 들어 인간을 공격한다. 아울러 양 회장은 세상이 어지럽게 된 것이 단지 불신자 때문만이 아니며 신자 역시 진실한 믿음이 없기 때문임을 강조한다. 그리하여 양 회장은 "지금부터 아무쪼록 우리들이 각각 화목하는 의무를 지켜서 저 인류들이 도리어 부끄럽게 여기기를 바라고, 오늘날 이같이 모였사오니 수고를 돌아보지 아니하시고 참석하신 회원은 이러한 사상을 주의하시기를 간절히 바라나이다"[225] 라는 말로 개회사를 마친다.

제4장은 이 작품의 핵심을 이룬다. 여기서는 총 14차에 걸쳐 각 동물과 곤충이 등장하여 서로 한 가지씩 예를 들어가며 인간의 세태를 비판한다.

제1차로 등장한 사슴은 부모와 스승의 가르침에 순종하지 않고 믿음 없이 행동하는 인류를 비판한다. 부모가 절약하여 재산을 모아 놓으면 자식은 돌아다니면서 그 돈을 화투며 만찬회 등에 물 쓰듯 한다. 그러면서도 경비가 부족한 학교에서 혹 보조를 요구하면 코대답도 않고 돌려보내는 것이 인간 세태라는 것이다.

제2차로 등장한 원숭이는 공정하지 못한 인간 세계의 재판의 실상을 비판한다. 가령 가난하고 의지할 곳 없는 과부가 원통한 일을 당한 원고이고, 피고는 명백한 잘못을 했지만 그가 세력이 있는 자일 경우에 허물은 불쌍하고 애매한 과부에게로 돌아간다는 것이다.

제3차로 등장한 까마귀는 인간의 사나운 인심과 속이 검은 것을 비판한다. 가령 흉년을 당하여 임금이 백성을 위해 재물을 베풀면 긍휼한 마음이 없는 자들이 그 재물을 모두 가로채 버리고, 소식을 기다리던 백성은 결국 기진해 버리고 만다는 것이다.

---

225 김필수, 「경세종」, 『한국신소설전집』 제5권, 351쪽.

제4차로 등장한 제비는 청렴함과 법대로 사는 일의 중요성을 강조한다.

제5차로 등장한 올빼미는 개화를 반대하는 완고와 수구 세력에 대해 비판한다. 올빼미는 이런 수구파들은 제 눈 가지고 저 먹을 것과 저 살 곳도 보지 못하는 사람들이라 비판하고, 어느 나라든지 종교와 교육의 잘되고 못됨이 문명함과 그렇지 못함을 결정한다고 주장한다. 올빼미는 특히 종교가 지닌 교육적 효과에 대해 다음과 같이 강조한다.

종교의 교육력이라 하는 것은 연약한 마음을 건강케 배양하고, 부패한 성질을 새롭게 소성하고, 우졸한 사상을 활발케 운동하는 것인 고로, 백인종들이 종교의 힘으로 교육하여 저렇듯 강성한 것이올시다마는, 문명의 열매 되는 각종 기계와 물건은 취하여 가지나 문명의 근본된 그 종교는 알아볼 생각도 없는 고로 눈이 있어도 마땅히 볼 것을 보지 못하게 되었으니 일향 저 모양으로 지내면 백인종의 노예 되기는 우리가 눈 깜짝할 동안 될 것인 줄 확실히 아나이다.[226]

제6차로 등장한 고슴도치는 겉만 번지르르한 인간의 외화내빈의 현실에 대해 비판한다. 고슴도치는 인간이 외모는 왜밀기름 바른 것 같이 말끔하나 속마음에는 가시가 돋아 있으며 한 푼 출처 없는 건달들이 빚은 더끔더끔 얻어 쓰기만 하니 무엇으로 갚을지 애석한 일이라고 탄식한다.

제7차로 등장한 박쥐는 인간의 간사함을 비판한다. 인간은 저편이 승하면 저편에 가서 알진알진하고 이편이 승하면 이편에 와서 소근소근한다는 것이다. 박쥐는, 자신들은 짐승 편에 가든지 새 편에 가든지 서로 화합하기를 위하여 짐승도 되고 새도 되어 양편의 화목을 도모하거늘, 인간은 이편에 오면 이

---

226 위의 글, 356쪽.

편을 이간하고 저편에 가면 이편을 참소하여 양편에 다 화의만 끊어 놓을 뿐 아니라 나중에는 제 몸까지 화를 면치 못하게 된다고 비난한다.

제8차로 등장한 공작은 인간의 의복의 사치함과 낭비벽을 비판한다. 세상에서 흔들비쭉하고 돌아다니는 자들의 의복 사치를 보면 자격에서 벗어나고 분수에 지나치니, 한이 있는 재물을 한없이 쓰게 되면 위태로운 결과가 오게 됨이 분명하다는 것이다.

제9차로 등장한 나비는 인간의 음란성을 비판한다. 나비는 이 시대를 음란한 시대라 통탄하며, 이팔청춘 고운 여자들은 부유한 집 자제들이 허랑방탕하게 되기를 기다리며 청년 남자들은 음부와 짝을 지어 세월을 보내다가 기혈과 재산을 탕진하게 됨을 경고한다.

제10차로 등장한 개미는 인간의 게으름을 비판한다.

제11차로 등장한 자벌레는 인간이 굽히고 펼 기회를 올바로 알아 행하지 못함을 비판한다. 특히 그는 측량의 중요성을 강조하며, 조선 반도에는 산천과 토지는 측량하지 아니하고 허탄한 말에 미혹되어 조부모의 백골을 묻어두고 십 리 청룡이니 오 리 백호니 하는 습속이 있으니, 이는 조상의 백골로 타인의 산판을 빼앗는 일이라 비난한다.

제12차로 등장한 나귀는 인간에게는 조물주가 주신 나이가 구십 세인데, 그 구십 년 동안 각각 해야 할 직분이 있음을 강조한다.

제13차로 등장한 캥거루는 인간 풍습 가운데 죄악을 불러오는 악습을 비판한다. 특히 법으로 개가를 막았으나 인간의 정욕까지는 막을 수 없으므로, 도리어 그 개가를 막는 것이 인류의 패괴한 사상을 드러나게 하는 악습이 되고 말았다는 것이다.

제14차로 등장한 호랑이는 자신들이 죽게 되는 이유는 하나는 탐욕 때문이고 다른 하나는 분을 내는 일 때문이라 말한다. 자신들의 죽음은 인류에게 탐욕과 분냄에 대한 교훈을 준다는 것이다. 하지만, 인간들은 죽든지 살든지 자신들에게 교훈 거리가 될 만한 것조차 하나 없음을 이야기한다.

제5장에서는 폐회 선언이 이루어진다. 하루가 지나 석양이 지니 폐회할 시간이 다가온 것이다.

제6장에서는 모든 회원들이 헤어지기 전에 사진 촬영을 하게 된다. 양 회장은 서로 각각 흩어져 동서남북으로 갈지라도 마음은 연합하여 항상 친목할 것을 잊지 말고 서로 권면할 것을 바란다는 말로 작별 인사를 한다.

이 작품은 제1장에서 인간을 등장시키고 나머지 장에서는 동물과 곤충들만을 등장시켜 인간을 비판한다. 마지막 장까지 인간의 재등장은 없다. 이 작품의 마지막 구절은 다음과 같다.

한편에 숨어 앉았던 저 사람들의 귀가 열렸는지…….[227]

작가는 이 마지막 구절을 통해, 제1장에 등장시켰던 인간의 존재를 다시 떠올린다. 이 마지막 구절은 제1장에서 인간을 등장시킨 이유를 분명하게 밝혀준다. 여기에 이르면 작가가 왜 제1장에 등장하는 인물을 '마음이 교만하고 성품이 패려한 자'로 설정했는가 하는 이유가 드러난다. 제1장에 등장하는 인물들은 곧 동물 회의에 대한 관찰자 겸 회의 결과를 인간 세계로 전달하는 매개자이면서, 그들 자신이 바로 동물에 의한 교화 대상이었던 것이다.

---

227 위의 글, 364쪽.

「경세종」은 인간에 대한 비판과 교훈을 이중적 장치를 통해 제시하고 있는 작품이다. 하나는 동물우화가 일반적으로 지니는 장치로, 그들의 회의 내용이 곧 인간 세상 모두를 풍자나 비판의 대상으로 삼아 진행되는 것이다. 다른 하나는 이 작품에서 특이하게 나타나는 것으로, 회의의 관찰자인 인간이 단순히 관찰자가 아니라 그 회의에 일종의 피고처럼 자리를 지키게 되는 것이다. 「금수회의록」이 전자의 장치만을 가지고 동물들의 회의를 진행했던 것에 반해, 「경세종」에서는 후자의 장치를 동시에 설치한 후 회의가 진행된다. 후자의 장치가 가능했던 것은 작품의 서두에서 작가가 등장인물들에게 구체적인 성격을 부여했기 때문이다. 제1장에 등장하는 인물이 마음이 교만하고 성품이 패려한 자이고 호화자제라는 사실 등은 모두 이러한 장치의 활용을 위해 의도적으로 제시된 것이다.

「경세종」은 작품 제목이 의미하는 것처럼 세상 사람들에게 깨우침을 주기 위해 쓴 작품으로, 작가의 논설적 의도를 허구적 서사의 틀에 담아낸 작품이다. 작가는 인간 세태에 대한 비판이라는 논설적 요소를 효과적으로 전달하기 위해 새로운 소설적 장치를 고안해 사용하고 있는 것이다.

3) 「자유종」

「자유종」은 1910년 7월 30일 광학서포에서 발간된 작품으로, 1913년 7월 판매금지 처분을 받았다.[228] 이 작품에는 '토론소설'이라는 양식 표기

---

228 배정상은 「자유종」을 「화성돈전」, 「칠세계」의 함께 애국계몽운동의 일환으로 출판된 저작물로 정리한다. 이해조의 이들 작품은 모두 한일 강제병합 이후 출판이 금지되었다. 「자유종」이 그 내용에 비해 비교적 늦게 금서 처분을 받은 이유는 이른바 '조선 제일 소설가' 이해조를 이용하려는 총독부 입장의 반영일 수 있다. 이해조는 1913년 5월 『매일신보』를 떠났고 그의 작품 「자유종」과 「철세계」는 7월에 금서 처분을 받았다. 이와 관련된 상세한 논의는 배정상, 『이해조 문학 연구』, 소명출판, 2015, 247~251쪽 참조.

가 되어 있다.

「자유종」은 다음의 두 가지 사항을 전제 조건으로 제시한다. 하나는 인간으로 태어나 압제를 받아 자유를 잃게 되면 하늘이 주신 사람의 직분을 지키지 못하는 것이 된다는 사실이다. 다른 하나는 여자로 태어나 남자의 압제를 받아 자유를 빼앗기면 이 역시 사람의 권리를 스스로 버리는 일이 된다는 사실이다. 「자유종」은 이런 두 가지 전제 아래, 사람의 권리를 지키기 위해 힘써 행해야 할 것이 무엇인가를 보여준다. 이때 교훈을 드러내는 방식이 사건이나 인물의 행위를 통한 것이 아니라, 인물의 대사 등을 통한 직설적인 방식이라는 점에서 이 작품 역시 논설 중심 신소설에 속한다.

이 작품의 큰 틀은 이매경의 생일을 맞아 신설헌·홍국란·강금운 등 여러 부인이 생일잔치에 참석하여 토론을 벌이는 것이다. 토론에 참여하여 이들이 발언하는 내용들이 곧 작품의 주제가 된다. 네 사람의 등장인물이 서로 돌아가며 주장한 내용들을 요약하면 다음과 같다.

이매경　여자들이 보고 듣는 것이 부족하기 때문에 오는 부작용들이 매우 많다. 그런데 여자가 교육이 부족하면 자식에 대한 태내 교육부터 가정교육까지 모두 부족하게 되므로 결국은 남녀 모두에게 해가 된다. 교육하는 일에는 반상의 차별도 있을 수 없고, 지역의 차별도 있을 수 없다. 소위 서북이니 반상이니 썩고 썩은 말을 다 그만두고 내 나라 청년이면 아무쪼록 교육하여 어렵고 설운 일을 그들 어깨에 맡겨야 한다.

신설헌　우리나라에서 제일 급한 것이 학문이다. 대한의 정계가 부패함도 학문이 없는 연고이며, 여자가 오랜 기간 금수대우를 받은 것도 학문이 없기 때문이다. 남자와 마찬가지로 여자도 학문을 한 후에 남자들의 사업을 나누어 맡으면 나라의 독립과 자유를 얻는 일도 더욱 빨라질 것이다. 우리는 기왕 이렇게 되었거니와 후생이라도 교육을 잘해야 할 것인데, 권리 있는 남자들은 꿈도 깨지 못하니 답답하다. 여자 교육계의 별 방침을 연구해야 할 것이다. 내 나라 사람을 무식하다고만 할 것이 아니라, 열심을 잃지 말고 잡지도 발간하고 교과서도 지어서 일천만 여자 동포에게 돌려야 한다. 또한 자식 기르는 일에 힘을 써 그들을 잘 교육해야 한다.[229]

강금운 　우리나라 지식을 바로 보급시키려면 우선 한문을 폐지하여야 한다. 글은 그 나라의 정신을 실어 나르는 것이니, 한문은 중국의 것이라 그곳의 정신을 담았으니 평생 배운들 우리에게 큰 이익이 없다. 한문은 또한 배우기 어려우니 지식을 넓히기 위해서도 어려운 한문을 폐하고 내 나라 교과를 힘써 익혀야 할 것이다.

홍국란 　한문을 당장 없애버리는 것은 옳지 않다. 한글만 배우게 되면 읽을 것이 없기 때문이다. 춘향전은 음탕 교과서요, 심청전은 처량 교과서요, 홍길동전은 허황 교과서이니 한글로는 그것밖에 읽을 것이 없다. 우리나라 국문은 좋은 글이나 아직 다듬지 않은 재목과 같으

---

229 「자유종」의 여성담론은 근대 초기 매체의 여성담론의 성격 및 방향과 일치한다. 특히 『제국신문』여성담론과의 상관성이 깊이 보인다. 『제국신문』은 여성교육이 필요한 이유를 크게 두 가지로 설명한다. 첫째, 교육받은 여성이 자녀를 훌륭하게 키워내 장차 나라의 훌륭한 인재를 양성하는 일을 맡아할 수 있기 때문이다. 둘째, 교육받은 여성의 사회적 활동이 가정과 국가의 경제에 도움이 되기 때문이다. 이와 관련된 상세한 논의는 김영민, 「한국 근대 초기 여성담론의 생성과 변모」, 『대동문화연구』 제95집, 2016, 223 ~260쪽 참조.

니, 한문을 버리고 국문만 쓰려면 한문에 있는 천사만사를 국문으로 번역한 후에 그렇게 해야 한다. 국문은 쓰거나 아니 쓰거나 우선 저 잡담 같은 소설부터 금해야 한다. 교육을 주장하는 고로 향교와 서원을 설치하였고, 종교를 귀중히 하는 고로 대성인과 명현을 모셨고, 성현을 모신 고로 제례를 행하나니 교육과 종교는 주체가 되고 제사는 객체가 되는 것이다. 그러나 근래는 주체는 없어지고 객체만 숭상하니 원래의 뜻에 크게 어긋나는 것이다. 자식을 교육하는 일에는 서자이니 혹은 전취 자식이니 하는 것을 가릴 것이 없다. 아무리 전취 자식이라도 그들을 잘 교육하여 국가의 대사업을 성취하면 그 영광이 못생긴 소생 자식보다 나을 것이다.

이렇게 차례로 자신의 생각을 펼친 네 사람의 등장인물은 다시 꿈 이야기를 통해 소망을 이야기한다. 꿈이라는 허구적 장치를 통해 현실의 장애를 극복하려는 작가의 의도를 드러내는 것이다. 신설헌과 홍금운은 대한제국이 자주독립할 꿈을 꾸었다 말하고, 이매경은 대한제국이 개명할 꿈을 꾸었다 말하며 홍국란은 대한제국이 천만년 영구히 안녕할 꿈을 꾸었다 말한다.

「자유종」에는, 여권신장과 반상 차별의 철폐, 지역 차별 철폐, 여자 교육의 필요성 제시, 자녀 교육의 방법론 제시, 한글과 한문 사용에 대한 서로 다른 의견의 제시, 서얼 차별 폐지 등 여러 가지 주장이 들어 있다. 이러한 주장들 가운데 작가 궁극적으로 말하고자 하는 것은 교육과 학문의 보급이다. 크고 작은 주장들이 모두 교육 문제로 연결되고 있는 것이다.[230] 교육과 학문의 필요성에 대한 강조는 여성의 권리 또는 역할과 연관되는 경우가 많다. 이 점에서 여권에 대한 강조 역시 이 작품의 핵심적 주제 가운데 하나라 할 수 있다. 이는 당시 소설들에서는 쉽게 찾아보기 어려운 것이다.

「자유종」에서 특히 주목해야 할 사항은 주요 등장인물 네 사람이 모두 여자라는 점이다. 「자유종」은 이들 네 사람의 토론 과정을 통해 어려운 시기를 당한 민족이 위기를 벗어나 인간답게 살 수 있는 길이 어디에 있는가를 제시한다. 주요 등장인물을 모두 여자로 설정하고, 그들로 하여금 민족이 나아갈 길을 제시하게 한다는 형식 자체에서 이미 이 작품은 여성의 권리 존중이라는 주제를 구현하고 있다.

「자유종」은 마무리 부분에서 등장인물들의 꿈을 통해 대한제국의 자주독립과 개명과 영원한 발전을 이야기한다. 직설적으로는 말하기 어렵고, 당장은 이루어지기도 힘들 것 같은 소망들을 등장인물의 꿈을 통해 전달하는 것이다. 꿈을 통한 소망의 제시는 한국 근대소설사에서 논설이 허구적 서사와 만나게 되는 이유를 보여 준다. 직설적인 논설로는 담아내기 어려운 주장이나 사실들을 허구적 서사를 통해 담아내는 것은 논설과 서사를 결합시키는 주목적 가운데 하나였다.

「금수회의록」이나 「경세종」 그리고 「자유종」은 모두가 논설 중심 신소설이다. 이들 작품은 구체적 교훈을 담고 있는 계몽적 소설이면서 또한 토론체 형식을 취하고 있다.[231] 논설과 계몽의 의지를 「금수회의록」과

---

230 박상준은 「자유종」의 토론을 크게 보아 교육의 제반 문제에 대한 논의와 사회의 폐습에 대한 비판이라는 두 가지 테마로 진행된다고 정리한다. 박상준, 『현대 한국인과 사회의 탄생』, 소명출판, 2022, 82쪽 참조. 최성윤 역시 「자유종」의 핵심이 '교육구국론'에 있다고 정리한다. 최성윤의 지적 중 판본 인쇄 오류에 관한 부분은 충분히 설득력이 있다. 다섯 번째 국란의 대화 부분은 한 사람의 발언으로 보기 어렵고, 그 중 후반부의 화자는 국란이 아니라 매경이라는 것이다. 최성윤, 「이해조의 「자유종」에 나타나는 교육구국론의 의미와 한계」, 『계몽과 통속의 소설사』, 도서출판 월인, 2013, 165~188쪽 참조.

231 송민호는 「금수회의록」과 「자유종」이 토론체라는 형식을 공유하게 된 이유에 대해, 「자

「경세종」에서는 동물의 발언을 통해 전달하고, 「자유종」에서는 네 명의 여성 화자를 통해 전달한다.

　논설 중심 신소설에서는 작가가 작품을 쓰는 일차적 목적이 허구적 서사의 완성이 아니라 작가의 논설적 의지를 효과적으로 드러내는 일이다. 작가가 작중 인물의 행동이나 사건을 통해 창작 의도를 드러내는 일에는 여러 가지 서사적 장치가 필요하다. 이는 허구적 서사에 많은 지면을 할애해야만 한다는 사실을 의미한다. 논설 중심 신소설의 작가들은 서사적 논설과 논설적 서사의 전통에 바탕을 두고 작품을 집필한 사람들이다. 당시 그들에게는 허구적 서사를 크게 배려할 만한 여건과 여유가 허락되지 않았다. 그들은 최소한의 허구적 요소 속에 많은 양의 논설과 계몽의 의지를 담아낼 수 있는 문학 양식이 필요했다. 그러한 창작 의도를 가장 효과적으로 반영할 수 있는 문학 양식이 바로 근대계몽기의 토론체 소설이었다.

유종」을 쓰던 시기에 이해조와 안국선 사이에 직접 교류가 있었다는 사실을 주목한다. 이해조와 안국선은 돈명의숙에서 1907년부터 이듬해에 걸쳐 각각 숙감과 정치학 강사로 관련을 맺고 있었다. 송민호, 「동농 이해조 문학 연구―전대소설 전통의 계승과 신소설 창작의 사상적 배경을 중심으로」, 서울대 대학원, 2012, 93~97쪽 참조.

5

1. 「혈의루」 하편의 발굴과 논점의 대두[1]

『제국신문』 소재 「혈의루」 하편에 대해서는 작가의 진위 문제부터 그 위상에 대한 논의에 이르기까지 다양한 의문들이 제기된 바 있다. 이 장에서는 그러한 의문들이 나오게 되는 배경에서부터 출발해 그 의문에 대한 답을 찾고, 「혈의루」 하편이 지니는 위상에 대해 살펴보려 한다. 「혈의루」 하편은 1907년 5월 17일부터 6월 1일까지 11회에 걸쳐 『제국신문』에 연재 발표되었다.

「혈의루」 하편이 학계에 소개된 것은 근대계몽기 문학 연구에 선구적 업적을 남긴 이재선의 발굴 과정을 통해서이다. 이재선은 그동안 「혈의루」의 하편을 『매일신보』 소재 「모란봉」[2]으로 단정해 온 것이 오류였다고 지적한다. 아울러 다음과 같이 『제국신문』에 연재된 「혈의루」 하편을 발굴 소개한다.

이미 앞에서도 밝힌 바 있지만, 『제국신문』[1907.5.28]에 실린 김상만서포의 「혈의루」 광고문 가운데 틀림없이 "하편은 제국신문에 속재홈"이라고 명기해 두고 있는 점, 또 연대적으로도 「모란봉」의 발표 이전인 1907년 5월 17일 자에서 동 6월 1일 자까지에 이 「혈의루」 하편이 11회로 발표되었을 뿐만 아니라, 그 작품에 '국초'란 저작자의 서명이 분명하다는, 주변적인 여러 이유와 더불어 작품의 내용으로 보아서도 이 「혈의루」 하편은 옥련의 귀국 이전의 생활이

---

1   제5장의 보론은 다음의 글에 토대를 두고 수정한 것이다. 인용문의 한자 원문 등은 이 글을 통해 확인할 수 있다. 김영민, 「『제국신문』 소재 「혈의루」 하편 연구」, 『상허학보』 제39집, 2013.10, 45~82쪽.

2   동양서원본의 한글 표기는 「목단봉」으로, 매일신보본의 한글 표기는 「모란봉」으로 구별해 적는다. 이와 관련해서는 앞의 「혈의루」와 「모란봉」 서지 관련 각주 참조.

그려져 있어서, 소위 사건시간으로서의 '이야기된 시간^{erzähter Zeit}'의 단층이 없다는 이유 등으로 보아 그「혈의루」하편이 바로 상편의 속편으로서의 보편적인 타당성을 더 지닌다고 할 것이다.「모란봉」은 이 하편의 속편일 수도 있다고 보아진다.[3]

「혈의루」하편에 '국초'라고 하는 이인직의 필명이 사용되었고, 이야기 줄거리에도 단절이 없다는 이유 등을 들어 이 작품을『만세보』연재본「혈의루」의 하편으로 본 것이다. 그런데, 이재선은 논의를 마무리하면서 이 작품이 이인직의 작품이 아니라 단지 필명을 양도한 작품일 수도 있다는 가능성을 함께 제시한다.

> 그러나 여기에 하나 의의疑義를 삽하지 않을 수 없다. 하편에 옥련의 귀국 후를 그리겠다는 상편 결말의 광고에도 불구하고, 어찌하여 이 같은 귀국 이전이 다시 그려졌는가? 물론 여기에는 독자의 인기 때문에 그리되었을 가능성도 있었을 것이다. 하지만 불과 10개월 정도의 시간적인 격차밖에 없으면서도 전편과의 문체적인 변이는 다른 작가와의 합의하에 국초란 필명을 양도했을 가능성이 전혀 없지도 않다는 점이다.[4]

이재선이 여기서 강조한 것은『만세보』의「혈의루」와『제국신문』의「혈의루」하편 사이에 문체상의 변이가 있다는 점이다. 이로 인해「혈의루」하편이 이인직의 작품이 아닐 가능성이 존재하게 되는 것이다. 이재

---

3   이재선,『한국 개화기소설 연구』, 일조각, 1972, 68쪽.「혈의루」하편의 원문에 대한 소개는 이재선,『한말의 신문소설』, 한국일보사, 1975, 178~195쪽 참조.
4   이재선, 앞의 책, 71쪽.

선의 이러한 문제 제기를 바탕으로 「혈의루」 하편의 작가 추정에 관해서는 그동안 다양한 의견들이 제시되었다. 예를 들어, 이주형은 「혈의루」 하편과 다른 두 편 즉 「혈의루」와 「모란봉」 사이의 관계가 의심스럽다'는 사실을 지적하고 「모란봉」이 「혈의루」의 하편임이 분명하다는 견해를 제시한 바 있다.[5] 그런데 최근 학계의 연구 동향을 보면 「혈의루」 하편의 작가에 대해 의문점이 없는 것은 아니지만, 그래도 이인직일 가능성이 높은 것으로 의견이 수렴되고 있다. 이는 타당한 결론으로 보인다. 하지만 문제가 되는 것은 그러한 결론에 도달하게 되는 검증 과정이 생략되어 있다는 것이다. 새로운 결론 못지않게 중요한 것이 그 결론에 도달하게 되는 검증의 과정이다. 이 글은 그 검증을 위한 것이다.

　「혈의루」 하편을 이인직의 작품으로 보아야 한다는 주장의 주요 근거는 이인직이 이 작품 연재 당시 『제국신문』에 사원으로 있었다는 사실이다.[6] 하지만, 이인직이 『제국신문』에 「혈의루」 하편을 집필한 이유가 사원으로 근무했다는 주장만으로 간단히 설명될 수는 없다. 이인직이 『제

5　이주형, 「「혈의루」-「모란봉」의 시대적 성격 검토」, 『이숭녕 선생 고희 기념 국어국문학 논총』, 탑출판사, 1977, 559~577쪽 참조. 이주형은 이 글에서 '「혈의루」 하편을 필명을 양도받은 다른 작가가 썼든 이인직 자신이 썼든 간에 「모란봉」을 쓸 때의 이인직은 「혈의루」 하편을 잊었거나 무시했을 것'이라는 견해를 덧붙이고 있다.

6　다지리 히로유키는 "『만세보』의 주필이던 그가 『제국신문』에다 「혈의 누」 하편을 쓴 것은 아무래도 이상하기 때문에 이것이 이인직의 것이 아니라는 설도 있다. 그러나 이때쯤 그는 이해조, 박정동과 함께 『제국신문』의 사원으로 있었다니까 그런 것만 가지고는 부정의 이유가 되지 않는다"는 견해를 보인다. 다지리 히로유키, 『이인직 연구』, 국학자료원, 2006, 33쪽. 강현조 역시 유사한 근거를 들어, 『제국신문』 소재 「혈의루」 하편이 이인직의 작품일 가능성이 높다고 보았다. 강현조, 「이인직 소설 연구-텍스트 및 작품 세계의 변화 양상 분석을 중심으로」, 연세대 대학원, 2010, 18~19쪽 참조. 단, 다지리 히로유키의 경우는 이 부분의 서술 목적이 이인직의 생애와 환경에 대해 개관하는 것이었고, 「혈의루」 하편의 작가를 가리는 데 있는 것은 아니었다. 이인직의 생애 정리와 자료 발굴 및 서지 정리 등에 관해서는 다지리 히로유키의 연구가 가장 주목할 만하다.

국신문』에 실제 사원으로 근무했는지에 대해서도 검증이 필요하다. 이인직이 『만세보』 주필이면서 동시에 『제국신문』의 사원으로 근무했다는 가설은 상식적으로 수긍이 가지 않는다. 따라서, 『만세보』 주필 이인직이 같은 시기에 『제국신문』 사원으로 근무했다고 알려지게 된 이유를 포함하여, 『제국신문』과 이인직의 관계에 대해서도 구체적 논의가 필요하다. 「혈의루」 하편이 이인직의 작품이라는 결론이 설득력을 가지려면, 「혈의루」와 「혈의루」 하편 사이의 문체상의 변이라는 문제에 대해서도 답을 해야 한다.[7] 이인직이 「혈의루」 하편을 상편의 게재 지면이었던 『만세보』가 아니라 『제국신문』에 발표하게 된 이유와, 연재 개시 11회 만에 갑자기 중단한 이유를 찾아내 설명하는 일 또한 필요하다. 연재 개시 11회 만의 갑작스러운 중단이라는 사실은 이 작품의 필명 양도 가능성을 높인다. 이로 인해 작품에 국초라는 필명이 명기되어 있음에도 불구하고, 그것이 실제 이인직이 집필한 것이 아니라는 의문이 사라지지 않는 것이다. 그런 점에서, 과연 이인직이 실제로 이 작품을 집필했고 또 갑자기 중단해야만 할 개연성이 있었는가를 당시 자료들을 통해 검증해 볼 필요가 있다.

2. 「혈의루」 하편의 등장 배경

『제국신문』 소재 「혈의루」 하편 등장의 첫 번째 요인은 『만세보』 연재본 「혈의루」가 미완으로 끝났다는 사실에 있다. 1906년 10월 10일 자 『만세보』에 실린 「혈의루」는 "아래 권은 그 여학생이 고국에 돌아온 후를

---

7   이주형은 이재선의 견해를 빌어 '대화문에서의 변이는 「혈의루」에서 쉽게 설명될 수 없는 변이'라고 지적한 바 있다. 이주형, 앞의 글, 562쪽 참조.

기다리오(상편종)"라는 구절로 끝을 맺는다. 이인직은 독자들에게 옥련의 소식에 대한 궁금증을 남긴 채 「혈의루」를 중단했던 것이다. 독자들에게 기다릴 것을 요청했던 이인직에게는 이 작품의 연재를 재개해야 하는 부담감이 있었을 것이다. 이인직은 「혈의루」의 연재를 중단하면서 곧바로 같은 지면에 「귀의성」의 연재를 시작한다. 그러자 독자들은 「혈의루」의 연재 재개를 요구하는 글을 신문사에 보내기도 했다.

> 소설기자 족하 옥련의 소식을 왜 다시 전하지 아니하시오 김승지 꼴 밉소[8]^{호패자}

독자가 궁금해 하는 것은 옥련의 소식이었고, 「귀의성」의 주요 등장인물인 김승지의 모습에 대해서는 오히려 반감을 드러내고 있는 것이다. 「혈의루」는 연재를 마친 후 곧바로 단행본으로 출간되었고, 단행본 출간 1년 만에 재판을 인쇄했다. 이는 「혈의루」의 대중적 인기를 확인시켜 준다. 「혈의루」에 대한 대중적 호응은 곧 「혈의루」 하편에 대한 대중적 기대를 의미하는 것이기도 했다.

『제국신문』에 「혈의루」 하편이 연재되기 시작한 1907년 5월 17일은 광학서포에서 단행본 『혈의루』가 간행된 지 정확히 2개월이 지난 후이다. 단행본 『혈의루』가 간행되면서 「혈의루」 하편에 대한 대중적 요구가 이 시기에 더 커졌을 가능성도 있다. 그런데 여기서 의문을 불러일으키는 것은 이인직이 「혈의루」 하편을 왜 『만세보』가 아니라 『제국신문』으로 지면을 바꾸어 연재를 시작했는가 하는 점이다.

8　「소춘월령」, 『만세보』, 1906.12.8. 『만세보』 소재 독자투고와 관련된 상세한 논의는 전은경, 「『만세보』의 〈독자투고란〉과 근대 대중문학의 형성―이인직의 「혈의 누」와 「귀의성」을 중심으로」, 『어문학』 제111호, 2011, 359~388쪽 참조.

이인직과 『제국신문』의 만남은, 『만세보』를 벗어나 새로운 매체를 찾고자 했던 이인직의 관심과 대중소설의 필자가 필요했던 『제국신문』의 이해관계가 서로 맞아 떨어진 결과였다. 『만세보』는 일진회와 결별하면서 재정적으로 점차 어려워지기 시작했고,[9] 1907년 3월 부속국문활자의 사용을 폐기할 무렵에 이르면 재정 상태가 매우 심각한 지경에 달하게 된다. 이 시기부터는 사원 간의 분열 현상 또한 표면화되기 시작했다. 이인직 역시 신문사의 주요 구성원들과 갈등을 겪게 되는데, 그 한 사례로 제시할 수 있는 것이 1907년 5월 29일 자 『만세보』 제3면에 실린 개인 광고문이다.[10] 여기서 이인직은 자신이 자치소방단 발기에 전혀 관여한 바가 없다는 사실을 밝히고, 자신의 이름을 삭제하겠다는 의사를 표시한다. 자치소방단 발기문이 게재된 것은 1907년 3월 20일이다. 이인직은 기사가 나간 지 2개월 열흘이 경과한 이후에 그 기사 내용이 잘못되었다는 사실을 지적하고 자신의 이름을 삭제해 달라고 요청한 것이다. 이 기사가 자신이 주필을 맡고 있는 『만세보』에 실린 것이라는 점에서 과거 2개월 사이 이인직이 이 기사를 확인하지 못했을 가능성은 전혀 없다. 2개월 이상 이른바 오보를 방치하다가 새삼 이를 문제 삼았다는 것은 그가 이 시기에 이르러 여타 발기인과의 갈등을 공개적으로 표명한 것이라고

9　『만세보』의 재정은 1906년 9월 이후 천도교와 일진회가 결별하면서 급격히 어려워졌다. 천도교와 일진회의 결별이 『만세보』의 재정에 직접적인 영향을 미친 것이다. 이와 관련된 상세한 논의는 최기영, 「구한말 『만세보』에 관한 일고찰」, 『한국사연구』 제61호, 1988, 317~331쪽 참조.

10　광고의 전문은 다음과 같다.
　　"본 신문 제이백십일 호 광고란 내 자치소방단 발기에 대하여 본인은 초무참섭(初無參涉)이기에 본인 성명을 발거하오니 첨군자는 조량하시옵 이인직 고백." 「광고」, 『만세보』, 1907.5.29. 이와 관련된 논의는 다지리 히로유키, 앞의 책, 33쪽 참조. 다지리 히로유키는 『만세보』가 계속 발간되지 못한 이유를 재정난뿐만 아니라 사원 간의 분열에도 있다고 추정한다.

할 수 있다. 자치소방단 발기인 명단에는 『만세보』의 발행인 겸 편집인이었던 신광희를 비롯해 최영년 등 신문사의 주요 임원들이 포함되어 있다.[11] 이인직은 과거에도 이들과 함께 「호서수재구휼금 모집광고」에 공동 발기인으로 참여한 바 있었다.[12]

이인직이 자치소방단 발기인 명단에서 자신의 이름을 삭제한다는 광고를 내보낸 시점은 『제국신문』이 『혈의루』[상편] 광고를 싣기 시작한 바로 다음날이다. 같은 날짜에 실린 『만세보』와 『제국신문』의 『혈의루』에 대한 광고 문안이 일부 차이가 있다는 점도 주목할 필요가 있다. 『혈의루』 광고의 주체는 두 신문 모두가 김상만서포로 되어 있다. 하지만, 『만세보』에는 없는 "제국신문속재상편"과 "하편은 제국신문에 속재홈"이라는 두 구절이 『제국신문』 광고에만 추가되어 있는 것이다.[13] 동일한 본문에 이 구절만 앞뒤로 추가되어 있다는 점에서, 이는 광고주가 작성한 것이 아니라 『제국신문』이 「혈의루」 하편을 홍보하기 위해 의도적으로 삽입한 것임이 분명하다. 이인직이 『제국신문』에 「혈의루」 하편의 연재를 시작할 무렵에는 이미 『만세보』 내부의 분열이 가시화되어 있었을 가능성이 크다. 『제국신문』의 「혈의루」 하편 연재가 이인직과 『만세보』 구성원 사이의 갈등을 더욱 증폭시켰을 개연성 역시 크다.

11　『만세보』 내에서 최영년의 직책이 무엇이었는가는 분명하지 않다. 그는 1906년 9월 1일 현재 한성한어학교의 교관으로 재직 중이었다. 최영년은 관직에 있으면서 신문 발행에 관여한 것으로 추정된다. 이와 관련된 논의는 최기영, 「구한말 『만세보』에 관한 일 고찰」, 『한국사연구』 제61호, 1988, 317~318쪽 참조.

12　1906년 9월 22일 자 광고문에서는 발기소를 만세보사로 하고 오세창, 이인직, 최영년, 신광희를 모집원으로 표기했다. 이인직이 이들과 함께 공동 발기인 명단에 오른 것이 처음이 아니라는 점에서, 그가 개인 광고를 통해 자신의 이름을 삭제해줄 것을 요구했다는 사실은 이인직이 『만세보』의 다른 임원들과 같은 지면에 이름이 오르내리는 것을 거리낄 만한 상황에 처해 있다는 것을 말해준다.

13　『제국신문』, 1907. 5. 28.

근대 초기에 발행된 대부분의 신문들이 그러했듯이,『제국신문』또한 재정적으로 여유가 있는 편은 아니었다. 창간 이후『제국신문』은 재정난과 검열 등의 이유로 수차 휴간 및 정간을 반복했다. 이인직의「혈의루」하편 게재 직전에도『제국신문』은 이틀 동안 휴간을 한 바 있다. 1907년 5월 15일부터 16일까지 신문을 발행하지 않았던 것이다. 그러나, 이 시기의『제국신문』휴간은 다른 시기의 그것과는 성격이 전혀 달랐다. 그동안의 휴간이 재정난 때문이었던 것에 반해 이 시기의 휴간은 오히려 재정적 확충을 전제로 하는 지면 확대 작업 때문이었다.『제국신문』의 재정 확충에 대한 기대는 탁지부 대신이었던 민영기의 약속을 기반으로 한 것이었다.[14]『제국신문』은 1907년 5월 17일 자부터 지면을 기존의 4단에서 6단으로 개편 확장하고 발행부수도 평상시의 2배인 4,000부로 크게 늘린다.『제국신문』이 이인직을 필자로 영입해「혈의루」하편을 연재하기 시작한 것은 이러한 지면 개편 작업의 일환으로 이루어진 것이었다. 다음의 사고는 이인직이『제국신문』에 '보수의 다소를 구애치 않고 자원 근무'를 시작했다는 사실을 전하고 있다.

본사 편집원은 정운복 씨로 추선되어 금일부터 일반 편집 사무를 담임 시무하오며 물리학과 소설은 박정동 리인직 리해조 삼씨가 담임 저술하는데 이상 제씨는 본 신문이 우리 한국 개명기관에 요점됨을 생각하여 보수의 다소를 구애치 않고 다 자원 근무하오니 일반 동포는 조량하시기 바라오[15]

14　『제국신문』의 지면 확충 작업과 관련된 논의는 최기영,『대한제국시기 신문 연구』, 일조각, 1991, 31~33쪽 참조. 최기영은 탁지부 대신 민영기의 지원 약속이 개인적 차원에서 이루어진 것이 아니라 대한제국 황실과 관련되었을 것으로 추정한다.
15　「사고」,『제국신문』, 1907.6.7.

이인직이 『제국신문』에 「혈의루」 하편을 연재하기 시작했던 것은 이른바 '자원 근무'를 통한 『제국신문』과의 인연 맺기 작업의 일환이었다. 그런데, 이 기사 하나만을 놓고 이인직이 『제국신문』에 사원으로 근무했다고 단정하는 것은 지나친 비약이 아닐 수 없다.[16] 「혈의루」 하편 연재 당시 이인직은 아직 『만세보』의 주필이었고 평소와 다름없이 논설을 집필 중이었다. 『만세보』의 주필이 『제국신문』에 사원으로 겸직한다는 것은 상식에 어긋나는 일이다. 『제국신문』의 사원 혹은 기자였기 때문에 「혈의루」 하편을 연재했다는 주장은 선후가 바뀐 해석으로 보인다. 이인직이 『제국신문』 사원이었기 때문에 작품을 연재한 것이 아니라, 『제국신문』에 「혈의루」 하편을 연재했기 때문에 사원으로 오인 해석되었을 가능성이 더 크다. 『제국신문』이 이인직의 '자원 근무'를 공표한 시점에도 의문이 있다. 이 기사가 나간 날짜는 이인직이 「혈의루」 하편의 연재를 중단하고 실질적으로 『제국신문』과의 관계를 이미 정리한 후이기 때문이다. 이 기사에서 주된 관심의 대상이 되는 인물은 이인직이 아니다. 이 기사의 원래 목적은 지난 10년간 『제국신문』을 운영하며 논설 등의 집필을 책임졌던 이종일이 편집 일선에서 물러나고, 그 자리를 정운복이 맡게 된다는 사실을 알리기 위한 것이었다.[17] 따라서 이 기사에 지나치게 큰 비중을 두고 이인직과 『제국신문』의 관계를 확대 해석하는 것은 옳지 않다.

사정을 종합해 보면 이인직과 『제국신문』의 관계는 개인적 친분 관계

---

16   현재까지는 이 기사 외에는 이인직을 『제국신문』의 사원으로 추정할 수 있는 근거가 발견된 바 없다. 따라서 이인직을 『제국신문』의 사원 혹은 기자로 추정하는 것은 모두가 이 기사를 근거로 한 해석으로 보인다.

17   같은 날짜 『제국신문』에는 「본사의 행복과 본 기자의 해임」이라는 제목의 사설이 실려 있어, 위 사고의 내용을 부연 설명하고 있다. 여기서 이종일은 정운복이 신임 편집인으로 부임하게 되었고, 자신은 편집 일선에서 물러난다는 사실을 알리고 그동안의 감회를 상세히 적어 독자들에게 전한다.

를 활용한 수준이었던 것으로 판단된다.[18] 이인직과 『제국신문』의 연계는 『제국신문』 사장 겸 편집인이었던 이종일을 통해 이루어진 것으로 보인다. 1907년 당시 이인직과 이종일은 동지친목회의 발기인으로 함께 참여하며 교분을 쌓고 있었다.[19] 다음의 기사를 통해 이 사실을 확인할 수 있다.

모모 유지인들이 각 사회 단체를 친목하기 위하야 동지친목회를 조직하기다 발기하였는데 그 회의 목적은 각 정당이나 교회나 상회를 물론하고 그중에 유지한 몇몇 분으로 회원을 삼으되 회원은 백 명에 지나지 않게 하고 서로 연락관철하여 서어한 뜻이 없도록 하기로 마치 부채사북 모양 같이 모여서 국가의 진보와 사회의 융화역 주의를 가졌는데 그 회 발기인은 리종일 리준 리인직 류맹 류문환 신해영 심의성 오세창 유성준 윤치오 정진홍 정운복 한석진 홍긍섭 권동진 황렬 제씨더라[20]

이 기사에는 동지친목회가 단지 명목상의 단체가 아니라, 실질적 교류를 중시하는 모임이라는 사실이 강조되어 있다. 『제국신문』이 이인직을 영입한 가장 큰 이유는 지면 개편 이후 독자 확보를 위한 것이었다.[21] 근

---

18 "박정동과 이인직이 신문사의 직임을 가지지 않은 객원의 위치"(최기영, 『대한제국시기 신문 연구』, 43쪽)였다는 견해도 참고가 된다.

19 정운복 또한 동지친목회 발기인 명단에 포함되어 있어 이종일, 이인직, 정운복 세 사람 사이에 서로 교류가 있었다는 사실을 확인할 수 있다.

20 「동지친목회」, 『제국신문』, 1907. 2. 16.

21 이인직의 『제국신문』 참여를 이해하는 데는 다음의 지적도 참고가 된다.
    "이인직, 이해조, 박정동은 모두 『소년한반도』의 기고자였으며, 교육과 계몽에 대한 이들 세 명의 공통된 지향점은 '소년'의 범위를 넘어 여성을 중심으로 한 일반 대중 독자를 포괄하는 『제국신문』의 성격과 연결될 수 있었다. 『소년한반도』가 1907년 4월 1일 제6호를 마지막으로 폐간되자, 1호부터 6호까지 빠짐없이 참여했던 이인직, 이해조, 박정동은 모두 『제국신문』의 지면 확장과 체제 개편에 참여하게 된다." 배정상, 「이해조

대신문의 지면 개편과 독자 확보 과정에서 그 주요 대상이 되었던 것은 대부분 한글을 사용하는 일반 대중 혹은 여성 독자들이었다. 예를 들면, 근대 초기의 일본인 발행 신문이었던 『한성신보』는 일본 외무성에 발간비 증액을 요청하고 지면을 개편하면서 「조부인전」을 연재하기 시작한다. 「조부인전」은 『한성신보』에 실린 최초의 한글소설이면서 여성을 주인공으로 삼은 작품이기도 했다. 『한성신보』는 「조부인전」을 통해 대중 독자를 확보하고 그 수를 배로 늘리려는 의지를 드러냈던 것이다.[22] 『대한매일신보』의 경우도 1907년 5월 23일 국문판의 발행을 재개하면서[23] 거기에 여성을 주인공으로 삼은 번역소설 「라란부인전」을 연재한 바 있다. 「라란부인전」의 번역자는 작품 속 주인공이 '비록 여자였으나 그 품은 뜻과 사업이 남자를 넘어섰다'는 사실을 강조한다. 『대한매일신보』 국문판은 실제로 적지 않은 여성 독자를 확보할 수 있었다.[24] 『제국신문』의 지면 개편 준비 작업이 『대한매일신보』의 국문판 준비 작업과 같은 시기에 이루어졌다는 점도 주목할 필요가 있다. 『제국신문』이 이인직의 「혈의루」 하편을 「옥년전」이라고 불렀던 것 또한 여성 독자를 염두에 둔 측면이 없지 않다.[25]

문학 연구― 근대 출판·인쇄 매체와의 관련 양상을 중심으로」, 연세대 대학원, 2012, 30쪽.

22 이와 관련된 상세한 논의는 김영민, 『한국의 근대신문과 근대소설 2―한성신보』, 소명출판, 2008, 46~47쪽 참조.

23 『대한매일신보』는 1904년 7월 18일 창간시 영문판 4면과 국문판 2면으로 출발했다. 국영문판 체제는 1905년 3월 10일까지만 이어졌고 이후에는 국문판 대신 국한문판을 발행했다.

24 김영민, 『한국의 근대신문과 근대소설 1―대한매일신보』, 소명출판, 2006, 94~96쪽 참조. 『대한매일신보』 국문판의 등장은 한글 독자를 위주로 발행되던 『제국신문』에 점차 타격을 주게 된다.

25 『혈의루』의 필사본들이 『옥년전』 혹은 『옥년이책』이라는 제목으로 기록되었다는 점도

창간 초기부터 한글을 사용하며 여성 독자를 중요하게 생각했던 『제국
신문』이 개편 작업 과정에서 일반 대중과 여성 독자를 확보할 수 있는 새
로운 소설 지면의 신설을 기획한 것은 충분히 타당성이 있는 것이었다.[26]
『제국신문』은 그 신설된 지면에 당시대 최고 인기 작가였던 이인직을 불
러들여 소설 연재를 시작했던 것이다. 「혈의루」 하편은 『제국신문』에 게
재된 최초의 기명記名 창작소설이라는 의미 또한 지니고 있다.

3. 「혈의루」 하편의 작가 문제와 중단 사유

『제국신문』 1907년 5월 17일 자에 실린 「혈의루」 하편에는 이 작품의
작가가 국초라고 밝혀져 있다. 그럼에도 불구하고 「혈의루」 하편의 작가
문제에 대한 시비가 아직까지 이어지는 가장 큰 이유는, 이 작품의 문체
가 여타 이인직 작품의 문체와 다르다는 지적이 있기 때문이다. 「혈의루」
하편의 문체 문제에 대해 이재선은 다음과 같은 견해를 제시한 바 있다.

> 그 문체적 차이가 현저한 것은 대화문의 경우다.
> 「혈의루」 상편에서 최항래 노인과 '막동'의 대화는 다음과 같이 되어 있다.
> 막동 말은 어데 갔다 뫼오리까.

주목할 필요가 있다. 이는 「혈의루」가 연재 및 유통 당시에 독자들 사이에서 실제로 '옥
년전'으로 지칭되었다는 증거가 될 수 있다. 『혈의 루』 필사본의 존재에 대해서는 강현
조, 앞의 글, 21쪽 참조.

26 지면 개편 작업 이전까지 『제국신문』에 실렸던 수십 편의 서사문학 작품은 대부분 서사
적 논설에 해당하는 단형 서사물들이었다. 오직 1편의 예외가 있는데 이는 「허생전」을
재수록한 것이다.

최 씨   마방집에 갓다 뫼여라.

막동   소인은 어데서 자오리까.

최 씨   마방집에 가서 밥이나 사서 먹고, 이 집 행낭방에서 자거라.

막동   나리께서는 무엇을 좀 사다 잡숫고 주무시면 좋겠읍니다.

이에 비해 「혈의루」 하편에서의 서기보는 소년[막동인지?]과의 대화는 다음과 같이 이어지고 있다.

소년   여보시오 주사장, 진남포에서 빈 드러왓습니다. 우리 짐도 이 비편
        에 왓슬 터이니, 사름을 늬보늬보아야 ᄒ깃습니다.

최쥬사는 낫줌을 자다가 화륜 화통소리에 줌이 씌여 이러 안져서 무슨 싱각을 ᄒ고 잇든 터이라. 셔긔의 말을 드른 체 만 체ᄒ고 안져다가, 긴치 안이ᄒ 말 디답ᄒ듯

최 씨   날더러 무를 거 무엇 잇나. 자네가 아라 홀 일이지.

이와 같이 대화문에 있어서의 변이가 보인다.[27]

그런데, 이 인용문에서 이재선이 「혈의루」 상편과 하편의 차이라고 언급한 "대화문에 있어서의 변이"가 무엇을 의미하는가는 구체적으로 설명이 되어 있지 않다. 즉 두 대화문 사이의 차이가 무엇인지는 상세히 제시되어 있지 않은 것이다.

두 대화문의 문체 차이를 확인하기 위해 먼저 각 인물들의 대화를 서로 분리한 후 문장을 비교해 보기로 한다.

최 씨 1   마방집에 갓다 뫼여라.

---

27   이재선, 앞의 책, 71~72쪽.

최 씨 2 마방집에 가서 밥이나 사서 먹고, 이 집 행낭방에서 자거라.

최 씨 1 날더러 무를 거 무엇 잇나. 자네가 아라 홀 일이지.

'최 씨'가 화자로 등장하는 이 세 개의 대화문 사이에서는 별반 차이점을 발견하기 어렵다. 상편의 최 씨 1, 2의 대화나 하편의 최 1의 대화는 모두 간결한 구어체로 되어 있어 특별한 차이점을 발견할 수가 없는 것이다. 다음은 막동과 소년의 대화를 비교해 보기로 한다.

막동 1 말은 어데 갔다 뫼오리까.

막동 2 소인은 어데서 자오리까.

막동 3 나리께서는 무엇을 좀 사다 잡숫고 주무시면 좋겠읍니다.

소년 1 여보시오 주사장, 진남포에서 빈 드러왓습니다. 우리 짐도 이 비편에 왓슬 터이니, 사름을 뉘보뉘 보아야 ᄒ깃슴니다.

막동 1과 막동 2의 대화의 길이가 상대적으로 짧다는 것을 빼고는 이 문장들에서도 큰 차이를 발견하기는 어렵다. 막동 3과 소년 1은 문장의 길이도 거의 차이가 없다. 소년 1의 대화가 길어 보이는 것은 이것이 한 문장이 아니라, 두 문장으로 이루어져 있기 때문이다. 종결어미에서도 차이를 발견하기 어렵다. 막동 3의 대화 종결어미는 '-읍니다'로 되어 있어 이는 소년 1의 '-습니다 / 슴니다'와 별반 차이가 없다. 결국, 여기에 제시된 대화문들은 차이점보다는 오히려 공통점이 더 두드러져 보인다. 이인직 특유의 '지문과 대화의 분리 표기 방식'을 공통적으로 사용한다는 점도 눈여겨 볼 필요가 있다. 대화자의 이름을 괄호 안에 정확히 표기하는 방식은, 인물의 발언에 대한 자동기술을 해야 할 경우 뚜렷이 나타나는 이인직의 작법상 특징 가운데 하나라는 점을 주목할 필요가 있는 것이다.[28]

『제국신문』 소재 「혈의루」 하편의 문체가 이인직의 다른 작품의 문체와 유사하다고 하는 사실은, 이 작품의 서두를 다른 작품들의 서두와 비교해 보아도 알 수 있다. 여기서 글 (가)는 『만세보』 소재 「혈의루」의 서두이고, (나)는 「귀의성」의 서두이다. 글 (다)는 「혈의루」 하편의 서두이다.

(가) 日淸戰爭(일청전쟁)의 총쇼리는, 平壤一境(평양일경)이 써느가는 듯ㅎ더니, 그 총쇼리가 긋치민 淸人(청인)의 敗(패)흔 軍士(군사)는 秋風(츄풍)에 落葉(낙엽)갓치 흣터지고, 日本(일본)군사는 물미듯 西北(서북)으로 向(향)ㅎ야 가니 그 뒤는 山(산)과 들에, 사람 죽은 송장샌이라,

平壤城外牧丹峯(평양성외목단봉)에, 써러지는 저녁볏은, 뉴엿뉴엿 너머 가는듸, 저 히쌧을, 붓드러 민고시푼, 마음에, 붓드러 민지는 못ㅎ고, 숨이 턱에 단 듯이, 갈팡질팡ㅎ는 한 婦人(부인)이 年(나)히 三十(삼십)이 되락말락ㅎ고 얼골은 粉(분)을 싸고 넌 듯이, 흰 얼골이느, 人情(인정)업시 쓰겁게, 느리쪼히는 秋(추)볏에 얼골이, 익어셔, 션잉도빗이 되고, 거름거리는, 허동지동하는듸, 쪽진머리는 흘러느려셔, 등에 질머지고, 옷은 흘러느려셔, 젓가슴이, 다 드러느고, 치마짜락은, 싸혀 질질 썰려셔, 거름을 건는듸로 치마가 발피니, 그 婦人(부인)은 아무리 急(급)흔 거름거리를 ㅎ더린도, 멀니 가지도 못ㅎ고 허동거리기만 흔다

남이 그 모양을 볼 지경이면, 저럿케 어엿쑨, 졀믄 녀편네가, 슐 먹고, 힝길에 느와셔, 쥬졍흔다 홀 터이나 그 부인은 슐 먹엇다 ㅎ는 말은, 고사ㅎ고, 밋첫다, 지랄흔다 ㅎ더린도, 그짜위 소린는, 귀에 들니지 아니할 만ㅎ더라

무슨 소회가, 그리 민단흔지 그 부인더러 물을 지경이면, 미답할, 여가도 업시,

---

28   이와 관련된 상세한 논의는 양문규, 「이인직 소설의 문체에 관한 연구」, 『한국 근대소설사 연구』, 국학자료원, 1994, 34~36쪽 참조.

玉蓮이를 부르면셔 도라다니더라

옥연아, 옥연아, 옥연아, 옥연아, 쥭엇는야, 사럿는야

쥭엇거던, 쥭은 얼골이라도 흔 번 다시 만느 보자 『만세보』, 1906.7.22

(나) 깁푼 밤, 지는 둘이 春川三鶴山 그림자를, 쓰러다가 南內面松峴동늬
姜同知 집, 건넌방, 셔창에, 드럿더라

창호지 흔 겹문, 가린, 훗창 밋히셔 긴 벼기, 흔머리, 비고, 널흔 뇨, 한편에,
혼자 누어잇는, 부인은, 나히, 이십이, 되락물락하고, 얼골은, 도다오는 분둘갓
치, 탐스럽더라

그 부인이, 벼기 흔머리가, 비여셔 적적흔, 마음이, 잇는 즁에, 빗 속에셔 팔
싹팔싹 노는 거슨, 늬월만 되면, 아들이느, 쌀이느, 나흘 터이라고, 혼즈 마음
에, 위로가 된다 셔창에, 빗추는 달빗으로 벗을 삼고 빗 속에셔 꼼지락거리고
노는 으히로, 낙을 삼아 누엇스느 이런 싱각, 져런 싱각, 잠 못들어 이를 쓰다
가 삼학산 그림즈가, 창을 점점 가리면셔, 방안이 우즁츙흐여지는듸 부인도 싱
각을, 이즈며, 잠이 드럿더라

잠든 동안이, 게른 놈은, 눈도 몃 번 못 꿈져거릴 터이느, 부인의, 꿈은 쌜리
쥴갓치, 길게 쑤엇더라

꿈을 쑤다가, 가위를 눌렷던지, 소리를 버럭 질러셔, 그 집 안방에셔 잠자던
동지의 늬외가 쌈짝 놀라 쌔엿는듸, 강동지의 마누라가, 웃통 벗고 너른 속것,
바룸으로, 흔거름에 쮜여왓다

이이 길슌으, 문 여러라, 문 여러라, 이이 길슌아, 길슌아 『만세보』, 1906.10.14

(다) 부산 절영도 밧게 하날 밋까지 툭 터진 듯흔 망망대히에 식검은 연긔를
무럭무럭 니르키며 부산항을 향하고 살갓치 들어닷는 거스 화륜션이라

오륙도 절영도 두 틈 좁은 어구로 드러오는디 반속녁 비질을 하며 화통에는 소리가 하날 당나귀가 니려와 우는지 웅장흔 그 소리 흔마듸에 부산 초량이 들셕들셕흔다

물건을 드리고 니는 운수회샤도 그 화통소리에 귀를 기우리는디 화륜션 닷이 쑥 써러지며 쌈판빅가 벌쎼갓치 드러간다 부산 긔쥬에 첫지나 둘 지집 가는 최쥬사 집 셔긔보는 소년이 큰사랑 미닫이를 열며

소년　여보시오 쥬사장 진남포에셔 빅 드러왓슴니다

우리 짐도 이 빅편에 왓슬 터이니 사름을 보닉보아야 하깃슴이다『제국신문』, 1907.5.17

(가)와 (나)와 (다)는 모두 문장 형태가 유사해 연속해 읽어도 전혀 어색한 느낌이 없다. (가)와 (나)와 (다) 즉, 「혈의루」와 「귀의성」 그리고 「혈의루」 하편의 서두는 모두 공간적 배경에 대한 상세한 묘사로부터 시작된다. 공간적 배경에 대한 생생한 묘사는 이내 등장인물의 행동에 대한 묘사로 이어지고 그것은 다시 등장인물의 대사로 이어진다. 등장인물의 대사는 독자의 관심을 환기시키는 역할을 하는데, 이를 통해 본격적인 서사 전개의 단계로 들어가는 것이 이인직의 소설 작법의 공통적 특질 가운데 하나라 할 수 있다. 이인직의 소설 작법상 특징은 장형소설에서뿐만 아니라 『만세보』에 발표한 첫 작품 「소설 단편」[1906.7.3~4]에서도 동일하게 확인할 수 있다.

그밖에도 「혈의루」 하편의 문장이 이인직의 문장이라는 증거는 많다. 여기서는 구체적 사례를 한 가지만 더 제시하기로 한다. 이인직의 작품에서 특별히 주목할 만한 소설 기법 중 하나가 특정한 사물에 대한 묘사를 매개로 장면을 전환하는 기법이다. 이러한 기법이 적용된 사례를 「귀의

성」과 「혈의루」 하편에서 각각 찾아 비교해 보기로 한다.

(라) 정선릉 산중에셔 간밤에 오던 비는 비 긋혜 바름 니러 구만 리 장천에 겹겹이 싸힌 구름을 비로 쓸어 버린 드시 부러 훗치더니 그 바름이 다시 밧남 산으로 소리 업시 지너가셔 삼각산 밋흐로 드리치는듸 삼청동 김승지 집 안방 미다지 살이 부러지도록 드리친다 「귀의성」, 『만세보』, 1907.4.13

(마) 틔평양에셔 미국 화셩돈이 멀기는 한량업시 멀것만은 디구상 공긔는 한 공긔라 틔평양에셔 불든 바름이 북아메리카로 들이치면셔 화셩돈 언으 공원에서 단풍구경하던 한국 녀학싱 옥년이가 직칙이를 흔다 「혈의루」 하편, 『제국신문』, 1907.5.23

(라)는 정선릉 산중에서 부는 바람이 서울 삼청동 김승지 집 안방까지 불어 들이치는 모습을 그리고 있다. 이 문장의 기능은 이야기의 무대를 광주 정선릉 산골에서 서울 삼청동 김승지 집으로 옮겨가는 것이다. (마)는 태평양에서 부는 바람이 미국 워싱턴까지 들이쳐 옥련이가 재채기를 하는 모습을 그리고 있다. 이 문장의 기능은 이야기의 무대를 태평양에서 미국 워싱턴 옥련이가 머무는 호텔로 옮겨가는 것이다. (라)와 (마)는 발표 시기가 약 1달 정도밖에 차이가 없으며, 문체와 기법 등이 거의 닮아 있다.

다음으로는 이인직이 「혈의루」 하편을 연재 11회만에 갑자기 중단하게 된 사유에 대해 생각해 보기로 한다. 현재까지 이루어진 지적들은 그가 1907년 7월 18일 자로 창간된 『대한신문』의 사장으로 가게 되었기 때문이라는 사실에 초점이 맞추어져 있다.[29] 큰 틀에서 보면, 이러한 주장 자체가 틀린 것은 아니다. 그러나, 이에 관해서도 더 상세한 논증 과정이 필요하다. 「혈의루」하편의 연재 중단 일자가 6월 1일이고 『대한신문』의 창간 일자가 7월 18일이라는 점을 생각할 때, 두 날짜 사이에 간격이 커이를 바로 연결하기에는 무리가 따른다. 여기서 먼저 살펴보아야 할 것은 『제국신문』에 실린 "혈루잠정血淚暫停 본보의 옥년전은 소셜기자가 유고하야 몇일 동안 정지하오니 조량하시오"[30]라는 기사이다. 이 기사는 옥년전 즉 「혈의루」하편의 작가 이인직이 유고 상태이고 그로 인해 소설 연재를 잠시 중단한다는 사실을 전하고 있다. 1907년 6월 1일 전후에 과연 이인직이 유고 상태였고 그 결과 소설 연재를 실제로 중단할 수밖에 없었는가 하는 점을 밝히는 것은, 「혈의루」하편의 작가를 확정하기 위한 또 하나의 중요한 지점이 될 수 있다. 이 문제에 대해서도 결론을 먼저 말하면, 이 기간 중 이인직은 실제 유고 상태였던 것으로 보인다. 그 이유를 단정하기는 어렵지만 그가 원고를 집필할 수 없는 환경에 처해 있었던 것만은 분명하다. 그 결과 이인직은 일시적으로 소설뿐만 아니라 다른 글들도 모두 중단해야만 했다. 그 첫 번째 증거는 이인직이 1906년 10월 14일부터 『만세보』에 줄곧 연재해 오던 소설 「귀의성」을 1907년 5월 31일에 갑자기 중단했다는 사실이다. 이 날짜는 「혈의루」하편의 중단일인 6월 1일과 단 하루밖에 차이가 나지 않는다. 「귀의성」은 5월 31일 자에 제134회 중복 표기 회수를 감안하면 실제로는 139회를 마지막으로 중단된 채 더 이상 연재되지 않는다. 『만세보』에는 「귀의성」 연재 중단에 관한 아무런 설명이 없어 더욱 의구심을 자아낸다. 다만, 현재까지 우리나라에 발굴 소장되어 있는

29   강현조, 앞의 글, 19쪽 참조.
30   『제국신문』, 1907.6.4.

『만세보』가 완벽한 것이 아니라, 1907년 6월 6일 자와 13일 자가 일실된 상태라는 점을 참조하면, 「귀의성」 마지막 회가 이들 신문에 실려 있을 가능성을 배제할 수는 없다. 그런데 「귀의성」 마지막 회가 6월 6일 자 신문에 실려 있다 하더라도, 이인직이 6월 1일 이후 6월 5일까지는 『만세보』에 소설을 연재하지 않았다는 사실은 변하지 않는다. 『만세보』 소재 논설은 대부분 주필 이인직의 글로 알려져 있다.[31] 그러나 이인직은 이례적으로 5월 31일과 6월 1일, 적어도 이틀 동안은 『만세보』에 논설도 집필하지 않았다. 이 두 날짜에 게재된 『만세보』의 논설이 이인직이 쓴 것이 아니라는 사실은 문체를 비교해 보면 금세 알 수 있다.

5월 31일과 6월 1일 자 논설의 필자가 이인직이 아니라는 사실을 확인하기 위해 먼저 이인직이 쓴 논설 두 편을 인용하기로 한다. 글 (가)는 창간호에 수록된 것으로 그 필자가 주필 이인직이라고 밝혀져 있는 「사회社會」의 첫 단락이다. 글 (나)는 1907년 5월 29일 자 논설로 『만세보』에 이인직이 자신은 자치소방단自治消防團 발기와 관계가 없다는 광고를 게재한 날짜에 수록된 글 「신내각新內閣」이다. 이 글을 선택한 것은, 적어도 이 날짜까지는 이인직이 분명히 『만세보』에 논설을 집필한 것으로 보이기 때문이다.

(가) 社會는 數世에 一社會가 成함도 有ᄒ며 瞬息에 一社會가 成함도 有ᄒ니 昔에 木食澗飮ᄒ든 野蠻에 幾年代를 一社會라 稱함도 可ᄒ며 今에 鐵道列車內에 集合ᄒ 若干人을 一種會社의 團結을 形成ᄒ엿다 함도 可ᄒ지라[32]

31 『만세보』 논설에 대한 해제 및 정리는 손동호 편, 『『만세보』 논설 자료집』, 소명출판, 2020 참조.
32 이인직, 「사회」, 『만세보』, 1906.6.17.

(나) 太陽의 七色이 我國政府에 光線을 射ᄒ야 대신 大臣七人이 面目을 換ᄒ니 曰 ㅇㅇ, 內相, 度相, 軍相, 法相, 學相, 農相이라 / 全國人民의 이 瞠然하야 或 疑懼ᄒ며 或 加額ᄒ며 或 裡許를 知코자 ᄒ야 奔走不暇ᄒᄂ 者 其數를 不知 ᄒᆯ지라[33]

이 글들의 공통점은 그것이 국한문혼용체이면서, 동시에 구문구조는 한문이 아니라 한글의 구조에 가깝다는 것이다. 이인직이 구사하는 국한문체 문장은 한글 구조를 기본으로 하기 때문에 한자에 대한 지식만으로도 독해가 가능하다. 그러나, 다음에 인용하는 글 (다) 즉 5월 31일 자 논설 「대주목大注目」과 글 (라) 즉 6월 1일 자 논설 「희망」은 문장 구조가 전혀 달라서 한문에 대한 지식이 없이는 독해가 불가능하다.

(다) 政界之腐敗日甚이 莫有甚於近日 故로 全國之厭苦思想이 亦日甚一日ᄒ야 疾首蹙알者ㅣ 達於二千萬人이라 / 其政治之腐敗日甚云者ᄂ 果何指也오 政界全局이 擧失其精神ᄒ야 更不能두수ᄒ고 至於國計民生은 漫不知何事ᄒ고 唯生命을 何以保全고ᄒ며 唯祿位를 何以維持오ᄒ야 千方百計로 窮思深慮者ㅣ 無過於此而已니 所謂政治ᄂ 歸諸等閒一邊이라 由是國家人民之危急存亡이 凜若一髮ᄒ니 二千萬人之疾首蹙알이 安得不然이리오 / 際玆政府之改革ᄒ야 換出新生面ᄒ니 姑未見一政一令之行이로ᄃᆡ 至於疾首蹙알之二千萬人ᄒ야ᄂ 莫不瞠然大注目이라[34]

---

33 「신내각」, 『만세보』, 1907.5.29.
34 「대주목」, 『만세보』, 1907.5.31. 현대어 번역은 아래와 같다.
　정계의 부패함이 날로 심해지니 오늘날만큼 심각했던 적이 없었다. 전국에서 싫어하고 고달프게 여기는 생각 또한 날로 심해져서 골머리를 앓고 이맛살을 찌푸리는 자가 이천만에 달한다. / 정치의 부패함이 날로 심해졌다고 하는 것은 과연 무엇을 가리키는

(라) 天下事ㅣ莫不有希望者하니 希望者는 人之所至願也라 / 如今人之所至願者는 果何也오 在政府當局者之善政治也로다 / 我韓政府當局者之償誤國事ㅎ며 塗炭民生이 厥由久矣라 何獨於今政府에 希望其善政也오 / 人之所希望者는 不獨於今政府之善政也라 每政府之新任也에 希望其善政이라가 及其政治腐敗면 便失其所希望ㅎ고 更思新政府者ㅣ何止於千百回也리오[35]

이렇게 『만세보』의 논설로서는 매우 이례적인 한문 위주의 문체를 사용한 것으로 미루어 볼 때, 글 (다)와 (라)의 필자는 이인직이 아닌 다른 인물이었음이 분명하다. 그런데, 이인직이 이른바 유고 상태에서 『만세보』를 떠난 기간은 그리 길지 않았다. 6월 2일 자 이후의 『만세보』 소재 논설 「법률계 희망」[1907.6.2~4] 등은 문체와 내용 등으로 미루어 볼 때 다시 이인직이 쓴 글로 추정된다.[36]

것인가. 정계 전국이 그 정신을 모두 잃어서 다시 기운을 낼 수 없고, 나라가 민생 생각함에 이르러서는 아득하여 어떠한 일인지 알지 못하고, 오직 생명을 어찌 보존하는가하며 오직 녹봉과 지위를 어찌 유지하는가하여 온갖 꾀로 깊이 생각한다는 것이 이에 불과할 뿐이니, 이른바 정치는 대수롭지 않게 생각하는 쪽으로 돌아감이라. 이로 말미암아 국가 인민의 위급한 존망이 두려움은 한 가닥 터럭과 같이 작으니, 이천만 인의 골머리를 앓고 이맛살을 찌푸림이 어찌 그러하지 않겠는가. / 정부의 개혁에 즈음하여 전과는 다른 새로운 방면을 여니 한 가지 정책과 한 가지 명령의 행해짐이 아직 잠시도 보지 못했던 것이로되, 골머리를 앓고 이맛살을 찌푸리는 이천만 인에 이르러서는 눈을 휘둥그렇게 뜨고 크게 주목하지 않는 자가 없을 것이다.

35 「희망」, 『만세보』, 1907.6.1. 현대어 번역은 아래와 같다.
천하의 일에 희망이 있지 않은 것이 없으니, 희망이라는 것은 사람들의 지극한 바람이다. / 예컨대, 지금 사람들이 지극히 바라는 것은 과연 어떠한 것인가. 정부 당국자들에게 있어서는 정치를 잘하는 것이다. / 우리나라 정부 당국자들의 잘못으로 국사를 그르치며, 민생을 도탄에 빠지게 함이 그 연유가 오래되었다. 어찌 다만 지금 정부에게만 선정을 희망하겠는가. / 사람들이 희망하는 것은 오직 지금 정부의 선정에 있을 뿐만이 아니다. 정부가 새로 세워질 때마다 그 선정을 희망하다가 그 정치가 부패함에 이르면 곧 그 희망을 잃게 되고 다시 새로운 정부를 생각하는 것이 어찌 천백 회에 그치겠는가.

36 참고로, 6월 8일 자 논설 「경쟁의 성(聲)」에는 이인직의 러일전쟁 종군시의 체험이 기

이인직은 『제국신문』에 「혈의루」 하편을 연재하던 도중 유고 상태를 맞아 일시적으로 집필을 중단했고, 그 유고 상태가 마무리된 이후에도 『제국신문』의 필자로는 복귀하지 않았다. 그보다는 갈등을 빚던 『만세보』의 논설 필자로 복귀했던 것이다. 이인직이 『제국신문』의 필자가 아니라 『만세보』의 필자로 복귀한 이유는 무엇인가? 이는 1907년 5월 22일 이완용의 친일 내각 출범이라는 역사적 사건과 관련 지어 해명이 가능하다. 앞서 『제국신문』에 지원을 약속했던 탁지부 대신 민영기는 이완용 내각의 출범과 함께 갑자기 관직을 물러나면서 약속을 지키지 못하게 된다. 이로 인해 『제국신문』은 예기치 않던 타격을 입고 이전보다 오히려 더 큰 재정적 압박에 직면하고 이는 곧 휴간으로까지 이어지게 된다.[37] 이완용 내각은 『제국신문』에 대한 지원이 아니라, 『만세보』를 인수할 계획을 세우게 되고 사장으로 이인직을 내정한다. 이인직은 『제국신문』에 「혈의루」 하편을 연재하던 도중 이완용 내각의 출범이라는 갑작스러운 정치적 사건을 맞이하게 된다. 아울러 『만세보』의 인수와 『대한신문』의 창간을 논의하게 된다. 더 이상 이인직이 『제국신문』의 필자로 남아 있을 이유가 없어진 것이다. 전후 사정으로 미루어 보면, 이완용 내각의 『만세보』 인수와 이인직의 『대한신문』 사장 내정은 1907년 5월 말부터 6월 초 사이에 이루어졌을 개연성이 크다. 『제국신문』은 1907년 6월 5일부터 이해조의 소설 「고목화」[1907.6.5~10.4]를 연재하기 시작한다. 「고목화」 연재가 시

록되어 있다.

37 재정난에 처하게 된 『제국신문』은 1907년 6월 14일부터 신문대금을 월 25전에서 30전으로 인상하고, 발행부수도 원래대로 2,000부로 환원하는 등 자구 노력을 아끼지 않았으나 결국 그해 9월 21일부터 일시적으로 휴간에 들어가게 된다. 『제국신문』은 10월 3일 자로 곧 속간이 되지만, 사장 이종일은 물러나고 정운복이 신문사를 인수하여 새롭게 운영하게 된다. 이와 관련된 논의는 최기영, 앞의 책, 34~35쪽 참조.

작된 6월 5일은『제국신문』에 이인직이 '유고'로 소설 연재를 중단한다는 기사가 실린 바로 다음날이다. 이해조를 새로운 소설의 필자로 받아들인 것은 이인직의 복귀가 무산된 상태에서『제국신문』이 취할 수 있었던 가장 현실적인 조치였다. 이후 이해조는 소설 전문 기자가 되어『제국신문』의 소설란을 책임지게 된다. 이인직과 이완용 내각 사이의 연계는 이완용 내각의 법부대신으로 부임한 조중응의 역할을 통해서 이루어졌다. 이인직과 조중응은 일본 유학 시절 동경정치학교를 함께 다닌 인연으로 평생을 가까이 지낸 것으로 알려져 있다. 이들 두 사람의 인연은 동경정치학교에서 시작된 것이 아니라, 처음부터 망명을 함께 한 것이라는 주장도 있다.[38] 그만큼 두 사람 사이가 각별했던 것이다. 이인직은『만세보』로 복귀하면서 쓴 논설「법률계 희망」에서 법부대신 조중응에 대한 기대를 직접 표명한 바도 있다. 이인직이 이 논설을 통해 전하고자 하는 바는 새로운 내각에 대한 기대와 함께 특히 법부대신 조중응의 능력을 높이 평가하는 것이었다. 그는 조중응의 등장을 국민의 복운과 연결지으며, 그의 정치적 역량이 조선의 현실을 새롭게 바꿀 수 있을 것이란 전망을 제시한다.

1907년 7월 8일『만세보』를 인수한 이완용 내각은 그 제호를『대한신문』으로 바꾸어 7월 18일부터 자신들의 기관지로 발행하게 된다. 이인직은 이 신문사의 초대 사장으로 취임한다. 이완용 내각의 탁지부는『대한

38　"이인직은 김홍집(1842~1896) 내각이 무너지면서 일본에 망명했던 조중응을 따라 1896년경에 도일했던 것이 아닌가 생각된다." 고재석,「이인직의 죽음, 그 보이지 않는 유산」,『한국어문학연구』제42집, 2004, 227쪽. "이인직은 조중응과 함께 1895년경 일본으로 망명했으며, 그 이유는 '개화운동 관계'였음을 알 수 있다." 함태영,「이인직의 현실인식과 그 모순―관비유학 이전 행적과『도신문(都新聞)』소재 글들을 중심으로」,『근대계몽기 문학의 재인식』, 소명출판, 2007, 224쪽.

신문』에 대해 매월 500원씩의 보조금을 지불했다.[39] 결과적으로 보면 내각이 바뀌면서,『제국신문』을 지원하기로 했던 탁지부의 예산이『만세보』를 인수한『대한신문』으로 옮겨 간 셈이다. 그에 따라 이인직 또한『제국신문』이 아니라『대한신문』의 필자로 옮겨간 것이다.

4.「혈의루」 하편의 위상

「혈의루」 하편은 옥련의 어머니가 외할아버지 최주사와 함께 미국에 있는 옥련을 방문하는 내용으로 이루어져 있다. 이 작품의 내용은 "아래 권은 그 여학생이 고국에 돌아온 후를 기다리오"[40]라는「혈의루」상편의 예고문과 분명히 차이가 있다.「혈의루」 하편을「혈의루」와 거리가 있는 작품으로 규정지으려는 시도가 존재하는 이유가 여기에 있다. 그런데「혈의루」 하편의 줄거리가 원래 예고된 내용과 차이가 있는 것은 사실이지만, 이 작품이『만세보』 연재「혈의루」를 염두에 두고 쓴 것이라는 점은 명백하다.「혈의루」 하편에 등장하는 인물들인 옥련, 옥련 어머니, 김관일, 구완서, 최주사 등이 모두「혈의루」에 등장하는 인물들이면서 그들의 성격 또한 변함이 없다는 점에서 우선 그러하다.「혈의루」 하편에「혈의루」의 줄거리를 의식한 서술이 곳곳에서 등장한다는 점도 주목할 필요가 있다. 이 작품이「혈의루」에 등장하는 인물들과 사건을 바탕으로 창작되었다는 점 등에서 보면,『제국신문』 소재「혈의루」 하편이『만세보』 소재「혈의루」의 속편인가 아닌가 하는 논의는 더 이상 불필요한 것처럼 보인

---

39   정진석,『한국언론사』, 나남출판, 2001, 204쪽 참조.
40   「혈의루」,『만세보』, 1906.10.10.

다. 당연히 속편으로서의 가치를 인정해야 할 것이기 때문이다. 그렇다면 「혈의루」 하편과 『매일신보』 소재 「모란봉」[1913.2.5~6.3]과의 관계는 어떻게 보아야 할 것인가? 창작의 순서로 보면 「혈의루」 → 「혈의루」 하편 → 「모란봉」이 맞지만, 「혈의루」 하편과 「모란봉」은 줄거리 전개상 서로 충돌하는 내용이 있어 독서의 선후 관계에는 놓일 수 없다. 즉 『매일신보』 소재 「모란봉」[1913.2.5~6.3]을 '이 하편의 속편일 수도 있다'는 방식으로 해석하기는 어려운 것이다. 결론적으로는, 「혈의루」는 「혈의루」 하편과 「모란봉」이라는 두 개의 하편으로 이어지는 작품이 되고, 「혈의루」 하편과 「모란봉」은 서로가 독립된 위상을 지닌 작품이라는 정리가 가능하다.[41] 그런데 여기서 중요한 것은, 어떻게 해서 이인직이 「혈의루」의 하편을 두 번이나 쓰게 되었나 하는 점이다. 그 이유 혹은 근거를 살피는 것은 「혈의루」 하편의 위상을 밝히는 일과도 직결된다.

『매일신보』는 이인직의 「모란봉」을 게재하기 전날 연재 예고문에서 이 작품이 「혈의루」의 하편으로 만든 것이나 '상편되는 혈의루와는 독립되는 성질이 있다'는 사실을 강조한 바 있다. 연재와 함께 수록된 작가의 서언에서도 이와 유사한 내용이 반복된다.

차此 소설은 낭년曩年에 강호 애독자의 환영을 득하던 옥련의 사적인데 금今에 기其 전편을 정정하고 차 혈루라 하는 제목이 비관에 근함을 혐피하야 모란봉이라 개제하고 하편을 저술하야 옥련의 말로를 알고자 하시던 제씨의 일람

---

41 참고로 다음과 같은 견해도 있다.
"『제국신문』 연재 하편은 대한제국 시기에 발표된 상편의 후속으로 집필된 텍스트이고 『매일신보』 연재 「모란봉」은 한일합방 이후의 개작본인 동양서원본의 후속으로 집필된 텍스트라고 할 수 있다." 강현조, 앞의 글, 73쪽.

을 공하옵는데 차 모란봉이 비록 상하편이나 양편이 공히 독립한 성질이 유하야 상편은 옥련의 칠 세부터 세간풍상을 열하던 사실로 조직하였는데 기 하편이 무하야도 무방하며 하편은 옥련의 십칠 세 이후 사적을 술한 것인데 기 상편이 무하더라도 또한 무방한 고로 자玆에 기 하편을 게재하오니……[42]

이인직이 연재 서언에서 독자들에게 전달하고자 했던 가장 중요한 사실은 「모란봉」에 비록 상하편이 존재하나 양편이 서로 독립된 성질이 있어 따로 떼어 읽어도 무방하다는 점이다. 이인직은 「혈의루」와 「혈의루」하편, 그리고 「모란봉」을 창작하면서 세 작품의 연관성 못지않게 각 작품의 독립성에도 큰 비중을 두었다. 「모란봉」이 「혈의루」의 하편으로 쓰인 작품인 동시에 독립성을 지닌 작품으로 기획되었듯이, 「혈의루」하편 또한 「혈의루」의 속편으로 쓰인 작품인 동시에 독립성을 지닌 작품이라 할수 있다. 「모란봉」의 연재 서언은 「혈의루」하편의 위상을 이해하기 위한 연재 서언으로도 활용될 수 있다. 비록 「혈의루」의 속편으로 기획된 것이기는 하나, 별개의 작품으로 읽어도 부족함이 없도록 써나간 소설이 「혈의루」하편이었던 것이다.

「혈의루」하편은 구성의 형식으로 보면 독립된 단편소설에 가깝다. 「혈의루」하편은 옥련 어머니와 외할아버지 최주사의 '미국 방문기'이다. 「혈의루」하편의 서사의 중심축을 이루는 '미국 방문기'는, 출발 장면에서 시작해 귀환 장면에 이르는 완결성을 지니고 있다. 비록 갑작스러운 연재 중단으로 인해 한국 도착 풍경까지는 그려내지 못했지만 독자가 그 결말을 채워 넣는 일은 별반 어렵지 않다.

---

42 『매일신보』, 1913.2.5.

이인직이 「혈의루」의 속편으로 「혈의루」하편과 「모란봉」이라고 하는 작품을 각각 집필할 수 있었던 것은, 그의 작법상 중요한 특질 가운데 하나가 에피소드 중심 구성법이었기 때문이다. 「혈의루」와 「혈의루」하편, 그리고 「모란봉」은 각각 독립된 에피소드를 중심으로 구성된 소설이다. 이인직의 소설 작법의 특징 가운데 하나는, 독립된 작은 일화들이 모여 하나의 완결된 에피소드를 이루는 방식이다. 작은 단위의 독립 서사들이 모여 대서사를 완성하는 방식인 것이다. 이때 이인직의 소설이 동시대의 다른 작가의 소설과 구별되는 지점은 작은 단위 서사들의 독립성이 매우 강하다는 점이다. 「혈의루」하편의 경우만을 보더라도 '미국 방문기'라는 에피소드는 다시 몇 개의 독립성 강한 작은 일화들로 구성되어 있다. 최 주사 부부가 다투는 일화,[43] 구완서와 함께 온 가족이 모여 옥련과의 혼인을 논의하는 일화 등이 그러한 사례에 해당한다. 이인직이 이러한 구성법을 활용할 수 있었던 것은 그가 동시대의 여타 신소설 작가들과는 달리 단형 서사물의 창작에도 관여했던 작가였던 때문으로 보인다. 이는 그가 「소설 단편」이나 「빈선랑의 일미인」[1912.3.1], 「달 속의 토끼」[1915.1.1] 등 단편 소설을 남긴 작가라는 점과도 관련이 깊다.[44]

---

43 「혈의루」하편에서 최주사 부부가 다투는 일화는 『만세보』연재본 「혈의루」 제13회의 내용과 연관이 있다. 『만세보』연재본 제13회에는 최주사가 양자를 들인 사실과, 최주사가 딸 춘애를 편애하나 후처가 춘애를 구박하는 내용 등이 들어 있다. 그러나, 『만세보』연재본 제13회의 내용을 알지 못해도, 「혈의루」하편의 줄거리를 이해하는 데는 전혀 문제가 없다. 「혈의루」하편에서는 이 부분이 생동감이 두드러져 보이는 장면 가운데 하나이다.

44 『만세보』연재본 「혈의루」가 광학서포에서 단행본으로 출간되는 과정에서 제47회 연재분이 통째로 누락되었다는 점이 최근 「혈의루」판본 연구에서 지적된 바 있다. 한 회가 누락되었음에도 불구하고 독자들이 이 사실을 쉽게 눈치채지 못한 이유도 이인직의 일화 중심 소설 구성법과 연관이 있다. 연재본 「혈의루」 제47회는 8월 보름 추석날을 맞아 옥련 어머니가 딸의 무덤에 가기 위해 음식을 장만하다가 눈물을 흘리는 일화

이인직 작품에 대해 작가의 진위 문제가 존재한다는 것은, 그만큼 이인직이 대중성이 있는 작가였다는 사실을 말해주는 것이기도 하다. 해방 이후 시중에 유통된 「혈의루」 판본 중에는 이인직의 작품을 바탕으로 누군가가 가필을 한 작품들이 실제로 존재한다.[45]

를 다루고 있다. 이 일화가 생략되어도 48회 이후의 줄거리 전개에 큰 영향을 주지 않는다. 물론, 이 일화를 읽으면 49회 등의 세부 장면 묘사를 이해하는 데 더 도움이 된다. 제47회분 생략에 관한 지적은 함태영, 「『혈의루』 제2차 개작 연구—새 자료 동양서원본 『牧丹峰』을 중심으로」, 『대동문화연구』 제57호, 2007, 217쪽 및 강현조, 앞의 글, 19~20쪽 참조.

45   예를 들면 1946년 광한서림에서 발행한 『혈의루』, 1958년 영화출판사에서 발행한 『운중 추월색』 등이 거기에 해당된다. 이러한 판본들은 「혈의루」가 해방 이후에도 비교적 인기를 끌며 대중들 사이에서 유통되었다는 사실을 말해준다. 이 판본들에는 옥련과 구완서, 그리고 김관일이 모두 공부를 마치고 귀국해 가족이 해후하는 장면이 추가되어 있다. 옥련과 구완서는 신식결혼식을 치루고 가정을 이룬다. 광한서림본 『혈의루』는 『조동일 소장 국문학 연구자료』 제28권(도서출판 박이정, 1999)에 합철 소개된 작품 가운데 하나이다. 이 자료집에서는 영인된 작품의 제목을 『혈의루』로 소개하고 있지만, 표지 및 본문 2쪽까지가 낙장인 상태이다. 『운중 추월색』은 이 자료와 완전히 동일한 지형을 가지고 인쇄한 작품으로 보인다. 가족 상봉의 장면이 새롭게 추가된 것은 대중들의 욕구를 만족시키기 위한 출판사의 상업적 전략의 결과이다. 『혈의루』는 발행자가 김송규이고 저자 표기는 없다. 『운중 추월색』은 저작 겸 발행자가 강근형이다.

6

제 6 장
근 대 소 설 의
완 성 1
1910년대 '단편소설'

1. '단편소설' 등장의 배경

1910년 한일병합을 기점으로 한국 근대소설사는 급격히 통속화의 길을 가게 된다. 이를 주도한 것은 조선총독부 기관지였던 『매일신보』이다. 1910년대 초반 『매일신보』의 소설 지면을 대표하는 작가는 이해조이다. 이해조는 『매일신보』에 「화세계」, 「월하가인」, 「구의산」 등 수많은 신소설들을 지속적으로 연재한다. 『매일신보』에 발표되는 이해조의 작품들은 한일병합 이전의 작품들에 비해 계몽성은 현저하게 약화되고 그 대신 오락성이 강화된다. 오락성 강화를 통한 소설의 대중성의 확보야말로 조선총독부가 지향하던 문화 정책의 가장 중요한 방향이었다.

한일병합 이전인 1900년대 말까지 발행된 대부분의 매체가 서사문학 작품을 수록한 이유는 편집 발행자들의 이데올로기 구현과 관련성이 크다. 그것은 '민족'이기도 했고 '계몽'이기도 했으며 때로는 민족과 계몽이 어우러진 것이기도 했다. 1900년대 근대신문에 수록된 서사문학 작품들은 계몽성과 대중성이 만나는 과정에서 탄생한 것이었다. 그러나 1910년 이후 『매일신보』의 소설란은 계몽성에는 큰 관심이 없었다. 『매일신보』의 소설란은 대중성과 오락성을 목표로 삼았다. 이는 오락성 확보를 통해 대중들의 정치적 무관심을 유도하려는 의도와 관련이 있다.[1]

---

1   1910년대를 대표하는 신문 『매일신보』 소설 지면 구성의 방향은 오락성 확보를 통한 판매부수 증가에 있었다. "『매일신보』의 편집 방향 자체가 일제의 기관지로서 총독부의 정책의 보급이었다면, 이 속에서 번안소설가로서의 조중환의 역할은 『매일신보』가 담당하는 일제의 동화와 식민지 안정화 정책 속에서 식민지인들에게 효과적으로 침투하는 것이었을 것이다. 더 많은 식민지인들에게 일제의 정책을 알리려면, 그 정책을 그대로 싣고 알리는 『매일신보』를 식민지 조선인들에게 많이 읽히는 수밖에 없다. 따라서 『매일신보』의 판매 부수의 확장은 매우 중요한 문제가 된다." 전은경, 『근대계몽기 문학과 독자의 발견』, 도서출판 역락, 2009, 40쪽.

『매일신보』는 1910년 한일병합 직후 이해조와 이인직 등의 신소설로 지면을 꾸려가다가, 1912년 무렵부터 번역 및 번안소설[2]의 게재로 방향을 전환한다. 「쌍옥루」와 「장한몽」 등 번역 번안소설을 통한 조중환의 등장은 『매일신보』에서 이해조와 이인직의 신소설시대가 끝났다는 사실을 의미한다.[3] 『매일신보』에서 조중환의 성공은 크게 두 가지 점에서 의미가 있는 사건이었다. 하나는 편집 발행진들이 목표로 했던 대중적 인기 확보에 크게 성공했다는 점이다. 다른 하나는 그 대중적 성공이 일본의 작품들을 수입해 들여오면서 이루어졌다는 점이다.[4]

그러나, 1910년대 들어 새롭게 형성된 신지식층 작가들은 구시대적 면모를 보이는 신소설과 번역 및 번안소설의 세계에 만족할 수 없었다. 1910년대에 등장하는 신지식층 작가들의 단편소설은 현실을 떠났던 소설이 다시 현실로 돌아오는 과정의 산물이다. 서구의 지식을 흡입하고 세

---

2 1910년대 중반까지는 '번안'이라는 용어가 직접 사용되지 않았다. 이 용어가 등장하는 것은 1916년 1월 『매일신보』를 통해서이다. "1910년 초반에는 용어로서의 '번안'과 '번역'이 미분화된 상태에서 번안이 '조선화된 번역'으로 수행되다가, 번안이 중역의 형태로 서양소설을 집중적으로 받아들이는 단계에 이르러서야 번안과 번역이 구별되기 시작했던 것이다. 그러나 그 이후로도 '번안'은 현상 응모 광고 등에서 아주 드물게 사용되었을 뿐이고, 1920년대 초반 번안을 배제하고 엄밀한 번역을 강조하는 입장이 본격적으로 등장하면서 비로소 '번안'이라는 용어가 일반화되었다." 최태원, 「일제 조중환의 번안소설 연구」, 서울대 대학원, 2010, 178쪽.
3 "한국 최초의 전문 번안 작가로 등장한 조중환은 완역과 직역의 방법에 근거를 둔 번안소설의 모형을 앞세워 일본의 인기 가정소설을 중앙 일간지에 연재하는 일에 나섰다. 조중환의 번안소설이 등장하면서 이인직과 이해조의 신소설은 『매일신보』 지면에서 완전히 물러났으며, 1910년대의 주류적인 문학 양식은 번안소설의 몫으로 돌아갔다." 박진영, 『번역과 번안의 시대』, 소명출판, 2011, 513쪽. 박진영의 이 연구에는 한국 근대 번역 번안소설의 출현과 전개 과정 및 그 문학사적 의미에 관한 상세한 논의가 이루어져 있다.
4 이와 관련된 상세한 논의는 김영민, 『한국 근대소설의 형성 과정』 제2판, 소명출판, 2019, 222~231쪽 참조.

계의 변화를 실감한 신지식층에게 통속화된 신소설은 결코 답습과 존중의 대상이 될 수 없었다. 그들은 자신이 보고 겪은 세계에 대한 경험을 바탕으로, 민족의 삶과 현실을 바꾸기 위해 직접 소설의 생산자로 나서게 된다.

1910년대 단편소설의 주요 작가 가운데 한 사람인 백대진의 「현대 조선에 자연주의 문학을 제창함」은 현실을 떠났던 소설의 현실 복귀를 논하는 글이다. 여기서 백대진은 '과거의 문학은 몽상적, 공상적, 낭만적, 환영적幻影的 문학으로 결코 20세기에 적합한 문학이 아님'을 지적한다. 그 대신 실제 인생을 그리는 자연주의 문학의 융성을 기대한다는 것이다.[5] 백대진은 「신년 벽두에 인생주의파 문학자의 배출을 기대함」에서도 신소설의 비현실성을 공격한다. 그 자신이 접했던 경험으로 미루어 보건대 신소설은 내용이 파괴적·퇴폐적이다. 백대진이 보기에 신소설은 실제 인생과 아무런 연관성이 없으며, 시대적 안목 또한 비루하고 경박하기 이를 데 없는 것이었다. 따라서 그는 신소설의 창작 요인이 몇 푼 안 되는 원고료를 탐하는 상업적인 데에 있다고 비판한다.[6]

1910년대 신지식층 작가들의 활동은 주로 단편소설에 치중되었다. 이는 당시 신지식층의 문필활동의 무대가 학회지 또는 잡지였다는 사실과도 연관이 있다. 잡지는 신문에 비해 생존 기간이 짧았고, 따라서 길이가 긴 작품들을 연재하기 어려웠다. 학회지나 잡지가 신문에 비해 지식인 독자를 상대로 한 간행물이라는 사실도 단편소설이라는 문학 양식과 직접 연관된다. 신지식층 작가들은 신소설의 통속화를 비판하고 그에 대응하

---

5   백대진, 「현대 조선에 자연주의 문학을 제창함」, 『신문계』, 1915.12, 15쪽 참조.
6   백대진, 「신년 벽두에 인생주의파 문학자의 배출을 기대함」, 『신문계』, 1916.1, 13~16쪽 참조.

는 새로운 서사문학 양식의 창작을 시도했다. 하지만, 처음부터 이들이 신소설의 한계를 뛰어넘는 새로운 단계의 서사문학 작품들을 보여준 것은 아니다. 이들이 처음 시도한 단편소설의 상당수는 신소설의 축약형에 불과했다. 하지만 점차 창작의 경험과 연륜이 쌓이면서 이들의 작품은 근대완성형 단편소설로 성장해 간다.

2. 연구사 개관

1910년대 단편소설에 대한 언급은 이재선의 『한국 단편소설 연구』에 서부터 시작된다. 이재선은 이 책에서 한국 단편소설의 개념과 그 전개의 역사에 대해 정리한다. 여기서 이재선은 한국 근대 단편소설의 발전사를 서양식 소설에서뿐만 아니라, 우리 서사문학의 전통 속에서 찾으려는 시도를 보여준다. 한국 근대 단편소설의 전개사는 크게 둘로 나눌 수 있는데 하나는 준비 단계로 1918년 이전까지이고, 다른 하나는 정립 단계로 1919년 이후 1920년대까지이다.[7]

주종연의 『한국 근대 단편소설 연구』에서는 단편소설의 형성 과정을 세 단계로 나눈다. 그 1단계는 주로 1900년대에 활동한 이인직, 백악춘사, 몽몽, 안국선, 이종린 등에 의한 준비기이다. 제2단계는 1910년대 잡지 『청춘』을 무대로 한 현상윤, 이광수에 의한 모색기이다. 제3단계는 1920년대 김동인, 현진건, 염상섭, 나도향 등으로 이어지는 시기이다. 여기서 제시한 한국 근대 단편소설의 특성은 대체로 다음과 같다.

---

7   이재선, 『한국 단편소설 연구』, 일조각, 1975, 12~20쪽 참조.

첫째, 서술자의 객관적 태도의 확립. 둘째, 간접화법에서 직접화법으로의 변이 현상. 셋째, 단편소설의 분량적 증대화 현상. 넷째, 단편소설이라는 양식 명칭의 고정. 다섯째, 서술 방법의 변화 현상. 여섯째, 교훈적 목적의식과 표제가 지닌 예시성의 사라짐. 일곱째, 생의 비극적 인식과 제시. 여덟째, 근대적 자아의 각성과 인식의 표출. 아홉째, 시공간 위상의 설화적 과거성에서 현실성으로 전환. 주종연은 근대 단편소설이 지니는 이러한 특성들이 대체로 1910년대에 이르러 나타난 것으로 정리한다. 아울러 이러한 근대 단편소설 성립의 가장 중요한 요인을 신문 잡지와 같은 저널리즘의 발간 및 서구 단편소설의 번역 소개로 간주한다.[8]

이동하의 「한국 근대소설의 정착과정에 대한 고찰」에서는 1905년에서 1920년 사이에 이르는 소설사를 연속적 시각으로 연구 정리한다. 요지는 대략 다음과 같다.

첫째, 구한말의 서사문학은 창작 집단의 사회적 성격에 따라 두 갈래로 나눌 수 있다. 이 중 의타적 개화파 집단에 의해 창작된 신소설은 장편으로 나아갔고, 주체적 민족주의 세력에 의해 생산된 몽유록 등 기타의 양식은 단형 서사에 머물렀다. 둘째, 1910년이라는 시점은 한일병합이 주체적 민족주의 세력에 의한 문학 활동의 궤멸과 신소설 양식의 변질을 야기한 점, 그리고 이광수의 첫 우리말 단편이 이 해에 발표되었다는 점 등으로 인하여 문학사적 시대 구분의 기준선이 될 수 있다. 셋째, 1910년부터 1919년 무렵까지 이르는 일본 유학생 제2세대의 문학 활동은 이광수와 현상윤을 그 대표자로 삼는 바, 이들의 작품은 일면으로는 신소설을 계승하고 다른 일면으로는 그것을 넘어섰다는 평가를 받을 수 있다. 넷

8 　주종연, 『한국 근대 단편소설 연구』, 형설출판사, 1979, 131~133쪽 참조.

째, 이 시기의 소설은 현저히 단편 중심의 성향을 보여주는데, 그 원인은 내적 요소와 외적 요소로 나누어 설명할 수 있다. 이광수의 장편『무정』은 이러한 요소들과 연결시켜 검토할 때 특히 흥미로운 문제점을 제공하는 작품이다. 하지만, 그것이 이 시대 소설의 단편 중심적 성격을 완전히 극복한 성과라고 보기는 어렵다.[9]

김복순의 「1910년대 단편소설 연구」는 과학적 문학 연구로서의 소설사를 지향하며, 한국문학사에서 1910년대 소설이 차지하는 위치에 대해 논의한 글이다. 1910년대 소설사를 주도한 것은 신지식층의 소설이다. 이러한 신지식층의 소설에서는 1920년대의 다양한 소설적 경향의 선진적 면모를 읽을 수 있다. 김복순은 1910년대 소설사의 형성 배경에는 1910년대 중반 이후 각계의 현실 대응 방식이 중요하다고 본다. 당시 국내에서의 현실 대응 방식은 크게 두 종류로 나눌 수 있다. 하나는 비판적 신지식층을 중심으로 한 자주적 실력 양성론이며, 다른 하나는 친일적 신지식층을 중심으로 한 동화주의적 실력양성론이다. 비판적 신지식층에 속하는 작가로는 현상윤과 양건식을 들 수 있고, 친일적 신지식층에 속하는 작가로는 이광수와 백대진을 들고 있다. 특히 김복순은 비판적 신지식층의 최고 수준을 보여주는 작가로 양건식을 꼽는다. 양건식은 전통적인 가치 체계로부터 우리 민족의 살 길인 반제의 논리를 만들었다는 점에서 민족적 전망을 드러내고 있다는 것이다.[10]

김재용·이상경·오성호·하정일이 쓴『한국근대민족문학사』에서는 1910년대 문학의 성격을 부르주아 계급의 현실 대응 양식에 따라 크게

---

9 이동하, 「한국 근대소설의 정착과정에 대한 고찰」, 『한국학보』 제30호, 1983년 봄, 64~82쪽 참조.
10 김복순, 「1910년대 단편소설 연구」, 연세대 대학원, 1990.

두 가지로 나눈다. 하나는 부르주아 계급의 처지에 대한 자기 인식을 철저하게 하는 대신 문화주의적 지향으로 자신의 좌절을 극복하는 경우이다. 이는 이광수에서 가장 잘 드러난다. 다른 하나는 부르주아적 열망과 지향을 가지고 있음에도 불구하고 그것이 일제의 식민지 지배 때문에 더 이상 현실에서 가능할 수 없음을 정직하게 인식하고 그것을 드러내는 경우이다. 이는 현상윤, 백대진, 양건식, 최승구 등의 작품을 통해 드러난다.[11]

양문규의 『한국 근대소설사 연구』는 1910년대 한국소설 형성의 맥락을 사회사와 연관 지어 논의한 책이다. 1910년대 한국 사회의 주요 과제 가운데 하나는 반봉건이었다. 1910년대에는 이러한 문제를 형상화한 일련의 계몽주의소설들이 등장한다. 그러나 당대의 계몽운동은 정치적 성격이 거세되고 때로는 일제에 예속적인 모습까지 드러내게 된다. 1910년대 후반에는 부정적인 사회현실에 대한 관찰을 통해 비판적인 자기 인식에 도달하는 소설들도 등장한다. 이는 1910년대 소설이 근대적 사실주의 소설의 길로 가는 문학사의 과정을 보여주는 것이다. 양문규는 이러한 작품들의 예로 「핍박」과 「슬픈모순」 등을 제시한다. 이들 작품들은 구체적인 디테일을 통해 당대의 부정적인 식민지 사회현실을 관찰 표현한다. 이를 통해 객관적이며 비판적인 자기 인식에 도달하는 주인공의 의식세계가 사실적으로 형상화된다. 이는 1920년대의 본격적인 사실주의 경향의 소설과 연결된다.[12]

김현실의 『한국 근대 단편소설론』은 1910년대 단편소설의 양식적 특질을 정리하고 문학사적 의의를 연구한 것이다. 1910년대는 단순하게 전

---

11   김재용 외, 『한국근대민족문학사』, 한길사, 1993.
12   양문규, 『한국 근대소설사 연구』, 국학자료원, 1994.

대와 후대를 이어주는 교량적 시기이거나 문학사적 공백기 혹은 애국계
몽기의 일부로 취급되는 시기가 아니다. 1910년대는 식민지시대 문학의
출발 및 한국 근대 단편소설 형성의 방향이 결정된 시기이다. 이 시기에
는 전통과 서구의 영향이 혼재하면서 근대 단편소설이 형성되어가는 모
습을 뚜렷이 보여준다.[13]

한점돌의 「1910년대 한국소설의 정신사적 연구」에서는 1910년대 사
회의 주된 시대정신을 계몽운동의 준비론으로 파악한 후, 당시의 소설들
이 이를 어떻게 반영하고 있는가를 다룬다.[14]

이희정의 『한국 근대소설의 형성과 『매일신보』』에서는 1910년대 『매
일신보』의 단편소설들이 풍속 개량적 기능을 수행하면서 식민지 문명화
담론을 수용한다고 정리한다. 특히 『매일신보』의 현상문예 단편소설은
독자 유치를 위한 상업적 정책과 더불어, 『매일신보』의 주된 담론인 식민
지 담론을 직접 전파하는 계몽적 정책에 이용되었다는 것이다. 『매일신
보』 소재 단편소설들은 1910년대 이전의 단형 서사문학과 1910년대 말
의 본격적인 근대 단편소설을 이어주는 역할을 수행했다는 점에서 의미
가 있다.[15]

함태영의 『1910년대 소설의 역사적 의미』에서는 단편소설이라는 용
어의 대중화가 『매일신보』를 통해 이루어졌다는 사실을 확인 정리한다.
1910년대 『매일신보』에는 총 61편의 단편소설이 실려 있는데 이들은
1910년대 전반기에 집중적으로 발표된다. 1910년대 이전에는 거의 사용
되지 않던 단편소설이라는 용어는 1912년 이후 『매일신보』의 '응모단편

---

13   김현실, 『한국 근대 단편소설론』, 공동체, 1991.
14   한점돌, 「1910년대 한국소설의 정신사적 연구」, 서울대 대학원, 1992.
15   이희정, 『한국 근대소설의 형성과 『매일신보』』, 소명출판, 2008.

소설' 등에서 빈번히 사용되면서 일반화된다. 이 시기 '응모단편소설'의 등장은 독자 확보를 위한 『매일신보』의 대대적인 지면 쇄신 작업의 결과였다. '응모단편소설'은 당대 청년학생층을 독자로 확보하는 것과 그들을 계몽하는 것 모두를 의도했다. 1910년대 『매일신보』의 단편소설은 근대소설 문장의 토대를 마련했다는 점에서도 의미가 있다.[16]

1910년대 단편소설에 대한 기존 연구에서 공통적으로 발견할 수 있는 결론 가운데 하나는, 이 시기 단편소설의 가장 중요한 특질을 계몽성과 초기 사실주의 문학의 발현으로 보고 있다는 점이다. 1910년대 단편소설은 작품에 따라 서사적 요소를 중시하며 창작된 경우도 있고 논설적 요소를 중시하며 창작된 경우도 있으나, 크게 보면 1900년대 소설사의 맥락을 멀리 벗어나 있지 않다. 하지만 1910년대 신지식층 작가들의 단편소설은 구시대의 답습에 머무르는 소설이 아니라 시대의 변화를 새롭게 반영하는 소설이다. 1910년대 단편소설에서는 계몽의 방식이 앞 시기 소설만큼 직설적이지 않다. 계몽의 의도는 분명히 살아 있지만 이를 드러내는 방식은 점차 서사 속으로 스며들어 간접화된다. 1910년대 단편소설에 들어 새롭게 나타나는 가장 중요한 요소는 인간의 내면 심리에 대한 관심이다. 1910년대 단편소설에 등장하는 인간 심리에 대한 관심은 현실적인 삶의 조건들의 결핍에서 오는 경우가 대부분이다.

---

16   함태영, 『1910년대 소설의 역사적 의미』, 소명출판, 2015.

3. 1910년대 '단편소설'의 네 유형

1) 축약형 '단편소설'

(1) 이광수의 「무정」, 「헌신자」

1910년대 단편소설은 신소설의 축약 형태로 출발한다. 1910년대 초기 작가들은 단편소설이라는 문학 양식에 대한 특별한 의식을 지니고 있지 않았다. 그들은 단지 통속화한 신소설과는 다른 방식으로 이야기를 다루려 했고, 발표 지면에 맞추어 이야기의 길이를 조정했다. 당시 신지식층 작가들의 주요 소설 발표 지면은 문학 전문지가 아니라 『청춘』이나 『신문계』 등 월간 종합 잡지였다. 이들 잡지가 담아 낼 수 있는 원고의 분량에는 한계가 있었다. 그 결과 작가들은 길게 써야 할 이야기를 단편 분량으로 줄여 발표했다. 이렇게 해서 탄생한 문학 양식이 축약형 단편소설이다.

이광수의 초기 작품 「무정」이나 「헌신자」는 모두 신소설 축약형에 드는 단편소설이다. 이광수의 단편 「무정」은 1910년 3월과 4월 『대한흥학보』를 통해 발표되었는데, 이는 이광수가 우리말로 쓴 최초의 창작소설이다. 작품의 내용을 요약하면 다음과 같다.

한밤중 달빛을 받으며 사기병을 들고 나온 여인은 어두운 솔밭을 찾아 들어가며 눈물을 흘린다. 신세를 한탄하던 여인은 병에 든 약을 마시고 목숨을 끊는다. 이 여인은 송림 한좌수의 며느리였다. 그녀가 한좌수의 며느리이자 한명준의 아내가 된 것은 8년 전의 일이다. 당시 그녀는 16세, 그리고 한명준은 12세였다. 아버지를 일찍 여읜 그녀는 어머니의 선택에 따라서 한명준과 결혼하였다. 혼인 날 한명준을 처음 본 그녀는 남편에게 크게 실망하였다. 세월이 흐를수록 남편은 그녀를 멀리했고, 그녀가 느끼는 고독과 적막감은 아름답던 얼굴 모습과 총명하던 정신을 모두 사라지게 했다. 부인은 처음에는 애정의 기갈에만 슬퍼하였으나 점차 자손 걱정까지 생겨 비탄에 비탄을 거듭하게 되었다. 그러는 사이 남편은 외박이 잦아지고 인근에서 소문난 오입쟁이가 되어 갔다. 결국, 남편은 첩까지 두게 된다. 하지만 여인은 자신의 배 속에서 어린아이가 자라고 있다는 사실에 모든 기대를 걸고 어려움을 참아 나간다. 어느 날 생부의 제사를 위해 본가에 다녀오던 여인은 무녀에게 들러 점을 본 후, 자신의 배 속에 든 아이가 사내가 아닌 여자라는 말을 듣고 크게 실망한다. 시집에 돌아와 보니 자신의 방에 있던 가구가 모두 치워지고 다른 여자가 하나 들어와 앉아 있었다.

이 작품에서 주인공이 자살을 택하게 되는 가장 큰 원인은 잘못된 가족 관계에 있다. 조혼으로 인한 비정상적 부부 관계의 출발, 남편의 외박과 가산 탕진, 첩을 들이고 본 부인인 주인공을 학대하는 일 등은 모두 그러한 잘못된 가족 관계의 표출이다. 결국 이 소설은 전근대적인 가족 관계로 인해 생겨나는 비극적 상황을 작품화한 것이다.

신소설 축약형 단편은 서두를 이인직류의 신소설처럼 만연체 문장으로 시작하는 경우가 많다. 단편 「무정」의 서두 역시 만연체 문장으로 시공간적 배경을 보여주면서 시작된다.

유월 중순, 지지는 듯하는 태양이 넘어가고 안개 같은 수증기가 만물을 잠가, 산이며, 천이며, 가옥이며, 모든 물건이 모두 반이나 녹는 듯 어두운 장막이 차차 차차 내림에 끓는 듯하던 공기도 얼마큼 식어가고, 서늘하고 부드러운 바람이 빽빽한 밤나무 잎을 가만가만히 흔들어서, 정숙한 밤에 바삭바삭하는 소리가 난다.

처소는 박천송림. 몽롱한 월색이 꿈 같이 이 촌락에 비치었는데, 기와집에 사랑문 열어 놓은 생원님들은 몽몽한 쑥내로 문군蚊群을 방비하며, 어두운 마루에서 긴 대 털며 쓸데없는 수작으로 시간을 보내나, 피땀을 죽죽 흘리면서 전답에 김매던 가난한 농부와 행랑 사람이며 풀 뜯기와 잠자리 사냥에 피곤한 아동배는 벌써 세상을 모르고 혼수하는데, 이 촌중 중앙에 있는 사오 채 와옥 뒷문이 방싯하고 열리더니, 그리로 한 이십 세나 되었을 만한 젊은 부인이 왼편 손에 자그마한 사기병을 들고 나온다.[17]

이러한 만연체 문장은 간결한 묘사를 필요로 하는 단편 양식에는 잘 어울리지 않는다. 신소설 축약형 단편들은 서두의 배경 제시에 이어 사건에 대한 원인 설명을 시작한다. 사건에 대한 원인 설명은 천편일률적으로 주인공의 인적 사항으로부터 출발한다. 주인공의 인적 사항에 대한 설명이 나오기 시작하면 거기서부터 작품의 긴장감은 급격히 떨어진다. 설명투 문장은 주인공의 인적 사항에 대한 해설뿐만 아니라, 그가 어떠한 성장 과정을 통해서 오늘날에 이르게 되었으며, 또한 왜 지금과 같은 행동을 하게 되었는가 하는 것으로 이어진다. 이는 신소설 축약형 단편의 일반적 구성 공식이라고 할 수 있다.

이광수의 단편소설 「무정」은 신소설이 즐겨 사용하던 가정 비극이라는 소재를 길이만 축약하여 소설화한 작품이다. 장편으로 써야 할 소재를 짧게 줄여 제시한 가장 큰 이유는 충분하지 않았던 지면 사정 때문이다. 이는 다음의 작품 후기를 보면 알 수 있다.

17   이광수, 「무정」, 『대한흥학보』, 1910.3, 392~393쪽.

(작자 왈) 차편此篇은 사실을 부연한 것이니 마땅히 장편이 될 재료로되 학보에 게재키 위하여 경개만 서한 것이니 독자 제씨는 양찰하시압.[18]

마땅히 장편으로 써야 할 이야기를 잡지에 싣기 위하여 경개만 써서 단편으로 만들었다는 것이다.

1910년 8월 『소년』에 발표한 이광수의 작품 「헌신자」 역시 축약형 단편소설이다. 이 작품에서는 교육 사업에 헌신하는 한 노인의 이야기를 관찰자인 '나'라는 인물이 서술해 나간다. 「헌신자」에서는 시점의 선택과 줄거리 서술 방식 등에서 일부 새로운 시도들을 볼 수 있다. 그러나 작품의 전개 과정이 결국은 서술자인 '나'의 설명적 해설과 요약적 제시로 이루어진다. 「헌신자」에도 「무정」과 유사한 성격의 후기가 붙어 있다.

고주 왈孤舟曰 이는 사실이오. 다만 인명은 변칭. 이것은 한 장편을 만들 만한 재료인데 없는 재조로 꼴 못된 단편으로 만들었으니 주인공의 인격이 아주 불완전하게 나타났을 것은 물론이오. 이 죄는 용사容赦하시오.[19]

결국 이광수는 장편을 만들 수 있는 재료를 가지고 단편소설로 만들어 발표했다는 것이다.

(2) 현상윤의 「박명」

1914년 12월 『청춘』에 발표한 현상윤의 「박명」 역시 대표적인 '신소설 축약형 단편소설'이다. 이 소설의 서두는 다음과 같다.

---

18   위의 글, 475쪽.
19   이광수, 「헌신자」, 『소년』, 1910. 8, 58쪽.

늦은 가을 가늘게 맺힌 서리발은 새벽하늘 희미한 달빛에 반짝반짝 은가루를 뿌린 듯하고, 서편으로 솔솔 불어오는 찬바람은 가지 우에 누런 잎을 한 잎두 잎 소리 없이 흔들어 날리는데, 앞 뒤 들에 보이하게 둘린 흰 안개는 어둔 빛에 물들어, 서색장막을 짜서 드린 듯하고, 엄물귀며 놀머리로서 이따금 끊었다가는 다시 잇는 머구리 소리는, 전촌의 새벽 경개를 말하는 듯하다 ─.

이때에 촌 중앙에 있는 가장 큰 기와집으로서 개 소리가 콩콩 나며, 자그마한 손가방 든 양복 입은 청년 하나와 뒤따라 나오는 젊은 부인 하나이, 아모 말도 없이, 가부얍게 드리는 발소리도, 오히려 커서 하는 모양으로 가만가만 발을 옮기면서, 방긋이 대문을 열고 나온다.[20]

뛰어난 배경 묘사 속에서 이루어지는 부부의 이별 장면을 지나고 나면, 작품의 대부분은 사건의 개요에 대한 요약으로만 이루어진다. 줄거리는 다음과 같다.

어느 날 새벽 안개 속에서 부부가 남몰래 이별을 하는데, 남자는 백주사의 아들 윤옥이고 부인은 윤옥의 아내 이영옥이다. 윤옥은 어려서 어머니를 잃고 계모 최 씨에게 학대를 받으며 자랐다. 그가 영옥과 결혼하자 최 씨는 두 사람을 더욱 학대한다. 윤옥은 재주와 향학열이 남보다 뛰어나 중학교 졸업에 만족하지 못하고 해외 유학을 꿈꾼다. 그는 결국 장인 이참봉의 도움으로 학비를 마련해 동경 유학길에 오른다. 남편이 유학을 간 후 영옥은 곧 아들을 낳아 기른다. 윤옥은 동경에 도착해 어느 대학 법과에 들어가 5년간 열심히 공부하여 졸업을 눈앞에 두게 된다. 하지만 그는 졸업을 몇 달 남기고 장티푸스에 걸려

20 현상윤, 「박명」, 『청춘』, 1914.12, 129쪽.

병원에 입원하고 결국 객지에서 죽음을 맞게 된다. 남편에게 모든 기대를 걸고 고된 시집살이를 견디던 영옥은 남편의 소식을 듣고 삶에 대한 희망을 잃는다. 그녀는 남편의 무덤을 찾아가 울다가 거기서 스스로 목숨을 끊는다.

이 작품은 당시 실제로 있었던 일을 현상윤이 작품화한 것이다. 다음의 후기가 그것을 말해준다.

　　이것을 보시는 여러분은 먼저 이것이 과연 사실이냐 아니냐 하는 말부터 나오리다. 참말 우리가 살아가는 이 세상은 천 겹 만 겹이어서, 우리가 모르고 지나가는 비밀의 희극 비극이 하나 둘이 아니구려. 이 한 편은 년 전에 이 소설 가운데 말한 지방에 살던 친구 두 사람이 나와 함께 평양 ○○학교에 와서 공부하다가, 가통하게도 두 사람 다 장서의 사람이 된 사실을 합틀어 뼈로 하고, 약간 고기를 붙인 것인데 이 사정을 짐작하시는 형님들은 지금 이 졸저를 보아, 옛 생각에 뜨거운 눈물을 금치 못하오리다.[21]

「박명」에는 고부 갈등과 해외 유학이 중요한 소재로 등장한다. 그러나 이러한 소재는 작가의식의 구현과는 전혀 관계가 없고, 단순히 줄거리 전개를 위한 재료로만 활용이 된다. 그런 점에서 「박명」에 등장하는 고부 갈등이나 해외 유학은 흥미 중심 신소설에서 등장하는 그것과 별반 차이가 없다.

단편소설 「박명」은 구성 방식에서만 신소설 축약형의 면모를 보이는 것이 아니다. 이 작품은 내용에서도 이인직의 신소설 「치악산」을 모방해

21　위의 글, 138쪽.

축약한 것처럼 보인다. 「박명」에 등장하는 고부 갈등과 해외 유학은 「치악산」에 등장하는 고부 갈등 및 해외 유학과 내용이 유사하다. 「치악산」의 기본 줄거리는 다음과 같다.

원주 치악산 홍참의 집 아들 백돌은 개화파인 서울 이판서의 딸을 아내로 맞는다. 백돌은 홍참의의 전처 소생이다. 후실 시어머니인 김 씨는 며느리를 맞아 매우 심하게 구박한다. 며느리는 자신의 아버지 이판서의 도움을 얻어 남편 백돌을 일본으로 유학 보낸 후 고통과 눈물의 나날을 지새운다. 여러 가지 수난과 모함을 당하던 며느리는 결국 험산인 치악산에 버려진다. 겨우 목숨을 건진 며느리는 서울 친가로 오게 되고, 이후 남편 백돌도 돌아온다. 그 후 시어머니 김 씨는 자신의 허물을 깨닫고 구습을 고쳐 자상한 부인이 된다.

「치악산」의 전반부는 계모 시어머니의 학대와 처가의 도움으로 유학을 가는 남편, 그리고 고통의 나날을 보내는 아내라는 인물 설정 등에서 「박명」과 너무나 흡사하다. 다만 「박명」에서는 여주인공이 자살하지만, 「치악산」에서는 우여곡절 끝에 목숨을 건진 여주인공이 행복한 결말을 맞게 된다는 점이 다를 뿐이다.

(3) 백대진의 「금상패」

1915년 4월 『신문계』에 발표한 백대진의 첫 한글소설 「금상패」 역시 축약형 단편소설이다. 이 소설은 계몽적 요소 또한 적지 않게 지니고 있다. 줄거리는 다음과 같다.

강대성은 강원도에서 보통학교를 졸업하고 경성상업학교로 유학 온 학생이다. 학교에서는 강대성이 시골에서 왔다 하여 깔보고 놀리지만 그는 묵묵히 참고 지낸다. 강대성은 유일하게 김영수와 친하게 지낸다. 동급생인 김영수는 홀어머니와 함께 살고 있다. 김영수는 아픈 어머니를 대신해 우유 배달을 나섰다가 인력거에 다리를 다친다. 강대성은 김영수 대신 우유 배달을 나가고, 등록금 일부를 김영수 어머니의 약값에 보탠다. 학교에 등록금을 못 낸 강대성은 돈을 나쁜 곳에 사용했다는 의심을 받게 되고 결국 학교에서 쫓겨난다. 강대성은 자신의 행동에 대해 아무런 말도 하지 않고 침묵을 지킨다. 하지만 누가 알았는지 어느 날 신문에 강대성의 선행이 크게 보도된다. 교장 선생님은 그 사실을 알고 강대성을 다시 학교에 다니게 하고, 선행 표창회를 열어 금상패를 수여한다.

「금상패」는 대부분 설명적 문장으로 이루어져 있으며 간혹 대화가 삽입되어 있다. 이 작품은 전지적 작가 시점으로 기술된다. 단락 1에서는 강대성에게 초점이 맞추어져 있지만, 단락 2에서는 서술의 초점이 김영수로 옮겨간다. 이는 단편보다는 장편에서 더 빈번히 사용되는 서술 방식이라 할 수 있다. 이 작품의 창작 의도는 "슬프다. 음덕陰德이 있으면 양보陽報가 있나니, 우리 청년들"[22]이라는 마지막 문장에 모두 함축되어 있다. 선행을 강조하는 창작 의도를 급하게 드러내기 위해 직접적인 작가의 개입을 시도하고 있는 것이다.

---

22 백대진, 「금상패」, 『신문계』, 1915.4, 74쪽.

2) 복합형 '단편소설'

(1) 현상윤의 「한의 일생」, 「재봉춘」, 「청류벽」

시간이 지나면서 작가들은 단편소설을 통해 거둘 수 있는 효과에 대해 새롭게 인식하게 된다. 간결하면서도 현실감 있는 묘사와 삶의 단면 부각을 통한 강렬한 이미지 전달 등에 관심을 갖기 시작한 것이다. 하지만 이들은 아직도 묘사 문장 뒤에 그러한 장면이 나오게 되는 이유를 설명적으로 덧붙이곤 했다. 이 단계의 소설에서는 단편소설의 핵심을 드러내는 간결한 묘사 부분과 신소설축약적인 성격을 드러내는 설명 부분이 혼합되어 나타난다. 이러한 유형의 작품이 복합형 단편소설이다.

1914년 11월 『청춘』에 발표된 「한의 일생」은 현상윤의 첫 단편소설이다. 현상윤은 여기서 근대 단편소설 작가로서의 모습과 고전적 이야기 서술자로서의 모습을 동시에 보여준다. 이 작품은 단락 1에서 4까지 네 부분으로 이루어져 있다. 단락 1은 현실에서 일어나는 사건 묘사에 바탕을 두고 있다. 단락 2 이하는 모두 작가의 편집자적 해설이 덧붙은 신소설 단계의 이야기 서술 방식으로 진행된다. 이 작품에서는 단락 1이 주목할 만하다. 이 첫 단락은 주인공 청년 춘원이 자신의 약혼녀를 빼앗아간 주인집 아들 윤상호와 약혼녀 영애를 죽이고 자신도 자결하는 장면을 담고 있다.

「한의 일생」은 밤 12시가 지난 한밤중 윤상호 집 주변의 공간적 배경에 대한 묘사로부터 시작된다. 여기서는 주인공 춘원에 대한 인물 묘사 역시 매우 상세한 편인데 작품의 일부를 인용하면 다음과 같다.

> 머리에는 다 떨어진 학생 모자를 눈 깊이 눌러쓰고 몸에는 누덕누덕 기운 흑색 두루마기를 입었는데 찬바람에 툭툭 터진 그의 손에는 거뭇거뭇 기름때

가 말라붙어서 이삼 촌이나 되도록 깎지 못하야 모자 뒤로 담복 느려진 머리털에는 누런 티끌이며 검불이 왜자자하게 들어붙어 있으나 혈색에 물든 불그스름한 그의 이마에는 어디인지 여러 해 동안 수심과 고생에 겪어온 비참한 역사를 새겨서 보이고 슬기게 돌아가는 그의 검은 눈에는 아무리 가리려 하여도 가려지지 않는 노염과 분기가 이제라도 밀려나올 듯이 등등하게 보이는 나이 스물이삼 세 되염즉한 건장한 청년이라.[23]

「한의 일생」에서는 주인공 춘원이 변심한 약혼녀를 탓하면서 그것을 개인의 허물로 이해하기보다는 세상 풍조의 결과로 받아들인다. 그가 이해하는 세상이란 돈과 힘에 의해 움직이는 세상이고, 세상에 대한 원망 역시 돈과 힘에 대한 것으로 집약된다. 그가 윤상호를 죽이고 자결하기 직전에 약혼녀를 향해 외우는 다음의 대사에는 불공평한 세상에 대한 원망과 절망감이 깊게 드러나 있다.

　에익 — 그래 너나 내가 죽지 않고 산대야 무슨 시원한 세상을 보겠니…….돈만 있고 세력만 있는 이 세상에……. 너와 내가 언약이니 무엇이니 하야 가지고 오늘날까지 내려온 것이 처음부터 잘못이다!
　아아 세상이 우리로 하여금 재미있게 살아감을 허락하지 않는다 — 돈 없고 힘없는 우리로[24]

춘원은 지금은 돈 없고 힘이 없어 남의 집 종살이를 하며 지내는 인물이다. 하지만 그는 원래 대대로 재산도 넉넉하고 자손도 번창하여 남부럽

23　현상윤, 「한의 일생」, 『청춘』, 1914.11, 135쪽.
24　위의 글, 138쪽.

지 않게 살던 김시종의 아들이었다. 그러나 괴질로부터 시작된 김시종 집안의 불운은 그로 하여금 모든 재산을 탕진하고 불귀의 객이 되게 한다. 김시종의 집이 아직 번창하던 시절 김시종은 자신의 아들 춘원의 배필로 이진사의 딸을 정했는데 그가 바로 영애였다. 아버지가 객사하고 어머니마저 병으로 죽은 후 춘원은 친척집을 전전하다가 윤참봉 집에 들어가 심부름하는 하인이 되었고, 결국 윤참봉의 아들 윤상호의 돈과 세력에 마음이 변한 영애를 찾아 두 사람을 죽이게 되는 것이다.

여기서 작가 현상윤이 보여주는 세계에 대한 전망은 매우 부정적이다. 세상은 돈과 힘에 의해 움직일 뿐, 의리나 인정 혹은 신뢰 따위가 통하지 않는 곳이다. 이 작품은 금전만능의 세태와 그로 인한 비극적 결말을 보여줌으로써 타락한 세태에 대한 경계의 의미를 지닌다.

1915년 1월 『청춘』에 발표된 「재봉춘」은 짜임새가 「한의 일생」과 유사하다. 이 작품은 이재춘이라는 신교육을 받은 남자와, 역시 신교육을 받은 여자인 김숙경 사이의 하룻밤 인연과 이별 그리고 우연한 재상봉이라는 이야기를 담고 있다. 이 소설의 서두 부분에서는 두 사람의 우연한 상봉이라는 사건이 그려진다. 이 서두 부분은 묘사문과 현실감 있는 대화 문장 등을 통해 근대 단편소설로서의 면모를 매우 잘 보여준다. 그러나 두 사람의 과거에 대한 작가의 설명이 시작되면서 작품의 분위기는 변화한다. 설명적으로 제시되는 두 사람의 과거에 대한 이야기를 요약하면 다음과 같다.

이재춘은 순안 사람으로 집안은 어려웠으나 어려서부터 비상한 천재의 면모를 보이며 자랐다. 그는 열네 살 때에 관비 유학생에 뽑혀 일본에 유학하여 8년 동안에 중학교와 고등학교를 졸업한다. 이후 학업을 중단하고 귀국한 그는 여러 곳을 돌아다니며 암흑의 경지를 광명으로 바꾸기 위해 노력한다. 그러던 중 어느 여름 안주 읍내 소학교에서 개최하는 교원 강습회에 강사로 초빙되어 간다. 이때 이재춘은 숙소를 김좌수 집으로 정했는데 김좌수의 딸 김숙경과 서로 좋아하게 되고 아무도 모르게 하룻밤 인연을 맺는다. 다음날 이재춘은 갑자기 고향으로 돌아오라는 노모의 편지를 받고 귀향한다. 이재춘은 어떤 사건에 얽혀 이름도 모르는 죄명하에 5년의 세월을 제주도에서 보내게 된다. 제주도에서 풀려난 이재춘은 고향으로 돌아왔지만 홀로 남은 노모마저 세상을 떠난 뒤였다. 그는 어느 날 안주 땅을 지나며 벌써 10년 전의 일이 되어버린 김좌수 집에서의 언약을 떠올린다. 이재춘이 떠난 후 김숙경은 기독교의 전도사가 된다. 그녀는 어느 날 영변 땅에서 전도를 하고 돌아오던 길에 이재춘과 닮은 사내를 길에서 만난다. 사내를 미행한 김숙경은 그가 이재춘임을 확인하게 되고 두 사람은 뜨거운 눈물로 재상봉한다.

이 작품에서 주목할 점은 주인공 이재춘의 불행한 삶이 당시대적 현실과 직접 연관되어 있다는 점이다. 이는 「한의 일생」에서 주인공 집안의 몰락 및 약혼녀와의 불행한 결말이 모두 운명으로 처리된 것과 대조된다. 이재춘과 김숙경이 서로의 약속을 지키지 못하고 불행한 삶을 살게 된 것은 이재춘이 고향으로 소환된 후 제주도로 유배를 가게 되었기 때문이다. 유배의 원인은 당시 유명한 시국 사건에 있었다. 이는 두 남녀의 삶의 파탄의 원인이 식민지가 되어버린 조선의 현실과 연관되어 있음을 보여준다.

1916년 9월 『학지광』에 발표한 「청류벽」은 「한의 일생」과 유사한 측면이 적지 않다. 주인공의 자살이라는 사건을 다루고 있다는 점, 그 자살이 돈이라는 문제와 직결되어 있다는 점 등이 그러하다. 주인공이 자살하기에 앞서 불운한 삶을 팔자 탓으로 돌리는 것도 「한의 일생」의 운명론과 맥락이 통한다. 작품의 줄거리는 다음과 같다.

영은은 황해도 재령 농촌에서 김선달의 딸로 자랐다. 그녀는 열여섯에 인근에 사는 이성도와 결혼한다. 이성도는 첩을 두고 영은을 괄세하며 친정으로 내쫓는다. 친정으로 돌아온 영은은 재령군 주사로 와 있던 평양 사람 황석보의 첩으로 들어간다. 그러나, 다시 평양으로 돌아가게 된 황석보는 영은을 300원의 몸값을 받고 강선관에 창기로 팔아버린다. 영은은 강선관에서 옥향으로 이름을 바꾸어 생활한다. 영은의 남편이었던 이성도는 가산을 탕진한 후 마음을 바로 잡고 자신의 본처였던 영은을 찾아 나선다. 이성도는 영은의 거처를 확인한 후 몸값 300원을 배상하기 위해 노력하나 겨우 100원만을 구해 보낸다. 영은은 강선관 주인에게 간청하여 100원만 받고 놓아줄 것을 원하나 주인은 허락하지 않는다. 영은은 한밤중에 탈출을 시도하나 순사에게 발각되어 수포로 돌아가고, 지니고 있던 100원마저 주인에게 빼앗기고 심한 학대를 받는다. 결국 그녀는 자신의 팔자와 신세를 한탄한 후 대동강으로 가 자살한다.

「청류벽」역시 「한의 일생」과 마찬가지로 네 단락으로 이루어져 있다. 「청류벽」은 첫째와 넷째 단락이 현재 일어나는 사건 또는 현재 장면의 묘사로 이루어져 있고, 그 중간에 과거에 대한 이야기가 삽입된다. 이는 진전된 근대 단편소설의 구성을 보여준다. 첫 단락의 편지 받는 장면에 대한 묘사 및 마지막 단락의 주인공의 자살 장면에 대한 묘사는 작가의 뛰어난 글쓰기 능력을 보여준다.

푸르게 맑은 밤하늘에 구석 없이 흘러가는 초가을 달빛은 풀잎에 맺힌 이슬을 비쳐서 풀포기 포기마다 오색이 영롱하고, 소리없이 가부얍게 지나가는 서느러운 바람은 반 남아 누른 오동잎을 가만가만 흐늑여서 고요한 뜰 앞에 활화를 그리는데, 어디선지 '땡' 하고 새로 하나를 치는 괘종 소리가 의미 있는 듯이 울려가자마자, 사창골 강선관 뒷대문이 방싯 열리면서 모시 치마에 은향라 적삼 입은 젊은 여자가 하나 나온다. 잠깐 서서 좌우를 돌아보며 무엇을 조금 생각하는 듯이 머뭇머뭇하다가 고개를 소긋하고 사운사운 발걸음을 옮기면서 새 수구 쪽을 향하고 빨리 걸어 올라간다.[25]

하지만 이 작품에도 아직 미흡한 부분들이 남아 있다. 단락 2에서는 과거 사건의 제시가 주로 설명적 문장으로 나타난다. 마지막 단락에는 사족이라 할 만한 작가의 해설도 달려 있다.

아아, 불쌍한 소녀! 언제는 사람에게 버림을 받아서 원한을 불으적이다가, 언제는 금전의 구속을 받아서 고통을 맛보던 일생! 어떻게 사람으로 하여금 밸을 끊게 하는고!?[26]

작가의 감정 섞인 목소리를 직접 드러내는 것은 1910년대 단편소설 전반에 걸쳐 나타나는 전근대적 요소 가운데 하나이다.

「한의 일생」에서 돈 때문에 애인을 빼앗기고 복수에 나서는 주인공의 이야기나, 「청류벽」에서 남편에게 버림받고 남의 첩이 되었다가 화류계로 팔려가는 여인의 이야기는 얼마든지 통속화시킬 수 있는 소제임이 분명하다. 그럼에도 불구하고 이 작품들이 단순 통속화되지 않을 수 있었

---

25   현상윤, 「청류벽」, 『학지광』, 1916. 9, 56쪽.
26   위의 글, 57쪽.

던 것은 작가가 이를 대중에게 흥밋거리로만 제공하지 않았기 때문이다. 이 작품들에서 작가는 등장인물의 행동에 대한 불가피성을 인정하고 그 행동의 필연성에 독자들이 공감하고 안타까워 할 수 있는 내적 장치들을 마련하고 있다. 1910년대 단편소설은 단순 흥미 중심의 통속화 경향을 극복하고 작가와 독자 사이의 깊이 있는 만남을 이룩하려는 시도를 하고 있었던 것이다.

(2) 이광수의 「소년의 비애」

「소년의 비애」는 1917년 6월 『청춘』에 발표되었다. 이광수의 단편소설 「소년의 비애」는 한국 계몽주의 문학의 흐름을 이해하는 데 매우 중요한 작품이다. 이 작품은 부분적으로는 삶의 단면을 인상적으로 드러내지만, 전체적으로 볼 때는 줄거리 중심의 구성으로 시간을 건너뛰는 수법을 사용하고 있다. 「소년의 비애」는 모두 여섯 단락으로 이루어져 있다.

1917년은 이광수에게 매우 중요한 의미가 있는 해이다. 그의 대표적 장편소설 『무정』이 1917년 1월부터 6월까지 『매일신보』에 연재되었으며, 「소년의 비애」가 6월, 그리고 「어린벗에게」가 7월부터 11월까지 『청춘』에 연재 발표되었다. 그의 두 번째 장편소설인 「개척자」가 『매일신보』에 연재되기 시작한 것 역시 1917년 11월부터였다. 「방황」 및 「윤광호」의 발표 시기는 각각 1918년 3월과 4월이다. 그러나 이 작품들의 원고 뒤에 표기된 마무리 날짜를 살펴보면 「방황」은 1917년 1월 17일로, 그리고 「윤광호」는 1917년 1월 11일로 되어 있어, 이 작품들 역시 「소년의 비애」와 거의 같은 시기에 쓰인 것이다. 「소년의 비애」의 발표 시기는 6월이었지만 이 작품의 원고 뒤에 표기된 마무리 날짜는 1917년 1월 10일이다. 이광수는 1917년 1월 장편 『무정』의 연재 시작과 함께 3편의 단편소설을

완성한 셈이다.[27]

「소년의 비애」에 관한 언급은 김동인이 쓴 「춘원연구」에서부터 시작된다. 이 작품에 대한 김동인의 평은 결코 긍정적인 것이 아니었다. 그는 이 작품이 별반 언급할 가치가 없다는 견해를 표명한다.

「소년의 비애」를 여기서 그 내용이며 형식을 일일이 검토한다 하는 것은 초년기의 작품을 부러 들추어내는 감이 없지 않으니, 붓을 놓는 편이 도리어 옳은 일일 줄 안다. 다만 그 수 편의 습작품에서, 그의 고적한 심경이 동성애, 동성애나마 행여하고 바라보는 것을 발견할 수 있을 뿐이다.[28]

김동인의 평가 이래 「소년의 비애」에 대한 언급은 오랫동안 이루어지지 않는다. 이 작품에 대해 1960년대까지 이루어진 평가는 대개 '사춘기 소년이 느끼는 연애 감정'으로 모아진다.[29]

「소년의 비애」에 대한 평가가 어느 정도 새롭게 이루어지기 시작한 것은 비교적 최근의 일이다. 1980년대 이후 연구에서는 그의 초기 소설들을 단순히 습작기의 무가치한 작품으로 폄하하지 않는다. 그보다는 이광수의 정신사적 궤적의 출발을 보이고 있다는 점에 주목한다.[30] 이러한 연

---

27 이러한 왕성한 작품 활동의 모습은 그 전 시기의 활동 양상과 대조된다. 이광수의 첫 소설 「사랑인가」가 발표된 것은 1909년이었고, 「어린 희생」이나 단편 「무정」 및 「헌신자」가 발표된 것은 1910년의 일이었다. 1915년에는 「김경」을 발표한다. 1910년 이후 1917년에 이르기까지 이광수는 주로 논설, 수필, 기행문 등을 발표한다.

28 김동인, 「춘원연구」, 『김동인전집』 제6권, 삼중당, 1976, 86쪽.

29 예를 들면 다음과 같다. "십팔 세의 다감한 문호가 사춘기의 소년이면 누구나 느끼는 이성에 대한 동경을 종매 난수에게 풀어 보려는 것이 주제다." 송민호, 「춘원의 초기 작품고」, 『현대 문학』, 1961.9, 238쪽.

30 이주형, 「이광수의 초기 단편소설 연구」, 『어문학』 제39집, 1980, 53~74쪽 참조.

구들은 대체로 내면에 숨겨진 작가의 현실적 고뇌를 중시한다.

「소년의 비애」는 '문호'라는 소년이 사촌누이인 '난수'라는 총명한 소녀를 아끼고 사랑하였으나 그녀가 부모의 결정에 따라 바보천치에게 시집가게 되고, 문호는 거기서 비애를 느낀다고 하는 내용이다. 줄거리는 다음과 같다.

난수는 사랑스럽고 얌전하고 재주 있는 처녀였다. 사촌 문호는 여러 종매들을 다 사랑하는 중에도 특별히 난수를 더 사랑하였다. 문호는 십팔 세 되는 중등학교 청년이다. 문호의 사촌 동생 문해도 활달한 청년으로 문호나 난수처럼 문학에 관심이 있다. 문호가 난수와 이야기가 잘 통하듯, 문해는 문호의 여동생 지수와 서로 생각이 비슷했다. 문호는 자신이 중학교를 마치고 서울로 갈 때에는 지수와 난수를 모두 데리고 가서 공부시킬 수 있기를 원한다. 하지만 난수가 열여섯 살 되던 어느 가을, 그녀는 열다섯 살 난 어느 부호의 아들과 약혼한다. 신랑 되는 자가 천치라는 말을 들은 문호는 난수의 아버지에게 파혼할 것을 제안한다. 난수의 아버지는, 양반의 집에서 한 번 허락한 것은 다시 어찌할 수 없다고 거절한다. 혼인날 신랑을 맞은 사람들은 모두 낙담한다. 문호는 난수에게 서울로 도망갈 것을 권유한다. 하지만 난수는 못할 일이라 거절하고, 결국 천치 신랑에게로 가버린다. 이듬해 봄 문호는 동경으로 유학을 떠났다 다음해 돌아온다. 그는 세 살난 자신의 아들을 안고 영원히 지나가 버린 소년 시절을 회상하며 눈물을 흘린다.

이 작품은 이광수 자신이 겪었던 체험을 소재로 삼아 쓴 것이다. 작품의 창작 근거는 다음의 글에도 잘 나타나 있다.

이 단편은 일구일칠년 육당이 주재하던 『청춘』 제팔호에 발표된 것으로 여주인공 '난수'는 춘원 선생이 팔일오 해방 뒤, 전작 소설로 쓴 장편 「나」의 넷째 이야기 속에 나오는 '실단'의 이야기와 꼭 같다. 장편 「나」가 자서전 소설인 것이 틀림없을진대. 「소년의 비애」에 나오는 주인공인 '문호'는 춘원 자신임에 틀림없으며, 소년 시절에 그의 자매들과의 사이에서 일어난 사실을 소설화한 것이 분명하다.[31]

이광수의 자전 소설 「나」에 등장하는 '실단'의 성품이나 외모 및 새신랑의 모습은 「소년의 비애」에 등장하는 '난수' 및 신랑의 모습과 일치한다.[32] 혼인에 얽힌 전후 사정도 거의 비슷하다. 자서전적 기록물인 「나」에 표현된 '실단'의 혼인으로 인한 이광수의 충격은 매우 큰 것이었다. 그는 당시에 느낀 자신의 감정을 다음과 같이 기록해 두었다.

뜻대로 안 되는 세상이라고 원망도 해 보았다. 세상과 운명에 대하여 반항하리라 하는 생각도 해 보았다. 그러나 그때의 나에게는 그만한 용기가 없었다. 나는 한을 품고 참을 수밖에 없었다.[33]

열다섯 살의 나이에 품었던 세상과 운명에 대한 반항심은 그가 사회적 지위를 확보하면서 겉으로 표현되기 시작한다. 그 결과 탄생한 작품이 「소년의 비애」이다.

「소년의 비애」에는 사회적 관습에 대한 비판이 담겨 있다. 당사자의 의사를 무시하고 치러지는 혼인의 풍습, 한 인간의 삶보다 중요하게 취급되

---

31   박계주, 「해설」, 『이광수전집』 제14권, 삼중당, 1963, 555쪽.
32   이광수, 「나─소년편」, 『이광수전집』 제11권, 367~404쪽 참조.

는 양반의 체면 치례, 그리고 모든 것을 운명이나 팔자소관으로 받아들이는 태도 등에 대한 비판이 그러하다.

얼마 있다가 신랑 되는 자가 천치라는 말이 들려온다. 온 집안이 모두 걱정하였다. (…중략…) 문호는 이 말을 듣고 울면서 계부季父께 간하였다. 그러나 계부는 "못한다 양반의 집안에서 한 번 허락한 일을 다시 어찌 한단 말이냐. 다 제 팔자지." "그러나 양반의 체면은 잠시 일이지요. 난수의 일은 일생에 관한 것이 아니오니까. 일시의 체면을 위하여 한 사람의 일생을 희생한다는 것이 말이 됩니까" 하였으나 계부는 성을 내며, "인력으로 못 하나니라" 하고는 다시 문호의 말을 듣지도 아니한다. 문호는 그 '양반의 체면'이란 것이 미웠다.[34]

사회적 관습에 대한 비판은 당시 이광수가 쓴 논설들의 중요한 주제가 되기도 한다. 「소년의 비애」는 이광수 초기 문학론을 이해하는 데도 도움이 된다. 이광수의 문학론은 큰 틀에서 문학의 사회적 효용성을 중시하는 이론이다. 그러나, 이광수의 문학론이 처음부터 효용성론에만 근거해 있었던 것은 아니었다. 오히려 그는 초기 문학론을 통하여는 정情의 만족과 유희적 문학 발생론을 펴 보여, 후기의 그것과는 다른 출발을 보였다. 이광수의 초기 문학론에는 미감의 만족을 주장하면서도 교훈을 중시하는 효용론이 혼재되어 있다. 「소년의 비애」에는 이러한 이광수의 초기 문학관이 잘 드러나 있다.

---

33   위의 책, 404쪽.
34   이광수, 「소년의 비애」, 『이광수전집』 제16권, 16~17쪽.

3) 일화형 '단편소설'

(1) 이인직의 「빈선랑의 일미인」

1910년대에는 등장인물의 행동의 이유에 대한 설명 없이, 그러한 행위에 따르는 심리적 고뇌만을 집약적으로 드러내는 작품들이 출현한다. 이러한 유형의 단편들이 일화형 단편소설이다.

일화형 단편소설은 단일 장면이 중심이 되는 소설로, 줄거리 중심 소설인 축약형 단편과는 대조를 이룬다. 일화형 단편소설에서는 특정 장면에 대한 세밀한 묘사와 등장인물의 심리 묘사가 작품의 핵심을 이룬다. 일화형 단편소설의 가장 큰 특색은 설명·묘사·대화 등 다양한 형식의 문장을 통한 등장인물의 심리 표출이다. 소설에는 이야기 줄거리뿐만 아니라, 개성 있는 인물의 창조 역시 중요하다는 자각이 일화형 단편소설 탄생의 배경이라 할 수 있다. 인물의 개성에 대한 자각은 점차 개인의 삶의 의미가 중요하게 인식되어 가던 당시 사회의 변화와도 연관된 것이다. 내면적 심리 탐구를 위주로 하는 일화형 단편소설에서는 논설과 서사가 분리되기 시작한다. 이는 소설사적으로 중요한 의미를 지니는 변화이다.

1912년 3월 1일 『매일신보』에 발표된 이인직의 「빈선랑의 일미인」은 일화형 단편소설의 한 예이다. 이 작품에서는 곧바로 핵심 장면이 제시되고 인물들의 대화가 시작된다.

창 밖에는 식품조합 종업원이 밀린 외상값을 받으러 와서 기다리고, 남편은 묵묵부답이다. 종업원을 돌려보낸 아내는 남편에게 신세타령을 시작한다.

여보 영감이상, 내가 영감을 원망하는 것이 아니라 내 팔자 한탄이오. 나 같이 어림없고 나 같이 팔자 사나운 년이 어디 또 있겠소. 영감이 내지 있을 때에 얼마나 풍을 쳤소. 조선 있는 사람은 아무것도 모르는 병신 같고 영감 혼자만 잘난 듯 조선에 돌아가는 날에는 벼슬은 마음대로 할 듯 돈을 마음대로 쓰고 지낼 듯 그런 호기쩍은 소리만 하던 그 사람이 조선을 오더니 이 모양이란 말이오? 일본 여편네가 조선 사람의 마누라가 되어온 사람이 나 하나뿐 아니건 마는 경성에 와서 고생하는 사람은 나 하나뿐이오구려. 남편의 덕에 마차 타는 사람은 말할 것도 없거니와 머리 위에 금테를 두셋씩 두르고 다니는 사람의 마누라 된 사람은 좀 많소? 나는 마차도 싫고 금테도 부럽지 아니하고 돈 얼굴을 한 달에 한 번씩만 얻어 보고 살았으면 좋겠소. 여보, 큰 기침 그만하고 어디 가서 한 달에 이삼십 원이라도 생기는 고용도 못 얻어 한단 말이오? 내가 문밖에 나가면 혹 내지 아이들이 등 뒤에서 손가락질을 하며 요보의 오까미상이라 하니 옷이나 잘 입고 다니며 그런 소리를 들으면 어떠할는지, 거지꼴 같은 위인에 그 소리를 들을 때면 얼굴이 뜨뜻……[35]

이 대화 속에는 남편과 아내의 과거와 현재 모습이 선명하게 제시되어 있다. 길지 않은 대화문에는 과거뿐만 아니라 현재의 아내의 고민 역시 집약적으로 드러난다.

이 소설의 외형적인 주인공은 남편이지만, 실질적인 주인공은 아내이다. 작품 제목을 「빈선랑의 일미인」이라 표현한 것을 보면, 일미인 즉 아내에게 작품의 초점을 맞추고 있음을 알 수 있다.

아내가 남편에게 신세타령을 하는 중에 손님이 찾아오고, 손님은 남편을 향해 돈 생길 일을 함께 하자고 제안한다. 하지만 손님의 제안은 모두 허황되고 실현하기 어려운 것들이다. 주인이 핀잔을 주자 손님은 무안하

---

35   이인직, 「빈선랑의 일미인」, 『매일신보』, 1912.3.1.

여 돌아가고, 부인은 가련한 신세를 한탄하며 눈물을 흘린다.

돈 생길 일을 함께하자는 손님의 제안이 부부의 관심을 끄는 것은, 그들이 방금 돈 때문에 다투었기 때문이다. 돈 생길 일을 함께 하자고 찾아온 손님을 맞아 아내의 기대는 부풀어 오른다. 그러나 부풀어 오른 그 기대가 물거품이 되었을 때 아내의 심정은 기대 이전의 그것보다 더욱 처참해지고 만다. 그런 점에서 「빈선랑의 일미인」은 하강과 상승 그리고 다시 하강을 반복하는 아내의 심리 변화 과정을 잘 그려낸 작품이라 할 수 있다.

(2) 백대진의 「절교의 서한」

「절교의 서한」은 백대진이 '걱정없을이'라는 필명으로 1916년 7월 『신문계』에 발표한 작품이다. 주인공 영수의 아내는 백 일밖에 안 되는 여자아이 하나와 네 살 먹은 사내 아이 하나를 두고 죽는다. 영수에게는 늙고 병든 어머니가 계시고, 그의 월급은 어머니 병구완에 모두 사용된다. 원수의 돈 때문에 어머니를 치료해 드리지 못하는 것이 영수의 한이다. 영수는 자신이 부탁한 돈을 거절한다는 친구의 답신을 받아든다. 영수는 친구가 성공하게 된 것이 돌아가신 자신의 아버지 덕택이었음을 떠올리며 그와 절교를 결심한다.

「절교의 서한」은 영수가 받은 편지를 발기발기 찢으며 절교를 알리는 답신을 쓰는 장면으로 막을 내린다. 이는 작품의 핵심을 이루는 장면이다. 영수가 보내는 마지막 절교의 편지는 짧은 분량이지만 주인공의 심정을 잘 드러낸다.

보낸 편지 잘 보았노라.

그대도 또한 알지로다. 나의 병 같으면, 그대에게 구차한 사정을 말할 내가 아니로되, 늙으신 어머니와 어찌할 수 없어, 필경 말한 바이, 일은 이미 동천으로 나렸도다. 과연 그대의 요사이 사정이 그와 같을진대, 나는 그대를 위하여 동정의 기도를 하겠노라.

금전은 제왕의 제왕이란 말은 이미 들었노라. 그대는 다만 황금에 만종이 되고져 하는가? 원하노니, 그대여, 그대는, 신성하고, 또한 향기로운 의리에도, 종이 될지어다. 이에 나는 그대와 소매를 영원히 나누고서, 두어 말로 그대에 부치노라.[36]

영수는 자신의 병 같으면 구차한 사정을 전하지 않았을 것이라 말한다. 그는 친구를 위하여 동정의 기도를 할 것이라 말하고, 황금의 종이 되지 말고 향기로운 의리의 종이 되라고 충고한다. 길지 않은 이들 문장 속에는 적지 않은 내용이 담겨 있다.

(3) 유종석의 「냉면 한 그릇」

유종석의 「냉면 한 그릇」은 잡지 『청춘』의 현상문예에 당선된 작품으로 1917년 9월에 발표되었다. 주인공 김승종은 시골 농가에서 자라난 사람이다. 그는 한때 경성에 올라와 토지조사국에 근무하며 야간학교에 다니기도 했다. 그러나 아버지가 돌아가시자 시골로 가서 모친과 어린 동생들을 보살핀다. 어느 날 볼일 때문에 서울에 온 그는 서울 사람의 차림새와 자신의 차림새를 비교하며 남의 모양이 부럽기도 하고 자신의 행색이 부끄럽다고도 생각한다. 한편으로는 나는 왜 저렇게 살지 못하고 쓸쓸하고 적막한 농촌에서 일생을 보내야 하는지 신세 한탄도 한다. 그는 어느

---

36 백대진, 「절교의 서한」, 『신문계』, 1916. 7, 68쪽.

식당에 들어가 냉면 한 그릇을 시켜 먹으려 하다가 문득 돌아가신 아버지를 떠올린다. 고생만 하다 돌아가신 아버지의 검고 늙은 얼굴이 눈앞에 떠오르자 냉면 한 그릇 사 먹는 것도 죄가 되는 것 같다. 결국 그는 누가 볼세라 흘러내리는 눈물을 씻으며 냉면 값을 치르고 식당을 나온다.

「냉면 한 그릇」에서는 인물의 심리 변화 과정에 대한 묘사가 가장 눈길을 끈다. 자신의 신세 한탄으로부터 아버지에 대한 죄책감으로 이어지는 심리 변화 과정에 대한 서술은 매우 자연스럽다. 마지막 부분의 배경 묘사와 서술 역시 주목할 만하다.

> 어느덧 황혼이 되어 시가는 어둑어둑한데 집집이 저녁 등불이 켜졌다. 어쩐 일인지 마음이 창연하여지고 이 세상 일이 모다 신산스럽고 귀치않고 슬프고 한스럽다. 저물어 가는 시가에 수레바퀴 소리 요란히 들리고 길가에 앉았는 사람들은 무슨 이야기를 지껄지껄한다.[37]

이러한 결말부에는 황혼이 지는 어둑한 거리라는 시공간적 배경과 주인공의 쓸쓸하고 적막한 심리적 상태가 서로 잘 어우러져 나타난다.

4) 근대완성형 '단편소설'
(1) 현상윤의 「핍박」

근대완성형 단편소설에서는 개성 있는 등장인물의 내면세계가 그려지고, 서사와 논설이 상당 부분 분리된다. 1917년 6월 『청춘』에 발표된 현상윤의 「핍박」은 1910년대 단편소설이 이룩한 중요한 성과를 보여준

---

37 유종석, 「냉면 한 그릇」, 『청춘』, 1917.9, 110쪽.

다.[38] 「핍박」은 암울한 시대의 우울한 그늘을 벗어날 수 없는 등장인물의 고뇌와 자책감을 바탕으로 한다. 지식인의 내면세계를 깊이 있게 형상화한 이 작품은 1910년대 소설사에서 보기 드문 수작이다.[39] 다음과 같은 시작 부분은 10년대 소설로서는 매우 이례적이다.

> 이즘은 병인가 보다. 그러나 무엇으로든지 병일 이유는 없다. 신선한 공기가 막힘없이 들어오고 영롱한 광선이 가림 없이 비치고 새는 울고 꽃은 웃고 샘은 맑고 산은 아름다운데, 조금도 병일 까닭은 없다.[40]

「핍박」의 서두는 도발적이라고 할 만큼 간결하며 단정적인 문장들로 이루어져 있다. 「핍박」은 이렇게 간결한 문장들을 통해 등장인물의 고민을 깊이 있게 드러낸다. 주인공 '나'의 고민은 특정한 사건에서 비롯된 것이 아니라 불투명한 삶 자체에서 오는 고민이다. 이는 현실 속에 안주하기를 거부하는 지식인의 시대적 고민이기도 하다. 1910년대 소설에서 등장인물의 심리적 불안감이나 갈등이 드러나는 경우, 그것은 대개 돈이나 애정 문제 등 구체적으로 확인이 가능한 결핍에서 유래한다. 현상윤 소설의 경우만을 보더라도 「한의 일생」이나 「청류벽」에 나타난 갈등이 대체

---

38 이 작품은 1917년 6월에 발표되었으나 집필 시기는 1913년 5월 27일 밤으로 표기되어 있다.

39 김학동은 조연현과 백철 등에 의한 기존의 문학사 연구가 1910년대를 이광수와 최남선의 2인문단 시대로 정리하는 것에 이의를 제기하고, 현상윤 문학의 중요성을 강조한다. 김학동은 특히 「핍박」이 소재와 제재가 리얼할 뿐만 아니라 형식 역시 완벽한 단편소설임을 강조한다. 아울러 현상윤의 소설들은 배경과 인물 묘사에서 특유한 경지를 개척하고 있는데, 부분적인 자연 묘사와 인물 묘사를 극히 치밀하고 리얼하게 하는 것이 특색이라고 지적한다. 김학동, 「소성 현상윤론」, 『어문학』 제27집, 1972, 87~102쪽 참조.

40 현상윤, 「핍박」, 『청춘』, 1917. 6, 86쪽.

로 그러하다. 이와는 달리 「핍박」에서는 주인공의 갈등과 방황이 단정 지어 설명하기 어려운 총체적 결핍감의 표현으로 나타난다.

주인공 '나'는 자신이 병들었다고 생각하지만 그 병이 어디서 오는 것인지는 알지 못한다. 또한 무슨 병인지조차 가늠할 수가 없다. 단지 이편 저편에서 쏘아 보는 시선이 괴롭고, 그들이 나를 게으르고 약하다 탓하는 것 같아 참을 수가 없다. 나는 늘 떨린다. 사방에서 들어오는 핍박이 시시각각 급해만 간다. 무료함을 달래기 위해 농부들이 모인 곳을 찾아가지만, 농부들이 자꾸 조롱하는 것 같아 견딜 수가 없다. 길을 걸어도 취객과 농군들이 나를 보면서 비웃는 듯하다. 그 핍박을 도무지 견딜 수가 없다. 몸 피할 곳이 전혀 없다. 친구를 대해도 여행을 해도 마을에 산보를 가도 조금도 나를 덮어둘 곳이 없다. 어디를 가도 약하고 게으른 놈이라는 외침이 들린다.

이 작품에는 결핍감의 구체적 원인이 제시되어 있지 않다. 하지만, 그것이 전혀 근거 없는 것은 아니다. 그에 대한 설명적 제시가 없을 뿐, 작가는 주인공의 갈등 원인을 다음과 같은 대화를 통해 암시한다.

애 ○○야, 너 내가 참말이다. 그만치 공부를 하였으면 판임관判任官이 나는 하기가 아조 쉽겠구나. 거 제일이더라. 저 건넌골 백선달 아들도 벌써 토지조사국 기수技手라든가 했다구 저 어른도 기뻐하더니 접때 잠깐 다니러 왔다는 것을 보니 과연 그럴듯하더라. 싯누런 금줄을 두르고 길쭉한 검을 늘였는데 참말 좋더라. 너도 그걸 해보아라.[41]

---

41 위의 글, 89쪽.

식민지 치하를 살고 있는 지식인 주인공에게는 무엇을 하며 살 것인가에 대한 고민이 없지 않다. '너도 그렇게 싯누런 금줄을 두를 수 있는 일을 해보라'는 말은 권유가 아니라 조롱처럼 느껴진다. 그 조롱들이야말로 주인공이 당하는 핍박의 실체 가운데 하나가 아닐 수 없다. 나는 자신의 편안한 삶이 이웃 농군들이 흘리는 땀에 바탕을 둔 삶이라는 생각 때문에 끝없는 죄책감을 느낀다.

나는 걸음을 옮긴다. 옮길 때마다 취객과 농군들이 눈앞에 보이면서 나를 물끄러미 보며 비웃는 듯하다.

슬프다, 이것이 인생이다. 아니, 이것이 인생의 다수로다.

"애 이놈아, 우리 이마에 흐르는 땀을 먹는다소니 조금이나 미안이나 고통의 있을소냐……. 어리고 철없는 놈아 무엇이 어째. 권리니 의무니 윤리니 도덕이니 평등이니 자유니 무엇이 어째. 나는 다 모른다"를 연해 연방 부른다. 빨리 걸어도 뜨게 걸어도 이 소리는 그치지 아니한다.

나는 인생과 행락이란 것을 생각하다. 생각할수록 가슴이 답답하다. 목은 타고 손은 더욱 단다.[42]

이는 실제 농군들에 의해 이루어진 대화가 아니라 주인공 자신이 환청으로 듣는 목소리이다. 이는 농군들의 땀 위에 서서 지금의 지위를 누리고 있다고 생각하는 나의 마음속에서 울려오는 자책감 섞인 목소리이다. 이는 말로만 권리, 의무, 윤리, 도덕, 평등 그리고 자유를 떠드는 지식인 자신에 대해 질책하는 내면의 목소리인 것이다. 「핍박」은 논설이 아닌,

---

42   위의 글, 90쪽.

소설의 방식으로 작가의 목소리를 독자에게 전달한다.

(2) 양건식의 「슬픈 모순」

「슬픈 모순」역시 개성적 인물의 내면세계에 대한 깊이 있는 탐구가 이루어진 작품이다. 「슬픈 모순」은 1918년 2월 『반도시론』에 발표되었다. 내용은 다음과 같다.

> 나는 세상을 무료하고 재미없다고 생각한다. 나는 어머니가 차려주는 점심상을 뒤로 하고 거리로 나선다. 전차를 탔지만 갈 곳이 없다. 사람들을 따라 종로에 내렸지만 목적지가 없다. 나는 자신이 왜 이런 행동을 하고 있는지 알 수가 없다. 스스로 책망하는 마음이 든다. 술 생각이 나지만 혼자서 술집을 갈 수도 없다. 길을 가며, 세상은 약자에 대한 강자의 압박이 존재하는 곳이라는 생각을 한다. 관복을 입고 칼을 찬 순사보가 막벌이꾼을 때리는 장면을 목격한 나는 삶의 모순을 생각한다. 나 자신의 삶에 스며 있는 모순에 대해서도 생각이 미친다. 나의 생활에도 허위의 옷과 방편의 낙인이 박혀 있음을 깨닫는다. 나는 그런 자신의 생활이 슬프고도 더러운 것이라 생각한다. 길에서 친구 영환을 만나, 백화가 가출했다는 사실을 알았다. 새벽꿈에 백화가 나타나 형님 나는 죽노라고 울던 것이 생각난다. 집에 오니 백화의 편지가 와 있다. 이제 자신은 세상을 떠나니 여동생을 부탁한다는 것이다. 편지를 받은 지 며칠 후 나는 백화의 집을 찾아 간다.

「슬픈 모순」의 서두에서는 모든 일에 짜증을 내는 나의 심리와 그런 아들을 걱정하는 어머니의 심리가 대조적으로 그려진다. 나는 집안 식구와 자신의 취미가 다른 것을 재미없어 하고 사회에 대해 불평하며, 현재의 생활을 무의미하게 생각한다. 「슬픈 모순」 속 나의 태도는, 1920년대 현진건의 단편소설 「술 권하는 사회」에 나오는 주인공의 모습을 떠오르게 한다. 사회 속에서 가야 할 곳을 잃고 방황하는 모습, 술을 통해 고민을 잊고자 하는 주인공의 모습은 「술 권하는 사회」 속의 지식인 주인공의 모습과 유사하다. 「슬픈 모순」의 주인공이 겪는 갈등의 원인은 개인의 삶이나 사회의 현실이 모두 모순으로 가득 차 있다는 데 있다. 모순된 사회 속의 목적 없는 삶이 다다르게 되는 귀결점은 죽음이다. 이는 주인공과 가까이 지내던 백화의 죽음으로 나타난다. 죽음을 택하는 인물의 이름을 백화白化로 설정한 것은 매우 의도적이다. 작가 양건식의 필명은 백화白華이다. 작가는 일인칭 시점을 택해 주인공을 나로 설정하고, 나의 친구에게 작가 자신의 필명과 동음의 이름을 지어주어 그를 자살하도록 만든다. 백화의 죽음은 나의 죽음을 대신하는 은유이기도 하다.

이 작품의 마무리는 특히 주목할 만하다. 「슬픈 모순」은 '그 후 삼사일 후에 나는 영환이와 작반하여 백화의 집을 찾았다'는 문장으로 마무리된다. 이 작품의 결말은 독자의 상상력을 자극하고 열린 해석을 가능하게 한다.

제 6 장 - 보 론

『매 일 신 보』의

‘단 편 소 설’

신년소설

1. 근대 신년 '단편소설'의 출현[1]

1910년 창간된『매일신보』는 식민지 시기 동안 지속적으로 발간된 유일한 일간 신문이다.『매일신보』는 양적으로도 매우 많은 문학 작품들을 게재했다.[2] 신년소설은『매일신보』를 비롯한 한국 근대신문들에 수록된 기획 단편소설들이다. 이들은 대부분 새해 첫날 신문에 게재되었다. 신년소설은 특히『매일신보』의 단편소설 전개사에서 중요한 위치를 점하고 있을 뿐만 아니라, 한국 근대 초기 단편소설사에서도 빼놓을 수 없다.[3] 신

---

1   제6장의 보론은 다음의 글에 토대를 두고 수정한 것이다. 인용문의 한자 원문 등은 이 글을 통해 확인할 수 있다. 김영민,「한국 근대 신년소설의 위상과 의미」,『현대문학의 연구』제47호, 2012.6.29, 127~158쪽.
2   『매일신보』소재 문학 작품 관련 주요 연구 서지는 다음과 같다.
    김현주,「이광수의 문화 이념 연구」, 연세대 대학원, 2002; 한진일,「근대 단편소설의 형성과정 연구」, 성균관대 대학원, 2002; 이영아,「1910년대『매일신보』연재소설의 대중성 획득 과정 연구」,『한국현대문학연구』제23호, 2007, 43~81쪽; 이희정,『한국 근대소설의 형성과『매일신보』』, 소명출판, 2008; 함태영,「1910년대『매일신보』소설 연구」, 연세대 대학원, 2009; 전은경,『근대계몽기 문학과 독자의 발견』, 도서출판 역락, 2009; 송민호,「1910년대 초기『매일신보』의 미디어적 변모와 '소설적 실감'의 형성」,『한국문학연구』제37호, 2009, 179~211쪽; 박진영,「한국의 근대 번역 및 번안소설사 연구」, 연세대 대학원, 2010; 최태원,「일재 조중환의 번안소설 연구」, 서울대 대학원, 2010; 이혜진,「1910년대 초『매일신보』의 '가정' 담론 생산과 글쓰기 특징 – '독자'와의 상호작용을 중심으로」,『현대문학의 연구』제41집, 2010, 7~37쪽; 이희정,「1920년대『매일신보』의 독자문단 형성과정과 제도화 양상」,『한국현대문학연구』제33호, 2011, 97~133쪽; 이희정,「1920년대 식민지 동화정책과『매일신보』문학 연구」1,『어문학』제112집, 2011, 351~379쪽; 이희정,「1920년대 식민지 동화정책과『매일신보』문학 연구 2」,『현대소설 연구』제48호, 2011, 285~319쪽; 김영민,「『매일신보』소재 장형서사물의 전개 구도」,『현대문학의 연구』제45집, 2011, 211~241쪽; 함태영,『1910년대 소설의 역사적 의미』, 소명출판, 2015; 배현자·이혜진 편,『한국근대영화소설 자료집 –『매일신보』』, 소명출판, 2019.
3   근대계몽기에 출현한 서사물 가운데 최초로 단편소설이라는 명칭이 붙어 있는 작품은 1904년 8월 12일 자『대한일보』제1면에 수록된 글「뇌공」이다.「뇌공」은 오늘날의 시각으로 보면 소설이라기보다는 논설을 목적으로 쓰인 글이다.「뇌공」의 서술 방식은

년소설은 근대 단편소설의 정착 과정에서 일정한 역할을 한 신춘문예 제도를 이해하는 데도 중요하다.

한국의 근대신문이 최초로 신년소설을 게재한 것은 『만세보』를 통해서이다. 1907년 1월 1일 자 『만세보』 제4면에는 신년소설 「백옥신년」이 수록되어 있다. 「백옥신년」은 제목에서 알 수 있듯이 가난한 초가 즉 백옥에서 맞는 새해 풍경을 그린 작품이다. 「백옥신년」에는 가난한 한 가족이 처한 정황과 그들 사이의 우울한 분위기가 매우 잘 드러나 있다. 마무리의 일부를 인용하면 다음과 같다.

> 정서방 갑돌아 갑돌아 정월 초하룻날은 그렇게 조르지 아니하느니라 방에
> 들어앉았지 말고 밖에 나가서 아이들 연 날리는 구경이나 하여라
> 부인 아서라 나가지 마라 남의 집 아이들은 다 새 옷 입었는데 너 혼자
> 새까만 옷을 입고 남부끄럽다
>
> 갑돌이가 밖에 나가고 싶으나 새 옷을 입지 못한 것이 분하여 안방 지게문 앞에 서서 훌쩍훌쩍 우니 다른 날 같으면 한 번 쥐어 박혔을 터이나 이 날은 별날이라 부인이 갑돌의 머리를 쓰다듬으면서 별소리를 다하며 달래는데 그 집에 새해 정황은 이러하더라[4]

「백옥신년」은 다음과 같은 몇 가지 점에서 주목을 끈다. 첫째, 일화를 바탕으로 한 작품으로 논설적 요소가 배제된 단형 서사물이라는 점. 둘

매우 직설적이다. 『대한일보』는 일본인들이 국내에서 발행한 신문이다. 『대한일보』와 「뇌공」에 관한 논의는 이유미, 「일본인 발행 미디어의 기획된 단편소설」, 『현대문학의 연구』 제41호, 2010, 71~105쪽 참조.

4   「백옥신년」, 『만세보』, 1907.1.1.

째, 신년소설이라는 기획물임에도 불구하고 신년의 희망적 요소를 그리기보다는 경제적으로 소외된 가족의 설맞이 풍경을 객관적 필치로 그려내고 있다는 점. 셋째, 묘사의 수준이 당시에 발표된 여타 단형 서사물들과 비교해 매우 뛰어나다는 점.

「백옥신년」에는 작가명이 표기되어 있지 않다. 따라서 작가가 누구인지 단정할 수는 없다. 다만, 당시의 여러 정황으로 미루어 볼 때 이인직일 개연성이 매우 높다.[5] 이 시기는 『만세보』의 주필이었던 이인직이 「귀의성」을 연재하던 중이었다. 이인직은 「귀의성」 제60회를 1906년 12월 28일 자 『만세보』 제154호에 게재한 후, 약 열흘 동안의 휴지기를 거쳐 1907년 1월 8일 자 제158호에 제61회를 다시 연재한다. 「백옥신년」은 이인직이 「귀의성」의 연재를 쉬는 사이에 발간된 신년호인 제156호에 수록되었다. 「백옥신년」을 쓰는 동안 이인직이 「귀의성」의 집필을 잠시 멈추었다는 추정도 가능하다. 일화를 중심으로 한 작품의 전개 과정에서 등장인물들의 내면적 심리가 드러나는 「백옥신년」의 창작 수법은, 이인직이 『매일신보』에 발표해 주목을 끌게 되는 단편소설 「빈선랑의 일미인」[1912.3.1]과도 많이 닮아 있다. 「백옥신년」과 「빈선랑의 일미인」은 일화형 단편이라는 점에서뿐만 아니라, 작품 전체에서 느낄 수 있는 분위기 또한 매우 유사하다. 두 작품에 나타난 공통된 분위기는 등장인물들이 느끼는 경제적 상실감에서 비롯된 것들이다.[6]

『만세보』에 이어 신년소설을 게재한 신문으로는 『제국신문』을 들 수

---

5   정창렬, 「만세보 해제」(『만세보』 영인본, 아세아문화사, 1985, 1쪽)에서는 이를 이인직의 작품으로 명시하고 있다.
6   『만세보』에 수록된 소설의 작가는 모두 이인직이다. 이 점도 「백옥신년」이 이인직의 작품일 가능성을 높여 준다.

있다. 『제국신문』 1909년 1월 1일 자 3면에는 신년소설의 형식을 취한 단편소설이 수록되어 있다. 이 작품에는 단편소설이라는 양식 표기만 있을 뿐, 작품명이나 작가명이 없다. 전형적인 무서명소설의 형식을 취하고 있는 것이다. 흥미로운 것은, 『제국신문』에 수록된 무서명 신년소설 또한 가난한 집안의 설맞이 풍경을 소재로 삼고 있다는 사실이다. 이 작품에서도 일화의 중심을 이루는 것은 한 사내아이의 설빔 투정이다. 아홉 살 난 사내아이 경남이는, 남들처럼 설빔을 해주지 않으면 앞으로 밥도 안 먹고 학교에도 가지 않겠다고 말한다. 그러나 『제국신문』의 신년소설은 「백옥신년」과는 전혀 다른 분위기로 전개된다. 여기서는 가난한 신년을 맞이하는 어린 남매의 다짐과 미래를 향한 기약이 그려진다. 새 옷 투정을 하는 어린 동생을 향해 여학생 정희는 "너 그것이 무슨 지각없는 소리냐 학교에 다니는 사람도 그런 말을 한다더냐"[7]고 탓하며 외양 치레보다 마음을 닦는 것이 중요하다고 타이른다.

소재의 측면에서 보면 『제국신문』에 수록된 무서명 신년소설은 『만세보』에 수록된 「백옥신년」과 매우 유사하다. 신년원단의 분위기를 묘사하다가 등장인물의 대화를 이끌어 내는 구성 방식도 서로 유사하다. 두 작품의 차이는 작가의 계몽적 의도 표출에 있다. 「백옥신년」과 달리 『제국신문』의 무서명 신년소설은 계몽의 의도를 직설적으로 드러낸 작품이다.[8]

---

7 『제국신문』, 1909.1.1.

8 이 작품의 작가가 누구인지를 단정하기는 어렵다. 다만, 이해조가 『제국신문』에 입사한 이래 『제국신문』에 수록된 서사물들의 작가는 모두 이해조였다는 점이 참고가 될 수는 있을 것이다. 이해조는 「고목화」(1907.6.5~10.4)로부터 시작해 『제국신문』이 폐간될 때까지 끊임없이 작품을 연재했다. 『제국신문』의 신년소설에서 교육의 중요성이 강조되고 있다는 점, 작품이 부분적으로 대화체 형식을 취하고 있고, 인물들이 작품 속에서 토론에 임하고 있다는 점, 여성 화자를 통해 계몽을 시도하고 있다는 점 등도 주목을 끈다. 이는 후일 이해조가 저술한 '토론소설' 「자유종」(1910.7.30)에서도 발견되는 특징들이다.

『제국신문』에 이어 신년소설을 수록한 신문으로는 『대한민보』가 있다. 1910년 1월 1일 자 『대한민보』에는 단편소설 「화세계」가 수록되어 있다. 「화세계」의 작가는 무도생이다. 이 작품에서는 한부흥이라는 인물이 주관하는 낙성식이 서사의 중심을 이룬다. 「화세계」는 서두를 묘사로 시작해 이후 특정한 장면을 확대해 보여주는 구성법을 택하고 있다. 「화세계」의 문장은 상당 부분 설명문으로 이루어져 있다. 「화세계」는 기울어져 가는 국권에 대한 회복의 열망을 표현한 계몽성이 강한 작품이다. 주인공의 이름 '한부흥'은 곧 '대한의 부흥'을 의미한다. 그가 지각 있는 아들과 함께 무너져 가는 집을 중수하고 잔치를 벌이게 된다는 점 등도 모두 계몽성을 드러내는 요소들이다. 「화세계」가 보여주는 강렬한 계몽성은 『대한민보』의 발행 주체인 대한협회가 사회진화론에 기초한 문명개화론을 받아들인 단체였다는 점과도 관련이 있다.[9]

2. 『매일신보』 신년 '단편소설'의 전개

『만세보』와 『제국신문』, 그리고 『대한민보』 등을 통해 간헐적으로 선을 보이던 신년소설이 확고하게 자리를 잡게 되는 것은 『매일신보』를 통

---

9 『대한민보』의 매체적 특징과 거기에 수록된 연재소설의 전반적 특질을 이해하는 데는 다음의 연구 참조. 신지영, 「『대한민보』 연재소설의 담론적 특성과 수사학적 배치」, 연세대 대학원, 2003. 1907년 결성된 대한협회는 대한자강회가 변모한 것이다. 주축 인물은 윤효정, 김가진, 손병희, 오세창, 권동진 등이었다. 대한협회는 권력지향적 자강운동 단체로 분류된다. 이에 대한 자세한 논의는 박찬승, 『한국근대정치사상사 연구』, 역사비평사, 1992, 47~56쪽 참조. 『만세보』와 『제국신문』 그리고 『대한민보』 등이 신년소설을 수록한 이유로는 이들 신문의 주축을 이루는 인사들 사이에 교류가 적지 않았다는 사실을 참고할 수 있다. 특히 오세창은 『만세보』에 이어 『대한민보』의 사장을 맡았다.

해서이다. 신년소설은 『매일신보』의 단편소설에서 중요한 하나의 범주를 형성한다.[10]

『매일신보』에 실린 첫 번째 단편소설은 신년소설 「재봉춘」[1911.1.1]이다. 「재봉춘」의 작가는 무도생이다. 무도생은 『대한민보』의 신년소설 「화세계」의 작가이기도 하다. 「재봉춘」의 구성 수법은 「화세계」의 그것과 유사하다. 「재봉춘」은 「화세계」와 마찬가지로 밝은 분위기의 서두로 시작해 우여곡절을 알리고 다시 밝은 분위기로 끝을 맺는다. '현재 장면 묘사→과거 사연 설명→현재 장면 설명 및 묘사'의 세 부분으로 이어지는 작품의 구성 틀도 유사하다. 다만, 「화세계」에서는 몰지각한 인물과 지각 있는 인물의 행위가 각각 분리되어 나타난다면, 「재봉춘」에서는 한 인물이 그 두 가지 역할을 모두 수행한다는 점에서 차이가 있다. 떡가래를 썰며 얼굴에 기쁜 빛을 띠고 있는 라씨 부인을 묘사한 다음의 서두는 새해 아침의 밝은 분위기를 염두에 둔 것이다.

> 육간대청에 분합문을 떡떡 열어 젖히고 뒤주 찬장이 위치를 찾아 이리저리 놓였는데 의복을 불치불검하게 입은 부인 하나가 행주치마를 가든하게 돌라 띠고 앉아서 네모 번듯한 대술 도마를 앞에다 놓고 옥서슬 같은 흰 떡가래를 어슥 비슥하게 쓸며 얼굴에 기꺼운 빛을 띠었으니 이는 그 집 주인 라씨 부인이라[11]

---

10   『매일신보』에서 단편소설란은 『매일신보』가 폐간되던 1940년대까지 존속했다. 『매일신보』의 단편소설들은 『청춘』·『학지광』 등의 잡지가 만들어지기 이전인 1910년대 초기에 집중되어 있다. 이희정, 『한국 근대소설의 형성과 『매일신보』』, 130쪽 참조.

11   무도생, 「재봉춘」, 『매일신보』, 1911.1.1.

'재봉춘'의 사전적 의미는 '불우한 처지에 빠졌던 사람이 다시 행복을 되찾는 것'이다. 신년소설 「재봉춘」은 이러한 사전적 의미를 충실히 구현한다. 「재봉춘」에서는 남편의 몰지각한 행위가 가져온 가정의 불행과 이후의 참회, 그리고 이어지는 행복이 대조적으로 그려진다. 『매일신보』가 「재봉춘」을 수록한 것은, 새해를 맞이하는 독자들에게 희망을 주기 위한 의도 때문이었던 것으로 보인다. 「재봉춘」은 「화세계」와 마찬가지로 계몽적 성격이 강한 작품이다. 그러나, 「재봉춘」과 「화세계」가 지향하는 세계 사이에는 적지 않은 거리가 있다. 「화세계」에서 작가 무도생이 꿈꾸었던 것은 '대한의 부흥'이다. 쓰러져 가는 집을 다시 세우고 내외국 신사를 다수 청하여 낙성식을 하는 장면은 여러 가지 점에서 사회적 상징성을 지닌다. 하지만 「재봉춘」에서 볼 수 있는 재건 혹은 부흥은 지극히 사적인 것이며 개인적 영역에 속하는 것이다. 두 작품의 작가는 동일인이며, 이들 작품이 발표된 시간적 거리는 1년에 불과하다. 그럼에도 불구하고 이 두 작품 사이에 존재하는 간극은 매우 크다. 두 작품의 발표 시기 사이에는 한일병합이라는 사건이 놓여 있다. 한일병합이 동일 작가의 신년소설의 성향을 정치적이고 사회적인 계몽에서 비정치적이고 개인적인 계도로 바꾸어 놓았던 것이다.

1912년의 신년소설로는 「해몽선생」[1912.1.1]이, 1913년의 신년소설로는 박용환의 「신년의 문수」[1913.1.1]가 발표된다. 이 두 편의 작품은 모두 신년에 문복하는 풍습을 비판한 것이라는 공통점이 있다. 「해몽선생」은 사람들이 모여 '신년길흉'을 장님 판수에게 묻는 풍속을 작품화한 것이다. 「해몽선생」에서 글쓴이가 말하고자 하는 바는, 눈먼 장님 판수가 신년길흉을 점치는 행위는 눈뜬 사람들을 속이고 다니는 행위라는 것이다. 이는 백성들이 '문명한 상등 자격'을 갖추기 위해서는 길흉을 점치는 일을 그만두어야 한다는 주장으로 이어진다. 「신년의 문수」에서는 신년 운수를 점치는 장님 판수들에게 '도적놈'이라는 표현을 써서 비난한다. 「신년의 문수」에서 장님 판수의 어리석음을 드러내기 위해 도입한 일화는 '장님 코끼리 만지기' 우화이다. 여섯 장님은 차례로 코끼리의 배, 어금니, 코, 다리, 꼬리, 귀를 만진다. 이들 여섯 사람은 코끼리의 실제 모습과는 거리가 먼 이야기를 서로에게 들려주며 자신의 능력과 지혜를 자랑하게 된다. 코끼리를 끌고 가던 사람은 장님 판수에게 신년 운세를 물어보려던 생각을 접게 된다. 그는 장님 판수들에게 남의 신수를 보고 남의 복을 빌 것 같으면 거지꼴이 다된 자신들의 복이나 비는 것이 좋을 것이라는 말을 남기고 사라진다.

1914년의 신년소설로는 「떡 잘 먹는 우리 내외」[1914.1.1]가 게재되는데, 이는 우화적 성격이 특히 강한 작품이다. 「떡 잘 먹는 우리 내외」에서는 정월에 떡 한 조각을 더 먹기 위해 어리석은 내기를 하던 부부가 도둑에게 재물을 도난당하는 과정이 그려진다. 욕심 많고 어리석은 부부는 마지막 남은 떡 한 조각마저 모두 도둑에게 빼앗기고 만다.

1915년에는 을묘년 토끼해를 맞아 이인직의 「달 속의 토끼」[1915.1.1]가 신년소설로 발표된다. 「달 속의 토끼」는 이인직의 마지막 작품이라는 점에서도 의미가 있다. 당시 이인직은 『매일신보』에 「모란봉」[1913.2.5~6.3]을 연재하다 중단한 후 일시 절필한 상태였다. 「달 속의 토끼」는 「모란봉」 이후 최초의 작품이자 그의 마지막 발표작이 되는 셈이다. 「달 속의 토끼」는 『매일신보』가 청탁한 제목에 맞추어 이인직이 집필한 작품으로 보인다. 1914년 12월 10일 자 『매일신보』의 신년문예모집 공고 중 문文의 과제가 "토兎에 관한 골계문 급 전설"이었고, 언문풍월의 과제가 "달 속에 옥토끼"였다는 점이 이러한 추정을 가능하게 한다. 「달 속의 토끼」는 이인직의 다른 작품들처럼 개성적인 묘사로 서두를 시작한다. "밤은 제석이오 달은 망월이라 밤이 점점 깊어가고 달은 더욱 명랑한데 아직 갑인년인지 벌써 을묘년인지 신구세를 판단치 못하는 곳에 저울추를 달아놓은 것 같이 달이 중천에 달렸는데 맑고 차고 희고 조촐한 빛이 인간의 신년 행복 꿈을 꾸는 베갯가 창밖에 비치었더라."[12] 여기서는 특히, '저울추를 달아놓은 것 같이 달이 중천에 달렸다'는 표현 등이 주목을 끈다. 이는 작품의 서두에서 배경 묘사를 중요시하던 이인직의 작풍을 드러내는 것이기도 하다. 이인직은 「달 속의 토끼」의 서두를 서정적 분위기로 열어가지만, 점차 그가 보여주게 되는 것은 장님 판수에 대한 직설적 공격과 비판들이다. 장님 판수에 대한 날선 공격과 직설적 비판은 달 속에 사는 옥토끼의 입을 통해 이루어진다. 이인직이 「달 속의 토끼」에서 장님 판수를 '남을 속이는 죄인'으로 비난하는 것은, 박용환이 「신년의 문수」에서 장님 판수를 '남을 속이는 도적'으로 비난하는 것과도 일맥상통한다. 연이어 발표되는 신년소설 「해몽선생」, 「신년의 문수」, 그리고 「달 속의 토끼」는 이야기의 소재는 서로 다르지만 작가가 말하고자 하는 주제는 동일하다. 모두가 풍속 개량을 위한 미신 타파의 주제로 이어지고 있는 것이다.

1916년에는 용의 해를 맞아 몽외생의 「용몽」[1916.1.1]이 신년소설로 게재된다. 「용몽」은 몽유록의 형식을 차용한 글로 소설적 요소와 수필적 요소가 혼합되어 있다. 「용몽」의 주된 줄거리는 글쓴이가 용꿈을 꾸고 나서 새해를 맞아 독자들에게 세배를 올리는 것이다. 한일병합 이후 거리의 풍경을 희망적으로 그려내고자 하는 글쓴이의 의지가 담겨 있다는 점은 「재봉춘」 등의 여타 신년소설들과 공통된다.

---

12   이인직, 「달 속의 토끼」, 『매일신보』, 1915.1.1.

1919년에는 윤백남의 「몽금」1919.1.1이 신년소설로 발표된다. 「몽금」은 성실하게 일을 한 대가로 성공해서 부자로 살게 되는 한 가족의 일화를 그린 작품이다. 「몽금」에서는 생선 장수 유서방이 커다란 돈뭉치를 주워 온 후, 술에 취해 생업을 버릴 위기에 처하게 된다. 하지만, 지혜로운 아내 덕에 부부는 파국의 위기를 잘 넘기고 결국 행복한 삶을 살게 된다. 「몽금」의 서두 또한 희망찬 기운이 느껴지는 새해 아침이 배경이다.

비가 오신 후에라야 땅이 더 굳는다고 유서방은 어찌 감격이 되었던지 그 이튿날부터 아주 딴 사람이 되어 물피풍우하고 상화에 열심한 결과 점점 가산 도 불어가고 주변도 늘어가서 어언간 삼 년 되는 새해를 맞게 될 때에는 루각 동 오막살이집은 옛이야기가 되어버리고 지금은 전동 큰길가 집을 사들고 바 깥채에는 유기전을 벌리게 되었다 삼 년 전 생선 장수가 오늘은 훌륭한 유기전 주인이 되었다

오늘은 새해 원단이다 유서방은 가게를 닫고 목욕을 하고 집으로 돌아오니 오늘은 마누라가 장속에 깊이 넣어 두었던 고운 옷을 꺼내 입고 방안도 깨끗하 게 치어 놓았다[13]

「몽금」은 성실한 사람이 결국 복을 받는다는 계몽적 메시지를 담고 있 다. 「몽금」은 윤백남의 창작이 아니라 일본 라쿠고의 대표작 중 하나인 「시바하마芝濱」를 번안한 것이다.[14]

---

13   윤백남, 「몽금」, 『매일신보』, 1919.1.1.
14   이와 관련된 자세한 논의는 노혜경, 「라쿠고의 한국문단 유입과 변용과정 연구 ─ 윤백 남 작 두 개의 「몽금」을 중심으로」, 『일본학연구』 제43집, 2014, 279~307쪽 참조. 이 논문에서는 「몽금」에 대해 다음과 같이 정리한다.
       원작 「시바하마」는 섣달그믐을 배경으로 가정에서 벌어지는 사건을 소재로 삼았다. 이

1910년대『매일신보』소재 신년소설은 대부분 구습에 대한 타파 혹은 개인의 성실한 노력과 그에 대한 보상의 문제를 다루고 있다. 이들은 모두 신년원단의 새롭고 희망찬 분위기를 조성하기 위한 계몽소설로 기획된 것이었다. 이는 1910년대『매일신보』에 수록된 현상 응모 단편소설 당선작들의 분위기와도 일맥상통한다. 관념적 계몽성으로 일관하면서 총독부 이데올로기를 추수하는 모습이 닮아 있는 것이다.[15] 현상 응모 단편소설의 유형을 '첫째, 악습에 빠져 몰락하는 인물을 형상화한 유형. 둘째, 몰락한 인물들이 회개하고 새 사람으로 거듭나는 유형. 셋째, 고난을 극복하고 성공하는 인물들을 그린 유형'[16]으로 정리할 때, 이 역시 신년소설에 적용해도 전혀 무리가 없다.

1920년대 이후『매일신보』에 발표된 신년소설로는 이효석의 「달의 파란 웃음」[1926.1.1], 최서해의 「쥐 죽인 뒤」[1927.1.1]와 「어떤 날 석양」[1929.1.1], 김동인의 「순정−부부애편」[1930.1.1] 등을 들 수 있다. 그런데, 1920년대 이후『매일신보』에 개재된 신년소설은 1910년대의 신년소설과는 그 성격

러한 내용으로 인해 「시바하마」는 연말연시에 공연되는 대표적인 작품이다. 윤백남이 「시바하마」에 착목한 것은 이러한 내용이 지닌 시의적절함 때문이었던 것으로 보인다. 단편소설 「몽금」은 원작 「시바하마」의 기본 줄거리를 골자로 하면서도 다소 변모된 양상을 보인다. 「몽금」과 「시바하마」는 구성, 인물조형, 배경, 주제 면에서 일정한 차이를 보인다. 윤백남은 「몽금」을 단편소설의 형식으로만 발표한 것이 아니라, 야담의 형식으로 다시 작품화 해 그것을 단행본『몽금』(대성서림, 1933)으로도 출간했다. 단편소설 「몽금」과 야담『몽금』이라는 두 가지 텍스트의 기본적인 서사구조는 공통된다. 하지만, 단편소설 「몽금」과 야담『몽금』사이에는 분량뿐만 아니라 문체 및 세부묘사에서부터 작품의 기조 등에 이르기까지 많은 요소들에서 명백한 차이가 있다.

한편, 「몽금」은 이야기 구조가 안국선의 단편소설집『공진회』(1915)에 실린 「인력거꾼」과도 유사하다. 이와 관련해서는 이건지, 「안국선과 라쿠고−소설집 공진회에 나타난 시바하마의 영향」,『비교문학』별권, 1998, 347~362쪽 참조.

15 이와 관련된 논의는 함태영, 앞의 글, 131쪽 참조.
16 한진일, 앞의 글, 78쪽 및 함태영, 위의 글, 132쪽 참조.

이 분명히 구별된다. 1910년대 신년소설들이 소재를 새해 첫날에서 취하고, 계몽적 성격을 지니고 있었던 것과 달리 1920년대 이후 소설에서는 이러한 특징들이 발견되지 않는다. 「달의 파란 웃음」은 남녀의 애정 고백 장면에 대한 간략한 스케치이다. 「쥐 죽인 뒤」는 인간의 심성과 연민 그리고 고통의 문제를 다룬다. 「어떤 날 석양」은 먹을 것이 없어 자식을 버린 한 여인에 관한 이야기가 소재이다. 「순정─부부애편」은 죽은 남편의 유골을 추스르기 위해 제주도에서 백두산에 이르는 고행을 떠나는 아내의 이야기를 다룬다.[17]

1920년대 이후 『매일신보』의 신년소설은 게재 횟수가 급격히 줄어들 뿐만 아니라, 기획된 계몽소설로서의 정체성도 사라진다. 1920년대 이후 『매일신보』에서 신년 단편소설이 점차 사라져 가게 된 가장 큰 이유는, 신년소설이 독자 현상문예 제도와 만나 신춘문예로 변모해 갔기 때문이다.

3. 현상 응모 '단편소설'과 신춘문예

『매일신보』에서 신년소설과 함께 1910년대 단편소설란을 장식한 것은 현상 응모 단편소설들이다. 『매일신보』에서 현상 응모 단편소설이 출현하게 된 것은 1912년 3월부터이다.[18] 현상 응모 단편소설의 등장은 『매일신

---

17 김동인은 같은 날짜 『조선일보』에 「순정─연애편」(1930.1.1~2)을 『동아일보』에는 「순정─우애편」(1930.1.23~24)을 발표한 바 있다.

18 『매일신보』의 현상 응모 단편소설은 1912년 3월부터 1913년 2월까지 일 년 사이에 가장 집중적으로 게재되었다.

보』의 지면 개편 작업과도 연관이 있다.[19] 『매일신보』의 지면 쇄신의 가장 큰 목적은 좀 더 많은 독자를 끌어들이기 위한 것이었다. 『매일신보』가 지면을 개혁하면서 독자투고란을 활성화시키고 문예 작품 현상모집을 실시한 것은 모두 이러한 맥락에서 이해될 수 있다.[20] 그 외에 『매일신보』의 전신인 『대한매일신보』의 편집 체제의 잔영을 완전히 떨쳐버리는 것도 목적 가운데 하나였다.[21] 『매일신보』는 지면 쇄신을 시도한 첫날인 1912년 3월 1일 이인직의 단편소설 「빈선랑의 일미인」을 게재한다. 「빈선랑의 일미인」을 게재한 것은 『매일신보』의 지면 혁신을 알리기 위한 것이었다. 이 작품은 한글 독자를 위한 지면인 제3면 첫머리에 게재되었다.[22]

---

19 이 시기 『매일신보』에 집중된 단편소설 게재에는 특정한 목적과 의도가 있었던 것으로 보인다. 이에 대해서는 다음의 서술 참조. "1910년대 『매일신보』 단편소설은 대부분의 작품이 전반기 5년 사이에 발표·게재되어 있다. 1910년대 전체 61편의 단편소설 중 55개가 1910~1914년에 발표되었는데, 90% 이상의 작품이 이 시기에 집중되어 있는 것이다. 1910년대 후반기 『매일신보』는 단편소설에 대해 그리 관심을 가지지 않았던 것으로 판단된다. 이는 『매일신보』가 단편소설에 어떤 의도나 목적을 가지고 있었음을 시사한다." 함태영, 앞의 글, 126쪽.

20 『매일신보』의 독자투고란은 '도청도설(1912.3.1~1912.8.23)', '사면팔방(1912.8.24~ 1912.10.23)', '독자구락부(1912.11.6~1913.12.4)', '매일구락부(1913.12.5~1913.12. 7)', '투서함(1913.12.12~1914.1.11)', '독자기별(1914.1.13~1916.2.15)' 등으로 변화한다. 『매일신보』 독자투고란의 게재 내용과 그 변화 과정에 대한 논의는 전은경, 「1910 년대 번안소설 연구─독자와의 상호 소통성을 중심으로」, 경북대 대학원, 2006, 28~41 쪽 참조.

21 『매일신보』 지면 쇄신의 가장 큰 특징은 그동안 국한문 신문과 한글 신문으로 분리 발행되던 것을 하나로 통합하는 것이었다. 『매일신보』는 두 가지 신문의 통합을 위해 좀 더 작고 새로운 활자를 개발한다. 조선 신문 최초로 5호 활자를 사용하게 되는 것이다. 지면 편집 방식도 7단 편집에서 8단 편집으로 바꾸고, 기존의 한글 독자를 위해 신문의 3 면과 4면의 대부분을 순한글 기사로 채우는 변화 또한 시도한다. 『매일신보』의 지면 쇄신에 대한 상세한 논의는 함태영, 앞의 글, 123~125쪽 참조.

22 「빈선랑의 일미인」에 대해서는, 그것이 새로 도입된 현상 응모 단편소설의 본보기로서의 성격을 갖는 작품이라는 해석도 있다. 김재영, 「1910년대 '소설' 개념의 추이와 매체의 상관성」, 『한국 근대 서사양식의 발생 및 전개와 매체의 역할』, 소명출판, 2005, 248

『매일신보』의 현상문예 공모 제도는 무엇보다 작가군을 넓히는 효과를 가져온다. 아울러 그동안 『매일신보』 문예면의 핵심을 이루던 이해조 중심의 신소설 문단을 단편소설 문단으로 확장시키는 역할 또한 하게 된다.[23] 1910년대 중반이 되면 『매일신보』는 독자 문예 현상 모집의 시기를 연말로 맞추고, 그 결과물을 새해 첫날 신문에 게재하기 시작한다. 1914년 12월 10일에 게재된 다음의 사고社告는 실질적으로 『매일신보』 최초의 신춘문예 공고문에 해당한다. 그러나 이 시기까지만 해도 『매일신보』에서는 신춘문예라는 용어는 쓰지 않았고, 이를 '신년문예'라는 표현으로 대신했다. 신년문예 모집 공고의 결과 1915년 1월 1일 자 『매일신보』에는 창가, 그림, 언문풍월, 언문편지, 웃음거리, 골계문, 전설, 한시 등 여러 분야에 걸친 당선작이 게재된다. 그러나, 1915년의 신년문예 공모에서 단편소설만은 당선작을 내지 못했다. 『매일신보』가 이인직에게 단편소설을 청탁하여 「달 속의 토끼」를 신년소설로 게재하게 된 이유가 여기에 있었던 것으로 보인다. 1916년 12월에도 『매일신보』는 신년문예 모집 공고를 내고 단편소설, 논문, 가사 등을 모집한다. 그 결과 실리게 되는 작품이

쪽 참조.

23 1912년 한 해 동안 게재된 응모 단편소설 당선작만도 십여 편에 이른다. 작품 목록을 제시하면 다음과 같다.
    김성진의 「파락호」(1912.3.20), 「허영심」(1912.4.5), 「수전노」(1912.4.14), 「잡기자의 양약」(1912.5.3), 오인선의 「산인의 감추」(1912.4.27), 김진헌의 「허욕심」(1912.5.2), 조상기의 「진남아」(1912.7.18), 김광순의 「청년의 거울」(1912.8.10~11), 천종환의 「육맹회개」(1912.8.16~17), 박용협의 「섬진요마」(1912.8.29), 김동훈의 「고학생의 성공」(1912.9.3~4), 신기하의 「패자의 회감」(1912.9.25), 김태희의 「한씨가 여경」(1912.10.24~27), 김정진의 「회개」(1912.10.29~30), 「고진감래」(1912.12.26~27), 고진호의 「대몽각비」(1912.10.31), 박용원의 「손버릇하다 패가망신을 해」(1912.11.2), 김진숙의 「련의 말로」(1912.11.12~14) 등. 『매일신보』의 현상문예 제도에 관한 상세한 논의는 김영민, 「근대 매체의 독자 창작 참여 제도 연구」, 『현대문학의 연구』 제43집, 2011, 97~128쪽 참조.

유영모의 「귀남과 수남」[1917.1.23], 김영우의 「신성한 희생」[1917.1.24] 등이다.

신년문예라는 용어는 1919년 말에 이르면 '신춘문예'라는 표현으로 바뀌게 된다. 이때의 공고문에서는 신년문예가 신춘문예로 대체되었을 뿐만 아니라, 원고 제출처가 매일신보 신춘문예부로 표기된다. 『매일신보』는 단편소설 1등 당선작으로 취몽생의 「동요」[1920.1.3]를, 2등 당선작으로 고범생의 「고독에 우는 모녀」[1920.1.3]를, 3등 당선작으로 질그릇생의 「임의 떠난 어린 벗」[1920.1.3] 등을 발표한다.[24]

이들 작품은 모두 『매일신보』 1월 3일 자 부록의 1면과 2면에 수록되었다. 『매일신보』가 공고문과 당선작 발표에서 '신춘문예'라는 표현을 반복해 사용하고, 당선작 발표 날짜를 신년원단과 가까운 1월 3일로 선택했다는 것은 중요한 의미를 지닌다. 이는 1910년대 초반에 시작된 현상 응모 제도가 1920년 이후 실질적인 신춘문예 제도로 정착되어 가고 있음을 보여주는 것이다.

신춘문예 당선작을 공고한 1920년 1월 3일 『매일신보』 부록 2면에는 「고선考選을 마치고」라는 평이 게재되어 있다. 이 글에서는 『매일신보』의 신춘문예 도입이 1919년의 상황 변화와 깊은 관련이 있다는 점을 강조한다. 신춘문예가 3·1운동 이후 일제가 표방하던 이른바 문화정치와 연결

---

24 선자의 평에 취몽생은 정열모, 고범생은 이서구, 질그릇생은 주요섭으로 본명이 밝혀져 있다. 참고로, 1919년 12월에 여러 차례 게재된 공고문에는 단편소설 부문이 빠져 있다. 그럼에도 불구하고 당선작 발표에서는 단편소설이 주를 이루게 된 것은 여타의 방식으로 단편소설을 모집한다는 신문사의 입장이 전해졌기 때문으로 추정된다. 이 점과 관련지어 김석봉은 『매일신보』 1919년 11월 30일 자 1면에 '소품문예 현상모집' 공고가 있었다는 사실을 지적한다. 아울러 "이러한 사정을 놓고 볼 때 위의 공지 사항은 '신춘문예'라는 특정한 용어가 사용되고 있을 뿐 실상 이틀 전 게재된 '문예 현상 모집'의 연장선상에 놓여 있는 것이라고 평가할 수 있다"는 견해를 보인다. 김석봉, 「식민지 시기 조선일보 신춘문예의 제도화 양상 연구」, 『한국현대문학 연구』 제16호, 2004, 201~202쪽 참조.

되고 있음을 시사하는 것이다. 『매일신보』의 신춘문예 제도 도입은 더욱 많은 독자를 지면에 참여시키고, 신문의 문단을 활성화시키려는 홍보 전략과도 맥을 같이 한다. 독자들의 집단적 참여에 의한 신문 문단의 활성화는 당시 일제의 문화 정책 방향과도 일치하는 것이었다. 신춘문예를 담아냈던 『매일신보』의 부록란이 이후 점차 활성화되는 과정도 결국은 같은 맥락에서 이해할 수 있다.[25] 전문적 작가에 의한 신년소설이 비전문적 작가에 의한 현상 응모 단편소설과 결합하고, 그 발표 시기를 신년 초로 확정하면서 정착된 제도가 신춘문예 제도가 되는 셈이다.

4. 신년 '단편소설'의 위상과 의미

한국 근대소설사의 전개 과정에서 단편소설은 신년소설과 현상 응모 소설을 통해 자리를 잡아갔다. 『매일신보』의 신년소설 게재는 『만세보』와 『제국신문』 그리고 『대한민보』 등의 사례를 이어받은 것이다. 『만세보』의 「백옥신년」은 근대 매체에 수록된 최초의 신년소설이라는 의미가 있다. 『제국신문』에 수록된 무서명 신년소설과 『대한민보』의 「화세계」는 계몽의 의도를 직설적으로 드러낸다.

『매일신보』의 단편소설 게재는 신년소설에서부터 시작되었다. 1910년대 『매일신보』의 신년소설은 신년원단의 새롭고 희망찬 분위기를 조성하기 위한 계몽소설로 기획된 것이다. 이들은 미신 타파의 주제와 부단한 노력을 바탕으로 성공을 이루는 성실한 개인의 사례를 전하는 내용들

---

25 1920년대 이후 『매일신보』는 특히 독자문단의 형성과 그 제도적 정착을 위해 다양한 노력을 기울이게 된다. 이와 관련된 상세한 논의는 이희정, 앞의 글, 100~111쪽 참조.

로 채워져 있다. 이는 관념적 계몽성으로 일관하면서 총독부의 이데올로기를 추수하고 있던 1910년대 현상 응모 단편소설의 주제와도 서로 통한다. 『매일신보』의 첫 신년소설 「재봉춘」의 작가 무도생은 『대한민보』 신년소설 「화세계」의 작가와 동일한 인물이다. 그럼에도 불구하고 두 작품의 주제에서 큰 거리가 느껴지는 것은 그 사이에 한일병합이라는 역사적 사건이 존재하기 때문이다. 이후에 발표되는 신년소설들 가운데 「해몽선생」, 「신년의 문수」, 「달 속의 토끼」는 풍속 개량을 위한 미신 타파의 주제를 공통적으로 담고 있다. 「떡 잘 먹는 우리 내외」에서는 어리석은 욕심을 경계하고, 「몽금」에서는 성실한 노력에 대한 보상을 거론한다. 「몽금」은 라쿠고의 번안물로, 『매일신보』 신년소설이 꼭 창작물로만 이루어진 것이 아니었음을 보여준다. 『매일신보』의 신년소설에서 중요한 것은 독창성보다는 계몽성이었다.

『매일신보』에서 신년소설의 형식을 지닌 작품의 발표는 1920년대 이후에도 간헐적으로 이어진다. 하지만, 『매일신보』 신년소설의 역할은 실질적으로는 1910년대 말에 마무리된 것으로 볼 수 있다. 1920년 1월 이후 신춘문예 제도가 도입되면서, 전문적 작가에 의한 신년소설의 게재가 독자 투고에 의한 신춘문예 당선작 게재 방식으로 전환되었기 때문이다. 『매일신보』에서 신년소설이 사라진 시기와 신춘문예 제도의 도입 시기가 일치하는 것은 우연이 아니다. 신년소설에서 신춘문예로의 변화는 1920년대 이후 활성화되는 『매일신보』의 독자문단 형성과 그 제도화 과정의 일환으로 해석할 수 있다.

『매일신보』를 통해 본격화된 현상 단편소설 공모는 1920년대 이후 창간되는 민간신문들인 『동아일보』와 『조선일보』로 확산된다. 『동아일보』의 현상문예 제도는 1920년대 말이 되면 신년 초에 당선작을 발표하는 신춘문예 방식으로 전환된다.[26] 『조선일보』는 1920년대 말 현상문예 제도를 도입한다.[27] 『조선일보』의 현상문예 제도 또한 1930년대 이후 본격적인 신춘문예 공모 형식으로 정착된다. 『조선일보』의 신춘문예 공모는 비교적 늦게 시작되었지만 독자들의 큰 관심의 대상이 되었고, 적지 않은 성과를 낳았다.[28] 『매일신보』를 통해 시작된 한국 근대문학사의 신춘문예 제도가 『동아일보』와 『조선일보』를 통해 꽃을 피우고 열매를 맺게 되는 것이다.[29] 『동아일보』와 『조선일보』의 신춘문예 제도는 한국 근대 신인 작가의 발굴과 단편소설사의 전개 과정에서 매우 중요한 역할을 하게 된다.

---

26 『동아일보』가 신춘문예라는 용어를 사용해 첫 모집 공고를 낸 것은 1925년 1월부터이다. 이 시기에 『동아일보』의 신춘문예는 '신년 기념 문예 공모'의 성격을 지니고 있었다. 이와 관련된 논의는 김석봉, 「식민지 시기 『동아일보』 문인 재생산 구조에 관한 연구」, 『민족문학사연구』 제32호, 2006, 153~180쪽 참조. 『동아일보』는 1925년부터 1940년까지 시행한 신춘문예 제도를 통해 27편의 단편소설 당선작을 선정 발표했다. 이 제도를 통해 등단한 문인으로는 김말봉, 한설야, 김동리, 정비석 등이 있다. 이와 관련된 자세한 논의는 손동호, 『『동아일보』의 독자 참여 제도와 문예면의 정착』, 소명출판, 2021, 215~218쪽 참조.

27 『조선일보』의 경우는 현상문예 모집 초기부터 신춘문예라는 용어를 사용했다. 『조선일보』가 신춘문예라는 용어를 사용한 것은 1927년 11월부터이다. 이에 대한 논의는 김석봉, 앞의 글, 192쪽 참조.

28 안필승의 「발」(1931.2.8~10), 박영준의 「모범경작생」(1934.1.10~23), 김유정의 「소낙비」(1935.1.29~2.3), 김정한의 「사하촌」(1936.1.9~23), 정비석의 「성황당」(1937.1.14~26), 현덕의 「남생이」(1938.1.8~25) 등이 특히 문학사에서 주목을 받았다.

29 『조선일보』 신춘문예 공모에는 매우 많은 투고가 몰렸다. 한 예로, 1935년도의 「신춘문예 선후감」을 보면 단편소설에만 462명이 응모했다는 사실을 알 수 있다. 일선자, 「신춘문예선후감」, 『조선일보』, 1935.1.1. 손동호는 『조선일보』의 신춘문예 제도가 성공을 거둘 수 있었던 요인에 대해서는 다음과 같이 정리한다. 첫째, 경쟁 매체에 비해 상금을 인상하여 경쟁력을 확보하였다. 둘째, 신춘문예 당선자에게 발표 지면을 제공하여 창작활동을 지원하였다. 셋째, 고선 방침을 강화하여 우수한 작가와 작품을 선별하였다. 손동호, 「식민지 시기 『조선일보』의 신춘문예 연구」, 『우리문학연구』 제67집, 2020, 241~273쪽 참조.

제 7 장
근 대 소 설 의
완 성   2
1910년대 '장편소설'『무정』

1. 연구사 개관

춘원 이광수의 『무정』은 1910년대의 대표적 장편소설이다. 『무정』에 대한 언급만으로도 이 시기 장편소설이 지니는 소설사적 의미와 한계는 대부분 드러난다. 이광수문학에 관한 연구는 그가 작품 활동을 시작한 이후부터 오늘날에 이르기까지 끊임없이 이루어지고 있다. 한국 근대문학사에서 가장 빈번히 등장하는 연구의 대상이 이광수인 것이다.[1]

김동인은 「조선근대소설고」에서 이광수의 작품 세계는 사회에 대한 반역적 선언에서 출발한다고 지적한다. 온갖 도덕과 법칙 및 제도 그리고 예의에 대한 반역이 이광수문학의 출발점이었고, 그것이 수많은 조선 청년들에게 영향을 미쳤다는 것이다. 하지만 김동인은 이광수의 문학을 그렇게 긍정적으로만 바라보지 않는다. 우선 종래 신소설류의 권선징악과 이광수 소설의 권선징악이 별 차이가 없다는 것이 그의 지적이다.

> 그러나 제일의 의미로 썼다 할 때에는 우리는 몇 가지의 불평을 말하지 아니치 못할지니 기일其一은 종래의 권선징악과 춘원의 권선징악당시의 도덕안에 비추어의 사이에는 오십보백보의 차밖에 없다는 점이다. 종래의 습관이며 풍속의 불비된 점을 독자에게 보여주는 것은 옳은 일이되 개선 방책을 지시하는 것은 소설의 타락을 뜻함이니 소설자는 인생의 회화는 될지언정 그 범위를 넘어서서 사회교화 기관직접적 의미의이 되어서는 안 되는 것이며 될 수도 없는 것이다. 그 범위를 넘어설 때에는 한 우화는 될지언정 소설로서의 가치는 없어진다.[2]

---

1   이선영, 「한국문학 연구 성과에 관한 총괄적 연구」, 『한국문학논저 유형별 총목록』, 한국문화사, 1990, 717쪽 참조.

이는 김동인과 이광수 사이의 서로 다른 문학관을 드러내 주는 서술이다. 김동인은 유미론적인 문학관에 바탕을 두고 이광수 소설이 지니는 계몽성에 대해 비판한다. 그런데 김동인은 이광수를 온전한 계몽주의자라고만 생각하지도 않는다. 그가 이광수에 대해 내리는 결론은 미美와 선善 사이에서 번민하는 위선주의자이다.

> 춘원에게 상반된 두 가지의 욕구가 서로 다투고 있는 것은 감출 수 없는 사실이다. '미'를 동경하는 마음과 '선'을 좇으려는 바람이다. 이 두 가지의 상반된 욕구의 갈등! 악귀와 신의 경쟁! 춘원에게 재하여 있는 악마적 미에의 욕구와 의식적으로 (오히려 억지로) 환기시키는 선에 대한 동경, 이 두 가지의 갈등을 우리는 그의 온갖 작품에서 볼 수 있다. 그는 악마의 부하다. 그는 미의 동경자다. 그러면서도 그는 자기의 본질인 미에 대한 동경을 감추고 거기다가 선의 도금을 하려 한다.[3]

이광수의 작품들이 심각한 인상을 독자에게 남기지 못하는 이유가 그의 이원적 성격에 있다는 것이 김동인의 결론이다.

1920년대에서 1930년대에 이르기까지 이광수의 문학관에 대해 철저하게 비판한 또 다른 이론가는 양주동이다. 그는 1920년대 중반 '중용과 철저 논쟁'을 통해서 이광수의 문학론을 반박한 바 있다. 이 시대에는 이광수가 주장하는 중용보다는 철저 내지 극단의 문학론이 중요하다는 것이다. 양주동은 1931년 『조선일보』 신년호에 실린 「문단측면관」에서 이광수가 내세우던 두 가지 문학적 신념 즉 '민족주의 문학론'과 '문학의 사

---

2   김동인, 「조선근대소설고」, 『조선일보』, 1929.7.28~8.16.
3   위의 글.

회적 효용성론'을 전면적으로 비판한다. 그는 특히 이광수를 자연발생론적 예술지상주의자와 목적의식론자 사이의 모순을 보이는 작가로 평가한다. 이는 김동인이 「조선근대소설고」에서 행한 비판과 서로 통하는 면이 있다.[4]

김태준의 『조선소설사』의 결론 부분에는 "춘원 일파가 순 서양식으로 소설을 짓기 시작하였더니"[5]라는 언급이 있다. 김태준은 평범한 인간 생활의 실제적 모습을 과장 없이 자연스럽게 써나가는 것이 서양식 소설이라고 생각했다. 주제에서 권선징악적 요소를 배제하는 것도 서양식 소설이 지니는 특색이다.

1934년부터 1939년까지 연재와 중단을 거듭하며 발표된 「춘원 연구」에서 김동인은 이광수의 소설들을 시대순으로 정리해 나간다. 이때 김동인의 시각은 결코 호의적인 것이 아니다. 그는 이광수의 단편들에 대해서 '춘원은 단편 작가로서는 너무도 무능하다'라는 평으로 일관한다. 이는 이광수의 단편들이 주제 노출이 직설적이고 구성에서도 실패하고 있다는 이유 때문이다. 장편소설들도 대체로 비판의 대상이 되는데, 그나마 어느 정도 문학사적 의의를 인정받은 작품이 『무정』이다. 김동인은 『무정』에 대하여 다음과 같이 의의를 인정한다.

첫째, 조선 구어체로써 이만치 긴 글을 썼다 하는 것은 조선문 발달사에 있어서도 특필할 만한 가치가 있다. 둘째, 새로운 감정이 포함된 소설의 효시로서도 『무정』은 가치가 있다. 셋째, 조선서 처음으로 대중에게 환영받은 소설로서도 가치가 있다. 넷째, 『무정』은 춘원의 대표작인 동시에 조선의 신문학이라 하는 대건물의 가장 긴한 주춧돌이다. 그리하여 이

---

4   양주동, 「문단측면관」, 『조선일보』, 1931. 1. 1~6.
5   김태준, 『조선소설사』, 청진서관, 1933, 206쪽.

광수는 이 한 작품만으로도 조선문학사에서 지워질 수 없다는 것이다. 그러나 이 부분의 평가를 제외하면 이광수에 대한 김동인의 작품 평은 매우 비판적이다. 김동인의 비판은 대체로 다음과 같다.

첫째, 창작의 동기가 원고료를 통한 학비 혹은 용돈이나마 벌어보겠다는 욕망에 있었다. 둘째, 대중들의 흥미에 야합하는 소설을 썼다. 소설에서 '인생'보다는 '연애'를 구하고자 하는 대중들의 요구를 따랐고, 사건적 흥미에 치중하는 소설을 썼다. 셋째, 단편적 수법과 장편적 수법의 차이를 알지 못했고 구성에도 실패했다.[6]

임화는 1930년대 중반에 연재 발표한 「조선 신문학사론 서설」에서 「춘원문학의 역사적 가치」라는 장을 설정한 바 있다. 여기서 임화는 이광수의 문학은 이인직 문학의 진화의 결과이고 동시에 김동인·염상섭·현진건 등의 자연주의 문학에 대한 매개적 위치에 서 있다고 보았다. 그는 『무정』 등이 갖는 이광수문학의 우월성이란 이인직의 작품이 그의 선행시대 구소설들에 대해 갖는 진보적 의의에 비해 그리 높은 것이 못된다고 평가한다. 임화는 이광수문학에 나타난 세계관적 요소의 한계에 대해서도 다음과 같이 비판한다.

더욱이 나는 춘원의 작품이 내용하고 있는 세계관적 요소라는 것의 본질이란 그 작품이 쓰여진 시대의 이상에 비하여 뒤떨어질 뿐만이 아니라, 이 뒤떨어졌다는 것의 성질이 민족부르조아지가 그 역사적 진보성을 포기한 기미근末 이후, 이 계급이 가졌던 환상적 자유와 대단한 근사점을 가지고 있다는 구체적 이유에 의하여 이 시대의 춘원의 작품의 진보성을 그리 높게 평가하는 데 항의

6   김동인, 「춘원연구」, 『삼천리』, 1934.12~1935.10; 『삼천리문학』, 1938.1~4; 『삼천리』, 1939.1~6 참조.

하는 자이다.[7]

결국 임화가 이광수에 대해 내린 결론은 '사상적 과장'을 앞세운 낭만적 이상주의자, 조선부르주아의 약한 반면半面의 표현자라는 것이었다.

백철은 『조선신문학사조사』[8] 제2장 「민족주의 즉 이상주의와 신문학운동의 초창기」 부분에서 이광수에 대해 다룬다. 백철의 문학사에서 이광수에 대한 언급은 주로 최남선과 연관 지어 이루어진다. 그 가운데 "제1기의 신문학은 주로 육당·춘원 양인의 노력에 의하여 개척되어 갔다"라는 서술이 이광수에 관한 가장 적극적인 언급이라 할 수 있다. 이광수문학에 대한 백철의 적극적인 평가는 그의 문학 활동 전반에 관한 것보다는 대표작 『무정』을 중심으로 이루어진다. 이 작품에 대해 백철은 다음과 같은 평가를 내린다.

춘원의 첫 장편 『무정』이 조선신문학사상에 있어서 얼마나 획기적인 의미와 공적을 가진 것인가는 순문학사가 아닌 때문에 번다한 서술을 피하거니와, 신문학 작품으로서 조선에서 처음 발표된 『무정』은 이 계몽기의 신문학을 여기서 종합해 놓은 하나의 기념탑과 같이 옹립한 작품이었다. 말하자면 이 초창기의 신문학을 결산해놓은 시대적인 거작巨作이다. 작품 내용으로 봐도 『무정』에는 이 시대의 모든 민족적 사회적·도덕적 문제가 제시되어 이 시대의 사조를 일장 대변한 작품이었다.[9]

---

7 임화, 「춘원문학의 역사적 가치」, 『조선중앙일보』, 1935.10.22.
8 백철, 『조선신문학사조사』, 수선사, 1948.
9 위의 책, 110쪽.

이 평가는 비록 그 서두가 조심스럽기는 하지만 『무정』이 갖는 문학사적 위치를 충분히 인정하고 있는 것이다.[10]

이광수가 한국 근대문학의 대표적 작가로 확고히 자리를 잡게 되는 것은 조연현의 『한국현대문학사』를 통해서이다.[11] 이 책은 1955년 6월부터 월간 『현대문학』지에 연재 발표되었던 내용을 묶은 것이다. 이 책에서 이광수에 관한 언급은 그 분량만 해도 70쪽을 넘는다. 여기서 장편소설 『무정』은 한국 최초의 근대소설을 대표하는 작품으로 거론된다. 『무정』은 다음과 같은 점에서 근대문학적 특질을 지닌다.

첫째, 형식상 산문성을 띤 문장을 사용하고 있다. 둘째, 내용상 자아의 각성을 보여주며 신소설류의 권선징악을 청산한다. 셋째, 창작방법상 심리 추구와 성격 창조에 성공한다.

조연현은 이광수의 문학 행적에 대해 '선구적이며 혁명적'이라고 표현한다. 이광수는 언문일치운동 및 신문학운동의 핵심적 역할을 담당했고 한국 근대문학의 기반을 닦았으며 사상적 혁명성을 보여주었다는 것이다. 조연현은 『무정』이나 『흙』 등의 작품을 민족주의적이면서 계몽의식을 담은 작품으로 평가한다. 조연현은 이광수문학의 결점으로는 주제의 비독창적인 상식성, 구성의 공식성과 유사성, 표현의 추상성과 개념성, 설교의 과잉과 이상의 비현실성 등을 거론한다. 하지만 이러한 결점들이 있음에도 불구하고 이광수는 조연현에 의해 한국 근대문학사상 가장 중

---

10 백철이 이광수의 작품에 대해 비교적 조심스러운 방식으로 접근해 간 데에는 몇 가지 이유가 있었던 것으로 판단된다. 우선은 일제하 백철의 문학 활동의 기반이 이광수와는 구별되는 카프 계열에 속해 있었다는 점을 들 수 있다. 다른 하나는 해방 직후 친일파로 지목받아 세인의 비난을 받고 있는 이광수에 대해 적극적인 평가를 하기에는 시기가 적절하지 않았다는 점을 들 수 있다. 그러면서도 백철은 이광수의 몇몇 작품에 대해서는 분명히 그 문학사적 의의를 인정할 필요를 느꼈던 것으로 보인다.

11 조연현, 『한국현대문학사』, 현대문학사, 1956.

요한 작가로 자리잡는다. 그 이유는 대략 다음의 세 가지 때문이다. 첫째, 이광수는 구어체 문장의 최초의 개척자이며 근대시 및 근대소설의 최초의 작자인 동시에 근대사상의 최초의 혁명아이다. 둘째, 그는 어떠한 경우에도 한국 근대문단의 제1류 문인이었다. 이것은 그가 어느 한 분야에만 정착되지 않고 시·소설·평론·수필 등 모든 분야에서 뛰어난 문호적 특질을 보였다는 점에서 유래한다. 셋째, 그는 휴머니즘이라는 사상적 배경을 가진 작가였다. 그가 『무정』 이후 여러 작품을 통하여 민족의 이상을 말하고 종교적 교리를 설교하고 나선 것은 인간에 대한 애정과 긍정 때문이었다. 휴머니즘은 그의 문학을 언제나 일류의 위치에 서게 했다. 그런 의미에서 이광수는 근대 한국의 최초의 휴머니스트였다.[12] 조연현의 이러한 정리의 결과 이광수는 오랫동안 한국문학사에서 확고한 위치를 점하며 근대문학사 최고의 작가로 대우받게 된다.

김윤식·김현의 『한국문학사』에서는 이광수의 문학사적 위치를 주요한과 엮어서 한 항목으로 다룬다. 이는 백철이나 조연현이 이광수를 최남선과 묶어 다루던 방식과 구별된다. 여기서 이광수와 주요한은 모두 개화기 시대를 문학적으로 완성하면서 다음 세대에 새로운 형태의 문학적 도전을 가능케 해준 이중의 역할을 맡은 문인들로 기록된다. 특히 이광수의 친일 행위를 정신사적 상처로 보고 반복해서 논의하는 부분은 앞의 문학사들과는 확연히 구분된다. 이광수에 대한 비판의 요지는 이러하다. 첫째, 이광수에게는 역사의식이 없었다. 둘째, 이광수의 역사의식의 결여는 자기기만의 결과이다. 셋째, 역사의식의 결여는 이광수를 친체제적인 사고방식으로 몰고 간다. 넷째, 이광수는 역사의식의 결여를 은폐하기 위하

---

12 위의 책, 170~191·218~267쪽 참조.

여 사회적 윤리와 개인적 윤리를 혼동시킨다. 하지만 이 책에서도 장편소설 『무정』의 가치는 최대로 높이 평가된다. "이광수의 여러 작품들이 그의 불투명한 논리 전개와 구성의 미비, 그리고 마침내는 그의 비극적인 친일 때문에 신랄하게 비판되고 있기는 하지만, 『무정』은 그것이 최초로 한글로 쓰여진, 아닌 한글 문체를 처음으로 완성시킨 작품이라는 점에서 지울 수 없는 가치를 지닌다"[13]는 것이다. 김윤식·김현의 『한국문학사』가 이광수의 개화의식의 한계를 비판하고 그의 친일 행위를 강조 서술하는 것은 한국문학사 연구의 세대교체를 확인시켜 준다. 앞선 시기의 문학사 연구자들은 대부분 친일문학 논의에서 자유롭지 못한 사람들이었다. 그러나 김윤식·김현은 그러한 논의에 전혀 부담을 느끼지 않았고, 오히려 그것을 강조하는 일이 앞선 세대와의 차별성을 분명히 드러내는 길이기도 했다. 따라서 이들은 과거 세대가 짊어지고 있는 부담이었던 친일문학에 관한 논의를 한층 자유롭게 시작할 수 있었다.

　김윤식은 『이광수와 그의 시대』에서는 "『무정』은 우리 근대소설의 문을 연 작품이기에 문학사적 의미에서 기념비적이며 작가 춘원의 전 생애의 투영이기에 춘원의 모든 '문자행위' 중에서도 기념비적이 아닐 수 없다"[14]고 전제한다. 『무정』은 허구적 소설이지만 동시에 자서전적 요소 또한 지니고 있는 작품이다. 『무정』이 기념비적 작품이 될 수 있었던 가장 큰 이유는 작품이 갖고 있는 생명적 진취성에 있다는 것이 김윤식의 견해이다.

13　김윤식·김현, 『한국문학사』, 민음사, 1973, 124~125쪽. 「무정」과 「개척자」 그리고 몇 편의 에세이를 제외하면 이광수는 결국 풍속에 관한 이야기꾼으로 전락해버리고 마는데 "야담작가와 통속작가를 그와 구태여 구별하는 것은 그가 그 후에도 계속해서 민족주의라는 자기기만의 제스처를 계속했기 때문"(128쪽)이라는 것이 『한국문학사』 논의의 결론이다.

조동일이 집필한『한국문학통사』의 결론은 백철이나 조연현의 연구와는 차이가 크다. 조동일은 이광수의 문학사적 가치를 별반 인정하지 않는다. 조동일이 이광수의 시에 대해 가하는 수식은 '관념적인 언사로 인한 파탄, 설익은 수법과 서투른 교술적 언사, 나약해진 자세와 시상의 단조로움' 등이다. 단편소설에 대한 평가 역시 여기서 크게 벗어나지 않는다. '무력함과 소외감 속에 매몰된 채, 자기인식의 비판적인 관점을 갖지 못하고 병의 증상을 내보이기만 하다가 민족허무주의에 떨어졌다'거나 '방황의 수렁 속에서 헤매기만 하면서 선각자로 자부했으니 식민지 지식인의 자기 상실이 이중으로 심각했다'는 것이다. 장편소설『무정』에 대한 평가 역시 혹독하다. 조동일은 이광수의『무정』과「개척자」가 기존 소설의 다양한 요소를 교묘하게 결합해 독자의 관심을 끌면서 친일적 주제를 나타내 돈과 명성을 얻을 수 있었다고 전제한다. 그는『무정』의 주인공 이형식의 성격이 과거 귀족적 영웅소설이나 신소설 등에서 흔히 볼 수 있는 영웅의 일생과 유사한 것으로 해석한다. 이광수는 그동안 이루어진 소설사의 발전을 외면한 셈이 된다는 것이다.

　그래서 이광수의 소설은 저열한 흥미를 노린 통속소설이면서 주제 과잉의 설교조 소설이라는 양면성을 가졌으며, 이면적 주제와 표면적 주제 사이의 간격이 신소설에서보다 더 벌어졌다. 후기 작품에까지 줄곧 이어져 나타나는 이런 특징 때문에 이광수는 근대작가로서 평가되기 어렵고, 중세에서 근대로의 이행기 문학의 변태적인 양상을 득이하게 나타냈다고 보아 마땅하다.[15]

14　김윤식,『이광수와 그의 시대』제2권, 한길사, 1986, 528쪽.
15　조동일,『한국문학통사』제4권, 지식산업사, 1986, 442쪽.

조동일의 문학사 서술은 이광수의 장편『무정』이 얼마나 새로운 근대적 속성을 지니고 있는가 하는 점보다는, 그것이 얼마나 고대소설과 신소설의 속성을 연속적으로 지니고 있는가 하는 사실에 초점이 맞추어져 있다.

서영채는「한국 근대소설에 나타난 사랑의 양상과 의미에 대한 연구」에서 이광수가 청년 계몽주의자이자 감정 해방의 주창자로 출발했고, 소설 형식을 통해 사랑과 계몽을 접합시키고자 한 작가였다고 평가한다. 이광수의 소설 속에서 사랑은 끝없는 이상화의 회로를 통해 표현된다. 이광수의 소설 세계가 보여주는 큰 틀은 열정의 발견에서 열정의 배제로, 사랑의 발견에서 사랑의 금지로 이어진다. 그에게 중요했던 것은 개인적인 욕망이나 감정이 아니라 개인성을 배제함으로써 획득되는 집단의 유대이며 결속이었다.『무정』의 특질 역시 여기서 크게 벗어나지 않는 바, '『무정』의 서사는 사랑이라는 개인적 진정성의 영역을 계몽이라는 공동체적 차원의 가치로 덮어 가림으로써 비로소 균형을 유지할 수 있었던 것'이다.[16] 서영채는『아첨의 영웅주의-최남선과 이광수』에서『무정』의 가치를 고전소설과 신소설의 특징인 '이원적 인식틀'에서 탈피한 것이라고 정리한다. 이원적 인식틀은 일차적으로 선악으로 양분되는 인물 설정으로 나타난다.『무정』이 이를 탈피할 수 있었던 것은 주요 등장인물들에 대한 풍부한 내면세계를 그려낼 수 있었기 때문이다.[17]

김현주는『이광수와 문화의 기획』에서, 이광수가 자신의 첫 장편소설『무정』에서 공들여 형상화한 것은 '정신'의 담지자 즉 지·정·의의 주체

---

16 서영채「한국 근대소설에 나타난 사랑의 양상과 의미에 대한 연구-이광수, 염상섭, 이상을 중심으로」, 서울대 대학원, 2002 참조.

17 서영채,『아첨의 영웅주의-최남선과 이광수』, 소명출판, 2011, 389~404쪽 참조.

로서 '개인'을 발견하는 과정이었다고 정리한다.『무정』이 던지는 메시지는, 모든 인간 안에는 무엇이 도덕적인 것인지를 직감적으로 판단할 수 있는 능력, 즉 도덕적 판단 능력이 있으며, 이러한 능력을 자각하고 발휘함으로써 비로소 인간은 도덕적 존재가 될 수 있다는 것이다. 결국 1910년대 후반 이광수가 비평 활동과 함께『무정』의 집필을 통해 드러낸 생각은, 지·정·의라는 세 방면의 정신 작용은 각기 독자적인 역할과 기능을 가지고 있으며 인간은 그것들의 조화로운 계발을 통해 자신의 본질과 능력의 완전한 실현, 즉 인간의 인간다움을 실현할 수 있다는 사실이다.[18]

최주한의『제국 권력에의 야망과 반감 사이에서』는 이광수문학 전반을 다루고 있다. 여기서는 작중 서사와 작가의 자전적 삶 사이의 연관성을 중시한다.『무정』의 서사 상황은 이광수의 자전적 삶의 맥락과 그대로 대응하는 구조이다.『무정』은 재산과 지위 등을 갖춘 배우자를 선택함으로써 신분 상승을 향해가는 한 청년의 야심에 관한 기록이기도 하다. 이는 조선총독부의 기관지인『매일신보』와 관계를 맺음으로써 세상에 이름난 사람이 되겠다는 야심을 드러내는 이광수의 자전적 삶의 구조와 닮아 있다. 이광수는『무정』의 주인공 이형식의 신분 상승을 위한 개인적 야심에 민족적 사명감을 절충해 표현한다. 이를 통해 이광수가 자신과 세상과의 타협을 정당한 것으로 항변하고 있다는 것이다.[19]『이광수와 식민지 문학의 윤리』에서는 이광수가『무정』을 통해 표현하고자 했던 것이 다음의 두 가지라고 정리한다. 하나는, 근대적 연애를 통하여 자아에 눈뜬 청년들이 전근대적인 구습의 억압에서 자유로워져 독립된 인간으로

---

18   김현주,『이광수와 문화의 기획』, 태학사, 2005, 116~130쪽 참조.
19   최주한,『제국 권력에의 야망과 반감 사이에서-소설을 통해 본 식민지 지식인 이광수의 초상』, 소명출판, 2005, 37~54쪽 참조.

서의 자기를 자각해 가는 과정이다. 다른 하나는, 자기를 자각한 청년들이 더 나아가 민족을 발견하고 민족구성원으로서의 자기를 자각해 가는 과정이다.[20]

하타노 세츠코는 『『무정』을 읽는다』에서 「형식의 의식과 행동에 나타난 이광수의 인간에 대하여」, 「경성학교에서 일어난 일」, 「영채·선형·삼랑진」 등 세 편의 글을 통해 『무정』에 대한 종합적 고찰을 시도한다. 첫 번째 글에서는 주인공 이형식의 의식과 행동을 분석하고, 이를 토대로 작가 이광수가 인간을 어떻게 인식하고 있는가 하는 문제를 다룬다. 여기서는 베르그송 철학과 소설 『무정』의 관련성이 중요하게 논의된다. 아울러 이 작품에는 작가 자신의 삶 속의 무정한 행위가 자기의 존재 양식과 뗄 수 없는 것이라는 변명이 숨겨져 있다고 해석한다. 두 번째 글에서는 경성학교에서 일어난 동맹퇴학과 학생들의 조소라는 두 사건을 분석함으로써, 이광수 내부에 존재하는 모순된 두 가지 경향을 추출한다. 세 번째 글에서는 이광수가 『무정』을 쓰면서 구축했던 미래의 전망에 대해 고찰한다. 논의의 과정을 통해 얻어진 결론 가운데 하나는 이광수가 『무정』을 통해 '아시아의 지식인들이 대면하지 않으면 안 되었던 근대'와의 만남 혹은 격투를 그려내고 있다는 생각이다.[21] 하타노 세츠코는 『일본 유학생 작가 연구』에서 『무정』을 쓸 무렵의 이광수가 처했던 상황에 대해 상세히 고증 기술한다. 이광수의 소설에는 유사한 모티브가 자주 등장하는데, 이는 이광수가 자신의 체험을 소설에 담는 '체험형' 작가였기 때문이다. 이를 바탕으로 하타노 세츠코는, 나혜석과 허영숙이라는 두 실존 인물과 작가 이광수 사이의 관계를 염두에 두고 『무정』의 주요 등장인물들을 분

---

20   최주한, 『이광수와 식민지 문학의 윤리』, 소명출판, 2014, 85~88쪽 참조.
21   하타노 세츠코, 최주한 역, 『『무정』을 읽는다』, 소명출판, 2008, 203~400쪽 참조.

석하고 작품의 의미를 탐구해 나간다.[22]

양문규는 『이광수문학의 재인식』에서 장편소설 『무정』의 문체 특질에 대해 다음과 같이 정리한다.

> 『무정』의 문체가 새롭게 등장한 시민계급의 영혼을 그려내고 있음에도 불구하고, 이러한 개인을 감싸 안은 사회의 세부적 모습을 그려내는 데 한계를 보여준다. 다시 말해 『무정』에는 근대인의 심리적 공간은 새롭게 설정돼 있지만, 그들을 둘러싼 시정의 세계는 생략되어 있다.[23]

이광수 소설의 문체가 한국 근대소설 문체의 전범으로 평가되지만, 실제로는 조선 후기 평민문학에서 성장되어 왔던 민중적 전통의 문체를 발전적으로 계승하지는 못했다는 것이다. 결국 민중문화의 고유한 입담과 해학 및 이야기적 전통이 근대 장편소설에서 단절되는 셈인데, 이러한 단절은 『무정』뿐만 아니라 이어서 발표되는 「개척자」에서 더욱 심화, 고착된다.[24]

---

22 하타노 세츠코, 최주한 역, 『일본 유학생 작가 연구』, 소명출판, 2011, 61~149쪽 참조.

23 양문규, 「1910년대 이광수 소설 문체의 재인식」, 문학과 사상연구회, 『이광수문학의 재인식』, 소명출판, 2009, 77쪽.

24 이 밖에도 「무정」의 문체 특질과 관련된 최근의 연구로 김수안의 「'언문일치체' 비판을 통해 본 근대소설의 문장 형성 과정 연구」가 있다. 여기서는 단편 산문 「용동」, 서사적 논설 「농촌계발」, 장편소설 「무정」은 논증의 방식에서 사실(寫實)의 방식으로 이광수의 글쓰기가 이행해 가는 도정을 보여준다고 정리한다. 「무정」에서의 허구적 현재가 독자와 공유되는 방식과 문제성은 「무정」의 언어 선택과 배치, 묘사의 방법론과 연관시켜 살필 때 더욱 명확히 드러난다. 이광수는 조선의 현대를 묘사하는 새로운 소설 문체의 구체적 조건으로 '순언문'과 '순현대어'를 제시했다. 김수안, 「'언문일치체' 비판을 통해 본 근대소설의 문장 형성 과정 연구－1900~1920년대 이광수 소설을 중심으로」, 연세대 대학원, 2020 참조.

2.『무정』의 준비 단계 이광수의 '서사적 논설' 「농촌계발」

이광수는『무정』연재 직전에 「농촌계발」이라는 특이한 양식의 작품을 발표한다. 「농촌계발」은 1916년 11월 26일부터 1917년 2월 18일까지 『매일신보』에 연재 발표되었다. 이 글은 외형상 논설의 양식을 표방하고 있으나 실제 내용은 허구적 서사로 채워져 있다. 이 글은 첫 장에서 마지막 장까지 모든 부분에 논설적 요소가 포함되어 있다. 논설적 요소가 가장 많이 포함된 부분은 서두인 제1장과 제2장, 그리고 마지막 부분인 제12장이다.

「농촌계발」은 논설을 표방하는 글이지만, 주제를 형상화하는 과정에서는 소설의 방식을 차용하고 있다. 따라서 「농촌계발」은 전형적인 서사적 논설이라 할 수 있다.[25] 한말의 서사적 논설이 대부분 길이가 짧은 단형의 서사적 논설이라면, 「농촌계발」은 길이가 매우 긴 장형의 서사적 논설이다.

「농촌계발」은 이광수의 문학세계와 장편소설『무정』을 이해하는 데 매우 중요한 작품이다.[26] 이 글에는 「조선 가정의 개혁」『매일신보』, 1916.12.14~22,

---

25 이광수는「무정」을 최초의 연재 창작 소설이라고 말한 바 있다. 이는 곧「무정」보다 앞서 발표된「농촌계발」을 소설로는 생각하지 않았다는 사실을 의미한다. 참고로, 삼중당 간행『이광수 전집』에는「농촌계발」이 논문으로 분류되어 있다.

26 1916년 3월에 발간된『학지광』제8호에는 이광수의 글로 추정되는 단편 산문「용동」이 실려 있다. 「용동」과「농촌계발」은 양식상의 차이에도 불구하고 핵심을 이루는 부분이 서로 유사하다. 「농촌계발」은 이광수가 이 글을 연재하기 직전에 동일한『매일신보』지면에 발표한 산문「동경잡신」(1916.9.27~11.9)과도 관련이 깊다. 이와 관련된 상세한 논의는 김영민, 「이광수 초기 문학의 변모 과정」,『현대문학의 연구』제34집, 2008, 107~140쪽 참조. 단편산문「용동」은 서사적 논설인「농촌계발」로 재구성되고, 「농촌계발」의 주제의식은「무정」에서 반복 확산된다. 반봉건성과 계몽의식을 노정한다는 점에서 이 세 편의 글은 본질적으로 유사하다. 하지만「용동」과「농촌계발」에서는 서사가

「조혼의 악습」『매일신보』, 1916.12.13~26, 「혼인에 대한 관견」『학지광』, 1917.4, 「혼인론」『매일신보』, 1917.11.21~30, 「자녀 중심론」『청춘』, 1918.9 등 이광수의 논설에서 발견할 수 있는 주요 주장들이 담겨 있다. 장편소설 『무정』『매일신보』, 1917.1.1~6.14이나 단편소설 「소년의 비애」『청춘』, 1917.6 등 이광수의 대표적 계몽소설의 모티브들 또한 적지 않게 들어 있다.

1) 「농촌계발」의 내용과 짜임새

「농촌계발」은 전체 12장으로 이루어져 있으며 각 장의 제목은 다음과 같다.

제1장, 서론. 제2장, 향양리의 현상. 제3장, 청년을 고동함. 제4장, 동회의 설립. 제5장, 제1회 예회. 제6장, 제2회 예회. 제7장, 제3회 예회. 제8장, 회장의 이상. 제9장, 하기 중 행사. 제10장, 신문회. 제11장, 난희. 제12장, 장래의 김촌.

제1장 서론은 정통적인 논설의 방식을 취하고 있다. 여기서 이광수는 산업 발달의 중요성에 대해 강조한다. 산업의 발달은 모든 나라와 모든 민족의 생존 유지와 문명 발달의 근본이다. 우리가 살아갈 방도는 일차적으로 농업의 발달에 있다. 농업을 개량하여 생활을 풍족하게 하면 공업이나 상업도 발달할 것이고 문화 역시 빛나게 될 것이다.

이 두 가지, 즉 산업상·정신상 의미로 나는 농촌계발을 규호합니다. 그리고

논설의 일부로 활용되지만 「무정」은 서사가 전면화되는 소설이라는 점에서 형식적으로 차이가 난다. 김효진·김영민, 「계몽 운동 주체의 변화와 청년의 구상―이광수의 「용동」·「농촌계발」·「무정」을 중심으로」, 『사이間SAI』 제7호, 2009, 47~87쪽 참조.

우리 대부분 되고 중견 되는 농촌계발의 정신·방침을 내 생각대로 진술하려 합니다. 유지제언은 이것이 자격이 되어 농촌계발의 새롭고 큰 운동을 일으키시기를 바랍니다. (…중략…) 알아보기도 쉽고, 흥미도 있기 위하여 한 농촌을 차차 개량하여 이상적으로 만드는 소설 비슷하게 하기로 하였습니다.[27]

이광수는 산업개발과 정신개발을 목적으로 농촌계발을 부르짖는다. 「농촌계발」은 연재 둘째 날부터 소설의 양식으로 전환된다. 허구적 서사가 시작되는 제2장 이후의 내용을 요약하면 다음과 같다.

제2장 향양리는 일백 호에 인구 오백 명쯤 되는 마을이다. 김대감은 마을의 부자로 삼사백 석의 추수를 하며 집도 가장 좋다. 그러나 그는 돈에 매우 인색하다. 혼인할 때에는 양반집만 고르고, 친척 중에도 감투 쓴 이나 돈 있는 이가 와야 술이라도 한 잔 대접한다. 한번은 양반집이라고 혼인하였던 것이 신랑이 천치였다. 하지만 양반 천치는 상놈 성현보다 낫다고 말한다. 그는 자식들에게 항상 돈이 있어야 대접을 받고 산다는 말을 되풀이한다. 그 마을에 또 다른 인물로 백길석이 있다. 집안에는 다섯 형제가 있다. 그들은 집이 없어 남의 집을 한 간 얻어 산다. 오형제는 이런 저런 이유로 소작할 땅마저 떼이게 되고 금광 등을 찾아 전전한다. 그들은 결국 흉한이 되고 만다.

제3장 김일은 동경에 유학하여 법률을 연구하고 조선에 돌아와 모 지방 재판소에 판사로 근무하던 청년이다. 어느 날 그는 조선 문명의 근본이 농촌계발에 있음을 깨닫고 판사직을 버리고 고향으로 돌아온다. 그

---

27 이광수, 「농촌계발」, 『이광수전집』 제17권, 삼중당, 1966, 86쪽.

는 동네 어른들을 방문하여 생활방식과 산업의 개량을 권유하지만 별 호응을 얻지 못한다. 그러자 그는 방침을 바꾸어 청년들과 함께 일을 하기로 결심한다. 김일은 청년들에게 영국의 농촌과 학교 그림을 보여주며 우리도 노력하면 20년 안에 그렇게 잘 살 수 있게 될 것임을 강조한다.

제4장 김일은 동네 사람들을 모아 놓고 환등회를 열어 서구 문명한 나라의 잘 사는 모습을 담은 그림들을 보여준다. 그는 청년들을 중심으로 동회를 구성하고 한 달에 한 번씩 모이기로 한다. 앞으로는 투전이나 골패를 그만두고 새끼 꼬기 등을 할 것도 제안한다.

제5장 첫 번째 월례회에서 김일은 마을 사람들에게 집안 청결히 하기, 목욕하기, 나무심기 등을 제안한다. 마을 사람들은 새로운 이상과 결심을 품고 집으로 돌아간다.

제6장 다음 월례회에서 김일은 신교육의 필요성을 강조한다. 그는 이제 세상이 변해 과거제도가 폐지되었고 사서오경으로 입신출세하던 시기는 지났음을 역설한다. 김일은 동네 아이들을 모두 보통학교에 다니도록 할 것을 제안한다. 참석한 사람들은 모두 그 말에 동의한다.

제7장 다음 월례회에는 십여 명이 새로 참석하여 총 회원 수가 오십여 명이 된다. 이날부터는, 마을에서 재산과 연령과 덕망으로 동네 사람들의 존경을 받는 김의관이 출석한다. 이날 회의에서 김일은 두 가지 사항을 제안한다. 첫째, 동네의 모든 우물을 깨끗이 관리할 것. 둘째, 이제부터 저금을 시작할 것. 저금은 돈으로 하는 것이 아니라 쌀로한다. 이들은 김일이 준비한 미국 농장 등의 그림을 보고 헤어진다.

제8장 김일은 학생들 오십여 명의 입학 수속을 밟는다. 그는 신입생을 인솔하고 읍내에 나가 단발을 시키고 모자를 씌운 후 학교로 데리고 간

다. 오십여 명이 한 번에 입학식을 하는 것은 크게 기쁜 일이라 하여 군수 등이 참석한다. 김일은 앞으로 농촌을 위한 일꾼을 양성할 농촌 계발 학교를 설립해야겠다고 생각한다.

제9장 동네 한 어린아이가 병이 들었으나 그 집에서는 가난하다는 이유를 들어 제대로 약 한번 쓰지 않는다. 결국 아이는 죽고 만다. 아이의 죽음을 확인한 김일은 우선 어린아이를 사람으로 대접하지 않는 악습을 개량해야겠다고 생각한다. 그는 동네에 전염병이 도는 것을 막기 위하여 모든 집에 모기장을 치도록 한다.

제10장 김일은 신문회를 제안한다. 신문회란 동네 사람들이 저녁마다 모여 신문을 함께 읽는 모임이다. 김일은 신문을 통해 세계가 한 가족임을 알 수 있다고 말한다. 김일은 동네에 아기가 새로 태어난 것을 계기로 삼아, 남녀가 서로 다를 것이 없으므로 남자만 중히 여기고 여자를 천시하는 것이 대단한 악습임을 이야기한다. 그는 새로 태어나는 아이들을 위해서라도 곧 마을에 학교를 설립해야 할 것임을 주장한다.

제11장 동네에 난희라는 처녀가 있었다. 그녀는 열여섯 살로 얌전하고 재주도 있는 처녀였다. 그러나 가산을 탕진한 아버지가 돈을 받고 그녀를 노인의 첩으로 팔기로 한다. 소식을 들은 김일은 처녀의 아버지를 찾아가 그 약혼의 부당성을 이야기하지만, 처녀의 아버지는 외면한다. 김일은 조상에게 제례를 올리는 형식을 빌어 자신의 소망을 온 동네 사람들에게 이야기한다. 김일의 음성을 들은 많은 사람들이 감격하고, 욕심 많은 김대감도 소매로 눈물을 닦는다. 마을 사람들은 처음으로 공동 감정을 가지게 된다. 김일은 앞으로 양반이 되기 위하여 일본을 배우고 서양을 배울 것을 강조한다. 얼마 후 김일은 난

희를 구해내 서울로 데리고 가서 숙명여학교에 입학시킨다.

제12장 김일이 회장이 되어 농촌계발 사업을 한 지 거의 일 년이 되었다. 그동안 사업의 성과는 크다고 할 수 없으나, 새로운 사상을 고취한 것만은 확실하다. 머지않아 마을에는 학교가 설 것이고, 십 년 후 이십 년 후면 분명히 김일의 이상이 실현되는 날이 올 것이다. 마을도 부귀하게 될 것이다.

2) 논설로서의 「농촌계발」

「농촌계발」에 담긴 이광수의 주장의 핵심은 농촌을 계발하는 것이다. 이를 위한 방법론은 작품 속 논설들을 통해 구체적으로 제시된다. 여기서 이광수가 가장 힘주어 강조하는 것은 교육의 필요성이다. 김일은 동경에 유학하여 법률을 공부한 인물이다. 그의 학문적 이력은 그에 대한 신뢰도를 높여준다. 그는 기회만 있으면 사람들에게 교육의 필요성에 대해 이야기한다. 그가 사람들을 모아 놓고 첫날 보여준 것도 학교의 그림이다. 그는 영국의 경우를 들어 다음과 같이 말한다.

이것은 학교외다. 이 촌중에서는 남녀 간 소학교를 아니 졸업한 사람이 없습니다. 소학을 아니 졸업하면 사람 구실을 못합니다. 이 촌중 사람은 누구나 이 학교에 아니 다닌 사람이 없습니다. 그러므로, 그네는 글 모르는 사람이 없고, 신문 못 보는 사람이 없고, 편지 못 쓰는 사람이 없습니다. 여편네와 아이들까지라도.[28]

---

28   위의 책, 92쪽.

교육의 필요성에 대한 강조는 양반에 대한 새로운 개념 제시로 이어진다. 미래의 세계에서는 시세時勢를 따르는 자가 양반이 되고 시세를 거스르는 자는 상놈이 된다. 시세를 따르는 첫 번째 방안은 자녀들에게 신교육을 시키는 일이다. 양반이 되는 길이 곧 보통학교·고등보통학교·전문학교에 가서 신학문을 배우는 데 있다는 것이 김일의 주장이다. 김일은 동네 사람들의 호응을 얻어 오십여 명의 학생들을 보통학교에 입학시킨다. 그는 농촌의 계발을 위해서는 농촌계발 학교가 있어야 한다고 생각한다. 교원을 양성하기 위해 사범학교가 있고, 사관을 양성하기 위해 사관학교가 있고, 종교의 사역을 양성하기 위해 신학교가 있듯이 농촌계발을 위해서는 농촌계발 학교가 있어야 한다는 것이다. 동네에 아이가 새로 태어났을 때 그를 위해 학교를 지어야 한다는 제안을 한 것이나, 난희를 구해내 그녀를 숙명여학교에 입학시킨 것 등도 모두 교육의 중요성을 강조하는 작가의 의도를 드러내는 부분들이다.

김일이 신문회를 조직하고 동네 사람들에게 신문의 논설을 읽어줄 때, 그 신문에 실린 논설 역시 교육에 관한 것이다. 그는 신문 논설의 내용을 다음과 같이 설명한다.

오늘 신문에는 교육의 필요라는 제목으로, 어떤 민족이 교육이 없으면 그 민족은 세계에서 가장 천대받는 빈약한 민족이 될 뿐더러, 얼마 아니하여 아주 씨도 없이 멸망할 것이니, 조선인도 세계에서 양반이 되고 부자가 되어 남부끄럽지 않게 잘 살려면 방방곡곡에 보통학교가 설립되어 남녀 간 교육을 아니 받는 자가 없게 되어야 하고, 또 고등보통학교와 전문학교가 많이 설립되어 큰 선비와 일군이 많이 생겨야 한다고 하였소.[29]

김일은 신문 논설에 대한 요약을 통해, 양반이 되고 부자가 되어 남부럽지 않게 사는 길이 교육에 있음을 다시 한번 강조한다. 그런데 신교육의 필요성 강조와 양반에 대한 새로운 개념 정립은 이광수의 숨겨진 속뜻을 드러내는 일로도 연결된다.

> 그러면 어쩌면 양반이 될까? 아주 쉬운 일이외다. 우리 조상이 양반이 된 것이, 첫째 그때 시세를 알고, 둘째 글공부를 하여 그리 된 모양으로 우리도 양반이 되려면 첫째 이때 시세를 알고, 둘째 글공부를 하면 그만이외다.
> 그러므로 우리는 일본을 배우고 서양을 배웁시다. 우리는 지금까지 그네를 만맥시지蠻貊視之하였거니와, 그네에게는 새로 사서오경과 제자백가가 있습니다. 그리고 그것은 이전 사서오경과 제자백가보다 낫습니다.[30]

김일은 오늘날 자신들이 처한 현실을 말세가 아니라 새로운 세계 즉 신세新世라 해석한다. 신세는 곧 태평성대가 오는 징조이기도 하다. 양반이 되는 새로운 길은 일본을 배우고 서양을 배우는 것이다. 지금까지 우리는 그네들을 야만적이라 하여 낮추어 보았지만, 오히려 그들이야말로 문명인이라는 것이 김일의 주장이다. 여기에 오면 이광수가 「농촌계발」의 주인공 김일을 통해 강조하던 신교육의 지향점이 어디에 있는가 하는 점이 분명히 드러난다.

3) 소설로서의 「농촌계발」

「농촌계발」의 상당 부분은 허구적 서사로 이루어져 있다. 하지만, 「농

---

29   위의 책, 124쪽.
30   위의 책, 132쪽.

촌계발」의 허구적 서사는 그 자체가 목적이 아니라 논설을 효과적으로 드러내기 위한 방편에 지나지 않는다. 「농촌계발」의 허구적 서사에는 일관성이 없다. 우선, 배경이 그러하다. 주된 공간적 배경인 마을의 이름이 제2장에서는 '향양리'이다. 이 마을은 가구 수 일백에 인구 오백 정도 되는 규모이다. 하지만 제3장 이후로 가면서 마을 이름은 '신촌'이 된다. 글의 후반으로 가면서 이는 다시 '김촌'으로 바뀐다. 가구 수도 제7장에서는 삼백 호로 변화한다. 인물의 역할에 대한 제시 역시 일관성이 없다. 서사가 시작되는 제2장에서 작가는 탐욕스러운 지주 김대감과 소작인 백길석을 등장시킨다. 이는 두 인물의 갈등을 축으로 하는 극적 사건을 기대하게 만든다. 하지만 이광수는 이 두 인물의 관계를 설명으로 간단히 마무리짓는다. 제3장으로 들어가면 주인공이 김일로 바뀐다. 김일은 동경에 유학한 후 판사를 지냈으나 '분연히 조선 문명의 근본이 농촌계발에 있음을 깨닫고 단연히 직을 사하고' 고향에 돌아온 인물이다. 김대감은 작품이 거의 마무리되는 제11장에서 다시 잠깐 등장하는 것이 전부이다. 주인공이 바뀌면서, 「농촌계발」은 극적 소설의 길을 벗어나 본격적인 계몽소설의 길로 가게 된다.

「농촌계발」의 제1장 서론과 제12장 장래의 김촌에는 직설적인 논설이 많이 나온다. 제2장부터 제11장 사이에는 허구적 서사들이 주를 이룬다. 제5장부터 제7장까지는 김일이 동네 사람들을 모아 월례회를 개최하고 자신의 꿈과 이상에 대해 이야기하는 부분이다. 이 부분이 허구적 서사의 중추를 이룬다. 이광수는 여기서 일정한 유형을 반복하는 구성법을 택하고 있다. 그 구성의 첫 단계는 김일이 제안하고 지시한 일들을 동네 사람들이 실행했는가를 점검하는 단계이다. 다음은 미래에 대한 전망을 제시하면서 전망의 실현을 위한 새로운 과제를 부과하는 단계이다. 마지막 단계는 새로운 과제를 불평 없이 수행하도록 독려하고, 동네 사람들에게 미래에 대한 환상을 심어주는 단계이다. 미래에 대한 환상은 김일이 준비한 환등의 그림들을 통해 제시된다. 환등회를 통해 김일이 마을 사람들에게 보여주는 것은 다가올 미래가 아니라 단지 환상일 뿐이다.

마을 사람들을 향한 김일의 주장과 계도는 현실인식을 강조하지만, 실질적으로는 현실을 외면하는 허황된 것이다. 김일은 신문 읽는 일의 중요성을 강조하고, 거기에 세계 여러 나라의 소식이 들어 있으며, 농민도 현실을 알아야 한다고 말한다. 지구의 먼 곳 한 편 구석에서 일어나는 참혹한 상황과 인류 동포가 흘리는 눈물에 관심을 가져야 한다는 것이다. 하지만 그는 바로 자신의 땅, 자신의 나라에서 일어나는 일제의 참혹한 정치와 그로 인해 우리 민족이 흘리는 눈물에 대해서는 별로 관심이 없다.

4) 「농촌계발」과 다른 글들과의 관계

「농촌계발」에는 이광수 초기 논설들의 요지가 적지 않게 포함되어 있다. 자녀의 인격에 대한 존중 및 혼인 제도의 개선, 여자를 낮추어 보는 풍습의 폐기 등을 주장하는 것이 우선 그러하다. 김일은 "남자만 중히 여기고, 여자를 천히 여김은 대단한 악습"[31]이라고 말한다. 그리고 자식의 혼인에 당사자의 의견을 존중해야 한다는 사실을 다음과 같이 강조한다.

우리가 지금까지에 자녀를 자기의 소유물로 여겨서 그네의 일생을 그릇되게 한 일이 얼마나 많겠소. 혹 부모의 편의를 위하여 자녀를 교육하지 아니한다든가 하는 것은 아까도 말씀하였거니와, 더욱 부모가 자녀에게 대하여 짓는

---

31   위의 책, 126쪽.

대죄악은 자기의 자녀를 자기의 소유물로 여겨서 자기의 마음대로 혼인을 시킴이외다. 혼인은 인륜대사라고 입으로는 말하여 오면서도 자녀의 일생의 고락을 정하는 혼인을 부모의 마음대로만 하고, 자녀의 의사를 조금도 존중치 아니함은 인생의 자유의사를 무시하는 것이니, 그 죄의 중대함이 살인이나 다름없을 것이외다.[32]

자녀가 부모의 소유물이 아니라는 사실, 그릇된 혼인 풍습에서 벗어나야 한다는 것은 1910년대 후반 이광수 논설의 핵심을 이루는 주장들이다. 「농촌계발」은 1910년대 이광수 소설의 주요 모티브들을 함축하고 있다. 「농촌계발」에는 장편소설『무정』과 단편소설「소년의 비애」와 중첩되는 소재들이 부수적 서사로 등장한다. 제2장에서 김대감은 집안의 혼인 상대로 양반만을 고집한다. 그런데 한번은 양반 집이라고 혼인하였던 것이 천치 신랑을 맞게 되었다. 하지만 그는 양반 천치가 상놈 성현보다 낫다 하여 화를 참는다. 제11장에 나오는 인물 난희는 열여섯 살로 재주 있고 얌전한 처녀이다. 가산을 탕진한 난희의 아버지가 그녀를 양반 댁 노인의 후실로 팔기로 한다. 김일은 결국 난희를 구해내게 되고 그녀를 데리고 상경하여 숙명여학교에 입학시키게 된다. 「농촌계발」 제2장과 제11장에 나오는 이 일화들을 엮으면, 1910년대 이광수의 대표적 단편소설 중 하나인 「소년의 비애」의 기본 줄거리를 만들 수 있다. 다만, 「농촌계발」의 낙관적 결말이 「소년의 비애」에서는 비관적 결말로 바뀌었을 뿐이다.

「농촌계발」의 주된 서사는 김일이라는 지식인을 주인공으로 내세운 계몽소설에 가깝다. 이는『무정』과 서로 통하는 면이 있다. 「농촌계발」에

---

32 위의 책, 133~134쪽.

서 남쪽 지방에 수해가 났다는 소식을 접한 주인공은 마을 사람들에게 모금을 하며 감격의 눈물을 흘리게 된다. 이는 『무정』에서 남쪽 수해 지역을 찾아 자선음악회를 열고 돈을 모아 전달하며 서로 감격의 눈물을 흘리는 장면을 떠올리게 한다. 『무정』의 주인공들이 해외로 유학을 떠나는 일 역시 일본을 배우고 서양을 배워야 잘 살 수 있다는 「농촌계발」의 주장과 맥을 같이 한다. 교육을 통해 농민들을 구제해야 한다는 생각 역시 두 작품에 공통적으로 들어 있다. 「농촌계발」이 조선 농촌의 미래에 대해 매우 낙관적인 전망을 제시하고 있는 것이나, 『무정』의 결말에서 조선의 미래가 밝은 무지갯빛으로 그려지는 것 또한 마찬가지이다.

논설과 허구적 서사를 결합할 때, 작가가 글을 쓰는 목적은 서사의 완성보다는 논설적 의도를 드러내는 일에 있다. 이는 앞의 서사적 논설의 특질과 의미를 정리하는 과정에서 이미 확인한 바 있다. 이광수는 당대를 대표하는 논설가이면서 또한 소설가였다. 서사적 논설은 이광수의 글쓰기 능력을 효과적으로 드러낼 수 있는 문학 양식 가운데 하나가 될 수 있었다. 「농촌계발」은 이광수가 장편소설 『무정』을 『매일신보』에 연재하기에 앞서 시험적으로 제출했던 원고로서의 의미도 지니고 있다. 「농촌계발」의 원고를 받아본 『매일신보』 당국자들은 이 글을 통해 이광수의 현실인식 태도를 분명히 확인할 수 있었다. 그들은 「농촌계발」에 드러난 이광수의 사회관과 시대관 등에 대해 충분히 만족했을 것이다. 이 글이 『무정』의 연재를 결정하는 데 참고 자료로 활용되었을 것이라는 사실에 대해서는 의심의 여지가 없다. 『매일신보』의 편집진들은 「농촌계발」을 통해, 이광수가 새롭게 집필하게 될 소설이 일제의 식민통치 방향에 어긋남 없이 전개될 것이라는 확신을 지닐 수 있었다. 그렇게 해서 새로운 장편소설 『무정』에 대한 연재는 기획될 수 있었던 것이다.

3. '장편소설' 『무정』

1) '장편소설' 『무정』의 탄생

장편소설 『무정』에 관한 논의는 한국문학의 근대성론과 연관된다.[33] 『무정』은 최초의 근대적 장편소설이면서 아울러 한국 근대소설사의 한 단계를 완결 짓는 작품이다. 『무정』은 한국 근대소설사에서 논설과 서사가 매우 효율적으로 만나는 모습을 보여준다.

1910년대 장편소설의 출현 배경 중 가장 중요했던 것은 『매일신보』라는 매체의 존재이다.[34] 『매일신보』는 총독부의 기관지였고 당시로서는 가

---

33 한국문학의 근대성에 관한 기존 논의의 요지는 대략 다음과 같다.
   첫째, 우리 민족의 언어인 한글을 사용하면서 언문일치가 이루어진 문장으로 쓰인 문학. 둘째, 시민정신을 바탕으로 한 자유로운 산문문학. 셋째, 자유주의 사상을 내용으로 하는 근대사조를 받아들이는 문학. 넷째, 그 시대가 안고 있는 여러 가지 모순을 언어로 드러내려는 언어 의식을 담고 있는 문학. 다섯째, 봉건제적 구습을 비판하고 개성을 존중하며 현대 한국인의 생활과 사상을 담아내는 문학. 여섯째, 민족국가 의식 혹은 민족주의 의식을 담고 있는 문학. 일곱째, 발생 과정에서 일정 정도 계몽주의적 성격을 지니고 있는 문학. 여덟째, 분화된 장르의식에 기초한 문학. 아홉째, 전문적인 작가에 의해 쓰인 문학. 김영민, 「춘원 이광수문학의 근대성 연구」, 『민족문학과 근대성』, 문학과지성사, 1995, 337~364쪽 참조.
34 이동하는 1910년대 소설이 단편 위주로 전개되었던 이유를 다음과 같이 설명한다.
   먼저 유학생 집단 내부에 존재했던 이유가 있다. 그들은 10대 후반 아니면 20대 초반의 청년들로서 장편의 분량을 감당해 내기에는 역량이 부족하였다. 또한 그들은 사회의 미래에 대해 전망을 지니지 못한 세대들이었다는 점에서도 장편을 쓰기에는 불리한 조건을 지니고 있었다. 이러한 두 가지가 유학생 내부에 존재하는 요인이었다면, 외부적 요인으로 들 수 있는 것이 바로 지면의 제약이라는 사정이다. 신문의 연재 소설란이 후기 신소설이나 번안소설에 의해 독점되고 있는 상황에서 그들은 『청춘』이나 『학지광』 등의 좁은 지면에 의존할 수밖에 없었는데, 이런 종합 잡지에 장편을 연재한다는 것은 아무래도 역부족이었다는 것이다. 이동하는 이러한 전제들을 바탕으로 「무정」의 등장 요인에 대해서도 작가의 역량이라는 내적 측면과 매체의 문제라는 외적인 측면을 함께 고려한다. 이동하, 「한국 근대소설의 정착 과정에 대한 고찰」, 『우리문학의 논리』, 정음사, 1988, 23쪽 참조.

장 안정적으로 작품을 연재할 수 있는 대중매체였다. 대부분의 신문이나 잡지들은 경영난 혹은 원고 검열 등의 이유로 인하여 언제 폐간을 당하게 될지 알 수 없었다. 하지만 『매일신보』는 그런 불안감으로부터 자유로웠다. 『매일신보』의 성격은 곧 이 신문에 실리는 작품의 성격을 한정짓는다. 이광수는 장편소설 『무정』의 탄생이 『매일신보』 당국자들이 자신에게 베푼 순수한 호의에 의한 것이었다고 회상한다.[35]

매신每申에는 당시 중촌건태랑中村健太郎 씨가 편집국장 격이고 선우일, 이상협 씨 등이 계실 때라고 기억되는데, 조선에서 신문에 창작 소설을 연재하기를 처음 단행하는 데는 많은 주저가 있었으리라고 생각하고 아마 내 학비 보태는 것을 주된 목적으로 이 모험을 감행한 것이 아닌가 하여 매신 당국자 제씨의 호의에 감사하는 바이어니와 『무정』이 끝나자 곧 다른 것을 계속하여 연재하라는 전보를 받은 때에는 미상불 의외의 감이 없지 아니하였다.[36]

『매일신보』의 제안을 받은 이광수는 미리 써 둔 영채 관련 원고를 토대로 약 70회 분의 『무정』 원고를 작성해 우송함으로써 연재를 시작할 수 있었다.[37] 『무정』이 총 126회에 걸쳐 연재되었으므로, 원고의 절반 정도

---

35 「무정」의 창작 동기에 대해 김동인은 다음과 같이 언급한 바 있다.
  "춘원은 「무정」의 대부분을 동경, 조선 유학생 감독부 기숙사에서 썼다. 쓴 동기로는 물론 한 가지로는 문학적 창작욕이나, 또 한편으로는 약소한 고료로나마 학비를 좀 벌어 보겠다는 욕망에서였다." 김동인, 「춘원연구」, 『김동인전집』 제6권, 삼중당, 1976, 86~87쪽.

36 이광수, 「다난한 반생의 도정」, 『이광수전집』 제14권, 삼중당, 1966, 400쪽.

37 위의 글, 399쪽 참조. 하타노 세츠코는 미리 써 둔 이 원고가 72~74절 남짓까지의 약 3개월 연재분의 원고라고 추정한다. 이와 관련된 자세한 논의는 하타노 세츠코, 최주한 역, 『무정을 읽는다』, 소명출판, 314~315쪽 및 『일본 유학생 작가 연구』, 소명출판, 99~100쪽 참조.

를 이미 편집진에게 보여준 상태에서 연재가 시작되었던 것이다.

『무정』이라는 장편소설의 탄생은 이광수의 역량을 활용하려는 매체가 존재했기 때문에 가능했다. 『무정』의 줄거리는 다음과 같다.

이형식은 경성학교 영어 교사이다. 그는 김장로의 딸 선형의 가정 교사가 되어 영어를 가르친다. 김장로는 예수교인이면서 돈 많은 재산가이다. 그의 딸 선형은 작년에 정신여학교를 우등으로 졸업한 후, 명년에 미국으로 유학을 가려고 준비하는 중이다. 형식이 선형을 가르치고 온 날 저녁, 형식의 집에 영채가 찾아온다. 영채는 박진사의 딸이다. 박진사는 일찍 개명하여 자신의 재산을 털어 학교를 열고 어려운 학생들을 가르쳤다. 어릴 적 부모를 여읜 형식은 박진사의 도움으로 공부를 할 수 있었다. 이후 박진사는 감옥에 가고, 형식과 영채는 헤어졌다가 7년 만에 다시 만난 것이다. 그 사이 형식은 동경에 유학한 후 교사가 되었지만 영채는 외가에서 자라다가 기생이 되었다. 감옥에 간 아버지를 구원하기 위해서였다. 영채는 기생이 되었지만, 그동안 줄곧 형식을 생각하며 정절을 지켜왔다. 그러나 형식을 만난 뒤 어느 날 경성학교 교주의 아들 김현수와 배학감의 계략에 속아 정절을 빼앗긴다. 영채는 죽기로 작정한 후 평양으로 떠난다. 형식은 영채를 찾아 평양으로 쫓아갔으나 만나지 못한다. 그 무렵 김장로의 집에서는 형식을 사위로 맞고 싶다는 의사를 전한다. 형식을 선형과 함께 미국으로 보내주겠다는 것이다. 형식은 선형과 약혼을 한다.

한편 기차를 타고 평양으로 가던 영채는 기차 안에서 병욱을 만나 생각을 바꾸고 그녀의 집으로 따라간다. 병욱은 동경에 유학하여 음악을 공부하고 있는 여학생이다. 병욱의 집에서 지내던 영채는 방학을 마치고 일본으로 가는 병욱을 따라 함께 일본으로 향한다. 영채와 병욱이 공부를 하러 떠나는 날, 형식과 선형도 미국 유학을 떠난다. 그들은 우연히 한 기차를 타게 되고, 서로 지나간 사정을 이야기한다. 기차가 삼랑진 역에 닿았을 때, 수재로 인해 그곳에 머물게 된 병욱 일행은 수재민을 구호하기 위한 자선음악회를 연다. 그들은 모두 조선의 일꾼이 될 것을 다짐한다.

2) 『무정』과 새로운 언어의식

이광수의 대표적 초기 문학론 가운데 하나인 「문학이란 하오」[38]는 그의 근대적 언어의식을 명료하게 보여준다. 여기서 이광수는 우리 문학의 발달을 저해한 가장 큰 요인으로 한문 위주의 글쓰기를 지적한다. 조선학자들이 한문에 소비하던 시간을 아껴 다른 일에 사용하였더라면 우리 문화는 더욱 크게 꽃피었을 것이며, 한문을 버리고 국문을 사용하였더라면 더욱 우수한 조선 문학의 유산을 많이 남겼으리라는 것이 그의 생각이다. 현대를 묘사하는 데에는 생명 있는 현대어 문체를 사용해야 한다. 국한문을 혼용할 경우라도 말하는 모양으로 가장 평이하게 가장 일용어답게 써야 한다. 이광수는 논의의 결론으로 신문학은 반드시 현대어, 일상용어로 쓸 것을 제안하면서 '조선문학이란 조선인이 조선문으로 지은 문학'을 일컫는 것이라 정의한다.

이 무렵 이광수는 언문일치 문장의 중요성에 대해서 인식은 하고 있었지만 아직은 이를 충분히 실천하지 못하는 상태였다. 하지만 그의 이론과 실천 사이의 괴리는 작품을 써가는 과정에서 점차 극복된다. 특히 장편소설 『무정』에 나타난 이광수의 새로운 언어의식은 충분히 주목할 만하다. 『무정』의 문체에서 우선 주목해야 할 사실은 이 작품이 순한글로 쓰였다는 점이다.[39] 『무정』의 문장에는 아직은 국한문혼용체식의 언어 사용과

---

38 『매일신보』, 1916. 11. 10~23.
39 이광수 자신도 "문체로 말하면, 그때의 것이 대개 고문체였고 내가 국문체로 쓰기는

문어적 표현의 잔재가 남아 있다. 하지만 『무정』의 문장은 당시 문단의 문장 사용 관습에 비추어 볼 때 매우 큰 변화를 보이고 있는 문장임에 틀림이 없다.

이광수의 문체의식은 매체에 대한 대응으로서의 의미가 가장 깊다. 즉 그가 문체를 바꾸어 쓴 것은 신문이라는 매체에 적응하기 위한 방편이었던 것이다. 이광수는 이 시기에 잡지 『청춘』에 발표한 「어린벗에게」, 「방황」, 「윤광호」 등의 작품을 모두 국한문혼용체로 발표했다. 이광수는 1917년 6월에 발표한 단편 「소년의 비애」 역시 국한문혼용체의 문장으로 쓰고 있다.[40] 『무정』과 유사한 시기에 『매일신보』에 발표한 글 가운데서도 논설 양식의 글들은 모두 국한문혼용체로 이루어져 있다. 「조혼의 악습」이나 「농촌계발」이 그러한 예이다. 「농촌계발」에서는 '그들'을 '피등彼等'이라고 표기하는 등 한문 문장의 어휘들을 본문에 그대로 사용한다. 이는 『무정』이 순한글체를 사용할 뿐만 아니라 불가피하게 한자를 사용할 경우 그것을 괄호 속에 넣어 처리하고 있는 점과 크게 구별된다.

이 시기 이광수는 국한문혼용체와 순한글체를 함께 사용했으며, 신문에 발표하는 글 가운데 소설은 대부분 순한글체로 썼고 논설 등 다른 양식의 글은 국한문혼용체로 썼다. 잡지에 발표하는 글은 모두 국한문혼용체로 썼다. 이광수는 잡지의 독자는 국한문혼용의 언어생활을 하는 계층이라 생각했다.[41] 하지만 신문의 경우는 글의 양식에 따라 독자가 달라지는데 논설은 국한문혼용 층이, 그리고 소설은 한글 층을 포함한 다양한

「무정」부턴 것 같습니다"라고 술회한 바 있다. 이광수, 「작가로서 본 문단의 십년」, 『이광수전집』 제16권, 395쪽.

40 「소년의 비애」는 탈고의 시기가 1917년 1월이라는 점에서 「무정」의 창작 시기와 가장 가까이 있는 작품 가운데 하나이다.

41 이동하는 신지식층 작가들이 국한문혼용의 문장을 사용한 이유를 다음과 같이 설명한다.

계층이 잠재적인 독자라 생각했던 것이다.

발표 매체의 변화는 한국 근대소설사에서 단편소설에서 장편소설로의 변화라는 소설 양식의 변화를 가져왔을 뿐만 아니라, 문체의 변화까지도 가져온 중요한 요인이 된다. 한국 근소설사에서 매체의 역할은 그만큼 중요한 것이었다. 이광수는 『무정』을 연재하면서 『매일신보』라는 발표 매체와 대상 독자를 함께 생각한 후 의도적으로 문체의 변화를 시도했다. 『무정』은 연재 이전에 예고된 문체와 실제 소설에 쓰인 문체가 같지 않다. 『무정』은 연재에 앞서 1916년 12월 26일 이후 네 차례의 광고를 내보낸다. 광고 문안은 다음과 같다.

신년의 신소설

춘원 이광수 씨 작. 종래의 소설과 여^如히 순언문을 용^用치 아니하고 언한교용^{諺漢交用} 서한문체를 용하야 독자를 교육 있는 청년계에 구하는 소설이라. 실로 조선문단의 신시험이요. 풍부한 내용은 신년을 제후^{第候}하라.[42]

이 광고에는 크게 두 가지 사실이 담겨 있다. 하나는 『무정』이 종래의 소설과 달리 순한글을 사용하지 않고 국한문혼용체를 사용한다는 사실이

"신소설이 대부분 순국문체로 일관한 데 반하여 일본 유학생 제2세대의 작품은 철저히 국한문혼용체를 사용하고 있다는 사실을 놓칠 수 없다. 이것은 신소설이 부녀자 층을 주된 독자층으로 겨냥한 반면 이광수를 위시한 신진 작가들은 유학생을 중심으로 한 지식층을 대상으로 선택하고 있었다는 사실과 표리의 관계를 이루는 현상이다. 왜냐하면 당시의 언어 감각으로 볼 때 순국문체는 정서적 환기력만을 가졌을 뿐 사상성과는 전혀 무관한 존재였으며 밀도 있는 현실의식이나 지적인 사유는 아직도 국한문혼용체에 의해서만 표현이 가능한 형편이었기 때문이다." 이동하, 「한국 근대소설의 정착 과정에 대한 고찰」, 『우리 문학의 논리』, 정음사, 1988, 21쪽.

42 『매일신보』, 1916.12.26.

다. 다른 하나는『무정』이 그 독자층을 교육 받은 청년계로 생각하고 있다는 사실이다. 여기서 '종래의 소설'이란 그동안『매일신보』에 연재되던 신소설이나 번안소설들을 가리킨다. 하지만 이러한 예고와는 달리 정작 소설이 발표되었을 때 이광수는『무정』에 순한글체 문장을 사용한다. 이러한『무정』의 문체 변화는『매일신보』편집진에 의한 것이 아니라 이광수의 의도에 따른 것이었다. 이 사실은『무정』이 발표되면서 동시에 실린「소설 문체 변경에 대하여」라는 해명성 기사를 통해서 확인할 수 있다.『매일신보』의 편집자는『무정』의 문체가 광고와 달라진 이유에 대해 이광수가 편집진에게 보낸 편지의 일부를 들어 해명한다. 이 편지에서 이광수는 '국한문혼용체의 서한문체는 신문에 적절치 못한 것으로 생각하여 변경한다'는 사실과 '혹 일부 유 교육한 청년들 간에 신토지를 개척할 수 있었으면 하는 기대'를 표명한다. 국한문혼용체에 익숙한 지식인 청년들까지 한글소설『무정』의 독자로 끌어들였으면 한다는 기대감을 담고 있는 것이다.

이광수의 기대감은 현실로 구현된다. 기존의 한글소설에 익숙한 일반 대중 독자는 물론 국한문체 중심의 지식인 독자들 역시도 이광수의 장편소설『무정』에 공감했기 때문이다. 이광수는 한국 근대소설사에서 한글로 지식인 문학을 개척한 최초의 작가가 된다.『무정』이전까지 소설의 독자는 한글소설을 읽는 대중 독자와 국한문 소설을 읽는 지식인 독자로 분리되어 있었다. 문체에 따라 독자 계층이 서로 분리되어 있었던 것이다. 장편소설『무정』은 일반 대중과 지식인 독자가 함께 읽은 최초의 소설이다. 문체에 따른 계층 분리 현상이『무정』을 계기로 사라지게 되고 독자 계층 통합이라는 새로운 세계가 열리기 시작한다. 장편소설『무정』이 거둔 가장 큰 문학사적 성과가 여기에 있다.

3) 『무정』에 나타난 계몽성

반봉건성과 계몽성은 근대성의 중요한 특질들로 분류된다. 반봉건성과 계몽의식은 이광수문학의 성격을 결정짓는 중요한 요소이기도 하다. 반봉건적 의식을 드러내는 이광수의 초기 논설로는 1916년에 발표한 「조선 가정의 개혁」 및 「조혼의 악습」, 1917년에 발표한 「혼인에 대한 관견」 및 「혼인론」, 1918년에 발표한 「숙명론적 인생관에서 자력론적 인생관에」 및 「자녀중심론」 등을 들 수 있다. 「조선 가정의 개혁」에서 이광수는 조선의 가족 관계에 관한 혁명적 전환이 필요함을 주장한다. 가정의 혁명이야말로 신문명을 받아들이기 위한 가장 중요하고 시급한 일이라는 것이다. 여기서 그는 조선의 가장家長은 마치 전제군주와 유사하다고 비판하면서, 가족 구성원의 의사를 존중하고 그들의 개인적 인격을 존중할 것을 제안한다. 그는 남존여비 사상 역시 강하게 비판한다. 「조혼의 악습」에서는 인간 생활의 생리적 측면, 윤리적 측면, 경제적 측면에 대해 접근하면서 조선의 대표적 폐습 가운데 하나인 조혼 문제를 비판한다. 「혼인에 대한 관견」이나 「혼인론」 역시 전통적인 혼인제도가 지닌 문제점들을 들추어 비판한 글이다. 여기에서는 혼인 당사자들의 자의적 의사를 존중하면서 혼인이 이루어져야 할 것임을 특히 강조한다. 「자녀중심론」은 가족제도와 연관된 구습을 비판할 뿐만 아니라 조선의 전통 의식 전반을 부인하는 글이다. 여기서 그는 조선의 유교적 전통 속에서 가장 중요한 윤리 가운데 하나로 꼽았던 효의 관념을 비판하고, 가족제도가 자녀 중심으로 변해가야 함을 주장한다. 이광수의 이러한 반봉건적 의식을 드러내는 주장 속에는 다음과 같은 서양의 근대성에 관한 인식이 자리잡고 있었다는 사실을 주목할 필요가 있다.

문명은 어떤 의미로 보면 해방이라. 서양으로 보면 종교에 대한 개인의 영의 해방, 귀족에 대한 평민의 해방, 전제군주에 대한 국민의 해방, 노예의 해방, 무릇 어떤 개인 혹은 단체가 다른 개인 혹은 단체의 자유를 속박하던 것은 그 형식과 종류의 여하를 물론하고 다 해방하게 되는 것이 실로 근대문명의 특색이요, 또 노력이다. 여자의 해방과 자녀의 해방도 실로 이 기운에 승하지 아니치 못할 중대하고 긴요한 것일 것이니, 구미제방에서는 어떤 정도까지 이것이 실현되었지마는 우리 땅에서는 아직 꿈도 꾸지 못하는 바라. 그러면 혹자는 말하기를 피彼와 아我와는 역사가 다르고 따라서 국정國情이 다르니 우리도 반드시 그네를 본받지 아니해서는 아니 된다는 법이야 어디 있겠느냐 하겠지마는 이곳은 인습에 아첨하는 자의 말이 아니면 인류의 역사의 방향을 전혀 모르는 자의 말이다.[43]

비합리적인 권위와 속박으로부터 해방되는 일이 곧 조선사회의 봉건성을 벗어나는 일이다. 「숙명론적 인생관에서 자력론적 인생관에」를 통해서는 계몽사상가로서의 이광수의 또 다른 면모를 발견할 수 있다. 여기서 그는 이성적 노력의 필요성을 중시하면서 숙명이나 팔자를 말하거나, 천명이므로 어쩔 수 없다고 단념하는 자는 생존할 자격이 없는 열패자라고 비판한다. 그는 이러한 의식들을 바탕으로 문학 활동을 이어 갔다. 「여의 작가적 태도」에서 자신이 소설을 쓴 첫 번째 목표가 "조선인에게 읽혀지어 이익을 주려"[44] 한 것이라고 말한 사실도 이와 연관된다. 이는 이광수의 철저한 계몽의식을 드러내는 발언이다.

이광수의 반봉건성과 계몽의식은 그의 문학론뿐만 아니라 주요 작품의 창작에도 그대로 반영된다. 장편소설 『무정』은 그 대표적 사례 가운데

---

43 이광수, 「자녀중심론」, 『이광수전집』 제17권, 41쪽.
44 이광수, 「여의 작가적 태도」, 『이광수전집』 제16권, 192쪽.

하나이다. 『무정』이 앞에서 살펴본 「농촌계발」의 소설적 형상화라고 했을 때, 『무정』의 가장 중요한 속성이 계몽성이 되는 것은 당연하다. 「농촌계발」에서 제시되었던 사회적 문제들은 『무정』에서도 거의 빼놓지 않고 반복된다. 교육의 중요성, 조혼 문제의 심각성, 선각자의 사명과 그들이 당하는 고난, 남녀평등에 대한 인식, 자녀 중심적 사고의 필요성, 수재민 구호를 매개로 한민족에 대한 관심, 지구의 다른 한쪽에서 일어나는 구라파 대전의 문제 등이 모두 그러한 예이다. 「농촌계발」에서는 이들이 작가의 해설이나 주인공 김일의 연설을 통해 제시된다. 『무정』에서는 이러한 요소들이 인물의 행위를 통해 드러나거나, 인물들 사이의 대화를 통해 드러난다. 「농촌계발」과 『무정』 두 작품에서는 미개한 조선의 현실을 벗어나기 위한 교육의 필요성 강조가 핵심을 이룬다. 『무정』이 그려내는 조선의 현실은 미개하다. 조선인의 속성 가운데 하나는 게으름이다. 무지하고 게으른 조선 사람에게 각성을 주는 길은 교육에 있다. 하지만 교육의 필요성을 조선 사람들은 아직 실감하지 못한다. 거기에 선각자들의 고민이 있다. 대성학교 함교장도 그런 선각자 가운데 하나이다. 남보다 너무 일찍 깨달은 이는 오히려 불행하다. 『무정』의 주인공 형식은 자기를 교육시켰던 박 진사를 떠올리며, 시대적 선구자의 비참한 운명을 생각한다.

　박선생은 너무 일찍 깨었었다. 아니, 박선생이 너무 일찍 깬 것이 아니라, 박선생의 동족이 너무 깨기가 늦었었다. 박선생이 세우려던 학교는 지금 도처에 섰고, 박선생이 깎으려던 머리는 지금 사람마다 깎는다. 박선생이 만일 그 문명운동을 오늘날 시작하였던들 그는 사회의 핍박은커녕 도리어 사회의 칭찬과 존경을 받을 것이다. 시대가 옮아갈 때마다 이러한 희생이 있는 것이어니와 박선생처럼 참혹한 희생은 없다.[45]

형식을 가르쳐 교육자로 만든 선구자 박진사의 비참한 운명과 죽음의 의미에 대한 해설 역시 이미 「농촌계발」에 들어 있다. 다음은 「농촌계발」의 마지막 장인 제12장의 일부이다.

역사상으로 보건대, 흔히 사상을 고취하는 이와 사상을 실현하는 자는 동일한 인ㅅ이 아니요. 사상을 고취하는 자는 사상만 고취하고 그 사상을 받아 실현하는 자는 실현하기만 하오. 차此 양자는 차의 양륜兩輪과 같아서 차중피경此重彼輕을 말할 수가 없거니와, 흔히 전자는 그 생애가 참담하고 후자는 영광하오. 대개 전자는 구사회의 전습에 반항하여 차를 타파하려 하는 고로, 사회는 그를 미워하고 핍박하여 혹은 이단이라 하고 혹 사회를 교란하는 자라 하오. 이리하여 신사상의 선전자는 심하면 생명을 잃고 그렇지 않더라도 만인의 조매하에 불우의 일생을 보내는 것이요.

그러나 후자는 신사상이 보급되고 난숙된 후에 일어나는 고로 도리어 만인의 칭송과 감사를 받는 것이요. 그러나 전자 없이 후자는 생하지 못할 것이외다. 이러한 경우에 전자를 선지자라 하고 교조라 하는 것이요.[46]

이광수는 이렇게 불우의 일생을 보내는 신사상의 고취자를 선지자라고 표현한다. 『무정』에서 시대의 선각자로 비참한 죽음을 맞았던 박진사는, 「농촌계발」에서 제시한 선지자의 전형적 인물형이다. 박진사에게 교육받은 이형식 역시 자신을 '조선에서 가장 진보한 사상을 가진 선각자'라고 생각한다.

무지한 조선을 깨우치는 길은 교육에 있고, 그 교육은 일본과 서양을

---

45 이광수, 「무정」, 『이광수전집』 제1권, 107쪽.
46 이광수, 「농촌계발」, 『이광수전집』 제17권, 136쪽.

배우는 일에서부터 시작된다. 『무정』의 주인공들은 너나없이 이광수의 이런 생각을 대변한다. 이형식의 다음과 같은 생각은 일본 문명을 바라보는 이광수의 시각을 노골적으로 드러낸다.

그는 항상 말하기를, 우리 조선 사람의 살아날 유일의 길은, 우리 조선 사람으로 하여금 세계에 가장 문명한 모든 민족 ─ 즉, 일본 민족만한 문명 정도에 달함에 있다 하고, 이러함에는 우리나라에 크게 공부하는 사람이 많이 생겨야 한다 하였다.[47]

이형식은 일본을 세계에서 가장 문명한 민족의 사례로 제시한다. 일본은 서양과 비교해 손색이 없는 문명한 국가라는 것이 작가 이광수의 판단이다. 이형식은 미국 유학의 목적이 교육을 통한 조선의 계몽에 있음을 거듭 강조한다. 다음은 신문기자 신우선과의 문답 중 일부이다.

"그러면 무엇을 배울 텐가"
"가봐야 알겠지마는 교육을 연구하려네. 내가 지금껏 경험한 것도 교육이요, 또 지금 조선에 제일 중요한 것도 교육인 듯하고…… 하니까 힘껏 신교육을 연구해서 일생 교육에 종사하려 하네."
"교육이라 하면?"
"물론 교육이라 하면 소학 교육과 중학 교육을 의미하는 것이지. 지금 조선은 정히 페스탈로치를 기다리는 때인 줄 아네. 조선 사람을 전혀 새 조선 사람을 만들려면 교육밖에 무엇으로 하겠나. 어느 시대 어느 나라가 아니 그렇겠

---

47   이광수, 「무정」, 앞의 책, 65쪽.

나마는, 더구나 시급히 낡은 조선을 버리고 신문명화한 신조선을 만들어야 할 조선에서는 만인이 다 교육을 위하여 힘써야 할 줄 아네. 자네도 문필에 종사하는 때이니 아무쪼록 교육열을 고취해 주게. 지금 교육은 참 보잘 것이 없느니……."[48]

유학을 가는 기차 안에서 만난 선형과 영채 그리고 병욱 역시 미국과 일본 유학을 통한 조선 여자계에 대한 계몽의 꿈에 부풀어 있다. 『무정』의 주인공들은 다음과 같이 외친다.

'과학! 과학!' 하고, 형식은 여관에 돌아와 앉아서 혼자 부르짖었다. 세 처녀는 형식을 본다.

"조선 사람에게 무엇보다 먼저 과학을 주어야 하겠어요. 지식을 주어야 하겠어요" 하고 주먹을 불끈 쥐며 자리에서 일어나 방 안으로 거닌다. (…중략…)

"그렇지요, 불쌍하지요! 그러면 그 원인이 어디에 있을까요?"

"물론 문명이 없는 데 있겠지요— 생활하여 갈 힘이 없는 데 있겠지요."

"그러면 어떻게 해야 저들을…… 저들이 아니라 우리들이외다 …… 저들을 구제할까요?"

하고 형식은 병욱을 본다. 영채와 선형은, 형식과 병욱의 얼굴을 번갈아 본다.

병욱은 자신이 있는 듯이,

"힘을 주어야지요! 문명을 주어야지요!"

"그리하려면?"

"가르쳐야지요! 인도해야지요!"

---

48 위의 글, 218~219쪽.

"어떻게?"

"교육으로, 실행으로."[49]

그들은 교육가가 될 사명감에 불타 유학길에 오른다. 조선에 대한 계몽의 의지를 지니고 미국으로 일본으로 떠나가는 것이다.

김동인은 「춘원 연구」에서 이광수가 소설을 설교의 수단으로 삼고 있다고 비판한다. 『무정』 역시 예외가 아니다. 그런데, 『무정』에 대한 김동인의 비판 가운데 특히 주목할 부분이 있다. 이는 이광수가 구여성 영채를 지나치게 미화함으로써 『무정』이 주제의 일관성을 잃고 있다고 지적한 부분이다.

신 도덕율을 세우고 신 연애관을 말하고자, 춘원은 이 소설을 붓하였거늘, 아직 인생 항로의 과정을 덜 밟은 작자는 자기의 말하려는 사상보다도, 그의 마음에 내재하여 있는 구도덕적 꼬리를 더 많이 보였다.

이 소설의 주지로 보아서, 당연히 냉정한 붓끝으로 조상하여야 할 구도덕의 표본 인물인 박영채를 너무도 아름답고 열정적인 붓으로 찬송하였기 때문에, 독자는 도리어, 작가가 말하려는 신도덕 보다도 영채의 경력이 말하는 구도덕에 동정을 가지게 된다.[50]

김동인의 이 지적은 설득력이 있다. 이광수는 『무정』을 통해 신구 도덕의 마찰을 드러내며 새로운 가치관의 수용을 주장했지만, 구여성 영채에 대해서는 지속적으로 호의적인 태도를 보인다. 이는 『무정』이 원래 "영채

---

49 위의 글, 311쪽.
50 김동인, 앞의 글, 88쪽.

에 관한 원고"[51]로부터 시작된 것이기 때문이다.

하지만, 김동인의 이러한 비판에도 불구하고 계몽소설로서의 『무정』이 얻은 반응은 실로 엄청난 것이었다. 많은 사람들이 『무정』을 읽고 감동했다. 『무정』의 결말 부분인 122회 전후에는 수해 현장을 지나던 주인공들이 자선음악회를 열어 수재민을 위로하고 돈을 전하는 장면이 있다. 이는 당시대 사람들에게는 적지 않은 감동을 주는 장면이었다. 이 장면을 읽고 눈물을 흘렸다는 김기전의 「무정 122회를 독讀하다가」는 『무정』에 대한 독자의 반응을 보여주는 대표적인 글이다. 이 독자 투고문에서 김기전은 『무정』에 대한 감상을 크게 세 가지로 정리한다. 첫째, 이 작품은 극히 감동적인 작품이다. 둘째, 이 작품은 우리에게 참된 인생관을 가지도록 한다. 셋째, 이 작품은 우리에게 다시없는 교훈이 된다.[52]

『무정』에 대한 이러한 반응은 지속적인 책의 발행으로 이어졌고 때로는 소설의 주인공들에 대한 모방 행동으로도 나타났다. 실제 삼남 지방이 수해를 당했을 때 이재민 구호를 위하여 전국 곳곳에서 음악회를 여는 젊은이들의 모습은 『무정』 122회의 모습을 그대로 연상시킨다. 다음은 수재민 구호를 위해 전국 곳곳에서 열린 음악회 기사의 일부이다.

삼남 수재 동정 연주 음악의 밤

홍천 지국 주최 구제 음악대회 초만원의 성황

본보 홍천 지국 주최의 남선 수해 구제 음악회는 예정과 같이 지난 십육일 하오 팔 시 반부터 홍천 공회당에서 열리었는데 장내에는 만원 초만원의 공전 대성황을 이룬 가운데 모든 연사들의 열연으로 순서는 재미있게 진행되어 십

---

51 이광수, 「다난한 반생의 도정」, 『이광수전집』 제14권, 399쪽 참조.
52 김기전, 「무정 122회를 독하다가」, 『매일신보』, 1917. 6. 15~17.

일 시에 무사 폐회하였는데 특히 금번 음악회에 대홍관 김매하월 지향화 두 양이 이재민을 위하는 열렬한 동정으로 뜨거운 뙤약볕에 이틀 동안이나 호별 방문을 하여가며 입장권을 팔며 의연금을 모집하게 되어 일반은 두 양의 기특한 일에 칭송이 많다 한다.

경산에서 — 동정 음악 대회 내 23일에

본보 경산 지국에서는 당지 남선경제일보 지국과 연합하여 당지 유지 일동과 기독청년 면려회의 후원 하에서 오는 23일 오후 8시 반에 경산 공립보통학교 강당에서 수해 동정 음악대회를 개최키로 되어 목하 그 준비에 대 분망 중인데 이 밤에는 경산 기독교회 내의 일류 부인 악사와 유학생들이 출연할 터인바 전선적으로 음악 대가를 나은 대구 부내의 일류 명사들도 조연하기로 되었음으로 금년 여름 처음 보는 성황을 예기한다고 한다.[53]

이 밖에도 수재민을 위로하기 위한 음악회와 연극 공연, 그리고 공연을 통한 성금 모금과 기탁에 대한 기사는 수십 편에 이른다. 삼남지방에 큰 수해가 났던 1930년대 당시까지도 『무정』은 중판을 거듭하며 독자들에게 읽히고 있었다.[54] 기생들이 나서 자선음악회의 표를 팔러 돌아다니고, 동경 유학생들이 나와 연주하고 노래하는 모습을 담은 당시 신문기사에서 장편소설 『무정』의 마지막 장면을 떠올리는 것이 그리 무리한 일은 아니다.

---

53 『조선일보』, 1934.8.20.

4) 『무정』의 당시대성과 사실성

이광수는 「문학이란 하오」에서 문학예술의 재료를 '인생'에서 취해야할 것임을 거론한다. 인생의 생활 상태와 사상 감정이 소설의 재료이고 그를 묘사하는 것이 문학예술이라는 것이다. 그는 가장 좋은 재료를 가장 바르고 세밀하게 묘사한 것이 문학이라고 생각한다.[55] 「현상소설고선여언」에서는 작가가 신문학의 세례를 받은 증거 가운데 하나를 '이상'에서 탈피하여 '현실'로 돌아온 것이라 말한다. 이상성이 고대문학의 특색이라면 현실성이 신문학의 특색이라는 것이다. 이광수는 우리의 문학이 현실에서부터 출발해야 한다는 사실을 거듭 강조한다.[56] 현실적 소재에 대한 이광수의 언급은 「여의 작가적 태도」에서도 발견된다. 자신이 『무정』·「개척자」를 쓴 것이나 「재생」·「혁명가의 아내」를 쓴 이유가 모두 당시 조선의 중심계급의 실상을 여실하게 그려내려는 데 있었다는 것이다. 작품의 현실성에 대한 관심은 사실주의에 관한 논의로 이어진다.

나는 사실주의 전성시대에 청년의 눈을 떴는지라 내게는 사실주의 색채가 많다. 내가 소설을 '모某시대의 모某방면의 충실한 기록'으로 보는 경향이 많은 것이 이 때문이 아닌가 한다.

『무정』을 일로전쟁에 눈뜬 조선, 「개척자」를 합병으로부터 대전 전까지의 조선, 「재생」을 만세운동 후 일구이오년경의 조선, 방금 『동아일보』에 연재중

---

54 『무정』은 1918년 6월 신문관에서 단행본으로 처음 출판되었다. 이때 발행 부수는 천 부였다. 이후 1924년 10월 정도까지 일만 부가 팔렸다는 기록이 있는데, 이는 조선 출판계 최대의 판매기록이다. 이후 판을 거듭하였고 30년대 들면서 판매 부수가 꾸준히 늘어나 1938년 박문서관 발행본은 7만부를 돌파하였다. 권희돈, 『소설의 빈자리 채워 읽기』, 양문각, 60~62쪽 참조.
55 이광수, 「문학이란 하오」, 앞의 책, 509쪽 참조.
56 이광수, 「현상소설고선여언」, 『이광수전집』 제16권, 375쪽 참조.

인 「군상」을 일구삼공년대의 조선의 기록으로 나 스스로 생각하는 것이 이 때문인가 한다. 이 졸렬한 시대의 그림이 어느 정도까지 그 시대의 이데올로기와 감정의 고민상을 그렸는지는 내가 말할 바가 아니다. 내 의도가 그것들의 충실한 묘사에 있었다는 것만은 사실이다.[57]

이광수는 시대상을 여실히 묘사하려는 이유를 다음의 세 가지로 구분해 설명한다. 첫째, 그 시대의 지도정신과 환경과 인물의 특색 및 시대의 약점 등을 폭로·설명하려는 역사학적·사회학적 흥미. 둘째, 앞 시대의 해부를 통해 다음 시대의 진로를 암시하려는 생각. 셋째, 재현과 묘사 자신의 예술적 흥미 등.

장편소설 『무정』이 소재를 현실에서 취하고 있으며, 새롭게 변화하고 있는 조선의 모습을 다룬 것이라는 사실에 대해서는 이론의 여지가 없다. 『무정』에 담긴 시대적 사실성과 변화하는 조선의 모습은 특히 도덕적 갈등의 문제로 나타난다. 동경 유학생 병욱은 영채가 지닌 도덕관이 낡은 도덕관이라고 비판한다. 정절을 빼앗겼다는 이유 때문에 죽음을 선택하려는 영채에게 병욱은 다음과 같이 말한다.

영채 씨도 이러한 낡은 사상의 종이 되어서 지금껏 속절없는 괴로움을 맛보셨습니다. 그 속박을 끊으십시오. 그 꿈을 깨십시오. 저를 위하여 사는 사람이 되십시오. 자유를 얻으십시오.[58]

병욱을 따라간 영채는, 그녀의 집안에도 갈등이 존재한다는 사실을 발견한다.

첫째는 부자간에 뜻이 맞지 아니함이니, 아들은 동경에 가서 경제학을 배워 왔으므로 자기가 중심이 되어 자본을 내어 무슨 회사 같은 것을 조직하려 하나, 부친은 위태한 일이라 하여 극력 반대한다.

또 딸을 동경에 유학시키는 데 대해서도 아들은 찬성하되 부친은 계집애가 그렇게 공부해서는 무엇하느냐, 어서 시집이나 가는 것이 좋다 하여 반대한다.[59]

병욱의 집안에서 일어나는 부자간의 갈등의 원인은 남매의 동경 유학에 있다. 병국에게는 아버지와의 갈등뿐만 아니라 아내와의 갈등도 존재한다. 이광수는 이러한 병국의 갈등을 개인의 탓보다는 시대적 풍습 즉 그릇된 조혼 풍습의 탓으로 돌린다. 결혼할 당시 병국은 열두 살이었고, 아내는 열다섯 살이었다. 혼인 제도에 대한 비판은 작품 곳곳에서 발견된다. "조선의 흉악한 혼인제도는 수백 년래 사랑의 가슴 속에 하늘에서 받아가지고 온 사랑의 씨를 다 말려 죽이고 말았다"[60]는 진술은 그 한 예가 된다.

이광수는 새로운 문명과 사상으로 인해 부모와 자식 사이에 마찰이 생기는 현상에 대해 우려한다. 이때 부모는 아들의 사상을 간섭함이 없어야 사회가 진보한다는 것이 이광수의 생각이다.

아들은 매양 아버지보다 나아야 하나니 그렇지 아니하면 진보라는 것이 있을 수 없을 것이다. 그러나 낡은 사람은 새 사람이 자기 아는 이상 알기를 싫어

---

57   이광수, 「여(余)의 작가적 태도」, 앞의 책, 193쪽.
58   이광수, 「무정」, 앞의 책, 231쪽.
59   위의 글, 237쪽.
60   위의 글, 280쪽.

하는 법이니 신구 사상 충돌의 비극은 그 책임이 흔히 낡은 사람에게 있는 것이다.[61]

『무정』에서 이형식은 영채와 선형 사이에서 갈등한다. 이형식의 갈등은 '과거'와 '미래' 사이에서 일어나는 갈등이다. 영채는 지나간 과거에 자기를 교육시켜 준 박진사의 딸이다. 선형은 다가올 미래에 자기를 유학시켜줄 김장로의 딸이다. 이형식은 과거로 상징되는 영채와 미래로 상징되는 선형 사이에서 쉽게 결단을 내리지 못한다.[62] 이형식에게는 새로운 현실을 맞아 고민하는 지식청년의 혼란스러운 모습이 담겨 있다. 이광수는 "형식의 사랑은 실로 낡은 시대, 자각 없는 시대에서 새 시대, 자각 있는 시대로 옮아가려는 과도기의 청년조선 청년이 흔히 가지는 사랑이다"[63]라고 구체적으로 서술한다. 자신의 소설이 조선의 모습을 사실적으로 그려내고 있다고 이야기하는 것이다.

5) 『무정』과 개량적 민족주의

이광수는 1930년 1월 『별건곤』에 발표한 「작가로서 본 문단의 십년」에서 자신의 문학세계를 민족주의라 단언한다.

나의 문학주의요? 잘들 아시는 바와 같이 민족주의문학이겠지요.[64]

---

61 위의 글, 206쪽.
62 김동인은 이러한 이형식을 '흔들리기 쉽고 줏대가 없는 주인공'이라 말하며 그것이 곧 작가 이광수를 떠올리게 한다고 비난한 바 있다.
63 이광수, 「무정」, 앞의 책, 273쪽.
64 이광수, 「작가로서 본 문단의 십 년」, 앞의 책, 396쪽.

「여의 작가적 태도」에서도 그는 자신의 문학 활동의 핵심이 민족주의였음을 강조한다.

　　내가 소설을 쓰는 근본 동기도 여기 있다. 민족의식·민족애의 고조, 민족운동의 기록, 검열관이 허하는 한도의 민족운동의 찬미, 만일 할 수만 있다면 선동, 이것은 과거에만 나의 주의가 되었을 뿐이 아니라 아마도 나의 일생을 통할 것이라고 믿는다. (…중략…)
　　내가 포회하는 민족주의는 결코 양주동 씨가 상상하는 종류의 무리한 것이 아니다.
　　역사적·사회적·정치적·경제적 내지 문화사적으로 보아서 조선 민족의 향상 발전·행복은 오직 민족주의적으로 해결할 일도가 있을 뿐이라는 명확한 신념 위에 선 것이다.[65]

이광수는 이른바 개량적 민족주의를 주창하며 외세에 의한 식민통치체제를 인정하면서 그 대가로 문화적 활동의 자유로움을 추구했다. 그의 민족주의론은 1920년대에는 우리 민족성의 열악함에 대한 자괴심 강조와 프로문학에 대한 배격 등으로 나타났다. 1930년대에는 복고적 및 현실 도피적 성향의 강조로 나타났다. 1933년에 발표한 「조선의 문학」에서 이광수는 우리 민족의 고유한 민족성을 도피적 낭만주의와 절망적 애조로 보고 거기에 불교식 달관의 미소를 섞는 것이 민족문학이라고 호도한다. 일제하의 정치적·경제적 어려움을 참아내면서 애조 띤 미소를 짓는 것이 조선인에게 미덕이 된다는 주장의 배후에는 식민 통치자에 대한 협력의 의도가 숨어 있다.
　　이광수는 장편소설 『무정』의 집필 동기를 다음과 같이 설명한다.

내가『무정』을 쓸 때에 의도로 한 것은 그 시대의 조선 청년의 이상과 고민을 그리고 아울러 조선 청년의 진로에 한 암시를 주자는 것이었다. 이를테면 일종의 민족주의·자유주의의 이데올로기를 가지고 쓴 것이다.[66]

이른바 민족에 대한 이광수의 관심은『무정』의 여러 곳에서 확인된다.『무정』의 마지막 부분인 126회는 조선 민족의 미래에 대한 작가적 전망을 보여주는 부분이다. 여기서 이광수는 등장인물들의 유학 이후의 모습을 설명적으로 제시한다. 다음은『무정』의 결말 부분이다.

나중에 말할 것은 형식 일행이 부산서 배를 탄 뒤로 조선 전체가 많이 변한 것이다.

교육으로 보든지, 경제로 보든지, 문학 언론으로 보든지, 모든 문명 사상의 보급으로 보든지 다 장족의 진보를 하였으며 더욱 하례할 것은 상공업의 발달이니, 경성을 머리로 하여 각 도회에 석탄 연기와 쇠망치 소리가 아니 나는 데가 없으며 연래에 극도에 쇠하였던 우리의 상업도 점차 진흥하게 됨이다.

아아, 우리 땅은 날로 아름다워 간다. 우리의 연약하던 팔뚝에는 날로 힘이 오르고 우리의 어둡던 정신에는 날로 빛이 난다. 우리는 마침내 남과 같이 번쩍하게 된 것이로다.

그러할수록에 우리는 더욱 힘을 써야 하겠고, 더욱 큰 인물, 큰 학자, 큰 교육가, 큰 실업가, 큰 예술가, 큰 발명가, 큰 종교가가 나야 할 터인데, 더욱더욱 나야 할 터인데 마침 금년 가을에는 사방으로 돌아오는 유학생과 힘께 형식, 병욱, 영채, 선형 같은 훌륭한 인물을 맞아들일 것이니 어찌 아니 기쁠까.

---

65   이광수,「여의 작가적 태도」, 앞의 책, 195~196쪽.
66   이광수,「다난한 반생의 도정」,『이광수전집』제14권, 399쪽.

해마다 각 전문학교에서는 튼튼한 일군이 쏟아져 나오고 해마다 보통학교 문으로는 어여쁘고 기운찬 도련님, 작은 아가씨들이 들어가는구나! 아니 기쁘고 어찌하랴.

어둡던 세상이 평생 어두울 것이 아니요, 무정할 것이 아니다. 우리는 우리 힘으로 밝게 하고, 유정하게 하고, 즐겁게 하고, 가멸케 하고, 굳세게 할 것이로다. 기쁜 웃음과 만세의 부르짖음으로 지나간 세상을 조상하는 『무정』을 마치자.[67]

이광수가 본 조선 땅은 희망이 넘치는 곳이다. 경제가 발전하고 문화가 발전하며 문명 사상의 보급이 급속히 이루어지는 아름다운 곳이 바로 조선이다. 그 속에서 인재들은 태어나고 자라나 자신들의 이상을 펼쳐 나간다. 이 작품의 마무리는 자연스러운 서사의 귀결로 얻어진 것이 아니다. 『무정』의 결말은 소설적 결말이라기보다는 논설적 결말이다. 이는 앞에서 다룬 서사적 논설 「농촌계발」의 결말 부분과 비교를 통해서 명확히 확인할 수 있다. 다음은 「농촌계발」의 결말 부분이다.

김촌인의 정신은 일신할 것이 무외다. 그네의 정신은 강용하고 관대하고 근면하고 우아하고 인자하고 염결하고 진취적이요, 쾌활하고 심각할 것이외다. 따라서 그네에게는 신종교·신윤리·신도덕·신관습이 생겼을 것이외다. 정신이 일신하는 동시에 모든 물질 방면도 일신할 것이외다. 첫째, 촌중 주위에는 삼림이 울무할지요, 가옥은 전혀 최신학리에 적합하도록 개량되었을 것이며, 도로와 교량도 차마가 자유로 통행되도록 뻗듯하게 되었을 것이외다.

이리하여 김촌은 과연 부하고 귀하게 될 것이외다. 이에 비로소 신문명의 태

---

67 이광수, 「무정」, 앞의 책, 318쪽.

평이 임하여 지천만세할 것이외다. 어찌 김촌뿐이리요, 이것이 조선 십삼도의 장래외다.[68]

　작가가 직접 해설자로 등장하여 조선의 현실을 점검하고 미래를 전망하는 서술 방식이나, 조선의 미래를 낙관적으로 예견하는 서술 내용에서 「농촌계발」과 『무정』의 결말은 일치한다. 「농촌계발」과 『무정』의 결말은 『매일신보』의 발행처였던 일제 당국과 그들의 기획에 응답한 이광수라는 작가가 묵시적으로 합의해 준비해 두었던 결말이기도 하다. 『무정』은 도처에서 민족의 현실을 이야기하고 있지만 그것을 바르게 이야기하지 않는다. 『무정』에는 민족이 흘리는 고통과 탄식의 눈물을, 감격과 기쁨의 눈물로 호도하는 그릇된 전망이 담겨 있다.

　한국 근대소설사가 작가의 정론적 의지를 드러내기 위한 논설과 그 의지의 효과적 형상화를 위한 서사의 결합으로 시작되었다고 할 때, 『무정』은 이 두 요소가 가장 효과적으로 결합된 작품이다. 그런 점에서 『무정』은 근대 계몽소설의 정점을 이루는 작품이라 할 수 있다. 하지만, 『무정』은 식민지시대에 성장한 근대 계몽소설의 부정적 면모 역시 적나라하게 보여준다. 이는 장편소설 『무정』이 발표 지면을 총독부 기관지 『매일신보』로 선택했을 때 이미 예견되었던 것이기도 하다. 작가와 작품은 매체 안에서 존재하고 성장한다. 매체의 존립은 사회적·문화적 여건을 총체적으로 반영한 결과이다. 진정한 근대 민족문학의 성장을 위해서는 건강한 계몽의 정신을 담아낼 수 있는 민족적 매체가 필요했다. 하지만 1910년대 조선에는 그런 매체의 존립이 불가능했다.

68　이광수, 「농촌계발」, 앞의 책, 137쪽.

『무정』이후 등장한 계몽소설들은 그 어느 것도『무정』이 거둔 성과 이상을 넘어서기 어려웠다. 그것은 식민지시대가 둘러쳐 놓은 장벽에서 오는 한계이기도 했다. 계몽문학의 길이 막힌 곳에서 한국 근대문학사는 이후 새로운 길을 모색하게 된다.

제 7 장 - 보 론 1
'장 편 소 설'
개 념 의   성 립 과
전 개   과 정

1. 문제 제기[1]

근대는 새로운 개념어가 급속히 밀려들어온 시기이면서, 과거에 존재
하던 용어조차도 그 의미가 새롭게 바뀌어가는 전환기이기도 하다. 근대
이후 개념어의 확산과 의미의 변화는 동서양을 막론하고 공통적으로 일
어난 주목할 만한 현상이다.[2] 어떤 개념들은 시대가 변해도 그 의미가 별
반 달라지지 않지만, 어떤 개념들은 시대의 변화에 따라 의미가 크게 달
라진다. 근대 이후 사용되기 시작한 문학 개념들의 경우 문학사의 전개
과정 속에서 상당한 편차를 두고 그 의미가 변화되는 경우를 볼 수 있다.[3]

---

1   제7장 보론 1은 다음의 글에 토대를 두고 수정한 것이다. 인용문의 한자 원문 등은 이
     글을 통해 확인할 수 있다. 김영민, 「근대 개념어의 출현과 의미 변화의 계보」, 『현대문
     학의 연구』 제49호, 2013, 7~46쪽.
2   개념사 연구 방법론에 대한 개발이 독일 인문학 연구의 주요 분야를 형성하게 된 것
     이나, 일본 근대문학 연구의 한 흐름을 근대 개념어 연구가 점유하고 있는 점 등은 우
     리 문학사 연구에도 시사하는 바가 없지 않다. 독일 개념사 연구의 선구자 격인 코젤렉
     (Reinhart Koselleck)의 연구는 개념 연구를 통해 근대성의 숨겨진 이면을 역사적으로
     성찰하려는 문제의식에서 출발했다. 개념사가에게 개념이란 정의의 대상이 아니라 해
     석의 대상이며, 개념은 구체적인 역사적·사회적 맥락 속에서 서로 다른 의미를 내뿜고
     서로 다른 기능을 수행하는 유연하고 유동적인 언어적 구성물이다. 나인호, 『개념사란
     무엇인가―역사와 언어의 새로운 만남』, 역사비평사, 2011, 12~40쪽 참조. 스즈키 사
     다미(鈴木貞美)는 '근대'를 근본적으로 재고하기 위한 첫 번째 방책으로 동아시아 근
     현대의 지적 시스템과 그것을 뒷받침하는 가치관을 재고하는 연구를 제안한다. 그는
     지적 시스템은 문화의 제도 전반을 뒷받침하는 학에 각 장르, 각각의 개념의 상호관계,
     즉 개념의 조직체계에 단적으로 나타난다고 주장한다. 스즈키 사다미, 「동아시아 근대
     의 지적 시스템을 다시 묻는다」, 『개념편성사 연구의 의의와 방법』, 성균관대 동아시아
     학술원, 2009.5.8, 1쪽 참조. 이러한 생각으로 그가 펴냈던 저술 가운데 하나가 『일본
     의 문학개념』(작품사, 1998)이다. 일본의 개념사 연구에 대한 관심은 일어사전(一語事
     典)의 지속적 간행 등을 통해서도 확인할 수 있다.
3   그런 점에서 한국 근대어의 다층성을 규명하면서 근대적 개념들을 다음과 같은 네 가
     지 범주로 분류해 접근한 사례는 의미가 있다.
     첫째, 근대 이전 시기에는 사회를 반영하는 지표로서 활발하게 사용되고 성장해 왔지

장편소설이 그 대표적 사례 가운데 하나이다.

한국의 근대잡지에 연재된 이른바 장편소설들 가운데 일부는 원고지 100매 이내의 작품이며, 그 상당수가 원고지 200매에도 이르지 않는 작품들이다.[4] 이는 한국 근대잡지의 편집자들이 장편소설이라는 용어의 의미를 지금과는 전혀 다른 방식으로 사용하고 있었음을 의미한다. 이 장에서는 근대계몽기 이후 식민지 시기에 전개된 장편소설이라는 개념어의 등장 과정과 사용의 계보를 근대잡지와 근대신문의 경우로 나누어 정리하려 한다.[5] 여기에서 정리의 대상으로 삼은 자료는 식민지 시기에 발간된 잡지 가운데 서사문학 작품을 1편 이상 수록한 잡지 64종[6]과 식민지 시기의 대표적 일간 신문들인 『동아일보』·『조선일보』·『매일신보』 등이다.

만 근대라는 시대적 격랑 속에서 다른 언어로 대체되어 지금은 사라진 개념. 둘째, 전근대 시기에 일정한 의미를 형성해 오다가 근대를 기획하는 시간 속에서 적극적으로 재발견된 개념. 셋째, 전근대 시기에 정치 사회적 지표로서 거의 사용되지 않았던 용어가 서양에서 도래한 사상을 수용하고 근대를 만들어가기 위해 새로운 의미를 획득한 개념. 넷째, 역사적으로 장기 지속하면서 대체와 융합을 통해 중국이나 일본과는 달리 순한글로서 현재까지 작용하고 있는 개념. 양일모·이경구, 「한국 근대 개념의 다층성」, 『개념과 한국의 근대』, 연세대 언어정보연구원·한림대 한림과학원 공동 학술대회 자료집, 2012, 2쪽 참조.

4 근대잡지와 장편소설의 전개 과정에 관한 총괄적 논의는 김영민, 『문학제도 및 민족어의 형성과 한국 근대문학(1890~1945)』, 소명출판, 2012, 379~419쪽 참조.

5 참고로, 근대의 '문학' 혹은 '소설' 개념의 성립에 대해 관심을 보인 연구로 다음의 것들이 있다. 한기형, 『한국 근대소설사의 시각』, 소명출판, 1999; 황종연, 「문학이라는 역어」, 『한국문학과 계몽담론』, 새미, 1999; 김동식, 「한국의 근대적 문학 개념 형성과정 연구」, 서울대 대학원, 1999; 권보드래, 「한국 근대의 '소설' 범주 형성에 관한 연구」, 서울대 대학원 2000; 김재영, 「근대계몽기 '소설' 인식의 한 양상」, 『근대계몽기 문학의 재인식』, 소명출판, 2007; 이들의 연구에는 동양의 전통적 문(文) 혹은 문학의 개념이 서구의 문학과 만나게 되는 과정과 그 의미 변천에 대한 논의가 포함되어 있다.

2. 근대잡지와 '장편소설'의 전개

장편소설의 사전적 의미는 "구성이 복잡하고 다루는 세계도 넓으며 등 장인물도 다양한 긴 소설"[7]이다. 전문적인 문학 용어 사전에서도 이러한 정의는 크게 다르지 않다. 국어사전적 의미에, 이것이 서양어 노블[novel]의 번역어이고 적어도 한 권의 책이 될 만한 길이의 산문이라는 지적이 첨 가되어 있다.[8] 그러나, 한국 근대문학사 초기부터 장편소설이 이러한 의 미로 사용되었던 것은 전혀 아니다.

한국의 근대 매체에서 장편소설이라는 용어를 처음 사용한 것은 『신문 계』이다. 『신문계』는 1913년 4월부터 1917년 3월까지 총 48호를 발간한 월간 잡지이며 발행인은 일본인이다. 『신문계』의 발간 목적은 효율적인 식민지 지배를 위한 한국인의 정신 개조 사업과 관련이 있으며, 주된 독

---

6   구체적인 잡지명은 다음과 같다.
     『천도교회월보』, 『그리스도회보』, 『시천교월보』, 『조선불교월보』, 『신학계』, 『신문계』,
     『아이들보이』, 『해동불보』, 『우리의 가정』, 『구악종보』, 『학지광』, 『중앙청년회보』, 『청
     춘』, 『공도』, 『불교진흥회월보』, 『기독신보』, 『신학세계』, 『조선불교계』, 『조선불교총보』,
     『반도시론』, 『조선문예』, 『신학지남』, 『유심』, 『태서문예신보』, 『선민』, 『신청년』, 『창조』,
     『삼광』, 『개벽』, 『폐허』, 『백조』, 『시사평론』, 『조선지광』, 『신여성』, 『금성』, 『폐허이후』,
     『영대』, 『조선문단』, 『신인간』, 『동광』, 『별건곤』, 『해외문학』, 『현대평론』, 『신생』, 『문예
     공론』, 『철필』, 『혜성』, 『제일선』, 『신동아』, 『문예월간』, 『신가정』, 『조선문학』, 『중앙』,
     『문학』, 『신인문학』, 『월간야담』, 『삼사문학』, 『조광』, 『시와 소설』, 『여성』, 『풍림』, 『단
     층』, 『인문평론』, 『국민문학』.
7   국립국어연구원, 『표준국어대사전』, 두산동아, 1999, 5238쪽.
8   1970년대부터 최근까지 국내에서 출간된 문학 용어 사전들은 그 설명이 대동소이하다.
     가상 최근에 출산된 문학용어 사전의 경우를 보면 '한 권의 책'이라는 분량에 대해서 다
     음과 같은 기준을 제시하기도 한다.
     "이를테면 장편소설은 단행본으로 처리할 수 있는 최소한의 양을 하한선으로 잡고 있는
     데, 우리 출판계의 관례상 단행본의 경우 200자 원고지 700~800매는 필요하므로 이를
     장편소설의 한 기준으로 적용할 수 있을 것이다." 한국문화예술위원회, 『100년의 문학
     용어 사전』, 도서출판 아시아, 2008, 630쪽.

자는 학생층이었다.[9] 『신문계』에는 20여 편의 서사문학 자료가 수록되어
있는데, 이들 작품의 주된 필자는 백대진과 최찬식이었다. 백대진은 『신
문계』에 낙천자 등의 필명으로 총 16편의 작품을 발표했다[10]. 백대진 작
품의 대부분이 『신문계』에 수록되어 있는 것이다. 그 작품들 가운데 하
나인 「임종의 자백」[1916.8~9]에는 장편소설이라는 표기가 되어 있어 주목을
끈다. 이 시기가 아직 국내에서는 장편소설이라는 문학 양식에 대한 이해
가 공유되지 않았던 시기라는 점에서 이 용어의 사용은 자못 의외라 하
지 않을 수 없다. 그렇다면 『신문계』와 백대진은 어떠한 의미로 이 용어
를 사용하고 있는 것일까? 그 의미를 알기 위해서는 먼저 「임종의 자백」
에 대한 이해가 필요하다. 「임종의 자백」은 지금까지 창작소설로 알려져
왔지만 이는 번역 작품이므로 우선 바로잡을 필요가 있다.[11] 이 작품은 두
회에 걸쳐 연재되었는데, 연재 첫 회에 낙천자 역이라고 밝혀져 있다. 두
번째 연재분에는 역이라는 표기가 생략되어 있지만, 내용으로 미루어 볼
때 이 부분 역시 번역임이 확실하다. 작품 서두의 공간적 배경이 유야납
시의 외곽이라는 점은 이 작품이 번역소설임을 추정할 수 있게 하는 주
요 근거 가운데 하나가 된다. 유야납은 비엔나의 음차 표기이다. 작품의
후반부에서는 주인공 일웅이 자신을 오스트리아 사람이라 소개하고, 사
건의 공간적 배경도 영국 런던으로 바뀌게 된다. 일웅의 생김새가 장비와

---

9   『신문계』의 서지와 성격, 발간 목적 등에 대한 상세한 논의는 한기형, 「무단통치기 문화
    정책의 성격 – 잡지 『신문계』를 통한 사례 분석」, 『한국 근대소설사의 시각』, 소명출판,
    1999, 253~286쪽 참조.
10 백대진이 사용한 다양한 필명의 종류와 그에 대한 검증 과정은 김복순, 『1910년대 한국
    문학과 근대성』, 소명출판, 1999, 181~183쪽 참조.
11 김복순이 제시한 백대진 작품 목록에 「임종의 자백」은 창작물로 기재되어 있다. 『1910
    년대 한국문학과 근대성』, 204쪽 참조. 여타 연구자들이 수행한 대부분의 후속 연구에
    서도 이는 마찬가지이다.

같다거나 두목지와 같은 풍채를 가졌다고 하는 구절 등으로 미루어 보면 「임종의 자백」이 원전을 직역한 단순 번역물이라기보다는 백대진의 번안 행위가 부분적으로 첨가된 작품이라 정리할 수 있다.

「임종의 자백」은 지금까지는 미완성 소설로 분류되어 왔다. 그러나 이 작품이 미완이라고 단정 지을 근거는 어디에도 없다. 서두에서 어머니가 임종하며 남긴 유언을 결말 부분에서 아들 일웅이 실행에 옮기는 것이 작품의 주된 줄거리이다. 구성의 단계들로 보더라도 이 작품은 완결성을 지닌 것으로 보인다. 이 작품을 미완으로 분류하는 이유는 아마도 그 길이 때문으로 보인다. 그러나, 이러한 판단은 「임종의 자백」에 사용된 장편소설이라는 용어의 개념을 어떻게 이해하는가에 따라 달라질 수 있다. 「임종의 자백」의 분량은 200자 원고지 70매 정도이다. 따라서 분량으로 볼 때 오늘날 사용하는 장편소설이라는 용어와는 어울리지 않는다. 거기에는 단편소설이라는 용어가 더 적합해 보인다. 그럼에도 불구하고 『신문계』가 이 작품에 장편소설이라는 표기를 한 이유는 무엇일까? 이유를 단정 지어 말할 수는 없지만 여러 가지 가능성에 대해 추정해 볼 수 있다. 『신문계』에 실린 대부분의 작품은 한 회로 완결된 것들이고, 거기에는 소설 혹은 단편소설 등의 표기가 붙어 있다. 「임종의 자백」은 두 회에 걸쳐 연재가 되었고, 『신문계』에 실린 다른 글들에 비해서는 상대적으로 길이가 긴 작품이었다. 이 점에서 보면, 우선 연재물이면서 상대적으로 길이가 긴 작품이라는 이유로 인해 『신문계』 편집자가 「임종의 자백」에 장편소설이라는 표식을 했을 개연성이 있다.[12] 「임종의 자백」에 붙어 있는 장편소설이라는 표식이 '노벨novel'을 의미하는 것이 아니라는 점은 분명하다.[12] 그보다는 소설 가운데 비교적 길이가 긴 것, 즉 '장편 + 소설'을 의미하는 것일 가능성이 더 커 보인다. 『신문계』가 사용한 장편소설이라는 용어느 꼭 단편소설과 쌍을 이루는 용어도 아니었다. 그것은 여타 작품들에 사용된 국어소설, 종교소설, 입지소설 등과 같은 층위에서 사용되는 여러 가지 수식어 가운데 하나에 불과했다.

『신문계』의 「임종의 자백」 이후 한국 근대잡지에서는 십여 년에 이르는 동안 수식의 의미로건 실제 양식의 의미로건 장편소설이라는 용어가 등장하지 않는다. 한국 근대잡지에서 다시 장편소설이라는 용어가 등장하기 시작하는 것은 1929년 5월 『문예공론』 창간호를 통해서이다. 『문예공론』은 최독견의 「청춘의 죄」와 김동인의 「태평행」 등 모두 2편의 장편소설을 기획하고 연재를 시작한다. 그러나, '장편연재 대중소설'이라는 표식이 붙어 있던 「청춘의 죄」는 2회까지 연재한 후 "작자의 사정으로 본호 휴재"[13]라는 말과 함께 연재가 중단된다. 『문예공론』 제2호[1929.6]부터 연재를 시작한 김동인의 「태평행」은 이 잡지가 3호를 마지막으로 폐간됨으로써 미완으로 남게 된다. 『문예공론』은 잡지의 수명이 짧아 비록 제대로 된 장편소설을 선보이지는 못했으나, 문학사에서 그 역할이 전혀 없었던 것은 아니다. 『문예공론』 이후 상당수의 잡지들이 장편소설의 연재를 시도하기 때문이다. 한국의 근대잡지에서 장편소설에 대한 연재가 본격적으로 활성화되고 또한 나름의 성과를 거두게 되는 것은 1930년대 이후부터이다. 1931년 동아일보사가 발행한 월간 종합지 『신동아』에 연재

---

12 『신문계』에 수록된 백대진의 작품 16편 가운데 13편은 한 회로 완결된 작품이며 나머지 3편이 2회 이상 연재된 소설들이다. 이 가운데 가장 길이가 긴 작품은 총 3회에 걸쳐 연재된 미완 일본어 소설 『만두 파는 아이』(1915.1~3)이다. 이 작품에는 '국어소설'이라는 수식어가 붙어 있다. 이 작품이 일본어로 쓰였기 때문에, 당시로서는 '국어소설'이 이 작품의 특징을 가장 잘 드러내는 수식어 가운데 하나가 된다. 또 하나의 연재소설 「이향의 월」(1915.5~6)에는 별다른 수식이 없다. 단순히 '소설'이라고만 표기되어 있는 것이다. 「임종의 자백」은 이 세 편의 연재물 가운데서는 가장 늦게 발표된 작품이다.

13 『문예공론』, 1926.9, 41쪽.

된『연애의 청산』은 여러 가지 점에서 의미가 있는 작품이다. 이 작품은 문단의 주요 작가 가운데 한 사람이었던 현진건이 첫 회를 시작한 후, 제2회부터는 독자들이 줄거리를 써나가는 방식으로 연재를 이어 갔다. 제2회부터는 작품 A와 작품 B로 나누어 제5회까지 연재했다. 독자들에게 투고를 요청했던 한 회 원고의 분량은 '10행 22자 30쪽'이었으므로 대략 원고지 33매에 해당한다. 이를 바탕으로 작품의 분량을 계산해보면 원고지 165매 정도가 된다.『신동아』는 여기에 '장편'이라는 표기를 했다. 그런데, 이 '장편'이라는 표기는 처음부터 있었던 것이 아니라 제3회 연재분부터 등장한다. 연재 횟수가 3회를 넘어서면서, 작품의 길이가 어느 정도 길어질 것이라는 점을 염두에 두고 등장한 용어가 '장편'이었던 것이다. 그렇다면『신동아』가 생각했던 장편소설의 연재 횟수와 작품의 길이는 어느 정도였을까?『연애의 청산』을 포함해『신동아』가 장편소설이라는 양식 표기와 함께 연재한 작품들은 현진건의 번역소설『조국』[1932.3~7], 이석훈의『황혼의 노래』[1933.6~12], 무명생의『혈루록』[1933.11~1934.7] 등 모두 11편이다. 이들 11편의 작품들 중 연재 횟수가 가장 적은 것은『쉘록크·홈쓰는 누구인가』[1933.1~2]로 2회 동안 게재되었고,[14] 연재 횟수가 가장 많은 것은『혈루록』과 박영준의 현상문예 당선작『일년』으로 각각 9회씩 게재되었다.『쉘록크·홈쓰는 누구인가』의 길이는 원고지 180매 정도이고, 「일년」의 길이는 540매 정도이며『혈루록』의 길이는 750매 정도이다. 이들 11편의 작품 가운데 복자覆字 처리 등으로 인해 분량 계산이 어려운 작품 2편을 제외한 9편 작품의 평균 연재 횟수를 계산하면 5회가 되고, 평균 작품 길이를 계산하면 원고지 약 350매 정도가 된다.『신문계』가 원고

---

14 제2회 연재분은 제목을『싯누런 얼골』로 바꾸어 실었다.

지 70매 정도의 작품을 장편소설로 지칭했던 점을 생각하면, 『신동아』에 실린 장편소설의 길이 변화는 적지 않은 의미를 지닌다.

『신동아』를 포함해 본 연구에서 분석의 대상으로 삼은 64종의 잡지에 수록된 서사물을 하나하나 점검해 보면 이들 잡지가 모두 장편소설을 수록했던 것은 아니라는 사실을 알 수 있다. 이들 64종의 잡지 가운데 장편소설을 1편 이상 게재한 잡지는 모두 18종이다. 이들 18종의 잡지에는 총 67편의 장편소설이 실려 있다. 이들 18종의 잡지에 게재된 장편소설의 총 목록과 연재횟수, 그리고 연재분량^{쪽수} 등을 정리해 제시하면 아래 〈표 1〉과 같다.

〈표 1〉 근대잡지 소재 장편소설 목록

잡지명	저자	표기	제목	날짜	연재횟수	총 쪽수	비고
『신문계』	낙천자	장편소설	『임종의 자백』	1916.8~9	2	19	
『문예공론』	최독견	장편연재 대중소설	『청춘의 죄』	1929.5~6	2	7	미완
『문예공론』	김동인	장편	『태평행』	1929.6~7	2	10	미완
『신동아일보』	현진건 외	장편 독자공동 제작소설	『연애의 청산』	1931.11~ 1932.3	5	AB 각 20	2회부터 A와 B 두 작품 게재. 3회부터 장편으로 표기.
『동광』	춘원	연재장편	『무명씨전 기일 (其 一)A의 약력』	1931.3~6	4	14	미완
『신여성』	이태준	장편소설	『구원의 여상』	1931.3~ 1932.8	18	(114)	
『혜성』	강경애	장편소설	『어머니와 딸』	1931.8~9 1931.11~ 1932.1 1932.3~4	7	57	『제일선』으로 이어짐
『제일선』	강경애	장편소설	『어머니와 딸』	1932.7 1932.9~10	3	20	『혜성』의 연속

잡지명	저자	표기	제목	날짜	연재 횟수	총 쪽수	비고
『신동아일보』	스테반 제롬스키 원작 현진건 술(述)	장편소설	『조국』	1932.3~7	5	19	
『신가정』	박화성	장편소설	『비탈』	1933.8~12	5	41	
『신동아일보』	코난 도일 원작 붉은 빛 술(述)	장편소설	『쉘록크·홈쓰는 누구인가』	1933.1.1~2	2	16	2회 제목은 「싯누런 얼골」
『신동아일보』	무명생	장편소설	『혈루록』	1933.11~ 1934.7	9	68	
『신동아일보』	한수한	장편소설	『닭이가리』	1933.3~5	3	23	
『신여성』	이효석	장편소설	『주리야』	1933.3~7 1933.9~11 1934.1	9	(57)	
『신여성』	이태준	장편소설	『법은 그렇지만』	1933.3~4	11	(65)	
『신가정』	호외생	장편연재	『쎌스껄』	1933.5~11	7	55	
『신동아일보』	이석훈	장편소설	『황혼의 노래』	1933.6~12	7	43	
『신동아일보』	이석성	창간기념 현상문예 장편소설	『제방공사』	1934.10~12	3	(20)	3회분 전체 복자 처리
『개벽』	염상섭	장편	『무현금』	1934.11~ 1935.3	4	61	미완
『신가정』	이태준	장편연재 소설	『박물장사 늙은이』	1934.2~4 1934.6~7	5	31	
『신동아일보』	박영준	창간기념 현상문예 장편소설	『일년』	1934.3~5 1934.7~12	9	49	
『신동아일보』	서오봉	창간기념 현상문예 장편소설	『와룡동』	1934.4~5 1934.7~9	5	24	
『신가정』	강경애	장편소설	『소금』	1934.5~10	6	43	
『신인문학』	정은성	장편소설	『청춘애사』	1934.7	1	11	미완
『신동아일보』	최인준	창간기념 현상문예 장편소설	『암류』	1934.9~12	4	20	

잡지명	저자	표기	제목	날짜	연재 횟수	총 쪽수	비고
『신가정』	김말봉	장편소설	『요람』	1935.10~ 1936.2	5	(46)	
『조광』	신경순	장편탐정소설	『제2의 밀실』	1935.11~ 1936.1	3	31	미완
『신동아일보』	엄흥섭	장편소설	『고민』	1935.2~8	7	(71)	
『중앙』	염상섭	장편소설	『그 여자의 운명』	1935.2	1	24	
『중앙』	계훈	장편소설	『사라진 무지개』	1935.3~6	3	19	
『조선일보』 문단	춘원	장편소설	『천안기』	1935.4~8	3	41	미완
『중앙』	이북명	장편소설	『공장가』	1935.4	1	16	
『중앙』	안회남	장편소설	『황금과 장미』	1935.5	1	29	
『신인 문학』	강로향	장편소설	『지붕 밑의 신추』	1936.1~2	2	23	미완
『중앙』	복면아	연재장편 탐정소설	『마야의 황금성』	1936.1~6	6	89	
『조광』	함대훈	장편소설	『순정해협』	1936.1~8	8	(127)	
『여성』	안석영	장편소설	『안해』	1936.11~ 1937.4	6	(24)	
『여성』	함대훈	연재장편 소설	『빈사의 백조』	1936.4~9	6	(17)	
『중앙』	염상섭	장편연애 소설	『청춘항로』	1936.6~9	4	56	미완
『중앙』	방인근	장편소설	『비련』	1936.7~9	3	41	미완
『중앙』	김유정	연재장편 소설	『생의 반려』	1936.8~9	2	34	미완
『조광』	방인근	장편소설	『춘몽』	1936.9~12	4	69	
『조광』	주요섭	장편소설	『미완성』	1936.9~ 1937.6	10	128	중편소설로 시작. 3권 1호부터 장편소설로 표기.
『중앙』	이기영	연재장편 소설	『야광주』	1936.9	1	16	미완
『조광』	박태원	장편소설	『속 천변풍경』	1937.1~9	9	173	

잡지명	저자	표기	제목	날짜	연재 횟수	총 쪽수	비고
『조광』	파브렌코 원작 함일보 역	장편소설	『극동의 전운』	1937.10~11	2	23	
『조광』	방인근	장편소설	『선혈』	1937.12~ 1938.3	4	(61)	
『조광』	반-다잉 원작 고(故) 김유정 역	장편연재 탐정소설	『잃어진 보석』	1937.6~11	6	94	
『『조선일보』 문학』	강로향	장편소설 (전재)	『처녀지』	1937.6	1	37	
『조광』	함대훈	장편소설	『무풍지대』	1937.7~ 1938.1	7	144	
『『조선일보』 문학』	윤기정	장편전재	『천재』	1937.8	1	29	
『조광』	채만식	장편소설	『천하태평춘』	1938.1~9	9	(189)	
『조광』	함대훈	장편소설	『방파제』	1938.12~ 1939.11	12	195	
『조광』	김동인	장편역사 소설	『제성대』	1938.5~9 1938.11 1939.1~4	10	196	
『조광』	박노갑	장편소설	『남풍』	1939.1~6	6	75	
『여성』	안회남	장편소설	『애인』	1939.6~8 1939.10~11 1940.1~3	8	(50)	
『조광』	박태원	장편소설	『미녀도』	1939.7~10 1939.12	5	59	미완
『조광』	정비석	장편소설	『금단의 유역』	1939.7~12	6	99	
『조광』	이석훈	장편소설	『백장미부인』	1940.1~6	6	59	
『조광』	홍명희	장편소설	『임거정』	1940.10	1	23	미완
『조광』	김사량	장편소설	『낙조』	1940.2~ 1941.1	12	128	
『조광』	박종화	장편역사 소설	『전야』	1940.7~5 1941.7~ 1941.10	15	248	

잡지명	저자	표기	제목	날짜	연재 횟수	총 쪽수	비고
『여성』	현민	장편소설	『우수의 뜰』	1940.8~12	5	28	미완
『인문평론』	이기영	장편소설	『봄』	1940.10~1941.2	4	91	
『조광』	김동인	장편역사소설	『대수양』	1941.2~12	11	183	
『조광』	이태준	장편연재	『행복에의 흰 손들』	1942.1~11 1943.1	12	144	
『조광』	안회남	장편소설	『풍속』	1943.12~1944.2	3	26	미완
『국민문학』	남전민랑	장편소설	『새로운 세대』	1944.8~12	6	80	일본어 작품

이 표에서 쪽수 표시에 괄호가 쳐져 있는 경우는 결본 및 낙장 등으로 인해 정확한 분량 측정이 불가능해 추정치를 적은 것이다.[15] 〈표 1〉에서 정리한 총 67편의 작품 중 연재가 중단된 미완성 작품 16편과 분량 측정이 어려운 작품 12편을 제외하면 39편의 작품이 남는다. 이 39편의 평균 연재 횟수는 약 6회이다. 이어서 이들 39편의 장편소설의 평균 게재 쪽수를 계산하면 약 87쪽이 된다. 다소 차이가 있기는 하나, 이 시기에 발간된 잡지의 한 쪽에 실리는 원고의 분량은 대략 200자 원고지 5~6매 정도였다. 이를 기준으로 근대잡지 소재 장편소설의 분량을 계산해 보면, 한국 근대잡지에 수록된 장편소설들은 그 길이가 평균 200자 원고지 480매 정도의 작품들이라는 사실을 알 수 있게 된다.[16] 이는 앞에서 『신동아』 소재 장편소설들만으로 계산해낸 수치와 비교하면 원고지 100여 매 정도가 길어진 것이다. 이러한 수치가 나오게 된 가장 큰 이유는 1930

---

15 이 추정치는 각 작품의 한 회당 평균 연재 분량을 가장 중요한 기준으로 삼아 계산했다. 여기에 각 매체의 편집 방식 등도 고려했다.
16 결본이나 낙장이 없는 경우에도 근대잡지에 실린 원고의 분량을 수록 쪽수에 의거해

년대 말에서 1940년대 초에 걸쳐 『조광』에 연재된 작품들의 길이가 상대적으로 매우 길었기 때문이다.

근대잡지 소재 장편소설들의 길이는 편차가 매우 크다. 발표 횟수로만 보더라도 단 1회 동안만 발표된 작품부터 10회 이상 연재 발표된 작품까지 다양했다. 염상섭의 『그 여자의 운명』^{1935.2}, 이북명의 『공장가』^{1935.4}, 안회남의 『황금과 장미』^{1935.5} 등은 '전편게재특별 장편소설'이라는 구절과 함께 단 1회만 게재되었다. 윤기정의 『천재』^{1937.8} 또한 단 1회에 게재된 장편으로 그 길이가 원고지 200매에 이르지 못한다. 10회 이상 발표된 작품들은 이태준의 『구원의 여상』^{1931.3~1932.8 / 18회}, 주요섭의 『미완성』^{1936.9~1937.6 / 10회}, 함대훈의 『방파제』^{1938.12~1939.11 / 12회}, 김동인의 『제성대』^{1938.5~1939.4 / 10회}, 김사량의 『낙조』^{1940.2~1941.1 / 12회}, 박종화의 『전야』^{1940.7~1941.10 / 15회}, 김동인의 『대수양』^{1941.2~12 / 11회}, 이태준의 『행복에의 흰 손들』^{1942.1~1943.1 / 12회} 등이다. 10회 이상 발표된 작품 가운데 길이가 가장 긴 작품은 박종화의 『전야』로 이 작품의 길이는 원고지 약 1,400매에 이른다. 〈표 1〉에서 정리한 총 39편의 완성된 장편소설 가운데 일부는 길이가 원고지 200매에도 이르지 않는 작품이며, 전체의 절반 가량이 400매 이내의 작품이라는 점 또한 특기할 만하다.

정확히 계산해 내는 것은 쉽지 않다. 그럼에도 불구하고 작품의 길이를 추정하는 데는 이 방식이 현실적으로 가장 유용하다고 판단했다. 잡지에 따라 한 면에 수록한 원고의 분량이 매우 적거나 많은 경우에는 별도의 방법으로 이를 보완했다. 예를 들면, 『신문계』의 경우는 한 면에 실린 원고의 분량이 4매 정도로 다른 잡지에 비해 적다. 그런가 하면 『신동아』·『제일선』·『여성』·『동광』·『중앙』 등의 경우는 판형 자체가 4·6배판으로 국판인 다른 잡지들과 차이가 있다. 이들은 한 면에 수록할 수 있는 원고의 분량이 다른 잡지의 2배에 달한다. 『신동아』에 실리던 「연애의 청산」 등 일부 작품의 경우는 삽화가 있어 실제 수록 원고 분량이 지면 수에 비해 월등히 적다. 따라서 판형이 다른 경우와 삽화 삽입 등 편집이 특수한 경우 등에는 단순 쪽수에만 의존하지 않고 실제 행수를 확인하는 등 별도의 방식으로 원고의 분량을 계산했다.

식민지 시기에 간행된 잡지들에는 장편소설뿐만 아니라 중편소설이라 명기된 작품들 또한 적지 않다. 분석 대상으로 삼았던 64종의 잡지에는 총 26편의 중편소설이 실려 있다. 근대잡지에 수록된 중편소설의 총 목록은 다음과 같다.

장덕조, 「기적」 1934.1~4 / 3회

박화성, 「홍수전야」 1934.9 / 1회 17쪽

노춘성, 「가면행진곡」 1934.11/1회

김동인, 「거인은 움직이다」 1935.1·3 / 2회 미완

　　　　「대탕지 아주머니」 1938.10~11/2회 11쪽

함대훈, 「첫사랑」 1935.11 / 1회 23쪽

김기림, 「철도연선」 1935.12~1936.2 / 3회 40쪽

채만식, 「명일」 1936.10~12 / 3회 42쪽 •「정거장 근처」 1937.3~10 / 8회

엄흥섭, 「정열기」 1936.11~1937.2 / 4회 56쪽 •「명암보」 1938.3~8 / 6회 120쪽

이기영, 「도박」 1936.3 / 1회 26쪽 •「맥추」 1937.1~2 / 2회 37쪽

박태원, 「악마」 1936.3~4 / 2회 30쪽 •「천변풍경」 1936.8~10 / 3회 60쪽 •「투도」 1941.1 / 1회 28쪽

강노향, 「백일몽과 선가」 1936.6~7 / 2회 29쪽 •「야숙」 1937.7·9 / 2회 33쪽

이효석, 「거리의 목가」 1937.10~1938.3 / 6회

이태준, 「코스모스 피는 정원」 1937.3~7 / 5회

방인근, 「슬픈 해결」 1938.11~1939.3 / 5회 30쪽

김남천, 「세기의 화문」 1938.3~10 / 8회 •「개화풍경」 1941.5 / 1회 26쪽

정인택, 「구역지」 1941.4 / 1회 19쪽

안회남, 「철쇄 끊어지다」 1946.1·4 / 2회 미완

김래성, 「사상범의 수기」 1946.4 / 1회 미완

근대잡지의 중편소설 연재 횟수는 1회부터 8회 사이이다. 이들 목록에서 미완성 작품과 낙장 등의 사유로 분량 측정이 어려운 작품 9편을 제외하면 총 17편이 남는다. 이 17편의 중편소설의 평균 게재 횟수는 2회가 조금 넘고, 평균 게재 쪽수는 약 37쪽이다. 이를 원고지로 계산하면 약 200매 정도의 분량이 된다. 수치상으로만 보면 식민지 시기 잡지 소재 중편소설은 길이가 장편소설의 2분의 1에 조금 못 미치는 정도에 해당하는 소설임을 알 수 있다. 그런데, 실제로는 장편소설과 중편소설의 구별이 모호한 경우도 없지 않았다. 『조광』에 연재된 주요섭의 「미완성」 1936.9~1937.6은 처음에는 중편소설로 실리다가 제5회부터는 장편소설로 표기가 바뀐다. 반면, 『여성』에 연재된 방인근의 「슬픈 해결」 1938.11~1939.3은 처음에는 장편소설로 연재되다가 제2회부터는 중편소설로 표기가 바뀐다. 그런가 하면 『조광』에 연재된 엄흥섭의 중편소설 「명암보」 1938.3~8는 총 6회 동안 연재되었는데, 작품의 길이는 원고지 650매를 상회하고 있어 당시 장편소설의 평균 길이를 훨씬 넘어선다. 더구나 이 작품은 중편소설 「정열기」 1936.11~1937.2의 속편으로 기록되어 있는 바, 이 둘을 합치면 그 분량이 원고지 950매를 상회한다. 식민지 시기 간행된 근대잡지에서는 장편소설의 분량 기준이 명확하지 않았을 뿐만 아니라, 장편소설과 중편소설을 가르는 기준 또한 명확하지 않았음을 알 수 있다.

3. 근대신문과 '장편소설'의 전개

한국의 근대신문에서 연재물에 장편소설이라는 용어를 사용한 사례는 『동아일보』에 발표된 나도향의 작품 『환희』 1922.11.21~1923.3.21 / 117회가 처음이다.[17] 『동아일보』는 『환희』를 연재하기에 앞서 이 작품이 장편소설임을 밝히고 다음과 같은 광고를 한다.

소설예고

장편소설 환희

세상에 그 평판이 자자하든 「여장부」도 이미 그 끝을 맷치고 오는 이십일일부터는 신진문단에 이름이 있는 나도향 씨의 창작소설 환희를 연재하게 되었으며 따라서 안석주 씨의 삽화를 내게 되었습니다. 그 작품이 어떻게 여러분 독자에게 환영이 될는지는 그 끝을 마친 뒤가 아니면 아지 못할 것이나…….[18]

『동아일보』는 나도향의 『환희』가 장편소설이면서 또한 창작소설이라는 점을 강조한다. 여기서 『환희』가 창작소설임을 내세우는 이유는, 창간 이후 지금까지 『동아일보』에 발표된 연재소설은 모두가 번역 혹은 번안소설들이었기 때문이다.[19] 나도향의 『환희』는 『동아일보』가 기획 연재한 첫 번째 장편 창작소설이다. 그런데 장편소설이라는 용어는 광고 문안에서만 사용되었을 뿐 실제 연재 지면에서는 볼 수 없다. 연재 지면에는 특별한 양식 표기를 하지 않았고 단순히 작가와 작품명만을 제시했다. 이후

---

17   참고로, 『동아일보』는 소설 광고에 앞서 일반 기사에서 장편소설이라는 용어를 처음 사용한 바 있다. 1922년 9월 2일 자 기사 「중국의 사상혁명과 문학혁명」 중 "서양문학에 통효한 학자회의를 개하고 제일류의 장편소설 일백 단편 오백 각본 삼백 산문 오십을 번역하여 서양문학총서로 작하되…"라는 구절에 장편소설이라는 용어가 등장한다.

18   『동아일보』, 1922.11.19.

19   『동아일보』는 1920년 4월 1일 창간호부터 민태원의 번안소설 「부평초」(1920.4.1~9.4)를 연재했다. 이후에는 김동성의 「엘렌의 공」(1921.2.21~7.2)과 「붉은 실」(1921.7.4~10.10), 민우보의 「무쇠탈」(1922.1.1~6.20), 유광렬의 「여장부」(1922.6.21~10.22) 등 번역 및 번안소설을 연재했다.

수년간『동아일보』는 기사에서 장편소설이라는 용어를 이따금 사용하지만, 실제 작품에 이를 직접 표기하지는 않았다.

『동아일보』 연재물 광고에서 다시 장편소설이라는 용어가 등장하게 되는 것은 1920년대 말부터이다. 주목할 사실은 1929년 이후『동아일보』에 연재된 소설 광고에는 거의 대부분 장편 혹은 장편소설이라는 문구가 들어가 있다는 점이다. 1929년에 연재된 최독견·김기진·염상섭 등의 연작소설『황원행』[1929.6.8~10.21 / 131회], 낭림산인[20]의『사막의 꽃』[1929.12.3 ~1930.4.12 / 79회], 이광수의『군상』[1930.1.1~2.4 / 31회 미완]의 광고 문안에는 모두 장편소설이라는 용어가 등장한다.『군상』의 광고 문구 중 일부를 인용하면 다음과 같다.

> 신춘지상부터 연재될 장편소설
>
> 군상 춘원 이광수 작
>
> 만천하 독자가 열광적으로 환영 애독하던 단종애사는 끝을 막게 되었습니다. 우리 춘원 이광수 씨는 얼마동안 휴양하여 다시 장편소설 군상을 쓰게 되었습니다.[21]

이 밖에 연재 예고문에 장편소설이라는 문구가 들어 있는 작품들의 목록을 제시하면 다음과 같다.

---

20 이는 주요한의 필명이다. 주요한은『나의 아호 나의 이명』(『동아일보』, 1934.3.19)에서 이를 '동아일보 재직 시 연재소설이 갑자기 품절되어서 임시로 번안소설을 실릴 적에 사용한 것'이라고 밝힌 바 있다.

21 『동아일보』, 1929.12.12.

김동인, 『젊은 그들』1930.9.2~1931.11.10 / 327회

윤백남, 『대도전 후편』1931.1.1~7.13 / 182회

이광수, 『이순신』1931.6.26~1932.4.3 / 178회

윤백남, 『해조곡』1931.11.18~1932.6.7 / 171회

이광수, 『흙』1932.4.12~1933.7.10 / 269회

박화성, 『백화』1932.6.8~11.22 / 166회

박태원, 『반년간』1933.6.15~8.20 / 57회

현진건, 『적도』1933.12.20~1934.6.17 / 135회

김기진, 『심야의 태양』1934.5.3~9.19 / 112회

장혁주, 『삼곡선』1934.9.26~1935.3.2 / 122회

윤백남, 『흑두건』1934.6.10~1935.2.16 / 226회

강경애, 『인간문제』1934.8.1~12.22 / 120회

이무영, 『먼동이 틀 때』1935.8.6~12.30 / 133회

장혁주, 『여명기』1936.1.4~5.23 / 125회

윤백남, 『백련유전기』1936.2.22~8.28 / 154회 미완

한설야, 『청춘기』1937.7.20~11.29 / 129회 등

하지만 『동아일보』는 이러한 광고 문안의 경우와는 달리, 1930년대 중반까지 실제로 연재된 작품에는 장편소설이라는 양식 표기를 직접 하지 않았다. 1930년대 중반 이전 『동아일보』가 작품에 직접 장편소설이라는 양식 표기를 한 것은 윤백남의 작품 『해조곡』과 이광수의 『흙』의 경우가 전부이다. 『해조곡』에는 연재 첫 회부터 줄곧 '장편 대중소설'이라는 표식이 붙어 있다. 이는 『해조곡』의 연재를 알리는 광고 문안에서부터 사용되던 용어이다. 『동아일보』가 작품에 장편소설이라는 양식 표기

를 지속적으로 하기 시작한 것은 1937년 이후부터이다. 『동아일보』는 이 용어를 김말봉의 『밀림』^{전편 1937.11.1~1938.2.7 / 293회, 후편 1938.7.1~12.25 / 96회 미완}을 연재하면서부터 본격적으로 사용한다.[22] 이후에는 이기영의 『신개지』^{1938.1.19~9.8 / 190회}, 주요섭의 『길』^{1938.9.6~11.23 / 61회 미완}, 이태준의 『딸 삼형제』^{1939.2.5~7.17 / 133회}, 한설야의 『마음의 향촌』^{1939.7.19~12.7 / 140회}, 이무영의 『세기의 딸』^{1939.10.10~1940.8.11 / 190회}, 유진오의 『화상보』^{1939.12.8~1940.5.3 / 140회}, 이기영의 『봄』^{1940.6.11~8.10 / 59회 미완} 등 대부분의 장형 연재물에 장편소설이라는 양식 표기를 하고 있다.

『동아일보』에 연재된 작품들의 길이를 점검해 보면 장편소설이란 대체로 100회 이상 연재된 서사문학 작품을 의미하는 용어였던 것으로 정리할 수 있다.[23] 근대신문들이 연재 작품 길이의 기준을 오늘날처럼 원고지 분량으로 지정해 제시하지 않고 연재 일수로 제시했다는 점은 특기할 만하다. 예를 들면, 『동아일보』는 창간 15주년 기념 장편소설 공모에서 제재와 구상은 작가에게 일임하지만 길이는 백이십 회 내외의 연재 분량

---

22 김말봉의 「밀림」은 원래 1935년 9월 26일에 연재를 시작해 1936년 8월 27일 233회 도중 연재가 중단되었던 작품이다. 1937년 새롭게 연재를 시작한 이후 총 293회를 추가해 전편을 완성했다. 1938년 7월부터 다시 후편 연재를 시작했으나 도중에 중단되었다. 연재 횟수로 보면 식민지 시기에 발표된 연재소설들 가운데 특별히 길이가 긴 작품이라 할 수 있다.

23 장편소설이라는 양식 표기가 되어 있는 작품들은 모두 여기에 해당한다. 단, 주요섭의 『길』과 이기영의 『봄』이 각각 61회와 59회로 이 기준에 미치지 못하나, 이 두 편은 연재가 중단된 미완성 작품들이므로 논외가 된다. 광고 문안에서만 장편소설로 지칭된 작품들인 『환희』(117회), 『젊은 그들』(327회), 『대도전 후편』(182회), 『이순신』(178회), 『해조곡』(171회), 『백화』(166회), 『적도』(135회), 『심야의 태양』(112회), 『삼곡선』(122회), 윤백남의 『흑두건』(226회), 강경애의 『인간문제』(120회), 『먼동이 틀 때』(133회), 『여명기』(125회), 『백련유전기』(154회 미완), 『청춘기』(129회) 등도 모두 100회를 상회하는 작품들이다. 다만, 광고 문안에서 장편소설로 지칭된 작품 가운데서는 낭림산인의 『사막의 꽃』이 79회, 박태원의 『반년간』이 57회로 이 기준에 미치지 못한다.

이라고 명시한 바 있다.[24] 이 공모의 결과로 발표된 당선작이 심훈의 『상록수』^{1935.9.10~1936.2.15 / 127회}이다.

『조선일보』에서 장편소설이라는 용어가 처음 등장하는 시기는 『동아일보』에 비해 다소 늦은 편이다. 1920년대 『조선일보』에서도 이따금 이 용어가 발견되지만, 이들은 모두 길이가 매우 짧은 '장편소설掌篇小說'을 의미하는 것이었다. 이는 작품의 경우나 평론의 경우 모두 마찬가지였다.[25] 『조선일보』에서 길이가 긴 작품으로서 장편소설이라는 용어가 처음 등장한 것은 1931년 2월 12일 자 "현상 장편소설 모집"이라는 공고 문안을 통해서이다. 여기서 제시한 장편소설의 분량은 매회 1행 14자 160행 분량으로 150회 이상을 연재할 수 있는 것이다. 이는 200자 원고지로 따져 1680장에 이르는 적지 않은 분량이다. 이러한 모집 공고의 결과 당선된 작품이 한인택의 『선풍시대』^{1931.11.7~1932.4.23 / 150회}였다. 『선풍시대』 연재 지면에는 '일등당선 장편소설'이라는 표기가 있다. 이것이 『조선일보』가 실제 작품에 장편소설이라는 용어를 사용한 첫 번째 사례이다. 작품 연재를 위한 광고 문안의 경우에는 1931년 8월 12일 자에 실린 심훈의 작품 『불사조』^{1931.8.16~1932.1.8 미완 / 97회}에 사용된 '신 연재소설 장편소설 불사조'라는 구절이 첫 사례였던 것으로 보인다. 심훈의 작품 『불사조』는 실제 연재 시에는 장편소설이라는 표기를 하지 않았다. 이는 『동아일보』에서 상당수 작품들이 광고 문안에서만 장편소설로 소개하고 실제 작품에

24　「장편소설 특별공모」, 『동아일보』, 1935.3.20 참조. 참고로, 『동아일보』에 총 96회 동안 연재된 이근영의 작품 「제삼노예」(1938.2.15~6.26)에는 중편소설이라는 양식 표기가 달려 있다. 「제삼노예」에 중편소설이라는 표기를 한 이유는 이 작품의 연재 횟수가 100회에 미치지 못하는 것이었기 때문으로 보인다.

25　박영희의 「춘몽」(1929.3.1), 최상덕의 『예방주사』(1929.3.2~3) 등 매우 많은 작품의 사례를 들 수 있다. 평론으로는 김홍희의 「장편소설(掌篇小說) 소론」(1929.4.19~23) 등이 그 사례이다.

는 양식 표기를 하지 않았던 사례들과 같은 차원에서 이해할 수 있는 현상이다.

식민지 시기의 대표적 장편소설로 꼽히는 홍명희의 작품『임꺽정전』은 처음부터 장편소설로 소개되었던 것이 아니다. 1928년 11월 17일『조선일보』의『임꺽정전』연재 광고에서, 작품에 붙어 있던 표식은 '신강담新講談'이었다.[26]『조선일보』가『임꺽정전』의 연재 지면에 장편소설이라는 용어를 사용하기 시작한 것은 제4차 연재가 시작되는 1937년 12월 12일 자부터이다. 강담이라는 용어는 당시 일본에서 주로 사용되던 것이었다. 일본의 경우에는 장편소설이라는 용어가 등장하기 이전부터 '강담' 혹은 '장편강담'이라는 용어가 보편적으로 사용되었다. 일본의 강담은 원래 이야기를 구술하여 들려주는 것을 의미하는 용어이다.[27]『동아일보』와『조선일보』그리고『매일신보』등 한국 근대신문 소재 서사문학 작품 가운데 강담이라는 용어로 소개된 연재물은『임꺽정전』이 유일했다. 이 시기 잡지에서는 강담이라는 용어가 간혹 사용된 바 있다.『신인간』에 12회 동안 연재된 이돈화의『후천혼』[1929.1~1930.5] 이나,『별건곤』에 13회 동안 연재

---

26 『조선일보』, 1928.11.17 참조. 그러나 실제 연재 지면에는 '신강담'이라는 표기가 붙어 있지 않다.

27 그 기원은 일본의 대표적 군담인「태평기」를 읽는 일에서 유래하는 바, 강담의 시초는「태평기 읽기」이다. 에도시대에는 이렇게 이야기를 읽는 행위를 강석(講釋)이라는 용어로 부르다가 메이지(1868) 이후 강담으로 바꾸어 불렀다. 강담의 주된 내용은 군담, 원수 갚는 이야기, 무용전, 협객전 등이었다. 일본에서는 메이지 20년부터 30년대에 걸쳐서는 단행본, 잡지, 총서류, 신문 등의 매상에 영향을 미칠 만큼 강담이 중요하게 자리를 잡았다. 이 시기에는 오자키 코요나 이즈미 쿄카 등 주요 소설 작가들도 문예강담이라는 것을 잡지 등에 발표했다. 그러나, 시대가 변하면서 다이쇼(1912) 이후 강담사도 줄어들고, 강담 역시 점차 2류, 3류의 저속한 예능으로 취급받기 시작했으며 쇼와(1926) 이후에는 거의 폐업에 이르게 되었다. 1948년에는 강담을 위한 상설 무대가 최종 폐쇄되었다. 일본근대문학관 편,『일본근대문학대사전』제4권, 강담사, 1977, 145쪽 참조.

된 『창해역사』^{1932.1~1933.2} 등이 그러한 예이다. 『창해역사』에는 '장편강담'이라는 표기가 되어 있다.

『선풍시대』와 『임꺽정전』 외 『조선일보』에 연재 발표된 작품 가운데 장편소설이라는 양식 표기가 되어 있는 작품의 목록은 다음과 같다.

> 김은경, 『제 힘』^{1932.4.26~5.31 / 33회 미완}
>
> 백악산인, 『그의 자서전』^{1936.12.22~1937.5.1 / 128회}
>
> 이기영, 『어머니』^{1937.3.30~10.11 / 178회}
>
> 김말봉, 『찔레꽃』^{1937.3.31~10.3 / 129회}
>
> 이광수, 『공민왕』^{1937.5.28~5.31 / 4회 미완}
>
> 김규택, 『화관』^{1937.7.29~12.22 / 130회}
>
> 채만식, 『탁류』^{1937.10.12~1938.5.17 / 198회}
>
> 박태원, 『우맹』^{1938.4.7~1939.2.14 / 219회}
>
> 한용운, 『박명』^{1938.5.18~1939.3.12 / 223회}
>
> 김래성, 『마인』^{1939.2.14~10.11 / 171회[28]}
>
> 김동인, 『정열은 병인가』^{1939.3.14~4.18 / 27회 미완}
>
> 김남천, 『사랑의 수족관』^{1939.8.1~1940.3.3 / 163회}
>
> 이태준, 『청춘무성』^{1940.3.12~8.10 / 127회 미완}

『조선일보』는 1936년 백악산인의 『그의 자서전』 이후부터는 100회 이상의 연재물 대부분에 장편소설이라는 표기를 하고 있다.[29]

---

28 장편탐정소설로 표기되어 있다.
29 예외가 되는 작품이 두 편 있다. 하나는 아무런 표식 없이 연재된 한용운의 「삼국지」(1939.11.1~1940.8.10 / 280회 미완)이고, 다른 하나는 만주개척민소설로 표기된 이

『매일신보』는 식민지 시기에 간행된 일간 신문 가운데서는 최초로 창작 장편소설을 연재한 신문이다. 한국 최초의 근대적 장편소설로 평가되는 이광수의『무정』[1917.1.1~6.14 / 126회]이『매일신보』에 발표되었다. 그러나『매일신보』는『무정』등의 실질적인 장편소설을 연재하면서 여기에 특별한 양식 표기를 하지는 않았다.『매일신보』는 1919년 6월부터 장형의 소설 작품을 공모한 바도 있다. 이 시기『매일신보』의 현상소설 모집 공고문에 장편소설이라는 용어는 사용되지 않았지만 "소설의 종류는 신문연재에 적당한 가정소설, 일 회 일 행 이십 자식 일백이십 행 내외, 총 회수 일백 회로 완결할 것임을 요함"[30]이라는 구절을 보면 신문사가 원하는 것이 장편소설이었음을 알 수 있다.『매일신보』가 원한 소설의 길이는 1회 2,400자 즉 200자 원고지 12매였고, 총 분량은 100회 1,200매 정도였다. 1920년대 이후 공고문에서는 1회당 원고 분량에 대한 제시는 사라지고 그 대신 '100회 이상'이라는 구절이 강조된다.

　『매일신보』가 연재물에 장편소설이라는 양식 표기를 시작한 것은 1928년 10월 염상섭의 작품『이심二心』[1928.10.22~1929.4.24 / 172회]을 연재하면서부터이다.[31] 그러나『매일신보』에서는 이후 10년 동안은 연재소설에 이러한 양식 표기를 한 사례가 전혀 없다.『매일신보』가 이 용어를 안정적으로 사용하기 시작한 것 또한 다른 신문들과 마찬가지로 1930년대 후반부터이다.『이심』이후『매일신보』에 연재 발표된 작품 가운데 장편소설이라는 양식 표기가 되어 있는 작품의 목록은 다음과 같다.

　　기영의 작품「대지의 아들」(1939.10.12~1940.6.1 / 155회)이다.
30　「현상소설모집」,『매일신보』, 1919.6.3.
31　참고로,『매일신보』가 광고 문안에 장편소설이라는 용어를 사용한 시기는 이보다 이르다.『매일신보』는 1923년 3월 17일 자 광고에 정연규의 작품「자유의 길」을 장편소설로 지칭한 바 있다.

방인근, 『새벽길』1938.6.4~10.29 / 140회 · 『동방춘』1942.7.11~11.20 / 128회

채만식, 『금의 정열』1939.6.19~11.19 / 152회 · 『아름다운 새벽』1942.2.10~7.10 / 145회

이보상, 『촉규화』1939.8.29~1940.5.15 / 241회[32]

이효석, 『창공』1940.1.25~7.28 / 148회

한설야, 『탑』1940.8.1~1941.2.14 / 157회

이태준, 『사상의 월야』1941.3.4~7.5 / 97회, 상편 · 『왕자호동』1942.12.22~1943.6.16 / 139회

김동인, 『백마강』1941.7.24~1942.1.30 / 158회

박태원, 『여인성장』1941.8.1~1942.2.9 / 183회

이광수, 『원효대사』1942.3.1~10.31 / 184회

김래성, 『태풍』1942.11.21~1943.5.2 / 160회

『조선일보』와 『매일신보』에도 중편소설이라는 양식 표기가 된 작품들이 있다. 『조선일보』 소재 중편소설의 예로는 노자영의 「인생특급」1937.10.5~12.9 / 56회, 이선희의 「여인명령」1937.12.18~1938.4.5 / 84회, 김영수의 「새벽바람」1940.6.4~8.11 / 48회 미완 등을 들 수 있다. 『매일신보』에는 안필승의 「적멸」1932.11.15~12.10 / 26회, 장혁주의 「여인초상」1940.5.13~8.15 / 95회과 정비석의 「화풍」1940.8.17~11.16 / 84회 등이 실려 있다. 이들은 모두 100회 이내의 연재물이다. 중편소설은 100회 이내의 연재물에 적용되는 용어였다.

『동아일보』의 경우와 마찬가지로 『조선일보』와 『매일신보』 역시 100회 이상의 연재물에만 장편소설이라는 용어를 사용했다. 이들 신문에 실린 연재 서사물 가운데 연재 횟수 100회를 넘어서는 작품은 145편 정도이다. 이 가운데 연재 지면에 직접 장편소설이라는 양식 표기가 되어 있

---

32 이보상의 『촉규화』는 장편소설이라는 양식 표기가 된 신문 연재소설 가운데서는 유일하게 국한문체로 쓰인 작품이다.

는 경우는 『동아일보』 10편,[33] 『조선일보』 15편, 『매일신보』 14편 등 모두 39편이다. 아래의 〈표 2〉는 연재 지면에 직접 장편소설이라는 표기가 되어 있는 작품들의 목록이다.

〈표 2〉 근대신문 소재 장편소설 목록

신문명	저자	표기	제목	날짜	연재횟수	비고
『매일신보』	염상섭	장편소설	『이심』	1928.10.22~1929.4.24	172	
『조선일보』	한인택	1등당선 장편소설	『선풍시대』	1931.11.7~1932.4.23	150	
『동아일보』	윤백남	장편대중소설	『해조곡』	1931.11.18~1932.6.7	171	
『동아일보』	춘원	장편소설	『흙』	1932.4.12~1933.7.10	269	
『조선일보』	금은경	2등당선 장편소설	『제 힘』	1932.4.26~5.31	33	미완
『조선일보』	백악산인	장편소설	『그의 자서전』	1936.12.22~1937.5.1	128	
『조선일보』	이기영	장편소설	『어머니』	1937.3.30~10.11	178	
『조선일보』	김말봉	장편소설	『찔레꽃』	1937.3.31~10.03	129	
『조선일보』	이광수	장편소설	『공민왕』	1937.5.28~5.31	4	미완
『조선일보』	김규택	장편소설	『화관』	1937.7.29~12.22	130	
『조선일보』	채만식	장편소설	『탁류』	1937.10.12~1938.5.17	198	
『동아일보』	김말봉	장편소설	『밀림 전편』	1937.11.1~1938.2.7	293	1936.8.27 중단 후 재연재
『조선일보』	홍벽초	장편소설	『임거정』	1937.12.12~1939.6.29	362	미완
『동아일보』	이기영	장편소설	『신개지』	1938.1.19~9.8	190	
『조선일보』	박태원	장편소설	『우맹』	1938.4.7~1939.2.14	219	
『조선일보』	한용운	장편소설	『박명』	1938.5.18~1939.3.12	223	
『매일신보』	방인근	장편소설	『새벽길』	1938.6.4~10.29	140	
『동아일보』	금말봉	장편소설	『밀림 후편』	1938.7.1~12.25	96	
『동아일보』	주요섭	장편소설	『길』	1938.9.6~11.23	61	미완
『동아일보』	이태준	장편소설	『딸 삼형제』	1939.2.5~7.17	133	
『조선일보』	금래성	장편탐정소설	『마인』	1939.2.14~10.11	171	
『조선일보』	김동인	장편소설	『정열은 병인가』	1939.3.14~4.18	27	미완

33 김말봉의 작품 「밀림」은 전편과 후편을 합쳐 하나의 작품으로 계산했다.

신문명	저자	표기	제목	날짜	연재 횟수	비고
『매일신보』	채만식	장편소설	『금의 정열』	1939.6.19~11.19	152	
『동아일보』	한설야	장편소설	『마음의 향촌』	1939.7.19~12.07	140	
『조선일보』	김남천	장편소설	『사랑의 수족관』	1939.8.1~1940.3.3	163	
『매일신보』	이보상	장편소설	『촉규화』	1939.8.29~1940.5.15	241	
『동아일보』	이무영	장편소설	『세기의 딸』	1939.10.10~1940.8.11	190	
『동아일보』	유진오	장편소설	『화상보』	1939.12.8~1940.5.3	140	
『매일신보』	이효석	장편소설	『창공』	1940.1.25~7.28	148	
『조선일보』	이태준	장편소설	『청춘무성』	1940.3.12~1940.8.10	127	미완
『동아일보』	이기영	장편소설	『봄』	1940.6.11~1940.8.10	59	미완
『매일신보』	한설야	장편소설	『탑』	1940.8.1~1941.2.14	157	
『매일신보』	이태준	장편소설	『사상의 월야』	1941.3.4~7.5	97	상편 종
『매일신보』	김동인	장편소설	『백마강』	1941.7.24~1942.1.30	158	
『매일신보』	박태원	장편소설	『여인성장』	1941.8.1~1942.2.9	183	
『매일신보』	채만식	장편소설	『아름다운 새벽』	1942.2.10~1942.7.10	145	
『매일신보』	춘원	장편소설	『원효대사』	1942.3.1~10.31	184	
『매일신보』	방인근	장편소설	『동방춘』	1942.7.11~11.20	128	전편 종
『매일신보』	김래성	장편소설	『태풍』	1942.11.21~1943.5.2	160	
『매일신보』	이태준	장편소설	『왕자호동』	1942.12.22~1943.6.16	139	

이들 가운데 미완성 작품 등 9편을 제외한 전체 30편의 장편소설들의
평균 연재 횟수를 계산하면 『동아일보』 190회,[34] 『조선일보』 169회, 그리
고 『매일신보』는 165회이다.[35] 식민지 시기 신문들의 하루 소설 연재 분
량은 대략 200자 원고지 12매 내외였다. 이를 기준으로 각 신문에 연재
된 장편소설의 원고 분량을 계산하면 『동아일보』 2280매, 『조선일보』
2,028매, 『매일신보』 1,944매이다. 이는 모두 2,000매에 근접한 수자로
세 신문의 경우가 거의 차이가 없다.

『동아일보』가 장형의 연재 서사물에 지속적으로 장편소설이라는 양

---

34 이는 장편소설이라는 표기가 일부 연재분에만 들어 있는 김말봉의 「밀림」을 뺀 수치이다.

35 이는 상편만 연재된 작품인 이태준의 「사상의 월야」와 방인근의 「동방춘」을 뺀 수치이다.

식 표기를 하게 되는 것은 1937년 11월부터이며, 『조선일보』의 경우는 1936년 12월 그리고 『매일신보』의 경우는 1938년 6월부터이다. 식민지 시기에 발행된 신문에서 장편소설이라는 양식 표기가 되어 있는 작품과 그렇지 않은 장형의 연재 서사물들 사이에 특별한 차이가 있었던 것은 아니다. 이들은 길이는 물론 작품의 구성 방식이나 내용 등에서도 별반 차이가 나지 않는다. 그럼에도 불구하고 이 시기부터 장편소설이라는 용어가 작품 연재 지면에 일관성 있게 표기되기 시작한 이유는 어디에 있는 것일까? 그 이유를 단정할 수는 없지만 몇 가지 추정이 가능하다. 그 이유 가운데 하나는, 이 시기가 실질적으로 한국의 장편소설이 완전히 뿌리를 내린 시기였기 때문이다.[36] 수치상으로 보면 1920년대에 발표된 신문 소설 가운데 연재 횟수가 100회를 넘어서는 작품의 수는 37편 정도이다. 그런데, 1930년대에 발표된 소설 중 연재 횟수가 100회를 넘어서는 작품의 수는 91편이다. 더구나 1920년대에 발표된 장편소설 가운데는 번역소설이 적지 않게 포함되어 있다. 하지만, 1930년대 초반 이후부터는 번역소설은 찾아보기 힘들고 창작 장편소설이 완전히 자리를 잡게 된다. 1930년대 중반은 한국소설사에서 명실공히 창작 장편소설의 전성시대가 되는 것이다. 다른 하나의 이유로는, 1930년대 중반 이후 비평계에서 소설 양식에 관한 관심이 깊어지고 그 결과 장편소설에 대한 논의가 활발해지기 시작했다는 점을 들 수 있다. 그 예로 들 수 있는 글들이 김기진의 「신문 장편소설 시감」『삼천리』, 1934.8, 정래동의 「삼대신문 장편소설 논쟁」『개벽』, 1935.3, 이광수·염상섭·박영희·한용운·이태준·박종화·장혁주·

---

36 『동아일보』에 여러 차례 분리 연재된 김말봉의 「밀림」이나 『조선일보』에 분리 연재된 홍명희의 「임꺽정전」의 경우를 보면 이를 알 수 있다. 이들 작품은 연재 초기가 아니라 일정 기간이 흐른 뒤부터 장편소설이라는 표기를 하고 있다.

김말봉·한설야 등이 참여한 좌담회 기록 「장편작가회의」『삼천리』, 1936.11, 김남천의 「조선적 장편소설의 일고찰」『동아일보』, 1937.10.19~23, 「장편소설에 대한 나의 이상」『청색지』, 1938.8, 「현대 조선소설의 이념」『조선일보』, 1938.9.10~18 등이다. 김남천의 논의는 임화의 「세태소설론」『동아일보』, 1938.4.1~6·「최근 조선 소설계 전망」『조선일보』, 1938.5.24~28·「속俗 문학의 대두와 예술문학의 비극—통속소설론에 대代하야」『동아일보』, 1938.11.17~27 등으로 이어지면서 장편소설론을 이 시기 평단의 가장 첨예한 관심사로 떠오르게 하는 촉매제가 되기도 했다.[37] 비평사의 맥락에서 보면 1930년대 중반 이후 첨예화된 장편소설 논쟁은 1920년대 말부터 성행한 리얼리즘론 및 창작방법론과 연속선상에 있는 것이기도 했다. 근대 장편소설은 리얼리즘의 정신과 기법 구현을 위한 실질적 매개물로서의 역할을 했다.

4. '장편소설' 개념의 정착 과정

한국 근대문학사의 전개 과정에서 실제 장편소설의 계보와 용어 사용의 계보 사이에는 적지 않은 거리가 존재한다. 지금까지의 논의를 바탕으로 한국 근대 장편소설 개념의 정착 과정을 정리하면 다음과 같다.

근대 매체에서 장편소설이라는 용어가 처음 등장한 것은 잡지 『신문계』를 통해서이다. 『신문계』는 1916년 8월 백대진의 작품 「임종의 자백」

---

37 이와 관련된 논의는 이진형, 「1930년대 후반 소설론 연구—임화, 최재서, 김남천을 중심으로」, 연세대 대학원, 2010, 109~141쪽 참조. 이 글에서는 1930년대 중반 이후 본격화된 소설 양식 논쟁의 주요 계기 가운데 하나를 최재서의 글 「'천변풍경'과 '날개'에 관하여」(『조선일보』, 1936.10.31~11.7)에서 찾고 있다.

을 연재하면서 장편소설이라는 용어를 사용한다. 「임종의 자백」은 200자 원고지 70매 정도의 길이를 지닌 번역소설이다. 『신문계』가 사용한 장편소설이라는 용어는 단편소설과 대응하는 용어도 아니었다. 『신문계』를 통해 등장한 장편소설은 명확한 의미를 지닌 개념어가 아니었다. 이 시기 '장편'은 절대적 길이가 아니라 상대적으로 길이가 긴 작품을 일컫는 일종의 수식어였다.

한국 근대잡지에서 장편소설이 특정한 의미를 지닌 개념어로 정착되는 것은 1920년대 후반 이후이다. 이 시기부터 1930년대 초에 걸쳐 그 사용이 점차 보편화된 장편소설이라는 용어의 의미는 일정한 길이 이상의 작품을 지칭하는 것으로 변화한다. 한국 근대잡지에 수록된 장편소설들은 그 길이가 평균 200자 원고지 480매 정도이다. 하지만, 근대잡지 소재 장편소설들의 길이는 편차가 매우 크다. 발표 횟수로만 보더라도 단 1회 동안만 발표된 작품부터 10회 이상 연재 발표된 작품까지 다양하다. 완결된 장편소설 가운데 일부는 길이가 원고지 200매에도 이르지 않는다. 근대잡지에서는 장편소설의 원고 분량 기준이 명확하지 않았을 뿐만 아니라, 장편소설과 중편소설을 가르는 기준 또한 불분명했다. 몇몇 작품의 경우는 연재 도중 중편소설과 장편소설이라는 용어를 혼용했고, 일부 중편소설의 원고 분량은 장편소설 길이의 평균치를 훨씬 상회하기도 했다.

한국 근대신문에서 장편소설이라는 용어의 사용은 기사 및 연재물 광고 등을 통해 활성화되기 시작한다. 근대신문에서 장편소설이라는 용어는 1920년대 이후 1930년대 초반까지는 주로 광고 문안에 사용되었다. 실제 연재물에 장편소설이라는 양식 표기가 활성화되는 것은 1930년 중반 이후이다. 잡지의 경우와는 달리 근대신문에서 장편소설이라는 용어의 의미는 비교적 명확했다. 근대신문에서 장편소설은 일정한 기준 이상의 길이를 가진 특정한 문학 양식을 지칭하는 용어로 사용되었다. 특기할 만한 사실은, 공고문 등에서 작품의 길이를 알릴 때 그 기준을 원고 분량이 아니라 연재 회수로 제시했다는 사실이다. 한국 근대신문에서 장편소설은 적어도 100회 이상 연재된 작품을 의미하는 용어였다.

완결된 작품들만을 대상으로 『동아일보』·『조선일보』·『매일신보』 등 세 신문에 연재된 장편소설의 평균치를 살펴보면 연재 횟수는 173회이고 원고의 분량은 2,100매 정도이다. 이러한 평균치는 각 신문들이 제시했던 최소치에 비하면 매우 높은 편이었다. 근대신문에서는 장편소설은 중편소설과도 명확히 구별되었다. 근대신문에서 중편소설은 100회 이내의 연재물에 적용되는 용어였다. 한국 근대문학사의 전개 과정에서 장편소설은 잡지보다는 신문을 통해 성장했고, 용어의 의미 또한 신문을 통해 오늘날과 유사한 것으로 정착되었다. 그런 점에서 "장편소설이란 말은 곧 신문소설이란 말과 동의어"[38]라는 지적은 일면의 타당성을 지닌다.

한국 근대소설사에서 창작 장편소설이 자리를 잡아갔던 1930년대 중반은 비평계에서도 소설 양식에 대한 관심이 깊어지고 장편소설에 대한 이론적 논의가 활발하게 진행되던 시기였다. 한국 근대소설사와 한국 근대비평사가 상호 깊은 연관성을 갖고 진행되는 것은 지극히 당연한 현상이기도 했다.

---

38 이원조, 「장편소설의 형태」, 『조광』, 1940.11, 218쪽.

7

1. 문제 제기

문체를 중심으로 문학사를 설명한다면, 한문에서 출발해 국한문혼용을 거쳐 한글로 가는 과정이 한국 근대문학사의 전개 과정이다. 언문일치의 구현과 구어체 한글소설의 정착 과정에 대한 이해는 한국 근대문학사의 본질에 다가가기 위해 꼭 필요하다.[1]

한국 근대문학사에서 작가의 문필활동은 작품이 수록된 매체의 성격과 깊은 연관성을 지닌다. 근대 작가의 문체 선택은 작가 개인의 의지보다 작품이 수록되는 매체의 성향과 더 큰 관계가 있다. 근대 한글소설의 전개는 잡지보다는 신문을 통해 이루어졌다. 따라서 여기에서는 먼저 한국 근대신문의 문체 선택 과정에 대해 정리하려고 한다. 이어서 이광수의 사례를 중심으로 근대 작가의 문체 선택 및 구어체 한글소설의 정착 과정에 대한 논의를 진행해 나가고자 한다.

---

1 한국의 근대 언어 관련 주요 저술로는 다음의 것들이 있다. 이병근 외, 『한국 근대 초기의 언어와 문학』, 서울대 출판부, 2005; 한기형 외, 『근대어·근대매체·근대문학』, 성균관대 대동문화연구원, 2006; 이병근 외, 『일제 식민지 시기 한국의 언어와 문학』, 서울대 출판부, 2007; 임상석, 『20세기 국한문체의 형성 과정』, 지식산업사, 2008; 고영진외, 『식민지 시기 전후의 언어 문제』, 소명출판, 2012; 연세대 근대한국학연구소, 『한일 근내어문학 연구의 쟁점』, 소명출판, 2013; 미쓰이 다카시, 『식민지 조선의 언어 지배구조』, 소명출판, 2013; 김병문, 『언어적 근대의 기획』, 소명출판, 2013; 시정곤, 『훈민정음을 사랑한 변호사 박승빈』, 도서출판 박이정, 2015; 최경봉, 『근대국어학의 논리와 계보』, 일조각, 2016; 임상석, 『식민지 한자권과 한국의 문자 교체』, 소명출판, 2018; 안예리, 『근대 한국어의 변이와 변화』, 소명출판, 2019; 김병문, 『'국어의 사상'을 넘어선다는 것에 대하여』, 소명출판, 2019.

2. 한국 근대신문의 문체

1) 『한성주보』

『한성주보』는 최초의 근대신문인 『한성순보』를 이어받아 정부 기구인 통리아문박문국에서 발행했다. 1886년 창간되어 1888년까지 간행되었던 『한성주보』는 근대 매체 가운데 가장 먼저 한글체 기사를 수록한 신문이다.[2] 『한성주보』는 1888년 폐간 시까지 대략 120호 정도가 발간되었을 것으로 추정된다.[3] 그런데 『한성주보』의 한글체 기사는 주로 발간 초기에만 집중되어 있다. 한글 기사의 존속 기간이 그리 길지 않았던 것이다. 제20호를 넘어가면서 빈도수가 줄어들기 시작한 한글체 기사는 32호 이후에는 완전히 모습을 감추게 된다. 국한문혼용체 기사도 28호 이후로는 발견되지 않는다. 결국 『한성주보』는 『한성순보』와 마찬가지로 순한문체 신문으로 회귀한 것이다. 『한성주보』가 순한문체 신문으로 회귀하게 된 가장 큰 이유는 이 신문의 주요 배부처가 관공서였고, 주요 독자가 한문 사용 계층이었다는 점에서 찾을 수 있다. 두 번째 이유는, 이 신문이 한글체에 어울리는 기사의 영역을 개척하지 못했기 때문이다. 『한성주보』에서 한글은 단순한 번역의 도구일 뿐, 글 쓰는 이의 의사 표현을 위한 도구

2　참고로, 『한성주보』 이전에도 근대신문에서 한글 사용의 사례가 전혀 없었던 것은 아니다. 『조선신보』는 한글로 본문을 적고 그 상단에 한자를 병기한 부속한문체 문장을 사용한 바 있다. 『조선신보』는 부산 지역을 중심으로 활동한 일본인들의 집합체인 재부산항상법회의소가 1881년 12월 10일 창간한 신문이다. 이 신문의 주된 독자는 조선에 머물던 일본인이었다. 『조선신보』에서 가장 큰 비중을 차지하는 것은 경제 관련 기사였지만, 조선의 인물 동정 및 풍속에 관한 기사도 수록했다. 「조선임경업전」을 일본어로 번역 연재한 바도 있다. 그러나, 『조선신보』의 한글 표기는 그 출현 빈도수가 극히 적어 의미 있는 표본이 되기 어렵다.

3　정진석, 「해제-최초의 근대신문 한성순보와 한성주보」, 『한성순보·한성주보』, 관훈클럽신영연구기금, 1983, 3쪽.

는 아니었다.『한성주보』에 수록된 한글 기사의 대부분은 일본과 중국의 근대신문에 수록된 기사를 번역한 것이다.『한성주보』의 한글 기사들은 원문인 일본어와 중국어를 한문으로 번역한 후 다시 한글로 번역 표기하는 절차를 거쳤던 것으로 보인다.『한성주보』의 독자는 순한문 신문『한성순보』의 독자와 거의 차이가 없었다. 따라서 이러한 이중 번역의 절차는 번거로운 수고에 비해 독자들에게 별다른 효과가 없었다. 그 결과『한성주보』에서 한글의 사용은 그 빈도수가 줄어들 수밖에 없었던 것이다.

하지만『한성주보』의 한글체 기사는 이러한 실패에도 불구하고 몇 가지 점에서 의미가 있다. 그중 가장 주목할 만한 사실은, 이를 통해 당시대 지식인들이 최초로 공적 영역에서 한글을 접하게 되었다는 점이다. 지식인을 위한 최초의 국한문 표기 저술『서유견문』이 간행된 것이 1895년이라는 사실을 생각하면, 이보다 약 10년이나 앞서 등장한『한성주보』의 한글체 기사는 그 존재 사실만으로도 의미가 크다.『한성주보』의 한글 사용은 '오랫동안 억눌렸던 일반 대중이 자기를 주장하고 자기를 새삼스럽게 찾아내는 데 결정적인 역할을 한 것'으로 평가받기도 한다.[4]『한성주보』의 한글체 기사는, 근대 초기 개화파의 국한문혼용체 신문 발행의 소망을 실현했다는 점에서도 의미가 있다. 근대 최초의 신문『한성순보』가 원래 국한문혼용체 신문으로 기획되었다는 사실은 잘 알려져 있다. 이를

---

4 다음의 지적 참조. "이로써 종래의 특수 상층계급만의 한자로부터 해방되어 일반 대중도 민족 고유의 알기 쉬운 한글로서 학문 세계에 발을 들여 놓을 수가 있게 되었다. 그것뿐이 아니라 정치상의 의사를 나타낼 수가 있게 되었고 또 하나의 사상을 갖게 되었다. 신문에 한글 사용이야말로 오랫동안 억눌렸던 일반 대중이 자기를 주장하고 자기를 새삼스럽게 찾아내는 데 결정적인 역할을 하게 만들었다. 따라서 지난날의 언론이 주로 상층계급인 양반과 중인들 사이에만 행해졌던 것을 이로부터는 일반 대중, 특히 서민층에서도 일어나게 할 소지를 충분히 마련하였다." 최준,『신보판 한국신문사』, 일조각, 1990, 27~28쪽.

준비하던 박영효와 유길준 등이 갑자기 물러난 후 통리아문박문국이 간행 주체가 되면서『한성순보』는 순한문체 신문으로 발행되었다.『한성주보』의 한글체 기사는 근대계몽기 국어의 표기변천사를 연구하기 위한 일차 자료로서도 적지 않은 의미를 지닌다.『독립신문』등 근대 초기 신문 기사에서 발견되는 한글 표기 특징 가운데 상당수는『한성주보』의 한글체 기사에서도 거의 그대로 확인된다.[5]『한성주보』에서 시도되었던 한글 문장의 띄어쓰기는『독립신문』에 이르러 실질적으로 정착이 된다.

『한성주보』의 한글체 기사 정착 실패의 경험은 근대 매체의 문체 선택에서 중요하게 고려해야 하는 요인이 독자층의 성격이라는 점을 새삼 확인시켜주었다. 아울러, 문체에 맞는 기사 영역의 개척이 필요하다는 사실 또한 일깨워 주었다. 결과적으로 보면,『한성주보』에서의 한글체 기사의 정착 실패 경험은 이후 발간된 근대신문의 한글 문체 선택 과정에 타산지석의 교훈으로 작용한 셈이다.[6]

2)『독립신문』

한국의 근대 매체에서 한글의 사용이 본격화되기 시작한 것은『독립신문』을 통해서이다.『독립신문』은 1896년 4월 7일 창간되어 1899년 12월 4일까지 간행되었다. 창간 당시에는 한글 3면과 영문 1면으로 발행되었으나, 1897년 1월 이후 영문판이 분리되면서 온전한 한글 4면의 신문으로 전환된다.『독립신문』의 한글 간행에 중요한 역할을 한 인물은 서재필

---

5 『독립신문』의 한글 표기와 맞춤법에 관한 상세한 논의는 이응호,『개화기의 한글운동사』, 성청사, 1975, 235~237쪽 참조. 근대계몽기 국어의 일반적 특질에 대한 정리는 정승철 외,『국어의 시대별 변천 연구 4 – 개화기 국어』, 국립국어연구원, 1999 참조.

6 『한성주보』의 한글체 기사와 관련된 더 자세한 논의는 김영민,「『한성주보』소재 한글체 기사의 특질 연구」,『대동문화연구』제 107집, 2019, 241~267쪽 참조.

과 윤치호 등이다.[7] 『독립신문』에서 교보원으로 일했던 주시경의 역할 또한 중요했다. 『독립신문』에서는 한글을 주로 '언문' 혹은 '국문'이라 불렀다.[8] 『독립신문』은 기사를 한글로 쓴 이유가 남녀와 상하귀천의 구별 없이 모두 읽을 수 있도록 하기 위한 것이라고 창간호 논설에서 밝히고 있다. 구절을 떼어 쓴 이유는 알아보기 쉽게 하려는 데 있다.[9]

『독립신문』은 논설뿐만 아니라 잡보란의 기사를 통해서도 국문 사용의 필요성을 거듭 강조한다. 『독립신문』 잡보란에서는 국문의 폐지를 주장하는 관리를 비판하거나, 국문의 사용을 주장하는 관리를 소개하는 기사 및 국문 관련 토론회 기사를 어렵지 않게 발견할 수 있다. 『독립신문』의 국문에 대한 관심은 전문적 기고문 등을 통해 점차 그 깊이를 더해 가게 된다. 1897년 4월 22일 자와 24일 자 신문에 연재된 주시경의 국문론은 그 대표적 사례 가운데 하나이다. 문자는 표음문자와 표의문자로 구분된다. 이 두 가지 글자 가운데 배우고 쓰기에 쉬운 것은 음을 따라 그대로 기록하는 표음문자이다. 표음문자 즉 음을 따라 쓰는 문자는 글자 수가 적고 문리가 있어 배우기 쉽다. 그러나, 표의문자는 그 수가 한정이 없어 배우기 어렵다. 따라서 전자를 버리고 후자를 택하는 것은 공연히 시간을 허비하는 일이며 이를 사용하려는 것은 지각없고 미련한 일이라는 것이 주시경의 생각이다. 문장을 왼편에서 시작해 오른편으로 써 나가자는 주장도 당시로서는 획기적인 것이었다. 이는 관습을 버리고 효율

---

7   이기문, 「독립신문과 한글문화」, 『주시경학보』 제4집, 1989, 7~21쪽 참조. 『독립신문』의 서지에 관한 상세한 논의는 정진석, 「민간신문의 효시 독립신문」, 『독립신문』 해제, LG상남언론재단, 1996, 1~14쪽 참조.

8   "여기서 한 가지 밝혀둘 것은 '한글'이라는 이름은 1910년 이후에 생긴 것이요, 독립신문이 간행된 당년에는 종래의 '언문'과 새로 생긴 '국문'이 아울러 사용되었다는 사실이다. '훈민정음'의 약칭인 '정음'이 간혹 쓰이기도 했다." 이기문, 위의 글, 7~8쪽.

9   『독립신문』, 1896. 4. 7.

을 추구하는 주시경의 새로운 사고의 틀을 보여주는 주장이다. 주시경뿐만 아니라 윤치호 또한 『독립신문』에 국문 관련 원고들을 투고한 바 있다. 『독립신문』은 이러한 기고문들 외에도 국문의 사용을 장려하는 내용의 논설을 게재했다. 1897년 8월 5일 자 논설은 국문의 우수성과 그 활용 방안에 대한 견해를 밝힌 글이다. 여기서는 특히 한문으로 책을 만들어 읽을 때 생기는 커다란 문제점 가운데 하나로 언문의 불일치를 지적한다. 이 글은 국문으로 책을 번역할 때 먼저 해야 할 일 두 가지를 다음과 같이 제시한다.

첫째는 '국문으로 옥편을 만들어 글자 쓰는 법을 정해놓고 그대로 가르치는 일'이다. 둘째는 '국문을 쓸 때 독립신문 모양으로 말마다 떼어 쓰는 일'이다. 그렇게 해야 읽기에 불편하지 않고 무슨 말이든 보게 되면 곧바로 그 뜻을 이해할 수 있기 때문이다. 글을 가르칠 때에는 한문으로 주를 달지 말고 국문으로 주를 달아 가르쳐야 한다. 그렇게 해야 뜻을 소상히 알 수 있고 배우기 쉬우며 무엇보다 말과 글이 같아질 수 있다. 이른바 언문일치의 길이 열릴 수 있는 것이다. 그리하여, 옥편을 만들어 말 쓰는 규칙과 문법을 정하여 전국이 그 옥편을 따라 말과 글이 같도록 쓰고 읽게 하며, 옥편에 있는 규칙에 따라 다양한 학문서를 번역하는 일이 조선 교육의 기초가 되고 조선 독립의 기초가 된다는 것이다.

『독립신문』은 창간 이후 폐간에 이르기까지 극소수 사례를 제외하면 거의 완전하게 한글을 전용했다. 이러한 『독립신문』의 한글 전용은 근대 계몽기 당시의 문자 사용 현실 속에서는 매우 이례적인 것이었다. 『독립신문』은 소설란을 따로 두지 않았다. 그러나, 한글 서사적 논설들을 다수 수록함으로써 한국 근대소설사의 초석을 쌓았다. 『독립신문』, 『조선크리스도인회보』, 『그리스도신문』, 『매일신문』 등 소설란을 따로 두지 않았던 신문들은 서사문학 작품을 수록할 때에 주로 논설란이나 잡보란을 활용했다. 그 가운데서『독립신문』은 특히 논설란을 활용해 단형 서사문학 작품을 수록한 대표적 신문이다.

『독립신문』기사의 어미를 분석해 보면 논설은 '-니라' 혹은 '-노라'로 마무리하고, 잡보의 경우는 '-더라'로 마무리하는 경우가 가장 많다. 1890년대에 간행된 또 다른 한글 신문『매일신문』의 경우에도 종결어미 '-노라'는 주로 논설에서 사용되고 '-더라'는 잡보에서 사용된다. '-니라'와 '-노라'가 스스로 진리 혹은 진실이라 믿고 있는 사실을 상대에게 일러줄 때에 사용하는 종결어미라면, '-더라'는 스스로 알고 있거나 경험한 일을 회상하여 전달할 때 주로 사용하는 종결어미이다. 이 점에서『독립신문』과『매일신문』이 의견 전달을 주로 삼은 논설란에서 '-니라'체와 '-노라'체를 사용하고, 사실 전달을 주된 목적으로 삼은 잡보란에서 '-더라'체를 사용한 것은 그 기능상 적절해 보인다.[10]

『독립신문』에서 사용된 한글은『한성주보』에서 사용된 한글과 여러 가지로 구별된다.『한성주보』의 한글이 주로 외국어 번역의 도구로 사용되었던 것과는 달리『독립신문』에서는 의사 표현의 도구로 변화 사용된다. 이들은 어미의 종류와 활용 방식에서도 크게 차이가 난다. 다양한 한국어 구어체 어미의 등장과 활용이『독립신문』의 서사적 논설을 통해 시도되었다는 사실을 주목할 필요가 있는 것이다.『독립신문』소재 서사적 논설에서는 일반 기사에서 보기 어려운 감탄이나 의문 강조 등 매우 다양한 형태의 어미들이 등장한다. 서사적 논설에 등장하는 다양한 형태의 어미

---

10 『독립신문』기사의 종결형 어미와 관련된 상세한 논의는 심재기, 「개화기의 문체 2-『독립신문』과『한어문전』의 고담을 중심으로」,『국어문체 변천사』, 집문당, 1999, 103~124쪽 참조.

가 중요한 이유는 이들이 구어체 문장의 출현 과정과 관련이 있기 때문이다.

3) 『한성신보』

『한성신보』는 일본 외무성의 지원을 받아 발간된 신문이다.[11] 이 신문은 1895년 2월에 창간되어 1906년 7월 말까지 간행되었다. 『한성신보』는 『독립신문』과 서로 경쟁했던 신문이다. 『한성신보』는 국내에서 발간된 신문 가운데서는 최초로 '소설'란을 두고 작품을 게재한 신문이라는 점에서 중요하다.[12] 이 신문은 잡보란을 활성화시킨 신문이기도 하다. 개항 이후 일본인들이 조선에서 발행한 신문들은 대부분 특정 지역에 거주하는 상인들에게 정보를 제공하고 이들의 상업적 활동을 지원하는 데 그 목적이 있었다. 이들 신문은 일본어와 순한문을 주로 사용했다. 그러나, 『한성신보』의 문체와 지면 구성은 이전까지의 일본인 발행 신문과는 근본적으로 차이가 있다. 『한성신보』는 한글과 국한문 그리고 일본어를 함께 사용하는 격일간 신문으로 출발해 이후 일간으로 변모했다. 현재 전하는 초기 『한성신보』의 지면 구성은 4면으로 되어 있다. 1면부터 2면까지는 주로 한글 및 국한문 기사가, 3면은 일본어 기사가 주를 이룬다. 4면은 광고로 구성되어 있다. 『한성신보』가 일본어뿐만 아니라 국한문과 한글 기사를 함께 수록했다는 것은 이 신문이 당시 조선의 대중적 독자를 의식하며 창간되었다는 사실을 말해준다. 한국어면과 일본어면 모두에 게

11　『한성신보』와 관련된 상세한 논의는 김영민, 『한국의 근대신문과 근대소설 2 ─ 한성신보』, 소명출판, 2008 참조.

12　『한성신보』는 1897년 1월 12일 「상부원사해정남」을 발표하면서 '소설'이라는 명칭을 사용하기 시작한다. 이전까지는 잡보란에 작품을 게재했다.

재된 '양면기사'는 일본과 조선의 정치와 관련된 기사가 가장 많고, 다음으로 학교 관련 기사, 폭동 관련 기사 등으로 이어진다. 이는 조선인과 거류일본인 모두에게 중요한 문제였기 때문으로 보인다. 한국어 면 기사의 특징은 사설, 계몽기사, 일본 소개 기사 등이 많다. 일본어 면 기사는 약 80%가 정치 관련 기사인데 이 중 절반은 조선의 정치와 관련된 내용이다. 이러한 기사 배치는 『한성신보』의 발행 목적과도 연관되어 있는 것으로 보인다.[13]

『한성신보』에 최초로 수록된 한글 서사문학 작품은 「조부인전」[1896.5.19~7.10]이다. 한글 작품을 연재한 것은 『한성신보』의 독자 확대를 위한 지면 개량 계획과 연관이 있다. 『한성신보』 창간 이듬해인 1896년 4월에 창간된 『독립신문』의 출현은 이 신문의 구독자 수 격감이라는 결과를 가져온다. 이에 따라 『한성신보』에서는 일본 외무성에 지원액 증원을 요청하면서 신문지면 및 사원 조직 개편안을 제출하게 된다.[14] 이렇게 독자 확보와 신문사 경영 쇄신을 추구하는 방편 가운데 하나로 기획된 것이 한글소설이었던 셈이다. 「조부인전」은 한글소설이면서 또한 여성을 주인공으로 한 소설이다. 『한성신보』는 「조부인전」 연재에 앞서 이 작품이 재미있고 부인들에게 교훈이 되는 소설이라는 점을 강조하면서, 독자들이 이를 열심히 읽고 신문을 많이 사 보기를 바란다고 공고한다. 여성 주인공을 내세운 한글소설의 게재를 지면 개량 계획에 포함시키는 사례는 이후 『대한매일신보』 등 여타 국내 신문에서도 발견된다. 『대한매일신보』는 국문판을 발행하기 시작하면서 소설란의 첫 작품으로 「라란부인전」

13 이토 토모코(伊藤知子), 「『한성신보』 연구」, 연세대 대학원, 2020, 213~214쪽 참조.
14 채백, 「『한성신보』의 창간과 운용에 관한 연구」, 『신문연구소학보』 제27호, 1990, 121~125쪽 참조.

1907.5.23~1907.7.6을 게재한 바 있다. 「라란부인전」은 중국의 양계초의 작품을 번역한 것으로 프랑스대혁명에 참여한 여성의 활약상을 다룬 작품이다. 『한성신보』와 『대한매일신보』는 성격상 서로 다른 신문이었고, 따라서 이들 신문에 실린 두 작품의 의미가 같을 수는 없다. 그럼에도 불구하고 이들 신문이 독자의 확보를 위해 여성 주인공을 내세운 한글소설을 게재했다는 점은 공통된다. 이는 여성 독자의 확보가 신문 구독자 수를 늘리는 일에 적지 않은 도움이 되었기 때문이다.

4) 『대한매일신보』

한국의 근대 초기 신문은 국한문체 신문과 한글 신문으로 나누어진다. 이는 결국 독자의 양분 구도가 형성되었다는 말로도 해석될 수 있다. 근대신문의 문체 선택의 가장 큰 기준은 독자였다. 이를 잘 보여주는 것이 『제국신문』과 『황성신문』의 경우이다. 『제국신문』은 1898년 8월부터 1910년 8월까지, 그리고 『황성신문』은 1898년 9월부터 1910년 9월까지 간행되었다. 두 신문의 발간 시기가 거의 일치하는 것이다. 이들 두 신문은 각각 순한글체와 국한문체로 나뉘어 발행되었다. 『제국신문』의 주된 독자는 일반 대중 및 여성이었고, 『황성신문』의 주된 독자는 지식인 남성이었다. 두 신문은 독자가 달랐으므로 각 신문이 다루는 관심사 역시 차이가 난다. 『제국신문』은 여성 계몽을 목적으로 한 여성 및 교육 관련 기사를 많이 다루었고 소설을 비롯한 한글 서사문학 자료들을 다수 게재했다. 특히 『제국신문』이 이해조를 소설 전문 기자로 받아들여 1907년 6월 이후 폐간에 이르기까지 거의 매일 신소설류의 작품을 게재했다는 점은 주목할 만하다. 문체에 따라 신문의 독자가 분리되어 있었다는 것은 결국 신문의 독자 선택 폭이 넓지 않았다는 사실을 말해준다. 이는 어느 한쪽을 자신의 독자로 선택할 경우 다른 쪽을 포기해야 한다는 사실을 의미하기 때문이다. 어느 한 쪽의 독자도 포기하기 어렵다고 판단했을 때 근대신문이 취할 수 있는 방법은 두 가지 문체 즉 한글과 국한문체 신문을 동시에 인쇄해 발행하는 것이었다. 이를 처음으로 실현한 것이 『대한매일신보』이다.

『대한매일신보』는 1904년 7월 18일 창간되어 한일병합 직전인 1910년 8월 28일까지 간행되었다.[15] 한일병합 이후 이 신문은 총독부 기관지 『매일신보』로 변모하게 된다. 『대한매일신보』에는 120여 편의 서사문학 자료가 실려 있다. 『대한매일신보』는 1900년대 소설사 연구를 위한 가장 주목할 만한 근대 매체이다. 『대한매일신보』는 『한성신보』 이후 처음으로 '소설'란을 만들었고 신소설란 또한 설치해 창작 서사물을 게재했다. 이 신문은 창간 당시에는 영문판 4면과 국문판 2면으로 출범했다. 이후 1905년 8월부터는 국문판이 사라지고 영문판과 분리된 국한문판이 등장한다. 그러다가 다시 1907년 5월 23일부터는 분리된 국문판을 추가로 발행하게 된다. 결국 영문판, 국한문판, 국문판의 체재를 유지하게 되는 것이다. 『대한매일신보』 국문판의 1907년 5월 23일 자 「사고社告」는 근대신문의 문체 선택이 곧 독자에 대한 선택이라는 사실을 명시적으로 보여준다.[16] 이 사고에서는 『대한매일신보』를 영문판과 분리하면서 국한문으로 발행한 이유를 우선 남자 사회를 위한 일이었다고 기술한다. 이후 다시 한문을 모르는 사람과 부인 여자들을 위하여 국문판을 발행하게 되었다는 것이다. 그리하여 남자와 여자가 동등하게 문명상에 도달하기를 희망한

---

15 『대한매일신보』와 관련된 기본적 논의는 김영민, 『한국의 근대신문과 근대소설 1 – 대한매일신보』, 소명출판, 2006 참조.

16 「사고」, 『대한매일신보』 국문판, 1907.5.23.

다는 것이 이 신문의 생각이다. 『대한매일신보』는 「국문신보 발간」1907.5.23, 「국한문의 경중」1908.3.22, 「여자와 노동사회의 지식을 보급하게 할 도리」1908.12.30 등의 논설을 통해 국문 사용의 필요성을 거듭 강조한다. 이 논설들은 배우기 어려운 한문으로 인해 지식이 막히고 실업이 쇠퇴하니 이를 조속히 버리고 배우기 쉬운 한글을 선택해야 한다는 주장을 담고 있다.

『대한매일신보』의 소설란에 수록된 작품들은 예외 없이 순한글체로 쓰여 있다. 국한문판에 수록된 작품들의 경우도 '소설'이라는 명칭이 붙을 경우에는 순한글로 게재된다. 1910년 이전까지 근대계몽기 신문에 실린 수백 편의 서사문학 작품들 가운데 소설이라는 명칭이 붙어 있는 작품은 대략 100여 편 정도이다. 이 가운데 국한문혼용체로 쓰인 작품은 오직 두 작품뿐으로 하나는 『한성신보』에 수록된 「경국미담」1904.10.4~11.2이며 다른 하나는 『황성신문』에 수록된 「신단공안」1906.5.19~12.31이다.

『대한매일신보』는 국문 신문과 국한문 신문을 동시에 발행했으므로 경우에 따라서는 같은 작품을 두 가지 문체로 각각 게재하는 경우가 있었다. 신채호가 지은 소설 「수군의 제일 거룩한 인물 이순신전」1908.6.11~10.24과 「동국에 제일 영걸 최도통전」1910.3.6~5.26이 그러한 예가 된다.[17] 여기서 주의해 볼 사실은 이들 작품이 국문판에는 '소설'로 분류되어 있지만, 국한문판에는 그렇지 않다는 점이다. 이들 작품의 형식이 국한문판에는 '위인유적'으로 표기가 되어 있다. 이로 미루어 보면 이 시기까지 소설이라는 용어는 한글에 어울리는 문학 양식이었고 지식인 독자에게는 별다른 유인력을 가지지 못한 글쓰기 형식이었다는 점을 알 수 있다.

---

17 이들은 국한문판에는 「水軍第一偉人 李舜臣」(1908.5.2~8.18)과 「東國巨傑 崔都統」(1909.12.5~1910.5.27)이라는 제목으로 실려 있다.

5) 『만세보』

『만세보』는 『대한매일신보』와는 전혀 다른 방식으로 한글 독자와 국한문 독자 모두를 확보하기 위한 새로운 시도를 한다.[18] 『만세보』는 1906년 6월 17일부터 1907년 6월 29일까지 발행된 천도교의 기관지이다. 『만세보』가 선택한 새로운 방식은 한자를 기사 본문에 쓰고 그 위에 한글을 달아 읽어 주는 부속국문체를 활용하는 것이었다. 『만세보』는 한자 본문 위에 함께 쓰는 작은 한글 활자를 부속국문활자라 불렀다. 『만세보』에 수록된 이인직의 「소설단편」[1906.7.3~4]은 근대문학사 최초로 부속국문체로 발표된 작품이다. 「소설단편」의 도입 문장은 다음과 같다.

이 小說은 國文으로만 보고 漢文音으로는 보지 말으시오
汗을 쓰려 雨가 되고 氣를 吐ㅎ야 雲이 되도록 人 만흔 곳은 長安路이라
廟洞도 都城이 언마는 何其 쓸쓸ㅎ던지……[19]

『만세보』가 부속국문체를 시도한 것은 국한문체와 한글체로 독서 시장이 분할되어 있던 한국의 특수한 상황에 대처해 나가려는 노력의 결과였다. 국한문 사용 계층과 한글 사용 계층을 모두 독자로 끌어들이려는 의도가 이러한 문체를 낳았던 것이다.

『만세보』는 창간에 앞서 이러한 표기 방식을 선택한 이유를 명확히 밝히고 있다. 이 신문이 원래 한문으로 기획된 것이지만, 한문을 모르는 사람들도 읽을 수 있도록 그 곁에 국문으로 주석을 달아 모두가 내용을 알

---

18 『만세보』와 관련된 기본적 논의는 김영민, 『한국의 근대신문과 근대소설 3 — 만세보』, 소명출판, 2014 참조.
19 국초, 「소설단편」, 『만세보』, 1906.7.3.

수 있도록 할 예정이라는 것이다.[20] 『만세보』 수록 논설에도 부속국문체의 유용성에 대한 설명이 들어 있다. 누구나 며칠 동안만 공을 들여 국문을 익히고 나면 부속국문을 통해 이 신문의 한문 기사를 이해할 수 있게 된다는 것이다. 그리하여 모든 독자가 국내외 정황과 정세를 알게 될 것이며 정치와 교육에 대한 이야기를 나누는 것이 가능해지리라는 것이다.[21]

근대 초기에는 기독교의 성경 번역이 이미 한자와 한글을 병기하는 방식을 활용한 바 있다. 1885년 일본 요코하마에서 인쇄한 최초의 한글 성경 『마가의 전한 복음서 언해』 등의 본문 표기에서 이를 확인할 수 있다. 『만세보』의 발행에 관여한 주요 인물들인 오세창과 이인직은 모두 일본에 장기간 체류한 경험이 있다. 따라서 이들은 한자와 일본어 가나[かな]를 나란히 적는 일본식 한자 표기법에 익숙했을 것이다. 『만세보』 사장 오세창이 역관譯官의 집안에서 성장했다는 사실 또한 두 가지 문자의 병기를 자연스러운 현상으로 받아들이게 했을 것이다. 일본의 후리가나 표기와 『만세보』의 부속국문 표기는 외형은 유사하지만 실제 용도에서는 차이가 크다. 일본의 후리가나 표기는 주로 본문의 한자를 읽기 위한 것이다. 그러나, 『만세보』의 부속국문체는 한자로 된 본문에 한글로 토를 단 경우뿐만 아니라 그 반대의 경우도 존재한다. 즉 한글 원문에 한자를 추가한 경우도 적지 않았던 것이다.

한글로 된 원문에 한자를 추가하는 작업 과정을 거쳤던 대표적인 사례들이 『만세보』에 수록된 이인직의 소설들이다. 「혈의루」[1906.7.22~10.10]와 「귀의성」[1906.10.14~1907.5.31] 등의 작품들은 원래 한글로 창작되었다. 그러나, 『만세보』 연재 시에는 본문을 한자로 적고 한글로 상단에 토를 달아 부속

20 『제국신문』, 1906.5.11.
21 「길성」, 『만세보』, 1906.7.25.

국문체로 표기했다.『만세보』초기에 수록된 소설과 논설은 외형상 같은 부속국문체를 취하고 있다. 하지만 이들 소설의 원문은 한글이고 논설의 원문은 국한문으로 서로 차이가 있었다.『만세보』의 부속국문체 사용은 그리 오래 가지 못한다. 부속활자의 마모로 인한 경제적 부담이 컸기 때문이다. 1907년 3월 중순 이후『만세보』는 소설은 한글로, 논설 등 기타 기사는 국한문으로 인쇄하는 방식을 선택하게 된다. 이는 앞에서『대한매일신보』가 국한문판 신문에서 시도했던 방식이기도 하다.『만세보』의 이러한 문체 선택 방식은 이후 1910년에 창간되는『매일신보』를 비롯해 1920년대 이후의 민간신문인『동아일보』와『조선일보』등에 이르기까지 한국 근대신문의 문체 선택 방식의 표본이 된다.

6)『매일신보』

조선총독부 기관지『매일신보』는 1910년 8월 30일 발간을 시작했고, 『대한매일신보』의 지령을 이어받았다.[22]『매일신보』의 첫 호가 1462호로 기록되어 있는 것은 이 때문이다.[23]『매일신보』는『대한매일신보』와 마찬가지로 국문판과 국한문판을 동시에 발행하며 출범했다. 그러나,『매일신보』국문판의 발행은 1912년 2월 이후 종료된다. 국문판의 발행 중단을 알리는 사고는 1912년 3월 1일 자 신문에 국한문 기사와 국문 기사로 각각 게재되었다.[24]『매일신보』가 선택한 지면 변화의 핵심은 국문판과

---

22 『매일신보』는 독립된 언론기관이 아닌 총독부 기관지로서『경성일보』편집국에 소속된 하나의 부서로 출발하게 된다. 편집만 따로 했을 뿐, 영업과 광고 등 기타 업무는『경성일보』가 담당했다. 함태영,『1910년대 소설의 역사적 의미』, 소명출판, 2015, 31쪽 참조.
23 『대한매일신보』국한문판의 종간호는 1910년 8월 28일 자 발행 제1461호이다. 같은 날 발간된 국문판의 최종 호수는 938호이다.
24 그동안『매일신보』국문판의 존재는 이 사고를 통해서만 알려져 왔을 뿐, 실체가 확인되거나 공개된 바 없었다. 그러나 최근『아단문고』가『매일신보』국문판의 일부를 발굴

국한문판이라는 두 가지 신문을 합쳐 하나로 하고, 활자 크기를 줄여 기사의 분량을 늘리는 것이었다. 『매일신보』는 한글 신문을 폐지하는 대신 3면과 4면에 한글 기사를 게재한다는 사실도 밝히고 있다. 그리하여 '이왕에 비하면 불과 삼십 전에 두 가지 신문을 보게 되었으므로 독자들에게 이 같은 이익이 다시없을 것'이라 공언한다.[25] 『매일신보』의 이러한 지면 개편과 지면에 따른 기사 배치의 관행은 이후 창간되는 『조선일보』와 『동아일보』 등에도 이어진다.[26] 『만세보』가 소설 등 극히 일부 원고만을 한글로 수록하는 '기사 분리'의 원칙을 활용했던 것과 달리, 『매일신보』는 '지면 분리'라는 새로운 원칙을 도입 정착시켰다. 이 '지면 분리'의 원칙은 근대신문의 문체 분리의 기본 틀로 한국 신문에서 자리를 잡게 된다.[27] 『매일신보』가 소설에만 한정시키지 않고 신문의 한 면 전체에 순한글 기사를 싣기 시작한 것은 당시로서는 매우 이례적인 것이었다. 『매일신보』는 지면 개편을 단행한 첫날 3면에 이인직의 한글 단편소설 「빈선랑의 일미인」1912.3.1을 게재한다. 『매일신보』는 전반적으로 지식인들에게 익숙한 국한문혼용체를 사용하였으나, 일부 지면에서는 대중 독자들에게 익숙한 순한글체를 택하는 이원화된 정책을 펼쳤다.[28]

함으로써 그 존재를 확인할 수 있게 되었다.

25 『매일신보』의 지면 구성은 1912년 2월까지는 『대한매일신보』 국한문판과 동일했다. 3월 1일 개편 이후 『매일신보』의 문체는 1~2면은 주로 국한문체이며 간혹 1면 사설이나 일부 칼럼에 순한문체가 쓰이기도 했다. 3면은 제목을 제외한 전 기사가 한글로 게재되었다. 4면의 경우 소설을 제외한 독자 투고문이나 지방통신의 문체는 국한문체였다. 함태영, 『1910년대 소설의 역사적 의미』, 52쪽 참조.

26 "매일신보가 지금까지 국한문혼용과 한글 전용으로 나뉘어 발행되던 두 개의 신문을 합병하여 '경파기사'인 정치와 경제 기사를 싣는 1면과 2면에는 국한문을 쓰고, '연파기사'인 사회면(3면)과 문화면(4면)을 한글 전용으로 쓰기 시작한 방법은 이때부터 우리나라 신문 제작의 패턴이 되었다." 정진석, 『언론 조선총독부』, 커뮤니케이션북스, 2005, 94쪽.

27 김영민, 『문학제도 및 민족어의 형성과 한국 근대문학』, 소명출판, 2012, 186~188쪽 참조.

『매일신보』편집진들은 신문에 국한문뿐만 아니라 국문의 사용이 필요하다는 분명한 인식을 지니고 있었다. 그런 점에서 『매일신보』에 수록된 「국문의 필요」[1910.9.21]는 주목할 만한 글이다. 이 글은 서두에서, 천하에 글은 같은 문자를 써야한다고 했으나 현실이 그렇지만은 않다는 사실에 대해 언급한다. 언(言)과 문(文)의 일치에 관한 각 나라의 사정이 다르기 때문이다. 특히 조선의 경우는 국문이 있음에도 한문을 중시하고, 한문학자는 국문을 천하게 여겨 배우려 하지 않으며 그것을 오로지 부녀자들이 통정하는 문자로만 생각하는 폐단이 있다. 국문은 누구나 짧은 기간에 쉽게 배울 수 있는 문자이다. 간단하나 쓸모가 많은 문자가 국문인 것이다. 「국문의 필요」가 강조하는 것은 조선에서 한문과 함께 국문의 효용성을 인식해야 한다는 점이다. 지식을 발전시키고 지혜를 개발하는 지름길이 거기에 있기 때문이다.[29] 한문과 함께 한글의 필요성을 강조하던 이러한 주장은 『매일신보』의 문예지면 구성 원칙과도 관계가 깊다.

한국의 근대 초기 작가의 대부분은 언론인이었다. 역사·전기소설의 작가인 신채호와 장지연을 비롯해 신소설의 대표적 작가였던 이인직과 이해조는 모두 언론사에 속했던 인물들이다. 장지연은 『황성신문』의 주필이었고 신채호는 『대한매일신보』의 주필이었다. 이인직은 『만세보』의 주필이었고, 이해조는 『제국신문』의 기자로 활동했다. 이들은 모두 한문 교육을 받았고 한문에 대한 식견과 소양 또한 높은 인물들이었다. 그럼

---

28 이와 관련된 상세한 논의는 이희정, 『한국 근대소설의 형성과 『매일신보』』, 소명출판, 2008, 291쪽 참조.

29 「국문의 필요」, 『매일신보』, 1910.9.21. 1910년대 『매일신보』에서 국문의 필요성에 대한 강조는 이후로도 지속된다. 한준석의 기고문 「언문의 필요」를 보면 1910년대 지식인 사회에서 국문을 대하는 태도가 어떠했는가를 잘 알 수 있다. 소파 한준석, 「언문의 필요」, 『매일신보』, 1918.5.30 참조.

에도 불구하고 장지연은 『애국부인전』[1907.10.3]을 순한글로 번역 간행했고, 신채호 역시 「지구성 미래몽」[1909.7.15~8.10] 등의 작품을 순한글로 창작했다. 이인직은 「혈의루」와 「귀의성」 등의 신소설을 모두 한글로 집필했다. 이해조는 초기에 일부 작품을 국한문으로 창작했지만 『제국신문』의 기자가 되어 창작 활동을 시작하면서부터는 대부분의 작품을 순한글로 썼다. 이들 작가가 한글로 소설을 창작하거나 번역한 이유는 당연히 독자의 문체 성향을 염두에 두었기 때문이었다.

이해조는 『매일신보』에 「화세계」[1910.10.12~1911.1.17], 「화의 혈」[1911.4.6~6.21] 등의 신소설을 순한글로 창작해 연속 게재한다. 『매일신보』의 편집진이 주요 대상으로 삼았던 소설란의 독자는 지식인이 아니라 일반 대중들이었다. 『매일신보』는 1912년 7월 이후 소설란의 성향을 더욱 대중화시키는 쪽으로 방향을 정하게 된다. 이 시기 이후 『매일신보』는 그동안 이해조 중심이었던 소설의 필진을 조중환 등으로 확대해 나간다. 조중환은 「쌍옥루」[1912.7.17~1913.2.4]를 비롯해 「장한몽」[1913.5.13~10.1] 등의 작품을 연달아 게재하면서 이해조를 대체하는 『매일신보』의 대표적 필자로 떠오른다. 이해조가 창작물을 중심으로 소설란을 채워갔다면, 조중환은 일본에서 대중적 인기를 얻은 작품들을 번안하는 방식으로 소설란을 채워갔다.[30] 이해조의 신소설을 거쳐 조중환 등에 의한 번안소설에 이르는 『매일신보』 소설란의 성격은 오락물을 목표로 한 대중화와 통속화로 요약할 수 있다.

---

30 "「불여귀」와 함께 조중환이 1910년대 매일신보에 연재한 번안소설을 일괄하면, 결국 그가 1890년대 후반(메이지 20년대)부터 1910년대 초반(다이쇼기)의 일본에서 유행하던 대중서사를 번역과 번안의 형태로 수용하고 있음을 확인할 수 있다." 최태원, 「일재 조중환의 번안소설 연구」, 서울대 대학원, 2010, 183쪽.

3. 이광수와 한국 근대 문체의 형성[31]

1) 이광수의 문체관

이광수는 근대 문체에 대해 누구보다도 큰 관심을 지니고 있던 작가였다. 이광수가 근대 문체에 대해 처음 관심을 표명한 것은 「국문과 한문의 과도시대」[1908.5]를 통해서이다. 이광수는 『태극학보』에 발표한 이 글에서 국어와 국문을 유지 발달시키는 것이 국민의 의무라는 견해를 피력한다. 모든 것이 과도기인 지금, 국문이 나아갈 길은 다음의 세 가지 가운데 하나가 될 수 있다. 첫째, 국문을 버리고 한문을 전용하는 것. 둘째, 국문과 한문을 병용하는 것. 셋째, 한문을 버리고 국문을 전용하는 것. 이 가운데 이광수가 선택한 것은 '한문을 전폐하고 국문을 전용하는' 일이었다. 국문의 독립을 의미하는 이 일은 시간을 지체할수록 더욱 행하기 어려워진다. 따라서 일시적 곤란을 무릅쓰고라도 이를 감행해야 한다는 것이 이광수의 주장이었다. 「국문과 한문의 과도시대」는 이광수가 일본 유학시절 발표한 첫 번째 글이면서, 활자화된 그의 첫 문장이라는 점에서도 의미가 있다.

그러나, 이렇게 국문전용을 주장하던 이광수의 생각은 얼마 지나지 않아 바뀌게 된다. 그는 『황성신문』에 발표한 「금일 아한용문我韓用文에 대하여」[1910.7.26]에서 문체에 대한 고민을 다시 드러낸다. 우리는 어떠한 문체를 선택해야 하는가? 이광수는 순국문으로만 쓰고 싶지만, 그것이 현

---

[31] 이 장의 내용은 다음의 논문을 토대로 수정 보완한 것이다. 인용문의 한자 원문 등은 이 글을 통해 확인할 수 있다. 김영민, 「한국 근대 문체의 형성 과정」, 『현대소설 연구』 제65집, 2017, 39~77쪽 및 김영민, 「언문일치와 구어체 한글소설의 정착 과정」, 『한국연구』 제6호, 2020, 135~175쪽.

실적으로 곤란하다는 견해를 표명한다. 순국문만을 사용했을 때 직면하게 될 가장 큰 어려움은 신지식의 수입에 저해가 된다는 점이다. 따라서 지금은 국한문을 병용할 수밖에 없다는 것이 이광수의 새로운 생각이다. 그렇다면, 당시 신문과 잡지들이 사용하는 국한문체와 이광수가 생각하는 국한문체는 무엇이 다른가? 신문과 잡지에서 사용하는 문체는 순한문에 국문으로 토를 단 것에 지나지 않는다. 여기에 대해 이광수는 고유명사나 한문에서 온 명사, 형용사, 동사 등 국문으로 쓰지 못할 것만 한문으로 쓰고 그 외의 것은 모두 국문으로 쓰자고 제안한다. 이광수가 제안한 새로운 국한문체 문장은 한글 구조를 기본으로 하면서 단어 표기에만 한자를 일부 사용하는 것이다.[32] 한문에 토를 다는 방식의 낡은 국한문혼용체에 대한 이광수의 비판은 「문학이란 하何오」1916.11.19로 계속 이어진다.[33] 각 학교의 작문과 출판물 등의 문체를 보면 한문에 언문으로 토를 단 낡은 문체가 성행하고 있는 바, 이러한 현상은 속히 타파해야 할 악습임이 분명하다는 것이다. 이러한 문체 사용 현실에 대한 비판과 함께 이광수가 대안으로 제시한 것이, 국한문을 혼용하더라도 말하는 모양으로 평이하게 일상어처럼 문장을 쓰는 일이다. 가능하면 문장을 쉽게 쓰자는 것

---

32 이 시기 한자와 한글을 혼용한 문장의 유형에 관한 논의는 다음의 연구 참조. 민현식, 「개화기 국어문체에 대한 종합적 연구」, 『국어교육』 제83~84집, 1994. 홍종선, 「개화기 시대 문장의 문체 연구」, 『국어국문학』 제117호, 1996. 김홍수, 「이른바 개화기의 표기체 유형과 양상」, 『국어문학』 제39집, 2004. 임상석, 『20세기 국한문체의 형성 과정』, 지식산업사, 2008. 한영균, 「현대 국한혼용체의 정착과 어휘의 변화」, 『국어학』 제51집, 2008. 한영균, 「근대계몽기 국한혼용문의 유형·문체 특성·사용 양상」, 『구결연구』 제30집, 2013. 이 연구들이 공통적으로 관심을 표명한 것은 근대 초기 문장에서 한문과 한글의 결합 방식이다. 이 결합 방식에 따라 문장은 크게 '국한문' 혼용과 '국한자' 혼용으로 나뉜다. 특히 한문문장체, 구절체, 단어체 등에 대한 상세한 논의는 임상석의 『20세기 국한문체의 형성 과정』 참조.

33 춘원생, 「문학이란 하오」, 『매일신보』, 1916.11.19.

인데, 이는 순현대어와 일용어日用語의 사용 필요성에 대한 인식으로 이어진다.

순현대어와 일용어에 대한 이광수의 생각은 이후 최남선의 시문체時文體에 대한 관심과 결합되면서 더욱 구체화된다. 이를 보여주는 글이 「현상소설 고선여언」1918.3이다. 잡지 『청춘』의 현상 응모 작품에 대한 심사를 마친 이광수는 그가 읽은 작품들의 특징을 몇 가지로 요약 제시하는데, 그 첫째 특징이 문체에 관한 것이다.[34] 이광수는 현상 응모 작품들의 문체가 모두 순수한 시문체로 쓰였다는 사실에 대해 주목한다. 이광수가 생각하는 시문체의 기본은 국문을 토대로 하면서 한자를 약간 섞어 쓴 문체이다. 그러나, 이것만으로 시문체가 충족되지는 않는다. 띄어쓰기는 물론 구두점과 물음표 및 느낌표 등의 문장부호를 익혀 바르게 사용한 문장이 일단 시문체의 범주에 들어올 수 있다. '언문일치가 단순히 말과 글의 일치를 의미하는 것이 아니라, 나름의 역사적 맥락과 사회적 효과를 가진 특수한 글쓰기 양식이자 문장의 규범이라는 시각'[35]에서 보면 시문체에 대한 이광수의 관심은 곧 언문일치에 대한 관심으로 읽힌다.[36] 이광수는 「부활의 서광」1918.3에서도 문체에 대한 관심을 드러낸다. 이 글에서 이광

---

34 춘원생, 「현상소설 고선여언」, 『청춘』, 1918.3, 97쪽.

35 김병문, 『언어적 근대의 기획』, 69쪽 참조. 이와 관련해서는 다음의 지적들 역시 참고가 된다. "'언문일치체'라는 것이 단순히 '말과 글을 일치시킨 문체'가 아니라 근대에 들어 새로이 형성된 특수한 글쓰기 양식이며 문장규범이라는 사실은 무엇보다도 '언문일치' 문장을 시도했던 이들이 겪은 고충에서 가장 분명히 드러난다." 위의 책, 70쪽. "사실 언문일치란 무엇보다 문장 언어의 공통된 규범을 만들어야 한다는 요구이다. 말과 글의 일치는 공통 규범을 마련할 때 중요하게 고려된 사항이었지만 유일한 고려 사항은 아니었다." 권보드래, 『한국 근대소설의 기원』, 소명출판, 2000, 244쪽.

36 다음의 견해는 시문체의 요지를 이해하는 데 도움이 된다. "한문이라는 고전적이고 전근대적인 서기 체계를 벗어나 근대적이고 자본주의적인 체제에 적합한 보통의 어문을 지향한다는 점에서 '통속'과 '시속'은 당대의 글쓰기에 부화된 시대적 과제였다. 그리고

수는 조선인이 조선문으로 자신의 정신을 기록한 조선문학을 가지지 못했다는 점을 지적하고, 그 원인 가운데 하나를 언문 즉 한글 사용을 등한 시해온 역사적 사실에서 찾는다.[37]

이광수는 각 나라 문학 발전의 기본이 언어를 효과적으로 사용하는 문장의 정비에 있다고 생각했다. 그가 동시대에 활동했던 작가들 가운데서도 특히 문장에 관한 글을 많이 남긴 이유는 이 때문이다. 이광수는 동인지『창조』에 발표한 「문사와 수양」[1921.1]에서 문학가가 되기를 희망하는 이들을 향해, 작가는 문장의 기술을 배우고 그 사용법을 의식적으로 훈련해야만 한다는 점을 강조했다.[38] 화가가 그림 그리는 기술을 배움과 같이 문사 역시 어휘와 말의 용법을 배우고 수사학의 지식을 배워야만 한다는 것이다.

2) 초기 '단편소설'의 문체

이광수 초기 소설의 문체 특질에 대한 구체적 언급은 김동인을 통해 처음 이루어졌다. 김동인 역시 이광수와 마찬가지로 근대 문체의 정착에 대한 자신의 기여에 자부심을 지니고 있었다. 김동인이 문체에 관해 본격적으로 언급한 것은『조선문단』에 연재한 「소설작법」[1925.4~7]이 처음이다. 그는 이 글에서 문체에 관한 항목을 별도로 설정해 상세히 기술한다. 그러나 「소설작법」 속 근대소설의 문체에 관한 김동인의 정리는 문체론이라기보다는 시점론에 더 가깝다. 김동인의 실질적 문체관은 1929년『조

『시문독본』은 이 과제에 가장 적극적으로 응답한 결과물이다." 임상석, 「국역화 국학의 남상 그리고, 고전질서의 해체」,『동아시아, 근대를 번역하다』, 점필재, 2013, 271쪽.

37 춘원, 「부활의 서광」, 『청춘』, 1918.3, 25쪽 참조.
38 춘원, 「문사와 수양」, 『창조』, 1921.1, 17~18쪽.

선일보』에 연재한 「조선근대소설고」1929.7.28~8.16에서 구체적으로 드러난다. 김동인은 이 글에서 이인직과 이광수 등의 작품에 대한 논의를 거쳐 자신의 소설에 대한 평가를 시도한다. 자신이 문학가의 길로 들어선 이후 조선문학의 나아갈 길에 대해 고민했고, 고뇌 속에서 거둔 첫 번째 성과가 문체였다는 것이다. 김동인의 문체에 관한 언급은 이후 「문단회고」『매일신보』, 1931.8.23~9.2, 「문단 십오 년 이면사」『조선일보』, 1934.3.31~4.4, 「조선문학의 여명」『조광』, 1938.6 등으로 계속 이어진다. 이러한 글들을 통해 김동인이 스스로 강조한 업적은 '불완전한 구어체를 철저한 구어체로 완성하는 동시에 서사문체에 대한 일대 개혁을 일으킨 것'이다. 이 과정에서 대명사 및 형용사와 명사 등 새로운 어휘를 개발함과 동시에, 주체와 객체의 구별을 불명료하게 하는 현재사를 배척하고 과거사를 선택했다는 것이다.[39] 김동인은 이광수의 작품에 사용된 어미 '-더라'를 특히 낡은 것이라 비판한다. '-더라'와 함께 이광수가 사용한 '-이라'뿐만 아니라 '-한다'와 '-이다' 역시 극복의 대상이 된다. 이를 배척하고 그가 대안으로 제시한 것이 과거형 '-하였다'이다. 김동인은 이와 함께 이광수가 주로 사용하던 주인공의 이름 즉 고유명사 대신에 '그'라는 대명사를 사용한 사실에 대해서도 자찬한다.

그러나, 이러한 김동인의 주장에는 적지 않은 과장이 섞여 있을 뿐만 아니라 근거 역시 부족하다. 특히 그가 반복적으로 강조한 이른바 과거사가 현재사보다 더 구어체에 가깝다는 주장은 전혀 근거가 없다.[40] '현재

---

39 김동인, 「조선근대소설고」, 『조선일보』, 1929.7.28~8.16 참조.

40 이와 관련해서는 다음의 지적 참조. "이미 여러 논자들에 의해 지적된 바와 같이 '-더라'보다 '-었다'가 '구어체'에 가깝다는 증거는 어디에도 없다. 오히려 '-었다'의 경우가 대화나 실제 발화에서 사용되기가 더욱 어려운 예외적인 말투이다." 김병문, 앞의 책, 80쪽.

법 서사체가 근대인의 날카로운 심리와 정서를 표현할 수 없다거나, 현재법을 사용하면 주체와 객체의 구별이 명료치 못하다'는 주장 또한 마찬가지이다. 주인공의 이름인 고유명사보다 '그'라는 대명사를 사용하는 것이 더 구어적 표현에 가깝다는 주장 역시 설득력이 없다. 문맥에 따라서는 대명사보다 고유명사를 직접 사용하는 것이 더욱 구어적 상황을 반영하기도 한다. 설사 김동인의 이러한 주장에 타당성이 있다고 할 경우라도, 이광수가 '-한다'·'-이다'만을 주로 사용하고 '-하였다'·'-이었다'를 사용하지 않은 것도 아니다. '그'라는 대명사의 사용을 보편화시킨 작가 또한 김동인이 아니라 이광수였다. 김동인은 과거 시제의 사용과 대명사 '그'의 도입 사용이 자신의 결단을 통한 업적임을 증명해 보이기 위해 『창조』에 발표된 자신의 처녀작 「약한 자의 슬픔」[1919.2~3]을 제시한다. 동시에 이광수 문장의 한계를 비판하기 위해 「윤광호」[1918.4] 등을 거론한다. 하지만, 김동인의 지적과는 달리 이광수의 초기작 「윤광호」에는 과거시제와 대명사의 사용이 이미 안정적으로 정착되어 있었다. 다음은 「윤광호」의 첫 문단을 원문 그대로 인용한 것이다.

尹光浩는 東京 K大學 經濟科 二學年級學生이라. 今年九月에 學校에서 주는 特待狀을 바다가지고 춤을 추다십히 깃버하엿다. 各新聞에 그의 寫眞이 나고 그의 略歷과 讚辭도 낫다. 留學生間에서도 그가 留學生의 名譽를 놉게하엿다하야 眞情으로 그를 稱讚하고 사랑하엿다. 本國에 잇는 그의 母親도 特待生이 무엇인지는 모르건마는 아마 大科及第가튼것이어니하고 깃버하엿다. 尹光浩는 더욱 工夫에 熱心할생각이 나고 學校를 卒業하거든 還國하지아니하고 三四年間 東京에서 硏究하야 朝鮮人으로 最初의 博士의 學位를 取하려고한다. 그는 冬期放學中에도 暫時도 쉬지아니하고 圖書館에서 工夫하엿다.[41]

이 인용문에서는 '깃버하엿다', '낫다', '놉게하엿다', '사랑하엿다', '工夫하엿다' 등 대부분의 문장이 과거시제로 쓰였다. 총 7개의 문장 중 5개의 문장을 선어말어미 '-엿' 등을 사용해 과거시제로 끝맺고 있는 것이다. 이 짧은 인용 속에서 '그'라는 대명사의 사용도 6회나 확인된다. 「윤광호」에는 현재시제와 과거시제가 필요에 따라 적절히 사용되었고, 명사와 고유명사 또한 선택적으로 적절히 사용되었다. 더불어, 구절 및 단어 띄어쓰기를 시도하는 「윤광호」의 문장은 규범의 적용이라는 측면에서도 당시로서는 월등히 진화된 모습을 보여준다.

이광수는 일본어로 집필한 자신의 첫 단편소설 「愛か」[사랑인가] 1909.12에서부터 대명사를 적극적으로 사용한 바 있다.[42] 그는 이후 집필한 최초의 우리말 창작 단편 『무정』『대한흥학보』, 1910.3에서는 관습적으로 사용되던 '노라 / 더라 / 이라'체를 구사했고, 번안물로 알려진 「어린 희생」『소년』, 1910.2~5에서는 '-(이)라' '(이)오' 등과 함께 '-(이)다'체를 일부 사용했으며, 「헌신자」『소년』, 1910.8에서는 3인칭 대명사 및 과거시제의 도입을 시도한다.[43] 문필활동 초기부터 이광수는 서술의 시점을 다양하게 바꾸어 보기도 하고, 어미의 통일 등을 통해 문장을 균질화시키려 노력했으며, 인물에 대해 명

---

41 춘원, 「윤광호」, 『청춘』 제13호, 1918.4, 68쪽. 단, 고딕체는 인용자가 추가한 것임.

42 「愛か」에서 삼인칭대명사 '彼'와 과거형 어미 '-た'를 빈번히 사용하고 있다. 참고로, 김효진은 음성발화를 전제로 한 언문일치체는 삼인칭대명사나 과거형 종결표현을 통해 발화주체로부터 발화를 대상화하는 방식으로 상정된 것이라 정리한다. 아울러, 「愛か」에서 이광수가 보여주고 있는 문제적 지점은 그가 언문일치체의 문법은 따르고 있으나 그 요체와는 불화하고 있는 것이라 지적한다. 그의 내면고백의 객관석 기술이 위태롭기 때문이다. 김효진, 「근대소설의 형성 과정과 언문일치의 문제 1 - 이광수 초기 단편소설을 중심으로」, 『동방학지』 제165집, 2014, 167~191쪽 참조.

43 최주한, 앞의 글, 168~169쪽 참조. 권보드래는 '-더라'체가 서술자가 모든 것을 알고 있는 초월적 존재로서 발언하는 형식이라고 본다. '-다'체의 성립을 위해서는 일단 이러한 초월적 서술자의 존재가 사라져야 한다. 권보드래, 앞의 책, 235~255쪽 참조.

사와 대명사 등 여러 유형의 호칭을 적용하는 등 새로운 서사방식을 개발해 나갔다.[44] 이광수가 초기 서간체 단편에서 주로 사용했던 '-(하)더이다'·'-(하)나이다'와 같은 종결어미의 사용도 서사형식에 어울리는 문체 실험의 결과로 볼 수 있다. 이를 실증적으로 보여주는 것이 「크리스마스밤」『학지광』, 1916.3과 「어린벗에게」『청춘』, 1917.7~11의 문장들이다. 「크리스마스밤」의 작가는 '거울'로 표기가 되어 있으나, 이 작품이 이광수의 창작물이라는 점에는 의심의 여지가 없다.[45] 「크리스마스밤」은 김경화라는 인물을 주인공으로 삼아 3인칭 시점으로 서술된 작품이다. 「어린벗에게」는 1인칭 주인공인 '나'가 벗에게 편지를 보내는 형식으로 서술된 작품이다. 이 두 작품에는 동일한 장면을 다른 방식으로 표현한 문장이 들어 있다. (가)는 「크리스마스밤」이고 (나)는 「어린벗에게」이다.

> (가) 京華는 그쌧 생각이 퍽 情다은드시 빙긋 웃더니 또 생각한다. 「바로 그째에 엇지엇지하야 그를 보앗다. 말할째마다 살쟉 붉어지는 그의 맑웃맑웃한얼골. 한녑흘 슬젹 갈라 츠렁츠렁 싸하늘인 머리, 作別할째예. 「奔走하신데……」하던 목소리. 그는나의 가슴에 아직 지나보지못한 火焰을 던젓다. 그때 나의 어린 생각에는 올치 저야말로 내가 求하는 天使라하엿다.[46]

---

44 이광수는 인물을 대명사로 호칭할 경우도 단순히 '그'뿐만이 아니라, '이' '저' 등 다양한 방식을 사용했다. '그' '이'가 상대적으로 많이 쓰였고, 단편소설 「무정」에서는 독특하게 주인공을 '저(뎌)'로 호칭한 바 있다. 이와 관련해서는 다음과 같은 평가를 주목할 필요가 있다.
"훗날 근대문학에서 3인칭 대명사로 확고하게 자리를 잡은 '그'가 단순히 근대 일본어의 3인칭 대명사 '彼'의 손쉬운 번역어가 아니라 독자적인 언어적 관습 내에서 여러 가능성과의 경합을 거치며 안착되었음을 보여주는 중요한 장면이다." 최주한, 앞의 글, 171쪽.

(나) 저의 얼굴이 쌝아케됨을 슬적 볼째에 나의 얼굴도 저러하려니하야 참아 얼굴을 들지못하엿나이다. 그는 겨오 가느나마 快活한 목소리로, 「奔走하신데 수고하셧습니다.」할쑨이러이다. 나는 엇지할줄을 모르고 우둑하니 섯섯나이다. 그도 할말도 업고 수접기만 하야 고개를 수기고 册싸개만 凝視하더이다.[47]

글 (가)의 문장 종결 형태는 '-보앗다' '-던것다' '-하엿다' 등이다. 같은 내용을 다른 방식으로 서사화시킨 글 (나)의 종결 형태는 '-나이다' '-이러이다' '-더이다' 등이다. 글 (나)의 집필 시기는 글 (가)의 집필 시기보다 1년 이상 늦다. 이 시기는 이광수가 이미 장편『무정』의 연재를 통해한글을 사용한 언문일치의 실험을 시도한 시기이기도 하다. 그런 점에서보면 글 (나)의 '-(하엿)나이다'는 '-하엿다'의 고어투가 아니라 작품의 서술 형식에 맞게 의식적으로 사용한 문체였다고 할 수 있다.

이광수는 등단 이후 오랫동안 한자를 버리지 못한 상태에서 작품 활동을 이어 갔다. 대부분의 원고를 한자와 한글을 섞어 쓰는 국한자혼용체로작성했던 것이다. 특히 단편소설의 경우는 더욱 그러했다. 이는 근대 초기한국문단에서 장편에 비해 단편이 상대적으로 지식인 독자를 대상으로한 문학 양식이었다는 사실과도 관련이 있다. 그럼에도 불구하고 이광수는 동시대의 다른 지식인 작가들에 비해 한자의 사용을 줄여야 한다는 의식을 분명히 지니고 있었다. 이는 이광수가 비록 한자와 한글의 혼용 필요

45　이 작품의 작가에 대한 검증 과정은 김영민, 「이광수의 새 자료 「크리스마스밤」 연구」, 『현대소설 연구』 제36호, 2007, 7~21쪽 참조.

46　거울, 「크리스마스밤」, 『학지광』 제8호, 1916.3, 37~38쪽.

47　외배, 「어린벗에게」, 『청춘』, 1917.7, 112쪽.

성을 인정하기는 했지만, 한자의 병기를 이상적 문체가 아니라 궁여지책에 의한 결과물이라 생각하고 있었던 때문이기도 하다.[48] 이러한 궁여지책을 벗어나기 위해서는 명분뿐만 아니라, 여건 또한 마련될 필요가 있었다. 그런 점에서 『매일신보』와의 만남은 이광수에게 중요한 의미를 지닌다.

3) '장편소설' 『무정』의 문체

한글 위주였던 『매일신보』 소설 지면의 성격을 생각하면, 이광수의 등장은 매우 이례적이다. 1910년 중반 당시 이광수는 『학지광』 등 일본에서 발행되던 유학생 잡지의 주요 필자였다. 이광수가 주로 사용하는 문자는 한글이 아니라 국한문이었다. 『매일신보』에 작품을 집필하기 이전 그가 한글을 사용한 경우는 동화의 번역 등 특정한 목적이나 인쇄의 기술적 제약 등 특별한 사정이 있는 경우로 한정된다.[49]

1910년대 중반 이광수 등장 이후 『매일신보』의 연재소설 지면은 크게 두 줄기로 양분된다. 한 줄기는 일반 대중을 상대로 한 작품의 게재이고, 다른 한 줄기는 지식인 독자를 상대로 한 작품의 게재이다. 조중환·이상협·민태원 등의 번안소설이 전자의 줄기에 해당된다면, 이광수의 장편소설은 후자의 줄기에 해당된다. 『매일신보』의 소설 지면을 구성하는 중요한 특징이었던 대중소설과 지식인소설의 양분 구도는 번역소설의 경우에도 적용된다. 일반 대중을 위한 번역물들은 국문체로 연재했지만, 지

---

48 이에 대해서는 국한문병용에 대한 다음의 진술 참조. "이것은 실로 궁책이라고도 할 수 있겠으나, 그러나, 어찌하리오. 경우가 이러하고, 또, 사세(事勢)가 이러하니, 맛은 없으나, 먹기는 먹어야 살지 아니하겠는가." 이광수, 「금일 아한용문에 대하여」, 『황성신문』, 1910.7.27.

49 이와 관련된 상세한 논의는 하타노 세츠코, 「『無情』의 表記와 文体에 대하여」, 『朝鮮學報』 제236집, 2015, 9~14쪽 및 최주한, 「근대소설 문체 확립을 향한 또 하나의 도정」, 『이광수와 식민지 문학의 윤리』, 소명출판, 2014, 381~400쪽 참조.

식인을 위한 번역물들은 국한문체로 발표했다는 점이 이들 두 부류 번역소설이 보여주는 외형상의 가장 큰 차이이다.[50] 『매일신보』에서 지식인을 대상 독자로 삼은 국한문 소설은 1면에 연재되고 일반 대중을 독자로 삼은 한글소설은 대체로 3면 혹은 4면에 연재되었다. 이 구도에서 접근하면 이광수의 장편소설 『무정』[1917.1.1~6.14]이 『매일신보』 1면에 한글로 게재되었다는 사실은 적지 않은 의문을 불러일으킨다. 『매일신보』는 『무정』의 연재에 앞서 「사고」와 양건식의 글 「춘원의 소설을 환영하노라」[1916.12.28~29] 등을 통해 이 작품이 지식인 독자를 위한 국한문체 소설임을 미리 밝힌 바 있다.

『매일신보』와 이광수의 만남은 『매일신보』의 기획에 의한 것이었다. 이광수는 1910년대 『매일신보』의 편집과 제작에 실질적 권한을 행사하던 나카무라 겐타로를 만나 필진으로 합류한다. 그가 처음 『매일신보』에 투고한 작품은 「증삼소거사」[1916.9.8]라는 한시였다. 삼소거사는 나카무라 겐타로의 필명이다. 이광수는 이후 「대구에서」[1916.9.22~23]・「동경잡신」[1916.9.27~11.9]・「농촌계발」[1916.11.26~1917.2.18] 등을 연이어 발표한다. 『매일신보』가 이 글들을 통해 검증한 것은 이광수의 사상만이 아니었다. 『매일신보』와 총독부의 당국자들은 이 글들을 통해 이광수의 문체가 지식인에게 적합한 것임을 확인할 수 있었다. 『매일신보』는 이광수에게 장편소설 『무정』의 집필을 의뢰하면서, 국한문의 기사들로만 채워지던 신문의 1면을 비워놓는다. 『무정』은 처음부터 3면이 아니라, 1면에 어울리는 국한문 소설로 기획되었던 것이다. 1916년 12월 말 수차례 반복 게재되던 『무정』의 광고문에서 가장 눈에 뜨이는 문구는 기사 옆에 굵은 활자로 따

---

50   김영민, 『문학제도 및 민족어의 형성과 한국 근대문학』, 소명출판, 2012, 369・385쪽 참조.

로 뽑은 "신년의 신소설", "신년부터 1면에 연재", "문단의 신시험" 등이다. 이 광고에서는 『무정』이 '종래의 소설들과 같이 순언문을 사용하지 않고 언한교용서한문체를 사용하여 독자를 교육 있는 청년계에서 구하는 소설'이라는 점을 강조한다.[51] 여기서 언급한 순언문의 종래 소설은 그동안 연재되던 신소설과 번역·번안소설들을 의미한다. 하지만, 이러한 광고 내용과는 달리 『무정』은 순한글로 연재를 시작한다. 이광수가 『매일신보』 편집진에게 국한문혼용의 서한문체는 신문에 적합하지 않은 것으로 생각하여 문체를 변경한다는 사실을 알리고,[52] 한글 원고를 우송한 것이다. 결과적으로 이광수의 이러한 문체 변경은 적지 않은 성공을 거두게 된다. 지식 청년과 일반 대중 모두가 한글소설 『무정』을 읽게 되었기 때문이다. 장편소설 『무정』은 한국 근대문학사 최초로 대중 독자와 지식인 독자가 함께 읽은 작품으로 기록될 수 있었다. 『무정』은 그동안 한글과 국한문으로 분리되어 있던 독자층을 한 자리에 불러모은 최초의 소설이다. 문자에 따라 분리되어 있던 독자층을 하나로 통합한 최초의 작품이 되는 것이다.[53]

이광수가 『무정』의 문체를 바꾼 이유는, 그것이 『매일신보』의 소설란에 어울린다고 판단했기 때문이다. 『매일신보』가 그동안 게재한 모든 신

---

51 『매일신보』, 1916.12.26 참조.

52 「무정」 첫 회와 함께 게재된 기사의 원문은 다음과 같다.
　"小說 文體變更에 對ᄒ야 / 無情의 文體ᄂ 豫告보다 變更된 바 其 理由ᄂ 編輯同人에게 來ᄒ 作者의 書管 中 一節을 摘記ᄒ야써 謝코져 ᄒ노라 (…중략…) 漢文混用의 書翰文體ᄂ 新聞에 適치 못ᄒ 줄로 思ᄒ야 變更ᄒ 터이오며 私見으로ᄂ 朝鮮現今의 生活에 觸ᄒ 줄로 思ᄒᄂ 바 或 一部 有敎育ᄒ 靑年間에 新土地를 開拓ᄒ 수 잇스면 無上의 幸으로 思ᄒᄋ" 『매일신보』, 1917.1.1.

53 한글소설 「무정」의 위상과 관련된 상세한 논의는 김영민, 『한국 근대소설의 형성 과정』, 소명출판, 2005, 167~170쪽 참조.

소설과 번안소설의 원고는 순한글로 되어 있었다.[54] 이광수가 자신이 즐겨 쓰던 국한문혼용체를 한글체로 변경한 이유는, 국한문혼용의 문체가 "신문에 적適치 못한" 것으로 판단했기 때문이다. 『무정』은 『매일신보』 연재를 끝낸 이후 1918년 신문관에서 단행본으로 간행된다.[55]

4) 『무정』 이후의 문체 변화

이광수는 다음과 같은 말로 「어린벗에게」와 『무정』을 통해 소설의 새로운 문체가 성립되었다고 술회한 바 있다.

> 더구나 우리 조선에는 신문학의 기구가 되는 문체까지도 없었다. 오늘날 우리가 소설이나 시에 사용하는 문체는 실로 십사오년래소년잡지로 발달되어 온 것이오 소설의 신문체가 성립된 것은 불과 십 년래의 일이다.「어린벗에게」와 『무정』 시는 그보다도 더 더디었다 이 짧은 기간에 우리가 오늘날 사용하는 이만한 자유로운 문체를 이루게 된 것은 실로 경이할 만한 진보라 하겠다[56]

그런데, 『무정』 이후 이광수 소설의 문체에서 의문을 불러일으키는 것이 「개척자」의 경우이다. 이광수는 『매일신보』에 「개척자」1917.11.10~1918.3.15를 연재하면서 이를 한글이 아닌 국한문으로 발표한다. 이에 대해서는

---

54 연재물 가운데 국한문으로 된 작품은 「춘향전」의 개작물인 이해조의 「옥중화」(1912.1.1 ~3.16)가 유일하다. 이 작품에는 춘향가 강연이라는 부제가 달려 있다.

55 연재본 「무정」의 문장과 단행본 『무정』의 문장 사이에는 문체의 변화가 거의 없다. 극소수의 낱말에 대한 표기를 달리하거나 문장부호를 바꾼 사실 등을 제외하면 두 개의 「무정」 사이에는 차이가 존재하지 않는다. 예를 들면 다음과 같다.
    '져녀ㅈ를 / 뎌녀ㅈ를' '청탁을 / 부탁을' '올타? / 올타!' 「무정」의 판본에 대한 비교는 김철, 『바로 잡은 『무정』』, 문학동네, 2003 참조.

56 이광수, 「조선문단의 현상과 장래」, 『동아일보』, 1925.1.1.

이광수 문체관의 후퇴라는 지적이 있다. 그러나, 이는 잘못된 해석이다. 「개척자」의 국한문체 사용은 『매일신보』의 지면 구도와 관련된 일이었다. 『매일신보』는 이광수에게 『무정』을 청탁할 당시와 마찬가지로, 「개척자」의 연재를 의뢰하면서 다시 신문의 제1면을 비워놓는다. 『매일신보』가 이광수에게 원했던 것은 국한문체를 활용한 지식인 계몽소설이었다. 「개척자」가 1면에 국한문으로 발표되는 동안 『매일신보』의 4면에는 진학문의 번역소설 「홍루」1917.9.21~1918.1.16와 이상협의 대중소설 「무궁화」1918.1.25~7.27가 한글로 연재된다. 이광수가 「개척자」를 국한문혼용체로 발표한 이유는 『매일신보』라는 매체의 지면 구도에 맞게 자신의 소설 내용을 구상하고 거기에 어울리는 문체를 의도적으로 선택한 결과였다.[57] 근대 초기 한국문학사의 전개 과정에서 작가의 작품 활동은 문화적 제도 안에서 그리 자유롭지 않았다. 「개척자」의 국한문체 선택은 근대문학 작품의 문체가 매체와 매우 밀접한 연관을 맺고 있음을 보여주는 명확한 사례이다. 국한문체의 지식인소설과 국문체의 대중소설이라는 『매일신보』의 지면 양분 구도는 1920년대 이후로도 일정 기간 지속된다. 『동아일보』는 창간 초기부터 대부분의 소설을 국문체로만 연재한다. 『조선일보』는 창작소설의 경우는 국문체를 사용하고, 번역소설의 경우는 국한문

---

57 작가의 직접 주장 노출이 많은 「개척자」에서 국한문혼용체의 선택은 필연적이며 상대적으로 한글체에 비해 효과적이기까지 하다는 해석 및 다음과 같은 지적도 참고가 된다. "요컨대 「개척자」의 문체는 이중적 구조를 갖는다. 그 하나는 대중과 분리되어 자폐적 몰입을 지향하는 지식인의 입장을 대변하고, 이를 통해 대중을 타자화하는 설교적인 말투가 있다. 그리고 또 하나는 대중과 통속적으로 소통하는 신파의 문제가 있다. 이 양자가 「개척자」에는 두루 섞여 있는데, 이러한 문체는 향후 30년대의 장편소설이 독자에게 일방적 계몽을 내세우면서 한편으로는 그것을 통속적인 내용과 결합하는 방식의 원형의 된다." 양문규, 「1910년대 이광수 소설의 문체 인식」, 『이광수문학의 재인식』, 소명출판, 2009, 82쪽.

체와 국문체를 함께 사용하다가 1920년대 중반 무렵에는 점차 국문체로 통일을 하게 된다.『매일신보』의 경우도 1920년대 중반 이후에는 대부분의 소설을 국문체로 전환하지만, 1940년대까지도 진암생과 이보상 등의 국한문체 작품을 함께 수록하는 현상을 보인다. 국한문체 소설의 명맥을 가장 길게 이어간 신문이『매일신보』였던 것이다.

　근대 초기 신문의 독자는 소설을 눈으로만 읽은 것이 아니라 입으로 소리 내어 함께 읽었다.『무정』역시 인기 있는 음독의 대상이었다는 사실은 당시의 독자 투고를 통해 확인할 수 있다.[58] 1910년대『매일신보』의 독자들은 낭독을 통해 소설의 집단적 독서에 참여했다. 조선에 처음 신문종람소가 설치된 것은 1902년 무렵이다. 1900년대 중반을 지나면서 조선에서는 한성뿐만 아니라 지방 곳곳에도 신문종람소 및 신문잡지종람소가 계속 설치된다. 1920년대 이광수 소설의 주된 발표 지면은『동아일보』였다. 1920년대『동아일보』에는 도서 및 신문잡지종람소와 관련된 기사가 적지 않게 실려 있다.『동아일보』는 종람소에 모이는 사람들이 누구였는지 그리고 그곳에서 어떠한 방식으로 독서를 즐겼는지를 매우 구체적으로 묘사하고 있다. 이 시기 종람소의 설립 주체는 대부분 지역 청년회였다. 이들은 이광수 소설의 주된 독자층 가운데 하나였다. 당시 도서종람소에서 가장 인기 있는 읽을거리는 신문이었고, 사람들은 신문의 사회면 기사와 소설 등을 큰 소리로 읽었다.

　여러 사람이 모이면 누구나 먼저 신문을 치켜들었다 (…중략…) 사회면이나 소설란 같은 것은 신문을 들기가 바쁘게 큰 소리로 읽었다 (…중략…) 그들은

58　김기전,「무정 122회를 독(讀)하다가」,『매일신보』, 1917.6.15 참조.

잡지의 소설에도 물론 눈을 뜨게 되었다[59]

　낭독을 통한 집단적 독서 관행이 유지되는 상태에서, 근대적 문장 쓰기에 대한 고민은 이광수에게도 예외가 될 수 없었다. 대중 독자들 사이에서 적지 않은 인기를 끌고 있던 작가 이광수가 얻은 결론은 순한글 구어체로 소설을 쓰는 것이었다. 이광수의 이러한 시도가 처음 세상에 드러난 것이 『동아일보』에 연재 발표한 단편소설 「가실」[1923.2.12~23]이다. 상해에서 귀국한 뒤 이광수가 발표한 첫 단편소설 「가실」은 순한글체로 쓰였다. 문체 변화에 주목하면서 이광수의 문학을 살필 때 「가실」은 매우 중요한 전환점을 이루는 작품이다. 그런 의미에서 『춘원단편소설집』에 수록된 다음의 서문은 중요하다.

　이상 제편 중에 「내가 가장 귀여하는 것이 어느 것이냐」 하면, 그것은 「가실」과 「예술과 인생」이다.
　「가실」은 내깐에 무슨 새로운 시험을 해보느라고 쓴 것이오 「거룩한 이의 죽음」, 「순교자」, 「혼인」, 「할멈」도 「가실」을 쓰던 태도를 변치 아니한 것이다. 그 태도란 무엇이냐. 「아무쪼록 쉽게, 언문만 아는 이면 볼 수 있게, 읽는 소리만 들으면 알 수 있게, 그리고 교육을 받지 아니한 사람도 이해할 수 있게, 그리고도 독자에게 도덕적으로 해를 받지 않게 쓰자」 하는 것이다.
　나는 만일 소설이나 시를 더 쓸 기회가 있다 하면 이 태도를 변치 아니하련다.[60]

59　몽고생, 「향리에 돌아와서 – 「글놀이방」을 설치」, 『동아일보』, 1929.10.16.
60　이광수, 「몇마디」, 『춘원단편소설집』, 홍문당, 1923. 이 서문은 하타노 세츠코 교수가 동경외국어대학 도서관에서 발굴하여 학계에 소개 제공한 것이다. 동경외국어대학 소장본은 1923년 12월에 발행한 제2판이다.

이 서문에서 '읽는 소리만 들으면 알 수 있게'는 언문일치에 대한 이광수의 인식을 명확하게 드러내는 구절이다.[61] 「가실」이 중요한 것은, 이 작품이 언문일치를 지향하며 철저한 구어체 한글로 쓴 이광수의 첫 작품이기 때문이다. 이광수가 「가실」에서 시도한 것은 단순히 문장을 한글로 표기하는 일이 아니었다. 이광수가 밝힌 「가실」의 '새로운 시험'이란 순수 우리말 어휘를 사용한 구어체 한글소설을 쓰는 일을 의미한다. 「가실」의 문체 변화를 확인하기 위해, 서두의 일부를 인용해 보기로 한다.

가을볕이 쨍쨍이 비초인 마당에는 벼낫가리 콩낫가리 메밀낫가리들이 우뚝 우뚝 섰다 마당 한쪽에는 겨우내내 때일 통나무더미가 있다 그 나무더미 밑에 어떤 열여닐곱 살 된 어여쁘고도 튼튼한 처녀가 통나무에 걸터앉아서 남쪽 행길을 바라보고 울고 있다 이때에 어떤 젊은 농군 하나가 큰 도끼를 메고 마당으로 들어오다가 처녀가 앉아 우는 것을 보고 우뚝 서며 「아기 왜 울어요?」 하고 은근한 목소리로 묻는다[62]

「가실」에 사용된 어휘들은 대부분 한자로는 표기가 불가능한 순수 우리말이다. 위에 인용한 문장을 국한문체로 바꾸려 할 경우라도 극소수의 낱말 외에는 대체 표기가 불가능하다. 이는 장편소설 『무정』에 사용된 어휘들의 상당수가 국문과 국한문으로 상호 변환 가능하던 것과는 명확히 구별된다. 「가실」에는 한자어가 전혀 들어 있지 않고 순수 우리말로만 이

---

61 언어의 근대화 과정 가운데 하나가 입말과 글말의 분리 상황의 극복이라는 점에서 이 광수의 이러한 인식은 중요하다. 이러한 인식은 어휘 근대화의 바탕이 된다. 이와 관련된 논의는 고영진, 「근대 한국어 연구의 성과와 과제」, 『한일 근대어문학 연구의 쟁점』, 소명출판, 2013, 199~240쪽 참조.
62 이광수, 「가실」, 『동아일보』, 1923.2.12.

루어진 문장이 주를 이룬다. 이광수는 「가실」을 쓴 뒤 "진실로 처녀작의 기쁨을 맛보았다"[63]고 술회한 바 있다. 이광수가 이러한 언급을 한 이유는 자신이 지향하던 구어체 한글소설이 「가실」에 와서 처음으로 만족할 만한 수준으로 구현되었기 때문이다. 이는 이광수가 목표로 했던 '아무쪼록 쉽게, 언문만 아는 이면 볼 수 있게, 읽는 소리만 들으면 알 수 있게' 쓰는 일과 연관된다.

「가실」의 문체가 중요한 또 하나의 이유는 이광수가 비로소 매체에 종속되어 있던 문체 사용관습을 벗어나, 자유로운 자신만의 문체를 구축하기 시작했다는 점에 있다. 「가실」은 이광수가 매체로부터 청탁을 받기 이전에 스스로 한글체로 써 둔 원고라는 점,[64] 지식인 대상 문학 양식으로 인식되던 단편소설에 구어체 한글을 사용한 점 등에서 특히 주목할 만하다. 이광수의 문체가 매체로부터 완전히 자유로워졌음을 확인시켜 주는 또 하나의 작품으로 「거룩한 죽음」이 있다. 「거룩한 죽음」이 구어체 한글로 『개벽』에 발표되었다는 사실은 『동아일보』에 「가실」이 연재되던 것과는 또 다른 의미를 지닌다. 한글소설만을 주로 연재하던 『동아일보』와는 달리, 『개벽』은 국한문혼용의 작품을 주로 수록하던 전형적인 지식인 대상의 잡지였기 때문이다. 『조선문단』에 수록된 「혈서」[1924.10]·「H군을 생각하고」[1924.11]·「사랑에 주렸던 이들」[1925.1] 등도 모두 같은 문체를 활용한다. 순한글 구어체로 일관되는 것이다.

「젊은꿈」은 1920년대 이후 이광수의 문체 변화와 관련하여 새로운 사

63   이광수, 「첫번 쓴 것들」, 『조선문단』, 1925.3, 72쪽.
64   이광수는 단편소설 「가실」이 '어디 발표할 가망도 없으면서 틈틈이 써둔 것들 중 하나'라고 밝히고 있다. 이후 '소설 쓴 것이 있거든 『동아일보』에 하나 게재하라는 말'을 전해 듣고 신문사에 보냈다는 것이다. 이광수, 「문단생활 삼십년의 회고」, 『조광』, 1936.6, 120쪽 참조.

실을 보여준다. 이 작품을 통해서는 1920년대 이후 이광수가 순우리말 중심의 구어체 한글을 사용했을 뿐만 아니라, 과거에 발표한 국한문체 작품까지도 다시 한글체로 바꾸는 시도를 하고 있었음을 확인할 수 있다. 「젊은꿈」은 이광수가 「어린벗에게」를 일부 개작해, 1926년 박문서관에서 발간한 단행본 『젊은꿈』에 수록한 것이다. 그러니까 이 작품은 원래 「크리스마스밤」을 토대로 다시 쓴 「어린벗에게」의 2차 개작본이 되는 셈이다. 「어린벗에게」가 「젊은꿈」으로 개작되는 과정에서 보여주게 되는 변화의 핵심은 전적으로 문체의 차이에 있다. 「어린벗에게」가 「젊은꿈」으로 바뀌는 과정에서 나타난 외형상 가장 큰 변화는 한자 표기를 모두 한글 표기로 전환한 것이다. 한자가 꼭 필요한 경우는 이를 괄호 속에 넣는 방식을 선택했다. 그런데 중요한 것은, 이광수가 단순히 문자 표기만을 바꾼 것이 아니라 한자어 표현을 가능하면 순수한 우리말 표현으로 바꾸는 작업을 병행했다는 사실이다. 예를 들면 "成하나이다→이루나이다 / 大事業→큰사업 / 數多하나니→퍽 많으니 / 排하고→물리치고 / 所志를→뜻한 바를 / 胸中에→가슴 속에" 등의 변화를 읽을 수 있다. 한자어 표현이 순우리말 표현으로 바뀌면서 얻게 된 가장 큰 효과는 '읽는 소리만 들으면 알 수 있게' 되는 것이었다. 「젊은꿈」의 한글화 작업은, 단순히 한자 표기를 한글 표기로 전환하던 『무정』의 한글화 작업과는 본질적으로 차이가 있다. 이광수가 「젊은꿈」의 한글화 작업을 통해 성취하고자 했던 것은 표기의 변화를 넘어서 언문일치의 구어체 한글소설을 구현하는 일이었던 셈이다.

4. 근대 문체와 독자

신문과 잡지는 근대를 상징하는 새로운 매체들이다. 한국 최초의 근대 신문이었던 『한성순보』는 순한문만으로도 독자의 요구를 충족시킬 수 있었다. 『한성주보』 역시 『한성순보』와 마찬가지로 관보의 성격을 지니고 있었으므로 순한문체로 회귀하는 일이 가능했다. 그러나 민간 주도의 신문이 등장하면서부터 신문의 독자는 그 범주가 급격히 확산되고 성격 또한 변화하기 시작한다. 문체의 선택은 근대신문의 상업적 성공 여부와도 연관된 중요한 사안이었다. 한국의 근대신문에서는 한문과 한글이 공존하고 있지만 큰 틀에서 보면 결국 한문의 자리를 한글이 점차 차지해 가는 모습을 취하게 된다. 이는 한국 근대소설사가 가는 길과 다르지 않다. 근대신문은 독자의 확보를 위해 여성 주인공을 내세운 한글소설을 의도적으로 게재했다. 이는 여성 독자의 확보가 신문 구독자 수를 늘리는 일에 적지 않은 도움이 되었기 때문이다. 『만세보』는 발간 초기에는 부속국문체를 활용해 소설을 연재했다. 이후 소설은 한글로, 논설 등 기타 기사는 국한문으로 인쇄하는 방식을 선택하게 된다. 이는 『대한매일신보』가 국한문판 신문에서 시도했던 방식이기도 하다. 『만세보』의 이러한 문체 선택 방식은 이후 『매일신보』 등 한국 근대신문의 문체 선택 방식의 표본이 된다.

한국의 근대신문과 근대소설의 문체는 철저히 독자 중심주의 원칙을 고수했다. 근대신문과 근대소설의 문체 선택 기준은 필자들의 신분과 성향이 아니라 독자들의 신분과 성향이었다. 지식인 작가들이 자신에게 익숙했던 한문을 버리고 한글의 세계로 이동했다는 사실은 한국문학사의 근대를 이해하는 데 특히 중요하다. 근대는 전문적 작가가 등장하는 시대였던 동시에 새로운 독자가 발견되는 시대였다. 전문적 지식인 작가가 대중 독자의 존재 가치를 발견하는 과정에서 언문일치 지향의 구어체 한글소설은 결실을 맺을 수 있었다.

이광수는 언言과 문文이 갈등을 겪고 있던 시대에 문필활동을 시작한 작가이다. 이광수가 유학을 시작하던 1900년대 중반은 국내 매체와 작가들이 그 어느 때보다 문체에 대해 심각한 고민을 드러내던 시기였다. 이광수가 일본 유학 초기부터 문체에 대해 깊은 관심을 드러내고, 언문일치 문장에 대해 지속적인 관심을 표명하게 되는 이유는 이러한 사회적 상황과도 관계가 있다. 그는 국내에서 성행하던 신소설에 대해 '경멸과 조롱의 대상'이라는 표현을 쓰면서도, 이들 작품이 언문을 보급시킨 공을 무시하기는 어렵다는 생각을 드러내기도 했다.[65]

이광수가 구어체 한글소설에 대해 관심을 가지게 된 가장 큰 요인 역시 독자에 대한 발견에 있다. 일본의 유학생 잡지 『학지광』의 필자에서 1910년대 국내의 유일한 중앙지 『매일신보』의 필자로 변신한 이후 이광수는 새로운 독자들을 만나게 된다. 신문잡지종람소 등을 활용한 낭독을 통한 집단적 독서 관행이 성행하는 상황 속에서, 이광수는 새로운 문장 쓰기에 대한 고민을 이어갈 수밖에 없었다. 그렇게 해서 근대 작가 이광수가 얻은 결론은 순한글 구어체로 소설을 쓰는 것이었다.

이광수의 문체 변화는 구문 구조→어미→문자 표기→어휘 선택의 영역에서 이루어졌다. 이들이 꼭 단계를 구별하며 순차적으로 이루어진 것은 아니지만 큰 틀에서 보면 순서도 별반 다르지 않다. 이광수는 일본 유학을 시작하며 쓴 첫 글에서 국문체의 중요성을 강조했고, 상해에서 돌

---

65 이광수, 「부활의 서광」, 앞의 책, 28쪽 참조.

아와 쓴 첫 작품에서 언문일치의 구어체 한글소설을 실험했다. 그가 외국 생활을 시작하며 국문의 중요성을 강조했고, 외국생활을 마치고 돌아와 새로운 문체 실험에 성공했다는 사실은 시사하는 바가 크다. 이는 결국 자신의 언어 정체성에 대한 고민이 언문일치 구어체 한글소설 탄생의 계기가 되었다는 사실을 의미하기 때문이다.

마 무 리

한 국
근 대 소 설 사 의
특 질 과　의 미

한국 근대문학사의 출발은 19세기 후반 1890년대 무렵부터이다. 한국 문학사에서 근대의 출발이 가능했던 것은 근대문학 선각자들의 기득권 포기와 관계가 깊다. 근대문학의 선각자들은 새로운 세계를 열기 위해 자신들의 출세의 기반이 되는 한문을 버리고 한글을 선택했다. 그들은 한글로 새로운 문학 양식을 시도했다. 표현 도구를 바꾸는 것은 세계에 대한 이해를 바꾸는 것이다. 표현 양식을 바꾸는 것은 세계에 대한 대응 방식을 바꾸는 것이다. 새로운 문자를 통한 새로운 양식의 시도는 신문이라는 새로운 매체가 있기에 가능했다. 매체는 문학과 문화를 바꾸고 세상을 바꾼다. 근대문학사 초기 작가의 대부분은 언론인이었다. 그들은 신문의 발행인이기도 했고 편집인이나 주필이었으며 기자이기도 했다. 신문에 발표되는 근대문학 작품들이 전근대문학 작품들에 비해 현실성과 시사성이 높은 소재를 취한 것은 당연한 일이었다.

언론인이기도 했던 근대 작가들의 논설의 의지와 서사라는 형식이 만나면서 한국 근대소설사는 시작된다. 논설과 서사는 여러 가지 형태로 결합한다. 이들의 다양한 형태의 결합이 곧 다양한 근대문학 양식이 된다. 근대문학사 초기에는 논설과 서사의 결합이 강력하고 긴밀하다. 하지만 이들의 결합 관계는 시간이 지나면서 점차 느슨해진다.

한국 근대문학사 최초의 서사문학 양식은 서사적 논설이다. 서사적 논설은 이야기와 논설이 결합된 문학 양식이다. 서사적 논설은 신문의 논설란에 주로 실려 있지만 잡보란 등에 실린 경우도 있다. 서사적 논설은『그리스도신문』,『독립신문』,『제국신문』,『매일신문』,『대한매일신보』등 대부분의 주요 근대신문에 수록되어 있다. 서사적 논설은 이야기 문학 양식이기는 하나, 이야기의 앞 혹은 뒤에 편집자의 해설이 달려 있다. 글쓴이의 견해가 직접 노출되어 있는 것이다. 서사적 논설은 개화사상의 큰 줄기인 민족주의와 근대화의 사상을 담아낸다. 서사적 논설은 당시대적 현실에 토대를 둔 문학 양식이다. 이는 국권이 위협받는 시기에 출현한 서사 양식으로, 한말의 정치적 문화적 상황을 반영한다. 서사적 논설은 조선 후기 야담이나 한문단편 등의 시대적 변용물이다. 서사적 논설의 편집자 주 형식의 문장들은 조선 후기 야담에서도 흔히 발견되는 것들이다. 소설사적 맥락에서 본다면 서사적 논설은 전래적 서사 양식인 야담이나 한문단편 등이 근대문명의 산물인 신문의 논설과 결합하면서 생겨난 것이다. 초기 서사적 논설은 제목이 없는 경우가 대부분이지만 시간이 지나면서 제목이 붙기 시작하고 길이도 길어진다.

서사적 논설에서 편집자적 해설이 사라지면서 논설적 서사가 시작된다. 논설적 서사는 표방하는 형식은 소설이지만 내용은 직설적인 주장을 담고 있는 글이다. 서사적 논설이나 논설적 서사의 목적은 서사의 완성 그 자체에 있는 것이 아니다. 이들의 목적은 서사보다는 논설에 있다. 논설적 서사에서 중요한 것은 구성이나 흥미보다는 현실과 연관된 교훈이다. 작가가 작품의 소설적 구성이나 흥미에 관심을 갖는 것도 결국은 계몽을 위한 방편일 뿐이다. 논설적 서사에는 글의 내용과 개요를 알 수 있는 제목이 달려 있다. 논설적 서사에는 서명과 무서명 작품이 공존한다. 다만, 작가명은 실명이 아니라 모두 필명으로 발표되었다. 논설적 서사는 한말 애국계몽운동의 일환으로 나타난 작품들이다. 이들 작품에는 교육을 통한 국권 회복과 부국강민의 사상이 공통적으로 나타난다. 논설적 서사는 모두 연재물의 형식을 취하고 있다. 그런데, 작가는 연재를 시작하면서 작품의 구조에 대해서 완결된 생각을 지니고 있지 않았다. 작품을 미리 완성해 놓고 연재를 시작한 것이 아니라, 그때그때 시대 상황에 맞게 작품을 써 가면서 연재를 계속했다. 논설적 서사가 극적인 구조를 지니지 않고 평면적 진행을 하고 있는 것은 바로 그러한 집필 방식에 따른 결과이기도 하다. 작가가 그러한 집필 방식을 선택한 것은, 논설적 서사에서 중요한 것은 서사의 완성이 아니라 현실에 대한 논평이었기 때문이다. 논설적 서사는 등장인물의 입을 빌어 현실의 사건에 즉각적으로 대응한다. 서사적 논설이나 논설적 서사 등 근대적 서사 양식들은 형식이나 내용 면에서 모두 당시의 사회 문화적 상황을 반영하며 탄생했고 성장해 나갔다.

역사·전기소설은 외형상 소설을 표방하지만, 글쓴이의 주장을 강하게 담고 있다는 점에서 논설적 서사와 성격이 유사한 문학 양식이다. 역사·전기소설의 소재는 역사적 사실과 위인의 전기 등이다. 역사·전기소설은 전통적 서사 양식인 전傳과 군담계 소설에 뿌리를 두고 근대계몽기 역사물과 전기물의 번역에 영향을 받아 형성된 문학 양식이다. 역사서와 전기물의 번역은 철저히 민족적인 동기에서 이루어졌다. 역사·전기소설은 근대문학 양식의 하나로 정착되기 이전에 신문의 인물기사 및 잡지의 인물고라는 단계를 거쳤다. 인물기사와 인물고는 동서양의 역사상 출중했던 인물들에 대한 전기적 성격의 기사이다. 역사·전기소설의 주요 작가는 신채호·박은식·장지연 등 근대신문의 필진들이다. 역사·전기소설에서 영웅적 인물의 등장은 '민족'을 이야기하기 위한 방편이다. 역사·전기소설에서 영웅의 역할은 민족적 가치를 앞세운 계몽의 수단이 된다. 역사·전기소설은 1910년 한일병합과 함께 갑자기 사라진다. 민족과 국권의 수호를 기치로 내세웠던 역사·전기소설은 국권 지키기에 실패함으로써 급격히 소멸되고 만다.

역사·전기소설은 신채호의 소설 「꿈하늘」이나 「용과 용의 대격전」과 같은 논설 중심의 창작물로 그 명맥을 이어 가게 된다. 신채호가 작품을 구상하고 문자화하는 방식은 동시대 작가들과는 거리가 있었다. 신채호는 자신의 견해를 가장 효과적으로 전달할 수 있는 새로운 방식을 찾았다. 신채호는 역사·전기소설의 창작 체험을 바탕으로 이들 새로운 작품을 저술한다. 서사적 논설과 논설적 서사 그리고 역사·전기소설로 이어지는 문학사의 전통 속에서 글을 쓰고 있는 신채호가 자신의 작품들에서 주제의식을 직접적으로 드러내는 것은 자연스러운 결과이기도 했다. 신채호는 조선을 지배하고 있는 식민체제를 극복하고 새로운 사회질서를 구축할 것을 소망했고, 현재의 질서는 기만을 통해 유지되는 거짓된 질서라고 표현했다. 거짓된 질서의 파괴는 오로지 자각된 민중의 힘을 통해서만 가능하다. 신채호는 문학의 사회적 효용성에 대한 믿음과 기대를 지니고 문필활동을 지속했다. 문학의 효용성에 대한 기대는 그의 평론과 논설 속에서 일관되게 나타난다.

오늘날 신소설은 근대계몽기에 발표된 일련의 작품들을 지칭하는 문학사적 의미를 지닌 용어이다. 그러나 근대계몽기 당시에 신소설은 그런 용어가 아니었다. 그것은 단지 '새로운 소설'이라는 의미를 지니고 있었을 뿐이다. 신소설은 근대계몽기 당시에는 수식어에 불과했고, 이 수식어는 1900년대에 등장한 이후 1930년대까지 적지 않게 사용되었다. 신소설이 문학사적 의미를 지니고 사용되기 시작한 것은 1933년에 간행된 김태준의 『조선소설사』에서부터이다. 김태준은 이 책의 증보판에서 신소설을 명백히 문학사적 의미를 지닌 용어로 사용한다. 이때 신소설이란 '구소설' 이후부터 이광수와 김동인의 '현대소설'이 시작되기 전까지의 소설을 가리킨다. 임화는 김태준의 연구를 발판으로 삼아 신소설을 특정한 문학 양식을 지칭하는 문학사적 용어로 정착시킨다. 그는 신소설 양식의 창조자를 이인직으로 보고, 신소설의 특징을 다음과 같이 정리한다.

첫째, 문장의 언문일치. 둘째, 소재와 제재의 현대성. 셋째, 인물과 사건의 실재성. 임화의 연구 이후 한국 근대문학사에서는 신소설이라는 용어의 의미가 대체로 이인직의 소설부터 이광수의 소설 출현 이전까지의 작품을 칭하는 것으로 정착된다.

이인직 이후 등장한 신소설은 크게 두 계열로 나누어 볼 수 있다. 하나는 서사 중심 신소설이고, 다른 하나는 논설 중심 신소설이다. 한국 근대소설사에서 주류를 이루게 되는 것은 서사 중심 신소설이다. 소설이라는 양식의 가장 중요한 속성이 서사라는 점을 생각한다면, 근대소설사에서 서사 중심 신소설이 주류를 이루게 되는 것은 당연한 현상이라고 할 수 있다. 하지만 서사 중심 신소설에서 아무리 서사적 요소가 중요해진다 하더라도, 신소설은 계몽성을 중요한 특질로 삼는 문학 양식이다. 따라서 서사 중심 신소설에도 계몽을 목적으로 하는 논설적 요소가 적지 않게 포함되어 있다. 서사 중심 신소설은 이인직의 작품들로 대표된다. 「혈의루」·「귀의성」·「은세계」 등은 모두 서사 중심 신소설이 지닌 특색을 잘 보여주는 작품들이다.

이인직의 모든 신소설들은 개화와 친일의 의지를 담기 위한 그릇이었다. 서사 중심 신소설이 거둔 소설적 측면의 성과는 무엇보다 구성과 문체의 측면에서 두드러진다. 구성의 측면에서는 실제 일어난 사건의 순서와 관계없이, 그 사건들을 소설 내에 재배치하는 방식을 도입했다. 이러한 새로운 구성의 방식은, 서사 중심 신소설이 지향하는 중요한 목표 가운데 하나였던 대중적 흥미를 높이는 일에 중요한 요소로 작용했다. 전대소설의 상투적 도입부를 삭제하는 등 필요한 내용들을 적절한 자리에 배치함으로써 작품의 내적 긴밀감을 크게 높일 수 있었던 것이다. 문체의 변화 역시 두드러진다. 문체는 문어체 문장에서 언문일치를 지향하는 구어체로 변해갔을 뿐만 아니라, 설명문을 벗어나 묘사문을 지향하는 쪽으로 나아갔다. 특히 묘사문들은 사건이나 사물에 대한 외면 묘사뿐만 아니라, 인물의 심리 묘사까지도 병행함으로써 새로운 근대소설의 세계를 여는 일에 기여했다. 이인직이 보여주었던 인물의 내면 심리에 대한 관심은 이후 1910년대 단편소설들로 이어진다.

논설 중심 신소설은 내용과 형식에서 논설적 서사와 유사한 측면이 많다. 서사 중심 신소설이 비자주적 개화 지향의 논설을 담아내던 신소설이라면 논설 중심 신소설은 자주적 개화 지향의 논설을 담아내던 신소설이다. 안국선의 「금수회의록」은 논설 중심 신소설의 주목할 만한 사례 가운데 하나이다. 「금수회의록」 이외에도 김필수의 「경세종」이나 이해조의 「자유종」 등이 논설 중심 신소설에 속한다. 논설 중심 신소설은 서사 중심 신소설에 비해 작품 수도 그렇게 많지 않으며 명맥이 오래 가지도 못했다. 그 가장 큰 이유는 정치적인 데에 있었다. 한일병합을 전후해서 논설 중심 신소설은 치안을 어지럽히는 작품으로 분류되었고, 따라서 이들은 금서 처분을 받게 된다.

「금수회의록」이나 「경세종」, 그리고 「자유종」은 세상 사람들에게 깨우침을 주기 위해 쓴 교훈적 소설들이다. 이들은 작가의 논설적 의도를 허구적 서사의 틀에 담아낸다. 이 작품들은 작가가 의도하는 논설적 요소를 효과적으로 전달하기 위해 다양한 소설적 장치를 고안해 사용한다. 「금수회의록」이나 「경세종」은 동물들의 입을 빌어 현실을 비판하고, 「자유종」은 등장인물들의 꿈을 통해 대한제국의 자주독립과 발전을 이야기한다. 「금수회의록」이나 「경세종」 그리고 「자유종」은 모두 토론체 형식을 취하고 있다. 논설 중심 신소설에서는 작가가 작품을 쓰는 일차적 목적이 자신의 논설적 의지를 효과적으로 드러내는 일이다. 논설 중심 신소설의 작가들은 계몽의 의도를 드러내는 효과적인 방법을 토론체에서 찾았다. 작가의 창작 의도를 가장 효과적으로 반영할 수 있는 문학 양식이 토론체 소설이었던 것이다.

1910년대 신지식층의 단편소설은 시대의 변화를 반영하는 소설이다. 1910년대 단편소설은 계몽의 방식이 앞 시기 소설만큼 직설적이지 않다. 이 시기 소설에서는 작가의 계몽 의도가 서사 속으로 스며들어 간접화된다. 1910년대 단편소설에서 새롭게 나타나는 가장 중요한 요소는 인간의 내면 심리에 대한 관심이다. 이러한 관심은 등장인물이 느끼는 결핍감에서 오는 경우가 대부분이다. 결핍의 대상은 작가와 작품에 따라 매우 다양하다.

1910년대 단편소설은 먼저 신소설의 축약 형태로 나타난다. 이는 작가들이 단편소설에 대한 장르 의식을 가지고 이러한 유형의 작품을 창작한 것이 아니라, 발표 지면의 형편에 맞추어 작품을 창작했기 때문이다. 이 단계에서 출현하는 소설이 축약형 단편소설이다. 시간이 지나면서 작가들은 단편소설을 통해 거둘 수 있는 효과에 대해 새롭게 인식하게 된다. 그들은 단편소설이 간결하면서도 현실감 있는 묘사를 통해 삶의 강렬한 이미지를 전달할 수 있다는 사실을 깨닫는다. 하지만 이들은 현실 묘사 뒤에 그러한 장면이 나오게 되는 이유를 설명적으로 덧붙이곤 했다. 따라서 이 단계의 소설에서는 단편소설의 본질을 드러내는 묘사 부분과 신소설 축약적인 성격을 드러내는 설명 부분이 혼합되어 나타난다. 이러한 유형의 소설이 복합형 단편소설이다. 1910년대에 등장하는 또 하나의 작품 유형은 일화형 단편소설이다. 일화형 단편소설에서는 인물의 행위에 따르는 심리적 고뇌가 집약적으로 드러난다. 특정 장면에 대한 세밀한 묘사와 등장인물의 심리 묘사가 작품의 핵심을 이루게 되는 것이다. 일화형 단편소설의 가장 큰 특색은 설명·묘사·대화 등 다양한 형식의 문장을 통한 등장인물의 심리 표출이다. 소설에는 이야기 줄거리뿐만 아니라, 개성 있는 인물의 창조 역시 중요하다는 자각이 일화형 단편소설의 탄생을 가져왔다. 인물의 개성에 대한 자각은, 개인의 삶의 의미가 점차 중요하게 인식되어가던 당시 사회의 변화와도 연관된 것이다. 내면적 심리 탐구를 위주로 한 소설의 탄생은 논설과 서사가 완전히 분리된 소설의 등장이라는 점에서 중요한 소설사적 의미를 지닌다. 축약형이나 복합형 및 일화형 단편들에 대한 창작 체험은 근대완성형 단편소설로 이어진다. 이들 작품에서는 개성 있는 등장인물의 내면세계가 드러나고, 서사와 논설이 거의 완전하게 분리된다. 이들은 주제를 직설적이 아니라 간접적으로 암시한다. 주제의 간접적 암시는 논설적 방식이 아닌 소설적 주제 전달 방식이라는 점에서 의미가 크다.

1910년대 단편소설의 전개와 정착 과정에서는 근대신문들의 신년소설 및 현상 응모 소설의 역할이 중요했다. 신년소설의 게재는 『만세보』와 『제국신문』, 『대한민보』 등을 거쳐 한일병합 이후 『매일신보』를 통해 정착되었다. 『매일신보』는 신년소설 게재와 함께 소설의 현상 응모 제도를 도입했다. 『매일신보』의 현상문예 공모 제도는 독자 수의 증가와 함께 작가군을 넓히는 효과를 가져왔다. 이는 1910년대 초반 『매일신보』 문예면의 핵심을 이루던 이해조 중심의 신소설 문단을 단편소설 문단으로 확장시키는 역할 또한 하게 된다. 『매일신보』의 신년소설 게재는 현상 응모 소설 제도와 결합해 신춘문예 제도를 탄생시킨다.

이광수는 『무정』 연재 직전에 「농촌계발」이라는 특이한 형식의 글을 발표한다. 이 글은 외형상 논설의 양식을 표방하고 있으나 실제 내용은 허구적 서사로 채워져 있다. 「농촌계발」은 양식상 전형적인 서사적 논설에 속한다. 한말의 서사적 논설이 대부분 길이가 짧은 단형의 작품인 것에 반해, 이광수의 「농촌계발」은 길이가 긴 장형의 연재물이라는 차이가 있다. 「농촌계발」에는 이광수의 대표적 초기 논설과 유사한 내용들뿐만 아니라 단편소설 「소년의 비애」 및 장편소설 『무정』의 모티브가 들어 있다.

　이광수가 「농촌계발」에서 서사적 논설의 형식을 활용한 이유는 크게 두 가지로 설명할 수 있다. 하나는 대중성 확보라는 글쓰기 전략과 연관된다. 이광수는 자신의 주장을 논설로 쓰는 것보다는 허구적 인물을 등장시켜 그 인물의 언어와 행동을 통해 드러내는 것이 독자들의 흥미를 끌수 있는 방식이라고 생각했다. 다른 하나는 국민적 저항감을 완화시키기 위한 것이었다. 「농촌계발」에 담긴 주장이나 결론은 당시 국민들에게 분명히 저항감을 줄 수 있는 것들이었다. 하지만 이광수는 당시대적 현실에 대한 해석과 주장을 자신의 목소리로 하지 않는다. 그는 허구적 인물의 입을 빌어 자신의 생각을 표현함으로써 자신에게 쏟아질 수도 있는 비난에 대한 완충 장치를 마련한다. 「농촌계발」에는 정통적 논설에서는 용납되지 않는 과장적 묘사와 식민지 현실의 미래에 대한 지나친 낙관적 인식이 들어 있다. 이광수는 이를 허구적 문학 양식의 힘을 빌어 정당화시키고 있는 것이다. 총독부와 『매일신보』의 편집진들은 「농촌계발」을 통해, 이광수가 새롭게 집필하게 될 장편소설 『무정』이 일제의 식민통치 방향에 어긋남 없이 전개될 것이라는 확신을 지닐 수 있게 된다. 이광수는 논설을 활용하는 글쓰기 방식에 허구적 서사를 더욱 적극적으로 활용하는 방향으로 나아간다. 그렇게 해서 탄생하는 작품이 장편소설 『무정』이다.

　1910년대 장편소설 『무정』의 탄생은 『매일신보』라는 매체에 의해 기획된 결과이다. 장편소설『무정』의 탄생은 이광수라는 작가 개인의 역량보다는 그의 역량을 활용하려는 매체가 존재했기 때문에 가능했다.『매일신보』의 당국자들은「농촌계발」을 통해 논설과 서사의 결합이 가져오는 대중적 효과를 확인할 수 있었다.『무정』은「농촌계발」과는 달리 논설적 요소를 허구적 서사 속에서 간접적으로 드러내는 방식을 택했다. 장편소설『무정』의 계몽적 효과는 여타 논설들 못지않게 큰 것이었다.『무정』은 한국 근대소설사에서 계몽적 의지의 소설적 형상화가 가장 잘 실현된 작품이다. 장편소설「무정」이전까지 이광수가 즐겨 쓰던 문체는 국한문혼용체였다. 그러나, 이광수는『무정』을 연재하면서『매일신보』라는 발표 매체와 독자에 대해 생각한 후 의도적으로 문체의 변화를 시도한다. 국한문혼용체가 아닌 한글체로 바꾸어 새롭게 작품을 서술해 나간 것이다. 이광수의 의도와 기대감은 현실로 구현된다. 기존의 한글소설에 익숙한 일반 대중 독자는 물론 국한문체 중심의 지식인 독자들 역시도 이광수의 장편소설『무정』에 공감했기 때문이다. 이광수는 한국 근대소설사에서 한글로 지식인 문학을 개척한 최초의 작가이다.『무정』이전까지 소설의 독자는 한글소설을 읽는 대중 독자와 국한문 소설을 읽는 지식인 독자로 분리되어 있었다. 문체에 따라 독자 계층이 서로 분리되어 있었던 것이다. 장편소설『무정』은 일반 대중과 지식인 독자가 함께 읽은 최초의 소설이다. 문체에 따른 계층 분리 현상이『무정』을 계기로 사라지게 되고 독자 계층 통합이라는 새로운 세계가 열리기 시작한 것이다. 장편소설『무정』이 거둔 가장 큰 문학사적 성과가 여기에 있다. 이광수는『무정』이후 언문일치의 구어체 한글소설 창작의 길로 나아갔다. 이광수의 문체 변화는 구문 구조→어미→문자 표기→어휘 선택의 영역에서 이루어졌다. 이광수의 문체 변화와 구어체 한글소설 창작에 가장 큰 영향을 미친 것은 그가 만나게 된 새로운 독자들이었다.

한국 근대소설사의 토대를 이루는 가장 중요한 전통은 논설 중심 글쓰기이다. 논설 중심의 글쓰기에서는 작가가 허구적 서사를 활용하는 이유가 논설의 의도를 효과적으로 드러내려는 데 있다. 논설 중심 글쓰기의 전통 위에 서사 중심의 글쓰기가 첨가되면서 한국 근대소설사는 변화되어 갔다. 한국 근대소설사의 전개 과정은 논설과 서사가 결합하고 분리되는 과정이다. 논설과 계몽의 의도는 숨어버리고 서사가 점차 전면으로 나서는 과정이 한국 근대소설사의 전개 과정인 것이다. 하지만 외형상의 그러한 분리가 곧 논설적 의도의 완전한 사라짐을 의미하지는 않는다.

이광수는 근대소설사의 한 단계를 완결 지은 작가라고 할 수 있다. 이광수는 서사와 결합한 계몽적 논설의 의도를 가장 효과적으로 전달한 작가이기도 하다. 한 단계의 완결은 또 다른 단계의 출발을 의미한다. 그런 의미에서 장편소설『무정』은 한국 근대소설사의 완결이자 새로운 단계의 소설사의 시작을 알리는 작품이기도 하다.

장편소설『무정』은 근대 계몽소설의 정점을 이루는 작품이다. 하지만 『무정』은 식민지시대에 발표된 작품으로서의 부정적 면모 역시 적나라하게 보여준다. 이는『무정』이 발표 매체를 총독부 기관지『매일신보』로 선택하는 순간 이미 예견된 것이기도 했다. 한국 근대소설사에서 매체는 언제나 작가들의 글쓰기 전략과 방식을 결정한 가장 중요한 변수였다. 그런 점에서『무정』이 가는 길에는 처음부터 분명한 한계가 있었다.『무정』이후 등장한 계몽소설들 역시 그 어느 것도『무정』이 거둔 성과를 넘어서기 어려웠다.『무정』이 지니는 한계를 식민지시대 근대문학이 지닐 수밖에 없는 한계라고 보았을 때, 더 이상의 계몽적 근대를 부여잡는 것은 무의미한 일이 된다.

길이 막힌 곳에서 새로운 길을 찾으려는 시도는 시작된다. 계몽문학의
길이 막힌 곳에서, 계몽의 문학을 벗어나려는 새로운 시도들이 이어진다.
계몽적 소설가들은 독자를 논설로 설득하려 하지만, 계몽 이후의 소설가
들은 독자를 설득이나 교화의 대상으로 생각하지 않는다. 계몽 이후의 문
학에서 독자는 교화의 대상이 아니라 대화의 상대자이다. 계몽 이후 소설
에서는 의사전달 방식이 작가마다 달라진다. 거기서부터 우리 소설사에
서는 작가의 개성을 드러내는 일이 더욱 중요해진다. 1910년대까지의 근
대소설사를 마무리하는 가장 중요한 단어를 계몽이라고 한다면, 1920년
대 이후 소설사의 새로운 출발을 알리는 핵심적 단어들은 개성個性과 자
아自我가 된다. 1920년대 이후 한국 근대소설사는 그렇게 새로운 길로 들
어서게 되는 것이다.

새 천 년이 시작된 지도 벌써 몇 해가 지났다. 식민지와 분단국가로 지낸 20세기 한국 역사의 와중에서 근대 민족국가 수립과 민족 문화 정립에 애써온 우리 한국학계는 세계사 속의 근대 한국을 학술적으로 미처 정리하지 못한 채 세계화와 지방화라는 또 다른 과제를 안게 되었다. 국가보다 개인, 지방, 동아시아가 새로운 한국학의 주요 대상이 된 작금의 현실에서 우리가 겪어온 근대성을 다시 한번 정리하고 21세기에 맞는 새로운 모습으로 탈바꿈시키는 것은 어느 과제보다 앞서 우리 학계가 정리해야 할 숙제이다. 20세기 초 전근대 한국학을 재구성하지 못한 채 맞은 지난 세기 조선학·한국학이 겪은 어려움을 상기해 보면, 새로운 세기를 맞아 한국 역사의 근대성을 정리하는 일의 시급성은 아무리 강조해도 지나치지 않다.

우리 근대한국학연구소는 오랜 전통이 있는 연세대학교 조선학·한국학 연구 전통을 원주에서 창조적으로 계승하고자 하는 목표에서 설립되었다. 1928년 위당·동암·용재가 조선 유학과 마르크스주의, 그리고 서학이라는 상이한 학문적 기반에도 불구하고 조선학·한국학 정립을 목표로 힘을 합친 전통은 매우 중요한 경험이었다. 이에 외솔과 한결이 힘을 더함으로써 그 내포가 풍부해졌음은 두말할 나위가 없다. 연세대학교 미래캠퍼스에서 20년의 역사를 지닌 매지학술연구소를 모체로 삼아, 여러 학자들이 힘을 합쳐 근대한국학연구소를 탄생시킨 것은 이러한 선배 학자들의 노력을 교훈으로 삼은 것이다.

이에 우리 연구소는 한국의 근대성을 밝히는 것을 주 과제로 삼고자 한다. 문학 부문에서는 개항을 전후로 한 근대계몽기 문학의 특성을 밝히는 데 주력할 것이다. 역사 부문에서는 새로운 사회경제사를 재확립하고 지역학 활성화를 위한 원주학 연구에 경진할 것이다. 철학 부문에서는 근대 학문의 체계화를 이끌고 사회과학 분야에서는 학제 간 연구를 활성화시키며 근대성 연구에 역량을 축적해 온 국내외 학자들과 학술 교류를 추진할 것이다. 이러한 연구들은 일방성보다는 상호 이해와 소통을 중시하는 통합적인 결과물의 산출로 이어질 것이다.

근대한국학총서는 이런 연구 결과물을 집약적으로 정리하기 위해 마련한 총서이다. 여러 한국학 연구 분야 가운데 우리 연구소가 맡아야 할 특성화된 분야의 기초 자료를 수집·출판하고 연구성과를 기획·발간할 수 있다면, 우리 시대 연구자들뿐만 아니라 학문 후속세대들에게도 편리함과 유용함을 줄 수 있을 것이다. 새롭게 시작한 근대한국학총서가 맡은 바 역할을 충분히 할 수 있도록 주변의 관심과 협조를 기대하는 바이다.

2003년 12월 3일
연세대학교 미래캠퍼스 근대한국학연구소